U0107368

唐宋诗歌续论

莫砺锋 著

凤凰出版社

图书在版编目（ＣＩＰ）数据

唐宋诗歌续论 / 莫砺锋著. -- 南京 ： 凤凰出版社，
2023.10
ISBN 978-7-5506-4000-9

Ⅰ．①唐… Ⅱ．①莫… Ⅲ．①唐诗－诗歌研究②宋诗
－诗歌研究 Ⅳ．①I207.22

中国国家版本馆CIP数据核字(2023)第182823号

书　　　　名	唐宋诗歌续论
著　　　　者	莫砺锋
责 任 编 辑	张永堃
装 帧 设 计	陈贵子
责 任 监 制	程明娇
出 版 发 行	凤凰出版社(原江苏古籍出版社)
	发行部电话025-83223462
出 版 社 地 址	江苏省南京市中央路165号,邮编:210009
照　　　　排	南京凯建文化发展有限公司
印　　　　刷	南京凯德印刷有限公司
	江苏省南京市江宁滨江开发区宝象路16号，邮编:210001
开　　　　本	880毫米×1230毫米　1/32
印　　　　张	14.5
字　　　　数	390千字
版　　　　次	2023年10月第1版
印　　　　次	2023年10月第1次印刷
标 准 书 号	ISBN 978-7-5506-4000-9
定　　　　价	88.00元

(本书凡印装错误可向承印厂调换,电话:025-52603752)

目 录

上 编

下　编

上　编

新旧方法之我见

在中国古代文学研究中要不要运用新方法？关于这个问题，大家不会有多少异议。时代在前进，观念在变化，学术研究当然不能原地止步。其实古人的研究方法也是与时俱进的，只要看看《诗经》学史和《楚辞》学史的进程，便能看到从汉唐到宋元再到明清，历代学者的方法是不断更新的。即使把新方法限定在西方学术的范畴，情况也是一样。从 20 世纪初开始，王国维、闻一多等人正是凭借西方学术思想的利器，才在古代文史研究中取得突破前人的成就。存在争议的问题只有两个，一是提倡新方法是否一定要以抛弃旧方法为前提？二是新方法是不是放诸四海而皆准，是不是具有化腐朽为神奇的功能？

从根本的学理来说，方法论不应该有东、西之分。况且从整体来看，西方学术确实非常先进，在方法论上更有独到之处。所以多数学者并不反对在中国古代文学的研究中借鉴西方的文艺理论乃至文化理论、哲学理论，事实上也确实有人运用这些理论做出了较好的研究成果。但是毫无疑问，西方的理论毕竟是从另一种文化传统中产生并发展起来的，西方的理论家在创立一种学说时很少把中国的传统放在归纳和思考的范围之内。在我的阅读范围内，好像只有美国的苏珊·朗格曾在《情感与形式》一书中通过分析唐代诗人韦应物的一首诗来说明其美学观点。俄国的巴赫金的文集里倒有一篇文章论及中国的四书五经，但是仔细一看，原来他连"四书"是哪几本书都没弄明白，恐怕不可能有什么高明的见解。哈罗德·布鲁姆在《西方正典》的附录《经典书目》中有"神权时代"一类，罗列了古代西方的重要文学作品，甚至包括部分用梵文写作的古印度作品，但是其中没有一部中国作品。布鲁姆坦承："在西方文学传统之外，还有中国古代文学这一巨大财富，但我们很少能

获得适当的译本。"当然，正如钱锺书先生所说的"东海西海，心理
攸同"，纯粹从西方的文化传统中发育起来的理论肯定也会有适用
于中国文学研究的内容，而来自他者的异样眼光还会给我们带来
新颖的解读和分析，这正可以证实"他山之石，可以攻玉"的古训。
然而不必讳言，并不是所有的西方理论都可以成功地移植到我们
的学术研究中来。植物的移植要避免水土不服，理论的移植同样
如此。20世纪80年代中期出现过甚嚣尘上的所谓"新三论"——
系统论、信息论、控制论，有人鼓吹古代文学研究一定要运用"新三
论"，否则便会无疾而终。1986年，我得到机会去美国哈佛大学当
访问学者。临行前，业师程千帆先生叮嘱我：到美国后不用急着干
其他的事，先弄清楚美国学者是怎样运用新三论研究文学的。我
到哈佛的第一个月，机会就来了。我搭宇文所安教授的汽车到某
地去开会。车一上路，我便赶快向他请教这个问题。没想到宇文
所安反问我：什么叫"新三论"？原来美国学界并没有什么"新三
论"的说法，更不会视之为文学研究的灵丹妙药。于是我写信向程
先生汇报，他交给我的任务已经完成了。岁月如流，二十多年转瞬
即逝。所谓的"新三论"渐渐没人再提了，也没看到有多少运用新
三论做出的研究实绩。今天再来回顾"新三论"，仿佛南柯一梦。

　　虽然如此，有些学者关于新方法的热情并未稍减，不时听到有
人振臂高呼倡导某几种新方法，也不时听到有人批评古代文学界
的守旧、落伍。那么，这到底是怎么一回事呢？我猜想他们或许是
出于如下的心态：在中国古代文学这门传统学科，仅凭功底，我们
肯定比不过老一辈的学者。但是我们仍然要做研究，想要把学术
往前推，该怎么办？那就用新方法吧，用老一辈学者根本不知道的
方法，这样肯定能超越他们。只要有了新颖的方法，就像有了神魔
小说里的法宝一样，一下就能制敌于死命，一下就能把旧题目做出
新意来。我的看法比较保守：任何新方法都不是万能的，方法一定
要跟研究对象契合、适用。如果不适用，这个理论再时髦、再深奥，
都是没用的。而且如果你对中国古代文学的知识体系知之甚少，
对古代作家及其作品的理解比较肤浅，那么不管运用多么新颖的

方法，也绝无可能以怪招取胜、点铁成金。方法本来只是一种工具，既无需强分新旧，更难以抽象地判断优劣。方法的价值在于实用效能，在于它能否较好地解决问题。中国古代文学自有其传统的研究方法，包括其独特的学术术语，这是几千年来行之有效的，又何必要将它弃若敝屣？现代西方理论是否适用于中国古代文学这个独特的研究对象，需要经过实践的检验，又怎能事先就对它奉若神明？朱熹曾对禅师宗杲的一段话大加赞许："譬如人载一车兵器，弄了一件，又取了件来弄，便不是杀人手段。我则只有寸铁，便可以杀人。"的确，手持许多兵器，逐件舞弄，往往只是花拳绣腿。正如《水浒传》第一回所写的九纹龙史进，身上刺着九条青龙，手里的棍子舞得"风车儿似转"，煞是威风凛凛。然而东京来的禁军教头王进用棍子一挑，史进便"扑地往后倒了"。为何如此？王进说得很清楚，史进先前所学的"风车儿似转"的棍法只是"花棒"，也就是我们常说的"花拳绣腿"，它缺乏实战效能，不能很好地解决问题。说实话，我觉得如今学界的某些人正如当年的史进，他们那些洋洋洒洒的文章正是学术上的花拳绣腿。换句文雅一点的话来说，他们正如庄子所说的寿陵余子，学步邯郸，未得国能，又失其故行，只好匍匐而归。试看近年来的许多论文专著，堆砌着许多时髦的新概念和陌生的新名词，但是对于其研究对象，从文本到发生背景都不甚了然或所知无几，得出的结论难免让人啼笑皆非。这与寿陵余子的失其故步又有什么区别？

不过，我对运用西方理论颇存戒心，主要原因还不在于此，而是担心另外一种结果：有些学者对西方理论有较好的掌握，由于浸润太深，久而成习，就会养成一切都以西方的观念作为思考问题的出发点和终极价值评判的标准。这样一来，当然会对中国古代文学乃至整个中华传统文化怎么看都觉得不顺眼。举个例子，据媒体报道，前年夏志清教授在美国发表了一通从总体上贬低中国文学的言论，其中有一句是："唐诗也不够好，因为都很短。"先声明一下，我并没有看到夏教授发言的原文，不知有关媒体的报道是否属实。假如没有误传的话，这真是典型的数典忘祖！中国古代的写作,无论是文是诗,都以简炼为原则,辞约意丰是千古文人共同的追求目标。陆机把其中的道理说得非常清楚:"要辞达而理举,故无取乎冗长。"诗歌更是如此,唐诗中许多传诵千古的名篇正是篇幅极短的七言绝句或五言绝句。无论是古人的诗歌写作,还是古人的诗歌评论,从没见过把篇幅不够长当成缺点的。我猜想夏教授是把唐诗与西方诗歌进行比较后才这样说的。一般说来,欧洲的诗歌大多篇幅较长,反正其平均篇幅要比唐诗长得多。可是篇幅的长短难道是判断诗歌孰优孰劣的一个标准吗?夏教授虽以研究中国文学而著称,但大概在美国生活得久了,已经不知不觉地站在欧洲文化本体论的立场上,所以指责唐诗太短。如果我们反其道而行之,站在中国文化本体论的立场上,那么马上可以得出针锋相对的结论:"欧洲的诗歌也不够好,因为都很长。"这岂不是荒谬绝伦?上述例子也许只是相当偶然的现象,但事实上有不少论著都有类似的倾向,不过比较隐蔽,不易觉察而已。在方法论上唯西方是尊的取向难免会导致如下结果:一是对传统的研究方法例如目录版本、文字校勘、艺术评点等弃若敝屣,从而漠视中国自身的学术传统。二是由轻视传统方法进而轻视产生这种方法的文化传统,仿佛中华传统文化只是一种古老的传统,是只具有历史意义的博物馆文化,是我们走向现代化的绊脚石。不客气地说,有些外国学者在研究中国传统文化时颇有点居心叵测,像内藤湖南、白鸟库吉那样肆意诋毁中华文化的学者在今天也没有完全绝迹。外国学者这样做自有他们的理由,但是我们自己有什么必要跟在他们后面亦步亦趋,从而妄自菲薄?

与其抽象地谈论西方理论是否适用于中国古代文学研究,不如看看其实际运用效果。1994 年,我编了一本《神女之探寻——英美学者论中国古典诗歌》,选入十二位西方学者的论文。这些作者中只有两人是美籍华裔,其余的均是非华裔学人。书稿编成后,我请宇文所安写了一篇序,宇文在序中说:"西方的批评本身也决不能保证提供新的见解:人们固然利用它作了一些出色的研究,但与此同时,也有许多研究是令人厌烦的、生搬硬套的,甚至不可思议地对诗歌的实际情况视而不见。"我觉得宇文的意见是明智的，也是实事求是的。我自己也写了一篇序，序中肯定"西方学者所接受的文化传统和方法训练都与我们不同，这样，他们的观察角度、研究方法就能在方法论上为我们提供借鉴"，同时也指出"西方学者分析中国古典诗歌时，就较容易产生隔靴搔痒或胶柱鼓瑟的缺点，即使是一些优秀的著作也很难避免"。宇文所安的论著便称得上是此类"优秀的著作"，当时他的著作只有一种《初唐诗》已在中国翻译出版，他对国内学界的影响还不像今天这样显著。几年以后，宇文的第二种著作《盛唐诗》也出版了中译本，于是我将这两部书放在一起写了一篇书评（载于北京大学出版社《唐研究》第二卷），既肯定其带有西方文化背景的理论素养和思维模式以及由此产生的新颖观点，也指出它们在文本解读、诗意阐释以及论点归纳等方面的错误和不足。我至今仍抱同样的观点：我们应该重视西方同行的学术研究，尤其要重视他们运用不同的方法所获得的新成果，并从中汲取方法论的启迪。但我们没有必要对他们顶礼膜拜，更不能一看到西方学者的不同观点便自觉气短，或一看到他们运用的新方法便趋之若鹜。诗人臧克家曾说："我是一个两面派，新诗旧诗我都爱。"我对方法的看法与之相似，只要合理、合用，新方法和旧方法都是有价值的。反之，则旧方法难免陈陈相因、毫无新意，新方法也难免生搬硬套、不知所云。常言道"工欲善其事，必先利其器"，学术研究上的"利其器"，主要在于选择适当的方法，并提高运用这种方法的能力。至于方法是新是旧，并不重要。

关于会通唐宋的简单思考

"会通唐宋"有丰富的内涵，值得学界深入探讨。我认为这个话题其实也是对通行的文学史分期方式的一种反思，有必要先在整个文学史编写的框架内进行思考。

20世纪80年代，有学者提出"重写文学史"的讨论。其实在人们明确提出这个口号之前，重写文学史早已悄悄地开始了。历史学科本来就具有当代性，任何分支的历史都应不断地重写。早在20世纪初期，美国历史学家鲁滨孙提倡"新史学"时就说过"历史时常需要重新编写"，"因为随着时间的推移，我们对于过去的知识常常有所增加，从前的错误常常有所发现，所以我们应该用比较完好的、比较正确的历史，来代替已经陈旧的历史"。话说得平淡无奇，却是不易之论。文学史所处理的是具有永久生命力的文学，又是一种"诗无达诂"、"见仁见智"的对象，就更加需要不断地进行新的阐释和评价。重新编写文学史，才能体现其当代性和主体性。正像一代有一代之文学一样，一代也应有一代之文学史，所以必须不停地重写。"重写文学史"的口号产生于现代文学研究界，其实对于现代文学史的学术意义并不大。因为现代文学史的重写在很大程度上与政治评价纠缠在一起，今天批倒，明天平反，学者着眼的几乎都是非文学的因素。这个口号对于古代文学史的学术意义更大，因为我们对古代文学史的评判主要着眼于文学自身。所以我认为"重写文学史"是毫无疑问的，需要深思的是怎样重写。从表面上看，中国文学史著作早已超过三百种，真可谓洋洋大观。但是这些文学史著作往往是教科书，陈陈相因的情况非常严重。近三十年来，文学史界有一种普遍的自我反省意识，大家都渴望着在总体水平上有所突破，写出超越前人著作的新著来。但是要想实现超越，谈何容易！大家公认，从20世纪的50年代到70年代，刘大杰《中国文学发展史》、游国恩等编《中国文学史》、中国科学院文学研究所编《中国文学史》是具有权威性的文学史著作。20世纪80年代以来的重写文学史，主要是针对这三部书而言的。人们对三书多有不满，主要有两点：一是过于强调政治、经济等社会历史背景对文学的影响，有时甚至把这种影响说成文学发展的主要原因。二是论述大多采取依次罗列作家和作品的章节结构，而忽视了对文学发展脉络也即史的线索的揭示。上述两点也常被简化为"庸俗社会论"和"作家作品论"两句话，大家对此的看法相当一致。既然已经看清了缺点，我们当然应该努力克服它们。然而，正像俗话所云，动嘴容易动手难，要将这些明白清楚的观念付诸实践，绝非易事。试以后一点为例。文学史的轨迹是一条乃至数条没有一定规律的、时断时续的曲线，要想用文字把它表达清楚，首先应把一些最重要的轨迹点确定位置，也就是要对重要的作家、作品有充分的论述，并把它们放在文学史上进行定位。然而仅仅有几个孤立的点尚不足以体现曲线的全貌，于是又必须兼顾构成文学整体风貌的次要作家、作品，并厘清它们彼此之间的关系。凡此种种，即使仅仅在一种文体的范围内已很难兼顾无遗而又主次分明，更何论包含形形色色、互相影响、演变又不尽同步的诸文体的通史型文学史！

　　与上述两点相比，文学史的分期问题似乎革新难度不是很大。当我们说到"会通唐宋"这个命题时，其实就是对唐、宋时代的文学史进行整体观照，甚至就是对以往的文学史著作多将唐代文学与宋代文学分为两期的思维定势进行反思。"文学史"这个词有以下两种基本意义：一是指文学的发展过程，是一种客观的历时性的存在。比如我们说"李白对后代文学史的影响如何"，就是取这种意义。二是指人们关于文学发展过程的研究、论述，是一种主观的叙述、阐释和评价。比如我们说"近百年的文学史著作如何"，就是取这种意义。韦勒克和沃伦在《文学理论》第四章中所论述的"文学史"是与"文学理论"、"文学批评"并列的一种研究方式，当然应是指第二种而言。那么文学史究竟何为？1992年，美国学者大卫·

帕金斯出版了一本书，书名就叫《文学史是可能的吗？》。其实他想问的并不是文学史是否可能存在，而是问写好文学史是否可能，他还认为一本好的文学史必须处理好文本与文本的产生背景之间的关系。我觉得这确实是文学史应该解决的一个主要问题，此外还有一些重要问题应受关注，比如文学自身的发展脉络、某种文体内部前人对后人的影响等。上述几个方面都与文学史的分期直接相关，所以文学史的分期确实是我们撰写文学史时无法回避的问题。从前的大多数文学史都是按朝代来分期的，大家对此啧有烦言。从理论的角度来看，人们的不满是有充足理由的。文学有自身的发展阶段性，怎么会和封建帝王改朝换代正好重合呢？早在 20 世纪 30 年代，胡云翼在《中国文学史·自序》中就已说过："有许多人很反对用政治史上的分期，来讲文学。他们所持最大的理由，就是说文学的变迁往往不依政治的变迁而变迁。"郑振铎等人还写过专文讨论此事。可是直到今天，我们仍然没有解决这个问题。假如不按朝代，那么按什么标准来分期呢？有人说按世纪，可是公元的世纪仅有距离耶稣诞生整百年的意义（况且宗教史家认为耶稣并不是诞生于公元元年），我们凭什么断定世纪之交就是中国文学史的转折点呢？相对而言，倒是按朝代分期还有一定的合理性。钱基博在 20 世纪 40 年代所著的《中国文学史》中曾提出两点理由：一是中国的朝代更迭是中国文化更迭的动因，朝代一变，政治伦理全都跟着变，文学自然也变了。二是朝代更迭之时必然有一场大混乱，这场大混乱之后，前一个时代的主要作家基本上不能幸免于难，一个文学时代的主要作家的死亡是一个文学时代结束的主要标志。

所以大致说来，把唐代文学与宋代文学分成不同的文学史时期，还是比较合理的。唐、宋之间隔着一个五代，虽然我们一般会把五代文学视作唐代文学的尾声，但事实上五代被后人称为"乱五代"，在短短的五十年间，中原地区竟然经历了五个朝代、十个皇帝，战乱频仍，生灵涂炭，唐末作家流离失所，死亡殆尽。况且赵宋皇朝的文化确与唐代文化颇异其趣，文学也各有特色，分为两期未尝不可。不久前推出的《剑桥中国文学史》,撰写者之一柯马丁教授激烈反对以朝代分期,但看其上编各章,仍然有着以朝代分期的痕迹,例如第四章"文化唐朝",第五章"北宋",不过在年代上小有调整而已。当然,中国文学史本是一条奔流不息的历史长河,虽然它有时咆哮奔泻,有时平静缓淌,但从未在任何时刻有过停歇。我们书写的文学史论著则是对这条历史长河所作的理论阐释,就像对河流的分段考察或截面测量,它提供的描述或结论都是从部分着眼的,而且是静态的。所以任何文学史分期都是"抽刀断水水更流",难免对这条长河的整体真实面貌有所遮蔽或歪曲,最理想的做法当然是打通历代。法国年鉴学派的布罗代尔提出关注长时段的历史研究法,他认为长期的连续性与短期的急剧变化之间的相互作用才是历史本质的辩证关系,这个观点非常具有启发性。其实我们的古人早就提出"通古今之变"的史学思想,我们研究文学史也不能例外。"会通",最简单的定义就是"融会贯通",这当然是我们求之不得的学术境界。我虽然赞成把唐、宋两代分为两个文学史阶段,但也认为在各个朝代的文学之间,唐代与宋代是最应该作为一个整体来予以观照的。我不反对学者专攻唐代文学或宋代文学,但以"会通"的眼光来对唐、宋两代的文学进行整体观照,肯定会使某些发展脉络或时代特征变得更加清晰。

　　"会通唐宋"的主要理由,在于唐、宋两朝的文学之间存在着千丝万缕的关系,而且呈现一种"剪不断,理还乱"的复杂状态。比如唐宋时代几种主要文体的发展演变并不同步,这就使整个文学史的脉络特别紧密。我在农村时经常搓草绳,虽然每根稻草只有三四尺长,但它们是参差不齐地陆续添加进去的,所以搓出的草绳长达数丈,又很结实。我觉得唐宋时代的文学史也有类似的情形,试以当时最重要的三种文体为例:宋代古文沿着唐代古文的道路而发展,宋代的古文作家吸取了唐代古文创作的经验和教训,使古文更加健康地发展,最终的成就则迈越唐人。宋代的古文作家不像韩、柳那样摒弃骈文,他们创作古文时注意吸收骈文在辞采、声调方面的长处,以构筑古文的节奏韵律之美。宋代的古文将议论、叙事、抒情三种功能发展得更加完善，而且融为一体，使古文的实用价值与审美价值更好地结合起来。宋代古文在风格上也在韩文之雄肆、柳文之峻切之外开辟出平易畅达、简洁明快的新境界，从而朝着更加自然、更加实用的方向发展。古文在唐代还只是少数文人所擅长的文体，到宋代才成为散文领域的主流，以后历元、明、清诸代而无变化。明人艾南英说："文至宋而体备，至宋而法严。"这是后人对宋代古文的公正评价。如果单看古文，则从中唐到两宋正是一个连续性很强的发展过程，可以划为一个文学史阶段。诗歌史的脉络有异于古文。如果说宋文是唐文的发展，那么宋诗可称是唐诗的演变。唐诗是诗歌史上的一座高峰，宋代诗人的终极目标便是走出唐诗的巨大阴影。所以宋诗的任何创新都是以唐诗为参照的，宋人惨淡经营的目标便是在唐诗的境界之外另辟新境。从内容而言，唐诗表现社会生活几乎达到了巨细无遗的程度，宋人所能做的便是在唐人开采过的矿井里继续深挖。宋诗在题材方面较为成功的开拓，便是向平凡的日常生活倾斜。从风格而言，宋代著名诗人的创新几乎都是对唐诗风格的陌生化，从而形成一种整体性的新颖风格倾向，就是以平淡为美。唐诗与宋诗成为诗歌史上双峰并峙的两大典范，以至于宋以后的历代诗人不是宗唐，便是宗宋，甚至产生了经久不息的唐宋诗之争。事实上唐诗从中唐开始就有着向日后的宋诗演变之趋势，而宋诗的许多特征都可以在杜甫、韩愈的诗中找到滥觞。从整个诗歌史的角度来看，宋诗正是唐诗自身演变的必然结果，唐诗、宋诗之间存在着一脉相承的密切关系。清人吴之振说："宋人之诗，变化于唐而出其所自得。皮毛落尽，精神独存。"正因为宋诗对唐诗有因有革，它才能取得与唐诗双峰并峙的历史地位。如果单看诗歌，则从唐大历年间（即杜甫晚年）到宋代是一个连续性很强的演变过程，不妨划为一个文学史阶段。至于词，当然是宋代文学的一代之胜。但是晚唐词坛上已经出现了温庭筠那样的著名词人，五代的南唐、西蜀两大词人群更是宋词的直接源头，一部词史如果不从晚唐五代说起，就会变成没有源头的河流。所以从词的角度来说，文学史的划段最好从晚唐开始。这样，如果要对唐宋时代的文学史进行整体观照，如何能将唐、宋分成截然两段？换句话说，如果没有"会通唐宋"的眼光，如何能对唐宋时代的文学史获得较深刻的整体把握？袁行霈先生主编的《中国文学史》，采用"三古七段"的分期法，其中"中古期"的第二段便是从唐中叶到南宋末，已经体现出"会通唐宋"的眼光，只是在具体编写时为便于操作而仍将隋唐五代与宋代分别立编。但愿学界同仁持续关注"会通唐宋"这个问题，并在深入细致的研究中获得具有创新意义的进展，以打破"靡不有初，鲜克有终"的魔咒。

唐诗选本对小家的影响

一

选本对于文学家与文学作品的知名度有极其重要的作用,鲁迅早有深刻的论述:"凡选本,往往能比所选各家的全集或选家自己的文集更流行,更有作用。册数不多,而包罗诸作,固然也是一种原因,但还在近则由选者的名位,远则凭古人之威灵,读者想从一个有名的选家,窥见许多有名作家的作品。所以自汉至梁的作家的文集,并残本也仅存十余家,《昭明太子集》只剩一点辑本了,而《文选》却在的。"①钱锺书则注意到选本对大家与小家的影响差异甚大,他说:"对于大作家,我们准有不够公道的地方。在一切诗选里,老是小家占便宜,那些总共不过保存了几首的小家更是占尽了便宜,因为他们只有这点好东西,可以一股脑儿陈列在橱窗里,读者看了会无限神往,不知道他们的样品就是他们的全部家当。大作家就不然了。在一部总集性质的选本里,我们希望对大诗人能够选到'尝一滴水知大海味'的程度,只担心选择不当,弄得仿佛要求读者从一块砖上看出万里长城的形势!"②这是钱先生选注宋诗时的自道甘苦之言,话也说得相当中肯。这两段话是关于选本的名言,但是对其准确程度,仍需具体分析。试以唐诗为例。虽然有许多唐诗选本的选目不够公允,对于某些大家尤其"不够公道",但这对大家的地位并无太大的不利影响。例如杜甫,在今存的 16 种唐人选唐诗中,除了晚唐韦庄的《又玄集》外,完全不见其踪影。尤其值得关注的是殷璠的《河岳英灵集》与高仲武的《中兴间气集》,前书

① 《选本》,《鲁迅全集》第 7 卷,人民文学出版社 1981 年版,第 136 页。
② 《宋诗选注》,生活·读书·新知三联书店 2002 年版,第 20 页。

选诗的年代从唐玄宗开元二年(714)至天宝十二载(753),后书选诗的年代从唐肃宗至德元载(756)至唐代宗大历十四年(779),两者相加正好涵盖了杜甫的全部创作时期,杜诗居然一首未录!《中兴间气集》成书于唐德宗贞元初年(785),可见在杜甫身后十余年间,他尚未引起选家的注意。但是时隔不久,杜甫的诗名与日俱增,进而与李白并驾齐驱。据陈尚君考证,从贞元十年(794)到唐宪宗元和五年(810),经过韩愈、元稹、白居易等人的揄扬,"前后历时十七年,没有任何的争议和提倡,没有任何的论说或非议,李杜在诗歌史上的地位已然稳如磐石,不容讨论地似乎成为诸人之共识"①。而成书于唐宣宗大中十年(856)的顾陶《唐诗类选》中选入杜诗甚多,且在序中称:"诗之作者继出,则有杜、李挺生于时,群才莫得而并。"②这与韩愈等人的论点互相呼应,显然正是时代思潮的体现。可见《河岳英灵集》、《中兴间气集》虽是盛、中唐时代最为流行的两种诗选,但是它们不选杜甫,并未对其名声产生严重的不利影响。相反,到了后代,人们还将不选杜甫视为两部选本的最大缺点。

其他大家在唐人选唐诗中也有类似的遭遇,比如《中兴间气集》未选李白与王维,《御览诗》、《唐诗类选》、《极玄集》未选白居易、元稹、刘禹锡、柳宗元,也并未影响诸人在唐诗史上卓然名家的地位。此中原因可能在于大家都有较多的作品,自成一集,不必借助于选本来传世。例如顾陶《唐诗类选后序》云:"若元相国稹、白尚书居易,擅名一时,天下称为'元白',学者翕翕,号'元和诗'。其家集浩大,不可雕摘。今共无所取,盖微志存焉。"③明确指出此集不选元、白诗,乃因二人"家集浩大"之故。再如李贺的别集自唐至今保存完整,传承有序,今人为其别集作笺注者即有叶葱奇、刘衍、王友胜、李德辉、吴企明诸人,诸本并行于世,并不难得。李贺诗的选本也有梁超然、傅经顺、流沙、吴企明、尤振中、钟琰、祖性、冯浩

① 《李杜齐名之形成》,《唐诗求是》,上海古籍出版社2018年版,第501页。
② 《唐诗类选序》,《文苑英华》卷七一四,中华书局1966年版,第3686页。
③ 《唐诗类选后序》,《文苑英华》卷七一四,第3687页。

菲、徐传武等人所编之多种，可见深受读者欢迎，即使《唐诗三百首》中未选其诗，也未能影响他在唐诗中自成一家的声誉。王步高在《唐诗三百首汇评》中甚至称"不选李贺诗是《唐诗三百首》的最大缺憾"，并自行增选李贺诗达 10 首，与杜牧并列第八名。可见虽然李贺在家喻户晓的《唐诗三百首》中缺席，但他仍是今人心目中的唐诗大家。所以笔者认为，诗人及其作品的知名度受到选本极大影响的情况，主要发生在小家身上。至于这种影响属于正面还是负面，则不可一概而论。下文对此进行具体分析。

二

所谓"小家"，只是一个约定俗成的名称，并无严格的标准。《荀子·正名》云："故知者论道而已矣，小家珍说之所愿，皆衰矣。"王先谦在《荀子集解》中指出"小家"指"宋墨之家"，也即宋钘、墨翟这两位著名思想家①。清人蒋士铨《临川梦·隐奸》中讽刺明人陈继儒云："妆点山林大架子，附庸风雅小名家。"②而陈继儒其人，博学多才，诗文、书画俱足名家。可见"小家"或"小名家"，都是颇有名声之士，只是在"大家"面前相形见绌而已。清末陈衍云："学文字当取资大家，小名家佳处有限，看一遍可也。"③就是出于这种价值判断。

况且对于大家、小家的认定，历代并不一致。在唐人选唐诗中入选的诗人，当时均以为名家，但不少入选者在后代湮没不闻。比如殷璠《河岳英灵集》选诗人 24 人，称其"皆河岳英灵也"，明人毛晋在《河岳英灵集跋》中亦称此集"选开元迄天宝名家"。然此集所选李嶷、阎防二人，在后代诗名不著，自宋迄清之诗话中几乎不见其名。二人存世诗作亦寥寥无几。李嶷诗见于《全唐诗》卷一四五，存诗仅有 6 首。其中 5 首见于《河岳英灵集》，另有一首《读前

①　《荀子集解》卷一六，《诸子集成》本，上海书店 1986 年版，第 285 页。
②　《临川梦》，上海古籍出版社 1989 年版，第 19 页。
③　见黄曾樾《陈石遗先生谈艺录》，《陈衍诗论合集》上，福建人民出版社 1999 年版，第 1018 页。

汉外戚传》见于《国秀集》。阎防诗见于《全唐诗》卷二五三,存诗仅有 5 首,全部见于《河岳英灵集》。而且二人诗作中仅有李嶷《林园秋夜作》一首曾被后代唐诗选本入选 4 次(《唐诗解》、《唐诗归》、《唐贤三昧集》、《唐诗摘抄》),其余作品均很少入选或寂无所闻。若以今人观点来看,二人皆为小家无疑。又如高仲武《中兴间气集》选诗人 26 人,"间气"乃上应天象之英杰,然其中如刘湾、窦参、郑常、郑丹、李希仲、姚伦诸人,在后代均声名不彰,存世诗作亦甚少①。在今人看来,此六人无疑也是小家。宋人严羽云:"唐人如沈、宋、王、杨、卢、骆、陈拾遗、张燕公、张曲江、贾至、王维、独孤及、韦应物、孙逖、祖咏、刘眘虚、綦毋潜、刘长卿、李长吉诸公,皆大名家。"②但在今人看来,孙逖、刘眘虚、綦毋潜诸人只是唐诗小家而已。独孤及虽是古文大家,但就诗而言,亦不得称为"大名家"。所以本文所论及的唐诗"小家",只取约定俗成的说法,并不具有严格的定义,也不是唐诗史上严格的定位。

　　小家的作品留存很少,不足自成一集,在《全唐诗》之类总集编成之前,小家之作主要依靠入选选本得以存世。纵览历代的唐诗选本,入选的小家相当之多。其中有许多诗人原来声名不显,或作品甚少,只因受到选家青睐,才免除了湮灭无闻的命运。例如中唐诗人柳淡,字中庸,乃柳宗元之族人。柳宗元云:"柳氏兄弟者,先君族兄弟也。最大并……次中庸、中行,皆名有文,咸为官,早死。"③其事迹附见于《新唐书·柳并传》:"并弟谈,字中庸,颖士爱

---

① 刘湾诗见于《全唐诗》卷一九六,存诗 6 首。窦参诗见于《全唐诗》卷三一四,存诗 3 首。郑常诗见《全唐诗》卷三一一,存诗 3 首。郑丹诗见《全唐诗》卷二七二,存诗 2 首。李希仲诗见《全唐诗》卷一五八,存诗 3 首。姚伦诗见《全唐诗》卷二七二,存诗 2 首。

② 《沧浪诗话·考证》,《沧浪诗话校释》,人民文学出版社 1961 年版,第 243 页。

③ 《先君石表阴先友记》,《柳河东集》卷一二,上海古籍出版社 2006 年版,第 192 页。

其才，以女妻之。"①因与李端有交往，故在《唐才子传》卷四中附见于李端名下。此外寂无所闻。其诗作仅存 13 首(《全唐诗》卷二五七)，但其中的七绝《征人怨》入选《万首唐人绝句选》，又入选《唐诗三百首》，遂成名篇，柳中庸之诗名也为今人所知。又如晚唐诗人秦韬玉，因出身低微，应举不第，乃依附宦官谋取功名，名列"芳林十哲"。"芳林门"乃通往宦官内侍省之宫门，故"芳林十哲"之名意含嘲讽②。然秦韬玉的七言律诗颇受选家青睐，其诗入选《才调集》者多达 8 首，其中 7 首为七言律诗。《文苑英华》录其诗 4 首，其中七律 2 首。《瀛奎律髓》选其诗 3 首，均为七律。秦诗中最著名者莫过于《贫女》，宋末方回选入《瀛奎律髓》，且评曰："此诗世人盛传诵之。"③其后又入选《唐诗鼓吹》、《唐诗选脉会通评林》、《山满楼笺注唐诗七言律》、《唐诗别裁集》等选本，及至入选《唐诗三百首》，遂成家喻户晓之名篇，擅长七律的诗人秦韬玉才广为人知。再如金昌绪，生平不详。《唐诗纪事》称其为余杭人④，未知所据。存诗一首，即《春怨》："打起黄莺儿，莫教枝上啼。啼时惊妾梦，不得到辽西。"此诗最早见于顾陶《唐诗类选》，该书成书于唐宣宗大中十年(856)，故金氏当是中唐以前诗人⑤。明清的唐诗选本屡次选入此诗，如《唐诗品汇》、《唐诗解》、《唐诗选脉会通评林》、《唐诗

---

① 《新唐书》卷二〇二，中华书局 1975 年版，第 5771 页。
② 详见周勋初《芳林十哲考》，《周勋初文集》第 3 册，江苏古籍出版社 2000 年版，第 481 页。
③ 《瀛奎律髓汇评》卷三一，上海古籍出版社 2005 年版，第 1344 页。
④ 《唐诗纪事校笺》卷一五，巴蜀书社 1989 年版，第 411 页。
⑤ 明人高棅《唐诗品汇》卷四五称"诸家选本以此篇作《伊州歌》，按郭君茂倩《乐府集》无此篇，未知孰是"。今检《乐府诗集》卷七九《近代曲辞》载《伊州歌》十首中无此诗，然其题解引《乐苑》曰："《伊州》，商调曲，西京节度盖嘉运所进也。"据《新唐书》卷二一五《突厥下》，盖嘉运于唐玄宗开元二十四年至二十七年间(736—739)任碛西节度使，和抚西域诸国并击破突骑施，其进乐当在此后。伊州地处西域，与"辽西"一西一东，相隔万里，《伊州歌》中不应有涉及"辽西"之内容。谢榛《诗家直说》卷一径称此诗为盖嘉运诗，无据。

笺注》、《唐诗摘抄》、《唐诗别裁集》、《网师园唐诗笺》、《读雪山房唐
诗钞》、《唐诗三百首》等,且多有好评,例如《唐诗笺注》中评曰:"天
然白描文笔,无可移易一字。"《网师园唐诗笺》评曰:"真情发为天
籁。"《读雪山房唐诗钞》甚至评曰:"虽使王维、李白为之,未能远
过。"一位生平事迹湮灭无考的诗人,仅凭一首作品被选就留名后
代,选本的力量,于此可见一斑。

有些小家的情况比较复杂。比如盛唐诗人刘方平,其人家世
显赫,从高祖刘政会起代有高官,清人俞樾甚至有"唐诗人刘方平
家世最贵"之说①。方平本人则德才兼备,李颀赠诗曰:"二十工词
赋,惟君著美名。童颜且白皙,佩德如瑶琼。"②然方平性格高洁,
应举不第,即归隐颍阳,皇甫冉赠诗曰:"潘郎作赋年,陶令辞官后。
达生贵自适,良愿固无负。"③元人辛文房赞刘方平曰:"工诗,多悠
远之思,陶写性灵,默会风雅,故能脱略世故,超然物外。"④所以刘
方平生前寂寞,并无籍籍之名,在当代唐诗学界也不受重视,至今
未见文学史著作论及其诗。但是刘方平的诗在唐代就受到选家重
视,在《御览诗》中选录13首,在《又玄集》中选录2首,在《才调集》
中选录2首。及至宋代,在《文苑英华》中选录7首,在《乐府诗集》
中选录7首。上述诸诗去其重复,共得24首。清人所编《全唐诗》
收刘方平诗共26首,其中仅有《铜雀妓》、《拟娼楼节怨》二首未详
出处。可见刘方平诗之留存于世,历代唐诗选本是最主要的文献
载体。而且刘方平有几首诗频繁地出现在历代唐诗选本中,所以
流传甚广。例如《秋夜泛舟》,曾被选入《御览诗》、《又玄集》、《才调
集》、《瀛奎律髓》、《唐诗选脉会通评林》、《网师园唐诗笺》、《读雪山
房唐诗钞》等多种选本。又如《秋夜寄皇甫冉郑丰》,曾被选入《唐
诗归》、《贯华堂选批唐才子诗》、《唐诗摘钞》、《山满楼笺注唐诗七

---

① 见《茶香室续钞》卷三,《茶香室丛钞》,中华书局1995年版,第560页。
② 《送刘方平》,《全唐诗》卷一三三,第1357页。
③ 《寄刘方平》,《全唐诗》卷二四九,第2804页。
④ 《唐才子传校笺》卷三,中华书局1987年版,第591页。

言律》、《读雪山房唐诗钞》、《网师园唐诗笺》等选本。又如《春怨》,
曾被选入《御览诗》、《又玄集》、《才调集》、《唐诗解》、《唐诗归》、《唐
诗选脉会通评林》、《读雪山房唐诗钞》、《网师园唐诗笺》等书。又
如《夜月》,曾被选入《御览诗》、《唐诗笺注》、《唐人万首绝句选评》、
《读雪山房唐诗钞》。最后二首因被选入《唐诗三百首》,更为当代
读者所熟知。

中唐诗人朱可久,字庆馀,以字行。晚唐张为在《诗人主客图》
中将朱庆馀列为"清奇雅正主"李益之及门,然五代人张泊在《项斯
诗集序》中称张籍诗"为律格诗,尤工于匠物,字清意远,不涉旧体,
天下莫能窥其奥,唯朱庆馀一人亲授其旨"①,李益与张籍诗风不
类,从现存作品来看,朱庆馀的诗风更近于张籍。晚唐范摅《云溪
友议》载:"朱庆馀校书既遇水部郎中张籍知音,遍索庆馀新制篇什
数通,吟改后,只留二十六章,水部置于怀抱而推赞焉。清列以张
公重名,无不缮录讽咏之,遂登科第。"②朱庆馀诗深得张籍推重,
二人诗风接近当是主要原因。《唐才子传》因而称朱庆馀:"得张水
部诗旨,气平意绝,社中哲匠也。有名当时。"③朱庆馀诗在唐人选
唐诗中仅有一首入选,即《宫词》入选《才调集》④。其诗受选家关
注始于明代,高棅《唐诗品汇》中选其诗 7 首,包括五律 2 首,五排 1
首,七绝 4 首。值得注意的是七绝《宫词》被选入《唐诗品汇》、《唐
诗解》、《唐诗归》、《唐诗选脉会通评林》、《唐人万首绝句选》、《读雪
山房唐诗钞》、《而庵说唐诗》、《唐诗合解》、《唐诗笺注》。另一首七
绝《闺意上张水部》则被选入《唐诗品汇》、《唐诗选脉会通评林》、

---

① 《唐文拾遗》卷四七,《全唐文》第 11 册,中华书局 1983 年版,第
10906 页。

② 《云溪友议》卷下,《唐五代笔记小说大观》,上海古籍出版社 2000 年
版,第 1320 页。

③ 《唐才子传校笺》卷六,中华书局 1990 年版,第 190 页。

④ 按:《唐人选唐诗新编》据《四部丛刊》本整理之《才调集》卷八录朱庆
馀《惆怅诗》一首,点校者傅璇琮指出此篇乃误收王涣诗,汲古阁《唐人选唐诗
八种》本则无此诗而录朱氏《宫词》,可从。

《读雪山房唐诗钞》。此外,这两首七绝均被选进《唐诗三百首》,因此成为家弦户诵的名篇①,朱庆馀也由是著名。

　　盛唐诗人刘眘虚,生平不详。《唐才子传》中称其:"姿容秀拔。九岁属文,上书召见,拜童子郎。开元十一年徐征榜进士。调洛阳尉,迁夏县令。"然据傅璇琮校笺,所谓"九岁属文"云云,皆为刘晏事迹之附会②。《登科记考》中亦无其进士登第之记录③。事实上刘眘虚的可靠事迹仅见于《河岳英灵集》,此书选其诗11首,且有作者小传云:"眘虚诗,情幽兴远,思苦词奇。忽有所得,便惊众听。顷东南高唱者十数人,然声律婉态,无出其右。唯气骨不逮诸公。自永明已还,可杰立江表。至如'松色空照水,经声时有人'……又'道由白云尽,春与清溪长。时有落花至,远随流水香。开门向溪路,深柳读书堂。幽映每白日,清晖照衣裳'。并方外之言也。惜其不永,天碎国宝。"④奇怪的是,小传中举示的"松色"等四联,皆见于所选诗作,惟"道由白云尽"八句,则不在所选诗中。刘眘虚其人其诗留名后世,全靠《河岳英灵集》之选录。宋初的《文苑英华》将此11首诗全部收入,此外仅增补一首《积雪为小山》。至清人编《全唐诗》,也仅能补录2首,而且皆为误收他人之诗⑤。可见刘眘

---

　　①　《闺意上张水部》在《读雪山房唐诗钞》、《唐诗三百首》中题作《近试上张水部》,非是。施蛰存指出:"唐人制诗题有一个惯例:先表明诗的题材,其次表明诗的作用。如孟浩然诗有《临洞庭赠张丞相》,诗的题材是'临洞庭',诗的作用是'赠张丞相'。同样,朱庆馀这首诗的题材是'闺意',作用是'上张水部'。如果此诗题作'近试上张水部',那么诗中必须以临近试期为题材。虽然'待晓堂前'一句隐有'近试'的意义,但全诗并不贴紧'近试'。"(《唐诗百话》,华东师范大学出版社2011年版,第500页)可从。

　　②　《唐才子传校笺》卷一,中华书局1987年版,第186页。

　　③　详见孟二冬《登科记考补正》卷八,北京燕山出版社2003年版,第311页。

　　④　《唐人选唐诗新编》,中华书局2014年版,第186—187页。

　　⑤　按:《赠乔琳》实为张谓诗,《戎葵花歌》实为岑参诗,详见佟培基《全唐诗重出误收诗考》,陕西人民教育出版社1996年版,第150、152、204页。

虚的作品所以能留存于世,主要原因便是入选《河岳英灵集》。至于那首阙题的"道由白云尽"诗,则被明人的唐诗选本如《唐诗归》、《唐诗选脉会通评林》等以《阙题》为题而予选录,清代的《唐贤三昧集》、《读雪山房唐诗钞》、《网师园唐诗笺》、《唐诗摘抄》、《唐诗快》、《唐诗别裁集》、《唐律消夏录》、《唐诗三百首》等沿之,从此流传众口,广受赞誉。一首连题目都已亡佚的唐诗,竟成为传诵千古的名篇,唐诗选本的影响力之巨大,可见一斑!

<h2 style="text-align:center">三</h2>

　　某些唐诗小家的作品稍多,风格也较为多样,选本对他们的影响主要体现在突出其代表作以及主导风格的地位。例如祖咏虽曾登进士第,然"流落不偶,极可伤也。后移家归汝坟间别业,以渔樵自终"①,存诗亦仅三十余首。虽然严羽称其为"大名家"②,其实只能算是小家。但是祖咏的《望蓟门》、《终南望余雪》二诗却非常著名,究其原因,与频繁地入选唐诗选本有很大关系。选录前者的选本有《国秀集》、《文苑英华》、《瀛奎律髓》、《唐诗品汇》、《唐诗选》、《唐诗解》、《唐诗选脉会通评林》、《唐贤三昧集》、《网师园唐诗笺》、《贯华堂选批唐才子诗》、《山满楼笺注唐诗七言律》、《读雪山房唐诗钞》、《唐诗别裁集》、《唐诗三百首》等;选录后者的选本有《河岳英灵集》、《文苑英华》、《唐诗品汇》、《唐诗选》、《唐诗解》、《唐诗归》、《唐诗选脉会通评林》、《唐贤三昧集》、《而庵说唐诗》、《读雪山房唐诗钞》、《网师园唐诗笺》、《唐诗笺注》、《唐人万首绝句选》、《唐诗别裁集》、《唐诗三百首》等。正因如此,在王兆鹏《唐诗排行榜》中,这两首诗分别名列第 45 名、第 82 名之高位,成为名符其实的唐诗名篇。因为《唐诗排行榜》评价作品的各项参数中,选本的权重高达 50%。

　　又如韩翃是"大历十才子"之一,可算中唐诗坛上的名家。但

---

① 《唐才子传校笺》卷一,第 208 页。

② 《沧浪诗话·考证》,《沧浪诗话校释》,第 244 页。

在整个唐诗史上,仍难跻身于大家之列。韩翃诗中最早为选家注目的是其五律,如《中兴间气集》选其诗 7 首,均为五律。在此书的作者小传中推赏的韩诗名句如"星河秋一雁,砧杵夜千家",也出于五律《酬程近秋夜即事见赠》。然而韩翃最负盛名的诗作当推七绝《寒食》,其原因有二:一是此诗曾见赏于唐德宗,并因此擢其为驾部郎中知制诰①;二是此诗曾多次获得唐诗选家的青睐,包括《唐诗品汇》、《唐诗正声》、《唐诗选》、《唐诗解》、《唐诗选脉会通评林》、《唐人万首绝句选》、《而庵说唐诗》、《唐诗摘抄》、《读雪山房唐诗钞》、《网师园唐诗选》、《唐诗别裁集》、《唐诗三百首》等。其中如《而庵说唐诗》仅选韩翃诗一首,即《寒食》是也。而《酬程近秋夜即事见赠》却仅入选《瀛奎律髓》、《唐诗品汇》、《读雪山房唐诗钞》、《唐诗三百首》等少数选本。入选次数的多少决定了作品被接受程度的高低,于是《寒食》一诗不胫自走,传诵万口。在《唐诗排行榜》中,《寒食》高居第 35 名的高位,主要原因即它在"古代选本"中入选达 12 次,在"现代选本"中多达 20 次。

当然,一首唐诗因入选选本而成为名篇,有一个关键因素是选本自身的通行程度。在上文论及的一些例子中,凡是知名度较高的名篇几乎都曾入选《唐诗三百首》,便是最明显的征兆。比如盛唐诗人綦毋潜有两首诗经常入选唐诗选本,其一是《宿龙兴寺》,曾入选《唐诗品汇》、《唐诗选》、《唐诗解》、《唐诗选脉会通评林》、《读雪山房唐诗钞》等书,其二是《春泛若耶溪》,曾入选《河岳英灵集》、《又玄集》、《唐诗品汇》、《唐诗归》、《唐诗选脉会通评林》、《唐贤三昧集》、《唐音审体》、《网师园唐诗笺》、《读雪山房唐诗钞》、《唐诗三百首》等书。后者入选的唐诗选本更多,其中还包括《唐诗三百首》在内,由此成为名篇,前者则较少为人所知。又如晚唐诗人张乔集中颇多名篇,其中在后代唐诗选本中入选次数较多者依次有如下作品:《题河中鹳雀楼》入选《文苑英华》、《唐诗品汇》、《唐诗正声》、《唐诗解》、《唐诗正声》、《贯华堂批点唐才子诗》、《唐诗摘

---

① 详见《本事诗》卷一,《历代诗话续编》,中华书局 1983 年版,第 8 页。

抄》、《唐诗贯珠》、《此木轩五言律七言律诗选读本》、《山满楼笺注唐诗七言律》、《唐体肤诠》等 11 种；《试月中桂》入选《文苑英华》、《唐诗品汇》、《唐诗选评》、《唐风怀》、《唐诗摘抄》、《唐诗笺要》、《网师园唐诗笺》、《唐诗观澜集》、《唐诗别裁集》等 9 种；《宴边将》入选《文苑英华》、《唐诗品汇》、《唐诗选》、《唐诗解》、《读雪山房唐诗钞》、《唐诗笺注》等 6 种；《书边事》入选《文苑英华》、《唐诗品汇》、《唐诗矩》、《唐诗三百首》等 4 种。然而由于《唐诗三百首》的流行程度最大，《书边事》一诗便成为张乔诗中传诵最广的名篇。

选本对唐诗名篇同诗异题的取舍有重要的影响。例如盛唐诗人张继，其诗在《中兴间气集》中入选 3 首，其中包括《夜宿松江》："月落乌啼霜满天，江枫渔火对愁眠。姑苏城外寒山寺，夜半钟声到客船。"《文苑英华》卷二九二录有此诗，题作《枫桥夜泊》，第二句作"江村渔父对愁眠"，下注云："诗选作'江枫渔火'。"第四句作"半夜钟声到客船"，下注云："诗选作'夜半'。"①小注中的"诗选"或即指《中兴间气集》而言。此后，仅有《而庵说唐诗》中题作《夜泊松江》，而在《笺注唐贤三体诗法》、《唐诗品汇》、《唐诗正声》、《唐诗选》、《唐诗解》、《唐诗选脉会通评林》、《唐诗万首绝句选》、《唐诗别裁集》、《唐诗三百首》、《读雪山房唐诗钞》、《网师园唐诗笺》等唐诗选本中均题作《枫桥夜泊》。当代学人或对此题有所怀疑，比如施蛰存说："如果张继的船就停泊在寒山寺外枫桥下，那么他听到的半夜钟声，一定就从岸上寺中发出，为什么他的诗句说是'姑苏城外寒山寺'，而且这钟声是'到'客船呢？我以为《中兴间气集》选此诗，题为《夜泊松江》，这是张继的原题。他的船并不是停泊在寒山寺下，或说枫桥下，而是在寒山寺及枫桥还相当远的松江上。这样，第三、四句诗才符合情况。"②上述观点求解过深，不合情理。因为如果张继是泊船在松江上，那么松江距离寒山寺甚远，中间还

---

① 《文苑英华》卷二九二，第 1491 页。

② 《张继:枫桥夜泊》，《唐诗百话》，第 435 页。

隔着一个姑苏城(松江流经姑苏城的东南,寒山寺则在城西),如何能断定远处的钟声一定发自寒山寺? 正因他泊船在寒山寺外的枫桥之下,才能清晰地听到寺中钟声,"第三、四句诗才符合情况"。后代的唐诗选本大多弃《夜泊松江》之题而取《枫桥夜泊》,因为后者才与文本切合无间。由此可见,《枫桥夜泊》成为一首扣题甚紧的唐诗名篇,唐诗选本起了很大的影响。

　　选本对唐诗名篇的异文之取舍也有重要的影响,例如王湾为盛唐著名诗人,但作品流传不多。殷璠《河岳英灵集》录其诗8首,且于其名下评曰:"湾词翰早著,为天下所称最者不过一二。游吴中,作《江南意》诗云:'海日生残夜,江春入旧年。'诗人已来,少有此句。张燕公手题政事堂,每示能文,令为楷式。"《江南意》全诗即在所录8首之中:"南国多新意,东行伺早天。潮平两岸失,风正数帆悬。海日生残夜,江春入旧年。从来观气象,惟向此中偏。"芮挺章《国秀集》选王湾诗1首,即《次北固山作》:"客路青山外,行舟绿水前。潮平两岸阔,风正一帆悬。海日生残夜,江春入旧年。乡书何处达,归雁洛阳边。"《江南意》与《次北固山作》显然是同一首诗,但首、尾两联完全不同,次联中也相异两字,一诗之内异文如此之多,唐诗中所罕见。由于《河岳英灵集》与《国秀集》的编纂年代相近,我们无法从文本出现的年代来决定取舍,但不妨将历代选本的入选情形作为参考。在后代的著名唐诗选本中,仅有《唐诗归》、《唐诗评选》选录前者,其余如《瀛奎律髓》、《唐诗品汇》、《唐诗选》、《唐诗解》、《唐诗镜》、《唐诗选脉会通评林》、《唐诗镜》、《而庵说唐诗》、《唐贤三昧集》、《唐诗别裁集》、《唐诗三百首》、《网师园唐诗笺》等选本中均选录后者。有趣的是,清人沈德潜在《唐诗别裁集》中也取《次北固山作》,但其第三句则从《河岳英灵集》作"潮平两岸失",且加按语曰:"'两岸失',言潮平而不见两岸也。别本作'两岸阔',少味。"①对此,潘德舆驳

────────────

　　① 《唐诗别裁集》卷一〇,上海古籍出版社1979年版,第336页。

云："沈归愚《别裁》亦主芮氏，而'失'字独从殷氏，未免任意取携。"①时至今日，《次北固山作》已成为家喻户晓的唐诗名篇，而《江南意》则仅在学者讨论唐诗异文时才为人提及。可以说，在对王湾此诗的异文之取舍中，历代唐诗选本起了决定性的影响。

选本对唐代诗人风格的认定也有重要的影响。唐诗僧皎然，一生作诗甚多，今存者尚有五百余首，《全唐诗》编为七卷。其诗无论是题材还是风格，均取径甚宽，不像一般的僧诗那般寒俭枯窘。比如《从军行五首》、《塞下曲二首》、《咏史》等诗，词意慷慨激昂；《昭君怨》、《铜雀妓》、《长门怨》等诗，则词丽意切。至于以山川行役为主题的长篇五古如《答黎士曹黎生前适越后之楚》等诗，则字句精丽、刻画工细，颇如其远祖谢灵运之诗风。诚如于頔所云："得诗人之奥旨，传乃祖之菁华。江南词人，莫不楷范。极于缘情绮靡，故辞多芳泽。师古兴制，故律尚清壮。"②皎然的诗论也主张："取境之时，须至难至险，始见奇句。成篇之后，观其气貌，有似等闲，不思而得，此高手也。"③相传"时韦应物以古淡矫俗，公尝拟其格，得数解为赘。韦心疑之。明日，又录旧制以见，始被领略，曰：'人各有长，盖自天分。子而为我，失故步矣，但以所诣自名可也'"④。可见平淡萧散之风格，仅为皎然诗风的一个方面，而且并非其主要风貌。然而这一种风格的皎然诗较多进入后人选本，例如《寻陆鸿渐不遇》一诗，曾被选入《才调集》、《唐诗品汇》、《唐诗归》、《唐诗快》、《读雪山房唐诗钞》、《唐诗摘抄》、《碛砂唐诗选》、《唐诗别裁集》、《唐诗三百首》等书，于是不胫而走，成为皎然最著

---

① 《养一斋诗话》卷八，《清诗话续编》，上海古籍出版社 1983 年版，第 2127 页。

② 《释皎然杼山集序》，《全唐文》卷五四四，第 5520 页。

③ 《诗式》卷一，见张伯伟《全唐五代诗格校考》，陕西人民教育出版社 1996 年版，第 210 页。

④ 《唐才子传校笺》卷四，中华书局 1989 年版，第 199 页。按：赵昌平笺曰："此事实未可征信。"然此事首载于《因话录》，《唐诗纪事》因之，可见流传甚广，即使出于编造，亦反映出时人对皎然诗风的看法。

名的代表作,而平淡萧散也就被广大读者认作皎然诗风的主要
特征。

四

　　如上所述,唐诗选本对唐代诗人的知名度及唐诗作品的经典
化均有相当大的作用,这对唐诗之传播无疑具有积极的影响。然
而成也萧何,败亦萧何。有些小家的诗作因入选通行选本而知名,
但在选录过程中有时会产生作者、诗题的张冠李戴或文本的讹误
失真,以至于以讹传讹,曲解诗意,反而影响唐诗的正常传播。例
如《国秀集》卷下入选《登楼》:"白日依山尽,黄河入海流。欲穷千
里目,更上一重楼。"署名是"处士朱斌"。但在《文苑英华》卷三一
二录此诗,题作《登鹳雀楼》,尾句改成"更上一层楼",署名则是王
之涣。此后虽有明代赵宧光《万首唐人绝句》、钟惺《唐诗归》等少
数唐诗选本作朱斌诗,但是在洪迈《万首唐人绝句》以及《唐诗品
汇》、《唐诗选》、《唐诗解》、《唐诗选脉会通评林》、《而庵说唐诗》、
《唐贤三昧集》、《唐人万首绝句选评》、《唐诗别裁集》、《读雪山房唐
诗钞》、《唐诗三百首》、《网师园唐诗笺》等众多的选本中皆作王之
涣诗。时至今日,多数读者从牙牙学语时就已诵读此诗,亦都认其
为王之涣诗。据王兆鹏《唐诗排行榜》的统计,此诗以王之涣《登鹳
雀楼》之名义入选的古代选本多达 20 种,现代选本更多达 30 种,
从而雄踞百首唐诗名篇的第 4 名。至于真正的作者朱斌,只有少
数专事唐诗研究的学者承认其著作权①,在一般读者的心目中早
已湮没无闻。又如中唐诗人刘皂的《旅次朔方》:"客舍并州数十
霜,归心日夜忆咸阳。无端又渡桑干水,却望并州是故乡。"入选令
狐楚《御览诗》,且于题下注云:"向见贾阆仙集原题渡桑干。"可见
此诗的作者当时曾有两说,然令狐楚与贾岛相识,他将此诗系于刘
皂名下,当有所据。宋人王安石《唐百家诗选》中录此诗于贾岛名
下,题作《渡桑干》,清人何焯批曰:"此诗见《御览集》中作刘皂,恐

①　参看佟培基《全唐诗重出误收考》,第 157 页。

士选进当元和之初。贾,范阳人,桑干正其故乡,诗意亦不相合也。"①何焯的驳正理由充分,但从南宋开始,《万首唐人绝句》等许多唐诗选本均将此诗题作贾岛《渡桑干》。与此类似的是中唐诗人孙革的《访羊尊师》:"松下问童子,言师采药去。只在此山中,云深不知处。"此诗首见于北宋《文苑英华》卷二二八,南宋的《万首唐人绝句》方以《寻隐者不遇》之题系于贾岛名下,但此后的唐诗选本均沿袭后者,乃至入选《唐诗品汇》、《唐诗选》、《唐诗别裁集》、《唐诗三百首》等著名唐诗选本。于是刘皂、孙革之诗名湮灭不彰,贾岛却得到不虞之誉,比如清人周容曰:"阆仙所传寥寥,何以为当时推重?'客舍并州'一绝,结构筋力,固应值得金铸耳。"②其实贾岛长于五律,并不擅长五、七言绝句。再如盛唐诗人丘为的《山行寻隐者不遇》是其名篇,最早选录此诗的是《国秀集》,其后《文苑英华》、《网师园唐诗笺》、《唐诗别裁集》从之。但是此诗在《又玄集》中题作《寻西山隐者不遇》,其后《唐诗品汇》、《唐诗归》、《唐诗选脉会通评林》、《唐诗三昧集》、《唐诗清雅集》、《唐诗三百首》从之。照理说《国秀集》的成书年代远早于《又玄集》,《文苑英华》则早于《唐诗品汇》等书,但由于后一个诗题见于更多的唐诗选本,其中又包括家喻户晓的《唐诗三百首》,所以后者的接受程度反而更高,而前者却几乎湮没无闻。类似的情况还发生在盛唐人张旭身上,张旭本以书法著称,诗作则寥若晨星。然而南宋洪迈将北宋蔡襄的 3 首七绝误作张旭诗收入《万首唐人绝句》,后代唐诗选本沿袭其误纷纷选录,比如《山行留客》入选《唐诗归》、《唐贤三昧集》、《唐诗别裁集》等,《桃花溪》则入选《唐诗归》、《唐诗摘抄》、《唐贤三昧集》、《唐诗三百首》等著名选本,于是张旭也俨然成为唐代著名诗人③。这真是由选本而带来的不虞之誉!

---

① 《唐百家诗选》卷一五,《王安石全集》,复旦大学出版社 2016 年版,第 523 页。

② 《春酒堂诗话》,《清诗话续编》,第 112 页。

③ 详见拙文《唐诗三百首中有宋诗吗》,《文学遗产》2001 年第 5 期。

选本对唐诗名篇最严重的负面影响是由异文取舍之不当导致对作品主旨的严重歪曲,试看二例。郑畋是晚唐名臣,但诗名不彰。其诗之有名者,惟《马嵬坡》一首。晚唐高彦休《唐阙史》云:"马嵬佛寺,杨贵妃缢所。迩后才士文人经过,赋咏以导幽怨者,不可胜纪。莫不以翠翘香钿委于尘土,红凄碧怨令人伤悲,虽调苦词清,而无逃此意。独丞相荥阳公畋,为凤翔从事日,题诗曰:'肃宗回马杨妃死,云雨虽亡日月新。终是圣明天子事,景阳宫井又何人。'后人观者以为真辅相之句。公之篇什,可以糠秕颜谢,笞挞曹刘。……议者以为傥遇评于精鉴,当在李翰林、杜工部之右。"①对此,宋人魏泰驳云:"唐人咏马嵬之事者多矣。世所称者,刘禹锡曰:'官军诛佞倖,天子舍妖姬。群吏伏门屏,贵人牵帝衣。低回转美目,风日为无辉。'白居易曰:'六军不发争奈何,宛转蛾眉马前死。'此乃歌咏禄山能使官军皆叛,逼迫明皇,明皇不得已而诛杨妃也。噫! 岂特不晓文章体裁,而造语蠢拙,抑已失臣下事君之礼矣。老杜则不然,其《北征》诗曰:'忆昨狼狈初,事与古先别。''不闻夏商衰,中自诛褒妲。'乃见明皇鉴夏商之败,畏天悔过,赐妃子死,官军何预焉?《唐阙史》载郑畋《马嵬诗》,命意似矣。而词句凡下,比说无状,不足道也。"②此诗因被选入《唐诗三百首》而为人传诵,郑畋也由是知名。然《唐诗三百首》据王士禛《万首唐人绝句选》将首二句改成"玄宗回马杨妃死,云雨难忘日月新",遂使诗意南辕北辙。对此,陈寅恪辨之云:"盖肃宗回马及杨贵妃死,乃启唐室中兴之二大事,自宜大书特书,此所谓史笔卓识也。'云雨'指杨贵妃而言,谓贵妃虽死而日月重光,王室再造。其意义本至明显平易。今世俗习诵之本易作'玄宗回马杨妃死,云雨难忘日月新',固亦甚妙而可通,但此种改易,必受《长恨歌》此节及玄宗难忘杨妃令方士寻觅一节之暗示所致,殊与台文元诗之本旨绝异。斯则不得

①　《唐阙史》卷上,《唐五代笔记小说大观》,第 1341—1342 页。
②　《临汉隐居诗话》,《历代诗话》,中华书局 1981 年版,第 324 页。

不为之辨正者也。"①

崔颢的《黄鹤楼》是久负盛名的唐诗名篇,宋人严羽已云:"唐人七言律诗,当以崔颢《黄鹤楼》为第一。"②在王兆鹏《唐诗排行榜》中,此诗更是高居百篇唐诗名篇之冠。《唐诗排行榜》的评价参数中入选选本的次数占有极大的权重,《黄鹤楼》在"古代选本"中入选 17 次,在"现代选本"中入选 24 次,便是它在百首名篇中独占鳌头的重要依据。然而频繁地入选选本也对此诗产生了不利的影响,那便是文本的变异。《黄鹤楼》一诗有多处异文,其中最重要的是首句"昔人已乘白云去",一作"昔人已乘黄鹤去"。刘学锴指出:"'白云',自明代中叶以来诸家选本、总集及评论均作'黄鹤',但唐人选本《国秀集》《河岳英灵集》《又玄集》《才调集》,至宋初《文苑英华》,南宋《唐诗纪事》,再到《瀛奎律髓》《唐诗鼓吹》,再至明初《唐诗品汇》,无一例外均作'白云',可以确证崔颢原诗首句定当作'昔人已乘白云去',作'黄鹤'者乃明人中叶的选本如《唐诗解》的擅改。"③从版本学的角度来看,刘先生的结论可称定谳。但是由于作"黄鹤"者包括《唐诗解》、《唐诗选脉会通评林》、《贯华堂选批唐才子诗》、《唐诗选评》、《而庵说唐诗》、《唐贤三昧集》、《山满楼笺注唐诗七言律》、《唐诗别裁集》、《唐诗三百首》等著名选本,所以这个异文后来居上,喧宾夺主,竟被视为定本,还得到理直气壮的辩护。例如清初金圣叹曰:"有本乃作'昔人已乘白云去',大谬。不知此诗正以浩浩大笔,连写三'黄鹤'字为奇耳。"④清人赵臣瑷亦曰:"妙在一曰黄鹤,再曰黄鹤,三曰黄鹤,令读者不嫌其复,不觉其烦,

---

① 《元白诗笺证稿》第一章《长恨歌》,上海古籍出版社 1978 年版,第 36 页。

② 《沧浪诗话·诗评》,《沧浪诗话校释》,第 197 页。

③ 《唐诗选注评鉴》,中州古籍出版社 2019 年版,第 313 页。

④ 《贯华堂选批唐才子诗甲集七言律》卷四下,《金圣叹全集》,凤凰出版社 2008 年版,第 190 页。

不讶其何谓。"①纪昀亦曰："改首句'黄鹤'为'白云',则三句'黄鹤'无根。"②近人高步瀛甚至说："起句云乘鹤,故下云空余。若作'白云',则突如其来,不见文字安顿之妙矣。后世浅人见此诗起四句三'黄鹤'一'白云',疑其不均,妄改第一'黄鹤'为'白云',使白云黄鹤两两相俪,殊不知诗之格局绝不如此。"③时至今日,在许多唐诗读本例如《唐诗鉴赏辞典》中,竟对首句作"白云"的异文只字不提④。于是这首唐诗名篇便被后代的唐诗选本实行了以假乱真的文本臆改。

<h2 style="text-align:center">五</h2>

综上所述,唐诗选本对于唐诗小家的影响是形形色色、利弊参半的。但从总体来看,在长达千年的唐诗接受史上,选本对小家作品的保存、传播以及小家名声的免于湮没起着相当积极的影响。尤其重要的是,小家在唐诗史上的地位之确立,选本起着决定性的影响。试看一例。大历诗人钱起与郎士元生前齐名,唐德宗贞元初年,高仲武在《中兴间气集》的钱起小传中云："士林语曰:'前有沈宋,后有钱郎。'"⑤此时钱、郎去世未久,可视为诗坛对二人的盖棺论定之评。北宋欧阳修、宋祁的《新唐书·文艺传》中转述此语,可见后人对此种评价的认同。有趣的是,在唐代的唐诗选本中,《中兴间气集》对二人之诗各选 12 首,《极玄集》对二人之诗各选 8 首,此外仅有《才调集》选钱诗 1 首而未选郎诗,可见在唐代选家的心目中,钱、郎二人确是旗鼓相当。可是到了后代,钱、郎入选唐诗选本的多寡程度渐行渐远,试据历代较重要的唐

---

① 《山满楼笺注唐诗七言律》,见《唐诗汇评》,上海古籍出版社 2015 年版,第 572 页。
② 《瀛奎律髓汇评》卷一,第 24 页。
③ 《唐宋诗举要》卷五,上海古籍出版社 1978 年版,第 546 页。
④ 见《唐诗鉴赏辞典》,上海辞书出版社 1983 年版,第 367 页。
⑤ 《中兴间气集》卷上,《唐人选唐诗新编》,第 459 页。

诗选本列表如下：

	钱起诗	郎士元诗
唐百家诗选	6	21
瀛奎律髓	3	7
唐诗品汇	114①	38
唐诗选	5	1
唐诗解	43	6
唐诗归	16	0
唐诗选脉会通评林	39	10
贯华堂选批唐才子诗	4	4
而庵说唐诗	4	0
唐诗摘抄	6	4
山满楼笺注唐诗七言律	5	2
唐诗笺注	13	3
唐音审体	11	0
唐诗别裁集	29	8
唐诗三百首	3	0
读雪山房唐诗钞	67	20
网师园唐诗笺	18	5

由此可知,在 2 种宋代选本中,郎士元的地位远胜于钱起;在 5 种明代选本中,钱的地位远胜于郎;在 10 种清代选本中,钱的地位胜于郎,但不如明代选本那样悬殊。考虑到二人存世作品数量的差别(钱诗今存 530 余首,郎诗今存 60 余首),清代选本对二人

---

① 按:《唐诗品汇》卷四一选钱起《江行无题》20 首,实为钱珝诗误入,今削去不计。

的取舍是比较合理的,这与现代学者的评价基本一致①。可见虽然某一种唐诗选本对小家的评价或有偏颇,比如王安石《唐百家诗选》选郎诗远多于钱诗,又如钟惺、谭元春《唐诗归》选钱诗 16 首而对郎诗付之阙如,均属轻重失宜。但从总体来看,历代唐诗选本对小家地位的确立有着相当有利的影响。笔者认为其中缘由在于:选本虽然体现着选家的独特眼光,但也间接反映着读者的集体选择,越是流行程度较高的选本,后一种因素就越是重要。所以从总体来看,历代唐诗选本对于唐诗小家有着至关重要的影响,是构成唐诗接受史的重要因素,值得深入探讨。

---

① 参看蒋寅《大历诗人研究》第二章,中华书局 1995 年版,第 176—205、281—293 页。

论杜甫是文以载道的典范

与儒家有关的传统观念,在现代都曾被弃若敝屣,"文以载道"当然也不例外。司马长风说:"新文学运动是在批判'文以载道'旧传统的凯歌声中启幕的。"①诚哉斯言!其实"文以载道"一语中"道"的内涵非常复杂,现代的论者却往往认定那是特指孔孟之道,陈独秀说:"余常谓唐宋八大家之所谓'文以载道',直与八股家之所谓'代圣贤立言'同一鼻孔出气。"②就是"五四"时代最具代表性的言论。虽然广义的"文以载道"后来又以各种形式借尸还魂,正如朱光潜所言:"中国所旧有的'文以载道'一个传统观念很奇怪地在一般自命为'前进'作家的手里,换些新奇的花样而安然复活着,文艺据说是'为大众'、'为革命'、'为阶级意识'。"③但是如陈独秀所云有特定内涵的"文以载道"从此成为纯属负面意义的观念,不但治新文学者认定它是文学的大敌,而且治古代文学者也认为它对文学有害无益,例如张少康、刘三富在《中国文学理论批评发展史》中就这样评价北宋理学家周敦颐的"文以载道"之说:"总之,不把文章写作作为一种独立的事业,而只把它看作是理学的一个附属品,实际也就否定了文学独立存在的价值。"④然而,"文以载道"果真对文学有害无益吗?"文以载道"的作品必定缺乏文学价值吗?当然不是,杜甫就是一个典型的例证。

---

① 《中国新文学史》上卷,昭明出版社 1980 年版,第 5 页。
② 《文学革命论》,《陈独秀著作选编》第 1 卷,上海人民出版社 2009 年版,第 290 页。
③ 《理想的文学刊物》,《朱光潜全集》第 3 卷,安徽教育出版社 1987 年版,第 432 页。
④ 《中国文学理论批评发展史》第 15 章,北京大学出版社 1995 年版,下册第 34 页。

一

　　"文以载道"一语首见于北宋周敦颐的言论："文所以载道也，轮辕饰而人弗庸，徒饰也，况虚车乎？文辞，艺也。道德，实也。笃其实而艺者书之，美则爱，爱则传焉。"①但是这种观念早已见于唐代古文家的论述，例如柳宗元说："文者以明道。"②李汉则说："文者，贯道之器也。"③再往前推，则南朝刘勰所云"道沿圣以垂文，圣因文而明道"④也表达了相似的意思。虽然朱熹对"文以贯道"说大为不满："这文皆是从道中流出，岂有文反能贯道之理？文是文，道是道，文只如吃饭时下饭耳。若以文贯道，却是把本为末，以末为本，可乎？"⑤但这只是为了维护理学权威的门户之见，其实李汉明明说"文"只是"贯道之器"，何尝有以文为本的意思？平心而论，"文以贯道"、"文以明道"与"文以载道"的基本内涵是相当接近的，都是把"文"视作手段，"道"才是目的。在古代的语境中，许多概念、术语都不具备清晰的内涵，"道"与"文"都是如此。即使在把"道"与"文"相提并论的时候，它们也会具有不同的内涵。以朱熹的相关论述为例，他说："道只是有废兴，却丧不得。文如三代礼乐制度，若丧，便扫地。"⑥这里的"道"指永世长存的天道，"文"则指典章制度。朱熹又说："小子之学，洒扫应对进退之节，诗、书、礼、乐、射、御、书、数之文是也。大人之学，穷理、修身、齐家、治国、平

---

　　①　《通书·文辞第二十八》，《周敦颐集》卷二，中华书局1990年版，第34页。

　　②　《答韦中立论师道书》，《柳河东集》卷三四，上海古籍出版社2008年版，第542页。

　　③　《唐吏部侍郎昌黎先生讳愈文集序》，《全唐文》卷七四四，中华书局1983年版，第7697页。

　　④　《原道》，《文心雕龙注》卷一，人民文学出版社1958年版，第3页。

　　⑤　《朱子语类》卷一三九，中华书局1994年版，第3305页。

　　⑥　《朱子语类》卷三六，第958页。

天下之道是也。"①这里的"道"是指儒家的学说,"文"则指包括礼仪、技能在内的一切文化学术。朱熹又说:"道之在天下,其实原于天命之性,而行于君臣、父子、兄弟、夫妇、朋友之间。其文则出于圣人之手,而存于《易》、《书》、《诗》、《礼》、《乐》、《春秋》、孔、孟氏之籍。"②这里的"道"指儒家重视的人伦秩序,"文"则指用文字写成的典籍文本。显然,上述三组"文"、"道"相对的概念中,只有第三组才比较接近周敦颐所说的"文以载道",也比较接近后来受到陈独秀大张挞伐的"文以载道"。为免辞费,本文在论及"文以载道"的观念时,只把"道"理解为儒家之道,"文"则指一切文学作品,不再进行概念的辨析。

杜甫心目中有没有类似"文以贯道"或"文以载道"的观念呢?杜诗有句云:"文章一小技,于道未为尊。"③(《贻华阳柳少府》)这是杜诗中惟一将"道"与"文"相提并论的例子,其意思是重道轻文,与"文以载道"的观念比较接近。除此之外,在杜甫的现存作品中不见类似"文以载道"的论述。但如果不拘于字面而察其思想,则杜甫对"文以载道"的观念是完全认同的。首先,杜甫重"道",杜诗中反复提及。虽说杜甫所说的"道"有时指道家或佛家之"道",例如"胡为客关塞,道意久衰薄"(《昔游》)④,又如"思量入道苦,自哂同婴孩"(《山寺》)⑤。但多数情况下专指儒家之道,例如"舜举十六相,身尊道何高"(《述古》)⑥,"府中韦使君,道足示怀柔"(《送韦十六评事充同谷防御判官》)⑦,这里的"道"是指儒家崇扬的政治

---

① 《经筵讲义・大学》,《朱文公文集》卷一五,《四部丛刊》本,商务印书馆,第 1 页。
② 《徽州婺源县藏书阁记》,《朱文公文集》卷七八,第 8 页。
③ 《杜诗镜铨》卷一三,上海古籍出版社 1998 年版,第 613 页。
④ 《杜诗镜铨》卷一七,第 860 页。
⑤ 《杜诗镜铨》卷一〇,第 479 页。
⑥ 《杜诗镜铨》卷一〇,第 455 页。
⑦ 《杜诗镜铨》卷三,第 147 页。

教化。又如"冀公柱石姿，论道邦国活"(《鹿头山》)①，"吾贤富才术，此道未磷缁"(《暮春江陵送马大卿公，恩命追赴阙下》)②，这里的"道"是指儒家的政治理念。再如"道大容无能，永怀侍芳茵"(《八哀诗·赠太子太师汝阳王琎》)③，"不但时人惜，只应吾道穷"(《奉汉中王手札报韦侍御萧尊师亡》)④。这里的"道"基本上是指儒家的圣贤之道。更重要的是，杜甫对儒家学说是拳拳服膺的，而他心目中的儒家学说的核心内容就是孔孟之道。在杜甫看来，孔孟之道的重要精神有以下四端：一是以"仁政爱民"为核心的政治思想；二是以夷夏之辨为基础的爱国思想；三是弘毅的人格精神；四是以"兴、观、群、怨"为核心的文学思想。其中的第四点与"文以载道"的观念相当接近，因为它们都是强调文学的政治功能和社会意义，都是强调作品的内容比形式更加重要。试看杜甫的《同元使君春陵行·序》："览道州元使君结《春陵行》兼《贼退后示官吏作》二首，志之曰：当天子分忧之地，效汉官良吏之目。今盗贼未息，知民疾苦，得结辈十数公，落落然参错天下为邦伯，万物吐气，天下少安可待矣。不意复见比兴体制，微婉顿挫之词，感而有诗，增诸卷轴，简知我者，不必寄元。"⑤所谓"比兴体制"，即儒家诗论中的"兴、观、群、怨"之说⑥。所谓"微婉顿挫之词"，即指儒家诗教中的"温柔敦厚"之说⑦。正因如此，杜甫对元结反映民生疾苦、呼唤实行仁政的诗篇给予高度的评价。元结《春陵行》的结尾说："何人采国风，吾欲献此辞！"⑧杜甫自述其诗歌思想说："未及前贤更勿疑，

　①　《杜诗镜铨》卷三，第 147 页。

　②　《杜诗镜铨》卷一八，第 913 页。

　③　《杜诗镜铨》卷一四，第 682 页。

　④　《杜诗镜铨》卷一四，第 661 页。

　⑤　《杜诗镜铨》卷一二，第 602 页。

　⑥　《阳货》，《论语注疏》卷一七，北京大学出版社 1999 年版，第 237 页。

　⑦　《礼记·经解》记孔子之言："其为人也温柔敦厚，诗教也。"《礼记正义》卷五〇，北京大学出版社 1999 年版，第 1368 页。

　⑧　《杜诗镜铨》卷一二，第 606 页。

递相祖述复先谁。别裁伪体亲风雅,转益多师是汝师。"(《戏为六绝句》之六)①可见杜甫与元结正是在继承《诗经》的优良传统这一点上达成了默契,而他们所认可的《诗经》传统,正是儒家的诗教精神,也就是运用诗歌来进行美刺,进而干预社会,实现儒家主张的仁政理想。

二

杜甫是在政治上具有远大理想的人,他对自己期许很高,自述其人生理想是:"致君尧舜上,再使风俗淳。"(《奉赠韦左丞丈二十二韵》)②意即希望君主成为尧、舜那样的明君,整个社会则达到风俗淳良的境界。显然,这正是儒家思想中的理想社会。

杜甫怎么会有这样的人生理想? 首先,杜甫生在一个以儒学为传统的家庭里,他在《进雕赋表》中自述其家世说:"自先君恕、预以降,奉儒守官,未坠素业矣。"③杜恕是杜甫的十四代祖先,杜预则是其十三代祖先,杜家世世代代都遵守儒学的传统,杜甫为这样的家庭传统感到自豪。其次,杜甫生逢大唐盛世,早在唐初,便出现了太宗朝的贞观之治。及至盛唐,又出现了玄宗的开元之治。贞观之治在政治路线上的特征,便是魏徵所说的"君为尧舜,臣为稷契"④,也就是儒家政治理想的具体表现。杜甫信奉儒学,具有家庭与时代的双重背景。如此家国,禀性忠厚诚笃又胸怀大志的杜甫如何能离开儒学的传统?

杜甫始终以儒者自许,杜诗中共有 44 次用到"儒"字,其中有 20 次是他的自称。杜甫有时自称"儒生":"儒生老无成,臣子忧四藩。"(《客居》)⑤有时自称"老儒":"干戈送老儒。"(《舟中出江陵南

---

① 《杜诗镜铨》卷一,第 399 页。

② 《杜诗镜铨》卷一,第 25 页。

③ 《杜诗镜铨》附录,第 1040 页。

④ 《君臣鉴诫》,《贞观政要》卷三,上海古籍出版社 1978 年版,第 85 页。

⑤ 《杜诗镜铨》卷一二,第 585 页。

浦,奉寄郑少尹审》)①甚至是"腐儒":"乾坤一腐儒。"(《江汉》)②字面上或有自谦自抑之意,其实含有深深的自豪感,体现了诗人对自己儒者身份的珍视。从表面上看,杜甫并没有为儒家思想作出明显的贡献。他既没有皓首穷经,也没有排斥佛老,在儒学史上似乎没有他的位置。然而如果我们注意到儒学在本质上是一种实践哲学,那就应该重新思考这个问题。儒家是极其重视实践的。孔子、孟子虽然没有像墨子那样摩顶放踵的苦行,但他们与古希腊的哲人不同,他们从未沉溺于苏格拉底式的空谈,更未幻想进入柏拉图式的理想国。孔、孟所奉行的是以实际行为来实现其政治理想。他们的哲学是属于人间的,是脚踏实地的,是不离开日用人伦的。细察孔、孟一生的行事,著书立说只是在劳攘奔走终于明白道之不行的晚年才进行的,即使是他们决定以立言来实现人生的不朽后,其理论表述仍然以"我欲载之空言,不如见之于行事之深切著明也"③为显著特点。可以说,实践是儒学的灵魂。而杜甫对儒学的服膺遵循正是体现在这个方面。杜甫"一生却只在儒家界内"④,造次必于是,颠沛必于是,始终以儒家思想为安身立命之本。儒家主张行仁政,杜甫则为这个理想的政治模式大声疾呼:"致君尧舜上,再使风俗淳。"儒家谴责暴政,杜甫则用诗笔对暴政进行口诛笔伐:"朱门酒肉臭,路有冻死骨!"(《自京赴奉先县咏怀五百字》)⑤当杜甫得在朝廷里参政时,他不避危险面折廷争,展示了儒家政治家的可贵风节。当他远离朝政漂泊江湖时,也时时处处以儒家的道德标准要求自己。安史乱起,有多少高官贵人在叛军凶焰所笼罩的长安屈节或苟活,而刚得到一个从八品下微职的杜

---

① 《杜诗镜铨》卷一九,第 939 页。

② 《杜诗镜铨》卷一九,第 935 页。

③ 见司马迁《太史公自序》,《史记》卷一三〇,中华书局 1982 年版,第 3297 页。

④ 清人刘熙载语,见《艺概注稿》卷二,中华书局 2009 年版,第 290 页。

⑤ 《杜诗镜铨》卷三,第 110 页。

甫却独自冒着"死去凭谁报"(《喜达行在所》)①的危险逃归凤翔。
这既是他对儒家夷夏之辨的思想的实践,也是慎独的道德修养模
式的实施。

　　杜甫对儒学的一大贡献在于他以整个的生命为儒家的人格理
想提供了典范。儒家极其重视修身,认为这是实现其政治理想的
必要条件。曾参说"士不可以不弘毅"②,孟子倡导"富贵不能淫,
贫贱不能移,威武不能屈"的"大丈夫"精神③,杜甫对此身体力行。
他不但在早年身处长安时怀有儒家的政治理想,而且在晚年贫病
交加、漂泊西南时仍对之念念不忘。他不但在忧国忧民这种大事
上体现出儒家的人格风范,而且在待人接物等日常琐事上也同样
体现出儒家气象。更重要的是,历代儒家的代表人物大多是位居
卿相的重要政治人物,比如朱熹曾以诸葛亮、杜甫、颜真卿、韩愈、
范仲淹为历史上的"五君子"④,这五位人物中,除杜甫一人之外,
都是朝廷重臣。由于仕途显达的人只能是极少数,所以如果以他
们为楷模,让一般人去仿效的可操作性是不大的。杜甫则异于是。
杜甫在仕途上是一个不折不扣的失败者,在人生道路上也是一个
命运多舛者。杜甫的命运正是一般人所容易遭遇的,既然杜甫能
够在如此的平凡人生中完成儒家理想人格的建树,那么当然会使
人产生"有为者亦若是"⑤的联想,从而增强修行进德的信心。因
为对于常人而言,一个高不可攀的楷模其实是没有意义的,建立丰
功伟业的机会也是可遇而不可期的。只有当他们觉得楷模就是他
们中的普通一员时,只有当他们觉得在平凡的人生中也能实现理
想时,才可能产生仿效的冲动。如果说先秦的儒者已经提出了"人

---

　　① 《杜诗镜铨》卷三,第 139 页。

　　② 《泰伯》,《论语注疏》卷八,第 103 页。

　　③ 《滕文公下》,《孟子注疏》卷六上,北京大学出版社 1999 年版,第
162 页。

　　④ 《王梅溪文集序》,《朱文公文集》卷七五,第 30 页。

　　⑤ 《滕文公上》,《孟子注疏》卷五上,第 128 页。

皆可以为尧舜"①的可贵命题,而宋明理学家的一大成就就是在理论上阐明了"满街都是圣人"②的可能性,那么杜甫正是以他的人生实践证明了这种可能性。对于一向以"有教无类"为宗旨的儒家来说,"诗圣"杜甫的出现具有极其重要的意义。

正由于杜甫具有上述特征,他才被后人选择为人格的典范。例如对于封建社会中的人来说,忠君当然是一种崇高的美德。然而,历史上的忠义之士不计其数,有许多人的行为比杜甫更为引人注目,甚至不乏达到惊天地、动鬼神的程度的,为什么后人还要选择并无惊人之举的杜甫作为典范呢? 请看宋人苏轼的著名评论:"古今诗人众矣,而杜子美为首,岂非以其流落饥寒,终身不用,而一饭未尝忘君也欤!"③的确,杜甫在平时常常心系君主,当他流落夔州偶食异味时,还想到"君王纳凉晚,此味亦时须"(《槐叶冷淘》)④。苏轼的话并不是无中生有。而且杜甫的忠君其实有一个特定的内涵,那就是希望通过贤明的君主来实现仁政,即"致君尧舜上,再使风俗淳"。萧涤非先生说:"与其说杜甫是'一饭未尝忘君',不如说他'一饭未尝忘致君'。什么是'致君'? 那就是变坏皇帝为好皇帝,干涉皇帝的暴行。"⑤我非常赞同这个看法,因为这符合杜甫的全部诗歌的实际内容。于是,杜甫的忠君主要是一种精神上的希冀,它以日常的、平凡的方式体现出来,这种形式的行为是容易理解的,也是不难模仿的,它要比比干剖心、朱云折槛等英雄化的行为平易、切实得多,却又是朝着同一个价值方向的。宋儒认为儒家的道德准则本应体现于日用人伦,本应不依赖于外部事功,杜甫的行为正是这种观念的具体体现。无怪宋儒要向这位穷

---

① 《告子下》,《孟子注疏》卷一二,第321页。

② 见《传习录》卷下,《王阳明全集》卷三,上海古籍出版社1992年版,第116页。

③ 《王定国诗集叙》,《苏轼文集》卷一○,中华书局1986年版,第318页。

④ 《杜诗镜铨》卷一六,第766页。

⑤ 《杜甫研究》,齐鲁书社1980年版,第48页。

愁潦倒的诗人献上"诗圣"的桂冠，也无怪现代学者钱穆要在《中国史学发微》中称杜甫为唐代的"醇儒"①。可见杜甫在人格和思想上具备了"文以载道"的充分条件，因为他对儒家之道不但由衷服膺，而且身体力行。可以说，一部杜诗的内在精神底蕴，就是儒家之道。

<h2 style="text-align:center">三</h2>

从一般人的观念来看，"文以载道"似乎只是古文家的任务。唐人韩愈自称："愈之为古文，岂独取其句读不类于今者邪？思古人而不得见，学古道而欲兼通其辞。通其辞者，本志乎古道者也。"②韩愈又明确揭示"文以明道"的观念："君子居其位，则思死其官。未得位，则思修其辞以明其道。"③韩愈的《原道》等著名古文也被人们视为"文以明道"或"文以载道"的范例，朱熹虽然说过"韩文公第一义是学文字，第二义方去穷究道理，所以看得不亲切"④，但也只是认为韩愈在"文以载道"的方面尚未臻于高境而已。以至于到了现代，周作人在《中国新文学源流》中将中国文学史划分为"言志"和"载道"两派，钱锺书便从文体的角度批驳周作人为"杜撰"，钱氏指出："我们常听说中国古代文评里有对立的两派，一派要'载道'，一派要'言志'。事实上，在中国旧传统里，'文以载道'和'诗以言志'主要是规定各别文体的职能，并非概括'文学'的界说。'文'常指散文或'古文'而言，以区别于'诗'、'词'。"⑤这种看法虽然不无道理，但事实上古人在谈论"文以载道"此类宏观概念时常常把"文"视为一切文学作品的总称，杜甫也是如此。比如杜甫赠诗郑虔说：

---

① 《中国史学发微》，台北东大图书公司 1989 年版，第 237 页。

② 《题哀辞后》，《韩昌黎文集校注》卷五，上海古籍出版社 1987 年版，第 304 页。

③ 《争臣论》，《韩昌黎文集校注》卷二，第 113 页。

④ 《朱子语类》卷一三七，第 3273 页。

⑤ 《中国诗与中国画》，《七缀集》，生活·读书·新知三联书店 2002 年版，第 4 页。

"示我百篇文,诗家一标准。"(《赠郑十八贲》)①上句中的"文"分明就是指下句中的"诗"。又如杜甫希望与李白相见谈诗,却说:"何时一尊酒,重与细论文。"(《春日忆李白》)②此处的"文"实即指诗。杜诗中的"文章"也是诗、文并指,甚至专指诗,前者如"庾信文章老更成"(《戏为六绝句》之一)③,"文章曹植波澜阔"(《追酬故高蜀州人日见寄》)④;后者如"文章千古事,得失寸心知"(《偶题》)⑤,"岂有文章惊海内"(《宾至》)⑥。所以本文在讨论"文以载道"这个概念时,不取"文"的狭义概念即专指古文,而取相容诗、文的广义概念。当然,对于杜甫来说,"文以载道"的"文"主要指诗。

　　杜诗有"文以载道"的功能吗?更准确地说,作为文学作品的杜诗能够传达、体现儒家之道吗?

　　以孔孟之道为核心的儒学并不是建立在哲学玄思基础上的理论体系,而是以百姓日用人伦为主要思考对象的实用思想。"樊迟问仁,子曰:'爱人。'"⑦孟子说得更清楚:"仁者爱人。"⑧这是儒家的伦理学原则,也是儒学立论之基石,因为仁爱思想必然导致仁政爱民的政治理想。孔子说:"夫仁者,己欲立而立人,己欲达而达人。"⑨孟子则说:"老吾老以及人之老,幼吾幼以及人之幼,天下可运于掌。"⑩儒家的仁爱思想是一种符合实际、切实可行的主张,它既不是好高骛远的空想,也不是违反人性的矫情。从爱自身出发,经过爱亲人的中介,最后达到泛爱众人的目标,这样的爱是人们乐于接

---

① 《杜诗镜铨》卷一二,第 587 页。

② 《杜诗镜铨》卷一,第 32 页。

③ 《杜诗镜铨》卷九,第 397 页。

④ 《杜诗镜铨》卷二〇,第 1007 页。

⑤ 《杜诗镜铨》卷一五,第 713 页。

⑥ 《杜诗镜铨》卷七,第 319 页。

⑦ 《颜渊》,《论语注疏》卷一二,第 168 页。

⑧ 《离娄下》,《孟子注疏》卷八下,第 233 页。

⑨ 《雍也》,《论语注疏》卷六,第 83 页。

⑩ 《梁惠王上》,《孟子注疏》卷一下,第 21 页。

受、易于实行的,它绝不是强制性的道德规范,更不是对天国入场券的预付,而是一种平凡而又真诚的情感流动。为了实现这种主张,儒家设计了一套社会制度,并假托于远古的尧舜时代。孔子说:"大道之行也,天下为公,选贤与能,讲信修睦。故人不独亲其亲,不独子其子。使老有所终,壮有所用,幼有所长,矜寡孤独废疾者,皆有所养。男有分,女有归。货恶其弃于地也,不必藏于己。力恶其不出于身也,不必为己。是故谋闭而不兴,盗窃乱贼而不作,故外户而不闭,是谓大同。"①孟子则更明确地指出:"尧舜之道,不以仁政,不能治天下。"②可以说,儒家之道的核心精神就在于此。"文以载道"观念所要阐释发挥的"道"也就在此。杜甫诗云:"致君尧舜上,再使风俗淳。"他衷心希望当朝皇帝成为尧、舜那样的明君,从而实现仁政。杜诗中常把唐高祖比为尧:"神尧十八子"(《别李义》)③,"宗枝神尧后"(《奉赠李八丈曛判官》)④,如果说这些诗句仅是一般的颂圣之语,那么他把唐太宗比作舜则是确有深意的。天宝十一载,杜甫登上慈恩寺塔远眺昭陵,作诗说:"回首叫虞舜,苍梧云正愁。"(《同诸公登慈恩寺塔》)⑤清人潘柽章指出:"高祖号神尧皇帝,太宗坐内禅,故以虞舜、苍梧言之。"⑥此评甚确。对杜甫来说,让君主成为尧、舜那样的明君从而实现仁政,是有现实可行性的。因为唐太宗的贞观之治就是近代的楷模:"贞观是元龟。"(《夔府书怀四十韵》)⑦即使是唐玄宗的开元时代,也达到了国家富足、人民安居乐业的水平,所以杜甫晚年深情地回忆说:"忆昔开元全盛日,小邑犹藏万家室。稻米流脂粟米白,公私仓廪俱丰实。九州道路无豺虎,远行不劳吉日出。齐纨鲁缟车班班,

---

① 《礼运第九》,《礼记正义》卷二一,第 659 页。
② 《离娄上》,《孟子注疏》卷七上,第 185 页。
③ 《杜诗镜铨》卷一八,第 886 页。
④ 《杜诗镜铨》卷二〇,第 995 页。
⑤ 《杜诗镜铨》卷一,第 36 页。
⑥ 《杜诗详注》卷二,中华书局 1979 年版,第 105 页。
⑦ 《杜诗镜铨》卷一五,第 710 页。

男耕女桑不相失。宫中圣人奏云门,天下朋友皆胶漆。百余年间未灾变,叔孙礼乐萧何律。"(《忆昔》)①尽管残酷的现实无情地毁灭了杜甫的希望,但他心头的理想火焰从未熄灭。直到暮年,杜甫仍在深情地呼唤太平盛世的再现:"焉得铸甲作农器,一寸荒田牛得耕。牛尽耕,蚕亦成。不劳烈士泪滂沱,男谷女丝行复歌。"(《蚕谷行》)②杜甫用优美绝伦的诗歌语言酣畅淋漓地歌颂着儒家的仁政理想,鼓舞着人民去实现太平盛世的美好愿望,这不是"载道"又是什么! 当然,凡是理想,总与现实有一定的距离。理想越是远大、美好,它与现实的距离也就越大。孔子、孟子奔走列国,栖栖遑遑,终无所成,原因何在? 颜回说得好:"夫子之道至大,故天下莫能容。"③赵岐也说得很好:孟子"遂以儒道游于诸侯,思济斯民。然由不肯枉尺直寻,时君咸谓之迂阔于事,终莫能听纳其说"④。杜甫也是这样。无论是他在朝廷里的直言进谏,还是在诗歌中对儒家理想的呼唤,都没有取得应有的效果。《新唐书》称杜甫"好论天下大事,高而不切"⑤,即为一例。然而孔、孟之不遇于当世无损于孔孟之道的价值与意义,杜甫之不遇也无损于杜诗的价值与意义。一部杜诗,承载着孔孟之道这个天下最大最高之"道",它的光辉是不可磨灭的。

杜甫对孔孟之道的阐发、弘扬并未停留在分析章句的层面上,而是把儒学的精髓溶化在诗歌的主题和表述之中,从而对儒家思想进行了形象化的生动阐释乃至发挥。其一,杜诗对儒学的表述非常全面,非常准确,而且因诗歌的文体特征而格外精警。试看数例:儒家反对不义战争,孟子痛斥春秋诸侯:"争地以战,杀人盈野。争城以战,杀人盈城。此所谓率土地而食人肉,罪不容于死。"⑥杜

---

① 《杜诗镜铨》卷一一,第 497 页。
② 《杜诗镜铨》卷二〇,第 1004 页。
③ 《孔子世家》,《史记》卷四七,1932 页。
④ 《孟子题辞》,《孟子注疏》卷首,第 6 页。
⑤ 《新唐书》卷二〇一,中华书局 1975 年版,第 5738 页。
⑥ 《离娄上》,《孟子注疏》卷七下,第 202 页。

甫对唐玄宗前期的穷兵黩武予以尖锐的批判,在《兵车行》中直斥唐玄宗"边庭流血成海水,武皇开边意未已",并揭露唐王朝的开边战争给人民和平生活造成的巨大破坏:"信知生男恶,反是生女好。生女犹得嫁比邻,生男埋没随百草。君不见青海头,古来白骨无人收。新鬼烦冤旧鬼哭,天阴雨湿声啾啾!"①儒家谴责贫富悬殊的社会不公正,孟子痛斥:"庖有肥肉,厩有肥马,民有饥色,野有饿莩,此率兽而食人也!"②杜甫对天宝年间君臣内戚荒淫骄奢而人民饥寒交迫的社会现实痛心疾首,他在《自京赴奉先县咏怀五百字》这首长诗中先描写百姓受到残酷剥削的事实:"彤庭所分帛,本自寒女出。鞭挞其夫家,聚敛贡城阙。"又揭露权贵生活之奢靡无度:"况闻内金盘,尽在卫霍室。中堂舞神仙,烟雾蒙玉质。暖客貂鼠裘,悲管逐清瑟。劝客驼蹄羹,霜橙压香橘。"然后逼出石破天惊的千古警句:"朱门酒肉臭,路有冻死骨!"③试问,千古以来对儒家经典进行注疏或解析的学者不计其数,有哪部著作比杜诗对儒学精髓的阐释更加深刻、准确、生动?

其二,杜甫阐释儒家之道的手段不是理论分析,而是形象展示和情感诱导。杜甫的感情深厚诚笃,因此被后人誉为"情圣"④。杜甫深深地爱着他的妻子、儿女和弟妹,一生中始终与妻儿不离不弃,相依为命。他与杨氏夫人伉俪情深,白头偕老。当他陷贼长安时,曾对着月亮怀念远在鄜州的妻子:"何时倚虚幌,双照泪痕干。"(《月夜》)⑤当他与家人隔绝时,就格外思念幼小的孩子:"世乱怜渠小,家贫仰母慈。"(《遣兴》)⑥杜甫对友人情同兄弟,时时见于吟咏。他四十八岁那年流寓秦州,全家生计濒于绝境,却在短短三个

① 《杜诗镜铨》卷一,第 33 页。

② 《梁惠王上》,《孟子注疏》卷一上,第 14 页。

③ 《杜诗镜铨》卷三,第 108 页。

④ 见梁启超《情圣杜甫》,《杜甫研究论文集》第一辑,中华书局 1962 年版,第 1—13 页。

⑤ 《杜诗镜铨》卷三,第 126 页。

⑥ 《杜诗镜铨》卷三,第 131 页。

月内写了三首思念李白的名篇,其中如《天末怀李白》云:"凉风起天末,君子意如何。鸿雁几时到,江湖秋水多。文章憎命达,魑魅喜人过。应共冤魂语,投诗赠汨罗。"[1]至性至情,感人肺腑。杜甫还将仁爱之心推广到素不相识的天下苍生。杜甫的幼子因挨饿而夭折,他悲痛万分,但马上又想到了普天下还有很多比他更加困苦的人:"抚迹犹酸辛,平人固骚屑。默思失业徒,因念远戍卒。"(《自京赴奉先县咏怀五百字》)于是杜甫就把关爱之心从家庭扩展到整个民族、整个社会。秋风刮破了杜甫的茅屋,屋漏床湿,家人彻夜不得安眠,此时此刻,他想到的是:"安得广厦千万间,大庇天下寒士俱欢颜,风雨不动安如山!"他甚至庄严许愿:"呜呼,何时眼前突兀见此屋,吾庐独破受冻死亦足!"(《茅屋为秋风所破歌》)[2]杜甫的思考过程,他的感情流向,都是由近及远,由亲及疏,这与"老吾老以及人之老,幼吾幼以及人之幼"的儒家精神具有深刻的内在同一性。所以杜诗对儒家之道的阐释与弘扬都是通过感动人心的管道进行的,杜诗诱发了千古读者的仁爱之心,同时也就引导着读者去体察、接受儒家之道的核心内容,即仁爱精神。

其三,由于儒学已成为杜甫沦肌浃髓的个人思想,杜甫在弘扬儒学时达到了纵横如意的程度,他就能自然而然地对儒学有所补充,有所发展。这方面最显著的例证便是对仁爱精神的施予对象的扩展。早期儒家提出仁爱精神时,其思考对象主要是人类,孟子说"仁者爱人",他又举例说明人们仁爱之心的来源:"今人乍见孺子将入于井,皆有怵惕恻隐之心。"[3]当然,从情理上说,"恻隐之心"也可能施及其他生命,所以孟子又说:"君子之于禽兽也,见其生,不忍见其死;闻其声,不忍食其肉:是以君子远庖厨也。"[4]从逻辑上说,由"推己及人"而形成的仁爱之心必然会延展到其他生命,

① 《杜诗镜铨》卷六,第 248 页。
② 《杜诗镜铨》卷八,第 364 页。
③ 《公孙丑上》,《孟子注疏》卷三下,第 93 页。
④ 《梁惠王下》,《孟子注疏》卷一下,第 20 页。

所以孟子又说："亲亲而仁民,仁民而爱物。"但是此语的上文是:
"君子之于物也,爱之而弗仁。"汉人赵岐注曰:"物,谓凡物可以养
人者也,当爱育之,而不加之仁,若牺牲不得不杀也。"①可见孟子
之"爱物",还是从人的本位利益着想的。孟子说:"数罟不入洿池,
鱼鳖不可胜食也。"②把这种关系表达得非常清楚。杜甫却摆脱了
利益的束缚,他从其善良本性出发,将爱人之心延伸出去,推广开
来,用更加广博的仁爱精神去拥抱整个世界。杜诗写到天地间的
一切生灵都出以充满爱抚的笔触:"筑场怜穴蚁,拾穗许村童。"
(《暂住白帝复还东屯》)③"盘飧老夫食,分减及溪鱼。"(《秋野五
首》之一)④在杜甫心目中,天地间的动物、植物都与人一样,应该
沐浴在仁爱的氛围中。杜甫在成都草堂的周围植树甚多,其中有
四株小松,他避乱梓州时非常惦念它们:"尚念四小松,蔓草易拘
缠。霜骨不甚长,永为邻里怜。"(《寄题江外草堂》)⑤等到他返回
草堂重见小松,竟然如睹久别的儿女:"四松初移时,大抵三尺强。
别来忽三岁,离立如人长。"(《四松》)⑥杜甫尤其关心那些处境欠
佳的动植物:"白鱼困密网,黄鸟喧佳音。物微限通塞,恻隐仁者
心。"(《过津口》)⑦古人本有"数罟不入洿池"⑧的习惯,"数罟"者,
密网也。如今竟然在江上张着密密的渔网,大小鱼儿都困在网里,
杜甫顿时产生了恻隐之心。有人认为杜诗中写到动物、植物,往往
有比兴寄托的意味,这话不错。比如杜甫喜咏雄鹰和骏马,在它们
身上寄托着诗人的雄心和豪气。又如在成都写的《病橘》、《病柏》、
《枯棕》、《枯楠》,分别咏害病的橘树和柏树、枯萎的棕树和楠树,杜

---

① 《尽心上》,《孟子注疏》卷一三下,第 377 页。
② 《梁惠王上》,《孟子注疏》卷一上,第 9 页。
③ 《杜诗镜铨》卷一七,第 863 页。
④ 《杜诗镜铨》卷一七,第 813 页。
⑤ 《杜诗镜铨》卷一〇,第 453 页。
⑥ 《杜诗镜铨》卷一一,第 517 页。
⑦ 《杜诗镜铨》卷一九,第 961 页。
⑧ 《梁惠王上》,《孟子注疏》卷一上,第 9 页。

甫为什么专挑病树、枯树来写？历代注家都认为这是比喻在苛捐杂税的压迫下奄奄一息的穷苦百姓，相当合理。但是杜诗中也有许多篇章只是直书所见，并无寄托，例如《舟前小鹅儿》："鹅儿黄似酒，对酒爱新鹅。引颈嗔船逼，无行乱眼多。翅开遭宿雨，力小困沧波。客散层城暮，狐狸奈若何！"①诗中并无以鹅喻人之意，充溢在字里行间的只是对弱小生命的由衷爱怜和关切。杜甫关爱一切生命的情怀是对儒家仁爱思想的重要发展，请看《题桃树》："小径升堂旧不斜，五株桃树亦从遮。高秋总馈贫人食，来岁还舒满眼花。帘户每宜通乳燕，儿童莫信打慈鸦。寡妻群盗非今日，天下车书正一家。"②此诗把桃树写得深通人性、有情有义，对乳燕、慈鸦也流露出一片爱心，清人杨伦评曰："此诗于小中见大，直具'民胞物与'之怀，可作张子《西铭》读，然却无理学气。"③从逻辑而言，把仁爱之心从人推广到普通的生物，本来是儒学内在的一种发展方向。孟子之后，汉人董仲舒即提出："质于爱民，以下至于鸟兽昆虫莫不爱。不爱，奚足谓仁？"④可惜董仲舒本是为建构"天人合一"的政治神学体系而偶然及此，正如他对策时从"天道"中寻找仁政的理论根据："天道之大者在阴阳。阳为德，阴为刑；刑主杀而德主生。是故阳常居大夏，而以生育养长为事；阴常居大冬，而积于空虚不用之处。以此见天之任德不任刑也。"⑤所以并未深论，其后也绝无嗣响。直到北宋，理学家张载才提出著名的命题："民吾同胞，物吾与也。"⑥这句话被后人压缩成"民胞物与"四个字，意思是人们都是同胞兄弟，生物都是人类的朋友。这种精神在理论上要等到宋人才清楚地阐发出来，但是在文学上，唐人杜甫早就用他的美丽诗篇生动地予以弘扬了。这是杜甫对于儒学思想的一大贡献。

---

① 《杜诗镜铨》卷一〇，第 449 页。

②③ 《杜诗镜铨》卷一一，第 517 页。

④ 《仁义法》，《春秋繁露义证》，中华书局 1992 年版，第 251 页。

⑤ 《董仲舒传》，《汉书》卷五六，中华书局 1962 年版，第 2502 页。

⑥ 《正蒙·干称篇第十七》，《张载集》，中华书局 1978 年版，第 62 页。

　　总而言之,杜甫用诗歌阐释了儒学的核心精神,取得了经典注疏或理论分析难以达到的良好效果。就思想意义而言,一部杜诗就是儒学精神的形象展示,堪称"文以载道"的典范文本。

四

　　儒学本是关于百姓日用人伦的民间思想。孔子也好,孟子也好,他们的政治主张始终未被君主采纳,他们的讲学著述活动也是在民间进行的。自从汉武帝采纳董仲舒的劝说而罢黜百家、独尊儒术以后,儒学才开始登上庙堂,孔子才成为"素王"和"文宣王",孟子才成为"亚圣"。韩愈的"文以贯道"也好,周敦颐的"文以载道"也好,他们心目中的"道"都是作为庙堂思想的儒家之道,他们心目中的孔孟之道都是"文宣王"和"亚圣"的思想,也即经过改造乃至篡改的孔孟之道。试看韩愈《原道》中"帝之与王,其号名殊,其所以为圣一也",以及"臣不行君之令而致之民,民不出粟米麻丝、作器皿、通财货,以事其上,则诛"①等句,便可明白。"文以载道"之说在现代引起人们那么强烈的反感,与此密切相关。然而,事实上儒家思想的本来面目绝非庙堂学术,孔孟之道中本有限制君权的民本思想。孔子认为君主应该慎用民力:"使民如承大祭。"②还认为不守君道的君主应被废黜:"如有不由此者,在势者去,众以为殃。"③孟子则公然提出民贵君轻的观点:"民为贵,社稷次之,君为轻。"④甚至认为人民有权利诛杀暴君:"闻诛一夫纣矣,未闻弑君也!"⑤杜诗所载的"道",正是这样的孔孟之道。所以杜甫尽管忠君,但当君主荒淫无道时,杜甫从不为尊者讳,杜诗在讥刺当朝皇帝之荒政时绝无恕词,如"落日留王母,微风倚少儿"(《宿

---

①　《韩昌黎文集校注》卷一,第17、16页。

②　《颜渊》,《论语注疏》卷一二,第158页。

③　《礼运第九》,《礼记正义》卷二一,第661页。

④　《尽心上》,《孟子注疏》卷一四上,第387页。

⑤　《梁惠王下》,《孟子注疏》卷二下,第53页。

昔》)①之讽刺唐玄宗好内宠,"张后不乐上为忙"(《忆昔二道》之一)②之讥刺唐肃宗惧内,"天子多恩泽,苍生转寂寥"(《奉赠卢五丈参谋琚》)③之揭露唐代宗假仁假义,皆为显例。所以笔者认为,如果把孔孟之道的本来面目作为思考对象,则"文以载道"之说应该得到重新评价。同样,对杜甫"文以载道"的思考,也应该在这样的前提下进行。

中国古典诗歌在本质上都是个人抒情诗,凡是优秀的诗歌作品,都是直抒胸臆、毫无伪饰的。汉儒所拟的《诗大序》向被视为儒家诗教说的纲领,《大序》云:"诗者,志之所之也。在心为志,发言为诗。情动于中而形于言。言之不足,故嗟叹之;嗟叹之不足,故永歌之;永歌之不足,不知手之舞之,足之蹈之也。"又云:"治世之音安以乐,其政和;乱世之音怨以怒,其政乖;亡国之音哀以思,其民困。故正得失,动天地,感鬼神,莫近于诗。先王以是经夫妇,成孝敬,厚人伦,美教化,移风俗。"④前一段话说诗歌萌生于诗人内心情志的激荡,后一段话说诗歌在客观上有着反映社会、移风易俗的效果,从而符合儒家的价值。一部杜诗,堪称这个诗歌纲领的完美体现。杜诗被誉为"诗史",杜甫被誉为"诗圣",其深层的原因皆在于此。

杜诗向称"诗史",但杜诗的功能并不是客观地记录历史,它是对历史的价值评判,是历史的暴风骤雨在人们心头激起的情感波澜的深刻抒写。清人浦起龙说得好:"少陵之诗,一人之性情,而三朝之事会寄焉者也。"⑤大唐帝国在玄宗、肃宗、代宗三朝发生了由盛转衰的剧变,它对人们的精神面貌产生了怎样的严重影响? 安史之乱在唐朝人民的心头留下了何等深重的创伤? 这些内容在史

---

① 《杜诗镜铨》卷一七,第 823 页。
② 《杜诗镜铨》卷一一,第 497 页。
③ 《杜诗镜铨》卷二〇,第 986 页。
④ 《毛诗正义》卷一,北京大学出版社 1999 年版,第 6—10 页。
⑤ 《少陵编年诗目谱》,《读杜心解》卷首,中华书局 1961 年版,第 60 页。

书中是读不到的,即使有所涉及也是不够真切的。例如安史之乱使唐帝国的人口大量减少,《资治通鉴》中有详细的记载:天宝十三载(754),大唐帝国的总人口是 5288 万,到了广德二年(764),这个数字降低为 1690 万。短短的十年间,全国的总人口竟然减少了三分之二! 然而史书中虽然记载了详细的人口数字,但是它只是两个冷冰冰的数据,它没有细节,没有过程,它没有告诉我们那么的百姓是如何死于非命的。杜甫晚年有诗云:"丧乱死多门,呜呼泪如霰!"(《白马》)①这是多么沉痛的句子! 在太平年代里,人们的死亡方式是很单一的,或是寿终正寝,或是病死。但是在兵荒马乱的时代,人们有各种意想不到的方式走向死亡。安史之乱时百姓遭受的苦难到底有多深,他们是死于铁骑的蹂躏,还是死于逃难的折磨,或是死于兵火之后的饥荒? 只有"三吏"、"三别"以及《自京赴奉先县咏怀五百字》、《北征》等杜诗才给出了深刻的解答。从这个意义上说,一部杜诗,在客观上就是新、旧《唐书》的必要补充,在主观上就是杜甫留给后人的历史警示录。孔子说过:"我欲载之空言,不如见之于行事之深切著明也。"②孔子为何要修《春秋》? 又为何要在《春秋》中用微言大义的方式来表明褒贬态度? 进一步说,中华民族为什么要如此重视史学传统? 就是因为历史是我们的集体记忆,是民族的精神血脉,是集体价值观的记载和传承,它承载着彰善瘅恶、维系纲常的重大使命,它必然会对中华民族的现在和将来产生深远的影响。杜诗在记录历史事实时渗入了深沉的思考和深厚的情感,它不但让后人了解历史,而且启发后人感知历史、思考历史,进而从历史中汲取经验和教训,从而更好地前进。就这一点来说,杜诗与孔子的《春秋》具有同样的意义。可以说,儒家重视历史,希望从中获取实现仁政理想的经验启迪或反面教训的思想,在杜诗中有极其深刻的体现。

杜甫向称"诗圣","诗圣"的概念当然包含着杜诗在艺术成就

---

① 《杜诗镜铨》卷二〇,第 1024 页。
② 见司马迁《太史公自序》,《史记》卷七〇,第 3297 页。

上登峰造极的意思,但更主要的内涵则是他的人格高标。北宋大诗人王安石和黄庭坚各有题咏杜甫画像的诗,王诗云:"所以见公像,再拜涕泗流。推公之心古亦少,愿起公死从之游!"①黄诗云:"常使诗人拜画图,煎胶续弦千古无!"②是什么原因使得他们不约而同地对着杜甫的画像顶礼膜拜呢? 王诗中说:"常愿天子圣,大臣各伊周。宁令吾庐独破受冻死,不忍四海赤子寒飕飗。"黄诗中说:"中原未得平安报,醉里眉攒万国愁。生绡铺墙粉墨落,平生忠义今寂寞。"他们敬爱的是杜甫忧国忧民的伟大情怀,是杜甫志在天下的磊落人格。事实上杜甫一生在政治上毫无建树,除了在肃宗的朝廷里偶然仗义执言,从此受到朝廷疏远以外,他始终是默默无闻的小官员,很多时候还是飘泊江湖的一介布衣。杜甫经常自称"杜陵布衣":"杜陵有布衣。"(《自京赴奉先县咏怀五百字》)又自称"少陵野老":"少陵野老吞声哭。"(《哀江头》)③杜甫以一介布衣的身份展示了儒家所崇扬的人格风范,这一点有特别重要的意义。中华民族的先人非常重视个体的道德修养,这是儒家思想的精髓之一。儒家认为,一个高度发达的文明社会,它的基础就是文明的个体,是具有道德自觉的个体。儒家还认为个体的修养不应该受到外在力量的强制,而应该是出于内心的道德自律。所以儒家非常重视个体的道德建树,崇扬人格精神。最典型的表述就是孟子提出来的人格境界,即"富贵不能淫,贫贱不能移,威武不能屈"④的大丈夫精神。杜甫就具有这样的大丈夫精神。杜甫流落饥寒,穷愁潦倒,终生不遇,但他以忧国忧民的伟大胸怀超越了叹穷嗟卑的个人小天地,他以宏伟远大的精神追求超越了捉襟见肘的物质环境。请看他在困顿长安时的自我期许:"许身一何愚,窃比稷与

---

① 《杜甫画像》,《王荆文公诗李壁注》卷一三,上海古籍出版社 1993 年版,第 715 页。

② 《老杜浣花溪图引》,《山谷外集诗注》卷一六,《黄庭坚诗集注》,中华书局 2003 年版,第 1342 页。

③ 《杜诗镜铨》卷三,第 122 页。

④ 《滕文公下》,《孟子注疏》卷六上,第 162 页。

契。"(《自京赴奉先县咏怀五百字》)稷是舜时主管农业的大臣,也
是周朝的祖先。契则是协助大禹治水的大臣,也是商朝的祖先。
一介布衣的杜甫以古代大臣自比,是不是自许太高呢? 对此,明人
王嗣奭有极好的解读:"人多疑自许稷、契之语,不知稷、契元无他
奇,只是己溺己饥之念而已。"①何谓"己溺己饥"? 此语出于《孟
子》:"禹思天下有溺者,由己溺之也。稷思天下有饥者,由己饥之
也。"②可见"己溺己饥之念"是一种高度的责任感,是一种伟大的
胸怀,一种高尚的政治情操。然而稷与契身居高位,本来就承担着
国家的重任,他们有这样的责任感是理所当然的。杜甫则不同,按
照"不在其位,不谋其政"③的常理来说,他本来是不必怀有此种责
任感的。然而杜甫竟然自许稷、契,竟然以"己溺己饥之念"为人生
目标,这是儒家弘毅人格的典范体现。

　　一部杜诗,展示了崇高的人格境界,蕴涵着充沛的精神力量。
读者阅读杜诗,在获得兴致淋漓的审美快感的同时,也受到仁爱精
神和弘毅人格的熏陶,从而在潜移默化中完成对儒学精神的领悟。
这种精神启迪不同于理论性的德育教材,它带来的教益是伴随着
感动而来的,它像"润物细无声"(《春夜喜雨》)④的春雨一样沁入
读者的心肺,悄无声息,却沦肌浃髓。在杜甫身后,无数后人从阅
读杜诗入手,从而走近杜甫,感受其伟大心灵的脉动,接受其高尚
情操的熏陶。宋人王安石在杜甫画像前顶礼膜拜,他说:"所以见
公像,再拜涕泗流。推公之心古亦少,愿起公死从之游!"⑤这说出
了后人阅读杜诗的共同感受。杜诗对读者的这种感发激励作用,
在国家民族遭遇灾难的关头便得到特别的凸显,比如北宋末年,爱
国名将宗泽因受投降派掣肘,忧愤成疾,临终前长吟杜诗"出师未

---

①　《杜臆》卷一,上海古籍出版社 1983 年版,第 35 页。
②　《离娄下》,《孟子注疏》卷八下,第 234 页。
③　见《泰伯》,《论语正义》卷九,上海书店 1986 年版,第 164 页。
④　《杜诗镜铨》卷八,第 344 页。
⑤　《杜甫画像》,《王荆文公诗李壁注》卷一三,第 715 页。

捷身先死,长使英雄泪满襟"之句①。李纲则在决心以死报国之际,书杜诗赠义士王周士,"以激其气"②。南宋末年,汪元量在《草地寒甚毡帐中读杜诗》中说:"少年读杜诗,颇嫌其枯槁。斯时熟读之,始知句句好。"③郑思肖在《杜子美茅屋为秋风所破歌图》中说:"数间茅屋苦饶舌,说杀少陵忧国心。"④最典型的例子则是文天祥。文天祥坚持抗元,屡败屡战,最终被俘,押至大都后囚于狱中,虽元人百般劝降,天祥坚贞不屈,在百沴充斥的牢房里度过三年后从容就义。此时南宋政权早已灭亡,文天祥处境又如此险恶,是什么精神力量在支撑着他坚持民族气节,真到生命的最后一刻? 文天祥在《正气歌》中自述:"风檐展书读,古道照颜色。"⑤那么,他所说的"古道"到底何指呢? 文天祥就义后,人们在其腰带上发现了一首"衣带铭",上书:"孔曰成仁,孟云取义。惟其义尽,所以仁至。读圣贤书,所学何事。而今而后,庶几无愧。"⑥可见儒家精神就是文天祥的精神源泉。然而文天祥还有第二个重要的精神源泉,那就是杜诗。文天祥在燕京狱中写了二百首《集杜诗》,其自序中说:"凡吾意所欲言者,子美先为代言之。日玩之不置,但觉为吾诗,忘其为子美诗也。"又说:"予所集杜诗,自余颠沛以来,世变人事,概见于此矣!"⑦可见正是杜诗中蕴涵的高尚情操鼓舞着文天祥,是杜甫的人格精神激励着文天祥,他从而慷慨捐躯、舍生取义,实现了生命的最高价值,从而臻于儒家人格精神的最高境界。

综上所述,杜甫对儒家之道的阐释与弘扬具有如下特征:他把

---

　①　《宗泽传》,《宋史》卷三六〇,中华书局 1985 年版,第 11285 页。

　②　《书杜子美魏将军歌赠王周士》,《梁溪先生文集》卷一六二,凤凰出版社 2011 年版,第二册第 389 页。

　③　《赠订湖山类稿》卷三,中华书局 1984 年版,第 86 页。

　④　《全宋诗》卷三六二四,北京大学出版社 1991 年版,第 43397 页。

　⑤　《正气歌》,《文天祥全集》卷一四《指南后录》,中国书店 1985 年版,第 375—376 页。

　⑥　《文天祥全集》卷一七《纪年录》,第 465 页。

　⑦　《文天祥全集》卷一六《集杜诗》,第 397 页。

从董仲舒开始逐渐成为庙堂学术的儒学拉回民间,从而恢复其关注百姓日用人伦的本来面目。他用行为践履区别于那些空谈义理的后世儒者,从而恢复儒家重视实践的本质。他用个体抒情的诗语方式取代了"代圣贤立言"的刻板解经,从而恢复孔、孟极具个性的话语传统。他用发自内心的真实感悟取代强制性的道德律令,从而恢复儒家基于人心的逻辑起点。总之,杜甫将整个生命铸成一部杜诗,从而以淋漓酣畅、优美绝伦的诗歌文本阐释、弘扬了儒家之道,这是生动鲜活的"文以载道"。如果与韩愈的"五原"系列论文或宋元理学家的高头讲章相比,杜诗的"文以载道"不是冷冰冰的论道说教,而是热情洋溢的情感传递。杜诗对读者的影响不是理智的说服而是心灵的感动,杜诗对读者的教育作用是移情感悟,是人格熏陶。只要我们承认孔门的杏坛弦歌和沂水春风是用活泼灵动的形式传递人生哲理,也是最典范的传道方式,就必须承认杜诗也是符合儒家传统的"文以载道"。杜甫成为中华民族"四千年文化中最庄严、最瑰丽、最永久的一道光彩"①,最重要的原因就是杜甫终身践履的儒学精神在诗歌中的耀眼映射,杜诗堪称"文以载道"的典范。

　　杜甫的情况启示我们准确地评价"文以载道"的意义和价值。"文以载道"本是一个无可挑剔的文学观念。文学作品必然蕴含着思想意识,即使那些单纯的抒情作品,无论所抒之情是喜、乐还是怒、哀,其中必然包含着某种思想倾向,诸如对国家人民的热爱,对自由生活的追求,乃至对山水花卉的欣赏;或是对侵略者的仇恨,对悲惨生活的哀怨,乃至对毒蛇害虫的嫌恶,都是一种价值判断,都包蕴着某种思想意识。"道"就是人们的思想意识,"文"则是用来表达思想意识的手段,如果没有"载道"的目的,则"文"的意义何在? 至于那些毫无意义的无病呻吟,或是海淫海盗的污秽之作,显然不应在我们的思考范围之内。此外,"文以载道"并不会损害作品的文学价值。即使所载之"道"只指孔孟之道,情况也是一样。

---

① 闻一多《杜甫》,《唐诗杂论》,上海古籍出版社1998年版,第135页。

《濂洛风雅》中的某些语录体诗歌，没有太大的文学意味，但那只是因为理学家作诗并不追求文学性，这显然不是"文以载道"自身的责任。韩文、杜诗，都是"文以载道"的典范之作，又有谁能否定它们的文学价值？至于广义的"道"，也即人们的思想意识，则它本是文学作品的精髓和灵魂。"文以载道"非但不会损害作品的文学价值，反而会使作品具备充实的内容和丰富的意义，会使作品具备感动人心的丰盈力量。一部杜诗，就是上述观点的最好例证。

文学史视野中的杜甫排律

一

排律之名，唐宋诗学文献中未见。元人杨士弘《唐音》中始见"五言排律"、"七言排律"之称，但未论其详①。明人高棅在《唐诗品汇》中特设"五言排律"一类，其叙目云："排律之作，其源自颜谢诸人，古诗之变也。首尾排句，联对精密。梁陈以还，俪句尤切。唐兴始专此体，与古诗差别。贞观初作者尤未备，永徽以下，王、杨、卢、骆倡之于前，陈、杜、沈、宋极之于后。苏颋、二张又从而申之。其文辞之美，篇什之盛，盖由四海晏安，万机多暇，君臣游豫赓歌而得之者。故其文体精丽，风容色泽，以词气相高而止矣。"②这是诗学史对"排律"之体的最早论述，后人之讥评遂集矢于高棅。清人冯班指其为杜撰："高棅又创排律之名，虽古人有排比声律之言，然未闻呼作排律。"③钱良择则讥其为不典："棅又创排律之名，益为不典。古人所谓排比声律者，排偶栉比，声和律整也。乃于四字中摘取二字，呼为'排律'，于义何居？古人初无此名，今人竟以为定格而不知怪，可叹也！"④冯、钱二人认为唐人虽已写作此种诗体，但并未名为"排律"，高棅作为后人，不宜越俎代庖。但是一来这种意见不合逻辑，因为任何名词总要有人首创，如谓前人并无此名，后人即不能创造，那么诗歌史上的任何专门名词都无法产生。

---

① 见《唐诗正音小序》，《唐诗总集纂要》，上海古籍出版社 2016 年版，第 251 页。
② 《唐诗品汇》卷七一，上海古籍出版社 1988 年版，第 618 页。
③ 《钝吟杂录》卷三《正俗》，中华书局 2013 年版，第 44 页。
④ 《唐音审体》，《清诗话》，上海古籍出版社 2015 年版，第 810 页。

二来"排律"这种诗体确实自成一体,它在形式上的独特性非常明显,如不另创一名,则谈论起来很不方便。假如不用"排律"之名,那我们如何指称这种特殊的诗体呢?清人吴乔指出:"排律之名,始于《品汇》。唐人名'长律',宋人谓之'长韵律'。"①今检唐代文献,似乎不见"长律"之名。中唐白居易但称自己与元稹之长篇五律为"千字律诗"②,元稹也称白诗有"或为千言,或为五百言律诗"③,惟元人杨载曾谓"长律妙在铺叙"云云④。宋人杨万里则云:"褒颂功德五言长韵律诗,最要典雅重大。"⑤无论是"长律"还是"长韵律",似乎都没被广泛接受,而"排律"倒已成为约定俗成的名称。既然如此,我们就不必再在名称上多费笔墨。

那么,排律的特性是什么呢?从上引高棅之语来看,似乎仅以"联对精密"为主,故认为"其源自颜谢诸人"。高棅此论影响甚大,明人徐师曾、叶羲昂等皆沿用其说⑥。但细究其实,则甚为粗疏,因为颜谢诸人"联对精密"的五言诗根本不是律诗,又安能是排律?今以颜、谢的两首代表作为例,颜诗《应诏观北湖田收诗》,全诗二十六句,首尾四句之外的二十二句皆对仗工整,声调则全不协律。谢诗《登池上楼》,全诗二十二句,通首属对精工,但声调则全不协律。这当然是意料中事,因为颜诗作于宋元嘉十年(433),谢诗作于宋景平元年(423),其时下距沈约等人在齐永明年间(483—493)创立讲究四声八病的新体诗也即"永明体"尚有半个世纪,而五言

① 《围炉诗话》卷二,《清诗话续编》,上海古籍出版社1983年版,第532页。

② 《余思未尽加为韵重寄微之》"诗到元和体变新"句下自注云"众称元白为'千字律诗'",《白居易集校笺》卷二三,上海古籍出版社1988年版,第1532页。

③ 《上令狐相公诗启》,《元稹集编年笺注·散文编》,三秦出版社2008年版,第292页。

④ 《诗法家数》,《历代诗话》,中华书局1981年版,第736页。

⑤ 《诚斋诗话》,《历代诗话续编》,中华书局1983年版,第138页。

⑥ 参见《文体明辨序说·排律诗》、《唐诗直解·诗法》。

律诗的形成则更在永明体之后,颜、谢安能写出声调合律的五言诗来? 所以高棅仅仅说出了排律的一个诗体特征,即"联对精密",但是排律更重要的特征显然是声调合律。清人王夫之修正高棅之说:"排律之制,后人为之名尔。其始则亦五言古之相为对仗者也。晋宋以降,大有斯体。其差异者唯以音节,初终条理固不容乖异也。"①他指出排律与"五言古之相为对仗者"的差异是在"音节",甚有眼光。事实上排律正是伴随着五言律诗同步发展起来的,或者可说它就是五律的衍生品。关于五言律诗发展过程中最关键的一个问题,即永明体的讲求声病如何演变成唐代律诗的平仄格律,学界曾进行深入的研究,主要集中于对沈约等人倡导声律的言论进行理论阐释。由于文献不足,也由于沈约等人谈论声律时所用的术语并无精确的定义,甚至常有意义含混的比喻说法,这种研究较难得出确切的结论。所以要想弄清五言律诗的产生过程,仍需对当时诗坛的创作实践进行现象分析。无论沈约所谓"若前有浮声,则后须切响"②,刘勰所谓"声有飞沉"③,是否指平声与仄声,其中包含着声调二元化的倾向则是明显的,诗人们在创作实践中朝着这个方向努力,就为唐人确立平仄格律提供了可贵的实践经验。沈约倡导声病说之后,南朝诗坛上反响热烈,"士流景慕,务为精密。襞积细微,专相陵架"④。流风所及,北朝诗坛同样趋之若鹜:"洛阳之下,吟讽成群。及徙宅邺中,辞人间出。风流弘雅,泉涌云奔。动合宫商、韵谐金石者,盖以千数,海内莫之比也。"⑤在此背景下,平仄谐调的五言诗大量涌现,终于出现了五言律诗的雏形。明人杨慎曾选六朝五言诗之声律谐和者为《五言律祖》,胡应麟进

---

①　《唐诗评选》卷三,上海古籍出版社 2011 年版,第 149—150 页。

②　《宋书·谢灵运传》:"若前有浮声,则后须切响。"《宋书》卷六七,中华书局 1974 年版,第 1779 页。

③　《声律》,《文心雕龙注》卷七,人民文学出版社 1958 年版,第 552 页。

④　《诗品序》,《诗品注》卷首,人民文学出版社 1958 年版,第 9 页。

⑤　《四声指归》,《文镜秘府论汇校汇考》天卷引,中华书局 2006 年版,第 247 页。

而指出其中"全章吻合,唯张正见《关山月》及崔鸿《宝剑》、邢巨《游春》,又庾信《舟中夜月》诗四首,真唐律也"①。邢巨一诗已佚,其余三首经检查确为"全章吻合"之五言律诗②。胡应麟又指出:"薛道衡《昔昔盐》等篇,大是唐人排律,时有失粘耳。孔德绍《洪水》一章,则字句无不合矣。"③清人宋长白则云:"若阴铿《安乐宫》一首,则又排律之嚆矢矣。"④今检《昔昔盐》全诗十联,每联平仄皆协律,但其中一、二联之间,三、四联之间⑤,六、七联之间三度失粘,尚不是标准的排律。其余二诗如下:

新成安乐宫
阴　铿

　　新宫实壮哉,云里望楼台。迢递翔鹍仰,连翩贺燕来。重檐寒雾宿,丹井夏莲开。砌石披新锦,花梁画早梅。欲知安乐盛,歌管杂尘埃。

王泽岭遭洪水
孔德绍

　　地籁风声急,天津云色愁。悠然万顷满,俄尔百川浮。还似金堤溢,翻如碧海流。惊涛遥起鹭,回岸不分牛。徒知怀赵景,终是倦阳侯。木梗诚无托,芦灰岂暇求。思得乘槎便,萧然河汉游。

---

①③　《诗薮》内编卷四,上海古籍出版社 1979 年版,第 61 页。

②　　张正见《关山月》见《先秦汉魏晋南北朝诗·陈诗》,中华书局 1983年版,第 2478 页;崔鸿《咏宝剑》见《先秦汉魏晋南北朝诗·北魏诗》,第 2212页;庾信《舟中望月》见《先秦汉魏晋南北朝诗·北周诗》,第 2393 页。

④　　《柳亭诗话》卷三,《清诗话三编》,上海古籍出版社 2014 年版,第203 页。

⑤　　此诗载于《先秦汉魏晋南北朝诗·陈诗》,第 2721 页。"徒知"二句原在"芦灰岂暇求"句下,今据《唐诗品汇·唐诗拾遗》卷八乙之,第 855 页。

前一首无论对仗还是声律,都完全符合排律的诗体特征,惟一的缺点是篇幅仅比五律多出一联,若以排律的另一个名称"长律"称之,稍嫌勉强。后一首在格律上也无瑕疵,且长达七联,在篇幅上更加符合人们对排律的要求。阴铿是梁、陈间诗人,孔德绍是隋代诗人,虽卒于唐武德四年(621),但其创作皆在隋代。阴、孔二人与张正见、庾信是同时代人(崔鸿年代稍早)。从南北朝到唐初,正是五言律诗逐渐成熟的时代,五言排律初现于此时,并非偶然。

二

　　入唐以后,随着五言律诗在形式上趋于成熟,五言排律也取得了同步的发展,出现了高棅所谓"唐兴始专此体"的现象。高棅在《唐诗品汇》中特设五言排律一体,其中前三卷为"正始",共收唐太宗等初唐诗人 68 人,作品 191 首。第四卷为"正宗",共收王维等盛唐诗人 4 人,作品 43 首。第五卷为"大家",收杜甫 1 人,作品 25 首。《唐诗品汇》共收唐诗 5769 首,约占全部唐诗的十分之一,由此可以推知排律一体在初盛唐的诗坛上已是相当繁盛。与上节所述南北朝时期排律作品寥若晨星的情况相比,"唐兴始专此体"的说法并不过分。

　　那么,产生这种文学现象的原因是什么呢?

　　一种相当流行的说法是排律起源于唐代的科举制度。清人李因培云:"唐以诗赋取士,自州试、监试、省试,皆官为限韵,常以五言六韵为率,谓之试律。其间亦有多至八韵,少至四韵者。"[①]金圣叹甚至认为排律的名称亦源于此:"唐人既欲以诗取士,因而又出新意,创为一体,二起、二承、二转、二合,勒定八句,名曰律诗。如或有人更欲自见其淹赡者,则又许于二起二承之后,未曾转笔之前,排之使开,平添四句,得十二句,名曰排律。……排律则直用'排闼'之'排'字,甚言律诗八句之中间,其法度遒而紧,婉而致,甚

非容易之所得排也者。则排之为言,乃用力之字也。"①金圣叹的说法与史实不符。虽然唐高祖武德四年(621),也即大唐王朝开国之初,就已开始进士科考试,但是进士科试诗赋的时间却要迟后许多。《唐会要》卷七六记载,唐高宗调露二年(680),考功员外郎刘思立因进士试策"庸浅"而奏请帖经及试杂文,次年朝廷下诏令"进士试杂文两首",清人徐松认为:"杂文两首,谓箴铭论表之类,开元间,始以赋居其一,或以诗居其一,亦有全用诗赋者,非定制也。杂文之专用诗赋,当在天宝之际。"②《登科记考》中最早记载的省试诗是在唐玄宗开元十二年(724),诗题为《终南山望余雪》。据孟二冬所考,此诗当为次年之进士试题③。由于文献不足,我们只能推测在此前已有试帖诗出现,但不可能早于高宗永隆(680—681)年间。早在此前六七十年,排律已经大量出现于诗坛了。就以《唐诗品汇》中所收的排律作者为例,像李世民、王绩、薛元超、褚遂良、王勃等人到永隆时早已去世,他们写作排律不会与进士科试诗赋有什么关系。事实正好相反,唐代进士科的试帖诗采取排律为规定诗体,是因为这种诗体已经流行于世。试看《唐诗品汇》中所收的初唐排律 191 首诗中,竟有 105 首是每首六韵的,可见试帖诗以六韵为基本规定格式,实是诗坛风习的直接反映。

在初唐时期,唐诗在各种诗体中都取得了长足的发展,惟有排律一体的情形似乎有点特殊。首先,排律的形式特别规整,字句则以精丽典雅为尚,所以最适于歌功颂德。清人宋荦云:"初唐王、杨、卢、骆倡为排律,陈、杜、沈、宋继之,大约侍从游宴应制之篇居多,所称台阁体也。虽风容色泽,竞相夸胜,未免数见不鲜。"④宋

---

① 《答徐翼云学龙》,《金圣叹全集》第四册《鱼庭闻贯》,江苏古籍出版社 1985 年版,第 37—38 页。

② 《登科记考补正》卷二,北京燕山出版社 2003 年版,第 85 页。

③ 《登科记考补正》卷七,第 273 页。按:据孟二冬所考,祖咏登第事在次年,此依旧说。

④ 《漫堂说诗》,《清诗话》,第 430 页。

荦的批评不够准确,初唐四杰与陈子昂、杜审言的排律以送别、行旅等主题为多,唯有沈、宋二人多作台阁体,是他们引领着诗坛风气。以《唐诗品汇》卷七二所载作品为例,沈佺期的 12 首排律中"应制"、"奉和"之类多达 6 首,宋之问的 13 首排律中"应制"、"奉和"之类也多达 6 首。即使非台阁体的排律中,像沈佺期的《自考功员外授给事中》、宋之问的《和姚给事寓直之作》,内容及风格均与台阁体如出一辙。这样的诗缺乏性灵、风骨,难称佳作。当然沈、宋偶然亦有抒情咏怀的佳作,如沈佺期的《塞北》、宋之问的《早发始兴江口至虚氏村作》,但毕竟是凤毛麟角,难以扭转风气。明人屠隆云:"五言至沈宋,始可称律。……排律用韵稳妥,事不旁引,情无牵合,当为最胜。"①沈、宋是初唐最著名的两位排律作手,从他们的情形来看,此时的排律在主题走向上尚有较严重的缺点。

　　在艺术上,初、盛唐的排律也未臻高境。胡应麟云:"排律,沈、宋二氏,藻赡精工。……然皆不过十韵,且体在绳墨之中,调非畦径之外。"②胡氏说出了初唐排律的两个缺点,一是篇幅较短,二是受格律的束缚太大。先看前者。仍以《唐诗品汇》所载作品为例:沈佺期的 12 首排律中,每首六韵者有 7 首,每首七韵者 1 首,每首八韵者 3 首,每首十韵者 1 首。宋之问的 13 首排律中,每首六韵者有 7 首,每首八韵者 4 首,每首十韵者 2 首。确实是"然皆不过十韵",且六韵者过半。当然在未被录入《唐诗品汇》的沈、宋作品中偶有超过十韵之作,比如沈佺期的《扈从出长安应制》、宋之问的《宿云门寺》皆为十一韵,但皆为孤例。一般来说,篇幅的长短并不是衡量诗歌优劣的标准。但对于排律而言,篇幅不宜过短。清人冯班云:"近体多是四韵,古无明说。仆尝推测而论之,似亦得其理也。联绝粘缀,至于八句,虽百韵亦止如此矣。……音韵轻重,一绝四句,自然悉异。至于二转,变有所穷,于文首尾胸腹已具足,得

---

① 《艺苑卮言》卷四,《历代诗话续编》,第 1004 页。
② 《诗薮》内编卷四,第 60 页。

成篇矣。"①也就是从韵律而言,一首四韵已经穷尽平仄粘对的全部规律,再有增加,亦只是重复而已。既然韵律的美学意义在于以不同声调的相间相重、回环往复来获得语音美感,那么在这方面的追求当然可以止足于一首四韵。所以在四韵的律体之外再写排律,其主要意义应在增添其篇幅容量,从而表现更复杂的内容或抒写更丰富的情感。要是止于六韵,则仅增四句,难以取得多大的开拓。再看后者。排律的形式极为精严,诗人写作时多受束缚。宋之问的《早发始兴江口至虚氏村作》是其排律名篇,全诗八联,后人所赏者皆为第二联:"宿云鹏际落,残月蚌中开。"清人查慎行评曰:"语巧而不觉其纤,所以为初唐。"②纪昀则评曰:"第四句言月光斜长一线,如珠光之闪于蚌中下。此一联故为奇语,已开雕琢风气。第五句'摇青气'三字不雅。第九句'蝉啸'不妥。"③连宋之问的佳作尚且瑕瑜互见,遑论其他。细究初盛唐诗人的排律,常见措辞牵强、意脉不畅的缺点,格律苛严显然是最重要的原因。

盛唐诗坛上擅长排律的诗人首推杜甫、王维与李白,正如胡应麟云:"盛唐排律,杜外,右丞为冠,太白次之。"④其实三人的成就高下确如此序,但彼此之间落差甚大。为免词费,本文仅举王维为例,以说明杜甫在排律一体上确是独擅风流。清人赵殿成的《王右丞集笺注》是按诗体分卷的,其卷十一、卷十二乃五言排律,共收作品43首。其中六韵者22首,八韵者6首,十韵者4首,三者总计32首,占总数的四分之三,这与沈、宋等初唐诗人的情形基本一致。值得注意的是,王维的排律中颇有单韵的作品,比如五韵者2首:《青龙寺昙壁上人兄院集》《送熊九赴任安阳》;七韵者2首:《田家》《过卢员外宅看饭僧共题》;九韵者1首:《赠东岳焦炼师》;十一韵者1首:《上张令公》。从整个排律发展史来看,以双韵者为正体,检盛唐以后的唐人诗集,凡排律皆为双韵。所以清人施闰章

① 《钝吟杂录》卷三《正俗》,第43—44页。
②③ 《瀛奎律髓汇评》卷四,上海古籍出版社2005年版,第151页。
④ 《诗薮》内编卷四,第77页。

在《蟪斋诗话》中专设"单韵排律"一条,列举唐代单韵排律共 30
首,其中除王维诗 6 首外,其余全为初唐之诗①。这说明王维写排
律时仍是沿袭初唐旧习,在格式上尚不够严谨。明人许学夷云:
"唐人五言排律,其法最严,声调四句一转,故有双韵无单韵。初唐
沈、宋虽为律祖,然尚不循此法。张说、苏颋、李峤、张九龄诸公皆
然,此承六朝余弊,不可为法。"②王维的排律也仍然是"承六朝余
弊"。还有,王维的排律中缺少长篇巨制,集中十韵以上者总共只
有 3 篇,其中十一韵者 1 篇,十二韵者 1 篇,还有一篇《哭祖六自
虚》虽长达三十二韵,但那是诗人十八岁时的少作,对仗欠工稳,例
如"念昔同携手,风期不暂捐"、"谬合同人旨,而将玉树连",颇似散
句。句意也颇有重复,例如前面已说过"公卿尽虚左,朋识共推
先",后面又云"群公咸属目,微物敢齐肩";而"生前不忍别,死后向
谁宣"、"定作无期别,宁同旧日旋"、"未省音容间,那堪生死迁"等
三联,语意也嫌复沓。总之,在王维的各体作品中,排律的成就显
然逊于其他诗体。

三

　　杜甫则迥然不同。在《唐诗品汇》中,杜甫在五古、七古、五律、
七律、五排诸体中皆列为"大家",可见其排律的成就完全可以与其
他诗体并驾齐驱。杜甫对排律情有独钟,把这种诗体视为家传的
独得之秘,他牢记着青年时代谒见名士李邕时后者赞扬其祖父杜
审言之诗的情形:"例及吾家诗,旷怀扫氛翳。慷慨嗣真作,咨嗟玉
山桂。钟律俨高悬,鲲鲸喷迢递。"③李邕所赞扬的正是杜审言的
五排名篇《和李大夫嗣真奉使存抚河东》,施闰章云:"杜审言排律
皆双韵,《和李大夫嗣真》四十韵,沉雄老健,开阖排荡,壁垒与诸家

---

　　① 见《蟪斋诗话》,《清诗话》,第 397 页。
　　② 《诗源辨体》卷一四,人民文学出版社 1987 年版,第 152 页。
　　③ 《八哀诗·赠秘书监江夏李公邕》,《读杜心解》卷一之五,中华书局
1961 年版,第 151 页。

不同。子美承之，遂尔旌旗整肃，开疆拓土，故是家法。"①众所周知，杜甫对杜审言的诗歌成就感到十分自豪，他在艺术上刻苦钻研、争新出奇的精神与其祖一脉相承，当他不无自矜地说出"吾祖诗冠古"(《赠蜀僧闾丘师兄》)、"诗是吾家事"(《宗武生日》)时，杜审言擅于长篇排律之事肯定是他关注的重点。论者或以为杜甫善写排律"不仅出于一般的对文学创作的爱好，而主要是有着为考进士作准备的世俗打算"②，这种观点似是实非。一来当时的试帖诗以六韵为主要格式，而杜甫早年的排律作品皆以长篇为主。要是杜甫为了提高试帖诗的水平而习作排律，为何不按规格专习六韵？二来安史乱后，杜甫对于科举早已绝望，为何对排律的兴趣不减反增？所以杜甫醉心于排律，其主要原因在于文学本身。简而言之，排律这种诗体既要求声韵、对偶的整齐合律，又要求词藻、典故的富丽精工，其写作难度远远超过其他诗体。凡是才力不够雄劲、学识不够渊博的诗人，是无力驾驭长篇排律的。即使勉强成篇，也容易举鼎绝膑，成为堆砌呆滞、生气索然的文字游戏。显然，杜甫其人正是胜任排律的不二人选。杜甫在排律《敬赠郑谏议十韵》中说："思飘云物动，律中鬼神惊。毫发无遗憾，波澜独老成。"毫无疑义，这种艺术境界最合适的载体正是排律。杜甫在排律的创作上倾注了比其他诗体更多的心血，他对排律的重要意义有着明确的认识。

　　杜甫的排律创作贯穿其整个文学生涯，大致可分成三个阶段：第一阶段是安史之乱爆发以前，也即杜甫四十四岁之前，共作排律17首③。第二阶段是自安史乱起至大历元年移居夔州之前的十一

---

　　① 　《蟪斋诗话》，《清诗话》，第396页。

　　② 　陈贻焮《杜甫评传》第一章，上海古籍出版社1982年版，第12页。

　　③ 　《奉赠韦左丞丈二十二韵》一诗，结构整齐，中多排偶之句，宋人黄庭坚曾评曰："布置最得正体，如官府甲第，厅堂房室，各有定处，不可乱也。"(见范温《潜溪诗眼》，《宋诗话全编》，江苏古籍出版社1998年版，第1251页)后人或因此而认作排律，如明人吴讷《文章辨体序说·排律》(人民(注转下页)

年间,共作排律 43 首。第三阶段是他生命中的最后五年,共作排律 57 首。第一个阶段,主要是杜甫困顿长安的十年,其排律的题材走向与当时诗坛比较接近,但已经显露出与众不同的新气息。由于未能入仕,杜甫没有写作应制诗的机会,但有些作品在题材上本应属于台阁体的范围,例如《冬日洛城北谒玄元皇帝庙》《桥陵诗三十韵因呈县内诸官》二首,而杜甫的写法却与其他诗人大异其趣。前一首作于开元末年,时杜甫尚在洛阳。李唐王室认老子为远祖,唐高宗追尊老子为玄元皇帝,设庙于各州。杜甫所谒者乃设于洛阳之"玄元皇帝庙",后于天宝中改名太微宫。唐室尊崇老子且追尊其为帝,事属不经,尊崇儒学的杜甫当然不会认同。此诗表面上典雅庄重,句句为颂,实际上却是语带讽刺,以颂寓规。后代论者对此几无异词,钱谦益认定此诗每句皆含讽刺①,连经常反驳钱笺的浦起龙也说"钱笺语语指斥,意非不是也"②。后一首作于天宝十三载(754),杜甫往奉先安置家小,所咏乃唐睿宗之桥陵。前半首咏桥陵之崇高壮丽,但"石门雾露白,玉殿莓苔青"等句,语带凄凉之感。后半首转入咏怀:"辗轲辞下杜,飘飘凌浊泾。诸生旧短褐,旅泛一浮萍。荒岁儿女瘦,暮途涕泗零。主人念老马,廨署容秋萤。流寓理岂惬,穷愁醉不醒。何当摆俗累,浩荡乘沧溟。"这是初盛唐时期台阁体主题的排律中绝无仅有的现象。此时杜甫更多的排律是投赠之作。毋庸讳言,杜甫或有所赠非人的情况,比如鲜于仲通、张垍等人,因此颇受后人讥评。闻一多说得好:"钱谦益曰:'少陵之投诗京兆,邻于饿死,昌黎之上书宰相,迫于饥寒。当时不得已而姑为权宜之计,后世宜谅其苦心,不可以宋儒出处,

---

(续上页注)文学出版社 1962 年版,第 56 页),清人吴乔且云:"人误置之古诗中,实排律言情之有间架者也。"(《围炉诗话》卷二,《清诗话续编》,第 532 页)其实此诗既不合声律,且大半不用对仗,确为古诗。《钱注杜诗》《读杜心解》皆归入古诗类,甚确。

① 详见《钱注杜诗》卷九,上海古籍出版社 2009 年版,第 278 页。
② 《读杜心解》卷五之一,第 690 页。

深责唐人也。'此言虽出之蒙叟,然不失为平情之论。"①况且杜甫的投赠之作不可一概而论,即使是所赠非人的《奉赠鲜于京兆二十韵》中,也有"破胆遭前政,阴谋独秉钧。微生沾忌刻,万事益酸辛"等指斥权奸之词。又如《敬赠郑谏议十韵》:"谏官非不达,诗义早知名。破的由来事,先锋孰敢争。思飘云物动,律中鬼神惊。毫发无遗憾,波澜独老成。野人宁得所,天意薄浮生。多病休儒服,冥搜信客旌。筑居仙缥缈,旅食岁峥嵘。使者求颜阖,诸公厌祢衡。将期一诺重,歘使寸心倾。君见穷途哭,宜忧阮步兵。"诗中论诗艺,诉怀抱,虽有赞美对方之意,但何尝有一句谀词! 至于那些其他主题的排律,像《临邑舍弟书至,苦雨,黄河泛溢,堤防之患,簿领所忧,因寄此诗,用宽其意》叙述洪灾之惨烈,《送蔡希鲁都尉还陇右,因寄高三十五书记》描写将领之勇捷,更是当时诗坛上排律一体中的空谷足音。

　　第二个阶段是安史乱起、万方多难的时期。此期杜甫的排律题材广阔,内容丰富,几乎未受诗体的任何限制。比如《奉送郭中丞兼太仆卿充陇右节度使三十韵》中描写两京沦陷、朝野震荡的悲惨现状:"燕蓟奔封豕,周秦触骇鲸。中原何惨黩,遗孽尚纵横。箭入昭阳殿,笳吹细柳营。内人红袖泣,王子白衣行。宸极祅星动,园陵杀气平。空余金碗出,无复穗帷轻。毁庙天飞雨,焚宫火彻明。罘罳朝共落,榆柳夜同倾。……废邑狐狸语,空村虎豹争。"又如《喜闻官军已临贼境二十韵》中描写官军反攻势如破竹的喜人局势:"胡骑潜京县,官军拥贼壕。鼎鱼犹假息,穴蚁欲何逃。……锋先衣染血,骑突剑吹毛。喜觉都城动,悲怜子女号。家家卖钗钏,只待献香醪。"这是对国家时势的直接反映。比如《建都十二韵》中反对以荆州为南都的廷议:"建都分魏阙,下诏辟荆门。恐失东人望,其如西极存。时危当雪耻,计大岂轻论。虽倚三阶正,终愁万

　　① 《少陵先生年谱会笺》,见《唐诗杂论》,上海古籍出版社 1998 年版,第 59 页。

国翻。"浦起龙评曰："是诗可作一篇谏止南都疏读。"①又如《送陵州路使君之任》表达对赴任官员的希望："战伐乾坤破,疮痍府库贫。众僚宜洁白,万役但平均。"查慎行评曰："忠君爱友之诚,蔼然流露。一篇有韵之文,感事策勋,托意深厚。"②这是对时政国策的议论。比如《寄李十二白二十韵》中对遭难友人的思念："稻粱求未足,薏苢谤何频。五岭炎蒸地,三危放逐臣。几年遭鹏鸟,独泣向麒麟。苏武元还汉,黄公岂事秦。楚筵辞醴日,梁狱上书辰。已用当时法,谁将此议陈?"又如《郑驸马池台喜遇郑广文同饮》中叙述劫后重逢故人的情景:"不谓生戎马,何知共酒杯。……别离经死地,披写忽登台。重对秦箫发,俱过阮宅来。留连春夜舞,泪落强徘徊。"这是对生死交情的热情歌颂。比如《遣兴》中对久无消息的家人的牵挂:"骥子好男儿,前年学语时。问知人客姓,诵得老夫诗。世乱怜渠小,家贫仰母慈。……天地军麾满,山河战角悲。倘归免相失,见日敢辞迟。"又如《得家书》中抒写获悉家人无恙的惊喜:"去凭游客寄,来为附家书。今日知消息,他乡且旧居。熊儿幸无恙,骥子最怜渠。临老羁孤极,伤时会合疏。"这是对天伦之情的深情抒写。总之,杜甫此期排律的题材走向与其他诗体基本重合。

唐代宗永泰二年(766)春末,杜甫移居夔州,两年后出峡漂泊湖湘,大历五年(770)去世。在生命的最后五年,贫病交加的杜甫不但没有放下诗笔,反而表现出前所未有的创作热情。此期杜诗在题材上最大的特点就是回忆往事,其排律作品也体现出同样的倾向。首先是回忆平生,例如《夔府书怀四十韵》:"昔罢河西尉,初兴蓟北师。不才名位晚,敢恨省郎迟。扈圣崆峒日,端居滟滪时。萍流仍汲引,樗散尚恩慈。遂阻云台宿,常怀湛露诗。翠华森远矣,白首飒凄其。拙被林泉滞,生逢酒赋欺。文园终寂寞,汉阁常磷缁。病隔君臣议,惭纡德泽私。扬镳惊主辱,拔剑拨年衰。"又如《秋日荆南述怀三十韵》:"昔承推奖分,愧匪挺生材。迟暮宫臣忝,

① 《读杜心解》卷五之二,第728页。
② 《杜甫全集校注》卷一〇,人民文学出版社2014年版,第2908页。

艰危衮职陪。扬镳随日驭,折槛出云台。罪戾宽犹活,干戈塞未开。星霜玄鸟变,身世白驹催。伏枕因超忽,扁舟任往来。九钻巴噀火,三蛰楚祠雷。望帝传应实,昭王问不回。蛟螭深作横,豺虎乱雄猜。素业行已矣,浮名安在哉。琴乌曲怨愤,庭鹤舞摧颓。秋水漫湘竹,阴风过岭梅。苦摇求食尾,常曝报恩鳃。结舌防谗柄,探肠有祸胎。苍茫步兵哭,展转仲宣哀。饥借家家米,愁征处处杯。休为贫士叹,任受众人咍。"其次是回忆国事,例如《夔府书怀四十韵》:"社稷经纶地,风云际会期。血流纷在眼,涕洒乱交颐。四渎楼船泛,中原鼓角悲。贼壕连白翟,战瓦落丹墀。先帝严灵寝,宗臣切受遗。恒山犹突骑,辽海竞张旗。田父嗟胶漆,行人避蒺藜。总戎存大体,降将饰卑词。楚贡何年绝,尧封旧俗疑。长吁翻北寇,一望卷西夷。"又如《秋日荆南送石首薛明府辞满告别,奉寄薛尚书,颂德叙怀,斐然之作三十韵》:"往者胡星孛,恭惟汉网疏。风尘相涌洞,天地一丘墟。殿瓦鸳鸯坼,宫帘翡翠虚。钩陈摧徼道,枪櫐失储胥。文物陪巡狩,亲贤病拮据。……尸填太行道,血走浚仪渠。滏口师仍会,函关愤已摅。紫微临大角,皇极正乘舆。"第三是回忆历史,例如《谒先主庙》回忆刘备之功业:"惨淡风云会,乘时各有人。力侔分社稷,志屈偃经纶。复汉留长策,中原仗老臣。杂耕心未已,呕血事酸辛。霸气西南歇,雄图历数屯。"又如《偶题》总结诗歌史:"文章千古事,得失寸心知。作者皆殊列,名声岂浪垂。骚人嗟不见,汉道盛于斯。前辈飞腾入,余波绮丽为。后贤兼旧制,历代各清规。"

上文的分析蕴含着两个结论:一是杜甫的排律在题材走向上与其他诗体并无显著差异,虽然由于作品数量较少,排律的题材不如非排律的作品那样地负海涵,但同样呈现着丰富多彩的面目。二是杜甫排律的主题走向在其创作历程中呈现着与其他诗体同样的阶段性。由此可见,杜甫的排律已经彻底打破了沈、宋以来固有的题材藩篱,这是排律发展史上具有划时代意义的巨大变化。

四

与题材走向互为表里，杜甫对排律艺术也作出了巨大的贡献。

首先，杜甫使排律的形式更加规范。上文说过，排律以双韵为正体。王力说："关于排律的韵数，普通总喜欢用整数，例如十韵、二十韵、三十韵、四十韵、五十韵、六十韵等。"①其实界于十韵与四十韵之间的非整数韵排律也相当常见，即以盛唐以后的作品为例，如韩愈《和席八夔》为十二韵，卢纶《雪谤后书事上皇甫大夫》为十四韵，刘方平《寄陇右严判官》为十六韵，温庭筠《过华清宫二十二韵》为二十二韵，李绅《过吴门二十四韵》为二十四韵，李商隐《咏怀寄秘阁旧僚二十六韵》为二十六韵、《赠送前刘五经映三十四韵》为三十四韵，所以更准确的说法应是以双韵为正体，三十韵以上者则喜用"整数"。这种约定俗成的规则正是杜甫开始建立的。今检杜甫的排律，六韵者 42 首，八韵者 15 首，十韵者 23 首，十二韵者 9 首，十四韵者 3 首，十六韵者 2 首，十八韵者 3 首，二十韵者 11 首，二十二韵者 2 首，二十四韵者 1 首，三十韵者 8 首，三十六韵者 1 首，四十韵者 4 首，五十韵者 1 首，一百韵者 1 首。唯有《览柏中丞兼子侄数人除官制词因父子兄弟四美载歌丝纶》一首为十五韵，但此诗中四次失粘，且有像"每闻战场说，欸激懦气奔"这种平仄不谐之句，浦起龙说它是"以律兼古之作"②，不算是真正的排律。所以杜甫的排律韵数有两个规律，一是全部为双韵，二是三十韵以上者多取"整数"，这正是后代排律韵数的基本准则。

其次，杜甫排律的章法既严整有序，又变化不测，从而开阖顿挫，纵意所如。试以其长篇为例：《寄张十二山人彪三十韵》，清人张溍评曰："他人作山人诗，必总其品技一处言之。此独先叙其奉亲高隐，次又举其称诗之工、经乱事亲之孝详言之，次又及其种种

---

① 《汉语诗律学》第一章第二节《排律》，中华书局 2015 年版，第 23 页。
② 《读杜心解》卷五之三，第 767 页。

技艺,分作三层,有波澜,有轻重,每段从山人收到自己,又极严紧。"①《秋日夔府咏怀奉寄郑监李宾客一百韵》,仇兆鳌评曰:"或分或合,极开阖变化,错综恣肆之奇。而按以纪律,却又结构完整。"②限于篇幅,且举一首二十韵的《投赠哥舒开府翰二十韵》为例:

> 今代麒麟阁,何人第一功。君王自神武,驾驭必英雄。开府当朝杰,论兵迈古风。先锋百胜在,略地两隅空。青海无传箭,天山早挂弓。廉颇仍走敌,魏绛已和戎。每惜河湟弃,新兼节制通。智谋垂睿想,出入冠诸公。日月低秦树,乾坤绕汉宫。胡人愁逐北,宛马又从东。受命边沙远,归来御席同。轩墀曾宠鹤,畋猎旧非熊。茅土加名数,山河誓始终。策行遗战伐,契合动昭融。勋业青冥上,交亲气概中。未为珠履客,已见白头翁。壮节初题柱,生涯独转蓬。几年春草歇,今日暮途穷。军事留孙楚,行间识吕蒙。防身一长剑,将欲倚崆峒。

浦起龙对此诗的章法有细致的分析:"起四句,尊帝简也。中二十四句,颂勋伐,纪锡命也。后十二句,陈情也。起法何等高亮。'开府'八句,看其提法,及总叙勋伐之法。'每惜'八句,先看转接法,再看夹写勋爵、饰色赞颂之法。'受命'八句,看其摇曳开摆及咏叹收束之法。其'策行'一联,流水下。言帝心默契,不在迹而在神也。又恰好绾合篇首。以上颂哥舒凡作三层写,无挨叙,无复笔,是为龙门史法。'勋业'以下,蒙上转落自己,亦健亦圆。其自叙,至'今日途穷'一顿,逐句用曲折递卸之法。至结四句,才是望其引拔。何等豪迈。却能仍切军府,再切陇右,一丝不走。"③所谓"龙门史法",即指司马迁层次分明的史传笔法。所谓"一丝不走",即

---

① 《杜甫全集校注》卷六,第1677页。
② 《杜诗详注》卷一九,中华书局1979年版,第1716页。
③ 《读杜心解》卷五之一,第701页。

指章法细密，丝丝入扣。在如此细密整饬的章法中，寄寓着飞扬的思绪和动荡的情感，借用杜甫自己的话说，就是达到了"思飘云物动，律中鬼神惊。毫发无遗憾，波澜独老成"的艺术化境。

再其次，排律不但格律精严，而且在炼字、用典等方面也以细密、工稳为风尚。试看沈、宋及杜审言等人的排律名篇，莫不如此。杜甫作诗本有"语不惊人死不休"的精神①，当他提笔写作排律时，当然会付出加倍的心血。比如炼字：《送蔡希鲁都尉还陇右，因寄高三十五书记》有句云："身轻一鸟过，枪急万人呼。"宋人陈从易"偶得杜集旧本，文多脱误。至《送蔡都尉》诗云'身轻一鸟'，其下脱一字。陈公因与数客各用一字补之，或云'疾'，或云'落'，或云'起'，或云'下'，莫能定。其后得一善本，乃是'身轻一鸟过'。陈公叹服，以为虽一字，诸君亦不能到也。"②又《春归》有句云："远鸥浮水静，轻燕受风斜。"宋人叶梦得赞曰："燕体轻弱，风猛则不能胜，唯微风乃受以为势，故又有'轻燕受风斜'之语。"③《秋日荆南送石首薛明府辞满告别，奉寄薛尚书，颂德叙怀，斐然之作三十韵》有句云："侍臣双宋玉，战策两穰苴。"宋人杨万里分析曰："有用文语为诗句者，尤工。杜云：'侍臣双宋玉，战策两穰苴。'盖用如'六五帝，四三王'。"④又如用典：《寄李十二白二十韵》："楚筵辞醴日，梁狱上书辰。"两句分用《汉书·楚元王传》所载穆生因楚元王忘设醴酒而知其意怠乃主动辞去，以及《汉书·邹阳传》所载邹阳被梁王下狱乃从狱中上书自白其冤之事，指代李白实非情愿留于永王幕府，以及蒙冤下狱上书自白，用典贴切，寓意深稳。《水宿遣兴奉呈群公》："赠粟囷应指，登桥柱必题。"前句所用者乃三国时周瑜向鲁肃求资粮，"肃家有两囷米，各三千斛，肃乃指一囷与周瑜，瑜益

①　《江上值水如海势聊短述》，《读杜心解》卷四之一，第 620 页。
②　《六一诗话》，《历代诗话》，第 266 页。
③　《石林诗话》卷下，《历代诗话》，第 431 页。
④　《诚斋诗话》，《历代诗话续编》，第 148 页。

知其奇也。遂相亲结,定侨、札之分"。周瑜虽乞粮于人,却并不自卑①。后句所用乃汉代司马相如之典:"初西去,过升仙桥,题柱曰:'不乘高车驷马,不过此桥。'"②司马相如穷不失志,自许甚高。杜诗虽是求助于人,措辞行文却不失身份,用典之精,无以复加。故赵次公评曰:"公之怀抱所负如此,盖不以有求于人而遂屈也。"③《风疾舟中伏枕书怀三十六韵奉呈湖南亲友》:"公孙仍恃险,侯景未生擒。"此联分用汉末公孙述恃蜀地之险而行割据事,以及梁代侯景作乱事,钱注以为二典皆指大历年间割据夔州之杨子琳④,不尽准确。据《资治通鉴》卷二二四,大历五年(770)六月,荆南节度使卫伯玉拒绝朝廷派来代职之殿中监王昂。又大历五年四月,臧玠作乱,杨子琳起兵讨之,因贪臧之贿赂而纵之。故公孙述之典可指杨子琳或卫伯玉,而侯景之典必指臧玠无疑,仇注引《南史·侯景传》:侯景叛魏,魏将慕容绍宗追击之,侯景"使谓绍宗曰:'景若就禽,公复何用?'绍宗乃纵之"⑤。甚确。杜诗作于大历五年之冬,故用公孙述与侯景二典以指当时夔州、江陵一带之局势,精确异常。无论炼字还是用典,杜甫已比沈、宋及杜审言的排律有了长足的进步。

　　最后,排律的诗体特征虽然包括声律与对仗,且以声律更为重要,但是平仄格律建立以后,诗人只要遵守即可,并无太大的变化空间。论者已指出杜甫的排律有"声律严格"、"重视拗救"等特点⑥,兹不赘论。对仗则不然,它是姿态万千、变化无穷的,这是诗人们施展身手、争奇斗胜的最佳场所。杜甫在排律的对仗上呕心

---

①　《三国志·吴书·鲁肃传》,中华书局1959年版,第1267页。

②　《成都记》,《杜甫全集校注》卷一九引,第5515页。

③　《杜诗赵次公先后解辑校》己帙卷二,上海古籍出版社2012年版,第1298页。

④　《钱注杜诗》卷一八,第628页。

⑤　《南史·侯景传》,中华书局1975年版,第1995页。

⑥　详见韩成武、张东艳《杜甫排律体制研究》,《南都学刊》2015年第4期,第36—41页。

沥血,体现出显著的独创精神。先看几类独创的对仗方式。一是借对:例如《奉赠鲜于京兆二十韵》:"献纳纡皇眷,中间谒紫宸。""皇"借为"黄"。《投赠哥舒开府翰二十韵》:"未为珠履客,已见白头翁。""珠"借为"朱"。《送杨六判官使西蕃》:"子云清自守,今日起为官。"表时间的"日"借为表天文的"日"。二是双声叠韵对:例如《伤春五首》之二:"牢落官军远,萧条万事危。"《上白帝城二首》之二:"江山城宛转,栋宇客徘徊。"《水宿遣兴奉呈群公》:"蹉跎长泛鷁,展转屡鸣鸡。"三是虚词对:例如《夔府书怀四十韵》:"翠华森远矣,白首飒凄其。"《秋日荆南述怀三十韵》:"素业行已矣,浮名安在哉。"《奉送王信州崟北归》:"高义终焉在,斯文去矣休。"四是句中自对:例如《奉赠鲜于京兆二十韵》:"计疏疑翰墨,时过忆松筠。""翰"、"墨"相对,"松"、"筠"相对,然后以"翰墨"对"松筠"。《送陵州路使君之任》:"战伐乾坤破,疮痍府库贫。""战伐"、"乾坤"、"疮痍"、"府库"皆为句中自对。《谒先主庙》:"间阎儿女换,歌舞岁时新。""间阎"、"儿女"、"歌舞"、"岁时",皆为句中自对。类似的还有扇对,例如《哭台州郑司户苏少监》:"得罪台州去,时危弃硕儒;移官蓬阁后,谷贵没潜夫。"对仗的手法古已有之,前代诗人已经积累了丰富的经验,但杜甫后来居上,仍然体现出强烈的独创精神。

当然,杜甫排律中更值得称道的是那些运用传统手法而臻于工稳精巧的对仗。例如《赠王二十四侍御契四十韵》:"晓莺工迸泪,秋月解伤神。"宋人陈师道云:"苏公居颍,春夜对月。王夫人曰:'春月可喜,秋月使人愁耳。'公谓前未及也,遂作词曰:'不似秋光,只与离人照断肠。'老杜云:'秋月解伤神。'语简而益工也。"[1]其实不仅后句精炼独绝,全联对仗亦精工无比。《寄司马山人十二韵》:"发少何劳白,颜衰肯更红。"类似的对法,在杜甫之前有隋代尹式的"秋鬓含霜白,衰颜倚酒红"[2],在杜甫之后有晚唐郑谷的

---

① 《后山诗话》,《历代诗话》,第 314 页。

② 《别宋常侍》,《先秦汉魏晋南北朝诗·隋诗》,第 2659 页。

"衰鬓霜供白,愁颜酒借红"①,以及宋人陈师道的"发短愁催白,颜衰酒借红"②,相比之下,老杜的一联意蕴精深而语气自然,韵味更足。《大历三年春,白帝城放船出瞿塘峡,久居夔府,将适江陵,漂泊有诗,凡四十韵》:"鹿角真走险,狼头如跋胡。""鹿角"、"狼头"皆为三峡中恶滩之名,前句又用《左传》中语:"鹿死不择音。……不德,则其鹿也,铤而走险,急何能择?"③后句则用《诗·豳风·狼跋》中语:"狼跋其胡,载疐其尾。"④浦起龙评曰:"'狼'、'鹿'二滩,借成语,写实境,琢句最巧。"⑤与此同时,杜甫又写了许多语言平易、句法流畅的联句,例如《寄彭州高三十五使君适、虢州岑二十七长史参三十韵》:"老去才难尽,秋来兴甚长。"《奉送严公入朝十韵》:"此生那老蜀,不死会归秦。"《大历三年春,白帝城放船出瞿塘峡,久居夔府,将适江陵,漂泊有诗,凡四十韵》:"此生遭圣代,谁分哭穷途。"《谒先主庙》:"如何对摇落,况乃久风尘。"有些联句属对精切且生动传神,例如《奉送郭中丞兼太仆卿充陇右节度使三十韵》:"废邑狐狸语,空村虎豹争。"《送杨六判官使西蕃》:"儒衣山鸟怪,汉节野童看。"《行次古城店泛江作,不揆鄙拙,奉呈江陵幕府诸公》:"风蝶勤依桨,春鸥懒避船。"《大历三年春,白帝城放船出瞿塘峡,久居夔府,将适江陵,漂泊有诗,凡四十韵》:"神女峰娟妙,昭君宅有无。"无论写景还是叙事,皆以白描取胜,颇得运古入律之妙。

上述种种对仗手法,在杜甫排律中出现的密度相当高,例如《寄岳州贾司马六丈、巴州严八使君两阁老五十韵》,全诗五十联,仅尾联不对。首联"衡岳猿啼里,巴州鸟道边",对仗精工,且以"猿啼"、"鸟道"形容所寄二人的谪所之荒远,贴切生动。下文中"衣冠

---

①　《乖慵》,《郑谷诗集笺注》卷三,上海古籍出版社1991年版,第422页。

②　《除夜对酒赠少章》,《后山诗注补笺·后山逸诗笺》卷上,中华书局1995年版,第506页。

③　《春秋左传注疏》卷二〇,北京大学出版社1999版,第571页。按:杜预注:"音,所茠荫之处。"

④　《毛诗正义》卷八,北京大学出版社1999年版,第536页。

⑤　《读杜心解》卷五之四,第789页。

心惨怆,故老泪滂沲"、"他乡饶梦寐,失侣自迍邅"二联为双声叠韵对。"恩荣同拜手,出入最随肩"、"秉钧方咫尺,铩翮再联翩"、"亲故行稀少,兵戈动接联"为句中自对。"画角吹秦晋,旄头俯涧瀍"为借对兼句中自对。"开辟乾坤正,荣枯雨露偏"为双重句中自对。"古人称逝矣,吾道卜终焉"为虚词对,清人施闰章称此联"在排律百韵中,间用飘逸"①。"长沙才子远,钓濑客星悬"分用贾谊贬谪长沙与严光隐居钓濑二典,以切贾至、严武之姓氏,精切工稳,构思巧妙。此外如"旧好肠堪断,新愁眼欲穿"、"翠干危栈竹,红腻小湖莲"、"贝锦无停织,朱丝有断弦",属对工巧。"且将棋度日,应用酒为年"、"笑为妻子累,甘与岁时迁",句法流利。清人李因笃评此诗曰:"序事整赡,用意深苦。有点缀,有分合,章法秩然。五十韵无一失所,如左、马大篇文字,精神到底,卓绝百代矣。"②所谓"无一失所",或兼指押韵与对仗。但排律一般都是一韵到底,无需深论。此诗的对仗则确实值得称道,全诗五十联,除尾联外皆属对精工,又变化多端,精彩异常,真乃"精神到底"。尤其值得注意的是,全诗属对如此精工,却并未阻碍意脉的流转自如。清人刘熙载曰:"少陵深于古体,运古于律,所以开阖变化,施无不宜。"③用来评价此诗,非常贴切。

五

后人对杜甫的排律称誉备至,但也不乏贬评,后者集矢于三个方面。一是七言排律。此体在整个唐代都很少见,故清人王尧衢云:"七言排律,作者罕传。"④李重华则云:"七言排律,唐人断不多作,杜集止三四首。"⑤论者多归因于此体难工,如明人王世贞云:

①　《蠖斋诗话》,上海古籍出版社2015年版,第395页。
②　《杜甫全集校注》卷六,第1660页。
③　《艺概·诗概》,《清诗话续编》,第2426页。
④　《古唐诗合解》卷一二,清光绪壬辰两仪堂刻本,第二三页下。
⑤　《贞一斋诗说》,《清诗话》,第960页。

"七言排律创自老杜,然亦不得佳。盖七字为句,束以声偶,气力已尽矣,又欲衍之使长,调高则难续而伤篇,调卑则易冗而伤句,合璧犹可,贯珠益艰。"①清人钱良择则曰:"七言长律诗,唐人作者不多。以句长则调弱,韵长则体散,故杰作尤难。"②今检《读杜心解》卷五之末,共收七排8首,其中如《释闷》,浦起龙评曰:"此篇可古可排。"③当因全诗六韵,竟有两处失粘,且有四句为三平调,音律不够谐和。又如《寄从孙崇简》,浦起龙评曰:"亦是拗体。"④当因全诗五韵,通首失粘,还有三句为三平调。全诗合律的作品只有《题郑十八著作丈》、《寒雨朝行视园树》及《清明二首》等四首⑤。这说明杜甫对七排只是偶一为之,可能他已经意识到此体难工。论者对杜甫七排的批评与其五排无关,可以搁置不论。二是某些细节性的缺点,比如宋人王观国指出杜甫的排律中有四处重韵⑥:《赠特进汝阳王二十二韵》中"谁敢问山陵"、"丹梯庶可陵"同押"陵",然而后句在宋刻蔡梦弼本中作"丹梯庶可凌"⑦。《赠李十八秘书别》中"喜异赏朱虚"、"台榭楚宫虚"同押"虚",然而后句之"虚"字在北宋王洙本《杜工部集》中就有校语:"一作'除'。"⑧《秋日夔府咏怀,奉寄郑监审、李宾客之芳一百韵》中"不敢坠周旋"、

---

①　《艺苑卮言》卷四,《历代诗话续编》,第 1009—1010 页。

②　《唐音审体》,《清诗话》,第 812 页。

③　《读杜心解》卷五之末,第 819 页。

④　《读杜心解》卷五之末,第 821 页。

⑤　按王力只承认前二首为七排,可能是因为后二首的倒数第二句"钟鼎山林各天性"、"风水春来洞庭阔"的第六字都是应仄而平,故不合律。但事实上这两句都是"仄仄平平仄平仄"的句式,即王力称为"平仄的特殊形式"者,王力且举杜甫《咏怀古迹五首》之一、二中的"庾信平生最萧瑟"、"千载琵琶作胡语"为例说明在此式在七律中也有运用,分见《汉语诗律学》第一章,第31、102 页。

⑥　详见《学林》卷八"诗重韵"条,《宋诗话全编》,第 2545 页。

⑦　《杜甫全集校注》卷一,第 135 页。

⑧　《杜甫全集校注》卷一六,第 4742 页。

"泽国绕回旋"同押"旋",然而宋刻蔡梦弼本于"泽国绕回旋"句下有校语:"'旋',一作'还'。"①"先"韵中的"还"字虽义同于"旋",但毕竟是另一字,故不算重韵。唯有《秦州见敕目,薛三璩授司议郎,毕四曜除监察,与二子有故,远喜迁官兼述索居,凡三十韵》中"浩荡逐流萍"、"谁定握青萍"同押"萍"字,确属重韵。在一百多首排律中仅有一例重韵,属于孤证,不足深责。此外还有人指出《秋日夔府咏怀,奉寄郑监审、李宾客之芳一百韵》中"满座涕潺湲"、"伏腊涕涟涟"中重见"涕"字②,那就更是吹毛求疵了。

第三点贬评针对杜甫的长篇排律,在这个方面后人的观点是见仁见智,而且互相驳难,故需从头说起。中唐时元稹将长篇排律视为杜甫的主要优点:"时山东人李白,亦以奇文取称,时人谓之李、杜。予观其壮浪纵恣,摆去拘束,模写物象,及乐府歌诗,诚亦差肩于子美矣。至若铺陈终始,排比声韵,大或千言,次犹数百,词气豪迈,而风调清深,属对律切,而脱弃凡近,则李尚不能历其藩翰,况堂奥乎?"③金人元好问对此不以为然:"排比铺张特一途,藩篱如此亦区区。少陵自有连城璧,争奈微之识碔砆!"④元稹与元好问的看法势若水火,后人的态度亦互分左右袒,议论纷纷,争论的重点有二。一是杜甫长篇排律自身的优劣,二是杜甫对后人的影响。先看前者:清人王夫之最喜讥刺杜甫,对杜之排律也一笔抹煞:"杜于排律极为漫烂,使才使气,大损神理。"⑤彭端淑亦云:"排律不宜多,至二十韵已极,唯沈、宋乃臻其妙。工部如《玄元皇帝庙》、《行经昭陵》等十余篇,直驾沈、宋。至其长律,或百韵,或七八十韵不等,其中率笔强笔,不可枚举,乃工部之病处。而元微之以

①　《杜甫全集校注》卷一六,第4891页。
②　见《诗学纂闻》,《清诗话》,第472页。
③　《唐故工部员外郎杜君墓系铭并序》,《元稹集编年笺注》(散文卷),三秦出版社2008年版,第208页。
④　《论诗绝句三十首》之十,《元好问论诗三十首小笺》,人民文学出版社1978年版,第65页。
⑤　《唐诗评选》卷三,上海古籍出版社2011年版,第160页。

此厌太白,谓不能窥其藩篱,宜韩子讥为群儿愚也。"①这种批评不合事实,因为杜甫的长篇排律中多有佳作,不容否认。诚如清人翁方纲所云:"然而微之之论,有未可厚非者。诗家之难,转不难于妙悟,而实难于'铺陈终始,排比声律',此非有兼人之力、万夫之勇者,弗能当也。"②浦起龙则对元稹之说作了重要的补正:"千言、数百言长律,自杜而开,古今圣手无两。每见名家评杜,至此尤无把鼻。其与闻绪论、确有禀承者,大率本元氏'铺陈排比'之言为之主张。不知铺陈排比但可概长庆诸公巨篇,若杜排之忽远忽近、虚之实之、逆来顺往、奇正出没种种家法,未许寻行数墨者一猎藩篱也。"③贺贻孙亦有相似的看法:"微之称少陵诗:'铺陈始终,排比声韵,大或千言,次犹数百,太白不能历其藩翰,况堂奥乎?'而乐天亦谓子美:'贯穿古今,缜缕格律,尽工尽善,过于李白。'……苟无雄浑豪迈之气行于其间,虽千言数百,何益于短长? 以此压太白,恐太白不服也。大凡读子美洋洋大篇,当知他人能短者不能长,能少者不能多,能人者不能天,惟子美能短能长,能少能多,能人能天,亦复愈长愈短,愈多愈少,愈人愈天。如韩信用兵,多多益善,百万人如一人。汉高虽以神武定天下,然所将不过十万而已。然而子美能长能多,而非'排比'、'缜缕'之谓。'排比'、'缜缕',亦子美用长用多之一斑,然不足以尽子美也。"④三家之言皆确,后两人之论尤称精当。事实上杜甫的长篇排律优点甚多,并不仅以篇幅较长取胜,这在上文中已经论及,兹不赘论。

　　至于杜甫对后代诗坛的影响,在后人关于元稹观点的争论中也有相当清晰的显示。有人认为元稹、白居易推崇杜甫的长律是因为二人亦工此体,如清人管世铭云:"少陵长律,排比铺张之内,阴施阳设,变动若神。元微之素工此体,故能识其奥窔。而李之逊

---

①　《雪夜诗谈》卷上,《清诗话三编》,第 1407 页。

②　《石洲诗话》卷一,《清诗话续编》,第 1373 页。

③　《读杜心解·发凡》,第 9 页。

④　《诗筏》,《清诗话续编》,第 179 页。

杜,实在此处。元遗山以讥微之,亦好高而不察实也。"①郭麐则云:"昔元微之为李杜优劣论,以杜之'铺陈终始、排比声律'为工。元遗山论诗驳之,谓舍连城之璧而取碔砆。余窃尝思之,少陵之诗,宏演博大,无所不赅。如海焉,百川之所归输,而由河由江由淮各有所道,如五都之市,百货之所积聚,而富商大贾,下至百族贩夫,各有所贸易取与。杜之长律,学之似而工者,义山也。学之不似而工者,元、白也。微之学杜而知其不可及,于是别为缠绵婉丽、往复委折之体,其学之也力,其知之也深,则其誉之也独至。然而,以铺陈排比为微之连城之璧可也。"②更多的论者则认为元、白的长律成就与杜甫相差甚远,如清人宋长白云:"少陵集中,百韵者仅得一首。迨元、白倡酬,夸多斗靡,而后之效尤者益众。然连床架屋,不患无材,而患无法;堆金积粉,不恨无色,而恨无气。"③方世举亦云:"五排六韵、八韵,试帖功令耳。广而数十韵、百韵,老杜作而元、白述。然老杜以五古之法行之,有峰峦,有波磔,如长江万里,鼓行中流,未几而九子出矣,未几而五老来矣。元、白但平流徐进,案之不过拓开八句之起结项腹以为功。寸有所长,尺有所短耳。"④李因培则云:"杜工部苍厚雄深,排偶至数十百韵,宕之以奇气,斑驳陆离,千态万状,然后尽此体之能事。下逮元、白,排比亦工,而骨力径庭矣。"⑤后一种意见可称是唐诗批评史上的主流观念,它清晰地反映在两种大型唐诗选本中。明代高棅的《唐诗品汇》中收杜甫五排25首,此外还有长篇3首,而元、白竟无一首入选。清代沈德潜的《唐诗别裁集》选杜甫排律18首,元、白则仅选1首、2首。至于晚唐最擅排律的李商隐,则在《唐诗品汇》中仅入选2首,在《唐诗别裁集》中虽选6首,但篇幅俱在十韵以下。胡应

---

① 《读雪山房唐诗序例》,《清诗话续编》,第1559页。
② 《杜诗集评序》,《杜诗集评》卷首,大通书局1974年版,第11页。
③ 《柳亭诗话》卷三〇,《清诗话三编》,第742页。
④ 《兰丛诗话》,《清诗话续编》,第774页。
⑤ 《唐诗观澜集》卷八,清乾隆己卯江苏学署刻本,第一页上。

麟云:"唐大历后,五七言律尚可接翅开元,惟排律大不竞。"①他又指出其原因:"老杜大篇,时作苍古,然其材力异常,学问渊博,述情陈事,错综变化,转自不穷。中唐无杜才力学问,欲以一二语撑拄其间,庸讵可乎?"②由此可见,杜甫排律的成就堪称前无古人,后无来者。这个文学史现象既说明杜甫才雄学富、出类拔萃,也说明排律这种诗体难度太大。楚辞在屈原手中达到巅峰,后代虽继作不绝,但再也没有重现其辉煌。排律也是一样,杜甫是排律发展史上独一无二的高峰。高棅云:"排律之盛,至少陵极矣,诸家皆不及。"③诚哉斯言!

---

① 《诗薮》内编卷四,第78页。
② 《诗薮》内编卷四,第79页。
③ 《唐诗品汇》卷五叙目,第618页。

中唐诗坛上的韩潮柳江

一

韩愈和柳宗元是中唐的古文名家,晚唐杜牧有诗云:"高摘屈宋艳,浓薰班马香。李杜泛浩浩,韩柳摩苍苍。"①揣其语气,每句各述一种文体,李、杜乃指诗而言,韩、柳当指古文而言。及至北宋,在复古思潮的鼓荡下,韩、柳之古文大受推崇。宋初穆修云:"唐之文章,初未去周、隋、五代之气。中间称得李、杜,其才始用为胜,而号雄歌诗,道未极浑备。至韩、柳氏起,然后能大吐古人之文,其言与仁义相华实而不杂。"②这种看法也曾受到质疑,例如欧阳修就说:"子厚与退之,皆以文章知名一时,而后世称为韩、柳者,盖流俗之相传也,其为道不同犹夷夏也。"③他甚至说:"自唐以来,言文章者惟韩、柳,柳岂韩之徒哉,真韩门之罪人也。"④然而多数北宋学人认可韩、柳并称的说法,王安石的意见比较有代表性:"自孔子之死久,韩子作,望圣人于百千年中,卓然也,独子厚名与韩并。子厚非韩比也,然其文卒配韩以传,亦豪杰可畏者也。"⑤到了南北宋之际,汪藻以确凿无疑的语气说:"故以唐三百年,世所推尊

---

① 《冬至日寄小侄阿宜诗》,《樊川诗集注》卷一,上海古籍出版社1962年版,第61页。

② 《唐柳先生集后序》,《河南穆公集》卷二,《四部丛刊初编》本,商务印书馆,第10页。

③ 《唐柳宗元般舟和尚碑》,《欧阳修全集》卷一四一,中华书局2001年版,第2276页。

④ 《唐南岳弥陀和尚碑》,《欧阳修全集》卷一四一,第2278页。

⑤ 《上人书》,《临川先生文集》卷七七,中华书局1959年版,第811页。

者,曰韩、柳而已。"①可见此时韩、柳并称已成定论。韩、柳虽然齐名,但其古文的风格显然有别,故世人对其异同多有论述,其中以元人李涂的说法最为生动:"韩如海,柳如泉,欧如澜,苏如潮。"②后人经常引述此语,但也时有修正,例如明人杨慎指出:"余谓此评极当,但谓'柳如泉'未允,易'泉'以'江'可也。"③明末的吴伟业又易之曰:"韩如潮,欧如澜,柳如江,苏其如海乎!"④从此以后,"韩潮"、"苏海"的说法深入人心,清初孔尚任在《桃花扇》传奇中写到侯方域自称:"早岁清词,吐出班香宋艳;中年浩气,流成苏海韩潮。"⑤查慎行则有"班香宋艳才相嬗,苏海韩潮量校宽"之诗句⑥。"柳如江"的说法虽然未被反复引述,但揆诸文理,也相当准确,可与"韩如潮"、"苏如海"相提并论。如果限于古文的范围,则"韩潮柳江"可称确论。然而韩、柳也是中唐的重要诗人,如果单论其诗歌成就及风格,我们也能采取"韩潮柳江"的说法吗?

　　韩愈与柳宗元,都是中唐的重要诗人。韩愈在中唐诗坛上与孟郊齐名,孟郊有句云:"诗骨耸东野,诗涛涌退之。"⑦"涛"之含义,与"潮"相近。柳宗元生前,文名震耀,而诗名不著,当时无论及其诗者。至唐末司空图,始将韩、柳两家之诗相提并论,其评韩诗曰:"其驱驾气势,若掀雷扶电,撑抉于天地之间,物状奇怪,不得不

---

　　① 《永州柳先生祠堂记》,《浮溪集》卷一九,《四部丛刊初编》本,商务印书馆,第9页。

　　② 《文章精义》,人民文学出版社1960年版,第62页。

　　③ 《李耆卿评文》,《升庵诗话》卷五,《历代诗话续编》,中华书局1983年版,第728页。

　　④ 《苏长公文集序》,见《苏轼资料汇编》,中华书局1994年版,第1093页。

　　⑤ 《桃花扇》卷一,人民文学出版社1993年版,第5页。

　　⑥ 《送史徵弦前辈视学粤东二首》之二,《敬业堂诗集》卷四〇,上海古籍出版社1986年版,第1132页。

　　⑦ 《戏赠无本二首》之一,《孟郊诗集校注》卷六,人民文学出版社1995年版,第301页。

鼓舞而徇其呼吸也。"对韩诗气势之雄伟赞叹不已。又评柳诗曰：
"味其探搜之致，亦深远矣。俾其穷而克寿，玩精极思，则固非琐琐
者轻可拟议其优劣。"①虽然肯定柳诗有"深远"的优点，但仍谓柳
宗元因享年不永，故其诗未能臻于高境。北宋苏轼则力排旧议，评
曰："柳子厚诗在陶渊明下，韦苏州上。退之豪放奇险则过之，而温
丽靖深不及也。"②又曰："李、杜之后，诗人继作，虽间有远韵，而才
不逮意。独韦应物、柳宗元发纤秾于简古，寄至味于淡泊，非余子
所及也。"③韩、柳诗风迥异，很难品其甲乙，故上述两种论点的可
取之处在于对韩、柳不同诗风的体认。韩诗气势雄豪，又包蕴丰
富，像海潮一般排山倒海而来，令人目眩神摇，叹为大观，但未免泥
沙俱下，或有失于粗率。柳诗则精深工丽，颇似峡江深流，貌若波
澜不惊，实则鱼龙潜藏，读之深永有味。所以若将"韩潮"、"柳江"
的评语从古文领域移至诗界，也相当准确。试看后人对两家诗风
的评语，往往含有此意。例如宋人蔡絛云："韩退之诗，山立霆碎，
自成一法，然譬之樊侯冠佩，微露粗疏。"又云："柳子厚诗，雄深简
淡，迥拔流俗，至味自高，直揖陶谢，然似入武库，但觉森严。"④明
人刘成德云："昌黎之诗丰而腴，柳州之诗峭而劲。"⑤这是从两人
的总体风格倾向而论，含义略同于"韩潮柳江"。又如张耒云："退
之作诗，其精工乃不及柳子厚。子厚诗律尤精。""退之以高文大
笔，从来便忽略小巧，故律诗多不工。"⑥清人薛雪则云："柳柳州不
若韩之变态百出也。使昌黎收敛而为柳州则易，使柳州开拓而为

---

①　《题柳柳州集后》，《司空表圣文集》卷二，上海古籍出版社 1994 年
版，第 27 页。

②　《评韩柳诗》，《苏轼文集》卷六七，中华书局 1986 年版，第 2109 页。

③　《书黄子思诗集后》，《苏轼文集》卷六七，第 2124 页。

④　《西清诗话》，见《苕溪渔隐丛话》后集卷三三，人民文学出版社 1962
年版，第 258 页。

⑤　《唐司业张籍诗集序》，《唐张司业诗集》卷首，《四部丛刊初编》本。

⑥　《明道杂志》，《丛书集成初编》本，中华书局 1985 年版，第 6 页。

昌黎则难。此无他，意味可学，才气不可学也。"①这是专论两家之异同优劣，含义亦近于"韩潮柳江"。施蛰存先生说："从来文学史家都以为盛唐是唐诗的盛世，因而论及中唐，总说是由盛而衰的时期。我以为这个论点是错误的。盛唐只是唐代政治、经济的全盛时期，而不是诗的或说文学的全盛时期。中唐五十多年，诗人辈出，无论在继承和发展两方面，诗及其他文学形式，同样都呈现芳争艳的繁荣气象。"又指出："唐诗的极盛时代实在中唐。"②我们虽不必断言中唐诗的总体成就超过盛唐，但就诗坛风格之多样化而言，中唐确实比盛唐有过之而无不及。在百花争艳的中唐诗坛上，韩、柳两家都是独标一帜的重要诗人。诗坛上的"韩潮柳江"，其文学史意义并不低于古文领域。

二

韩愈存诗四百十一首，柳宗元存诗仅一百六十四首，不足韩诗之半。更值得注意的是，柳诗的题材基本上恪守传统，作品多属山水纪游、友朋酬赠以及自伤身世等几类。韩诗则不然。宋人张戒云："退之诗，大抵才气有余，故能擒能纵，颠倒崛奇，无施不可。放之则如长江大河，澜翻汹涌，滚滚不穷；收之则藏形匿影，乍出乍没，姿态横生，变怪百出，可喜可愕，可畏可服也。"③这不但是对韩诗总体风格的体认，也是对韩诗题材范围的评价。就题材走向而言，韩诗远比柳诗更为广阔，更为丰富。

一方面，韩愈的人生阅历比柳宗元更为丰富，进入其创作视野的题材比柳诗更为多样化。韩愈曾亲自参加一些重要的政治活动，像平定蔡州叛乱、宣抚镇州叛军等，产生于此类活动过程中的韩诗因此具有很强的独特性，如清人黄钺所云："随晋公伐蔡诸诗，

① 《一瓢诗话》，《清诗话》，中华书局1963年版，第711页。
② 《唐诗百话》七七《中唐诗余话》，华东师范大学出版社2011年版，第531页。
③ 《岁寒堂诗话》卷上，《历代诗话续编》，第458页。

雄秀称题。"①的确，像《桃林夜贺晋公》、《晋公破贼回重拜台司以诗示幕中宾客愈奉和》等诗，只有身任行军司马并跟随裴度亲临前线的韩愈才能写出如此的英风豪气。例如《次潼关先寄张十二阁老使君》："荆山已去华山来，日照潼关四扇开。刺史莫辞迎候远，相公亲破蔡州回。"清人施补华评曰："是刚笔之最佳者。然退之亦不能为第二首，他人亦不能效退之再作一首。"②又如长庆二年（822），镇州驻军作乱，韩愈奉命前往宣抚。"既行，众皆危之。元稹言：'韩愈可惜！'穆宗亦悔，诏愈度事从宜，无必入。"③但是韩愈奉命即行，马不停蹄，途中作《镇州路上谨酬裴司空相公重见寄》："衔命山东抚乱师，日驰三百自嫌迟。风霜满面无人识，何处如今更有诗。"同样是英风义概，同样是他人无法仿效。为何如此？最重要的原因便是这样的写作背景是不可复得的，正如王夫之所云："身之所历，目之所见，是铁门限。"④柳宗元则不同。他年轻时在仕途上一帆风顺，三十多岁就参加了王伾、王叔文领导的"永贞革新"，但半年之后便一蹶不振，从此南谪蛮荒，在蛮烟瘴雨中度过余生。永贞革新宛如一场转瞬即逝的夏日暴雨，少年得志的柳宗元踔厉风发，一心致力于辅时及物，未及留下任何诗作。及至无罪遭谴，只能在《跂乌词》、《笼鹰词》等寓言诗中以曲笔一抒愤郁之情，至于像韩诗那样正面反映政治的作品，便只好付诸阙如了。

　　另一方面，韩愈性格倔强，意志坚定，宦海浮沉乃至政治迫害都未能使他陷入绝望，也未能损害其诗兴。元和十四年（819），韩愈因上表谏迎佛骨而被贬潮州。此时韩愈年过半百，且从刑部侍郎的高位一下贬至远州刺史，王命急迫，仓促上路。途经蓝关偶遇侄孙韩湘，自忖生还无望，乃作《左迁至蓝关示侄孙湘》："一封朝奏

---

①　见钱仲联《韩昌黎诗系年集释》卷一〇，上海古籍出版社 1994 年版，第 1079 页。

②　《岘佣说诗》，《清诗话》，第 996 页。

③　《新唐书·韩愈传》，中华书局 1975 年版，第 5264 页。

④　《姜斋诗话》卷下，《清诗话》，第 9 页。

九重天,夕贬潮州路八千。欲为圣明除弊事,肯将衰朽惜残年。云横秦岭家何在,雪拥蓝关马不前。知汝远来应有意,好收吾骨瘴江边。"正如近人俞陛云评曰:"昌黎文章气节,震烁有唐。即以此诗论,义烈之气,掷地有声,唐贤集中所绝无仅有也。……志决身歼,百挫无悔,故末句谓瘴江收骨,绝无怨尤。高义英词,可薄云天而铭金石矣。"①即使在那些意旨比较隐晦的作品中,韩愈的刚强性格也光芒难掩。例如《泷吏》一诗,详细描述自己途经泷口,与当地小吏有关贬谪潮州的一番问答之词。后人评说此诗,多着眼于其描摹小吏口语及神态之生动真切,其实此诗在诙谐的外表下蕴藏着深沉的思绪,清人查慎行评曰:"通篇以文滑稽,亦《解嘲》、《宾戏》之变调耳。特失职之望少,而负愆之意多。"②众所周知,扬雄的《解嘲》、班固的《答宾戏》都是借主客对话来抒写内心牢骚的名作,韩愈本人亦曾拟作《进学解》,清人林云铭评曰:"把自家许多伎俩,许多抑郁,尽数借他人口中说出。"③《泷吏》一诗也是如此,全诗七十二句,竟用五十句来缕述泷吏之语,且绘声绘色地刻画泷吏幸灾乐祸的心情,这位小吏对无罪被贬的韩愈毫无同情之心,他不但恶意地极力渲染潮州风土之可怖,而且对韩愈冷嘲热讽、肆意侮弄。诗人的反应则是猝不及防,惊慌失措,始则"不虞卒见困,汗出愧且骇",终则"叩头谢吏言,始惭今更羞",而且坦承罪有应得、罚有余辜:"历官二十余,国恩并未酬。凡吏之所诃,嗟实颇有之。不即金木诛,敢不识恩私。潮州虽云远,虽恶不可过。于身实已多,敢不持自贺。"其实正如查慎行所云,此诗滑稽为文,正言反说,所谓"负愆之意多"即泷吏居心之邪恶,实亦暗指朝中针对自己的汹汹朝议;"失职之望少"即诗人并未表露无罪被贬之怨望,实即满腹牢骚尽在不言之中。读罢《泷吏》,一位刚强正直、九死无悔的韩愈如在目前。反观柳宗元,虽然与韩愈同样怀有济世之志,无罪被贬

---

①　《诗境浅说》,北京出版社 2003 年版,第 74 页。
②　见《韩昌黎诗系年集释》卷一一,第 1118 页。
③　《韩文起》卷二,清康熙三十二年刊本,第三九页下。

后也不为世屈，但他的性格毕竟不像韩愈那样倔强，所以诗中专写哀怨之情。正如宋人蔡启所云："子厚之贬，其忧悲憔悴之叹，发于诗者，特为酸楚。"①例如名篇《登柳州城楼寄漳汀封连四州》："城上高楼接大荒，海天愁思正茫茫。惊风乱飐芙蓉水，密雨斜侵薜荔墙。岭树重遮千里目，江流曲似九回肠。共来百越文身地，犹自音书滞一乡。"诚如俞陛云所评："昌黎《蓝关》诗见忠愤之气，子厚《柳州》诗多哀怨之音。"②清人黄叔灿解此诗最为精当："登楼凄寂，望远怀人。芙蓉薜荔，皆增风雨之悲；岭树江流，弥搅回肠之痛。昔日同来，今成离散，蛮乡绝域，犹滞音书，读之令人惨然。"③自从屈原以来，抒写贬谪生涯中的忧谗畏讥就是传统的诗歌主题，何况柳诗之情景交融臻于化境，自有极高的价值。但就诗歌题材而言，柳诗毕竟缺少像韩诗那样充溢着英风豪气的一类作品，从而稍显单薄。

韩愈作诗，不像他写古文那样重视作品的社会意义或教化功能。他在三十八岁时向人投赠诗文，即自称："南行诗一卷，舒忧娱悲，杂以瑰怪之言，时俗之好。"④正是这种诗学观点导致了韩诗内容的个人化，也即诗歌题材朝着平凡、琐屑的日常生活的倾斜。作为古文家的韩愈最关注的是弘扬圣贤之道，而作为诗人的韩愈却最关注个人的生活经历，他善于从平凡的日常生活中发现诗材，并予以提炼、升华。例如《寄崔二十六立之》一诗，叙述两人的交往始末，娓娓如道家常，程学恂评曰："其中若赠彩绯，酬银盏，皆常琐事也。女助悦缡，男守家规，皆常琐情也。正欲使千载下见之，知与崔亲切如此，慨然增友谊之重，则常琐处皆不朽也。"⑤我们不能肯

　　①　《蔡宽夫诗话》，见《苕溪渔隐丛话》前集卷一九，人民文学出版社1962年版，第123页。

　　②　《诗境浅说》丙编，第74页。

　　③　《唐诗笺注》卷五，清乾隆松筠书屋藏板，第十页上。

　　④　《上兵部李侍郎书》，《韩昌黎文集校注》卷二，上海古籍出版社1987年版，第144页。

　　⑤　《韩昌黎诗系年集释》卷八，第878页。

定韩愈的写作动机究竟如何,但是"常琐处皆不朽也"一句说得极好。其实自从《诗经》以来,最有价值的诗歌就是歌咏平凡生活中的"常琐事"和"常琐情"的。韩愈就是善于在"常琐事"与"常琐情"中发现诗意的杰出诗人。在韩愈心目中,琐细、卑微、平凡的事物与壮伟、崇高、奇特的事物具有同样的审美价值。所以古色斑斓的珍贵文物石鼓固然能激发诗情,一支被人抛弃的短灯檠又何尝不是绝妙的诗材?衡岳庙、岳阳楼那样的天下壮观固然使他叹赏不已,一处无名的荒山古寺又何尝不使他流连忘返?从军平叛、宣抚叛镇固然使他诗兴勃发,秋日黄昏的默然独坐又何尝不使他诗思如潮?正因如此,在韩愈笔下,几乎一切事物都能成为诗材。近人刘熙载说:"昌黎诗,往往以丑为美。"①其实所谓"丑",往往只是平凡到极点而已。例如江湖垂钓,本是诗家喜爱的高雅题材。柳宗元的《江雪》就是一首恪守传统的名作:"千山鸟飞尽,万径人踪灭。孤舟蓑笠翁,独钓寒江雪。"俞陛云评曰:"空江风雪中,远望则鸟飞不到,近观则四无人踪。而独有扁舟渔父,一竿在手,悠然于严风盛雪间。其天怀之淡定,风趣之静峭,子厚以短歌为之写照。子和《渔父词》所未道之境也。"②韩愈所写的垂钓诗却大异其趣。例如《独钓四首》,清人方世举评曰:"四诗之中,纤小字太多,一首'藤角茯盘',二首'柳耳蒲芽',四首'茨菰梨腮',小家伎俩耳。"③所谓"纤小",即平凡、琐屑也。惟其如此,韩诗就不像柳诗《江雪》那样清幽雅洁,所以方氏讥之。其实韩诗其一中还有"聊取夸儿女,榆条系从鞍"之句,更是平凡、琐屑的生活细节,充溢着人间烟火气。柳诗虚构的清幽境界固然可贵,韩诗实写的人间情境又何尝不是诗意盎然?韩愈笔下的垂钓诗还有更加远离清幽雅境的作品,那就是《赠侯喜》:"吾党侯生字叔起,呼我持竿钓温水。平明鞭马出都门,尽日行行荆棘里。温水微茫绝又流,深如车辙阔容辆。虾蟆

---

① 《艺概》卷二,上海古籍出版社 1978 年版,第 63 页。
② 《诗境浅说》续编一,第 149 页。
③ 《韩昌黎诗系年集释》卷一〇,第 1089 页。

跳过雀儿浴,此纵有鱼何足求。我为侯生不能已,盘针擘粒投泥
滓。晡时坚坐到黄昏,手倦目劳方一起。暂动还休未可期,虾行蛭
渡似皆疑。举竿引线忽有得,一寸才分鳞与鬐。是时侯生与韩子,
良久叹息相看悲。我今行事尽如此,此事正好为吾规。半世遑遑
就举选,一名始得红颜衰。人间事势岂不见,徒自辛苦终何为。便
当提携妻与子,南入箕颍无还时。叔迟君今气方锐,我言至切君勿
嗤。君欲钓鱼须远去,大鱼岂肯居沮洳!"舒芜先生评曰:"《赠侯
喜》所写的,其实是无景可观? 无鱼可钓。"①岂止是无景可观? 简
直是污糟丑陋,令人生厌。岂止是无鱼可钓? 简直是无聊无趣,败
人意兴。然而此诗表面上事简语浅,其实赋中有兴,很好地寄托了
深沉的人生感慨。就垂钓题材而言,此诗更是开创了一种全新的
走向,堪称有开辟之功。

　　欧阳修说:"退之笔力,无施不可,而尝以诗为文章末事,故其
诗曰'多情怀酒伴,余事作诗人'也。然其资谈笑,助谐谑,叙人情,
状物态,一寓于诗,而曲尽其妙。"②就题材走向而言,韩诗犹如汹
涌而来的海潮,巨至蛟鼍鲸鲵,细至鱼虾螺蛤,无不随潮而来,形成
天地间的壮观。海潮当然也裹挟着一些怪奇丑陋之物,乃至泥沙
俱下,但这并不损害其整体上的壮大伟丽。明人李东阳指出:"汉
魏以前,诗格简古。世间一切细事长语,皆著不得。其势必久而渐
穷。赖杜诗一出,乃稍为开扩,庶几可尽天下之情事。韩一衍之,
苏再衍之,于是情与事,无不可尽。"③如果将韩愈在诗歌题材上的
开拓置于整个诗歌发展史来考察,其历史贡献可与杜甫和苏轼媲
美,自应得到高度的评价。

　　①　《陈迩冬韩愈诗选序》,《从秋水蒹葭到春蚕腊炬》,人民文学出版社
1987 年版,第 181 页。
　　②　《六一诗话》,《历代诗话》,中华书局 1981 年版,第 272 页。
　　③　《麓堂诗话》,《历代诗话续编》,第 1386 页。

三

与韩诗相比,柳诗在题材范围上显得边幅狭小。清人许印芳称柳宗元"诗则边幅太狭,不及韩之瑰玮"①,薛雪称"柳柳州不若韩之变态百出"②,都是指此而言。那么,柳诗在题材上的特点如何呢?从表面上看,柳诗的题材并不单调。例如《韦道安》叙述义士韦道安的侠义行为,栩栩如生,描写人物的水平接近柳文名篇《段太尉逸事状》。又如《古东门行》述武元衡遇刺事并致以感慨,表明反对藩镇割据的政治态度。再如《平淮夷雅》二首歌颂平定蔡州之役,思想倾向与韩诗《元和圣德诗》基本一致。但是此种例子几乎是单文孤证,不足以证明柳诗题材之多样化。相反,现存柳诗大多作于南谪之后,它们的主题走向基本集中在以下三个方面。

其一,柳宗元始谪永州,继贬柳州,都是山水清绝之地,性喜自然的诗人当然会将明山秀水视为最佳的诗材。韩诗中也不乏题咏山水之作,但韩愈所咏的山水散在各地,有的韩诗甚至并未明言所咏者究竟是何地之景,例如名篇《山石》,那座"山石荦确行径微"的荒山究在何处?王元启说在徐州,方世举说在洛阳,王鸿盛又云:"观诗中所写景物,当是南迁岭外时作,非北地之语,但不知是贬阳山抑潮州,不能定也。"③柳宗元的山水诗则继承了谢灵运的传统,有些诗在题目中就将游踪交代得一清二楚,例如《登蒲洲石矶望横江口,潭岛深迥,斜对香零山》、《游石角过小岭至长乌村》等。有些诗则描写了南方山水特有的地埋特征,例如《与浩初上人同看山寄京华亲故》:"海畔尖山似剑铓,秋来处处割愁肠。"苏轼云:"仆自东武适文登,并海行数日,道傍诸峰,真若剑铓。诵柳子厚诗,知海山

---

① 《诗法萃编》卷六下,《丛书集成续编》第 202 册,台北新文丰出版公司 1988 年版,第 328 页。

② 《一瓢诗话》,《清诗话》,第 711 页。

③ 详见《韩昌黎诗系年集释》卷二,第 145 页。

多尔耶?"①可见柳诗写景之真切、精确。不但如此,柳诗还描写了永州、柳州等地特有的风土人情,例如《岭南江行》:"瘴江南去入云烟,望尽黄茆是海边。山腹雨晴添象迹,潭心日暖长蛟涎。射工巧伺游人影,飓母偏惊旅客船。从此忧来非一事,岂容华发待流年。"再如《柳州峒氓》:"郡城南下接通津,异服殊音不可亲。青箬裹盐归峒客,绿荷包饭趁虚人。鹅毛御腊缝山罽,鸡骨占年拜水神。愁向公庭问重译,欲投章甫作文身。"虽然诗中流露出浓重的贬谪之愁,但对异乡风俗的描写细腻真切,如同一幅幅风俗画。若将它们与柳诗中的山川风景合而观之,南方的全貌就活色生香地呈现在目前。韩愈虽也两度南谪,但一则来去匆匆,二则无心刻画,韩诗对南方风物的描写远不如柳诗这般亲切生动。人们都说柳宗元的《永州八记》是唐代山水游记类古文的重要成就,然而它们仅描写自然风景而不及风土人情。柳宗元的诗歌则从自然与社会两个维度对南方进行了全方位的描写,此类题材虽非柳宗元首创,但其开掘深度则远过前人。

其二,柳宗元在贬谪期间所作的思亲怀友之诗也很值得重视。柳宗元两度南谪,都是与刘禹锡等人同时遭受的集体性政治迫害。他与刘禹锡等人既是宦海风波中同舟共济的密友,又是诗文创作上高山流水的知音,赠答唱酬,多有佳作。例如《衡阳与梦得分路赠别》:"十年憔悴到秦京,谁料翻为岭外行。伏波故道风烟在,翁仲遗墟草树平。直以慵疏招物议,休将文字占时名。今朝不用临河别,垂泪千行便濯缨。"日人近藤元粹评曰:"慷慨凄惋,情景俱穷,直堪陨泪。"②此诗与刘禹锡的酬作《再授连州,至衡州,酬柳柳州赠别》堪称唐代赠答诗中的双璧,它们都是生死交情凝结成的杰作,情文并茂,感人至深。柳诗在这方面的代表作首推《登柳州城楼寄漳汀封连四州刺史》,它在贬谪和怀人两个题材走向上都堪称典范。永贞革新失败后,柳宗元与韩泰、韩晔、陈谏、刘禹锡、韦执

---

① 《书柳子厚诗》,《苏轼文集》卷六七,第2108页。
② 《柳宗元诗笺释》卷三,上海古籍出版社1993年版,第295页。

谊、凌准、程异等八人同日贬为远州司马，时号"八司马"。十年之后，"八司马"中的韦、凌二人已经去世，程异则此前已被擢用，余下的五人奉诏进京，但刚入长安便遭到又一次政治打击，又于同日贬为远州刺史。表面看来，五人的官职都从司马升为刺史，但贬地则从原来的永州、虔州、饶州、台州和朗州移至更为荒远的柳州、漳州、汀州、封州和连州，"官虽进而地益远"①，还朝的希望更加渺茫。当柳宗元登上柳州城楼，远眺风雨迷茫中的异乡风景，怀念音书寂寥的四位密友，其心情是何等的抑郁凄楚！后人对此诗佳评极多，其中以明人廖文炳所解最为确切："首言登楼远望，海阔连天，愁思与之弥漫，不可纪极也。三、四句惟惊风，故云乱飚；惟细雨，故云斜侵。有风雨萧条、触物兴怀意。至岭树重遮、江流曲转，益重相思之感矣。当时共来百越，意谓易于相见，今反音问疏隔，将何以慰所思哉！"②的确，远谪蛮荒带来的委屈，独登荒城引起的孤寂，异乡风物产生的陌生感觉，山重水复触发的迷惘心情，都与连天风雨交织成一片昏暗凄迷的氛围。正是在此种氛围的反衬下，诗人对友人的思念之情显得格外深厚沉重，感人至深。

　　其三，柳诗最为引人注目的题材走向，无疑是贬谪南荒后的自伤身世。迁客逐臣，本易产生忧谗畏讥和去国怀乡的双重愁绪，况且柳宗元的贬期之长、谪地之远皆出乎寻常，宋人葛立方为之再三叹息："柳子厚可谓一世穷人矣。永贞之初得一礼部郎，席不暖，即斥去为永州司马，在贬所历十一年。至宪宗元和十年，例召至京师。……即至都，乃复不得用。以柳州云，由永至京，已四千里。自京徂柳，又复六千，往返殆万里矣。""呜呼，子厚之穷极矣！观赠李夷简书云：'曩者齿少心锐，径行高步，不知道之艰，以陷于大厄。穷踬殒坠，废为孤囚，日号而望者十四年矣。'""然竟不生还，毕命

---

① 《资治通鉴》卷二三九，上海古籍出版社1987年版，第1643页。
② 《柳宗元诗笺释》卷三，第316页。

于蛇虺瘴疠之区,可胜叹哉!"①柳宗元少负大志,未及牛刀小试即
惨遭摧残,远谪蛮荒,终身不复。永州、柳州皆为荒凉瘴疠之地,柳
宗元久居其地,身心俱病。受其连累,老母卒于永州,从弟卒于柳
州,家破人亡,更增悲痛。跼地蹐天,柳宗元自觉身同囚徒:"吾缧
囚也。逃山林入江海无路,其何以容吾躯乎?"②所以虽然唐代诗
人身遭贬谪者代不乏人,唐诗中抒写贬谪之悲的佳作也不计其数,
但是柳宗元的贬谪诗仍然卓然名家,引人注目。宋人蔡启云:"子
厚之贬,其忧悲憔悴之叹,发于诗者,特为酸楚。"③"酸楚"是一部
柳诗的基调,即使其题咏山水和思亲怀友的作品也不例外。当然,
最有代表性的则是其自伤身世之作。他在《冉溪》一诗中自表心
迹:"少时陈力希公侯,许国不复为身谋。风波一跌逝万里,壮心瓦
解空缧囚。"壮心销尽,无可奈何,只能以囚徒自居。如此身世,尚
复何言?于是柳宗元的贬谪诗便收敛了锋芒,掩藏了愤怒,只剩下
哀惋凄切。例如《酬娄秀才将之淮南见赠之什》:"远弃甘幽独,谁
言值故人。好音怜铦羽,濡沫慰穷鳞。困志情惟旧,相知乐更新。
浪游轻费日,醉舞讵伤春。风月欢宁间,星霜分益亲。已将名是
患,还用道为邻。机事齐飘瓦,嫌猜比拾尘。高冠余肯赋,长铗子
忘贫。晼晚惊移律,睽携忽此辰。开颜时不再,绊足去何因。海上
销魂别,天边吊影身。只应西涧水,寂寞但垂纶。"近藤元粹评曰:
"辞旨凄惋,怨意自深,是其境遇使然也。"④然而细味全诗,仍觉怨
而不怒,并不像韩诗那样剑拔弩张。更其甚者,则索性将哀怨之情
深藏于字里行间,外表上不露形迹,例如《溪居》:"久为簪组累,幸
此南夷谪。闲依农圃邻,偶似山林客。晓耕翻露草,夜榜响溪石。
来往不逢人,长歌楚天碧。"顾璘评曰"超逸"⑤,高步瀛评曰"清泠

---

①　《韵语阳秋》卷一一,中华书局1981年版,第567页。
②　《答问》,《柳河东集》卷一五,上海古籍出版社2008年版,第279页。
③　《蔡宽夫诗话》,《苕溪渔隐丛话》前集卷一九,第123页。
④　《柳宗元诗笺释》卷二,第155页。
⑤　《柳宗元诗笺释》卷二,第139页。

旷远"①,其实都被诗人瞒过了。正如柳宗元《对贺者》所云:"嘻笑之怒,甚乎裂眥。长歌之哀,过乎恸哭。庸讵知吾之浩浩,非戚戚之尤者乎?"此类柳诗所蕴含的感慨最为深切,犹如高温的火焰反而呈蓝白色而非红色。沈德潜总评柳宗元的永州诸诗云:"愚溪诸咏,处连蹇困厄之境,发清夷淡泊之音,不怨而怨,怨而不怨,行间言外,时或遇之。"②堪称的评。

上述三类柳诗都属于古典诗歌中最为常见的题材,可见柳宗元在题材走向上并无韩愈那样的开辟之功。宋人林光朝云:"韩柳之别则犹作室。子厚则先量自家四至所到,不敢略侵别人田地。退之则惟意之所指,横斜曲直,只要自家屋子饱满,不问田地四至,或在我与别人也。"③此喻颇可解颐,但不如以耕种为比喻更加确切。韩愈漫天撒种,即使侵占别人土地也毫不在意。柳宗元则谨守畛畦,然而深耕细作。若将"柳如江"之语移以评其诗,则柳诗颇似峡谷深江,水面上仅见少许漩涡,甚至平稳如镜,其实却是鱼龙潜藏,蕴含着巨大的力量。如果说韩诗是在水平方向开拓了诗歌的题材走向,那么柳宗元则是对原有的题材范围进行了深度开掘,他的贡献也应受到足够的重视。

四

就诗歌艺术而论,韩、柳两家之诗风也有很大的差异。比如韩诗气势雄伟,炫人眼目;柳诗思虑精切,耐人咀嚼。韩诗波澜壮阔,层出不穷;柳诗波澜不惊,意蕴深厚。韩诗以长篇巨制见长,尤擅七言古风;柳诗以短小精悍为长,尤擅短古和律诗。韩诗意象多瑰怪奇特,柳诗意象多清丽雅洁。韩诗善用赋体来叙事或作铺陈排比的描写,柳诗善用比兴来抒写内心的幽约情思。韩诗外扬,柳诗

---

① 《唐宋诗举要》卷一,上海古籍出版社1978年版,第113页。
② 《唐诗别裁集》卷四,上海古籍出版社1979年版,第129页。
③ 《读韩柳苏黄集》,《艾轩集》卷五,影印文渊阁《四库全书》第1142册,第607页。

内敛。韩诗博杂,柳诗专精。明人刘成德云:"昌黎之诗丰而腴,柳州之诗峭而劲。"①胡应麟则称道"昌黎之鸿伟,柳州之精工"②,这两则相当准确的评语,也令人联想到"韩如潮"、"柳如江"的说法。下文对两家诗风相异之处略作论述。

韩愈称道孟郊诗风曰"奋猛卷海潦"(《荐士》),其实正是夫子自道。试读《汴泗交流赠张仆射》:"汴泗交流郡城角,筑场千步平如削。短垣三面缭逶迤,击鼓腾腾树赤旗。新雨朝凉未见日,公早结束来何为。分曹决胜约前定,百马攒蹄近相映。球惊杖奋合且离,红牛缨绂黄金羁。侧身转臂著马腹,霹雳应手神珠驰。超遥散漫两闲暇,挥霍纷纭争变化。发难得巧意气粗,欢声四合壮士呼。此诚习战非为剧,岂若安坐行良图。当今忠臣不可得,公马莫走须杀贼。"将士奋发,战马奔腾,球杖闪烁,飘忽迅猛,读来仿佛亲临现场,但觉目眩神迷。其实此诗叙事清晰,层次分明,描写精确,而且韵脚多变,平仄交替,在艺术上用心良苦,但阅读时很难静心分析,因为一展卷就被其雄豪的气势裹挟而去,只能一气读毕。

再读其《贞女峡》:"江盘峡束春湍豪,雷风战斗鱼龙逃。悬流轰轰射水府,一泻百里翻云涛。漂船摆石万瓦裂,咫尺性命轻鸿毛。"全诗仅六句,已将峡江怒涛写得惊心动魄,全凭气势取胜。如果说上述二诗都因题材之特殊而导致气势雄伟,那么再读其《桃源图》。陶渊明的笔下的世外桃源本是一个幽静、安宁的山村,王维笔下的桃源更是远离红尘的静谧仙境,韩诗却别开生面,开头便是一声猛喝:"神仙有无何眇芒,桃源之说诚荒唐!"接下来交代友人寄赠桃源图,自己作诗咏之:"南宫先生忻得之,波涛入笔驱文辞。"作诗题咏桃源图,竟会"波涛入笔"? 果然,韩诗中的桃源已与陶、王所写者迥然有别。陶渊明笔下的桃源"土地平旷,屋舍俨然",王维笔下则是"月明松下房栊静",韩诗中却是"架岩凿谷开宫室,接屋连墙千万日"。陶、王笔下的"忽逢桃花林,夹岸数百步"和"两岸

---

① 《唐张司业诗集序》,《唐张司业集》卷首。
② 《诗薮》外编卷四,上海古籍出版社1979年版,第187页。

桃花夹去津”，在韩诗中则是“川原远近蒸红霞”。陶、王笔下的“乃
不知有汉，无论魏晋”和“峡里谁知有人事”，在韩诗中则是“大蛇中
断丧前王，群马南渡开新主”。陶、王写渔人辞去，仅云“停数日，辞
去”和“尘心未尽思乡县”，韩诗中却是“夜半金鸡啁哳鸣，火轮飞出
客心惊”！无处不是变幽雅为壮阔，变优美为壮美。对于这三首桃
源诗之异同，前人多有评说。清人张谦宜云：“陶诗他且勿论，即如
咏桃源一诗，摩诘之绮丽，昌黎之雄奇，皆不如其浑朴。”①程千帆
先生则指出：“韩诗描写很少，叙述议论较多，而就其中少量描写来
看，其所选取的也是壮丽而非幽美或缥缈的形象，它们是与波澜起
伏的叙述、发扬蹈厉的议论相一致的。”②在韩愈之前的古诗传统
中，桃花源已经定格为一个幽静邃远的境界，但韩愈仍将它写得如
此雄奇壮伟，可见气势雄伟实为韩诗的总体倾向。

　　相反，柳诗主要以思虑精切取胜。柳诗很少长篇，少量长篇也
不像韩诗那般奥衍雄杰，例如《弘农公以硕德伟材屈于诬枉，左官
三岁，复为大僚，天监昭明，人心感悦。宗元窜伏湘浦，拜贺未由，
谨献诗五十韵以毕微志》，汪森评曰：“使事属对之工，无一懈笔。
此程不识之行军也。虽其比拟不无过当之处，然用意则精切
矣。”③汉将李广善用奇兵，行军时甚至不讲行阵，程不识则行军布
阵严守法度，然皆能取胜。韩、柳两家之诗风，正如李广、程不识之
用兵。韩诗汪洋恣肆，柳诗则严谨精切。就律诗和绝句而言，显然
柳胜于韩。宋人张耒云：“退之作诗，其精工乃不及柳子厚。子厚
诗律尤精，如‘愁深楚猿夜，梦断越鸡晨’、‘乱松知野寺，余雪记山
田’之类，当时人不能到。退之以高文大笔，从来便忽略小巧，故律
诗多不工。”④所举两联见于《梅雨》和《北还登汉阳北原题临川

　　①　《茧斋诗谈》卷四，《清诗话续编》，上海古籍出版社1983年版，第
824页。
　　②　《相同的题材与不相同的主题、形象、风格》，《程千帆全集》第八卷，
河北教育出版社2000年版，第143页。
　　③　《柳宗元诗笺释》卷二，第174页。
　　④　《明道杂志》，第6页。

驿》，前者的全文为："梅实迎时雨，苍茫值晚春。愁深楚猿夜，梦断越鸡晨。海雾连南极，江云暗北津。素衣今尽化，非为帝京尘。"汪森评曰："夜猿、晨鸡用事极稳贴入情，更能无字不典切，故佳。素衣意用古翻新，极典极切，此种可为用古之法。"①正因用意深切，有些柳诗难得确解，甚至遭人误解。例如《别舍弟宗一》："零落残魂倍黯然，双垂别泪越江边。一身去国六千里，万死投荒十二年。桂岭瘴来云似墨，洞庭春尽水如天。欲知此后相思梦，长在荆门郢树烟。"后人对此诗交口称赞，但对末句则议论纷纷，尤其聚讼于两点。一是荆门和郢这两个地名究有何义，二是句中的"烟"字是否稳妥。先看前者。方回曰："此乃到柳州后，其弟归汉郢间，作此为别。"②孙汝听亦曰："荆、郢，宗一将游之处。"③何焯则曰："注指荆郢为宗一将游之处，非。"④再看后者。宋人周紫芝曰："此诗可谓妙绝一世。但梦中安能见郢树烟？'烟'字只当用'边'字，盖前有'江边'故耳。不然，当改云：'欲知此后相思处，望断荆门郢树烟。'如此却是稳当。"⑤清人纪昀亦曰："烟字趁韵。"许印芳则曰："末句'烟'字当是'边'字，因与次句重复，故改之。然或改次句以就末句，或改末句以就次句，皆宜更易词语，方能使两句完好，乃不肯割爱，但改重复之字，牵一'烟'字凑句，此临文苟且之过也。"⑥何孟春则驳斥周紫芝曰："此真痴人说梦耳。梦非实事，烟正其梦境模糊，欲见不可，以寓其相思之恨，岂问是耶！固哉高叟之为诗也。"高步瀛亦为柳诗辩护曰："'郢树边'太平凡，即不与上同，恐非子厚所用，转不如'烟'字神远。"⑦议论纷纷，似皆未中肯綮。只有何焯

①　《柳宗元诗笺释》卷二，第 239 页。

②　《瀛奎律髓汇评》卷四三，上海古籍出版社 2005 年版，第 1555 页。

③　《柳宗元诗笺释》卷三，第 337 页。按：下文数条引文未出注者，皆出此处。

④　《义门读书记》卷三七，中华书局 1987 年版，第 667 页。

⑤　《竹坡诗话》，《历代诗话》，第 356 页。

⑥　《瀛奎律髓汇评》卷四三，第 1555 页。

⑦　《唐宋诗举要》卷五，第 609 页。

探骊得珠："《韩非子》:'张敏与高惠二人为友。每相思,不得相见,敏便于梦中往寻。但行至半路即迷。'落句正用其意。承五六来,言柳州梦亦不能到也。"其实这个典故早为诗家习用,南朝沈约的名篇《别范安成》云:"梦中不识路,何以慰相思。"李善注便引《韩非子》为注①。平亭众说,我们认为柳诗的写作背景是宗一即将离开柳州北归京师。柳氏家于长安,在长安有房舍、田产,宗族聚居于斯。其家族墓地在长安南郊的万年县,其母卢氏卒于永州后即归葬万年祖茔,其从弟宗直卒于柳州,宗元将其暂殡于柳,且在《志从父弟宗直殡》中云:"俟吾归,与之俱。"柳宗元本人卒后亦归葬万年。《志从弟宗直殡》中又云"兄宗元得谤于朝,力能累兄弟为进士",可见宗直、宗一皆受宗元之牵累而未得入仕,故而依附宗元南下柳州。没有任何史料可证明宗一离开柳州后是"归汉郢间",合理的推测应是北归长安。"桂岭"、"洞庭"一联当是揣想宗一此行的始点和必经之地,或是慨叹自己仍处瘴乡而宗一则远涉江湖。长安与柳州相去近六千里,荆、郢适在半途。故末句双绾彼此,意谓兄弟离别,即使在梦中相思相寻,也会行至半途即迷。故此句不但谓"柳州梦亦不能到也",也谓"长安梦亦不能到也"。诚如此,则"郢树烟"实乃形容梦境之迷离恍惚,梦魂至此,安能识路? 用典如此深稳,意境如此深远,这是柳诗"温丽靖深"②风格的主要原因。

　　如上所述,韩、柳都是极具艺术个性的诗人,而"韩潮"、"柳江"既是韩、柳二人的古文风格特征,又是两家诗歌的独特风貌,这为我们深入考察一位文学家在不同文体的创作中是否具有同样风格倾向的问题提供了较好的例证,也为我们充分认识韩、柳二人在中唐文学史上的地位提供了特殊的角度,值得深思。

---

①　《文选》卷二〇,上海古籍出版社 1986 年版,第 983 页。
②　苏轼《评韩柳诗》,《苏轼文集》卷六七,第 2109 页。

刘柳与潇湘

一

刘禹锡与柳宗元并称"刘柳",首先出于政治原因,且并非美誉。《旧唐书·刘禹锡传》记刘、柳在永贞年间得王叔文、王伾之重用,"既任喜怒凌人,京师人士不敢指名,道路以目,时号二王、刘、柳"①。同书《王叔文传》则载史臣曰:"刘、柳诸生,逐臭市利,何狂妄之甚也!"②稍后,二人才因文学原因而并称,《旧唐书》卷一六〇载史臣曰:"贞元、大和之间,以文学耸动缙绅之伍者,宗元、禹锡而已。"③至北宋欧阳修方云:"唐之刘柳,无称于事业,而姚宋不见于文章。"④南宋晁公武亦称刘禹锡"早与柳宗元为文章之友,称'刘柳'"⑤。笔者认为无论是政治还是文学,刘、柳都可并称"刘柳",但本文主要着眼于后一种含义。从柳宗元的角度来看,刘、柳的年龄、经历相似度极高:刘禹锡生于唐代宗大历七年(772),柳宗元生于大历八年(773),皆为先世迁吴且生于吴地之士人⑥。唐德宗贞元九年(793),刘、柳同登进士第。同年,刘又中博学宏词科。贞元

---

① 《旧唐书》卷一六〇,中华书局 1975 年版,第 4210 页。

② 《旧唐书》卷一三五,第 3744 页。

③ 《旧唐书》卷一六〇,第 4215 页。

④ 《薛简肃公文集序》,《欧阳修诗文集校笺·居士集》卷四四,上海古籍出版社 2009 年版,第 1129 页。

⑤ 见《郡斋读书志校证》卷一七,上海古籍出版社 1990 年版,第 882 页。

⑥ 胡可先《唐代重大历史事件与文学研究》中称刘、柳为"安史之乱后南迁吴越者",甚确。详见该书第三章《永贞革新与文坛新变》第二节之一《以东南文士为中心的政治集团的形成》,浙江大学出版社 2007 年版,第 262—265 页。

十二年(796),柳宗元亦中博学宏词科。贞元十九年(803),刘升任监察御史,柳亦任监察御史里行。贞元二十一年(805)顺宗即位,刘、柳皆受王叔文、王伾重用,进入朝廷的决策核心。可惜"永贞革新"有如昙花一现,不到半年就遭惨败,刘、柳等八人被贬为远州司马,刘禹锡贬往朗州(今湖南常德),柳宗元贬往永州(今湖南零陵)。直到唐宪宗元和十年(815)二月,刘、柳等人才奉诏回到长安。但仅隔一月,又同被贬为远州刺史,刘禹锡贬往连州(今广东连州),柳宗元贬往柳州(今广西柳州)。直到元和十四年(819),柳宗元卒于柳州,刘禹锡因母丧离开连州返回洛阳,二人生平轨迹中的重合部分才告结束。

　　在刘禹锡与柳宗元的四个贬谪地点中,朗、永二州皆在今湖南境内,连州在今广东境内,而柳州则在今广西境内。但在当时,连州与朗州、永州都属湖南观察使管辖,也即都在"潇湘"代指的地理区域内。故刘禹锡在《赴连州途经洛阳诸公置酒相送张员外贾以诗见赠率尔酬之》中说:"谪在三湘最远州,边鸿不到水南流。"在连州所作《元日感怀》中也说:"振蛰春潜至,湘南人未归。"径以"三湘"、"湘南"指称连州。柳州虽属桂管观察使管辖,但其地距离"潇湘"甚近,柳宗元在柳州所作《酬曹侍御过象县见寄》云:"破额山前碧玉流,骚人遥驻木兰舟。春风无限潇湘意,欲采蘋花不自由。"象县是柳州的属县,"碧玉流"当指流经象县之白石水,此水源头距离湘水源头较近,故柳宗元将其泛称为"潇湘"。湖南的众多水流汇总为湘水(潇水为湘水支流)、沅水及资水,然后流入洞庭湖。所以就地域而言,代指湘水流域一带的"潇湘"与代指洞庭湖以南地区的"湖南"是范围重合的地理名词。从古以来,"潇湘"就有两大地域文化特征:一是地方僻远,蛮荒色彩较浓,往往成为朝廷流放官员之地,屈原的流放沅湘和贾谊的贬谪长沙便是先唐著名的事例。到了唐代,"潇湘"更成为朝廷流放逐臣的首选之地①,以至于唐晚

---

　　①　参看尚永亮《唐五代逐臣与贬谪文学研究》第三编《盛唐荆湘逐臣研究》,武汉大学出版社2007年版,第193—202页。

杜牧不胜感慨地说:"楚国大夫憔悴日,应寻此路去潇湘!"①二是山川秀丽,环境清幽。屈赋中就曾展示湘、沅一带的瑰丽景色,故刘勰认为:"屈平所以能洞监风骚之情者,抑亦江山之助乎!"②杜甫诗云:"湖南清绝地,万古一长嗟。"③宋人陆游甚至说:"挥毫当得江山助,不到潇湘岂有诗?"④诗才盖世的刘、柳以逐臣身份来到潇湘之畔,又在那里生活了十五个春秋,堪称诗歌史上千载难逢的奇遇。他们在潇湘的诗歌创作会爆发出何等壮丽的火花呢? 相似的境遇和相异的性格,又会使他们的诗风产生什么异同呢?

二

"永贞革新"的是非功过,是十分复杂的问题。在最早的几种史书如韩愈《顺宗实录》及《旧唐书》、《资治通鉴》中,对永贞史事的记述都有自相矛盾之处,即永贞一朝多有善政,主持朝政的二王、刘柳等却是奸邪小人。对此,清人王鸣盛论之甚确:"然则叔文之柄用,仅五六月耳。所书善政,皆在此五六月中。……以上数事,黜聚敛之小人,褒忠贤于已往,改革积弊,加惠穷民,自天宝以至贞元,少有及此者。"又曰:"叔文行政,上利于国,下利于民,独不利于弄权之阉宦、跋扈之强藩。……总计叔文之谬,不过在躁进。"⑤与王叔文相比,当时年仅三十二三岁的刘、柳更加踔厉风发,也更加难免"躁进"之讥。刘禹锡在柳宗元卒后回忆往事:"昔者与君,交

---

① 《兰溪》,《杜牧集系年校注·樊川文集》卷三,中华书局 2008 年版,第 399 页。

② 《文心雕龙·物色》,《文心雕龙注》,人民文学出版社 1958 年版,第 695 页。

③ 《祠南夕望》,《杜诗镜铨》卷一九,上海古籍出版社 1998 年版,第 957 页。

④ 《予使江西诗以诗投政府丐湖湘一麾会召还不果偶读旧稿有感》,《剑南诗稿校注》卷六〇,上海古籍出版社 1985 年版,第 3474 页。

⑤ 《十七史商榷》卷七四,"顺宗纪所书善政"条,上海古籍出版社 2013 年版,第 1047—1049 页。

臂相得。一言一笑，未始有极。驰声日下，骛名天衢。射策差池，高科齐驱。携手书殿，分曹蓝曲。心志谐同，追欢相续。"①柳宗元在赠刘诗中亦有类似的回忆："宪府初收迹，丹墀共拜嘉。分行参瑞兽，传点乱宫鸦。执简宁循枉，持书每云邪。鸾凤摽魏阙，熊武负崇牙。辨色宜相顾，倾心自不哗。金炉仄流月，紫殿启晨椵。"②春风得意之情，洋溢于字里行间。正当刘、柳志满意得、准备大展宏才的时刻，风云突变，朝政翻覆。永贞元年（805）八月四日，顺宗退位，宪宗登基。九月十三日，刘、柳被贬为远州刺史，踏上贬谪之程。十一月十四日，刘、柳尚在前往贬所的途中，又被再贬为远州司马。次年年初，刘禹锡来到朗州，柳宗元来到永州，开始了在潇湘之畔的贬谪生涯。

刘、柳夙怀大志，刘诗云："少年负志气，信道不从时。"（《阮公体三首》之一）柳诗云："少时陈力希公侯，许国不复为身谋。"（《冉溪》）他们参加"永贞革新"，是为了实现治国平天下的政治理想。没想到事与愿违，反被诬以各种罪名，成为罪不可赦的逐臣③。忠而被谤，无罪遭谴，贬谪的地点又是潇湘之畔，三闾大夫的身影自然会浮现在刘、柳的心头。后代史家都注意到刘、柳南谪潇湘后多仿楚辞的事实，《新唐书》云："禹锡谓屈原居沅湘间作《九歌》，使楚人以迎送神，乃倚其声作《竹枝词》十余篇。"又云：柳宗元"仿《离骚》数十篇，读者咸悲恻"④。试读刘禹锡在朗州观看土人端午竞渡后所作《竞渡曲》中的诗句："灵均何年歌已矣，哀谣振楫从此起。曲终人散空愁暮，招屈亭前水东注。"以及柳宗元在永州凭吊屈原

①　《为鄂州李大夫祭柳员外文》，《刘禹锡全集编年校注》卷一五，岳麓书社 2003 年版，第 1052 页。

②　《同刘二十八院长述旧言怀感时书事奉寄澧州张员外使君五十二韵之作因其韵增至八十通赠二君子》，《柳宗元诗笺释》卷二，上海古籍出版社 1993 年版，第 189 页。

③　唐宪宗元和元年（806）八月二十二日，朝廷诏令刘、柳等八人"纵逢恩赦，不在量移之限"，见《旧唐书·宪宗纪》，第 418 页。

④　《新唐书》卷一六八，中华书局 1975 年版，第 5129、5132 页。

的句子："后先生盖千祀兮,余再逐而浮湘。……穷与达固不渝兮,夫唯服道以守义。"①真可谓怨慕入骨,声泪俱下。凡此,前人论之已详,本文不再重复。

屈原的作品有一个重要特征,就是"依诗取兴,引类譬谕,故善鸟香草,以配忠贞;恶禽臭物,以比谗佞;灵修美人,以媲于君;宓妃佚女,以譬贤臣;虬龙鸾凤,以托君子;飘风云霓,以为小人"②。刘、柳对此心领神会,他们在潇湘之畔写了一些托物取兴的寓言诗,形式虽非楚辞体,精神却与屈赋一脉相承。然而由于性格不同,刘、柳的寓言诗写法各异。

刘禹锡的代表作是《百舌吟》、《聚蚊谣》、《飞鸢操》和《秋萤引》。《百舌吟》云:"晓星寥落春云低,初闻百舌间关啼。……天生羽族尔何微,舌端万变乘春辉。南方朱鸟一朝见,索漠无言蒿下飞。"《聚蚊谣》云:"沈沈夏夜闲堂开,飞蚊伺暗声如雷。……我躯七尺尔如芒,我孤尔众能我伤。天生有时不可遏,为尔设幄潜匡床。清商一来秋日晓,羞尔微形饲丹鸟。"《飞鸢操》云:"鸢飞杳杳青云里,鸢鸣萧萧风四起。……天生众禽各有类,威凤文章在仁义。鹰隼仪形蝼蚁心,虽能戾天何足贵。"《秋萤引》云:"汉陵秦苑遥苍苍,陈根腐叶秋萤光。……天生有光非自炫,远近低昂暗中见。撮蚊袄鸟亦夜飞,翅如车轮人不见。"瞿蜕园先生认为"此四篇命名曰谣,曰吟,曰操,曰引,而皆以天生二字冠于末章,以揭明其本旨,必为一时有为而作,《百舌》、《秋萤》二篇精采照耀,尤可决其在中年诗力最深时,疑在元和十一二年,盖此时心境稍优闲也。皆以'天生'二字冠于末章,必为一时有为而作"③,推断四诗作于同时甚确,但是系四诗于元和十一二年(816,817)间作于连州,则非。

---

①　《吊屈原文》,《柳河东集》卷一九,上海古籍出版社 2008 年版,第333 页。

②　汉人王逸语,见《楚辞补注》卷一,中华书局 1983 年版,第 2 页。

③　《刘禹锡集笺证》卷二一,上海古籍出版社 1989 年版,卷二一,第584—585 页。

陶敏先生则系四诗于永贞元年(805)夏秋间,如谓第一首"永贞元年夏在长安作"①,亦失之毫厘。因为永贞元年春夏间,正是永贞革新高歌猛进之时。诚如刘禹易自传所云:"(王叔文)既得用,自春至秋,其所施为,人不以为当非。"②等到七月二十八日顺宗下诏皇太子掌军国政事,王叔文集团才宣告失败。九月十三日,刘、柳等皆被贬为远州刺史,王命峻切,即刻离京。所以在此年春夏,刘禹锡正在积极参政,不可能写诗表达忧谗畏讥的心情。在此年秋冬,刘禹锡初遭打击惊魂未定,随即仓皇南奔,也不大可能写作结构严整的组诗。笔者认为这组诗应作于次年即元和元年(806)刘禹锡到达朗州之后,至于陶敏先生称诗中写到"汉陵秦苑"故应作于长安,则忽略了寓言诗不避虚构的特点,不足采信。

柳宗元的代表作是《跂乌词》《笼鹰词》及《行路难三首》之一。《跂乌词》云:"城上日出群乌飞,哑哑争赴朝阳枝。刷毛伸翼和且乐,尔独落魄今何为? ……支离无趾犹自免,努力低飞逃后患。"《笼鹰词》云:"凄风淅沥飞严霜,苍鹰上击翻曙光。……炎风溽暑忽然至,羽翼脱落自摧藏。草中狸鼠足为患,一夕十顾惊且伤。但愿清商复为假,拔去万累云间翔。"《行路难三首》之一云:"君不见夸父逐日窥虞渊,跳踉北海超昆仑。披霄决汉出沆漭,瞥裂左右遗星辰。须臾力尽道渴死,狐鼠蜂蚁争噬吞。……睢盱大志小成遂,坐使儿女相悲怜。"王国安先生据韩醇《诂训柳集》而系三诗于元和元年(806)初谪永州时,可据。

刘、柳的这两组寓言诗,都是写于初至谪地之时,都曲折地表达了无辜遭到政治迫害后的愤怨心情,但是写法判然有异。总而言之,刘诗是以斥责奸佞小人为主旨,无论是诡谲善变、巧舌如簧的"百舌",利嘴吮血、贪婪无厌的聚蚊,还是鹰形蚁心、争食腐鼠的飞鸢,都将讥刺的锋芒直接刺向朝中政敌。只有《秋萤引》中"天生有光非自炫"的萤火虫或许是诗人自喻,但诗中仍对形巨光暗的

① 《刘禹锡全集编年校注》卷一,第41页。
② 《子刘子自传》,《刘禹锡全集编年校注》卷一九,第1292页。

"撮蚊袄鸟"予以讥讽。也就是说,刘诗的主旨是外向的讥刺,是对朝中黑暗势力的批判、抨击。柳诗却不然,无论是负伤落魄、畏惧蚁雀的"跂鸟",羽翼脱落、一夕十顾的"笼鹰",还是力尽渴死、壮志未酬的"夸父",都是诗人的自我写照。也就是说,柳诗的主旨是内敛的咏怀,是对无辜遭罪的自我的怜悯感叹。这两种写作倾向在《离骚》等屈赋中本是并存不悖的,但刘、柳却是各取一端。这说明虽然同样身处坎坷之境,同样身在潇湘之畔,不同的性格因素仍然使刘、柳的创作同中有异。

类似的情形在刘、柳的政治诗中也有体现。唐宪宗元和十年(815),宰相武元衡在长安遇刺身亡。刚到连州和柳州不久的刘、柳风闻此事,皆作乐府诗以咏其事。刘诗题作《代靖安佳人怨二首》,引曰:"靖安,丞相武公居里名也。元和十年六月,公将朝,夜漏未尽三刻,骑出里门,遇盗,薨于墙下。初,公为郎,余为御史,由是有旧故。今守于远服,贱不可以诔,又不得为歌诗声于楚挽,故代作《佳人怨》,以裨于乐府云。"其一云:"宝马鸣珂踏晓尘,鱼文匕首犯车茵。适来行哭里门外,昨夜华堂歌舞人。"柳诗题作《古东门行》,诗云:"汉家三十六将军,东方雷动横阵云。鸡鸣函谷客如雾,貌同心异不可数。赤丸夜语飞电光,徼巡司隶眠如羊。当街一叱百吏走,冯敬胸中函匕首。凶徒侧耳潜惬心,悍臣破胆皆杜口。魏王卧内藏兵符,子西掩袂真无辜。羌胡毂下一朝起,敌国舟中非所拟。安陵谁辨削砺功?韩国讵明深井里?绝膑断骨那下补,万金宠赠不如土。"后人常把这两首诗相提并论,对两诗俱予否定的如宋人蔡居厚云:"刘禹锡、柳子厚与武元衡不叶。二人之贬,元衡为相时也。禹锡为《靖安佳人怨》以悼元衡之死,其实盖快之。子厚《古东门行》云……虽不著所以,当亦与禹锡同意。"[①]又如清人陈景云云:"柳子厚《东门行》及刘梦得《靖安佳人怨》诗,皆为盗杀武元衡而作。武相遇盗于所居靖安坊之东门,故刘、柳题诗云尔。先

---

① 《蔡宽夫诗话》,《宋诗话全编》第一册,江苏古籍出版社1998年版,第621页。

是二人既坐伾、文党,谪佐远州,元和中召还,方冀进用,又俱出刺岭外。时武相当国,二人深憾之,此二诗所由作也。史言伾、文之党初召还,谏官交章,力言其不可用,寻有远郡之斥,盖当时君相亦采公议行遣,非缘政府之忮矣。憾时宰者盖褊心之未化,二诗俱不作可也。"①也有人认为柳诗佳于刘诗,如宋人刘克庄云:"柳云'当街一叱百吏走,冯敬胸中陷匕首。凶徒侧耳潜惬心,悍臣破胆皆杜口',犹有嫉恶悯忠之意。梦得'昨夜画堂歌舞人'之句,似伤于薄。世言柳、刘为御史,元衡为中丞,待二人灭裂,果然,则柳贤于刘矣。"②清人乔亿更直接是柳而非刘,云:"盗杀武元衡,与韩相侠累何异,非国家细故也。柳子厚《古东门行》直指其事,其义正,其词危,可使当日君相动色。而刘梦得置国事勿论,乃为《靖安佳人怨》,观其小引,似与武有不相能者。顾梦得左官远服,当不以私废公。为国惜相臣,又况其死以国事,胡托为女子凄断之词,而犹以为'裨于乐府',过矣!"③诸家认定刘诗乃快意武元衡之死,几无异词。惟陶敏先生认为刘诗"借佳人怨寓伤悼之意,非必快其死也",且举刘诗《伤庞京兆》、《再伤庞尹》中有"今朝穗帐哭君处,前日见铺歌舞筵"、"可怜鸾镜下,哭杀画眉人"等句为旁证④,然而庞严是刘的后辈,且其人"无士君子之检操,贪势嗜利,因醉而卒"⑤,刘诗语带讥讽未尝不可。武元衡则不然。武氏在永贞革新时与刘、柳等人曾有恩怨,当刘、柳遭贬后也未能援之以手,刘、柳对武心存怨恨是事出有因的。但武元衡因力主讨伐叛镇而被藩镇派人刺杀,乃朝廷大臣死于国事,故《旧唐书》本传载史臣曰:"朗拔精裁,为时羽仪。嫉恶太甚,遭罹不幸,傅刃喋血,诚可哀哉!"⑥《新

---

①　《柳集点勘》,见《柳宗元诗笺释》卷三,第311页。

②　《后村诗话》后集卷二,《宋诗话全编》第八册,第8401页。

③　《剑溪说诗》又编,《清诗话续编》,上海古籍出版社1983年版,第1124页。

④　《刘禹锡全集编年校注》卷四,第222页。

⑤　《旧唐书·庞严传》,第4340页。

⑥　《旧唐书》卷一五八,第4178页。

唐书》本传亦赞曰："要躬可殒，而名与岱、崧等矣！"①刘诗如此措辞，极不得体②。柳诗则如章士钊所言："全篇气象万千，只表吊叹而不及其他。独末一句略带阳秋，微欠庄重，不免为白璧之瑕尔。"③

　　刘禹锡的《读张曲江集作》也有助于我们解读上诗。《读张曲江集作》同样作于朗州，其引曰："世称张曲江为相，建言放臣不宜与善地，多徙五溪不毛之乡。……嗟夫！身出于遐陬，一失意而不能堪，矧华人士族，而必致丑地然后快意哉！议者以曲江为良相，识胡雏有反相，羞凡器与同列，密启廷争，虽古哲人不及。而燕翼无似，终为馁魂。岂忮心失恕，阴谪最大，虽二美莫赎邪？"诗中亦云："良时难久恃，阴谪岂无因。"后人指出张九龄并未绝后，如宋人吴曾云："余考《唐书·宰相世系表》……自九龄至文嵩，凡八代，任宦不绝。而刘梦得乃以'燕翼无似，终为馁魂'，何耶？"④更有论者责备刘禹锡立论不当甚至其心可诛，清人潘德舆云："盖梦得身为逐臣，心嗛时宰，故以曲江为词，实借昔刺今也。然意取讽时，而遂横虐先臣，加之丑诋，非敦厚君子所宜出矣。"⑤事实上张九龄于唐玄宗开元三年（715）上书建言不宜让逐臣出任地方牧宰，其文曰："但于京官之中，出为州县者，或是缘身有累，在职无声，用于牧宰之间，以为斥逐之地。……诸若此流，尽为刺史，其余县令已下，固不可胜言。盖氓庶所系，国家之本务。本务之职，反为好进者所

---

　　①　《新唐书》卷一五二，第 4846 页。

　　②　《刘禹锡全集编年校注》卷四引《礼记·檀弓下》为注："文伯之丧，敬姜据其床而不哭，曰：'昔者吾有斯子也，吾将以为贤人也，吾未尝以就公室。今及其死也，朋友诸臣未有出涕者，而内人皆行哭失声。斯子也，必多旷于礼矣夫！'"（第 220 页）甚确。

　　③　《柳宗元诗笺释》卷三引，第 311 页。

　　④　《能改斋漫录》卷四，《全宋笔记》第五编，大象出版社 2012 年版，第 87 页。

　　⑤　《养一斋诗话》卷一，《清诗话续编》，第 2017 页。

轻;承弊之人,每遭非才者所扰。"①其本意在于重视地方政务,此乃朝廷大事,故在《通典》、《册府元龟》中皆有记载。刘禹锡所言"放臣不宜与善地"云云,恐出谬传。至于进而诋诹张九龄无后,更是立论乖谬。

　　总而言之,刘、柳在潇湘之畔所作的寓言诗及政治诗包含着无罪遭遣的愤怨之情,刘诗主旨在讥刺朝中政敌,柳诗主旨在抒写内心哀怨,分别继承了屈赋的两种主题倾向,这是性格决定作品倾向的典型事例。至于刘禹锡因愤怒过甚而在政治诗中讥讽失当,实为失言,我们不必为贤者讳。

三

　　"潇湘"地方荒远,在中唐以前文化、教育均不发达。戴伟华先生曾对唐代文士的籍贯按今日之省域进行数量分析,依照其研究结果来统计初唐到中唐产生的文士,则湖南籍的文士仅有 3 人,不但与河南籍的 126 人、陕西籍的 120 人、江苏籍的 101 人相去不可以道里计,而且不如甘肃籍的 10 人、广东籍的 7 人②。今湖南省的疆域大致与"潇湘"相当,可见在刘、柳来到之前,当地产生的文士如凤毛麟角。又由于距离遥远,道路难行,其他地区的文士也是游踪杳然。正如柳宗元所说,"过洞庭,上湘江,非有罪左迁者罕至"③。在刘、柳之前,虽然也有其他文士南谪来到潇湘流域,但他们仅是短暂逗留。比如张说曾贬为岳州刺史,但不足两年即被调离。虽然后人称张说"谪岳州后诗益凄婉,人谓得江山之助云"④,但事实上张说在岳州时的诗风相当平和,咏及山水之诗亦仅有十余首。又如贾至,曾贬岳州司马,但在岳州逗留不足三年,咏及当地山水者仅寥寥数首。只有王昌龄曾贬龙标尉,在贬所逗留多年,

---

①　《上封事书》,《张九龄集校注》卷一六,中华书局 2008 年版,第 847 页。
②　详见戴伟华《地域文化与唐代诗歌》,中华书局 2006 年版,第 35 页。
③　《送李渭赴京师序》,《柳河东集》卷二三,第 392 页。
④　《新唐书·张说传》,第 4410 页。

龙标在行政区划上虽属黔中道,但地处沅水上游,也在广义的"潇湘"流域内。而且王昌龄赴龙标时途经岳州、朗州等地,曾亲睹潇湘一带的山水。但是王昌龄贬龙标尉后作诗甚少,几乎未曾咏及当地山水。倒是他早年远谪岭南时途经郴州,曾作《出郴山口至叠石湾野人室中寄张十一》吟咏潇湘景色,可惜此类作品极少。此外,李白长流夜郎遇赦东归途经洞庭,曾作诗多首,但只有《秋登巴陵望洞庭》一首较细致地描摹山水。杜甫晚年飘泊湖湘,行踪遍及湘水、衡山,且在《岳麓山道林二寺行》中声称"物色分留与老夫"①,但他此时贫病交加、走投无路,似乎无心细细赏景。杜集中从《过南岳入洞庭湖》、《宿青草湖》以下的二十多首诗,从诗题看颇似其《发秦州》、《发同谷》等组诗,但诗中重点显然是旅途辛苦与时世艰难,山水景物仅是点染而已,即使是最可能写成山水诗的《望岳》一诗也不例外。总之,在刘、柳未来之前,潇湘一带的奇山异水尚未全面进入诗人的审美视野。柳宗元在《小石城山记》中说造物将如此幽奇的山水弃于荒僻之地,"更千百年不得一售其伎,是固劳而无用"②,可谓慨乎言之。

那么,在"潇湘"地区生活十五年之久的刘、柳又是如何描写此地山水的呢? 首先,与刘、柳早年生活的江南与关中两个地区相比,"潇湘"的自然环境具有荒远、幽僻的特征,两人南谪时又怀着去国怀乡的悲愁心态,他们的山水诗当然会体现上述特征。比如刘禹锡在朗州所作的《晚岁登武陵城顾望水陆怅然有作》:"星象承鸟翼,蛮陬想犬牙。俚人祠竹节,仙洞闭桃花。城基历汉魏,江源自賨巴。华表廖立墓,菜地黄琼家。霜轻菊秀晚,石浅水文斜。樵音绕故垒,汲路时寒沙。清风稍改叶,卢橘如含葩。野桥鸣驿骑,丛祠发迥笳。跳鳞避举网,倦鸟寄行查。路尘高出树,山火远连霞。夕曛转赤岸,浮蔼起苍葭。轧轧渡溪桨,连连赴林鸦。叫阍道非远,赐环期自赊。孤臣本危涕,乔木在天涯。"又如柳宗元在永州

---

① 《杜诗镜铨》卷一九,第966页。
② 《柳河东集》卷二九,第476页。

所作的《构法华寺西亭》:"窜身楚南极,山水穷险艰。步登最高寺,萧散任疏顽。西垂下斗绝,欲似窥人寰。反如在幽谷,榛翳不可攀。命童恣披翦,茸宇横断山。割如判清浊,飘若升云间。远岫攒众顶,澄江抱清湾。夕照临轩堕,栖鸟当我还。菡萏溢嘉色,筼筜遗清斑。神舒屏羁锁,志适忘幽潺。弃逐久枯槁,迨今始开颜。赏心难久留,离念来相关。北望间亲爱,南瞻杂夷蛮。置之勿复道,且寄须臾闲。"细味二诗中描摹山水的部分,对异域风光的陌生感中交织着天涯流落的孤独感,从而凸显了潇湘山水荒远幽僻的特征。这是此期刘、柳某些诗作的共性,可惜刘禹锡的此类作品并不多见。

值得关注的是,刘、柳初贬所至的朗州与永州俱属边远僻州,据《旧唐书·地理志三》所记,永州距长安三千二百余里,朗州距长安二千一百余里,前者更加偏远。天宝间永州人口达十七万六千余人,属中州;同时朗州的人口仅有四万三千余人,属下州,前者较为富庶①。综合而言,两地的荒僻程度不相上下。但是由于性格的差异,刘禹锡在朗州尚能吟风弄月,时呈爽朗潇洒之态。柳宗元在永州却始终满目凄凉,写景诗中亦难消悲愁之意。先看刘禹锡的《八月十五夜桃源玩月》:"尘中见月心亦闲,况是清秋仙府间。凝光悠悠寒露坠,此时立在最高山。碧虚无云风不起,山上长松山下水。群动翛然一境中,天高地平千万里。少君引我升玉坛,礼空遥请真仙官。云軿欲下星斗动,天乐一声肌骨寒。金霞昕昕渐东上,轮欹影促犹频望。绝景良时难再并,它年此夕应惆怅。"再看柳宗元的《中夜起望西园值月上》:"觉闻繁露坠,开户临西园。寒月上东岭,泠泠疏竹根。石泉远逾响,山鸟时一喧。倚楹遂至旦,寂寞将何言。"都是写玩月,刘诗的重点是良辰美景引起的愉悦,柳诗的重点却是寒夜荒景引起的凄凉。刘诗用神仙、天乐的想象渲染月上中天的可喜景象,柳诗却用泉声、鸟鸣的实景反衬长夜不眠的孤寂情怀。月是潇湘上空的同一轮月,人是去国怀乡的同一类人,

---

① 《旧唐书·地理志三》,第1615页。

写出的诗作却相异如此!

更常见的情形是刘诗中虽然描写了潇湘山水的荒远幽僻,但全诗另有主题,写景仅为点染而已。例如《登司马错故城》:"将军将秦师,西南奠遐服。故垒清江上,苍烟晦乔木。登临值萧辰,周览壮前躅。堑平陈叶满,塘高秋蔓绿。废井抽寒菜,毁台生稆谷。耕人得古器,宿雨多遗镞。楚塞郁重叠,蛮溪纷诘曲。留此数仞基,几人伤远目。"又如《汉寿城春望》:"汉寿城边野草春,荒祠古墓对荆榛。田中牧竖烧刍狗,陌上行人看石麟。华表半空经霹雳,碑文才见满埃尘。不知何日东瀛变,此地还成要路津。"二诗虽用主要篇幅描绘荒凉之景,但主题均是怀古,篇末点题,旨意明晰。此外如《卧病闻常山旋师策勋宥过王泽大洽因寄李六侍御》有句云:"寂寂重寂寂,病夫卧秋斋。夜虫思幽壁,槁叶鸣空阶。南国异气候,火旻尚昏霾。瘴烟跕飞羽,涬气伤百骸。"亦很好地渲染了南荒特有的气候、景色,但全诗主题是闻朝廷讨伐藩镇有感,且语带讥讽,主题既不集中,也就未达情景交融之境。刘禹锡描写朗州山水的诗歌中缺少名篇,主题分散是一个重要原因。及至再贬连州之后,刘禹锡虽亦写了不少山水诗,比如《海阳十咏》之类,但写景颇有空泛化的倾向,置之任何地区皆可,更加缺乏潇湘的地域特色,兹不赘述。

与刘禹锡不同,柳宗元在描写潇湘山水时几乎是狮子搏兔亦用全力。不但《永州八记》成为唐代山水文中不朽名篇,其山水诗也堪称唐代山水诗的典范之作。吟咏永州山水的柳诗是从模仿谢灵运诗风起步的,如作于元和初年的《湘口馆潇湘二水所会》、《登蒲洲石矶望横江口潭岛深迥斜对香零山》、《游石角过小岭至长乌村》、《游朝阳岩遂登西亭二十韵》等诗,从制题到谋篇造句,都深受大谢影响。近人陈衍云:"柳州五言刻意陶、谢,兼学康乐制题。"[1]

———————

[1] 《石遗室诗话》卷六,《陈衍诗论合集》,福建人民出版社1999年版,第78页。

清人汪森云："柳州于山水文字最有会心,幽细澹远,实兼陶谢之胜。"①然就此类柳诗而言,其主旨是模山范水,写法则以精雕细镂为主,风格不近陶而近谢。例如第二首:"隐忧倦永夜,凌雾临江津。猿鸣稍已疏,登石娱清沦。日出洲渚静,澄明晶无垠。浮晖翻高禽,沉景照文鳞。双江汇西奔,诡怪潜坤珍。孤山乃北峙,森爽栖灵神。洄潭或动容,岛屿疑摇振。陶埴兹择土,蒲鱼相与邻。信美非所安,羁心屡逡巡。纠结良可解,纡郁亦已伸。高歌返故室,自調非所欣。"若置于大谢诗集中,几乎可乱楮叶。这种诗风与幽深清奇的潇湘山水桴鼓相应,故此类柳诗与其山水文一样,是对"湖南清绝地"的最妙描绘。但就风格的独特性而言,它们尚不是柳诗的典范之作。随着岁月的迁移,柳宗元对贬谪生涯与谪地风景的体会更加深入,他的山水诗逐渐摆脱大谢的影响而自具面目,试看作于元和七年(812)的两首诗。《与崔策登西山》:"鹤鸣楚山静,露白秋江晓。连袂渡危桥,萦回出林杪。西岑极远目,毫末皆可了。重叠九疑高,微茫洞庭小。迥穷两仪际,高出万象表。驰景泛颓波,遥风递寒筱。谪居安所习,稍厌从纷扰。生同胥靡遗,寿等彭铿夭。蹇连困颠踣,愚蒙怯幽眇。非令亲爱疏,谁使心神悄。偶兹遁山水,得以观鱼鸟。吾子幸淹留,缓我愁肠绕。"《南涧中题》:"秋气集南涧,独游亭午时。回风一萧瑟,林影久参差。始至若有得,稍深遂忘疲。羁禽响幽谷,寒藻舞沦漪。去国魂已游,怀人泪空垂。孤生易为感,失路少所宜。索寞竟何事,徘徊只自知。谁为后来者,当与此心期。"苏轼评前者曰:"子厚此诗远在灵运之上。"②此评深中肯綮。这首柳诗虽在字句上还残留着大谢诗的痕迹,但它所刻画的荒远、幽僻、凄清的山水环境,与诗人去国怀乡、忧谗畏讥的孤寂心态融合无间,其意境之完整浑融,远胜谢诗。至于后者,则已洗净谢诗雕章琢句之风的影响。此诗为柳诗名篇,后人赞不绝口,苏轼曾在海南亲书此诗,跋曰:"柳子厚南迁后诗,清

---

① 《韩柳诗选》,王国安《柳宗元诗笺释》卷一引,第103页。
② 《题柳子厚诗》,《苏轼文集》卷六七,中华书局1986年版,第2109页。

劲纡徐,大率类此。"①宋人曾几则评曰:"《南涧》诗平淡有天工,在《与崔策登西山》上,语奇故也。"②明人蒋之翘亦曰:"柳州《南涧》诗意致已似恬雅,而中实孤愤沉郁,此是境与神会,非一时凑泊可成。"③综合诸家所评,大意是谓此诗内蕴刚劲清奇的风骨而出以从容不迫的字句,从而外表平淡而精光内敛,并达到了情景交融的艺术境界。的确,此诗将一位愁绪满胸的诗人置于一个幽深的涧谷之中,他满目凄凉,满耳悲声,故不再细细摹写山水的声色外貌,而是渲染烘托其孤寂、闭塞的氛围。"谁为后来者,当与此心期!"意即环顾当世,告诉无门,只能将满腹心思付诸文字以待后者。语淡情悲,莫此为甚! 当年屈原南济沅湘,哀叹道:"入溆浦余僔佪兮,迷不知吾所如。深林杳以冥冥兮,乃猿狖之所居。山峻高以蔽日兮,下幽晦以多雨。霰雪纷其无垠兮,云霏霏而承宇。哀吾生之无乐兮,幽独处乎山中。吾不能变心而从俗兮,固将愁苦而终穷。"④柳诗在文体上虽然异于楚辞,但在精神上仿佛是千年之后对骚人发出的一声回响。屈赋与柳诗,就是在幽荒寂寥的潇湘山水间回荡的空谷足音。

四

　　如上所述,刘禹锡在潇湘所作的山水诗成就逊于柳宗元。那么,同样在潇湘流域度过了十五年时光的刘禹锡,其诗歌成就体现于何处呢?

　　古人重视天人合一,古代诗人在观察某一地区时,山川景物与风土人情本是并重的。刘、柳的潇湘诗也是如此,他们在描写潇湘山水的同时,也相当生动地记录了当地的风俗民情。对于曾经生活在江南、长安的刘、柳来说,潇湘的风土人情肯定具有蛮荒、落后

---

①　《书柳子厚南涧诗》,《苏轼文集》卷六七,第 2116 页。
②　见何汶《竹庄诗话》卷八,中华书局 1984 年版,第 160 页。
③　王国安《柳宗元诗笺释》卷二引,第 184 页。
④　《涉江》,《屈原赋校注》上册,中华书局 1996 年版,第 476 页。

的特征,初来乍到,难免感到陌生和震惊。然而细读二人之诗,他们对潇湘风土的态度却大相径庭。柳宗元的基本态度是恐惧与嫌恶,他评论永州云:"地极三湘,俗参百越。左衽居椎髻之半,可垦乃石田之余。"①又云:"永州于楚为最南,状与越相类。……近水即畏射工沙虱,含怒窃发,中人形影,动成疮痏。"②柳宗元在永州时虽带有"司马"的空衔,其实类同因犯,曾叹曰:"吾缧因也,逃山林入江海无路,其何以容吾躯乎?"③"孤舟蓑笠翁,独钓寒江雪"(《江雪》)、"烟销日出不见人,欸乃一声山水绿"(《渔翁》)等诗句,就是其孤寂心态的真实表露。既然避世于山林荒野,也就少接人事,故柳诗仅咏永州之山水景物而少及风土人情。及至再贬为柳州刺史,身为一州长官的柳宗元无法躲避地方事务,乃"因其土俗,为设教禁,州人顺赖"④。于是柳州的风土人情也就顺理成章地进入诗人的视野,然而那是多么可怖的风土人情啊,简直像杜诗所云"形胜有余风土恶"⑤!请看数例:《岭南江行》:"山腹雨晴添象迹,潭心日暖长蛟涎。射工巧伺游人影,飓母偏惊旅客船。"《登柳州城楼寄漳汀封连四州》:"共来百越文身地,犹自音书滞一乡!"《寄韦珩》:"阴森野葛交蔽日,悬蛇结虺如蒲萄。到官数宿贼满野,缚壮杀老啼且号。"《南省转牒欲具江国图令尽通风俗故事》:"华夷图上应初录,风土记中殊未传。椎髻老人难借问,黄茅深峒敢留连。"这方面的柳诗名篇首推《柳州峒氓》:"郡城南下接通津,异服殊音不可亲。青箬裹盐归峒客,绿荷包饭趁虚人。鹅毛御腊缝山罽,鸡骨占卜拜水神。愁向公庭问重译,欲投章甫作文身。"此诗描写柳州风俗极为生动,正如日人近藤元粹所评:"可为一篇《风土记》!"然而诗中流露的嫌恶、哀伤之感也是相当清楚的,明人廖文炳评曰:

①　《代韦永州谢上表》,《柳河东集》卷三八,第616页。
②　《与李翰林建书》,《柳河东集》卷三〇,第494页。
③　《答问》,《柳河东集》卷一五,第279页。
④　韩愈《柳子厚墓志铭》,《韩昌黎文集注释》卷七,三秦出版社2004年版,第248页。
⑤　《峡山览物》,《杜诗镜铨》卷一三,第609页。

"子厚见柳州人异俗乖，风土浅陋，故寓自伤之意。"清人朱三锡亦评曰："通首言柳州之恶，中四句皆异服殊音也。既曰异服殊音不可亲矣，而结又云欲投章甫作文身，是先生忧愤之极，以寓自伤之意耳。"清人赵臣瑗评曰："'不可亲'三字，是一篇之主。"①柳宗元卒于柳州，生前有惠政，死且为柳州之神②，但无可讳言，他对柳州风土的态度确是"异服殊音不可亲"。

　　刘禹锡的情况则大相径庭。尽管刘禹锡也是怀着忧谗畏讥的心情来到谪地，但他刚到朗州，即作《武陵书怀五十韵》，其引曰："至则以方志所载而质诸其人民，顾山川风物皆骚人所赋，乃具所闻见而成是诗。"诗中描写朗州风土云："西汉开支郡，南朝号戚藩。……俗尚东皇祀，谣传义帝冤。桃花迷隐迹，练叶慰忠魂。户算资渔猎，乡豪恃子孙。照山畬火动，踏月俚歌喧。拥楫舟为市，连甍竹覆轩。"虽然带有陌生之感，但并无恐惧、嫌恶之意。刘禹锡还饶有兴趣地观察当地的风土习俗，一一纪之于诗，例如《阳山庙观赛神》："汉家都尉旧征蛮，血食如今配此山。曲盖幽深苍桧下，洞箫愁绝翠屏间。荆巫脉脉传神语，野老娑娑启醉颜。日落风生庙门外，几人连踏竹歌还。"《竞渡曲》："沅江五月平堤流，邑人相将浮彩舟。灵均何年歌已矣，哀谣振楫从此起。扬枹击节雷阗阗，乱流齐进声轰然。蛟龙得雨鬐鬣动，螮蛛饮河形影联。刺史临流褰翠帏，揭竿命爵分雄雌。先鸣余勇争鼓舞，末至衔枚颜色沮。百胜本自有前期，一飞由来无定所。风俗如狂重此时，纵观云委江之湄。彩旗夹岸照鲛室，罗袜临波呈水嬉。"《蛮子歌》："蛮语钩辀音，蛮衣斑斓布。熏狸掘沙鼠，时节祠盘瓠。忽逢乘马客，恍若惊麏顾。腰斧上高山，意行无旧路。"《采菱行》："白马湖平秋日光，紫菱如锦彩鸳翔。荡舟游女满中央，采菱不顾马上郎。争多逐胜纷相向，时转兰桡破轻浪。长鬟弱袂动参差，钗影钏文浮荡漾。笑语哇咬顾晚晖，蓼花缘岸扣舷归。归来共到市桥步，野蔓系船苹满衣。

---

① 皆见《柳宗元诗笺释》卷三所引，第332页。
② 见韩愈《柳州罗池庙碑》，《韩昌黎文集注释》卷七，第215页。

家家竹楼临广陌,下有连樯多估客。携觞荐芰夜经过,醉踏大堤相应歌。"这些诗从各个方面描写朗州风俗,绘声绘色,生动逼真,堪称用诗歌表现的朗州风俗画。正是在这种心态下,刘禹锡才会对当地的土著民歌兴致盎然,并模仿其声情,写出《踏歌词》:"春江月出大堤平,堤上女郎连袂行。唱尽新词欢不见,红霞映树鹧鸪鸣。"诗中洋溢着浓郁的乡土气息和男女相悦的欢乐气氛,而"迁客骚人"的诗人身影则隐没不见,这是柳诗中从未出现的现象。刘禹锡日后在夔州模仿民歌所作的多首《竹枝词》在唐代七绝中别开生面,其写作倾向正是始于朗州。

　　如上所述,刘、柳虽然同谪潇湘,但性格的差异使他们对当地风土有截然不同的态度。柳诗中写到潇湘风土都是为了抒写贬谪荒远的身世之感,虽然有些描写精切生动,但只是作为自身心态的背景点染,即使是《柳州峒氓》亦不例外。刘诗则多是对潇湘风土的客观描绘,虽然有时也会引起流离之感,像《采菱行》的末尾两句"一曲南音此地闻,长安北望三千里",但是全诗的主要内容是描写当地习俗,基调甚为欢快,诗人的态度亦是赞赏有加。所以刘、柳分别从欣赏与嫌恶的不同心态来吟咏潇湘风土,结果分别写出了潇湘风土的可喜与可怖的不同特征。如果就诗论诗,则刘诗的价值等于一幅生动逼真的潇湘风俗画,而柳诗的价值在于展现了一位迁客对潇湘风土的陌生感。对风土怀着恐惧心情者只会偶然一瞥,怀着喜爱心情者才能细细观赏,所以刘诗比柳诗更具备客观写实的性质,也更能取得细腻真切的艺术效果,例如作于连州的《插田歌》:"冈头花草齐,燕子东西飞。田塍望如线,白水光参差。农妇白纻裙,农夫绿蓑衣。齐唱田中歌,嘤伫如竹枝。但闻怨响音,不辨俚语词。时时一大笑,此必相嘲嗤。水平苗漠漠,烟火生墟落。黄犬往复还,赤鸡鸣且啄。路傍谁家郎,乌帽衫袖长。自言上计吏,年初离帝乡。田夫语计吏,君家侬定谙。一来长安罢,眼大不相参。计吏笑致辞,长安真大处。省门高轲峨,侬入无度数。昨来补卫士,唯用筒竹布。君看二三年,我作官人去。"诗前有引云:"连州城下,俯接村墟。偶登郡楼,适有所感,遂书其事为俚歌,以俟采诗者。"可见刘禹锡作诗的动机非常明确,就是要写一首直录民风的"俚歌"。清人沈德潜称赞此诗:"前状插田唱歌,如闻其声。后状计吏问答,如绘其形。"①刘诗为何能如此绘声绘色? 奥秘在于诗人继承了乐府民歌的优秀传统,缘事而发,不加修饰。诗中前后两节之间用"水平苗漠漠,烟火生墟落"作为过渡,非常自然,因为农夫插田至黄昏方歇,此时村中炊烟袅袅,方有闲暇与路过的计吏交谈。这固然可见诗人的艺术构思,也是生活自身的逻辑所至。此诗对计吏的描写内含讽刺,但蕴而不露,也是得益于民歌。诗中由"怨响音"表达的民歌内容,当然可能是"劳者歌其事",但更有可能指男女怨慕之情,因为下文的"时时一大笑,此必相嘲嗤"多半与男女风情有关,这本是民歌的传统内容。相对而言,柳宗元的《田家三首》虽对荒村之萧瑟、农夫之艰辛都写得真切生动,但其主题则是"悯农"而非风土。就潇湘风土这个主题而言,刘禹锡的成就胜于柳宗元。

五

　　唐宪宗元和十四年(819)十月,柳宗元卒于柳州。同年十一月,刘禹锡护母枢离开连州北归。刘、柳长达十五年的潇湘生涯从此结束,柳宗元的诗歌创作戛然而止,刘禹锡的创作生涯还要绵延二十三年。刘、柳齐名,且都是名垂千古的大诗人,他们在文学史上的地位当然是由其终生创作成就奠定的,所以当我们对刘、柳的诗歌成就进行比较研究时,必须注意到两人年寿不齐的基本事实。

　　今存柳诗只有卷首4首作于南谪之前,其余的160首都是作于潇湘之畔②。而今存刘诗多达816首(含残句6首),其中53首

---

　　① 《唐诗别裁集》卷三,第105页。
　　② 据王国安《柳宗元诗笺释》统计。按:元和十年(815)刘、柳奉诏离开朗州、永州入京,旋即再贬连州、柳州,往返之间分别作诗12首、14首,为免繁冗,不另计算。

作于南谪之前，602 首作于北归之后，作于潇湘地区的为 161 首，
与同期柳诗的数量相当①。刘、柳的诗才在伯仲之间，试看一例：
元和十年(815)，刘、柳再次南谪，一路同行，至衡州方挥泪相别，柳
宗元作《衡阳与梦得分路赠别》："十年憔悴到秦京，谁料翻为岭外
行。伏波故道风烟在，翁仲遗墟草树平。直以慷疏招物议，休将文
字占时名。今朝不用临河别，垂泪千行便濯缨。"刘禹锡作《再授连
州至衡阳酬柳柳州赠别》："去国十年同赴召，渡湘千里又分歧。重
临事异黄丞相，三黜名惭柳士师。归目并随回雁尽，愁肠正遇断猿
时。桂江东过连山下，相望长吟有所思。"清人朱三锡解柳诗甚好：
"一、二，纪实也。三、四，纪分路处也。五、六，辩冤也。七、八，叙
别也。先生以附王叔文论贬，复奉命召至阙下，是数年憔悴，至此
已将结局矣。不料又出为刺史，是憔悴又起头来。细玩起联诗意，
先生不苦于岭外行，而正苦于到秦京也。昔马伏波南征，道经衡
阳；翁仲，系古墓前石人。曰'故道'，是分路处所闻，实事虚写。曰
'遗墟'，是分路处所见，虚字实写，借以作对耳。楚三闾大夫被谗
见放，奈君命大义，不敢言怨，假作渔夫问答之辞，发泄一腔忠愤，
曰'世人皆浊我独清，众人皆醉我独醒'，是一篇主意。今先生微辨
王叔文一案，一以慷疏取罪，一以文字取罪，轻轻用'濯缨'两字以
见清浊之分，有罪无罪，千载下自有定论，无容更置一喙也。"②清
初王夫之评刘诗甚确："字皆如濯，句皆如拔，何必出沈、宋之
下？"③的确，刘诗颔联之用典、颈联之写景，俱精确警切，极见功
力；尾联双绾两处谪地，精巧而不失深稳。清人纪昀赞刘诗曰："此
酬柳子厚诗，笔笔老健而深警，更胜子厚原唱。"④说刘诗胜于柳诗
也许不够确切，但它们确是旗鼓相当。可惜的是，类似的精警之作

　　①　据陶敏、陶红雨《刘禹锡全集编年校注》统计。按：卷一中《百舌吟》
等 4 首长安诗划归卷二朗州诗中。
　　②　王国安《柳宗元诗笺释》卷三引，第 294 页。
　　③　《唐诗评选》卷四，上海古籍出版社 2011 年版，第 213 页。
　　④　《瀛奎律髓汇评》卷四三，上海古籍出版社 2005 年版，第 1556 页。

在柳宗元的潇湘诗中相当常见,诸如《南涧中题》、《溪居》、《秋晓行南谷经荒村》、《田家三首》、《雨后晓行独至愚溪北池》、《柳州城楼寄漳汀封连四州刺史》、《与浩初上人同看山寄京华亲故》、《别舍弟宗一》、《酬曹侍御过象县见寄》、《渔翁》、《江雪》、《柳州榨叶落尽偶题》等,不一而足。相反,在刘禹锡的潇湘诗中,这样的名篇寥若晨星。

请看刘诗入选后代重要唐诗选本的情况:五代韦縠《才调集》入选刘诗 17 首①,其中 16 首作于离开潇湘之后。明人高棅《唐诗品汇》选刘诗多达 68 首,其中只有 11 首是潇湘诗,即《善卷台下作》、《平蔡州》②、《龙阳县歌》、《秋风引》、《踏歌词二首》、《堤上行二首》、《元和癸巳岁仲秋诏发江陵偏师问罪蛮徼后命宣慰释兵归降凯旋之辰率尔成咏寄荆南严司空》、《荆门道怀古》、《松滋渡望峡中》,其余的 57 首全都作于北归之后。清人沈德潜《唐诗别裁集》选刘诗 30 首,其中有潇湘诗 13 首,即《插田歌》、《平蔡州三首》、《聚蚊谣》、《松滋渡望峡中》、《早春对雪奉寄澧州元郎中》、《汉寿城春望》、《荆门道怀古》③、《哭吕衡州时予方谪居》、《再授连州至衡阳酬柳柳州赠别》、《视刀环》、《秋风引》,其余的 17 首作于北归之后。今人马茂元《唐诗选》入选刘诗 17 首,其中有潇湘诗 3 首,即《再授连州至衡阳酬柳柳州赠别》、《插田歌》、《松滋渡望峡中》,其余的 14 首作于北归之后。今人萧涤非等《唐诗鉴赏辞典》入选刘诗 33 首,其中有潇湘诗 4 首,即《插田歌》、《平蔡州三首》之二、《再

---

① 按:其中《自朗州至京戏赠看花诸君子》一首虽作于元和十年(815),但写于长安,不属潇湘诗范围。见《才调集》卷五,《唐人选唐诗新编》,中华书局 2014 年版,第 1070 页。

② 原诗共三首,高棅选其二,见《唐诗品汇》卷三六,上海古籍出版社 1988 年版,第 370 页。

③ 此诗原题《荆州道怀古》,见《唐诗别裁集》卷一五,第 492 页,此据《刘禹锡全集编年校注》改正。

授连州至衡阳酬柳柳州赠别》、《秋风引》,其余 28 首作于北归之后①。今人周勋初等《唐诗大辞典》入选刘诗 14 首,其中的潇湘诗有 1 首,即《聚蚊谣》,其余的 12 首作于北归之后②。至于选诗较少的唐诗选本如清蘅塘退士《唐诗三百首》,入选刘诗 4 首,全部作于北归之后。今人王兆鹏《唐诗排行榜》据各种数据统计得出排名靠前的一百首唐诗,其中刘诗登榜 4 首,全部作于北归之后。由此可见,为刘禹锡赢得诗名,并奠定其在唐诗史上地位的那些名篇,十有八九作于他离开潇湘之后。假如刘禹锡与柳宗元一样在南荒的蛮烟瘴雨中不幸早逝,他的诗歌是否还能与柳宗元齐名,是十分可疑的。

　　刘、柳诗才相当,贬谪南荒的人生经历也高度重合,为何两人的潇湘诗的成就并不相侔呢? 笔者认为主要原因是两人性格的差异。简单地说,刘禹锡性格爽朗、坚强,柳宗元则忧郁、纤弱。面对残酷的政治打击和荒僻的贬谪环境,刘禹锡尚能以开朗旷达的心情自我开解,而柳宗元则陷于哀伤愤怨而无法自拔。加上柳宗元到达永州未及半年即遭母丧,内心以不孝自责,痛惭交加,无地自容。而丧妻绝嗣之痛也使柳宗元"怛然痛恨,心肠沸热"③。这些独特的人生悲剧对柳宗元忧谗畏讥的恐惧心理雪上加霜,从而使他在荒凉幽僻的潇湘之畔度日如年。当刘禹锡对着良辰美景暂时开怀时,柳宗元却始终觉得满目凄凉。当刘禹锡怀着苦中作乐的心态欣赏当地民俗时,柳宗元却感到恐惧不安。正因如此,柳宗元的潇湘诗渗透着悲剧人生的血泪,充满了悲愁和幽怨,堪称"以血书者"。相对而言,柳宗元的潇湘诗比刘禹锡诗渗透了更加饱满的

---

　　①　本书入选刘诗《元和十年自朗州至京戏赠看花诸君子》,见《唐诗鉴赏辞典》,上海辞书出版社 1983 年版,第 843 页,虽非北归后诗,亦不属潇湘诗。

　　②　本书入选刘诗《元和十年自朗州至京戏赠看花诸君子》,见《唐诗大辞典》,江苏古籍出版社 1990 年版,第 668 页,虽非北归后诗,亦不属潇湘诗。

　　③　《与许京兆孟容书》,《柳河东集》卷三〇,第 481 页。

感情,其哀婉凄恻的诗风也更加符合潇湘的地理文化背景,从而取得了更大的成就。我们当然庆幸刘禹锡在"巴山楚水凄凉地,二十三年弃置身"(《酬乐天扬州初逢席上见赠》)之后仍然顽强地生存并辛勤地创作最终跻身唐诗名家之列,同时也对柳宗元的英年早逝感到万分痛惜。正如刘禹锡代人祭柳宗元所云:"天丧斯文,而君永逝!"①柳宗元在潇湘度过的十五年间虽然作诗只有 160 首,但成就非凡,以上述几种唐诗选本为例,柳诗在《唐诗品汇》中入选47 首,在《唐诗别裁集》中入选 40 首,在马茂元《唐诗选》中入选 12首,在《唐诗鉴赏辞典》中入选 14 首,在《唐诗大辞典》中入选 11首,在《唐诗三百首》中入选 5 首,在《唐诗排行榜》中登榜 2 首(《登柳州城楼寄漳汀封连四州刺史》高居第六名,《江雪》亦居第十七名,名次皆在登榜刘诗之前),全部都是潇湘诗。如果天假以年,柳宗元的诗歌成就肯定难以限量。若就潇湘诗而言,则柳宗元的成就堪称千古独绝,他是唐代最杰出的潇湘诗人。

---

① 《为鄂州李大夫祭柳员外文》,《刘禹锡全集编年校注》卷一五,第1052 页。

晚唐诗风的微观考察

一

　　文学史的分期不可能精确到某个确定的年份，唐诗学上的"晚唐"也是如此。南宋的严羽首先提出"唐初体"、"盛唐体"、"大历体"、"元和体"和"晚唐体"诸称，并未指明其起讫年代。但他在"元和体"下注云"元白诸公"①，而元稹卒于唐文宗太和五年(831)，白居易卒于唐武宗会昌六年(846)，可见严氏所谓"晚唐"大概是从唐宣宗大中年间(847—859)开始的。无独有偶，陆游指责晚唐诗风说："陵迟至元白，固已可愤疾。及观晚唐作，令人欲焚笔。"②又说："唐自大中后，诗家日趣浅薄。"③到了元代，杨士弘在《唐音》中将唐宪宗元和(806—819)为晚唐之起点，所以贾岛被视为晚唐诗人。明初的高棅往往被今人视为"四唐说"的倡始人，其实他在《唐诗品汇》中对唐诗的分期仍是沿续严羽的五分法，即分成"初唐之渐盛"、"盛唐之盛"、"中唐之再盛"、"晚唐之变"与"晚唐变态之极"五个阶段。其中的"晚唐之变"包括韩愈、柳宗元、张籍、王建、元稹、白居易、李贺、卢仝、孟郊、贾岛等人，实即今人所谓"中唐"。只有年代指"降而开成以后"，成员包括杜牧、温庭筠、李商隐、许浑等人的"晚唐变态之极"才基本符合今人所谓"晚唐"④。到了晚明的

---

　　① 《沧浪诗话校释·诗体》，人民文学出版社1961年版，第53页。

　　② 《宋都曹屡寄诗且督和答作此示之》，《剑南诗稿校注》卷七九，上海古籍出版社1985年版，第4276页。

　　③ 《跋花间集》，《渭南文集校注》卷三〇，浙江教育出版社2011年版，第259页。

　　④ 详见《唐诗品汇·总序》，上海古籍出版社1982年版，第9页。

徐师曾，才明确指出"自文宗开成初至五季为晚唐"①。开成初年是公元836年。今人则多以唐文宗大和元年（827）为"晚唐"的开始，影响最大的要推傅璇琮、吴在庆编著的《唐五代文学编年史》之《晚唐卷》。平亭众说，笔者认为还是最后一说较为合理。大和元年韩愈、孟郊、柳宗元、李贺等人已经去世，白居易、刘禹锡、元稹、张籍、王建等人已经进入晚年，比如张籍卒于三年以后，元稹卒于四年以后，王建卒于五年以后。至于年寿较永的白居易和刘禹锡，其创作高峰期也已过去。大和元年仍处于创作盛期的中唐诗人，仅贾岛一人，也已年近半百。相反，晚唐著名诗人多于大和年间或稍后登上诗坛。比如杜牧于大和二年（828）登进士第，许浑则于大和六年登进士第，诗名始著。稍后，赵嘏、马戴、李商隐、温庭筠等人相继成名。从整体而言，大和以后的诗坛确实进入了一个全新的历史阶段，是为"晚唐"。

　　那么，与此前的初、盛、中唐相比，晚唐诗坛上是否出现了全新的面貌呢？对此，后人曾提出许多反证。有的论者指出晚唐诗歌中颇有诗风近于盛、中唐或成就不逊盛、中唐者，比如清人管世铭曾称赞三首晚唐人的五律："温庭筠'古戍落黄叶'，刘绮庄'桂楫木兰舟'，韦庄'清瑟怨遥夜'，便觉开、宝不远。可见文章虽限于时代，豪杰之士终不为风气所囿也。"②马戴则有多首五律名篇受到清人叶矫然的赞赏："晚唐马虞臣'猿啼洞庭树，人在木兰舟'，右丞之'雨中山果落，灯下草虫鸣'也；'广泽生明月，苍山夹乱流'，工部之'薄云岩际宿，孤月浪中翻'也；'积翠含微月，遥泉韵细风'，苏州之'禁钟春雨细，宫树野烟和'也；'河汉秋生夜，杉梧露滴时'，襄阳之'微云淡河汉，疏雨滴梧桐'也。岂复有人代之隔哉？"③所谓"开、宝不远"，意即接近盛唐。所谓"右丞"、"工部"、"苏州"、"襄

---

　　①　《文体明辨序说》，人民文学出版社1998年版，第107页。

　　②　《读雪山房唐诗序例》，《清诗话续编》，上海古籍出版社1983年版，第1552页。

　　③　《龙性堂诗话续集》，《清诗话续编》，第1010页。

阳",即指王维、杜甫、韦应物、孟浩然等盛、中唐诗人。如果说五律是晚唐诗人特别擅长的诗体,那么卢汝弼因七绝《和李秀才边庭四时怨》被明人胡应麟评为"此盛唐高手无疑"①,张乔的七绝《宴边将》与《河湟旧卒》亦受到清人沈涛的盛赞:"二诗试掩其名,读者鲜不以为右丞、龙标。然则初、盛、中、晚之分,其亦可以已乎?"②而赵嘏则有七律深受明人赞赏:"赵嘏七言律有《题双峰院松》一篇,声气有类盛唐。"③可见被后人评为接近盛唐诗风的晚唐诗并不限于五律一体。然而这种举例式的点评毕竟不足以揭示晚唐诗坛的整体风貌,例如吴融的七律颇受后人赞赏,明人许学夷云:"吴融七言律《太行和雪》一篇,气格在初、盛之间。'十二阑干'、'别墅萧条'、'长亭一望'三篇,声气亦胜,其他皆晚唐语也。"④吴融存诗近三百首,七律一体多达一百十九首,其中除三、四首外皆"晚唐语也",实即整体风格不近初、盛唐。况且这种意见所涉及的晚唐诗人如凤毛麟角,根本不能涵盖整个晚唐诗坛。所以,指出晚唐有少数诗人的少数作品风格接近初、盛、中唐,恰恰意味着晚唐诗风在整体上已与盛、中唐渐行渐远。

更多的论者则认为晚唐诗在整体风貌上与初、盛、中唐的诗风判然有别。此类论者中偶有赞赏晚唐诗之自具面目者,如清人严廷中云:"盛唐诗如朴玉浑金,盎然元气;晚唐诗如雕金琢玉,精巧绝伦。各有所长,不可偏废。争盛较晚,皆耳食之论,非本心语也。"⑤但是多数论者则将晚唐诗之异于盛唐视为重大的缺点,从而对晚唐诗严词贬斥,如宋人计有功云:"唐诗自咸通而下,不足观矣。乱世之音怨以怒,亡国之音哀以思,气丧而语偷,声烦而调急,甚者忿目褊吻,如戟手交骂,大抵王化习俗,上下俱丧,而心声随

---

① 《诗薮》内编卷六,上海古籍出版社 1979 年版,第 111 页。
② 《匏庐诗话》卷中,《清诗话三编》,上海古籍出版社 2014 年版,第七册,第 4589 页。
③ 许学夷《诗源辨体》卷三一,人民文学出版社 1987 年版,第 296 页。
④ 《诗源辨体》卷三二,人民文学出版社 1987 年版,第 301 页。
⑤ 《药栏诗话》甲集,《清诗话三编》,第八册,第 5645 页。

之,不独士子之罪也,其来有源矣!"①这样的论调在后代影响深远,以至于现代的唐诗学界对晚唐诗的研究远不如对盛、中唐诗之深入。笔者基本认同关于晚唐诗风有异于盛、中唐的观点,但不赞成对晚唐诗一笔抹杀。本文拟从诗人的心态、作品的题材走向与艺术特征三方面对晚唐诗歌进行微观性质的考察,从而揭示晚唐诗风的特点究竟何在。

二

宋人俞文豹云:"近世诗人好为晚唐体,不知唐祚至此,气脉浸微。士生斯时,无他事业,精神伎俩,悉见于诗。局促于一题,拘挛于律切,风容色泽,轻浅纤微,无复浑涵气象,求如中叶之全盛,李、杜、元、白之瑰奇,长章大篇之雄伟,或歌或行之豪放,则无此力量矣。故体成而唐祚亦尽,盖文章之正气竭矣。"②俞氏将晚唐诗风之不振归因于诗人自身,颇有眼光。下面对晚唐著名诗人的生平进行考察。

晚唐诗人中并非没有胸怀天下、心忧国事的有识之士,比如前期的杜牧、李商隐,后期的罗隐、韦庄、司空图、韩偓,都对大唐帝国渐趋没落的命运心怀忧虑。但此时的唐帝国已经病入膏肓,士人纵有雄心壮志,也已无力补天。杜牧出身相门,夙以济时命世为己任,留心于"治乱兴亡之迹,财赋兵甲之事"③,早年作《罪言》、《战论》等文,痛陈藩镇割据等时政之失,且曾注《孙子》,堪称豪杰之士。然而终生不遇,郁郁不振,仅以诗酒风流之浪漫文士著称于世。李商隐更是怀才不遇,襟抱未开,在牛李党争的夹缝中沉沦下僚,仅以诗人名世。至于年代更后的罗隐等人,则是生逢季世,满腹凄楚,试读罗隐

---

① 《唐诗纪事校笺》卷六六,巴蜀书社 1989 年版,第 1793 页。

② 《吹剑录》,《宋诗话全编》,江苏古籍出版社 1998 年版,第九册,第 8831 页。

③ 《上李中丞书》,《樊川文集》卷一二,上海古籍出版社 2009 年版,第 183 页。

的"时来天地皆同力,运去英雄不自由"①,韦庄的"今日乱离俱是
梦,夕阳空见水东流"②,司空图的"身病时亦危,逢秋多恸哭。风
波一摇荡,天地几翻覆"③,韩偓的"眼看朝市成陵谷,始信昆明是
劫灰"④,字里行间充溢着乱离时代的哀伤愤怨。对于晚唐士人而
言,治国平天下的功名事业已是渐行渐远的梦想。在盛、中唐时代,
虽然也有不少在政治上无所建树的苦吟诗人,但他们至少在主观意
图上仍是抱着建功立业的志向。杜甫与李贺,分别是盛唐与中唐诗
坛上苦吟诗人的典型。杜甫曾自称"为人性僻耽佳句,语不惊人死
不休"⑤,他在功名事业上并无建树,但是杜甫终身未曾忘怀治国平
天下的远大抱负,在其绝笔诗中依然难忘"牵裾惊魏帝,投阁为刘
歆"的政治经历,依然关怀着"战血流依旧,军声动至今"⑥的动乱局
面,他几曾想做一个专业的诗人?正因如此,南宋的陆游咏及杜甫
时感慨不已:"看渠胸次隘宇宙,惜哉千万不一施。……向令天开
太宗业,马周遇合非公谁?后世但作诗人看,使我抚几空嗟咨!"⑦
至于李贺,曾因苦吟而使其母亲叹曰:"是儿要当呕出心始已
耳!"⑧他仕途失意,其生命只有短短的二十七年。然而李贺在政
治上努力进取,像"少年心事当拏云,谁念幽寒坐呜呃"⑨、"男儿何

① 《筹笔驿》,《罗隐诗集笺注》卷三,巴蜀书社 2001 年版,第 91 页。

② 《忆昔》,《韦庄集笺注》卷二,上海古籍出版社 2002 年版,第 87 页。

③ 《秋思》,《全唐诗》卷六三二,中华书局 1960 年版,第 7245 页。

④ 《乱后春日途经野塘》,《韩偓诗注》卷二,学林出版社 2001 年版,第
221 页。

⑤ 《江上值水如海势聊短述》,《杜诗镜铨》卷八,上海古籍出版社 1998
年版,第 345 页。

⑥ 《风疾舟中伏枕书怀三十六韵奉呈湖南亲友》,《杜诗镜铨》卷二〇,
第 1031 页。

⑦ 《读杜诗》,《剑南诗稿校注》卷三三,第 2191 页。

⑧ 《李贺小传》,《李商隐文编年校注》第五册,中华书局 2002 年版,第
2265 页。

⑨ 《致酒行》,《李长吉歌诗编年校注》卷一,中华书局 2012 年版,第
109 页。

不带吴钩,收取关山五十州?请君暂上凌烟阁,若个书生万户侯"①之类诗句,其雄心壮志昭然可见。晚唐的苦吟诗人则与杜甫、李贺分道扬镳。首先,从总体上看,晚唐诗人的生命中失去了建功立业的热情,年辈较高的姚合云:"世间多少事,无事可关心。"②又云:"颠倒醉眠三数日,人间百事不思量。"③年代更晚的诗人更是除了作诗之外别无所求,开成三年(838),喜好五言诗的唐文宗曾欲设置"诗学士"七十二员,因李珏奏称"诗人多穷薄之士,昧于识理。……今陛下更置诗学士,臣深虑轻薄小人,竞为嘲咏之词,属意于云山草木,亦不谓之'开成体'乎"而罢④。虽然作为朝廷专职的"诗学士"并未付诸实施,但民间确实出现了以诗为业的士子,他们心目中的人生事业就是作诗。略举数例:刘得仁身为公主之子,然"自开成后至大中三朝,昆弟以贵戚皆擢显仕,得仁独苦工文。尝立志,必不获科第,不愿儋人之爵也。出入举场二十年,竟无所成,投迹幽隐,未尝耿耿。……端能确守格律,揣治声病,不汲汲于富贵"⑤。李群玉"清才旷逸,不乐仕进,专以吟咏自适"⑥。曹松"野性方直,罕尝俗事,故拙于进宦,构身林泽,寓情虚无,苦极于诗"⑦;"学贾司仓为诗,此外无他能"⑧。周繇"家贫,生理索寞,只苦篇韵"⑨。马戴"苦家贫,为禄代耕,岁廪殊薄,然终日吟事,清

---

① 《南园十三首》之五,《李长吉歌诗编年笺注》卷四,中华书局 2012 年版,第 512 页。

② 《闲居遣怀十首》之五,《全唐诗》卷四九八,中华书局 1960 年版,第5654 页。

③ 《赏春》,《全唐诗》卷四九八,第 5665 页。

④ 详见《唐语林校证》卷二,中华书局 1987 年版,第 149 页。

⑤ 《唐才子传校笺》卷六,中华书局 1990 年版,第三册,第 184 页。

⑥ 《唐才子传校笺》卷七,第三册,第 390 页。

⑦ 《唐才子传校笺》卷一〇,第四册,第 421 页。

⑧ 《唐摭言》卷八,《唐五代笔记小说大观》,上海古籍出版社 2000 年版,第 1649 页。

⑨ 《唐才子传校笺》卷八,第三册,第 537 页。

虚自如"①。项斯"性疏旷,温饱非其本心。初筑草庐于朝阳峰前,
长哦细酌,凡如此三十余年"②。连自身的温饱都"非其本心"而只
顾作诗,真可谓专业诗人了。在这方面,方干堪称典型。方干"幼
有清才,散拙无营务。大中中,举进士不第,隐居镜湖中。……家
贫,蓄古琴,行吟醉卧以自娱"。"早岁偕计,往来两京,公卿好事者
争延纳,名竟不入手。遂归,无复荣辱之念。浙间凡有园林名胜,
辄造主人,留题几遍。"③方干因此而在诗坛上享有盛名,吴融赠诗
曰:"把笔尽为诗,何人敌夫子。句满天下口,名聒天下耳。不识
朝,不识市。旷逍遥,闲徙倚。一杯酒,无万事。一叶舟,无千
里。……一夕听吟十数篇,水树林萝为岑寂。"④方干临终前,语其
子曰:"志吾墓者谁欤? 能无自志焉。吾之诗,人自知之。遂志其
日月姓名而已。"⑤方干的生活形态和人生轨迹,完全符合前引俞
文豹所云:"士生斯时,无他事业,精神伎俩,悉见于诗。"像方干这
样的"职业诗人",在盛唐诗坛上是绝无踪影的。盛唐诗人中生活
形态最接近方干的也许是孟浩然,李白称他为"红颜弃轩冕,白首
卧松云"⑥,仿佛是高卧云山、绝意仕进的高士。其实孟浩然长期
缠夹在出仕与退隐的矛盾痛苦中:早年胸怀远志,意在用世,但举
场不利,举荐无人,无奈之下才被迫退隐山林。这些心路历程在其
诗歌中有着明确的披露:"吾与二三子,平生结交深。俱怀鸿鹄志,
共有鹡鸰心。"⑦"三十犹未遇,书剑时将晚。……冲天羡鸿鹄,争
食嗟鸡鹜。望断金马门,劳歌采樵路。乡曲无知己,朝端乏亲故。

---

① 《唐才子传校笺》卷七,第三册,第 339 页。
② 《唐才子传校笺》卷七,第三册,第 331 页。
③ 《唐才子传校笺》卷七,第三册,第 376 页。
④ 《赠方干处士歌》,《全唐诗》卷六八七,第 7898 页。
⑤ 见孙郃《玄英先生传》,影印文渊阁《四库全书》本《玄英集》附录,第
1084 册,第 83—84 页。
⑥ 《赠孟浩然》,《李太白全集》卷九,中华书局 1977 年版,第 461 页。
⑦ 《洗然弟竹亭》,《孟浩然诗集笺注》宋本集外诗,上海古籍出版社
2000 年版,第 420 页。

谁能为扬雄,一荐甘泉赋?"①"北阙休上书,南山归敝庐。不才明主弃,多病故人疏。"②直到晚年入张九龄幕时,仍在诗中偶然流露出用世之志:"谢公还欲卧,谁与济苍生?"③无论心态还是形迹,孟浩然都与方干大异其趣。

晚唐诗人既然除了写诗之外别无他业,就必然导致对诗歌价值的无比推崇。如果说唐武宗会昌年间杜牧赠诗张祜所说的"谁人得似张公子,千首诗轻万户侯"④仅是表彰他人的夸饰之语,那么司空图于唐昭宗景福年间所说的"侬家自有麒麟阁,第一功名只赏诗"⑤就是自表其志的心声了。在晚唐诗人的言论中,对诗歌重要性的论断层出不穷,比如裴说云:"苦吟僧入定,得句将成功。"⑥竟认为写出好的诗句,意义同于大将征战成功。又如杜荀鹤云:"天下方多事,逢君得话诗。"⑦世道不宁、天下多事之时,诗人相逢却只管谈诗。顾非熊应举落第,朱庆馀作诗送之归乡云:"但取诗名远,宁论下第频。"⑧王驾落第,郑谷亦作诗送之云:"孤单取事休言命,早晚逢人苦爱诗。"⑨他们竟认为落第并不足悲,只要作诗得名即可。薛逢上书宰相白敏中自诉穷困,却又自矜曰:"爰及成人,役思虑者三十年,著诗赋者千余首,虽不足夸张流辈,亦可以传示子孙。"⑩李洞死后,郑谷哭之云:"所惜绝吟声,不悲君不荣。"又

---

① 《田园作》,《孟浩然诗集笺注》卷下,第 355 页。

② 《岁晚归南山》,《孟浩然诗集笺注》卷下,第 332 页。

③ 《陪张丞相祠紫盖山述经玉泉寺》,《孟浩然诗集笺注》卷上,第 68 页。

④ 《登池州九峰楼寄张祜》,《杜牧集系年校注》卷三,第 365 页。

⑤ 《力疾山下吴村看杏花十九首》之六,《全唐诗》卷六三四,第 7276 页。

⑥ 《句》,《全唐诗》卷七二〇,第 8269 页。

⑦ 《维扬逢诗友张乔》,《全唐诗》卷六九一,第 7940 页。

⑧ 《送顾非熊下第归》,《全唐诗》卷五一四,第 5869 页。

⑨ 《送进士王驾下第归蒲中》,《郑谷诗集笺注》卷三,上海古籍出版社 1991 年版,第 323 页。

⑩ 《上白相公启》,《全唐文》卷七六六,中华书局 1983 年版,第 7968 页。

云："若近长江死，想君胜在生。"①竟认为李洞卒于长江，而长江乃贾岛坟墓所在地，所以李洞之死犹胜于生。方干死后，杜荀鹤作诗哭之："何言寸禄不沾身，身没诗名万古存。"②孙郃亦作诗哭之："官无一寸禄，名传千万里。"③他们异口同声地表彰方干的诗名，认为诗歌是比功名利禄更加重要的人生业迹。至于方干本人，则干脆认为作诗可以使人白日飞升："别得人间上升术，丹霄路在五言中。"④正因如此，韦庄于唐昭宗光化三年（900）上奏曰："词人才子，时有遗贤，不沾一命于圣明，没作千年之恨骨。据臣所知，则有李贺、皇甫松、李群玉、陆龟蒙、赵光远、温庭筠、刘德仁、陆逵、傅锡、平曾、贾岛、刘稚珪、罗邺、方干，俱无显遇，皆在奇才，丽句清词，遍在词人之口，衔冤抱恨，意为冥路之尘。伏望追赐进士及第，各赠补阙、拾遗。见存惟罗隐一人，亦乞特赐科名，录升三级，便以特敕，显示优恩，俾使己升冤人，皆沾圣泽；后来学者，更励文风。"⑤韦庄提交的这份名单中，李贺、贾岛实为中唐人，李群玉生前实已及第，其余的则是清一色的晚唐穷诗人。他们都擅长作诗，但在那个朝廷以诗赋取士的时代里偏偏不沾一名，所以韦庄要为他们鸣冤叫屈。但是从韦庄的奏文可以看出，他们除了写诗之外并无他能，他们的生平除了"丽句清词"外乏善可陈，这正是晚唐诗坛上独有的诗人群体。

三

　　杜甫诗云："文章一小技，于道未为尊。"⑥韩愈诗云："余事作诗人。"⑦盛、中唐的诗人并不认为写诗是人生第一要务，他们也不会

---

①　《哭进士李洞二首》，《郑谷诗集笺注》卷一，第 81 页。

②　《哭方干》，《全唐诗》卷六九二，第 7962 页。

③　《哭方玄英先生》，《全唐诗》卷六九四，第 7989 页。

④　《赠李郢端公》，《全唐诗》卷六五二，第 7486 页。

⑤　《乞追赐李贺、皇甫松等进士及第奏》，《全唐文》卷八八九，第 9287 页。

⑥　《贻华阳柳少府》，《杜诗镜铨》卷一三，第 613 页。

⑦　《和席八十二韵》，《韩昌黎诗系年集释》卷九，上海古籍出版社 1994 年版，第 962 页。

把全部心力都用于写诗。晚唐诗人则大异其趣。晚唐诗人最主要的生活内容就是写诗，而且耗尽心力地写诗。晚唐诗人经常在诗中表彰他人或自身的苦吟精神，前者如方干称扬喻凫吟思之苦："所得非众语，众人那得知。才吟五字句，又白几茎髭。月阁欹眠夜，霜轩正坐时。沉思心更苦，恐作满头丝。"①又指出喻凫因苦吟而早卒："日夜役神多损寿，先生下世未中年。"②后者如刘得仁自称："省学为诗日，宵吟每达晨。"③"到晓改诗句，四邻嫌苦吟。"④方干自称："志业不得力，到今犹苦吟。吟成五字句，用破一生心。"⑤李频亦自称："只将五字句，用破一生心。"⑥裴说与李山甫则生动地描述其苦吟的过程与情态："莫怪苦吟迟，诗成鬓亦丝。鬓丝犹可染，诗病却难医。山暝云横处，星沉月侧时。冥搜不可得，一句至公知。"⑦"除却闲吟外，人间事事慵。更深成一句，月冷上孤峰。穷理多瞑目，含毫静倚松。终篇浑不觉，危坐到晨钟。"⑧此类描摹苦吟情态的诗句在晚唐诗中触处可见，举不胜举。从表面上看，晚唐诗人的苦吟精神颇近于杜甫的"为人性僻耽佳句，语不惊人死不休"⑨，其实不然。杜甫诗云："曾为掾吏趋三辅，忆在潼关诗兴多。"⑩又云："老来多涕泪，情在强诗篇。"⑪又云："云山已发兴，玉佩仍当歌。"⑫

①　《赠喻凫》，《全唐诗》卷六四八，第 7444 页。
②　《哭喻凫先辈》，《全唐诗》卷六五〇，第 7470 页。
③　《寄无可上人》，《全唐诗》卷五四四，第 6296 页。
④　《夏日即事》，《全唐诗》卷五四四，第 6285 页。
⑤　《贻钱塘县路明府》，《全唐诗》卷六四八，第 7444 页。
⑥　《句》，《全唐诗》卷五八九，第 6845 页。
⑦　《寄曹松》，《全唐诗》卷七二〇，第 8261 页。
⑧　《夜吟》，《全唐诗》卷六四三，第 7374 页。
⑨　《江上值水如海势聊短述》，《杜诗镜铨》卷八，第 345 页。
⑩　《峡中览物》，《杜诗镜铨》卷一三，第 609 页。
⑪　《哭韦大夫之晋》，《杜诗镜铨》卷二〇，第 981 页。
⑫　《陪李北海宴历下亭》，《杜诗镜铨》卷一，第 12 页。

又云："东阁官梅动诗兴,还如何逊在扬州。"①可见杜甫的诗兴或萌生于民生疾苦等社会现实,或有感于悲欢离合的内心情思,或触发于山川云物、草木虫鱼等自然景物,反正都是有感而发,为情造文。晚唐诗人则不然,他们既对生动鲜活的社会生活漠不关心,内心就必然缺乏激切壮烈的悲喜情怀,他们自我封闭在书斋中日夜苦吟,这种写诗状态与诗僧相当接近。晚唐诗人多喜与僧人交往,原因即在于此。中唐诗人贾岛曾出家为僧,还俗后的生涯仍冷淡似僧,晚唐诗人李洞"酷慕贾长江,遂铜写岛像,载之巾中。常持数珠念'贾岛佛',一日千遍。人有喜岛者,洞必手录岛诗赠之,叮咛再四曰:'此无异佛经,归焚香拜之'"②。他所仰慕的不但是贾岛的诗歌成就,而且是贾岛的创作形态。所以李洞与许多诗僧结为密友,一同苦吟,集中如"忽闻清演病,可料苦吟身。不见近诗久,徒言华发新"③、"古池曾看鹤,新塔未吟虫"④、"五字句求方寸佛,一条街擘两行蝉"⑤、"将法传来穿浃溯,把诗吟去入嵌岩"⑥之类的诗句,屡见不鲜。喻凫、方干与齐己则不约而同地道出作诗与悟禅的内在一致性:"诗言与禅味,语默此皆清"⑦,"静吟因得句,独夜不妨禅"⑧,"诗心何以传,所证自同禅"⑨。郑谷甚至声称"诗无僧字格还卑"⑩。既然晚唐诗人几乎是在并无情感驱动的情况下为写诗而写诗,就必然会陷入为文造情的窘境。晚唐诗中咏物与咏

①　《和裴迪登蜀州东亭送客逢早梅相忆见寄》,《杜诗镜铨》卷八,第339页。

②　《唐才子传校笺》卷九,第213页。

③　《寄清演》,《全唐诗》卷七二二,第8287页。

④　《赠兴善彻公上人》,《全唐诗》卷七二二,第8290页。

⑤　《寄南岳僧》,《全唐诗》卷七二三,第8295页。

⑥　《赠可上人》,《全唐诗》卷七二三,第8297页。

⑦　《冬日题无可上人院》,《全唐诗》卷五四三,第6270页。

⑧　《寄石溢清越上人》,《全唐诗》卷六四九,第7452页。

⑨　《寄郑谷郎中》,《全唐诗》卷八四〇,第9478页。

⑩　《自贻》,《郑谷诗集笺注》卷三,第345页。

史两类题材特别繁盛,原因即在于此。

宋末方回云:"晚唐人非风、花、雪、月、禽、鸟、虫、鱼、竹、树,则一字不能作。"①此语稍有以偏概全之病,如理解成晚唐诗人格外留意于咏物,尤其喜爱题咏风花雪月一类物象,则基本符合事实。例如陆翱,"为诗有情思……题鹦鹉、早莺、柳絮、燕子,皆传于时"②。又如韩琮,"咏物七字,着色巧衬,是当行手"③。又如崔橹,"尤能咏物,如《梅花》诗曰:'强半瘦因前夜雪,数枝愁向晚来天。'复曰:'初开已入雕梁画,未落先愁玉笛吹。'《山寺》诗曰:'云生柱础降龙地,露洗林峦放鹤天。'《莲花》诗云:'无人解把无尘袖,盛取残香尽日怜'"④。又如徐夤,集中咏物之作甚多,所咏之鸟类有:香鸭、鸡、白鸽、宫莺、双鹭、鹧鸪、鹰、鹤、鹊、鸿、燕等;所咏之虫类有:蝉、蝴蝶、苍蝇等;所咏之草木有:蜀葵、梅花、荔枝、菊花、松、竹、苔、柳、草、萍、蒲寺等;所咏之用品有:新屋、茅亭、客厅、剪刀、纸被、纸帐、茶盏、帘、灯、扇、笔、钓车、红手帕、面茶等;所咏之景物有:新月、烟、霜、泉、露、霞、风、水等,堪称遍咏群物⑤。晚唐诗坛上咏物之风盛行,以至于不少诗人因咏物而得别号,例如程贺,"因咏君山得名,时人呼为'程君山'"⑥。又如许棠,"有《洞庭》诗尤工,诗人谓之'许洞庭'"⑦。又如崔珏,"以鸳鸯诗得名,号'崔鸳鸯'"⑧。又如郑谷,有《鹧鸪》诗甚有名,"因此诗,俗遂称之曰'郑鹧鸪'"⑨。

---

① 《瀛奎律髓汇评》卷四二,上海古籍出版社 2005 年版,第 1500 页。

② 《唐语林校证》卷二,第 158 页。

③ 胡震亨《唐音癸签》卷八,上海古籍出版社 1981 年版,第 77 页。

④ 《唐诗纪事校笺》卷五八,第 1588 页。

⑤ 详见《全唐诗》卷七〇八、卷七〇九、七一〇。

⑥ 《鉴诫录》卷九,《丛书集成初编》本,中华书局 1985 年版,第 67 页。

⑦ 《北梦琐言》卷二,《唐五代笔记小说大观》,第 1813 页。

⑧ 朱三锡评《东山草堂评订唐诗鼓吹》卷一〇,清康熙二十七年刻本,第 38 页。

⑨ 《瀛奎律髓汇评》卷二七,第 1182 页。

郑谷又有《燕》诗,后人遂谓"'郑鹧鸪'又可称'郑燕子'"①。那么,晚唐咏物诗的艺术成就如何呢?

先看作品数量最多的徐夤咏物诗。徐夤《荔枝》云:"日日薰风卷瘴烟,南园珍果荔枝先。灵鸦啄破琼津滴,宝器盛来蚌腹圆。锦里只闻销醉客,芯官惟合赠神仙。何人刺出猩猩血,深染罗纹遍壳鲜。"此诗堪称徐氏咏物诗的代表作,也代表着晚唐咏物诗的普遍风格。全诗对荔枝的形状、色泽皆有生动的刻画,对其珍贵的品性也有相当到位的渲染,但是仅摹其形而未写其神,更缺乏比兴寄托,难称高作。即使是最负盛名的郑谷咏物诗,也难免此病。例如郑谷的《雪中偶题》:"乱飘僧舍茶烟湿,密洒歌楼酒力微。江上晚来堪画处,渔人披得一蓑归。"后人评曰:"首句见雪之阴舒,次句见雪之寒威,以形容言。后二句见雪之景趣,以想象言。诗中不言雪,而雪意宛然,与杜牧《雨》诗同调,唐人咏物多此体。"②连苏轼都曾叹曰"渔蓑句好真堪画"③。但是苏轼又评之曰"此村学中诗也"④,叶梦得则指责此诗"非不去体物语而气格如此其卑"⑤。他们不满的正是此诗仅写雪之形而未能得雪之神。当然晚唐咏物诗中也有形神兼备之作,例如郑谷《鹧鸪》云:"暖戏烟芜锦翼齐,品流应得近山鸡。雨昏青草湖边过,花落黄陵庙里啼。游子乍闻征袖湿,佳人才唱翠眉低。相呼相应湘江阔,苦竹丛深春日西。"此诗广受称赏,沈德潜称其"以神韵胜"⑥,甚确。虽然清人吴乔仍贬云:

----

① 清陆次云辑《唐诗善鸣集·晚唐》下卷,康熙二十六年蓉江怀古堂刊本,第 42 页下。

② 明周珽辑《唐诗选脉会通评林·七言绝句·晚唐下》,《四库全书存目丛书补编》第 26 册,齐鲁书社 2001 年版,第 708 页。

③ 《谢人见和前篇二首》之一,《苏轼诗集》卷一二,中华书局 1982 年版,第 606 页。

④ 见《洪驹父诗话》,《宋诗话全编》,第 1380 页。

⑤ 《石林诗话》卷下,《历代诗话》,中华书局 1981 年版,第 436 页。

⑥ 《说诗晬语》卷下,《清诗话》,上海古籍出版社 2015 年版,第 565 页。

"崔珏《鸳鸯》、郑谷《鹧鸪》,死说二物,全无自己。"①但是此诗实有寄托,不过相当深微而已,正如金圣叹所云:"我则独爱其'苦竹丛深春日西'之七字,深得比兴之遗也。"②咏物诗中蕴含着更多比兴寄托的晚唐诗人则是罗隐,其咏物名篇如《蜂》、《雪》、《鹦鹉》等,都语含讥讽,且包蕴着深沉的身世之感。可惜像罗隐这样的诗人在晚唐只是凤毛麟角,不足以扭转整个诗坛的风气。

晚唐咏史诗的情形与此类似。年代较早的晚唐诗人杜牧、李商隐都擅长写咏史诗,例如杜牧的《赤壁》、《题木兰庙》、《金谷园》、《过华清宫绝句》,李商隐的《北齐二首》、《隋宫》、《咏史》、《贾生》,都是感喟深沉、议论精警的咏史名篇。然而到了唐宣宗咸通以后,也就是"小李杜"之后,诗坛上涌现出许多大型的咏史组诗,却从根本上改变了"小李杜"与盛唐诗歌一脉相承的风格倾向,形成了晚唐咏史诗的独特风貌。据历代书目记载,已经亡佚的晚唐咏史组诗有诸载《咏史诗》三卷,杜辇《咏唐诗》十卷,阎承琬《咏史》三卷、《六朝咏史》六卷,童汝为《咏史》一卷。作品尚存的则有胡曾《咏史》三卷,存诗一百五十一首;汪遵《咏史诗》一郑,存诗五十八首;周昙《咏史诗》八卷,存诗一百九十五首;孙元晏《六朝咏史诗》一卷,存诗七十五首。笔者曾撰文对这四组咏史组诗进行分析,结论有二:"晚唐的这些咏史组诗大多缺乏随机性的创作冲动,基本上不具有咏怀诗的性质,表现出与咏史诗传统写法的疏离。""由于是大规模的组诗,就不大可能精益求精地惨淡经营……缺乏精警的见解和深厚的韵味,从而在艺术上没有独创性。"③

当然晚唐诗人并未满足于咏物与咏史这两类题材,他们也力图开拓新的题材范围来达到创新。但由于缺乏关注社会生活的胸

① 《围炉诗话》卷一,《清诗话续编》,第502页。
② 《贯华堂选批唐才子诗甲集》卷八,《金圣叹全集》,凤凰出版社2008年版,第534页。
③ 《论晚唐的咏史组诗》,《唐宋诗歌论集》,凤凰出版社2007年版,第168、171页。

怀和眼光,他们的求新往往流于险怪、荒诞,例如李昌符,"有诗名,久不登第,常岁卷轴,怠于装修。因出一奇,乃作《婢仆诗》五十首,于公卿间行之。有诗云:'春娘爱上酒家楼,不怕归迟总不留。推道那家娘子卧,且留教住待梳头。'又云:'不论秋菊与春花,个个能噇空肚茶。无事莫教频入库,一名闲物要些些。'诸篇皆中婢仆之讳。浃旬,京城盛传其诗篇,为奶妪辈怪骂腾沸,尽要捆其面。是年登第"①。又如卢延让,"业诗,二十五举,方登一第。卷中有句云:'狐冲官道过,狗触店门开。'租庸张濬亲见此事,每称赏之。又有'饿猫临鼠穴,馋犬舐鱼砧'之句,为成中令汭见赏。又有'栗爆烧毡破,猫跳触鼎翻'句,为王先主建所赏。尝谓人曰:'平生投谒公卿,不意得力于猫儿狗子也'"②。此外如曹唐的《大游仙诗》五十首、《小游仙诗》九十八首,罗虬的《比红儿诗》一百首,也都体现出同样的创作用意。此类诗作虽因题材新颖引人眼目,但毕竟剑取偏锋,非诗国之正道。晚唐诗在整体上给人以细碎卑下之感,与此种题材走向不无关系。

四

方干《赠喻凫》云:"才吟五字句,又白几茎髭。……沉思心更苦,恐作满头丝。"纪昀批曰:"矫语孤高之派,始自中唐,而盛于晚唐。由汉魏以逮盛唐,诗人无此习气也。盖世降而才愈薄,内不足者不得不嚣张其外。"③此语甚确。正因晚唐诗人缺乏评说时事、指点江山的诗学精神,就不得不将全部心思耗费在雕章琢句上。有关晚唐诗人苦吟情态的传说,几乎全都集矢于斟酌字句,就是明证。试举数例:任蕃"去游天台巾子峰,题寺壁云:'绝顶新秋生夜凉,鹤翻松露滴衣裳。前峰月照一江水,僧在翠微开竹房。'既去百

---

① 《北梦琐言》卷一○,《唐五代笔记小说大观》,第 1897 页。
② 《北梦琐言》卷七,《唐五代笔记小说大观》,第 1865 页。
③ 《瀛奎律髓汇评》卷四二,第 1495 页。

余里，欲回改作'半江水'。行到题处，他人已改矣"①。王贞白"尝作《御沟》诗，云：'一派御沟水，绿槐相荫清。此波涵帝泽，无处著尘缨。鸟道来虽险，龙池到自平。朝宗心本切，顾向急流倾。'示贯休。休曰：'剩一字。'贞白扬袂而去。休曰：'此公思敏。'书一'中'字于掌。逡巡，贞白回，曰：'此中涵帝泽。'休以掌中示之，不异所改"②。齐己"投诗郑都官云：'自封修药院，别下著僧床。'谷曰：'善则善矣，一字未安。'经数日，来曰：'别扫如何？'谷嘉赏，结为诗友"③。齐己"有《早梅》诗曰：'前村深雪里，昨夜数枝开。'谷笑谓曰：'数枝非早，不若一枝则佳。'齐己矍然，不觉兼三衣叩地膜拜"④。无论是修改自己的作品，还是修改他人之作，都是追求一字之工。更有甚者，如周朴"性喜吟诗，尤尚苦涩。每遇景物，搜奇抉思，日旰忘返。苟得一联一句，则忻然自快。尝野逢一负薪者，忽持之，且厉声曰：'我得之矣，我得之矣！'樵夫矍然惊骇，掣臂弃薪而走。遇游徼卒，疑樵者为偷儿，执而讯之。朴徐往告卒曰：'适见负薪，因得句耳。'卒乃释之。其句云：'子孙何处闲为客，松柏被人伐作薪。'彼有一士人，以朴僻于诗句，欲戏之。一日，跨驴于路，遇朴在停，士人乃欹帽掩头吟朴诗云：'禹力不到处，河声流向东。'朴闻之怒，遽随其后，且行。士但促驴而去，略不回首。行数里追及，朴告之曰：'仆诗河声流向西，何得言流向东？'士人颔之而已。闽中传以为笑"⑤。其镂句钺字之习气，已到走火入魔的境地。

正因如此，晚唐诗艺术特征的主要体现都是细枝末节式的具体技巧。首先，晚唐诗人在诗坛上获得名声的主要因素往往是某些警句、名联，例如崔涂："警策如：'流年川暗度，往事月空明。'巫

①　《唐才子传校笺》卷七，第三册第 348 页。

②　《诗话总龟》前集卷一一引《青琐后集》，《宋诗话全编》，第二册，第 1550 页。

③　《唐才子传校笺》卷九，第四册，第 178 页。

④　《五代史补》卷三，《五代史书汇编》，杭州出版社 2004 年版，第 2509 页。

⑤　《唐诗纪事校笺》卷七一，第 1895 页。

娥云：'江山非旧主，云雨是前身。'又如：'病知新事少，老别故交难。'山寺云：'夕阳高鸟过，疏雨一钟残。'又：'谷树云埋老，僧窗瀑照寒。'鹦鹉州云：'曹瞒尚不能容物，黄祖何因解爱才。'春夕云：'蝴蝶梦中家万里，杜鹃枝上月三更。'陇上云：'三声戍角边城暮，万里归心塞草春。'过峡云：'五千里外三年客，十二峰前一望秋'等联，作者于此敛衽，意味俱远，大名不虚。"①又如李中："如'暖风医病草，甘雨洗荒村'；又'贫来卖书剑，病起忆江湖'；又'残阳影里水东注，芳草烟中人独行'；又'闲寻野寺听秋水，寄睡僧窗到夕阳'；又'香入肌肤花洞酒，冷浸魂梦石床云'；又'西园雨过好花尽，南陌人稀芳草深'等句，惊人泣鬼之语也。"②又如江为："工于诗，有'天形围泽国，秋色露人家'、'月寒花露重，江晚水烟微'等，脍炙人口。"③晚唐诗坛上重视一联一句的风气达到了惊人的程度，例如李洞称赏吴融诗："（融）尝以百篇示洞，洞曰：'大兄所示，中一联"暖漾鱼遗子，晴游鹿引麛"，绝妙也。'融不怨所鄙，而善其许。"④又如王衍赏识张蠙诗："王衍与徐后游大慈寺，见壁间题'墙头细雨垂纤草，水面回风聚落花'，爱赏久之。问谁作，左右以蠙对，因给礼令以诗进。蠙上二篇，衍尤待重。"⑤王毂："以诗歌擅名，长于乐府。未第时尝为《玉树曲》云：'璧月夜，琼树春，莺舌泠泠词调新。当时狎客尽丰禄，直谏犯颜无一人。歌未阕，晋王剑上粘腥血。君臣犹在醉乡中，一面已无陈日月。'大播人口。适有同人为无赖辈殴，毂前救之，曰：'莫无礼，我便是道"君臣犹在醉乡中"者！'无赖闻之，惭谢而退。"⑥吴融在诗坛上享有盛名，而且出示李洞的诗篇多达百篇，李洞却仅称道其一联，这不啻一种冒犯，但吴融却"善其许"。张蠙的题壁诗仅有二句，王衍却能"爱赏久之"，这正是重

①　《唐才子传校笺》卷九，第四册，第193页。
②　《唐才子传校笺》卷一〇，第四册，第474页。
③　《唐才子传校笺》卷一〇，第四册，第500页。
④　《唐才子传校笺》卷九，第四册，第214页。
⑤　《唐才子传校笺》卷一〇，第四册，第344页。
⑥　《唐才子传校笺》卷一〇，第四册，第358页。

视一联一句的诗坛风气的典型体现。最后一例的末二句或为传闻不实,但王毂认为只需道出自己的一句诗便足以吓退无赖,同样是此种价值观的典型体现。

具体说来,晚唐诗人最重视的艺术追求便是与琢句有关的技巧。首先是对仗工巧,例如李商隐《马嵬》:"海外徒闻更九州,他生未卜此生休。空闻虎旅传宵柝,无复鸡人报晓筹。此日六军同驻马,当时七夕笑牵牛。如何四纪为天子,不及卢家有莫愁。"又如韦庄《忆昔》:"昔年曾向五陵游,子夜歌清月满楼。银烛树前长似昼,露桃华里不知秋。西园公子名无忌,南国佳人号莫愁。今日乱离俱是梦,夕阳空见水东流。"前者的中间二联,后者的颈联,皆以巧对著称。李诗除了末联稍嫌浅露外,全篇的意境尚称浑融,但清人冯班仍批评说:"此篇以工巧为能,非玉溪妙处。"①韦诗则连颈联也颇遭后人诟病,诚如清人沈德潜云:"'西园公子'或指陈思,然与魏无忌、长孙无忌俱不相合,不免有凑句之病。"②李、韦名家尚且如此,其他诗人就更是每况愈下,例如张祜的"竹下喜逢青眼士,草中甘作白头翁"③,赵嘏的"重嘶匹马吟红叶,却听疏钟忆翠微"④,周朴的"马疑金马门前马,香认芸香阁上香"⑤,陆龟蒙的"行歇每依鸦舅影,挑频时见鼠姑心"⑥,对仗不可不谓工巧,但刻意求巧,匠心毕露。宋人叶梦得讥之曰:"诗语固忌用巧太过,在缘情体物,自有天然工妙,虽巧而不见刻削之痕。老杜'细雨鱼儿出,微风燕子斜',此十字殆无一字虚设。……至'穿花蛱蝶深深见,点水蜻蜓款款飞','深深'字若无'穿'字,'款款'字若无'点'字,皆无以见其

---

① 《瀛奎律髓汇评》卷三,第 107 页。

② 《唐诗别裁集》卷一六,上海古籍出版社 1979 年版,第 537 页。

③ 《穷居》,《全唐诗补逸》卷九,《全唐诗补编》,中华书局 1992 年版,第 193 页。

④ 《长安月夜与友人话故山》,《全唐诗》卷五四九,第 6347 页。

⑤ 《赠李裕先辈》,《全唐诗》卷六七三,第 7702 页。

⑥ 《偶掇野蔬寄袭美》,《唐甫里先生文集》卷八,《陆龟蒙全集校注》,凤凰出版社 2015 年版,第 515 页。

精微如此。然读之浑然,全似未尝用力,此所以不碍其气格超胜。使晚唐诸子为之,便当如'鱼跃练波抛玉尺,莺穿丝柳织金梭'体矣。"①"鱼跃"一联当为晚唐无名子所作,字面上每字皆对,锱铢不爽,但以"练波"对"丝柳",以"玉尺"对"金梭",造语稚嫩,对法则无异合掌。这真是弄巧成拙,一味追求工巧整丽,结果反成呆板。与此类似的有许浑之句:"鱼下碧潭当镜跃,鸟还青嶂拂屏飞。"②明人谢榛评曰"句巧则卑"③,也深中其病。

　　其次是押韵求新求奇,例如陆龟蒙《病中秋怀寄袭美》押"盐"韵,后人评曰:"险韵押得自然。"④的确,"盐"韵甚窄,陆诗共用五个韵脚,其中"兼"、"嫌"、"添"、"占"四字都很难押。更甚者则流为文字游戏,例如章碣,"尝草创诗律于八句中,足字平侧,各从本韵,如:'东南路尽吴江畔,正是穷愁暮雨天。鸥鹭不嫌斜雨岸,波涛欺得逆风船。偶逢岛寺停帆看,深羡渔翁下钓眠。今古若论英达算,鸱夷高兴固无边。'自称'变体',当时趋风者亦纷纷而起也"⑤。此诗的四句对句押平声"先"韵,这是一般的押韵规律,但其四句出句皆押去声"翰"韵,则出于独创。又如韩偓的《无题二首》是两首五言排律,其韵脚皆是"尘、晨、新、真、鼙、轮、鳞、春、秦、津、珍、匀、人、邻"等十四字,等于是自我次韵。他又作有《倒押前韵》,也是五排,其韵脚也有同样的十四字,不过顺序正好相反:"邻、人、匀、珍、津、秦、春、鳞、轮、鼙、真、新、晨、尘。"⑥这种别出心裁的押韵方式无异于作茧自缚,但吴融对此倾慕不已,特作《和韩致光侍郎无题三首十四韵》和《倒次元韵》,用韵情况与韩诗完全相同。又如诗僧

　　①　《石林诗话》卷下,《历代诗话》,第431页。

　　②　《村舍二首》之二,《丁卯集笺证》卷七,江西人民出版社1998年版,第178页。

　　③　《四溟诗话》卷二,《历代诗话续编》,中华书局1983年版,第1162页。

　　④　清屈复《唐诗成法》卷一二,第4页下,乾隆二十九年屈来泰刻本。

　　⑤　《唐才子传校笺》卷九,第四册,第40页。

　　⑥　《韩偓诗注》卷四,学林出版社2001年版,第415—424页。按:《无题》原有三首,其三残缺,仅存六句,用韵情况同于前二首之首六句。

齐己，"与郑谷、黄损等共定用韵，为葫芦、辘轳、进退等格"①。名目繁多，形式各异，都体现出对艺术技巧的刻意求新。此类风气甚至影响到当时的进士考试。试检《登科记考》关于晚唐进士试题的记载，文宗开成二年（837），进士试《霓裳羽衣曲诗》，尚是"任用韵"。到僖宗乾符二年（875），试《涨曲江池诗》，规定以"春"字为韵。至昭宗乾宁二年（895），试《询于刍荛诗》，竟然规定"回文，正以'刍'字、倒以'荛'字为韵"②。有关用韵的规定越来越苛细，正是当时诗坛风气的间接反映。

晚唐诗人在细节性的艺术技巧上刻意求工，结果形成了晚唐诗在艺术上的几大特点：首先是在诗体上长于律体而拙于古风。清人叶矫然云："晚之不及初、盛者，非谓今体，谓古体也。"③姚鼐更进而指出："晚唐之才固甚衰，然五律有望见前人妙境者。"④在存诗较多的晚唐诗人中，有多人的作品中竟无一首古风，例如殷尧藩、周贺、郑巢、喻凫、段成式、刘沧、李郢、李昌符、周朴、郑谷、许彬、崔涂、杜荀鹤、殷文圭、徐夤、崔道融、钱珝、曹松、李洞、唐求、于邺、周昙、李九龄等。其他诗人集中的古风也仅是偶得一见，像李群玉那样写五、七言古诗多达 60 首者，在晚唐诗坛上是绝无仅有的特例。即便是李群玉，集中作品仍是近体为多（律诗 103 首，绝句 99 首）。清人王士禛选《古诗选》，于五古至中唐韦、柳而止，七古则于中唐韩愈之后直接北宋欧阳修、王安石，竟无一首晚唐诗人选。除了受其诗学观念之主导外，晚唐的古诗太少，以至于确无佳作可选也是重要原因。尤其值得注意的是晚唐诗歌中律诗所占比重之大，远迈盛、中唐诗人。例如许浑，存诗 531 首，其中五律 255

---

① 《唐才子传校笺》卷九，第四册，第 186 页。

② 详见《登科记考补正》卷二一、卷二三、卷二四，北京燕山出版社 2003 年版，第 861、972、1021 页。

③ 《龙性堂诗话续集》，《清诗话续编》，第 1010 页。

④ 《五七言今体诗钞序目》，见《今体诗钞》卷首，上海古籍出版社 1986 年版。

首(含五排,下同),七律212首,合计467首,占作品总数近九成。又如方干,存诗348首,其中五律108首,七律184首,两者合计292首,占作品总数八成以上。又如韩偓,存诗268首,其中五律40首(含五排10首),七律120首(含七排3首),合计160首,占作品总数的六成。又如杜荀鹤,存诗326首,其中五律129首(含五排2首),七律141首(含七排1首),合计270首,占作品总数的八成以上。又如周贺,存诗93首,其中五律64首,七律20首,六律1首,合计85首,占作品总数的九成以上。晚唐诗人还特重长篇七排,例如韦庄的《冬日长安感志寄献虢州崔郎中二十韵》长达二十韵,陆龟蒙的《寄怀华阳道士》长达三十韵,徐铉的《奉和宫傅相公怀旧见寄四十韵》竟长达四十韵。皮日休甚至试作六言律诗《胥口即事六言二首》,这都是晚唐诗人特重律诗的表现。

　　其次是重视琢句而不重篇章结构,以至于经常出现有句无篇的后果。试看一例:方干《旅次洋州寓居郝氏林亭》:"举止纵然非我有,思量似在故山时。鹤盘远势投孤屿,蝉曳残声过别枝。凉月照窗欹枕倦,澄泉绕石泛觞迟。青云未得平行去,梦到江南身旅羁。"第四句堪称警句,清人贺裳云:"余儿时尝闻先君语曰:方干暑夜正浴,时有微雨。忽闻蝉声,因而得句。急叩友人门,其家已寝,惊起问故。曰:吾三年前未成之句,今已获之,喜而相告耳。乃'蝉曳残声过别枝'也。后余见其全诗,上句为'鹤盘远势投孤屿',殊厌其太露咬文嚼字之态,不及下语为工。凡作诗炼字,又必自然无迹,斯为雅道。"[1]贺裳所言,是从一联着眼。若从全篇而言,则更是备受讥评,比如清人冯舒云:"落句似趁韵。"查慎行云:"起、结太平弱。"纪昀云:"结二句鄙而弱。"[2]诸家之评皆甚有理,此诗除了"蝉曳残声过别枝"一句外,殊无可观,是典型的有句无篇。后人评论晚唐诗,凡有所称赏,大多着眼于一联只句。辛文房批评晚唐诗

　①　《载酒园诗话》卷一,《清诗话续编》,第233页。
　②　《瀛奎律髓汇评》卷二九,第1291页。

人云：“徒务巧于一联，或伐善于只字，悦心快口，何异秋蝉乱鸣也。”①语或过当，但确实深中其病。

其三是徒求文字巧丽，往往意尽句中而韵味不足。清人田同之云：“唐人句如‘一千里色中秋月，十万军声半夜潮’，‘蝴蝶梦中家万里，杜鹃枝上月三更’，‘深秋帘幕千家雨，落日楼台一笛风’，人争传之。然一览便尽，初看整秀，熟视无神气，以其字露也。若杜陵句，虽间有拙累处，而更千百世亦无有能胜之者，要无露句耳。”②所举三例皆晚唐人诗，分别见于赵嘏的《忆钱塘》③、崔涂的《春夕》和杜牧的《题宣州开元寺水阁阁下宛溪夹溪居人》。沈德潜亦云：“晚唐人诗：‘鹭鸶飞破夕阳烟’、‘水面风回聚落花’、‘菱荷翻雨泼鸳鸯’，固是好句，然句好而意尽句中矣。”④所举三例分别见于李咸用《题王处士山居》、张蠙《夏日题老将林亭》、沈彬《秋日》。所谓“一览便尽”，所谓“句好而意尽句中”，都是指徒求字面之工丽，且雕琢之痕显露无遗；或是徒求写景之细巧，而缺乏深情远韵。显然，这正是晚唐诗往往有句无篇的重要原因。

正因如此，晚唐诗人尽管写诗时耗尽心力，在艺术上精益求精，但晚唐诗在整体上的美学风貌有如秋花、夕阳，工丽细巧有余而自然壮阔不足。清人叶燮云：“论者谓晚唐之诗，其音衰飒。然衰飒之论，晚唐不辞；若以衰飒为贬，晚唐不受也。……故衰飒以为气，秋气也。衰飒以为声，商声也。俱天地之出于自然者，不可以为贬也。又盛唐之诗，春花也。桃李之秾华，牡丹、芍药之妍艳，其品华美贵重，略无寒瘦俭薄，固足美也。晚唐之诗，秋花也。江上之芙蓉，篱边之丛菊，极幽艳晚香之韵，可不为美乎？”⑤在为晚

---

①　《唐才子传校笺》卷八，第460页。

②　《西圃诗说》，《清诗话续编》，第755页。

③　此诗《全唐诗》中仅存二句。全篇见于韦庄《又玄集》卷中，《唐人选唐诗新编》，中华书局2014年版，第831页。

④　《说诗晬语》卷上，《清诗话》，第556页。

⑤　《原诗》卷四，《清诗话》，第621页。

唐诗风辩护的言论中,此说最称平允。然而若论一年花事,春花生机勃勃,元气淋漓,体现出蒸蒸日上的气象;秋花虽美,毕竟属于"晚香",难免呈露肃杀萧条之态。晚唐诗风也是同样,它确有独特的美学价值,但毕竟与雄壮奇伟的李、杜及大气健举的韩、白渐行渐远。诗至晚唐,唐诗便进入尾声了。

罗隐七律的成就及其在唐末诗坛上的地位

一

治唐诗史的学者多以唐文宗大和元年(827)为"晚唐"的开始，傅璇琮、吴在庆编著《唐五代文学编年史》之《晚唐卷》即持此说。但是从此年直到唐亡的哀帝天祐四年(907)，时间跨度长达八十年，诗坛变化较大，故又可细分为前、后两期。程千帆先生1982年为《唐诗鉴赏辞典》所撰《序言》中即将"文宗到宣宗的三十余年"与"懿宗即位以迄唐亡"分成两个阶段，后者始于懿宗咸通元年(860)，迄于唐亡，这四十余年就是本文所谓"唐末"①。我认为将懿宗咸通元年(860)视为唐诗史最后一个阶段的开端是相当合理的，因为前一个时期的重要诗人如赵嘏(806？—852)、杜牧(803—853)、李商隐(813—858)、许浑(791？—858稍后)在此前均已去世，温庭筠(801—866？)也不久于人世②。而后一个时期的重要诗人如罗隐(833—910)此年二十八岁，皮日休(834？—883？)约二十七岁，韦庄(836？—910)约二十五岁，司空图(837—908)二十四岁，韩偓(842—914？)十九岁，杜荀鹤(846—904)十五岁，可见其创作盛期均在此后。另一些重要诗人虽然生年不详，但从其卒年来看，其创作盛期也在此年之后，如陆龟蒙(？—881？)此年距卒年二

---

① 此文后以《唐诗的历程》为题收进《程千帆全集》第八卷《古诗考索》，河北教育出版社2000年版，第163页。按：许总《唐诗史》(江苏教育出版社1994年版)将公元860—907年列为第六编《俗艳余波——衰微期》，分期与本文合。但该书将公元805—859年列为第五编《众派争流——繁盛期》，则与本文有异。

② 温庭筠生卒年从刘学锴说，详见《温庭筠纪年》，《温庭筠全集校注》附录，中华书局2007年版。

十一年,吴融(? —903)距卒年三十三年。罗邺生卒年俱不可考,其卒年当在昭宗乾宁间(894—897)①。徐寅生卒年俱不可考,但他于昭宗乾宁元年(894)进士及第,又卒于唐亡以后。可见罗、徐二人的创作盛期亦在后一阶段。只有方干(809—888?)因享年较永,其创作时期横跨两个阶段,是为特例。

　　七言律诗是晚唐诗坛上最为繁盛的一种诗体,清人吴乔云:"七律盛唐极高,而篇数不多,未得尽态极妍,犹《三百篇》之正风、正雅也。大历已多,开成后尤多,尽态极妍,犹变风、变雅也。"②"开成"是唐文宗年号,开成元年(836)上距大和元年(827)仅九年,故"开成后"基本上等同于约定俗成的"晚唐",可见在吴乔看来,晚唐七律的总体成就甚高。清人杜诏、杜庭珠更明确地指出:"晚唐古诗寥寥,五律有绝工者,要亦一鳞片甲而已。惟七言今体,则日益工致婉丽,虽气雄力厚不及盛唐,而风致才情实为此前未有。盖至此而七言之能事毕矣。"③如果仅论本文所及之"唐末",情形更是如此。在唐末著名诗人的作品中,以下诸人的七律所占比重均超过其他诗体,列表如下:

诗人姓名	作品总数	七律数量	七律所占百分比	说明
皮日休	387	137	35%	少量杂言诗未计入总数
杜荀鹤	326	140	43%	
方　干	348	184	53%	
罗　邺	153	90	58%	
罗　隐	476	272	57%	

---

　　① 此据梁超然说,详见《唐才子传校笺》卷八,中华书局1990年版,第三册,第477页。

　　② 《围炉诗话》卷三,《清诗话续编》,上海古籍出版社1983年版,第552页。

　　③ 《中晚唐诗叩弹集例言》,中国书店1981年版,上册第2页。

诗人姓名	作品总数	七律数量	七律所占百分比	说明
韦　庄	319	145	45％	
吴　融	301	120	40％	
韩　偓	268	117	43％	
徐　寅	268	208	78％	

此外,陆龟蒙的七律多达 136 首,虽次于其七绝 169 首,但仍占作品总数 406 首(未计少量杂言诗)的 34％,比重相当之重。在唐末著名诗人中,只有司空图是个例外,他偏好绝句,集中七绝多达 245 首,五绝也达 77 首,而七律仅有 18 首,只占作品总数 470 首的 4％。这可能与他主张"韵外之致"以及"绝句之作本于诣极"的独特诗学观念有关①,故与其他唐末诗人相异。由此可见,重视七律是唐末诗坛的普遍情形。从七律成就之高低的视角来考察唐末诗人在当时诗坛上的地位与影响,当与事实相去不远。罗隐的七律多达 272 首,在唐末诗坛上首屈一指。而且罗诗内容广泛,几乎囊括了其他诗人所擅长的所有重要主题,从而具有比较优劣的可能性。下文试从这个角度将罗隐与其他唐末重要诗人进行对比、分析。

二

从上表可知,徐寅的七律数量仅次于罗隐,其七律占其全部作品的比重且超过罗隐。然而徐寅七律的成就却远逊罗隐,首先是由于徐寅的作品内容单调,缺乏深情远意。清四库馆臣指出,徐寅"诗亦不出五代之格,体物之咏尤多"②。今检徐寅的七律,咏物之作多达 79 首,超过总数的三分之一。徐寅的咏物七律,基本上流

---

① 《与李生论诗书》,《全唐文》卷八七,中华书局 1983 年版,第 8485 页。

② 《四库全书总目》卷一五一《徐正字诗赋》条,中华书局 1965 年版,第 1303 页。

于一般化的描摹外形,缺少比兴寄托。看其选题,颇有类书中连类而及的特点,例如《云》《露》《霞》《烟》一组,全是气象学范围内的景物;又如《东》《西》《南》《北》一组,按着空间顺序依次写来;再如《愁》《别》《恨》《闲》《忙》一组,都是抽象的情感类别。如此咏物,既非描写即目所见的真实物体,更无触景生情的写作冲动,颇易流为文字游戏。试举二例:《别》:"酒尽歌终问后期,泛萍浮梗不胜悲。东门匹马夜归处,南浦片帆飞去时。赋罢江淹吟更苦,诗成苏武思何迟。可怜范陆分襟后,空折梅花寄所思。"《恨》:"事与时违不自由,如烧如刺寸心头。乌江项籍忍归去,雁塞李陵长系留。燕国飞霜将破夏,汉宫纨扇岂禁秋。须知入骨难销处,莫比人间取次愁。"铺陈排比的结构模式,与江淹的《别赋》《恨赋》如出一辙,"赋罢江淹吟更苦"一句真实地透露了其构思过程。这种结构方式,显然更适合于赋体而非诗歌,因为它会削弱对诗人生活经历的真切描述,也会冲淡诗人真情实感的自然流露。此类咏物七律的大量存在,堪称徐寅集中的败笔。相比之下,罗隐的咏物七律远胜徐诗。例如《牡丹花》:"似共东风别有因,绛罗高卷不胜春。若教解语应倾国,任是无情亦动人。芍药与君为近侍,芙蓉何处避芳尘。可怜韩令功成后,辜负秾华过此身。"又如《黄河》:"莫把阿胶向此倾,此中天意固难明。解通银汉应须曲,才出昆仑便不清。高祖誓功衣带小,仙人占斗客槎轻。三千年后知谁在,何必劳君报太平。"前者形容生动,次联之拟人手法使人耳目一新。后者托物见志,全诗皆语含讥讽却又紧扣题面。徐寅的咏物七律远未达到如此水准。

　　咏物之外的徐寅七律,也有感情单薄的缺点。徐寅生平甚为坎坷,诗中不无牢骚,他在进士及第之前曾有蹭蹬名场的经历,其《长安述怀》云:"黄河冰合尚来游,知命知时肯躁求。词赋有名堪自负,春风落第不曾羞。风尘色里凋双鬓,鼙鼓声中历几州。十载公卿早言屈,何须课夏更冥搜。"《忆长安上省年》:"忽忆关中逐计车,历坊骑马信空虚。三秋病起见新雁,八月夜长思旧居。宗伯账前曾献赋,相君门下再投书。如今说着犹堪泣,两宿都堂过岁除。"怀才不遇的委屈牢骚之感,与罗隐同类作品比较接近。但是除此之外，徐寅的七律大多缺乏深沉的意蕴，有时甚至流于敷衍题面，与罗隐诗相去甚远。例如罗诗《筹笔驿》："抛掷南阳为主忧，北征东讨尽良筹。时来天地皆同力，运去英雄不自由。千里山河轻孺子，两朝冠剑恨谯周。惟余岩下多情水，犹解年年傍驿流。"徐诗《蜀》："虽倚关张敌万夫，岂胜恩信作良图。能均汉祚三分业，不负荆州六尺孤。绿水有鱼贤已得，青桑如盖瑞先符。君王幸是中山后，建国如何号蜀都。"两者皆是针对蜀汉史事的感慨，但罗诗议论精警，情感充沛，借古讽今亦恰到好处，故清人陆次云评曰："'时来天地皆同力'二句，括尽五代兴亡之事，晚唐中第一首关系之诗。"①而徐诗则议论平钝，只如后代演义小说中"有诗为证"一流水平。清人马允刚评徐寅诗曰："昭梦在晚唐诗名甚重，兴致豪富，无意不搜，无词不炼，以七律见长，后人学之者多。然意味不深，亦无远致。"②后二句可谓深中其病。所以徐寅虽是唐末以专攻七律著称的诗人，但其成就远逊罗隐。

三

方干的七律多达 184 首，在唐末诗坛上位居第三。时人孙郃为方干作传称："广明、中和间为律诗，江之南未有及者。"③五代人何光远则誉方干诗云："干为诗炼句，字字无失。如《寄友人》：'鹤盘远势投孤屿，蝉曳残声过别枝。'齐梁已来，未有此句。"④罗隐《题方干诗》云："中间李建州，夏汭偶同游。顾我论佳句，推君最上游。九霄无鹤板，双鬓老渔舟。世难方如此，何当浣旅愁。"李建州指李频，于僖宗乾符二年（875）至三年（876）任建州刺史，卒于任上，罗诗称其为"李建州"，则此诗作于此时或其后，但诗中所忆二

---

① 见《五朝诗善鸣集》，清康熙二十六年蓉江怀古堂刻本，第三六页。

② 《唐诗正声》卷三六，清嘉庆二十一年（1816）耘经堂刻本，第六函第六册，第二四页。

③ 《方元英先生传》，《全唐文》卷八二〇，第 8636 页。

④ 《鉴诫录》卷八，见《全唐五代小说》外编卷二五，中华书局 2014 年版，第 4525 页。

人在夏汭(即夏口)同游之事则远在二十年之前,因李频入鄂州幕事在宣宗大中九年(855)、十年(856)间。"推君最上游"应是罗、李二人论诗时的一致看法,"君"即指方干。李频与方干同里,且曾师从方干,李频于大中八年(854)及第,方干却屡举不第,故诗僧清越赠诗方干云:"弟子已得桂,先生犹灌园。"[1]罗隐的年辈远低于方干,故诗中对其落第归隐深表同情,且语气敬重。从此诗可见,罗隐对方干诗的推重也是着眼于"佳句"。何光远赞叹的那联见于《旅次洋州寓郝氏林亭》:"举目纵然非我有,思量似在故山时。鹤盘远势投孤屿,蝉曳残声过别枝。凉月照窗欹枕倦,澄泉绕石泛觞迟。青云未得平行去,梦到江南身旅羁。"后人对颔联多有赞誉,如宋末方回云:"三、四绝佳,玄英一集诗,此联为冠。"清人查慎行亦云:"三、四一远一近,字字警策。"[2]对于此联,后人亦有批评。清人吴乔云:"余儿时尝闻先君语曰:'方干暑夜正浴,时有微雨,忽闻蝉声,因而得句。急叩友人门,其家已寝,惊起问故。曰:"吾三年前未成之句,今已获之,喜而相告耳。"乃"蝉曳残声过别枝"也。'后余见其全诗,上句为'鹤盘远势投孤屿',殊厌其太露咬文嚼字之态,不及下语为工。凡作诗炼字,又必自然无迹,斯为雅道。"[3]吴乔之父所云之事不知出于何书,也不知是否确有其事,但刻画方干苦吟觅句的写作方式甚为生动。吴乔称上句"不及下语为工"的意见值得重视,这确实是苦吟诗人常有的缺点。方干自称作诗之苦云:"才吟五字句,又白几茎髭。"(《赠喻凫》)又云:"吟成五字句,用破一生心。"(《贻钱塘县路明府》)

　　方干的五律今存108首,远不如七律之多,他写七律时肯定也是尽力觅句,吴乔所云"咬文嚼字",正是指此而言。如果综观此诗全篇,则此联(尤其是其下句)颇显鹤立鸡群之态,因为其余部分皆

---

①　初载《唐摭言》卷四,陈尚君据之编入《全唐诗续拾》卷二九,见《全唐诗补编》,中华书局1992年版,第1113页。

②　《瀛奎律髓汇评》卷二九,上海古籍出版社2005年版,第1291页。

③　《载酒园诗话》卷一,《清诗话续编》,第233页。

甚凡庸。清人何焯评曰："首句率直。"查慎行评曰："起、结太平弱。"冯舒评曰："落句似趁韵。"纪昀评曰："结二句鄙而弱。"①讥评纷纷，几乎体无完肤，可见此诗仅有一联甚至一句出采，全篇则难称完璧。再如其《题睦州郡中千峰榭》："岂知平地似天台，朱户深沉别径开。曳响露蝉穿树去，斜行沙鸟向池来。窗中早月当琴榻，墙上秋山入酒杯。何事此中如世外，应缘羊祜是仙才。"纪昀评曰："六句好。七句复起句'平以似天台'。"②第六句确实堪称佳句，但其上句则平平而已。领联也是如此，下句意凡句庸，上句较佳，但此句句意与前引"蝉曳残声过别枝"高度重合，似是得意语再说一遍，且句法不够自然。合而观之，此诗亦难称佳篇。

　　罗隐的七律中也有一联中上下句不相称之病，例如《早春巴陵道中》的领联"短芦冒土初生笋，高柳偷风已弄条"，显然是上句逊于下句。但这种情形在罗诗中甚为少见，相反，罗隐多有对仗精工、意境浑融的佳篇，例如《绵谷回寄蔡氏昆仲》："一年两度锦江游，前值东风后值秋。芳草有情皆碍马，好云无处不遮楼。山将别恨和心断，水带离声入梦流。今日因君试回首，淡烟乔木隔绵州。"领联向称名句，近人高步瀛评曰："三、四写景极佳，而意极沉郁，是谓神行。若但以佳句取之，则皮相矣。"③其余各联亦皆与此联相称，首联简洁生动地点明时令、地点，清人屈复更指出其精彩之处云："锦江佳景，春秋为最。一年两度，正值二时。"④后二联亦扣题甚紧，清人黄叔灿评云："'山将'一联，言去蜀后常不能忘。末句因故人去彼，犹回想依依也。"⑤至于全篇，则清人赵臣瑗评曰："前半

---

①　均见《瀛奎律髓汇评》卷二九，第1291页。

②　《瀛奎律髓汇评》卷三五，第1421页。

③　《唐宋诗举要》卷五，上海古籍出版社1978年版，第640页。

④　《唐诗成法》卷一二，清乾隆八年(1743)刻本，第四册第七页。按：此书题作《魏城逢故人》。

⑤　《唐诗笺注》卷六，清乾隆三十年松筠书屋刻本，第一七页。按：此书题作《魏城逢故人》。

追叙旧游,后半感伤远别。大开大合,真七字中之正体也。"①今人刘学锴则评曰:"晚唐七律,多专力于一联之对仗工切,罕见全篇意境完整浑融者,罗隐此作,在当时实属难得的佳作。"②与之相反,方干的七律远逊如此佳境。

四

杜荀鹤的七律也有 140 首之多,其内容则以刻画乱离时代的社会风貌为主要特色,明人胡震亨评曰:"杜彦之俚浅,以衰调写衰代,事情亦自真切。"③可惜此类作品往往直率俚俗,艺术上过于粗糙,即使其中的名篇也难逃后人讥评,例如《旅泊遇郡中叛乱示同志》:"握手相看谁敢言,军家刀剑在腰边。遍搜宝货无藏处,乱杀平人不怕天。古寺拆为修寨木,荒坟开作甃城砖。郡侯逐出浑闲事,正是銮舆幸蜀年。"宋人方回评曰:"不经世乱,不知此诗之切。虽粗厉,亦可取。"清人查慎行评曰:"通篇语太直率,不足取。"④又如《山中寡妇》:"夫因兵死守蓬茅,麻苎衣衫鬓发焦。桑柘废来犹纳税,田园荒后尚征苗。时挑野菜和根煮,旋斫生柴带叶烧。任是深山更深处,也应无计避征徭。"方回评曰:"荀鹤诗至此俗甚,而三、四格卑语率,最是'废来'、'荒后'。……尾句语俗似浑,却切。"清人纪昀评曰:"虽切而太尽,便非诗人之致。五、六尤粗鄙。"⑤再如《赠秋浦张明甫》:"君为秋浦三年宰,万虑关心两鬓知。人事旋生当路县,吏才难展用兵时。农夫背上题军号,贾客船头插战旗。他日亲知问官况,但教吟取杜家诗。"方回评曰:"语俗而事或切,唐末之乱如此,县令之难可知也。"纪昀评曰:"三、四自

①　《山满楼笺注唐诗七言律》卷六,清乾隆四十九年芸经堂刻本,第五七页。

②　《唐诗选注评鉴》,中州古籍出版社 2019 年版,第 10 册,第 267 页。

③　《唐音癸签》卷八,上海古籍出版社 1981 年版,第 81 页。

④　《瀛奎律髓汇评》卷三二,第 1363 页。

⑤　《瀛奎律髓汇评》卷三二,第 1362 页。

是真语,然苦太质。五、六更粗野。"①上引后人对三首诗的评语有两点共同的内容,既肯定它们描摹乱世景象颇为真切,又指责它们在艺术上相当粗糙,可以说这正是杜荀鹤此类作品的共同特征。正因如此,当杜荀鹤偶然写出风格不同的诗作时,论者竟然怀疑非出其手。例如五律《春宫怨》字句精丽,风格委婉,与上引数首七律如出二手,宋人吴聿评曰:"杜荀鹤诗句鄙恶,世所传《唐风集》首篇'风暖鸟声碎,日高花影重'者,余甚疑不类荀鹤语。他日观唐人小说,见此诗乃周朴所作,而欧阳文忠公亦云耳。"②其实《春宫怨》首见于《又玄集》,署名杜荀鹤。五代韦縠之《才调集》也是如此。《又玄集》乃韦庄所选,书成于唐昭宗光化三年(900),其时杜荀鹤尚在人世,周朴离世也仅 21 年。韦庄选录同代人之诗,多半不会有误。正如吴聿所言,因此诗"不类荀鹤语",方致他人之疑。可同见杜荀鹤的主体诗风是与此诗相反的粗糙浅陋。

　　与杜荀鹤一样,罗隐诗中也对唐末风雨飘摇的国势与生民涂炭的民情深感痛心,例如《塞外》:"塞外偷儿塞内兵,圣君宵旰望升平。碧幢未作朝廷计,白梃犹驱妇女行。可使御戎无上策,只应忧国是虚声。汉王第宅秦田土,今日将军已自荣。"又如《江亭别裴饶》:"行杯且待怨歌终,多病怜君事事同。衰鬓别来光景里,故乡归去乱离中。乾坤垫裂三分在,井邑摧残一半空。日晚长亭问西使,不堪车驾尚萍蓬。"二诗的内容分别是方镇拥兵自重、朝廷束手无策的国家局势,以及皇帝蒙尘、百姓遭殃的社会景象,它们不像杜荀鹤诗那样正面描写民生疾苦,而是抒写乱离时代在诗人心中引起的忧虑恐惧与哀伤愤怨。胡震亨评杜荀鹤诗所云"以衰调写衰代,事情亦真切",移用来评价罗诗也很确切。不妨说,就反映唐末乱离时代的社会风貌这一点来说,杜、罗二人的七律都很有意义,不过反映的重点有所不同。但是在艺术上,罗隐的七律字句精炼,风格沉郁,绝无粗鄙直率之病,其总体水准远胜杜荀鹤。

---

　　①　《瀛奎律髓汇评》卷六,第 259 页。

　　②　《观林诗话》,《历代诗话续编》,中华书局 1983 年版,第 120 页。

五

　　皮日休、陆龟蒙是以频繁唱和著称于世的唐末诗人,他们的七律各有 136 首,其中充满了唱酬之作。在皮日休的七律中,诗题中出现陆龟蒙之字"鲁望"者多达 46 首。而在陆龟蒙的七律中,诗题中出现皮日休之字"袭美"者竟多达 98 首。有些诗题中没有出现对方字号的作品实为酬唱诗之首唱,例如皮日休有《病孔雀》,陆龟蒙乃作《奉和袭美病孔雀》以和之;又如陆龟蒙有《正月十五惜春寄袭美》,皮日休乃作《奉酬鲁望惜春见寄》以和之。所以皮、陆二人的七律,绝大部分皆为互相唱酬而成。皮、陆的七律在题材走向及艺术风格上也与他们的其他诗体大同小异,基本上都是对于隐逸生活的描述,并以新奇细巧为风格特征。由于内容与风格两方面都有高度的同质化,就难免主题复沓、风格雷同之病,例如皮日休《暇日独处寄鲁望》:"幽慵不觉耗年光,犀柄金徽乱一床。野客共为赊酒计,家人同作借书忙。园蔬预遣分僧料,廪粟先教算鹤粮。无限高情好风月,不妨犹得事君王。"陆龟蒙《奉和袭美吴中言情见寄次韵》:"菰烟芦雪是侬乡,钓线随身好坐忘。徒爱右军遗点墨,闲披左氏得膏肓。无因月殿闻移檄,只有风汀去采香。莫问江边渔艇子,玉皇看赐羽衣裳。"对隐逸生活的描写尚算生动真切,但是连篇累牍皆是如此,读来就觉单调寡味。况且唐末局势动荡,民生凋敝,皮、陆却一味抒写其悠闲愉悦之心情,仿佛果真生活在世外桃源,未免有为文造情之嫌。虽说皮、陆诗中并非全无牢骚,也偶有全身远祸的隐居意蕴,但往往轻描淡写,若有若无,例如皮日休《奉和鲁望病中秋怀次韵》:"贫病于君亦太兼,才高应亦被天嫌。因分鹤料家资减,为置僧餐口数添。静里改诗空凭几,寒中注易不开帘。清词一一侵真宰,甘取穷愁不用占。"陆龟蒙《寒夜同袭美访北禅院寂上人》:"月楼风殿静沉沉,披拂霜华访道林。鸟在寒枝栖影动,人依古堞坐禅深。明时尚阻青云步,半夜犹追白石吟。自是海边鸥伴侣,不劳金偈更降心。"前者虽然咏及友人之"贫病",但全诗的情绪依然是悠闲自如,丝毫不见悲愁之态。颈联中的"鹤料"、

"僧餐"二词,不但与前引《暇日独处寄鲁望》中的"僧料"、"鹤粮"重复,而且既养鹤,又饷僧,岂是一位贫病交加的寒士的真实写照!①后者的第五句稍有牢骚之意,但虚晃一枪随即回到悠闲自闭的心境中,全诗的感情基调寒窘枯淡,竟如僧诗。正因如此,皮、陆的七律往往在形式上追新逐异,颇有技巧至上的倾向。比如皮、陆经常次韵,颇爱后人讥评,明人许学夷评曰:"陆龟蒙、皮日休唱和多次韵之作,七言律《鼓吹》所选仅得一二可观,其他多怪恶奇丑矣。"②此外如多写吴体,以及喜用离合、回文等技巧,饱受后人讥评,清人贺裳即评皮日休曰:"集中诗亦多近宋调,吴体尤为可憎。四声、叠韵、离合、回文,俱无意味。"③明人胡震亨评皮氏云:"律体刻画堆垛,讽之无音,病在下笔时先词后情,无风骨为之干也。"④这些一针见血的贬评,完全适用于皮、陆双方。皮、陆在其他诗体中颇有讥刺时世之作,比如皮氏的五古体《正乐府十篇》揭露民瘼相当深刻,但二人的七律则确有无病呻吟的不良倾向。

相对而言,罗隐的七律则意蕴深厚,感情充沛。试看题材与皮、陆七律相近的两首罗诗:《闲居早秋》:"槐杪清蝉烟雨余,萧萧凉叶堕衣裾。噪槎乌散沉苍岭,弄杵风高上碧虚。百岁梦生悲蛱蝶,一朝香死泣芙蕖。六宫谁买相如赋,团扇恩情日日疏。"《秋夜寄进士顾荣》:"秋河耿耿夜沉沉,往事三更尽到心。多病漫劳窥圣代,薄才终是费知音。家山梦后帆千尺,尘土搔来发一簪。空羡良朋尽高价,可怜东箭与南金。"同样是写日常闲居和友朋酬赠,但分别具有岁月不居、贤才不遇等具体发生背景,从而渗透着满腹的牢骚与忧思,读来凄恻感人。皮、陆七律有着无病呻吟乃至文字游戏等严重弊病,罗隐的七律却多属有事而书,有感而发。前者多属为

---

①　清余成教《石园诗话》卷二云:"袭美好以'僧'、'鹤'为对仗……皆未免词意重复,数见不鲜。"《清诗话续编》下册,第1777页。

②　《诗源辩体》卷三一,人民文学出版社1987年版,第297页。

③　《载酒园诗话又编》,《清诗话续编》上册,第385页。

④　《唐音癸签》卷八,第79页。

文造情,后者则是为情造文,这是罗隐七律的成就远胜皮、陆的根本原因。

<h1 style="text-align:center">六</h1>

吴融的七律有 120 首,数量在其集中雄踞各体之首。清人管世铭曰:"唐末七言律,韩致尧为第一。……次即吴子华,亦推高唱。"①从题材倾向来看,吴融的七律以行旅感怀与登临怀古为主,几占总数的十之七八。吴诗中的七律佳篇如《登鹳雀楼》、《题扬子津亭》、《雪后过昭应》、《过丹阳》、《武关》、《宋玉宅》、《过邓县城作》、《晚泊松江》等,莫不如此。此类主题在罗隐诗中也相当常见,试看下面这组作品:吴融《春归次金陵》:"春阴漠漠覆江城,南国归桡趁晚程。水上驿流初过雨,树笼堤处不离莺。迹疏冠盖兼无梦,地近乡园自有情。便被东风动离思,杨花千里雪中行。"罗隐《宿荆州江陵驿》:"西游象阙愧知音,东下荆溪称越吟。风动芰荷香四散,月明楼阁影相侵。闲敧别枕千般梦,醉送征帆万里心。薜荔衣裳木兰楫,异时烟雨好追寻。"两诗的内容都是对眼前风光的欣赏与对故乡的怀念,其中又绾合着东西飘荡的漂泊之感以及多年不第的身世之叹,艺术水准也在伯仲之间。但这只是两人集中平均水平的作品的情形,就像赛马一样,双方皆使中驷出场,结果相差不大。如果双方均使上驷出场来进行决赛,情况就完全不同了。

明人许学夷指出:"吴融七言律'太行和雪'一篇,气格在初、盛唐之间,'十二阑干'、'别墅萧条'、'长亭一望'三篇,声气亦胜,其他皆晚唐语也。"②"太行和雪"一篇即《金桥感事》:"太行和雪叠晴空,二月春郊尚朔风。饮马早闻过渭北,射雕今欲过山东。百年徒有伊川叹,五利宁无魏绛功。日暮长亭正愁绝,哀筝一曲戍烟中。"此诗可与罗隐的《登夏州城楼》对读:"寒城猎猎戍旗风,独倚危楼怅望中。万里山河唐土地,千年魂魄晋英雄。离心不忍听边马,往

<hr/>

①　《读雪山房唐诗序例》,《清诗话续编》下册,第 1556 页。
②　《诗源辩体》卷三二,第 301 页。

事应须问塞鸿。好脱儒冠从校尉,一枝长戟六钧弓。"后人对二诗有类似的褒评,如清人纪昀评前者曰:"音节宏亮而沉雄,五代所少。"①清人杨逢春评后者曰:"声情慷慨,笔力雄健,不以椎琢为工,固是晚唐之杰。"②的确,二诗风格沉雄,音节浏亮,为唐末诗坛所少见。在内容上,二诗皆对群雄割据、山河破碎的国势深表忧虑,皆非无病呻吟。然而前诗慨叹蕃将李克用拥兵割据、唐庭无可奈何之现实局势,就事论事,眼界较窄。后诗却从登临之夏州城即晋代蕃将赫连勃勃所筑统万城的史实着眼,从而将苍茫的怀古情绪与当下的现实关怀融为一体,感慨更深沉,境界更阔大。前诗的尾联虽被清人金圣叹评为"七、八言人正感奋,笳又催逼,忽然忘生,真在此时也"③,但此种解说恐属误读,事实上此联哀怨低沉,声情不振,遂使全诗情调由健转衰。相反,后诗的尾联却从前文的忧虑国事导出投笔从戎之志,气雄语健,全诗的情调也浑融如一。总之,从全诗的水准来看,罗诗仍比吴诗稍胜一筹。

许学夷赞赏的其他三首吴融七律,"长亭一望"指《彭门用兵后经汴路三首》之一,此诗与罗诗《徐寇南逼感事献江南知己次韵》主题相同,水准也相近。但是吴诗在其集中堪称凤毛麟角,罗诗却只是其集中的平均水平。"十二阑干"指《太保中书令军前新楼》:"十二阑干压锦城,半空人语落滩声。风流近接平津阁,气色高含细柳营。尽日卷帘江草绿,有时欹枕雪峰晴。不知捧诏朝天后,谁此登临看月明。""别墅萧条"指《秋日经别墅》:"别墅萧条海上村,偶期兰菊与琴尊。檐横碧嶂秋光近,树带闲潮晚色昏。幸有白云眠楚客,不劳芳草思王孙。北山移去前文在,无复教人叹晓猿。"此二诗对仗工稳,字句清丽,堪称清新可诵之作。但其内涵基本上只是流

---

① 《瀛奎律髓汇评》卷三二,第1367页。

② 《唐诗绎》卷二三,清乾隆三十九年无锡杨氏绉香书屋刻本,第一七页。

③ 《贯华堂选批唐才子诗甲集七言律》卷八上,《金圣叹全集》一,凤凰出版社2008年版,第544页。

连光景,虽然稍寓感慨,毕竟缺乏深情远意。罗隐诗与此大异其趣,试看以下两首:《送友人归夷门》:"二年流落大梁城,每送君归即有情。别路算来成底事,旧游言著似前生。苑荒懒认词人会,门在空怜烈士名。至竟男儿分应定,不须惆怅谷中莺。"《早春送张坤归大梁》:"萧萧赢马正尘埃,又送归轩向吹台。别酒莫辞今夜醉,故人知是几时回。泉经华岳犹应冻,花到梁园始合开。为谢东门抱关吏,不堪惆怅满离杯。"前诗中的"门"与后诗中的"东门"皆指汴梁的"夷门"①,即古代烈士侯赢所监守之城门。罗隐诗中对那位古代的"抱关吏"再三致意,这是诗人心中壮烈情怀的自然流露。这种情怀是罗诗骨力刚健、风格苍凉的内在因素,也是其胜过吴诗的根本原因。

七

就七律而言,唐末诗坛上最有资格与罗隐相提并论的诗人必推韩偓、韦庄二人。清人李调元云:"五代自以韩偓、韦庄二家为升堂入室,然执牛耳者,必推罗江东。其诗坚浑雄博,亦自老杜得来,而绝不似宋西江派之貌袭。世人称之者少,何也? 皮、陆辈雕文刻镂,近乎土木偶人,少生趣矣。"②此论不是专论七律,但也完全符合数家七律之实际情况。其中对皮、陆七律的批评可与本文第五小节的论述互相印证。清人洪亮吉则云:"七律至唐末造,惟罗昭谏最感慨苍凉,沉郁顿挫,实可以远绍浣花,近俪玉溪。盖由其人品之高,见地之卓,迥非他人所及。次则韩致尧之沉丽,司空表圣之超脱,真有念念不忘君国之思。孰云吟咏不以性情为主哉! 若吴子华之悲壮,韦端己之凄艳,则又其次也。"③此论兼及司空图、吴融,如前文所述,司空图七律的数量过少,不足与诸家并论。吴

① 《史记·魏公子列传》载太史公言:"吾过大梁之墟,求问其所谓夷门。夷门者,城之东门也。"见《史记》卷七七,中华书局1982年版,第2385页。

② 《雨村诗话》卷下,《清诗话续编》下册,第1532页。

③ 《北江诗话》卷六,人民文学出版社1998年版,第99页。

融的七律虽不乏悲壮苍凉之作，但佳作寥若晨星，总体成就也逊于罗隐。故本节仅将韩、韦二人的七律与罗隐进行对照考察。

罗隐与韩偓、韦庄的生活年代基本重合，在作为唐末开端的懿宗咸通元年（860），罗隐年28岁，韦庄年约25岁，韩偓年19岁，正是开始创作盛期的年龄。在唐帝国灭亡的哀帝天祐四年（907），罗隐年75岁，下距卒年仅有3年；韦庄年72岁，下距其卒亦仅3年；韩偓年66岁，下距其卒仅有8年。可见三人都是名符其实的唐末诗人，他们的一生正处于国家离乱、风衰俗怨的动荡时代。当然，由于个人命运的偶然性，三人的遭遇同中有异。比如三人皆曾长期蹭蹬科场，但韦、韩二人终获及第，且曾在朝为官，而罗隐屡试不第，终生未沾唐禄。韩偓于昭宗龙纪元年（889）及第，年已48岁，他在赠予吴融等同年的诗中云"二纪计偕劳笔研"，句后自注："余与子华，俱久困名场。"①辛酸之感溢于言表。韦庄于昭宗乾宁元年（894）及第，年近六旬，此前屡次落第，曾有"千蹄万毂一枝芳，要路无媒果自伤。题柱未期归蜀国，曳裾何处谒吴王"②之哀叹。昭宗光化三年（900），时任左补阙的韦庄奏请朝廷追赐李贺等人进士及第，称他们"不沾一命于圣明，没作千年之恨骨"。还特地指出："见存惟罗隐一人，亦乞特赐科名，录升三级。"③此时罗隐68岁，已至垂暮之年。韦庄所云固然于其本人心有戚戚焉，但更说明罗隐的怀才不遇是四海称屈。翻开罗隐的诗集，由屡试不第引起的牢骚愤懑触处可见，其中多有七律名篇，比如《出试后投所知》："此去蓬壶两日程，当时消息甚分明。桃须曼倩催方熟，橘待洪崖遣始行。岛外音书应有意，眼前尘土渐无情。莫教更似西山鼠，啮破愁肠恨一生。"这是应试后投诗达人求援，体现出忐忑不安的情绪。

① 《与吴华侍郎同年玉堂同直怀思叙恳因成长句四韵兼呈诸同年》，《韩偓集系年校注》卷一，中华书局2015年版，第14页。

② 《下第题青龙寺僧房》，《韦庄集笺注》卷一，上海古籍出版社2002年版，第7页。

③ 《迄追赐李贺皇甫松等进士及第奏》，《全唐文》卷八八九，第9287页。

又如《西京崇德里居》:"进乏梯媒退又难,强随豪贵殢长安。风从昨夜吹银汉,泪拟何门落玉盘。抛掷红尘应有恨,思量仙桂也无端。锦鳞赪尾平生事,却被闲人把钓竿。"这是写落第后滞留长安进退两难的处境,清人吴乔评其额联曰:"非终身困踬者,不知其悲妙。"①又如《下第作》:"年年模样一般般,何似东归把钓竿。岩谷漫劳思雨露,彩云终是逐鹓鸾。尘迷魏阙身应老,水到吴门叶欲残。至竟穷途也须达,不能长与世人看。"这是写屡次落第后仍然心怀希冀的迷茫心情。又如《丁亥岁作》:"病想医门渴望梅,十年心地仅成灰。早知世事长如此,自是孤寒不合来。谷畔气浓高蔽日,蛰边声暖乍闻雷。满城桃李君看取,一一还从旧处开。"这是揭露及第者皆有背景,自己作为孤寒之士不应妄图进取。又如《隐尝在江陵,忝故中令白公叨蒙知遇,今复重过渚宫,感事悲身,遂成长句》:"往岁郑侯镇渚宫,曾将清律暖孤蓬。才怜曼倩三冬后,艺许由基一射中。言重不能轻薄命,地寒终是泣春风。凤凰池涸台星坼,回首岐山忆至公。"这是对知己者的深情缅怀,借以抒发孤寒之士登第无望的悲愤。总之,上引诸首七律中抒发的既是个人的牢骚,也是代天下寒士对黑暗社会的深刻批判。由于才高命蹇、屡试不第的罗隐是唐末科举不公现象中的典型人物,此类七律就具有深刻的社会批判意义,这是其他唐末诗人难以比肩的。

罗隐与韩偓、韦庄都经历了唐帝国走向灭亡的过程,家国之恨成为他们写诗时无法回避的重要主题。但是他们对大厦将倾的唐王朝持什么态度,论者却有不同的评价。对于韩偓,清人管世铭评曰:"唐末七言律,韩致尧为第一。去其香奁诸作,多出于爱君忧国,而气格颇近浑成。"②清四库馆臣也称其"忠愤之气,时时溢于语外"③。对于韦庄,其弟韦蔼称其"流离漂泛,寓目缘情。子期怀

---

① 《围炉诗话》卷三,《清诗话续编》上册,第571页。
② 《读雪山房唐诗序例》,《清诗话续编》下册,第1556页。
③ 《四库全书总目》卷一五一《韩内翰别集》条,第1302页。

旧之辞,王粲伤时之制。或离群轸虑,或反袂兴悲"①。韩、韦作为身受唐禄的士大夫,理应如此。罗隐似当别论,《唐才子传》云:"隐恃才忽睨,众颇憎恶。自以当得大用,而一第落落,传食诸侯,因人成事,深怨唐室。"②这种说法貌似合理,但与史实不符。史书记载:"梁既篡唐,欲以虚爵縻强藩,进武肃吴、越两国,且以谏议大夫召隐。隐不行,请举兵讨梁,曰:'王唐臣,义当称戈北向。纵无成功,犹可退保杭越,自为东帝,奈何交臂事贼,为终古羞乎!'王始以隐不遇于唐,有觖望心。及闻其言,虽不能用,而心窃义之。"③罗隐此举深受史家重视,后被司马光几乎一字未改地采入《资治通鉴》④。可见罗隐虽然屡试不第,未沾唐禄,但他始终忠于唐室。罗隐"深怨"的其实只是科场不公导致的贤愚倒置等黑暗现象,例如他曾讥笑偶然同舟的朝官说:"是何朝官!我脚夹笔,可以敌得数辈。"⑤这与"深怨唐室"风马牛不相及。至于在诗歌中蒿目时艰,心悲黍离,则罗隐与韩、韦二人并无二致。清人吴墉云:"罗昭谏生唐末造,累举进士不和,继而薄游吴楚,归依武肃以终。世传其混迹滑稽,自全于世,而不知其乃心王室,劝讨伪梁,虽志不获行,而大义凛然。所为诗文,悲凉激楚,亦犹少陵之每饭不忘者已。"⑥此言堪称知人论世。试看罗诗《中元甲子以辛丑驾幸蜀四首》之一、之四:"子仪不起浑瑊亡,西幸谁人从武皇。四海为家虽未远,九州多事竟难防。已闻旰食思真将,会待畋游致假王。应感两朝巡狩迹,绿槐端正驿荒凉。""白丁攘臂犯长安,翠辇苍黄路屈盘。丹凤有情尘外远,玉龙无迹渡头寒。静怜贵族谋身易,危惜文皇创业难。不将不侯何计是,钓鱼船上泪阑干。"此诗作于唐僖宗

---

① 《浣花集序》,《韦庄集笺注》附录四,第 483 页。

② 《唐才子传校笺》卷九,第 4 册,第 123 页。

③ 《十国春秋》卷八四,中华书局 2010 年版,第三册,第 1218—1219 页。

④ 详见《资治通鉴》卷二六六《后梁纪一》,上海古籍出版社 1987 年版,第 2846 页下。

⑤ 《北梦琐言》卷六,《唐五代笔记小说大观》下册,第 1859 页。

⑥ 《罗昭谏集跋》,《罗隐诗集笺注》附录,岳麓书社 2001 年版,第 417 页。

中元元年(881)，时唐僖宗西奔成都，罗隐则远在江南的池州。前一首感叹在唐玄宗之后又有一位皇帝奔蜀，而且再无郭子仪、浑瑊那样的良将，局势比安史乱时更加危险。后一首写长安再次沦陷，占据帝京的不再是强大的蕃将，而是黄巢等造反的平民。国家沦亡之际，自己既非将领，又无封爵，徒能洒泪于江湖。在七律中直接反映国家大事，且将国家倾覆的艰难时世与个人落魄江湖的悲惨遭遇紧密结合，感情悲怆历落，意境壮阔苍凉，堪称继承杜甫《诸将五首》、李商隐《重有感》的精神的唐末七律名篇。

　　若置于唐末诗坛来考察，罗隐七律在这方面的成就或与韩偓在伯仲之间。韩偓亲历唐室灭亡的过程，并在其七律作品中直接反映唐昭宗出奔及被囚等史实，多有名篇。比如《乱后却至近甸有感》："狂童容易犯金门，比屋齐人作旅魂。夜户不扃生茂草，春渠自溢浸荒园。关中忽见屯边卒，塞外翻闻有汉村。堪恨无情清渭水，渺茫依旧绕秦原。"此诗作于唐昭宗乾宁二年(895)，时叛镇犯京，昭宗避乱奔至山南。单从艺术水准来看，韩诗与上举罗诗不相上下。若论意脉之深密沉稳，韩诗胜于罗诗；若论风格之壮阔苍凉，则罗诗胜于韩诗。但如论主题之鲜明，议论之精警，则罗诗更接近于杜甫《诸将五首》，总体成就也更高一筹。当然，韩偓最为后人推崇的七律是哀悼唐亡之作，例如《故都》："故都遥想草萋萋，上帝深疑亦自迷。塞雁已侵池籞宿，宫鸦犹恋女墙啼。天涯烈士空垂涕，地下强魂必噬脐。掩鼻计成终不觉，冯驩无路教鸣鸡。"以凄婉之笔抒故国之思，充分运用写景、用典等手段进行烘托，感情跌宕，意境沉郁，广受称道。罗隐的总体风格趋向雄豪一路，但也有部分哀伤唐社将屋的七律名篇意境相当沉郁，例如本文第四小节所举之《江亭别裴饶》，便与韩诗相去不远。至于韩偓《香奁集》中的七律，虽然广受关注，且有论者誉为"无一非忠君爱国之忱"①，但正如陈寅恪所云："《香奁》一集，浮艳之词，亦

① 震均《香奁集发微》，《韩偓集系年校注》附录二，第1245页。

大抵应进士举时所作。"①此类作品固然不能一笔抹煞,但毕竟境界不高,意义有限,不足以提升韩偓七律的整体成就,在唐末诗史上也不占重要地位。

后人对韦庄诗的评价,褒中有贬。比如明人唐汝询云:"韦庄于晚唐中最超,其七绝有类盛唐者,律诗虽不甚雄,亦是可讽。"②又如明人胡震亨云:"韦端己体近雅正,惜出之太易,义乏闳深。"③所论皆中肯綮。韦庄七律中写得最多、最好的主题是身世、旅愁与怀古三类,这正好也是罗隐擅长的题材,下面分别举其代表作进行比较。韦庄《东游远归》:"扣角干名计已疏,剑歌休恨食无鱼。辞家柳絮三春半,临路槐华七月初。江上欲寻渔父醉,日边时得故人书。青云不识扬生面,天子何由问子虚。"罗隐《秋夜寄进士顾荣》:"秋河耿耿夜沉沉,往事三更尽到心。多病漫劳窥圣代,薄才终是费知音。家山梦后帆千尺,尘土搔来发一簪。空羡良朋尽主价,可怜东箭与南金。"二诗皆抒身世之感,皆含怀才不遇的牢骚与落魄不偶的凄苦,皆出之以清丽的字句与沉郁的意境,艺术水准堪相媲美。韦庄《思归》:"暖丝无力自悠扬,牵引东风断客肠。外地见华终寂寞,异乡闻乐更凄凉。红垂野岸樱还熟,绿染回汀草又芳。旧里若为归去好,子期凋谢吕安亡。"罗隐《东归途中作》:"松橘苍黄复钓矶,早年生计近年违。老知风月终堪恨,贫觉家山不易归。别岸客帆和雁落,晚程霜叶向人飞。买臣严助精灵在,应笑无成一布衣。"二诗皆写旅愁,皆取融情入景之手法。首、尾二联尚堪匹敌,中间二联则颇见高下。领联皆为抒情,韦诗意直语拙,且上下句颇有合掌之嫌,罗诗却全无瑕疵。颈联皆为写景,罗诗画面丰富且呈动态之美,又与羁愁旅思融合得浑然一体,韦诗却画面单调,且仅寓岁月迁逝之感,扣题不紧。如从整体来看,罗诗稍胜一筹。怀古是韦庄七律中最重要的主题,佳作甚多,试看二例:《上元县》:"南

①　《唐代政治史述论稿》,上海古籍出版社 2020 年版,第 92 页。
②　《汇编唐诗十集癸集三》,明天启三年刻本,第三十二册,第二九页。
③　《唐音癸签》卷八,第 81 页。

朝三十六英雄,角逐兴亡尽此中。有国有家皆是梦,为龙为虎亦成空。残华旧宅悲江令,落日青山吊谢公。止竟霸图何物在,石麟无主卧秋风。"《题淮阴侯庙》:"满把椒浆奠楚祠,碧幢黄钺旧英威。能扶汉代成王业,忍见唐民陷战机。云梦去时高鸟尽,淮阴归日故人稀。如何不借平齐策,空看长星落贼围。"单独地看,二诗水平皆属上乘。但与罗隐相同主题的七律对读,未免相形见绌。两首罗诗如下:《台城》:"晚云阴映下空城,六代累累夕照明。玉井已干龙不起,金瓯虽破虎曾争。亦知霸世才难得,却是蒙尘事最平。深谷作陵山作海,茂弘流辈莫伤情。"《燕昭王墓》:"战国苍茫难重寻,此中踪迹想知音。强停别骑山花晓,欲吊遗魂野草深。浮世近来轻骏骨,高台何处有黄金。思量郭隗平生事,不殉昭王是负心。"第一组诗都是在六朝故都怀古,但罗诗内容比较充实,感慨也比较深沉,韦诗则稍嫌空洞浮泛。就字句而言,二诗的次联含意相似,但罗诗句法矫健,属对精工,更胜一筹。第二组诗都是凭吊古代英雄且借古讽今,但罗诗句句不离怀古,讽今之意蕴含于字里行间;韦诗则忽古忽今,讽今之意过于浅显直露。从全篇来看,罗诗意境浑融一体,感情则抑塞悲壮,皆胜于韦诗。

小　结

　　鲁迅指出:"唐末诗风衰落,而小品放了光辉。但罗隐的《谗书》,几乎全部是抗争和愤激之谈;皮日休和陆龟蒙自以为隐士,别人也称之为隐士,而看他们在《皮子文薮》和《笠泽丛书》中的小品文,并没有忘记天下,正是一榻胡涂的泥塘里的光彩和锋铓。"①相对于盛唐、中唐,唐末诗风确实衰落。即使与晚唐的前期相比,唐末诗坛也是相形见绌。但若以"没有忘记天下"为评价标准,则唐末诗坛并未沦落到"一榻胡涂"的境地。若论"抗争和愤激",罗隐的诗作并不逊色于其小品文。本文从唐末诗歌最重要的诗体七律

───────────────

　　① 《小品文的危机》,《南腔北调集》,《鲁迅全集》第四卷,人民文学出版社 2005 年版,第 591—592 页。

入手，将罗隐与其他著名诗人进行对比，得出的结论是：正是七律的成就奠定了罗隐在唐末诗坛上卓然挺出的地位。限于篇幅，对于罗隐在整个七律发展史中承前启后的重要作用，笔者将另外撰文予以论述。

论北宋名臣韩琦的诗歌

一

北宋大臣多能文者,像晏殊、欧阳修、王安石等人,不但仕至宰辅,而且是名垂史册的著名文学家。即使是不以文学家名世的其他大臣,也往往擅长诗文,其中尤以韩琦最具代表性。韩琦其人,堪称北宋政绩最著、声望最隆的名臣。他曾领兵御侮,"琦与范仲淹在兵间久,名重一时,人心归之,朝廷倚以为重,故天下称为'韩范'"①。他又曾在朝主政,"与富弼齐名,号称贤相,人谓之'富韩'云"②。对韩琦的名臣地位,可谓人无间言。但是对其文学成就,则一向少见论及。嘉祐二年(1057),刚刚进士及第的青年苏辙上书韩琦,自云:"见翰林欧阳公,听其议论之宏辩,观其容貌之秀伟,与其门人贤士大夫游,而后知天下之文章聚乎此也。太尉以才略冠天下,天下之所恃以无忧,四夷之所惮以不敢发,入则周公、召公,出则方叔、召虎。而辙也未之见焉。"③此书以"天下文章"归之于欧阳修,而对韩琦则仅以政绩誉之,即可见一斑。在今人的文学史著作中,除了一种《宋诗史》以外,也未见论及韩琦者④。其实,

---

① 《宋史》卷三一二《韩琦传》,中华书局1977年版,第10222页。

② 《宋史》卷三一二《韩琦传》,第10230页。

③ 《上枢密韩太尉书》,《苏辙集·栾城集》卷二二,中华书局1999年版,第381页。

④ 许总《宋诗史》(重庆出版社1992年版)在第三章《范仲淹等名臣诗人》中为韩琦专设一节,其他四节分别为范仲淹、富弼与文彦博、韩维、司马光。按:在傅璇琮主编的《宋才子传笺证》(辽海出版社2011年版)中,北宋名臣范仲淹、富弼、文彦博、韩维、司马光等人皆有传,惟独韩琦无传,可见其被当代学界忽视的程度。

韩琦诗文俱佳,足以跻身北宋名家之列。限于篇幅,本文仅论韩琦之诗歌。

　　韩琦的作品,今存《安阳集》五十卷,以李之亮、徐正英笺注的《安阳集编年笺注》(巴蜀书社2000年版)最为通行。此本的前二十卷为诗,其中卷一至卷三标为古风,卷四至卷二十标为律诗。然仔细检查,此本对诗体的标识并不准确。例如卷十五的《又次韵和题休逸台》云:"昔年衣绣临吾乡,后圃力变池亭荒。井梁生涩卧耕壤,螺榭岌巢营高冈。易为隅柱极增观,下视众岭森成行。锦鳞遂落贤者钓,谁喧歌酒台东堂。"全诗平仄不协,且第一、二、四、六、八句皆为三平调,是典型的七言短古而非七言律诗。卷二的《再赋》的声律特征与之相似:"蒙山崦里藏禅宫,朝苍暮翠岚光浓。枯松老柏竞丑怪,危峦峻岭相弥缝。剑峡路岐惟少栈,榆关气象全无烽。恩深报浅来未得,暂留金节开尘容。"就被准确地归入古风类。由此可见,今本《安阳集》的编纂恐非出于韩琦自己之手,因为诗人写作《又次韵和题休逸台》时肯定清楚这是一首七言短古,不可能将其归入律诗类。又如卷十九的《春寒呈提举陈龙图》云:"春寒入人骨,病肌尤见侵。芳园欲暂适,风恶不可禁。回身复拥炉,噤余难发吟。几日阳和恩,一开愁悴心。"平仄既不合律,又无一联对仗,实为五言短古。后三十卷为文,但是卷四十五的"挽辞"31首其实都是五言律诗。此外,附录中的《韩琦诗文补编》卷九中辑有佚诗4首,断句10句①。综合考虑上述因素后对《安阳集》进行统计,韩琦的诗作共存726首,其中七律401首,五律163首(包括五排27首),七绝106首,五古36首,七古20首。若依古、律二体计之,则律诗共有670首,古诗共有56首,律诗的比例远远超过古诗。

　　韩琦一生经历丰富,曾两度经略陕西,亲临当时边患最重的

---

　　①　此卷中据吴师道《吴礼部诗话》辑得的《早夏之一》:"脱帻吏修后,凭轩风快余。瀑泉增濑急,新叶补林疏。"以及《早夏之二》:"暑初天未热,观阁进清凉。果熟愁枝重,荷生觉渚香。"疑皆为五律之半,暂以断句视之。

宋、夏前线,绝非老于馆阁的文臣。熙宁元年(1068),年过花甲的韩琦在《谢并帅王仲仪端明惠葡萄酒》一诗中回忆庆历五年(1045)自己任河东路经略安抚使驻守并州时的情景:"忆昨朔边被朝寄,亭燧灭警兵锋韬。时平会数景物好,齿发未老胸襟豪。当筵引满角胜负,金船滟溢翻红涛。间折圆荷代举酌,坐客骇去如奔逃。我乘余勇兴尚逸,直欲拍浮腾巨艘。"四十六岁时尚有如此豪兴,则当其三十五六岁时戍守西陲时定是更加意气风发。不知是作品有所亡佚还是戎马倥偬之际无暇写诗的缘故,今本《安阳集》中没有涉及戍守西陲的作品。否则的话,以其雄豪的笔力,一定可以写出与当时的边地民谣"军中有一韩,西贼闻之心胆寒"同样豪情万丈的边塞诗来[1]。

　　韩琦还曾数度担任州郡长官,辗转于扬州、郓州、成德军、定州、并州、相州等地。作为地方长官的韩琦勤于政事,关心民瘼,凡遇水旱之灾,辄忧心如焚,这在其诗作中有所体现,例如庆历六年(1046)作于扬州任上的《岁旱晚雨》:"庆历丙戌夏,旱气蒸如焚。行路尽婴喝,居人犹中瘟。堕鸟不收喙,游鱼几烂鳞。绤绤亦难御,更值成雷蚊。骄阳断雨脉,焦熬逾五旬。农塍坐耗裂,纵横龟灼文。众目血坏眦,日睎西郊云。守臣恤民病,心乱千丝梦。祈龙割舒雁,纵阴开北门。古法久弗验,群祠益致勤。遍走于境内,神兮若不闻。或时得泛洒,蒙蒙才湿尘。丰年望既绝,节候俄秋分。忽尔降大澍,霄冥连日昏。垂空状战戟,入雷疑倾盆。禾田十九死,强溃枯槁根。萧稂贱易活,势茂如逢春。蛙黾渴易满,泥跃嬉成群。济物乃容易,应时何艰辛。辙鲋骨已坏,徐激西江津。谷黍霜已厚,始调邹律温。天意执可问,对之空气吞。"[2]此诗细致真切地描写了始旱终涝的严重灾情,也深切地体现了诗人对灾民的怜悯、同情,一位勤政爱民的循吏形象跃然纸上。这种情形在其他内

---

① 参看朱熹《五朝名臣言行录》卷七,北京图书馆出版社 2003 年影印本。

② "天意",原作"天气",据明刻安氏校本校改。

容的诗中也时有体现,例如作于熙宁八年(1075)的《元日祀坟道中》:"新元先陇遂伸虔,荒岁嗟逢众食艰。比户生涯皆墨突,几家林木似牛山。三阳已泰春来懒,六幕虽昏雪尚悭。道殣浸多无力救,据鞍衰叟只惭颜。"此时韩琦已六十八岁,仍在相州任上,当年六月逝世。年老力衰的诗人上坟时看到沿途的农村一片凋敝,心情压抑,全诗仅用首句对"祀坟"之事一语带过,其余七句皆写民生艰难。颔联中的"墨突"是用"墨突不黔"之典,意指百姓斋厨萧然,灶不举火。"牛山"是用"牛山濯濯"之典,意指山林光秃,无材可用①。颈联写时入正月而春寒料峭,天色阴霾却未见瑞雪,言下之意是如此气候更使百姓的生计雪上加霜。所以诗人虽是怀着虔诚之心前去上坟,却因治下百姓之疾苦而心生惭愧。可惜此类作品在《安阳集》中为数较少,不但远远不如屈居下僚的梅尧臣、苏舜钦,也比不上同样仕登宰辅的欧阳修、王安石。

二

韩琦诗中数量较多的内容有以下几类:一是节候风物,多至一百余首②。此类作品有时相当频繁地出现,例如卷七的《至和乙未元日立春》、《元夕》、《春寒》、《后园春日》、《乙未寒食西溪》、《上巳西溪同日清明》等六首,便相继作于至和二年(1055)的年初。又如卷十四的《立秋日后园》、《己酉中元》、《中秋席上》、《九日水阁》等四首,便相继作于熙宁二年(1069)的秋季。此类诗中颇有世所传诵的名作,例如《九日水阁》:"池馆隳摧古树荒,此延嘉客会重阳。虽惭老圃秋容淡,且看黄花晚节香。酒味已醇新过熟,蟹螯先实不

---

① 李之亮、徐正英笺注本引《孟子·告子上》为注:"牛山之木尝美矣,以其郊于大国也,斧斤伐之,可以为美乎。"其实应该引至下文"是以若彼濯濯也"句,文意方足。

② 韩琦诗的各类作品在题材上时有交叉,例如卷六的《壬辰寒食众春园》,所咏及的"众春园"便是韩琦在定州时修葺的一个园林,但全诗的主要内容则是描写壬辰(皇祐四年)寒食节的一次游宴,本文暂时归入"节候风物"类,其实归入"题咏园林"类亦无不可。因此本文的统计结果不是十分精确。

须霜。年来饮兴衰难强，漫有高吟力尚狂。"此诗被宋末的方回两度选入《瀛奎律髓》，既见于卷八"宴集类"，又见于卷十二"秋日类"，方回且评次联曰"实为天下名言"，清人纪昀则曰："此在魏公诗中为老健之作，不止三、四为诗话所称。"①

　　二是题咏园林及官居的日常生活，由于这两类题材往往出现在一首诗中②，所以归为一类，共有一百余首。此类题材是后代所谓"台阁体"的主要内容③，最易写得典雅平稳而空洞无聊，韩琦也未能完全免俗，例如《召赴天章阁观新刻仁宗御诗》："天阁当年拂雾宣，紫皇端扆侍群仙。亲挥龙凤轩腾字，命继咸韶雅正篇。劝酌屡行均圣宠，赐花中出夺春妍。玉峰光景都如旧，但睇宸章极泫然。"这样的诗假如窜入明代台阁体诗人"三杨"的集中，也难以识别。但是韩琦的此类诗中也有佳作，例如《后园闲步》："池圃足高趣，公余事少关。幽禽声自乐，流水意长闲。近竹花终俗，过栏草费删。心休谁似我，官府有青山。"描绘官衙内公务之余的悠闲生活，饶有情趣。次联虽稍近宋代理学家所谓的格物致知、观景悟道，但句法活泼，情景浑融，读来趣味盎然。唐人杜甫有句云"水流心不竞，云在意俱迟"，明末王嗣奭评曰："景与心融，神与景会，居然有道之言。"④王维亦有句云"行到水穷处，坐看云起时"，清人查慎行评曰："自然，有无穷景味。"⑤韩琦此联意境之妙，较之上述唐诗名句并不逊色，是体现宋诗理趣的名句。

　　三是题咏花木，多达八十余首。值得注意的是，虽然宋代诗人

---

　　①　《瀛奎律髓汇评》，上海古籍出版社2005年版，第458、307页。

　　②　例如卷二的《虚心堂会陈龙图》、卷六的《依韵和机宜陈荐请游城北池馆》等。

　　③　"台阁体"这个名称，始见于明代。明末王世贞评杨士奇云："杨尚法，源出欧阳氏，以简淡和易为主，而乏充拓之功，至今贵之曰'台阁体'。"（《艺苑卮言》卷五，《历代诗话续编》，中华书局1983年版，第1024页）杨士奇是明代前期仕途显赫的台阁重臣，其诗文雍容典雅，四平八稳，故得此名。

　　④　《江亭》，《杜臆》卷四，上海古籍出版社1983年版，第132页。

　　⑤　《终南别业》，《王维集校注》卷二，中华书局1997年版，第192页。

在总体上喜欢咏梅,而牡丹则被周敦颐称为"花之富贵者也"①,韩琦却偏喜题咏牡丹,其中不乏佳作,例如《赏西禅牡丹》:"几酌西禅对牡丹,秾芳还似北禅看。千球紫绣擎熏烛,万叶红云砌宝冠。直把醉容欺玉斝,满将春色上金盘。魏花一本须称后,十朵齐开面曲栏。"相当生动地刻画了牡丹的国色天香,字里行间洋溢着诗人的爱花之情。当然,若以有无寄托而论,此类诗中咏得最成功的还推竹、菊等物,例如下面这首《枢廷对竹》:"一纪前曾对此君,依然轩槛喜重亲。丹心自觉同高节,青眼相看似故人。不杂嚣尘终冷淡,饱经霜雪尚精神。枢廷岂是琴樽伴,会约幽居称幅巾。"诗人在庆历三年(1043)初任枢密副使,至和二年(1055)重任枢密使,时隔十二年后重至枢密院,再次看到院中所植的竹子,倍觉亲切,故欣喜之情流溢于首联。尾联意谓枢密院为朝廷重地,不宜诗酒风流,但愿将来与竹子一同退隐于幽静之地。首尾互相呼应,章法细密。中间两联堪称咏竹名句:既生动地凸现了竹子的高风亮节,又充分地流露出诗人与竹子的契合之情,体物与抒情达到了水乳交融的程度。相形之下,王安石的咏竹名句"人怜直节生来瘦,自许高材老更刚"②倒显得有点生硬。

四是吟咏风霜雨雪等气候现象,其中咏雨诗 31 首,咏雪诗 28 首。此外如卷一的《苦热》、《后园寒步》等亦属此类,但为数较少。韩琦的咏雪诗颇多佳作,后文再论,此处先论其咏雨诗。在古代,雨水是直接关系到国计民生的大事,身为地方长官的韩琦对之极为关心。试看作于熙宁三年(1070)的两首诗:《苦热未雨》:"骄阳为虐极烦歊,万物如焚望沃焦。举世不能逃酷吏,几时还得快凉飙。精祈拟责泥龙效,大索谁诛旱魃妖。翘首岱云肤寸起,四方膏泽尽良苗。"《雨足晚晴》:"掣电搜龙发怒雷,欲驱时旱涤民灾。四

---

① 《爱莲说》,《元公周先生濂溪集》卷六,书目文献出版社 1998 年影印本,第 145 页。
② 《华藏院此君亭》,《王荆文公诗李壁注》卷三三,上海古籍出版社 1993 年版,第 1493 页。

滇潦泽三农足,万宇愁襟一夕开。虹影渐从天外散,蝉声初到枕边来。高楼小酌清风满,不胜当年避暑杯。"前者写盼雨之忧愁,后者写既雨之欣喜,一愁一喜,皆为真情流露,足以感人。甚至在中秋之夜适逢霖雨,诗人也因旱情得到纾解而欣喜万分,《次韵和通判钱昌武郎中中秋遇雨》中的"不恨高楼空宴月,却欣丰泽入民天"一联,堪称咏雨奇句。即使脱离了时雨利农的写作背景,韩琦的咏雨诗也有佳作,例如《次韵和子渊学士春雨》:"天幕沉沉淑气温,雨丝轻软坠云根。洗开春色无多润,染尽花光不见痕。寂寞画楼和梦锁,依微芳树过人昏。堂虚座密珠帘下,试问淳于醉几樽。"此诗并未写到春雨利于稼穑这层意思,但字里行间仍流露出淡淡的喜悦之情:春雨细密无痕,然经其滋润,花木葱茏,春色醉人。诗人于此时在画堂深处与好友会饮,遂欣然进入醉乡。咏雨诗写得如此从容安详,堪与陶渊明的《停云》诗相映成趣。

　　五是祭奠坟茔。方回在《瀛奎律髓》中专设"陵庙类",解题曰:"君陵臣墓,大庙小祠,或官为禁樵采,或民间香火祭赛不容遏。盖圣贤之藏所宜重,而鬼神有灵,亦本无容心于其间也。屈子是以有《山鬼》、《国殇》之骚,诗人有降迎送神之词。生敬死哀,宁无感乎?"①的确,慎终追远,向为古人所重。在前人坟茔前引起的追慕哀思,也足以产生激荡的诗情。方回选录的此类作品共 52 首(作者 25 人),其中韩琦一人即有 9 首,数量上独占鳌头。更值得注意的是,此类作品绝大部分是题咏古人陵墓的,咏及亲人坟茔的只有12 首,它们全都出于宋人之手,其中韩琦一人就独占 8 首②。所以虽然韩琦的此类作品共有 27 首,在数量上远不如前面四类之多,但就其独特性而言,这是韩琦诗在题材上的最大亮点。韩琦少孤,鞠于诸兄方得成长。也许正因如此,他对先人的追思始终不衰,曾云:"某自成立,痛家集之散缺,百计访求,十稍得其一二,而所集著

<hr>

　　①　《瀛奎律髓汇评》卷二八,第 1219 页。
　　②　其余的三位宋人分别是梅尧臣(1 首)、陈师道(1 首)、范成大(2 首),详见《瀛奎律髓汇评》卷一八。

墓铭者终不可得,每自感念,未尝忘心。"①庆历四年(1044),韩琦上表请知相州,其理由竟是"近乡里一郡,躬亲营护坟域"②。嘉祐八年(1063),韩琦重修五代祖茔毕,作文告诫子孙曰:"夫谨家谍而心不忘于先茔者,孝之大也。"③当诗人在相州为官时,每年都往祖茔祭扫,几乎每次都作诗,例如《癸丑初拜先坟》:"昼锦三来治邺城,古人无似此翁荣。道过先垄心还慰,一见家山眼自明。酾酒故庐延父老,驻车平野问农耕。便思解绶从田叟,报国惭虽万死轻。"④首联似有自炫衣锦还乡之意,其实不然。古人本有以仕宦"显亲扬名"的习俗,况且韩琦三度出任故乡的地方长官,故在祭扫祖茔时举以为荣,无可深责。至于清人纪昀讥评此诗"语皆浅拙"⑤,也非的评。孔子云:"孝子之丧亲也……言不文。"⑥祭奠祖坟之诗也一样,不宜写得精深华美。韩琦此诗以平淡的语言和平直的章法叙述前往家山扫墓的过程,相当得体。全诗四联,分别抒写衣锦还乡、行赴坟山、劳问乡亲及思归田里四层意思,意足脉畅,可称佳作。

三

除了祭奠坟茔一类,韩琦诗的题材走向在当时的诗坛上并无特殊之处。那么,韩琦诗在内容上究竟有什么价值呢?

笔者认为,韩琦诗的价值在于它们全面而真切地展现了一位北宋名臣的人生与心迹,是"诗言志"这个诗学原理在朝廷重臣此

① 《韩氏家集序》,《安阳集编年笺注》卷二二,巴蜀书社 2000 年版,第728 页。

② 《迁葬求郡谢赐批答不允表》,《安阳集编年笺注》卷二四,第817 页。

③ 《重修五代祖茔域记》,《安阳集编年笺注》卷四六,第1402 页。

④ 《安阳集编年笺注》卷一八。按:次句在《瀛奎律髓》卷二八中误作"古人无似此公荣",请人冯舒、冯班、纪昀针对这个"公"字讥评纷纷,殊属无谓。

⑤ 见《瀛奎律髓汇评》卷二八,第1243 页。

⑥ 《孝经注疏》卷九,北京大学出版社 1999 年版,第57 页。

类特殊身份的创作主体身上的典型体现。

　　韩琦诗中相当生动地展现了其人生经历的若干片断,例如皇祐五年(1053),韩琦以武康军节度使、河东路经略安抚使的身份从定州移知并州。定州和并州都是北方的边陲重镇,韩琦很清楚自己既是地方长官,又是边镇守将的双重身份,所以一接到任命就作《次韵答留台春卿侍郎以加节见寄》云:"一落粗官伍哙曹,清流甘分绝英髦。建牙恩有丘山重,扞塞功无尺寸高。许国壮心轻蹈死,珍戎豪气入横刀。只期名遂扁舟去,掉臂江湖掷锦袍。"宋人重文轻武,故诗中用汉代韩信"生乃与哙等为伍"之语以自嘲①,但仍然流露出为国戍边的深重责任和豪情壮志。及至赴任途中历经艰险,乃作《离天威驿》云:"早发天威驿,深春尚薄寒。龙蛇盘道路,波浪卷峰峦。古木萌常晚,新流势未湍。忠臣方叱驭,更险不辞难。"末联用汉人王尊赴益州刺史任时途经九折阪,"问吏曰:'此非王阳所畏道邪?'吏对曰:'是。'尊叱其驭曰:'驱之!王阳为孝子,王尊为忠臣'"②。的典故,表明为国事不辞艰难的决心。又作《黑砂岭路》云:"诘曲榆关道,终朝险复平。后旌缘磴下,前骑半天行。举目自山水,劳生徒利名。报君殊未效,何暇及归耕。"表示虽历尽艰险而仍愿效力国家,暂时不愿归隐。及至到达太原府之后,又于次年作《甲午冬阅》一诗叙述"练士当时阅,临高共一观"的阅兵过程,诗中既描写了将士们"避槊身藏镫,扬尘足挂鞍"的飒爽英姿,也表达了自己"全师充国慎,坚卧亚夫安"的大将气度,最后以军民同心协力练武卫国的决心结束全诗:"父兄人自卫,凫藻众胥欢。有志铭燕石,无劳误汉坛。壮心徒内激,神武正胜残。"将这几首诗合而读之,韩琦自定州移知太原府一段经历的细节历历在目,而这些内容不但在《宋史》的韩琦传中没有记载,即使是记事甚详的《韩魏公家传》中也付诸阙如。又如治平四年(1067)英宗崩后,韩琦为山陵使,复土既毕,即请辞相位,得知相州,未及赴任,

---

　　①　见《史记》卷九二,中华书局1982年版,第2628页。
　　②　见《汉书》卷七六,第3229页。

因宋、夏边境有变,乃改判永兴军兼陕府西路经略安抚使,次年复知相州。短短两年,国家正值多事之秋,韩琦本人也在宦海中浮沉不定。这段复杂的经历原原本本地记载在《荣归堂》这首诗中:"非才忝四邻,待罪涉一纪。妨贤得云久,不退不自耻。永厚复土初,叠奏犯斧扆。乞身临本邦,多疾便摄理。帝曰吁汝琦,辅翼甚劳止。今俾尔荣归,揭节治故里。均逸向盛辰,宠异固绝拟。整装将北辕,羌衅兆西鄙。俄易帅感秦,旰食谕所倚。艰难恶敢辞,奔走奉寄委。天声方震扬,狡穴惧夷毁。款塞械凶酋,唯幸赦狂诡。疆事计日宁,拙疹乘衰起。披诚叩上仁,再遂守桑梓。尪疲解剧烦,宴息良自喜。……"可以毫不夸张地说,如果后人想仔细探究韩琦的生平,《安阳集》中的诗文是比史书更加有用的第一手资料。史书中记载的只是其生平大事,韩琦诗中却提供了详尽的细节和生动的情景,通读其诗,韩琦这位北宋名臣的面貌栩栩如生。

更重要的是,韩琦诗中对自己的心态有相当深切的刻画。例如至和二年(1055),韩琦知相州,相州是韩琦的故乡,乃作一堂,"名曰'昼锦',盖取古人荣守本邦之义"①。汉人朱买臣任会稽太守,司马相如以中郎将使蜀,皆是衣锦还乡,人所共羡。韩琦却深以为非,作《昼锦堂》诗曰:"古人之富贵,贵归本郡县。譬若衣锦游,白昼自光绚。不则如夜行,虽丽胡由见。事累载方册,今复著俚谚。或纡太守章,或拥使者传。歌樵忘故穷,涤器掩前贱。所得快恩仇,爱恶任骄狷。其志止于此,士固不足羡。兹予来旧邦,意弗在矜炫。……公余新此堂,夫岂事饮燕。亦非张美名,轻薄诧绅弁。重禄许安闲,顾己常兢战。庶一视题榜,则念报主眷。汝报能何为,进道确无倦。忠义耸大节,匪石乌可转。虽前有鼎镬,死耳誓不变。丹诚难悉陈,感泣对笔砚。"原来他虽以"昼锦"名堂,并非以此炫耀乡里,而是为了以君恩自警,进而忠君报国。一代名臣的心迹,表露无遗。又如嘉祐年间韩琦身居相位,曾作《夏暑早朝》

---

① 见《小恳帖》,《韩琦诗文补编》卷八,《安阳集编年笺注》,第1700页。

云："夺热清风几快襟,禁街岑寂漏声沉。东方似动阴氛失,北斗高垂帝阙深。忧国远图深入梦,费诗光景懒成吟。平明天外鸣鞘下,万玉颙然拱极心。"唐诗中有几首著名的早朝诗①,都着力描绘宫阙之壮丽、仪仗之威严,词藻富丽,花团锦簇。韩琦此诗与之大异其趣,对宫阙崔巍等内容不着一词,转而叙写清晨入朝的过程,并抒发内心的所感所思。韩琦卒后,宋神宗亲撰碑文,称韩琦为"两朝顾命定策元勋",且曰:"方天下以为忧,公独能蹈危机,进沉断,上以尊强宗庙社稷,下以慰安元元之心,功高而不矜,位大而不骄,禄富而不侈。"②韩琦是身系天下安危的元老大臣,读其早朝诗,一位安详稳重、深谋远虑的大臣形象如在目前。这与贾至等馆阁文士但知描摹宫室之美的诗不可同日而语。又如熙宁年间所作的《雅集堂》:"过马传名事莫详,我严宾集在更张。不资金石升堂乐,务接芝兰入室香。农获大丰歌滞穗,讼销群枉阒甘棠。时开雅席延诸彦,病守心闲兴亦长。"此时韩琦正在判大名府任上,集贤堂即府治内的堂名。身为治理一邦的长官,招揽贤才自是当务之急。正值年丰讼息,又逢嘉宾满堂,诗人满心欣喜,既为群贤毕至,也为人民安乐。这是一位勤政爱民的地方长官的真实心声。

即使在咏物诗中,韩琦也时常流露出栋梁之臣的不凡气度。例如《云》:"适意自舒卷,有容谁浅深。"《谢丹阳李公素学士惠鹤》:"只爱羽毛欺白雪,不知魂梦托青云。"《和润倅王太博林畔松》:"霜凌劲节难摧抑,石缠危根任屈盘。"《删柏》:"孤根得地虽经岁,逸势参天不在人。"所咏之物变化万端,寄托遥深的手法却相当一致:表面上是咏物,其实是抒写道大能容、志坚难屈的胸怀气度。

当然,韩琦诗中的抒情主人公并非总是一副正襟危坐的严肃

---

① 贾至的《早朝大明宫呈两省僚友》,杜甫、王维、岑参的《和贾至舍人早朝大明宫》,见《瀛奎律髓汇评》卷二"朝省类",第58—61页。

② 《两朝顾命定策元勋之碑》,《安阳集编年笺注》附录二,第1728页。

面貌,有时他也歆羡安逸悠闲的退隐生活。熙宁五年(1072),退居颖州的欧阳修寄诗给韩琦,韩琦作《次韵答致政欧阳少师退居述怀二首》,其二云:"尘俗徒希勇退高,几时投迹混耕樵。神交不间川涂阔,直道难因老病消。魏境民流河抹岸,颍湖春早柳萦桥。相从谁挹浮丘袂,左在琴书酒满瓢。"颈联可谓感慨言之:"魏境"指大名府境,上一年黄河决口,大名府境内洪水泛滥,人民流离失所,正在判大名府任上的韩琦劳心焦思,寝食难安。"颍湖"指颍州西湖,诗人遥想欧阳修正在西湖上悠闲地欣赏春光。尾联全是对欧阳修退隐生活的想象,歆羡之情溢于言表。熙宁八年(1075),韩琦作堂于相州私第,取白居易《池上篇》诗意,名曰"醉白堂",并作《醉白堂》诗,既表示了对白居易的仰慕之情:"乐天先识勇退早,凛凛万世清风传。古人中求尚难拟,自顾愚者孰可肩。"又表明自己亦能自得其乐:"人生所适贵自适,斯适岂异白乐天。未能得谢已知此,得谢吾乐知谁先。"可惜此时韩琦年已迟暮,曾屡次上表请求致仕而未能如愿。醉白堂成于是年五月,六月韩琦去世,《醉白堂》以及《初会醉白堂》二诗遂成绝笔,诗中的愿望也成了无法实现的遗愿。然而正如韩诗所言"人生所适贵自适",他在仕宦生涯中也曾忙里偷闲地享受安闲,这在其诗歌中有充分的体现,例如《北塘避暑》:"尽室林塘涤暑烦,旷然如不在尘寰。谁人敢议清风价,无乐能过白日闲。水鸟得鱼长自足,岭云含雨只空还。酒阑何物醒魂梦,万柄莲香一枕山。"此诗作于皇祐年间,韩琦正在知定州任上。诗中描绘了一个清幽的环境:林木深幽,池莲清香,水鸟、岭云皆悠闲自在,可见知足者自得其乐。身处此境的诗人则酌酒自乐,白昼醉眠,其乐陶陶,何况还有时时吹拂的一缕清风!此诗即使置于白居易退居洛阳后所写的闲适诗中,也毫不逊色,堪称宋诗中描写公退悠闲之乐的名篇。

四

那么,韩琦诗歌的艺术成就如何?《四库全书总目》的评论颇有代表性:"诗句多不事雕镂,自然高雅。……盖蕴蓄既深,故直抒

胸臆,自然得风雅之遗,固不徒以风云月露为工矣。"①概而言之,
这个结论当然是正确的。韩琦评欧阳修之文曰:"公与尹师鲁专以
古文相尚,而公得之自然,非学所至,超然独骛,众莫能及。譬夫天
地之妙,造化万物,动者植者,无细与大,不见痕迹,自极其工。"②
韩琦崇尚"不见痕迹,自极其工"的"自然"风格,这与其本人作诗
"不事雕镂,自然高雅"互为表里。然而仔细研读韩琦诗歌,就可发
现问题并不如此简单。

首先,韩琦对诗歌的艺术技巧相当留意,在用典、炼句等方面
达到了很高的水准。韩琦用典精切,例如《通判钱昌武代归以诗见
别次韵为答》云:"剑光久已冲牛斗,力振沉埋尚愧雷。"用晋人张华
见斗牛之间常有紫气,雷焕以为乃宝剑之精上彻于天,后果于丰城
县狱屋基下掘地而得宝剑一双之典③,从而准确地表达了钱昌武
以大才而屈居下僚,作为长官的自己却未能荐之于朝,故而愧对雷
焕的复杂心情。又如《次韵答致政杜公以迁职惠诗》云:"一年愿借
虽惭寇,万里思归却笑班。"分别用东汉寇恂任颍川太守,后被调
任,百姓乃遮道向皇帝请求"愿从陛下复借寇君一年"④,以及班固
久戍西域上书请归之典⑤,二典均切,而前一典尤精。此诗作于皇
祐三年(1051),当时韩琦以定州路安抚使的身份知定州已满三年,
按例当迁,"本路八州之民,合数千人,挝登闻鼓,愿不以三年代韩
魏公"⑥。这与寇恂之事非常像,用典精确无比。有些典故出处较
僻,例如《邵亢茂材南归》有句云"履迹见穿期仕汉",注者谓"履迹,

　　① 《四库全书总目》卷一五二《安阳集》,中华书局1965年版,第1311页。
　　② 《故观文殿学士太子少师致仕赠太子太师欧阳公墓志铭》,《安阳集
编年笺注》卷五〇,第1551页。
　　③ 见《晋书》卷三六,中华书局1974年版,第1075页。
　　④ 见《后汉书》卷一六,中华书局1965年版,第625页。
　　⑤ 见《后汉书》卷四七,第1583页。
　　⑥ 《魏王别录》,见《宋朝事实类苑》卷二三,上海古籍出版社1981年
版,第285页。

谓踏着前人的足迹,指承袭祖业"①,未能准确领会原诗的意思。其实这是用汉人东郭先生的故事:"衣敝,履不完。行雪中,履有上无下,足尽践地。道中人笑之,东郭先生应之曰:'谁能履行雪中,令人视之,其上履也,其履下处乃似人足者乎?'"东郭待诏公车时贫困无比,后来却仕宦甚达。故韩琦用此典安慰应举不中而失意南归的邵亢,相当精切。还有一些典故读者或浑然不觉,例如《答孙植太博后园宴射》有句云"耳后生风鼻头热",笺注者未曾出注,其实这是用梁代曹景宗回忆少时射猎时"觉耳后生风,鼻头出火"之语②,既生动又贴切,已臻用典之高境。不过此处在字面上相当浅近,故仍有不事雕琢的风格倾向。即使在最易流为陈词滥调的祭挽诗中,韩琦也有不俗的表现。例如《苏洵员外挽辞》云:"对未延宣室,文尝荐子虚。"分别用汉代贾谊为文帝召对于宣室以及司马相如因《子虚赋》而为人所荐的典故,前者反用,后者正用,从而准确地写出苏洵以文章见重一时而未得施展其政治才能的人生遭遇,用典之精熟老到,已臻化境。

　　韩琦对于字句之锤炼也相当用心。例如《中秋月》有句云"海际掀鲸目",以鲸鱼之目形容海上明月,取喻甚新。又如《张逸人归杭》有句云"堤夌一鉴平湖满,寺枕千屏叠嶂深","夌"、"枕"二字均用作动词,炼字甚巧。此外如《会故集贤崔侍郎园池》中的"青螺万岭前为障,碧玉千竿近作篱",《题忘机堂》中的"前槛月波清涨夜,后檐风竹冷吟秋",构句都很精巧。又如《再和》中的"吾民正遂歌襦乐,我里甘忘衣锦游",《喜雨》中的"已发宋苗安在握,再生庄鲋不虞枯",《浮醴亭会陈龙图》中的"不系舟虚谁触忤,无机鸥近绝惊猜",都是上下句皆用典故成语而形成对仗,相当巧妙。更值得注意的是,韩琦在运用上述艺术技巧时往往不露痕迹,例如《答袁陟节推游禅智寺》的"陇麦齐若剪,随风卷波澜",表面上平淡无奇,其实前句用明喻,后句用暗喻,形容陇上麦浪非常生动,深得自然之

---

①　《安阳集编年笺注》卷四,第145页。

②　《南史》卷五五,中华书局1975年版,第1357页。

妙。又如《寄题广信军四望亭》中的"古道入秋漫黍稷，远坡乘晚下牛羊"，《拜西坟》中的"春山带雨和云重，麦陇如梳破雪青"，都是字面平淡而写景生动的清丽之句。正因如此，韩琦诗才能在整体上呈现"不事雕镂，自然高雅"的艺术风貌，例如《登抱螺台》："坏圃萧疏有废台，登高留客此徘徊。几年埋没荒榛满，今日崔嵬宴席开。一境山川俱入眼，重阳风物尽宜杯。坐中不劝犹当醉，菊蕊浮香似拨醅。"《暮春康乐园》："榆荚纷纷掷乱钱，柳花相扑辊新绵。一年寂寞频来地，三月芳菲已过天。树密只喧闲鸟雀，台高犹得好山川。病夫不饮时如此，徒有诗情益自然。"篇中并没有想落天外的奇思妙想，也没有特别引人注目的警句，仿佛是毫不用力，平平道来，却达到了平实稳妥、清新自然的艺术境界。

　　在北宋中后期的诗坛上，韩琦不像欧阳修、梅尧臣等人那样倾动一时，更不如稍晚的王安石、苏轼、黄庭坚等人那样名震千古。那么，韩琦在宋代诗歌史上是否无足轻重，不值一提呢？并非如此。笔者认为由于韩琦没有将太多的精力放在文学创作上，他的诗歌基本上都是从政之余随意吟咏而成的性情之作，既然没有语不惊人死不休的艺术追求，也就避免了北宋诗人因求新太过而产生的普遍缺点。下文试从一个特殊的角度来进行分析。众所周知，北宋诗人在艺术上的总体追求是求新求变，由欧阳修首创的"白战体"就是一个显著的例子。"白战体"始于欧阳修于皇祐二年（1050）所写的《雪》诗，题下自注云："玉、月、梨、梅、练、絮、白、舞、鹅、鹤、银等事，皆请勿用。"①后来欧门弟子苏轼作《聚星堂雪》等诗，称欧阳修的作法是"当时号令君听取，白战不许持寸铁"②，此体遂以"白战体"的名称广为流传。"白战体"固然名震一时，其新颖独特的手法也确实使人耳目一新，但是它毕竟有很大的局限性，因为它在本质上是一种作茧自缚的做法。欧阳修本人仅是偶一为

---

　　①　《欧阳修诗文集校笺》外集卷四，上海古籍出版社 2009 年版，第1363 页。

　　②　《苏轼诗集》卷三四，中华书局 1982 年版，第 1813 页。

之,苏轼笔下纯粹的"白战体"也寥寥无几,就是明证。正如当代学者所指出的,"在创作中将体物语与禁体物语随宜酌情地使用,而不走向极端,乃是一种最佳选择"①。韩琦集中的几首咏雪诗就是生动的例证。庆历五年(1045),韩琦作《广陵大雪》:"淮南常岁冬犹燠,今年阴沴何严酷。黑云漫天素月昏,大雪飞扬平压屋。风力轩号助其势,摆撼琳琅摧冻木。通宵彻昼不暂停,堆积楼台满溪谷。有时造出可怜态,柳絮梨花乱纷扑。乘温变化雨声来,度日阶庭恣淋漉。和紫寒霰不成丝,骤集疏檐还挂瀑。蛰蛙得意欲跳掷,幽鹭无情成挫辱。罾鱼江叟冰透蓑,卖炭野翁泥没辐。间阎细民诚可哀,三市不喧游手束。牛衣破解突无烟,饿犬声微饥子哭。我闻上天主时泽,亦有常数滋农谷。膏润均于一岁中,是谓年丰调玉烛。此来盛冬过尔多,却虑麦秋欠沾足。太守忧民仰天祝,愿扫氛霾看晴旭。望晴不晴无奈何,拥被醉眠头更缩。"全诗共32句,内容相当丰富,大雪对贫民生活的严重影响以及诗人内心的忧虑都有所涉及,但是其主要篇幅则是咏雪。诗中有少许字眼如"柳絮"、"梨花"等属于欧、苏悬为厉禁的"体物语",但是多数句子则完全摆脱了前人咏雪经常使用的习惯用语,堪称"白战体"的先驱,因为此诗的写作时间比欧阳修的《雪》诗还早五年,不可能受到后者的影响。更值得注意的是,正因韩琦此诗并不刻意回避所谓的"体物语",所以既达到了推陈出新的效果,又避免了刻意求奇而产生的弊病,其艺术成就并不输于欧、苏。正因如此,欧、苏咏雪的"白战体"诗寥寥无几,而韩琦倒有多首类似的咏雪佳作,例如《喜雪》:"朔雪飞残腊,融和变凛严。徐来花出在,骤急霰声兼。数住天应惜,争繁酒易添。积深函久润,济大略微嫌。雅意明书幌,多情入宴帘。舞腰难学转,峰顶尚饶尖。露蕊仙盘挹,风毛鬶囷烊。宫墙胡粉画,梅梗蜀酥黏。影澹三春絮,光寒八月蟾。垣涂谁复辨,巨壑有何厌。狂助诗毫逸,清驱厉气潜。欢谣腾紫塞,喜色上彤幨。

---

　　① 程千帆、张宏生《火与雪:从体物到禁体物》,载《被开拓的诗世界》,上海古籍出版社1990年版,第94页。

凝雷收冰乳,堆庭镂虎盐。吾民无足虑,丰岁可前占。"此诗作于庆历八年(1048),亦在欧阳修作《雪》诗之前。诗中虽有"舞"、"絮"等字,但多数句子则呈现出"白战体"的倾向,即不用常见的比喻等手段来直接描写雪的颜色与形态,而以叙述大雪的效果以及人们对雪的感受为主。此外如作于至和二年(1055)的《冬至前一日雪》、作于熙宁三年(1070)的《雪二十韵》也是此类佳作,后者长达四十句,全诗中仅有"皓彩生和烛"及"道山谁辨玉,佛界普成银"三句有"体物语",其主体部分如"缓舞疑翻佩,徐来类积薪。盘高擎露蕊,隙细入驹尘。易掩妖颜娥,难藏厚地珍。坠轻时断续,势猛忽纷纭。肯使瑕瑜见,惟思沃瘠均。歌妍皆似郢,璧碎不因秦。輓冷侵驯鹿,符光逼琢麟。充盈是溪壑,挺特有松筠。近岭梅先发,濒江练更匀。楼台竞环丽,蟾兔起精神。病骨惊新怯,书帷忆旧亲",堪称"白战体"的典范之作。

　　如果论风格之新颖独特,以及在建构有宋一代诗风的过程中的独特贡献,韩琦的作用当然远远不如欧、梅、王、苏、黄诸位宋诗大家。正因如此,当后人称赞宋诗之新奇或批评宋诗之尖新时,都没有涉及韩琦。但正如上文所述,事实上韩琦的诗歌创作也有类似欧、梅诸人的艺术追求,不过不像后者那样苦心经营而已。所以韩琦的诗歌成就虽然没有达到宋诗艺术的最高境界,却也避免了宋诗在艺术上的诸种缺点,基本上代表着北宋诗坛的普遍水准。考虑到韩琦的特殊身份,他堪称历代名臣诗人中的优秀代表,其成就远胜于明代的"台阁体"诗人,理应在古典诗歌史上占有一席之地。

读《苏轼文集校注》献疑

2010 年 6 月，由张志烈、马德富、周裕锴主编的《苏轼全集校注》在河北人民出版社出版。此书包括苏轼的诗集、词集与文集三个部分，其中尤以《苏轼文集校注》的成就格外引人注目。与前人的注释已相当详尽、编年也相当完备的苏轼诗集、词集相比，苏轼文集的校注堪称苏轼研究史上筚路蓝缕的重大事件。《苏轼全集校注》在考订编年、探究本事、解释词义三个方面都达到了很高的学术水平，堪称苏文功臣。对此，笔者已撰《苏轼文集校注的成就》一文予以论述①。然而千虑或有一失，百密难免一疏，本书篇幅浩繁达十一巨册，恐亦难免错误或疏漏。现将笔者阅读《苏轼文集校注》时随手摘录的疑惑整理成文，以供读者参考，并希望对校注者修订此书时有所裨益。

一、考订编年

《苏轼文集校注》（以下简称《文集》）在考订编年方面成绩卓著，但也偶有考订欠精之处，例如卷五七《与段约之一首》云："蜀江湍悍，卒夫牵挽，最为劳苦。若一一以钱与之，则力不能给，故不免少为此耳。事有疑似，人言良可畏，得公一言则已。"《文集》注云："疑为治平三年（1066）送父丧归蜀时作。"（第 6294 页）按：苏轼送父丧归蜀，确在治平三年。然此书乃追述往事，非当时所作。书中言及"人言良可畏"，当指苏轼因送父丧归蜀而遭诬告之事，《文集》卷三二《杭州召还乞郡状》（作于元祐六年）中曾回忆其事："安石大怒，其党无不切齿，争欲倾臣。御史知杂谢景温，首出死力，弹奏臣丁忧归乡日，舟中曾贩私盐。遂下诸路体量追捕当时梢工篙手等，

---

① 刊于《中华读书报》2012 年 4 月 4 日第 9 版。

考掠取证。但以实无其事,故锻炼不成而止。"(第3375页)此事发生于熙宁三年(1070),《续资治通鉴长编》卷二一三载曰:"(八月)六日,事下八路,案问水行及陆行所历州县令所差借兵夫及柁工询问,卒无其事实。眉守兵夫乃迎候新守。"①由此可知苏轼因父丧还蜀而受新党攻讦,故作书与段缝以自解,此书当作于熙宁三年。《文集》编年致误的原因或是未细读文本并深考其写作背景。

另一种编年有误的原因可能是不明物理,例如卷五七《与毅父宣德七首》之七云:"日至阳长,仁者履之,百顺萃止。病发掩关,负暄独坐,醺然自得,恨不同此佳味也。"《文集》注云:"建中靖国元年(1101)五月作于北归途中。……本书云'日至阳长',其为五月所作无疑。"又注云:"又书中曰'负暄独坐',涉笔亦夏景。故云。"(第6306页)今按"日至"既可指夏至,亦可指冬至。而"阳长"之"长"字,乃增长之意,故此处"日至"当指冬至。至于"负暄独坐"云云,正为典型的冬景,安得谓之"涉笔亦夏景"?《文集》在编年时或未细思。

还有少数作品的编年不够稳妥,例如卷六七《书司空图诗》,《文集》注云:"元丰七年(1084)四月作于九江庐山。据本文'吾尝游五老峰,入白鹤院'之语,当作于游庐山之时。"(第7580页)今按苏轼于元丰七年四月游庐山之事属实,但细味"尝"字,乃追忆往事之语气,恐只能说此文作于游览庐山之后,而不能定为当时所作。又如卷五六《与陈大夫八首》之三,《文集》系于元丰五年(1082),理由是收信人陈轼原为黄州知州,苏轼于元丰三年谪至黄州后与之相识,当年秋陈轼即罢任归临川,而此书中言"奉违如宿昔耳,遂两改岁",故当作于元丰五年。此说可从。接下来的《与陈大夫八首》之四,《文集》注云:"约元丰五年作于黄州。"(第6252页)此说可商。因此书中言及"唐守常相见否",今检《宋两江郡守易替考》引《抚州志》:"唐砥,通直郎。元丰三年至元丰四年任郡守。四年石

温之来代。"①"唐守"即指唐砥,其人在元丰四年罢抚州知州任(抚州即临川),如苏轼此书作于元丰五年,不应言及"唐守",故此书宜系于元丰四年。

此外,有些苏文的编年向有异说,《文集》在考核取舍时或有不够谨慎之处,例如卷一九《桄榔庵铭》,此文为记录苏轼在海南之艰苦生活及乐观精神之重要文本,向来受人重视。但是其作年则存在异说,《文集》虽已参校众说而作平亭,但其编此文于绍圣四年(1097)的结论仍值得商榷。《文集》注云:"绍圣四年(1097)冬作于昌化军。《苏诗总案》卷四二谓元符元年(1098)苏轼因被逐出官舍,无地可居,遂于桄榔林下就地筑室。……今案,据苏辙《亡兄子瞻端明墓志铭》,苏轼绍圣四年贬昌化军,'初僦官屋,以庇风雨,有司犹谓不可,则买地筑室,昌化土人畚土运甓以助之,为屋三间'。此即桄榔庵。王宗稷《东坡先生年谱》、傅藻《东坡纪年录》均将买地筑室之事系于绍圣四年。今考苏轼《与程秀才三首之一》云:'去岁僧舍屡会,当时不知为乐,今者海外岂复梦见。……仆离惠州后……近与小儿子结茅数椽居之,仅庇风雨,然劳费已不赀矣。'程秀才乃程儒,绍圣三年谒苏轼于惠州嘉祐寺,故曰'僧舍屡会'。苏轼作此书时,桄榔庵新成,既言僧舍屡会为'去岁'之事,则新居必成于绍圣四年。又考《与程秀才三首之二》云:'近得吴子野书,甚安。陆道士竟以疾不起,葬于河源矣。……新居在军城南,极湫隘,粗有竹树,烟雨蒙晦,真蜒坞獠洞也。'陆道士卒于绍圣四年五月,苏轼得其噩耗,当在是年冬。……据苏轼此书,则得子野书乃在新居初成不久,故新居必成于绍圣四年冬。苏轼绍圣四年七月二日至昌化军贬所,初僦官屋,十一月段讽发其事,乃筑新居,其迹亦与《东坡先生年谱》、《东坡纪年录》、苏轼与程秀才二书相吻合。故《桄榔庵铭》必作于绍圣四年冬。"(第2164页)初看起来,此注考订详实,结论可信,但事实上仍有疏漏。首先,注中所引的《与程秀才书三首》之一、之二,在《文集》卷五五中分别被编于绍圣五年

---

① 　李之亮《宋两江郡守易替考》,巴蜀书社2001年版,第480页。

(1098)五月与元符元年(1098)十一月(按:绍圣五年六月改元元符),甚确,故前书中所云"去岁僧舍屡会"之事,正在绍圣四年。检《文集》卷五五与卷一九之校注者非一人,或全书统稿时未及细检,故自相矛盾。事实上程儒与其父程天侔(字全父)在绍圣三年、四年间曾多次在惠州访问苏轼,且同游僧舍、道观,孔凡礼《苏轼年谱》中皆有记载,且"僧舍屡会"者,乃指多次会晤,不可能专指程儒绍圣三年初谒苏轼于惠州嘉祐寺,故《文集》校注引《与程秀才三首》之一为证,并不能得出其结论。至于《与程秀才三首》之二中言及陆道士之卒葬,又言及筑桄榔庵之事,亦不能导出筑庵事在绍圣四年之结论。一则此书作于元符元年,向无二说;二则"近得吴子野书,甚安。陆道士竟以疾不起,葬于河源矣"乃是追忆故人之语,意即存亡无定,故人生死相隔,故下文即兴"前会岂非梦耶"之叹,这并不是向程秀才报告陆道士的死讯,不一定写于陆道士刚卒之时,当然不能用作筑庵事在绍圣四年的证据。所以,根据《与程秀才书三首》的证据,只能导出此铭作于元符元年的结论。此外,此铭中还有一节可以作为编年的内证:"三十六年,吾其舍此,跨汗漫而游鸿蒙之都乎!"对此,《文集》注云:"古谓人生百年,苏轼作此文时六十二岁,尚有三十八年至百年之期。三十六,盖约计之词。"今按古人行文用约计之词,一般是取整十整百之数。如果意指三十八年,则只可能约计成"四十",有何理由约计成"三十六"乎?笔者以为古语云"生年不满百"(《古诗十九首》之十五),元符元年苏轼六十三岁,自此以往三十六年,则已年届九十九岁,也就是到了生命的终点,当弃人间而"跨汗漫而游鸿蒙之都"了。这正是《桄榔庵铭》作于元符元年的内证。相反,如果此铭作于六十二岁时,则"三十六年"一语没有意义。其实,《文集》卷五五《与程全父十二首》之九云:"初至,僦官屋数椽,近复遭迫逐,不免买地结茅。"注释四云:"东坡以绍圣四年七月初至昌化军贬所,僦官屋数椽以居。次年四月,章惇、蔡京遣董必至雷,董氏复遣小使赴儋,逐公出之。"(第6063页)此注所云符合事实,这正是桄榔庵筑于元符元年的证据之一,《文集》之校注出于众手,故未能前后一致。

二、名物典故

苏轼的诗文作品,取材宏富,尤其擅长用典。对此,《文集》已经穷本溯源,注得相当详细。但是仍存在两类缺点,一是误注,二是漏注。先看前者。卷六九《题李十八净因杂书》:"刘十五论李十八草书,谓之鹦哥娇。意谓鹦鹉能言,不过数句,大率杂以鸟语。十八其后稍进,以书问仆,近日比旧如何? 仆答云:'可作秦吉了也。'"《文集》注云:"秦吉了,鸟名。《旧唐书·音乐志二》:'今案岭南有鸟,似鸲鹆而稍大,乍视之,不相分辨。笼养久,则能言,无不通。南人谓之吉了,亦云料。'"(第7811页)此注似是而非。《旧唐书》所云,仅为"吉了"而非"秦吉了"。苏文典当出白居易《秦吉了》:"秦吉了,出南中,彩毛青黑花颈红。耳聪心慧舌端巧,鸟语人言无不通。"[1]

又如卷一〇《徐州鹿鸣燕赋诗叙》:"天高气清,水落石出。"《文集》注云:"欧阳修《醉翁亭记》:'风霜高洁,水落而石出。'"(第1007页)按此处仅注明了后四字,而前四字仍无着落。当补引宋玉《九辩》:"泬寥兮天高而气清。"[2]

最有趣的是下面一例:卷一《浊醪有妙理赋》:"信妙理之疑神。"《文集》注云:"《分门集注杜工部诗》卷二〇《晦日寻崔戢李封》诗'浊醪有妙理'句下注云:'苏曰:王商见于存饮浊酒,商笑曰:君子何苦好此物耶? 存曰:自有妙理,非公所知。'然此材料未详其出处,未可辨其事之真伪。"(第99页)按此注所引之"苏曰",正是杜诗注释史上臭名昭著的所谓"伪苏注"[3],即假借苏轼名义而伪撰典故为杜诗作注者,《分门集注杜工部诗》正是收录伪苏注最多的杜诗注本,托名苏轼的伪注竟然窜入了苏轼文集的注释,恐为作伪

---

[1]　《白居易集笺校》卷四,上海古籍出版社1988年版,第259页。

[2]　《楚辞补注》卷八,中华书局1983年版,第183页。

[3]　详见拙文《杜诗伪苏注研究》,《唐宋诗歌论集》,凤凰出版社2007年版,第43页。

者始料未及的结果,故不宜引之为注。

此外,《文集》的注释中还偶有史实方面的错误,例如卷一二《遗爱亭记》:"东海徐公君猷,以朝散郎为黄州。"《文集》注云:"元丰三年,苏轼初到黄州,徐大受为黄州守,礼遇甚殷。"(第 1271 页)按:今检孔凡礼《苏轼年谱》卷一九,苏轼于元丰三年二月初到黄州时之知州为陈轼,至是年八月,徐大受始来代之。此注不确。又如卷六七《题渊明咏二疏诗》"渊明未尝出",《文集》注云:"陶渊明一生,曾二次短暂出仕。一为太元十八年,陶渊明初仕,起为州祭酒。不堪吏职,少日自解归。另一为义熙元年,陶为江州刺史刘敬宣建威参军。苏轼此言不确。"(第 7496 页)按:苏轼此言或有疏误,但注释所云亦不确。今检数种陶渊明年谱,均载其曾五度短暂出仕,除《文集》注释所云之二次以外,陶渊明还曾任桓玄幕僚、刘裕镇军参军与彭泽令,不得云"陶渊明一生,曾二次短暂出仕"。

更为常见的是漏注,例如卷五一《与滕达道六十八首》之六七:"广大格岂敢望李憨子耶。"(第 5592 页)《文集》无注。按"李憨子"其人名不见经传,"广大格"亦不知何谓。今检欧阳修《归田录》卷二载:"太宗时有待诏贾玄,以棋供奉,号为国手。迩来数十年,未有继者。近时有李憨子者,颇为人所称,云举世无敌手。然其人状貌昏浊,垢秽不可近,盖里巷庸人也,不足置之樽俎间。"[①]可知李憨子乃民间之围棋高手,则苏文中"广大格"当指围棋棋盘,宜引此为注。

又如卷五七《答苏伯固四首》之二:"非久,见师是,当谋之。"(第 6363 页)《文集》未注"师是"。按:黄寔字"师是",乃苏辙之儿女亲家,与苏轼交往甚密,宜出注。

又如卷五七《与黄师是五首》之三:"子厚得雷,闻之惊叹弥日。海康地虽远,无瘴疠,舍弟居之一年,甚安稳。望以此开譬太夫人也。"(第 6369 页)《文集》未注末句。按:此书言及章惇南谪,"太夫

---

① 《归田录》卷二,《宋元笔记小说大观》,上海古籍出版社 2007 年版,第 619 页。

人"当指黄寔之母,即章惇之姐,故苏轼请黄寔安慰其母。宜出注。

又如卷五〇《与刘贡父七首》之一:"厚薄之说既无有,公荣之比亦不然。老兄吾所畏者,公荣何足道哉!"(第5465页)《文集》未注"公荣",按"公荣"乃晋人刘昶之字,其为人通达,且滑稽多智,《世说新语》中记其事迹甚多。而刘攽(字贡父)为人,颇类刘昶,其《送刘四畋二首》之一有句云:"好书如子政,饮酒胜公荣。"①此处之"公荣",当指刘昶,宜出注。

又如《与刘贡父七首》之七:"世间关身事特有此耳,愿更着鞭。"《文集》注云:"着鞭,挥鞭打。喻努力做此事。"(第5479页)按此处乃用晋人祖逖、刘琨之典,《世说新语·赏誉》注引《晋阳秋》:"刘琨与亲旧书曰:'吾枕戈待旦,志枭逆虏,常恐祖生先吾着鞭耳!'"②若不引此典,则"着鞭"一词并无"努力做事"之意。

又如卷五七《答贾耘老四首》之四:"须添丁长,以付之也。"《文集》注云:"添丁,贾耘老之子。"(第6324页)按此注似无据。唐人卢仝有子名添丁,曾作《示添丁》诗,又韩愈《寄卢仝》亦云:"去岁生儿名添丁。"③苏文乃借此代指贾耘老之子,未必贾子真名添丁,故宜引卢仝或韩愈诗为注。

又如卷五八《与欧阳元老一首》:"(秦观)至藤,伤暑困卧,至八月十二日,启手足于江亭上。"(第6402页)《文集》对"启手足"一语未出注。按《论语·泰伯》云:"曾子有疾,召弟子曰:'启予手,启予足。……'"④此临终之语,苏文用此典,意谓秦观卒于江亭。清人注唐诗(比如仇兆鳌《杜诗详注》),有时对出于《论语》、《孟子》等书之典并不出注,因为当时的读者无此需要,但现在的读者不一定都熟读《论语》、《孟子》,仍应出注。

又如卷五八《与萧朝奉一首》:"特为于郡中诸公,酿借白直数

---

① 《彭城集》卷一二,《丛书集成初编》本,商务印书馆,第153页。
② 《世说新语校笺》卷中《赏誉第八》,中华书局1984年版,第244页。
③ 《韩昌黎诗系年集释》卷七,上海古籍出版社1994年版,第782页。
④ 《论语正义》卷九《泰伯第八》,上海书店1986年版,第156页。

十人送至方口。"(第 6434 页)《文集》未注"白直"一词,按吴曾《能改斋漫录·事始》卷二:"今世在官当直人,谓之'白直'。"①宜出注,否则读者不明"白直"究系何指。

又如卷六〇《与陆子厚一首》:"念君弃家求道二十余年,不见异人,当得异书。"(第 6686 页)《文集》无注。按《后汉书·王充传》李贤注引袁山松《后汉书》云:"充所作《论衡》,中土未有传者。蔡邕入吴始得,恒秘玩以为谈助。其后王朗为会稽太守,又得其书,及还许下,时人称其才进。或曰:'不见异人,当得异书。'"②苏文当用此典,宜出注。

又如卷六一《与参寥子二十一首》之二:"洒然如接清颜听软语也。"(第 6706 页)《文集》无注。按"软语"本义为柔和、委婉之语,然古人常用指僧人之语,梁人王僧孺《礼佛唱导发愿文》:"苦言软语之德,有感而斯唱。"③杜甫《赠蜀僧闾丘师兄》:"夜阑接软语,落月如金盆。"④故苏轼用此指僧人参寥子之语,宜出注。

又如卷六四《东坡酒经》:"吾始取面而起肥之,和之以姜汁,蒸之使十裂。"(第 7146 页)《文集》无注。按《晋书·何曾传》:"蒸饼上不坼作十字不食。"⑤宜引之为注。

又如卷七三《记钱塘杀鹅》:"有此二能而不能免死,且有祈雨之厄。"(第 8460 页)《文集》无注。按《续资治通鉴长编》卷二八一载,熙宁十年,"内出蜥蜴祈雨法,试之果验,诏附宰鹅祈雨法颁行"⑥。可证当时确有宰鹅祈雨之法,当引此为注。

以上的漏注涉及人物、典故、制度、语词等知识性的内容,为了便于今人阅读,皆应补注。

---

① 《能改斋漫录》卷二,上海古籍出版社 1979 年版,第 41 页。
② 《后汉书》卷四九,中华书局 1985 年版,第 1629 页。
③ 《全上古三代秦汉三国六朝文·全梁文》卷五二,中华书局 1958 年版,第 3251 页。
④ 《杜诗镜铨》卷七,上海古籍出版社 1998 年版,第 332 页。
⑤ 《晋书》卷三三,中华书局 1974 年版,第 998 页。
⑥ 《续资治通鉴长编》卷二八一,第 6894 页。

　　此外,还有一些地方虽然无注也能读通,但仍有补注的必要,例如卷五六《与江惇礼五首》之三:"向者亦或从诸公之后,时挂一名,以发扬遗士,而近者不许连名,此事便不继。"(第6265页)《文集》无注。按此书作于元丰年间,当时苏轼正在黄州贬所。从此书内容来看,当是江惇礼来信中言及向朝廷推荐徐积之事(徐积其人虽早在治平年间即登进士第,但由于患疾而屏处乡里,直到元祐初才入仕),苏轼表示自己爱莫能助。所谓"近者不许连名",即指苏轼被贬黄州时所受"本州安置、不得签书公事"的处罚,如果出注,可增进读者对文意的理解。

　　又如卷六九《书沈辽智静大师影堂铭》:"邻舍有睿达,寺僧不求其书,而独求予,非惟不敬东家,亦有不敬西家耶?"(第7882页)后两句《文集》无注。按相传孔子之西邻不知孔子为圣人而称其为"东家丘",《三国志·邴原传》注引《原别传》:"君谓仆以郑为东家丘,君以仆为西家愚夫邪?"①《颜氏家训·慕贤》则云:"鲁人谓孔子为东家丘。"②此处宜引之为注,以明苏轼以谐谑之语自表谦逊之意,否则意味颇减。

　　又如卷一一《庄子祠堂记》:"楚公子微服出亡,而门者难之。其仆操棰而骂曰:'隶也不力。'门者出之。"《文集》注云:"出处未详。苏轼尝省试《刑赏忠厚之至论》,有'杀之三宥之三'之句,欧阳修问其所据,对曰:'何须出处?'疑楚公子之事亦同于此。……此亦《庄子》'寓言'之意。"(第1087页)按:此注甚佳,但尚可稍作补充。今检南宋罗大经《鹤林玉露》、元陈世隆《北轩笔记》、明王文禄《机警》等书皆引苏文以为史实,而清代考据名家赵翼《陔余丛考》卷四十中甚至径言此事出于《左传》,其实都是将苏轼笔下的"寓言"信以为真了,最好补注或附录一些相关材料,以帮助读者认识苏轼创作的这个独特性质。

　　①　《三国志》卷一一,中华书局1959年版,第351页。

　　②　《颜氏家训集解·慕贤第七》,中华书局1993年版,第130页。

三、其　他

从总体上看，《文集》的编校工作做得相当细致，但是在引书、断句、编排等方面的疏漏也在所难免，下面举示数例以供撰者及读者参考。

首先，《文集》注释的引文不够精确，例如卷二四《慰宣仁圣烈皇后山陵礼毕表》之注九引《庄子·天地》："尧观乎华。华封人曰：'嘻，圣人！请祝圣人。使圣人寿！''使圣人寿！''使圣人富！''使圣人多男子！'"（第2778页）今检《庄子》，原文中仅有一处"使圣人寿"，且在"使圣人寿"及"使圣人富"句后皆有"尧曰'辞'"一句，《文集》注释的引文不准确。

又如卷四六《谢王内翰启》附录引钱基博云，出处为"《四川大学学报》第六辑《苏轼研究专辑》"，未注明钱氏之语原见何书，宜作补充。

又如卷六七《书韩李诗》："不如韩愈倔强，云'我自屈曲自世间，安能随汝巢神仙'也。"《文集》注云："二句见韩愈《记梦》诗。"按：今检韩集，原文作"安能随汝巢神山"①，苏集原文有误，而《文集》未能出校。其实揆之句意，此处之"神山"必不能作"神仙"。

注释引文的疏漏有时还会影响对文意的解读，例如卷六八《题文潞公诗》："童怀竹马期。"《文集》注云："《后汉书·郭伋传》：'始行至部，到西河美稷，有童儿数百，各骑竹马，道次迎拜。'后用为称颂地方官吏之典。"（第7612页）按：此注所引《后汉书》原文之后尚有一节："及事讫，诸儿复送至郭外，问使君何日当还。伋谓别驾从事，计日告之。行部既还，先期一日，伋为违信于诸儿，遂止于野亭，须期乃入。"②必须补足，苏文所引文彦博诗中的"期"字才有着落。

其次，《文集》的断句也有欠妥之处，例如卷六〇《与千之侄二

---

① 《韩昌黎诗系年集释》卷六，第653页。
② 《后汉书》卷三一，第1093页。

首》之一,《文集》注四引旧题宋尤袤《全唐诗话·韩翃》:"一日,夜将半,客叩门急,贺曰:'员外除驾部郎中知制诰。'翃愕然曰:'误矣。'客曰:'邸报,制诰阙人。'中书两进名,不从,又请之。"按:此处的后几句宜点作:"客曰:'邸报,制诰阙人。中书两进名,不从,又请之。'"①

又如卷六七《书杜子美诗后》,《文集》注三引陆游《入蜀记》卷四:"未嫁者率为同心髻,高二尺,插银钗至六只,后插大象牙,梳如手大。"按:末二句宜点作:"后插大象牙梳,如手大。"②

又如卷一三《僧圆泽传》,《文集》注十云:"长安南终南山有褒。斜二谷口,北口曰斜,南口曰褒。"(第 1357 页)按:第一句后之句号当作顿号。

断句之误有时会严重影响对文意的理解,例如卷四九《答李端叔书》:"得罪以来,深自闭塞,扁舟草履,放浪山水间,与樵渔杂处,往往为醉,人所推骂。辄自喜渐不为人识,平生亲友无一字见及,有书与之亦不答,自幸庶几免矣。"(第 5345 页)按:"往往为醉人所推骂"之间不可点断(此处孔凡礼本不误),因苏文非谓已醉,而谓自己被"醉人"所推骂也。又按:此处暗用《庄子·寓言》:"其往也,舍者迎将其家,公执席,妻执巾栉,舍者避席,炀者避灶。其反也,舍者与之争席矣。"成玄英疏曰:"除其容饰,遣其矜夸,混迹同尘,和光顺俗,于是舍息之人与争席而坐矣。"③苏文用此典,故下文云"辄自喜渐不为人识"。据此,"辄自喜渐不为人识"一句之后应作句号,意属上句而不属下句。

又如卷六八《书颍州祷雨诗》:"长官请客吏请客,目曰主簿、少府、我。"(第 7680 页)按:《文集》之标点与孔凡礼本同,皆误。宜点作:"长官请客,吏请客目,曰:'主簿、少府、我。'"否则绝不可通也。又按:同书《苏轼佚文汇编拾遗》卷下亦载此文,标点亦同此误。

---

①　《全唐诗话》卷二,《历代诗话》,中华书局 1981 年版,第 100 页。

②　《渭南文集》卷四八《入蜀记》第六,中国书店 1986 年版,第 295 页。

③　《庄子集释·寓言第二十七》,上海书店 1986 年版,第 414 页。

又如卷六九《题晋武书》，《文集》注引《孟子·尽心上》："鲁君之宋，呼于垤泽之门，守者曰：'此非吾君也，何其声之似吾君也。无他，居相似也。'"（第7784页）按："无他，居相似也"非守者之言，此处之引号宜止于"似吾君也"之后。

又如卷六九《跋山谷草书》，《文集》注三引张融《问律》自序云："夫文岂有常体，但以有体为常，政当其有体。丈夫当删诗书，制礼乐，何至因循寄人篱下。"（第7878页）按：第二句后之逗号当改作句号，第三句后之句号则当改作逗号。因此处之"政"字乃"纵然"、"即使"之意，"政当其有体"一句，应下属而非上属。

再其次，《文集》在编排或材料的取舍方面也有一些舛误，例如卷五五《与章致平二首》，实际上其二只是叙述如何服用白术，并不是一通独立的书信，赵彦卫《云麓漫钞》卷九全文钞录前书之后云："此纸乃一挥，笔势翩翩，后又写《白术方》。"[①]可见此乃苏轼附录在前书之末的一个药方。《文集》已注意到《云麓漫钞》的记载，却仍编此方为另一书，未妥。此外，《文集》关于第一首的注一云："据赵彦卫《云麓漫钞》卷九，此乃与章致平者。《漫钞》卷九载此首全文，前有章援与苏轼书。"然而全部注释中却对章书一字未引，更没有编入附录。按章援（字致平）为章惇之子，于苏轼知贡举时进士及第。苏轼受章惇等人迫害南谪七年，章援对之置若罔闻。等到苏轼从海南北归，且有还朝大用之传闻，而章惇却被贬雷州，章援才给苏轼写信，厚颜无耻地自称怀有"积年慕恋，引领举足，崎岖盼望之诚"，并请求苏轼还朝后对章惇援之以手。苏轼深为赏识章援的文笔，复书劝慰，还亲书药方一道让章惇服用养年。南宋的刘克庄读了这两封信后，不胜感叹："君子无纤毫之过，而小人忿忮，必致之死；小人负丘山之罪，而君子爱怜，犹欲其生。此君子小人之用心之所以不同欤！"[②]苏轼答书的内容多处与章援之书相对应，

---

①　《云麓漫钞》卷九，中华书局1996年版，第155页。

②　《后村先生大全集》卷九九《跋章援致平与坡公书》，四川大学出版社2008年版，第2557页。

对照章书不但有助于理解苏书内容，而且有助于感受苏轼宅心仁厚、以德报怨之情怀，最好补编章书入附录。

又如卷一三《陈公弼传》后有附录三则，第一则题作"邵博《房州修城碑阴记》"，文末却又注云"《邵氏闻见后录》卷一五"；第三则题作"张舜民云"。今检邵博所云即见于《邵氏闻见后录》卷一五，而张舜民所云即见于其《房州修城碑阴记》（载《画墁集》卷六），类似错简，宜作校改。

又如卷六九《题陈履常书》，《文集》注云："此文又见《豫章黄先生文集》卷二九，题为《跋自临东坡和陶渊明诗》。案：此文与陈履常无关，本集误收，当为黄庭坚作。"（第7848页）此注证据坚确，已成定谳，然仍保留原文，且有校注六则，似为蛇足，可径删去。

又如卷七〇《书陈怀立传神》，《文集》注一考定本文与卷一二《传神记》文字全同，属重收，却仍保留全文，且有校注六则，似可径删。

最后，《文集》的校对工作做得比较仔细，但仍有一些错字，例如卷四六第4982页第一、第二行，四次将"谢朓"误作"谢眺"；又如卷六三第6992页倒数第三行之"鸟程"，应作"乌程"；同卷第6993页第五行之"鐘嵘"，应作"锺嵘"；卷六四第7157页第二行之"建康宝录"，应作"建康实录"；卷六七第7486页第二行之"陈式"，应作"陈轼"；卷六七第7499页第五行之"祖父名字"，应作"祖父名序"；卷六八第7468页第十行之"前世应画师"，应作"前身应画师"；卷六九第7891页第九行之"子由闻之"，应作"子游闻之"；卷七〇第7957页第一行之"读书收十年"，"收"字疑误；卷七一第8079页倒数第三行之"蒻笠故浪"，应作"蒻笠放浪"；同卷第8081页第三行之"得陪枝履"，应作"得陪杖履"；同卷第8091页第五行之"元祐六月"，应作"元祐六年"；同卷第8105页第三行之"汲古阁利"，应作"汲古阁刊"，等等，不一而足。似乎越到后面，错字越多，不知何故。

此外，《文集》的注释过于繁冗，也是一病。例如卷五二《与王定国四十一首》之十一言及"子由"，《文集》注云："子由，苏辙字。"

而同卷中又八次出现同样的注释(分见第 5695、5700、5710、5731、5736、5747、5787、5805 页)。又如卷二四《到惠州谢表》言及"结草",这是当时的谢表中常见的措词,《文集》注引《左传》所载老人结草之典,当然很准确,但同卷及卷二五中又两次出现同样的注释(分见第 2808、2826 页),实在无此必要。注文文字风格不统一,亦是一病。例如全书注释多为浅近文言,这当然是现代注释的通例,但有时又出现白话,例如卷六十《与子由弟十首》之九的注十:"二姊:疑指苏辙次女、王子立之妻,因为苏符是她的女婿。"其实完全可改用浅近文言来表达,以求全书风格之一致。这多半是书成众手的缘故,但毕竟是美中不足。希望能在重印时予以修订,以求精益求精。

　　上文指出了笔者阅读《苏轼文集校注》时感到疑惑的一些问题,不敢自以为是,故公之于众,以求教益。千虑之一得,或可供《文集》编写组与读者作为参考。如有一二可取之处,能在重印《文集》时稍有裨益,则笔者幸甚。昔余嘉锡撰《四库提要辨证》,自序云:"然而纪氏之为提要也难,而余之为辨证也易,何者?……纪氏于其所未读,不能置之不言,而余则惟吾之所趋避。譬之射然,纪氏控弦引满,下云中之飞鸟,余则树之鹄而后放矢耳。易地以处,纪氏必优于作辩证,而余之不能为提要决也。"①笔者撰写此文,深有同感。谨引余氏此言向《文集》编写组的诸位友人表示敬意。

---

① 《四库提要辨证》叙录,中华书局 1980 年版,第 52 页。

文从字顺与因难见巧

——苏轼诗歌的用韵

一

苏轼诗歌的用韵，非常引人注目。其弟子李之仪云："千首高吟赓欲遍，几多强韵押无遗。"①前句指苏轼擅长次韵唱和，后句指他善于押"强韵"即"险韵"，也即收字甚少且较难押之韵。先看后者。苏轼押"强韵"之诗，著名者无过于熙宁八年（1075）在密州所作的《雪后书北台壁二首》："黄昏犹作雨纤纤，夜静无风势转严。但觉衾裯如泼水，不知庭院已堆盐。五更晓色来书幌，半夜寒声落画檐。试扫北台看马耳，未随埋没有双尖。""城头初日始翻鸦，陌上晴泥已没车。冻合玉楼寒起粟，光摇银海眩生花。遗蝗入地应千尺，宿麦连云有几家。老病自嗟诗力退，空吟冰柱忆刘叉。"二诗分押"盐"韵和"麻"韵，都是收字甚少的险韵。前一首所押的五个韵脚中，只有"檐"字较为常用，尾韵"尖"字尤为奇险。后一首所押的韵脚较为平易，但尾韵"叉"字也很难押。这两首押强韵的诗当时就引起人们注意，苏辙随即作《次韵子瞻赋雪二首》②。苏轼见之，复作《谢人见和前篇二首》："已分酒杯欺浅懦，敢将诗律斗深严。渔蓑句好应须画，柳絮才高不道盐。败履尚存东郭足，飞花又舞谪仙檐。书生事业真堪笑，忍冻孤吟笔退尖。""九陌凄风战齿牙，银杯逐马带随车。也知不作坚牢玉，无奈能开顷刻花。得酒强欢愁底

---

① 《观东坡集》，《全宋诗》卷九五四，北京大学出版社 1998 年版，第 11178 页。

② 《栾城集》卷五，上海古籍出版社 2009 年版，第 115 页。

事,闭门高卧定谁家。台前日暖君须爱,冰下寒鱼渐可叉。"①仅从"尖""叉"两个韵脚而言,苏轼的四句诗都堪称出奇制胜,精警绝伦。宋末方回赞曰:"偶然用韵甚险,而再和尤佳。……虽王荆公亦心服,屡和不已,终不能压倒。"又曰:"非坡公天才,万卷书胸,未易至此。"①相比之下,苏辙的"应是门前守夜叉",以及王安石的"岂即诸天守夜叉"、"为谁将手少林叉"、"画图时展为君叉"、"袁安交戟岂须叉"②等句就难免勉强凑泊,捉襟见肘。清人吴汝纶评曰:"半山和作,极尽艰难刻画之苦,而公前后四章皆极天然妙趣,所谓天马行空者也。"③所评甚确。纪昀评苏诗曰:"二诗徒以窄韵得名,实非佳作。"④未免持论过苛。

苏诗押强韵的另一种情形是所用的韵部并非窄韵,但所押的韵脚中包含相当难押之字,例如作于熙宁四年(1071)的《腊日游孤山访惠勤惠思二僧》:"天欲雪,云满湖,楼台明灭山有无。水清出石鱼可数,林深无人鸟相呼。腊日不归对妻孥,名寻道人实自娱。道人之居在何许,宝云山前路盘纡。孤山孤绝谁肯庐,道人有道山不孤。纸窗竹屋深自暖,拥褐坐睡依团蒲。天寒路远愁仆夫,整驾催归及未晡。出山回望云木合,但见野鹘盘浮图。兹游淡薄欢有余,到家恍如梦蓬蓬。作诗火急追亡逋,清景一失后难摹。"此诗一韵到底,全押"虞"韵(仅有第十七句押的"余"属于"鱼"韵,"鱼""虞"在古诗中通押),属于宽韵,但苏轼在押韵方面仍然颇费心思,

---

① 王文诰注云此二诗"明系答安石者",不确。王安石的(注转下页)(续上页注)《读眉山集次韵雪诗五首》和《读眉山集爱其雪诗能用韵复次韵一首》明言是从《眉山集》中读到苏诗才见猎心喜而追次其韵,孔凡礼先生据《眉山集》问世约在熙宁末年而系王诗于熙宁九年十月第二次罢相之后(见《苏轼年谱》卷一六,第383页),可据。况且王诗六首皆次"叉"字韵而未及"尖"字韵,也与苏诗所云"谢人见和前篇二首"之题不合。

① 《瀛奎律髓汇评》卷二一,第879、880页。

② 《王荆文公诗笺注》卷三七,第672—680页。

③ 《唐宋诗举要》卷六引,第663页。

④ 见《苏轼诗集校注》卷一三,第1231页。

全诗共 20 句(开头两个三字句算是一句),押韵之句多达 16 句。全诗每隔四句中就有一个出句押韵,就像换韵的七古一样。此外,第十九句也押韵,末尾四句简直类似句句押韵的柏梁体。这种写法大幅度增加了入韵的句数,显然增加了押韵的难度。纪昀评曰:"忽叠韵,忽隔句韵,音节之妙,动合天然,不容凑泊。"①更值得注意的是,苏轼紧接着又写了《李杞寺丞见和前篇复用元韵答之》《再和》《游灵隐寺得来诗复用前韵》,三诗严格地逐句次韵,连第十九句也不例外,真是有意识地因难见巧的范例。到了第三次次韵,诗人更加技痒,干脆写成了柏梁体,请看《游灵隐寺得来诗复用前韵》:"君不见,钱塘湖,钱王壮观今已无。屋堆黄金斗量珠,运尽不劳折简呼。四方宦游散其孥,宫阙留与闲人娱。盛衰哀乐两须臾,何用多忧心郁纡。溪山处处皆可庐,最爱灵隐飞来孤。乔松百尺苍髯须,扰扰下笑柳与蒲。高堂会食罗千夫,撞钟击鼓喧朝晡。凝香方丈眠氍毹,绝胜絮被缝海图。清风徐来惊睡余,遂超羲皇傲几蘧。归时栖鸦正毕逋,孤烟落日不可摹。"这四首诗虽非押强韵,但是所用的韵脚中不乏难押之字,元人陈秀明云:"此诗惟'孥'、'蘧'二韵艰涩,而公三叠之。"②先看四诗中押"孥"韵的句子:"腊日不归对妻孥","追胥连保罪及孥","君恩饱暖及尔孥","四方宦游散其孥"。虽然"孥"字都是指儿女或妻子儿女,但是句法多变,并无重复之感。再看押"蘧"韵的句子:"到家恍如梦蘧蘧","知非不去惭卫蘧","莫惜锦绣偿菅蘧","遂超羲皇傲几蘧"。第一句中的"蘧蘧"语本《庄子·齐物论》,乃惊动之貌,苏诗用来形容神思恍惚。第二句中的"卫蘧"指卫人蘧瑗,蘧瑗"年五十而知四十九年非"③,又能"邦有道则仕,邦无道则可卷而怀之"④,此句意谓自己不像蘧瑗那样早退。第三句中的"菅蘧"乃两种草名,句意乃谓对方的和诗

---

① 《苏轼诗集校注》卷七,第 631 页。

② 《东坡诗话录》卷中,《丛书集成初编》本,中华书局 1985 年版,第 23 页。

③ 见《淮南子·原道》,上海书店 1986 年版,第 9 页。

④ 《论语注疏·卫灵公》,北京大学出版社 1999 年版,第 209 页。

美若锦绣，而自己的诗则如小草般丑陋。第四句中的"几蓬"乃古代帝王名(见于《庄子·人间世》)，此句合上句意本陶渊明语"遇凉风暂至，自谓是羲皇上人"①。四个"蓬"字义皆不同，一、三两例用"蓬"字的本义，尚属意料中事。二、四两例用古人姓名，真乃想落天外。

　　作诗押强韵，苏轼既非始作俑者，亦非格外留意于此者，但由于他才大名高，成就卓著，《雪后书北台壁二首》遂喧传一时，影响且及后代。南宋陆游作《跋吕成叔和东坡尖叉韵雪诗》，"尖叉韵诗"遂成为专用名词。据陆跋所言，"今苏文忠集中，有雪诗用'尖'、'叉'二字。王文公集中，又有次苏韵诗。议者谓非二公莫能为也。通判澧州吕文之成叔，乃顿和百篇，字字工妙，无牵强凑泊之病。成叔诗成后四十余年，其子栻乃以示予"②。陆游此跋作于开禧元年(1205)，则吕成叔之和诗应作于南宋绍兴末年。此后，胡铨、赵蕃等人亦相继和作，以"尖"、"叉"为韵作诗咏雪遂成风气③。方回在赵蕃《顷与公择读东坡雪后北台二诗，叹其韵险而无窘步，尝约追和，以见诗之难穷。去冬适无雪，正月二十日大雪，因用前韵呈公择》一诗后批曰："昌父当行本色诗人，押此诗亦且如此，殆不当和而和也。存此以见'花'、'叉'、'盐'、'尖'之难和。荆公、澹庵、章泉俱难之，况他人乎？"④可见虽押险韵而妥帖精妙乃是"尖叉韵诗"的最大特色，苏诗因难见巧，从而名震千古。周裕锴先生称"'尖叉'成为险韵诗的代名词"⑤，诚为确论。

二

　　苏轼虽然善于押强韵，但他并未以此自限，而是配合诗意的需求选择合适的韵部或韵脚。例如就在写作《雪后书北台壁二首》的

---

　　①　《与子俨等疏》，《陶渊明集校笺》卷七，上海古籍出版社 1996 年版，第 441 页。

　　②　《渭南文集》卷三〇，浙江教育出版社 2011 年版，第 257 页。

　　③　详见连国义《尖叉韵考论》，《江西社会科学》2014 年 4 期。

　　④　《瀛奎律髓汇评》卷二一，第 903 页。

　　⑤　见《宋代诗学通论》戊编第三章，巴蜀书社 1997 年版，第 551 页。

次年,苏轼作《雪夜独宿柏仙庵》:"晚雨纤纤变玉霙,小庵高卧有余清。梦惊忽有穿窗片,夜静惟闻泻竹声。稍压冬温聊得健,未濡秋旱若为耕。天公用意真难会,又作春风烂漫晴。"纪昀评曰:"绝胜尖、叉韵诗,而人多称彼,故险韵为欺人之巧策。"①说此诗"绝胜"押险韵的《雪后书北台壁二首》未必妥当,但此诗确实也是咏雪名篇。首句押"霙"字,《艺文类聚》卷二引《韩诗外传》曰:"雪花曰霙。"句意谓细雨变成雪花,此处用"霙"字十分精当。"霙"字属于"庚"韵,乃是宽韵,此诗的其余四个韵脚遂用同属"庚"韵的"清"、"声"、"耕"、"晴"字,皆是常用之字。可见苏诗选韵,绝非刻意求险,而是首先服从诗意的需要。

更值得注意的是苏轼的长篇古诗换韵的情形。先看元丰六年(1083)作于黄州的《初秋寄子由》:"百川日夜逝,物我相随去。惟有宿昔心,依然守故处。忆在怀远驿,闭门秋暑中。藜羹对书史,挥汗与子同。西风忽凄厉,落叶穿户牖。子起寻夹衣,感叹执我手。朱颜不可恃,此语君莫疑。别离恐不免,功名定难期。当时已凄断,况此两衰老。失途既难追,学道恨不早。买田秋已议,筑室春当成。雪堂风雨夜,已作对床声。"此诗24句,每4句为一段,逐段转韵,所用韵部分别为去声"御"韵、平声"东"韵、上声"有"韵、平声"支"韵、上声"皓"韵、平声"庚"韵。平仄交替,声情宛转,汪师韩评曰:"五言转韵能一气旋折,笔愈转而情愈深,味愈长,此诗他人不能为。"②再看作于元祐七年(1092)的《送运判朱朝奉入蜀》:"霭霭青城云,娟娟峨眉月。随我西北来,照我光不灭。我在尘土中,白云呼我归。我游江湖上,明月湿我衣。岷峨天一方,云月在我侧。谓是山中人,相望了不隔。梦寻西南路,默数长短亭。似闻嘉陵江,跳波吹枕屏。送君无一物,清江饮君马。路穿慈竹林,父老拜马下。不用惊走藏,使者我友生。听讼如家人,细说为汝评。若逢山中友,问我归何日。为话腰脚轻,犹堪踏泉石。"此诗28句,每

①　《苏轼诗集校注》卷一四,第1436页。
②　《苏轼诗集校注》卷二二,第2543页。

4句为一段,逐段转韵,所用韵部分别为入声"月"韵(古通"屑"部)、平声"微"韵、入声"职"韵("隔"字属入声"陌"部)、平声"青"韵、上声"马"韵、平声"庚"韵、入声"质"韵("石"字属入声"陌"韵),亦是平仄交替,而且以入声韵始,以入声韵终,很好地配合了去国怀乡的抑郁情怀。汪师韩评曰:"五言换韵,体制最古,而后人少效之者,以其气易断而情韵反减耳。此则累累如贯珠,清妙之音,读之百回不厌也。"赵克宜亦评曰:"五古转韵体,蝉联断续,饶有古意。"①由此可见苏轼写作长篇古诗时,以声配情才是他选择韵部与韵脚的首要考虑。

正因如此,苏诗名篇往往具有声情摇曳之妙,试看一例。《法惠寺横翠阁》:"朝见吴山横,暮见吴山纵。吴山故多态,转折为君容。幽人起朱阁,空洞更无物。惟有千步冈,东西作帘额。春来故国归无期,人言秋悲春更悲。已泛平湖思濯锦,更看横翠忆峨眉。雕栏能得几时好,不独凭栏人易老。百年兴废更堪哀,悬知草莽化池台。游人寻我旧游处,但觅吴山横处来。"纪昀评曰:"短峭而杂以曼声,使人怆然易感。"②此诗共 18 句,押 6 个韵部。前面 8 句五言,分成两段,分别押平声"冬"韵和入声"物""陌"二韵③。由平声转为入声,句子又短,颇有"短峭"之感。后面 10 句七言,前有押平声"支"韵的 4 句,后有押平声"灰"韵的 4 句,且都是首句即入韵,仿佛是两首七言绝句。最巧妙是的在两段之间插入押上声"皓"韵的"雕栏"两句,"好"、"老"两个韵脚的声调悠长且先抑后扬,读来

① 《苏轼诗集校注》卷三四,第 3919 页。

② 《苏轼诗集校注》卷九,第 841 页。

③ "物"字属"物"韵,"额"属"陌"韵,"物"、"陌"二韵本不相通,苏诗中往往通押读音相近之韵部,对入声各部尤其如此,清人王鸣盛云:"东坡用韵,杂乱无章,随意约略,随手填写,其于声韵实一无所解。"(《东坡用韵》,《蛾术编》卷七八,商务印书馆 1958 年版,第 1217 页)袁枚则云:"讲韵学者,多不工诗。李、杜、韩、苏不斤斤于分音列谱,何也? 空诸一切,而后能以神气孤行。一涉笺注,趣便索然。"(《随园诗话》卷七,人民文学出版社 1960 年版,第 223 页)前者持论过严,后者则袒护过切,皆非之论。

仿佛是两声长叹。全诗的声调与情愫的变化配合得天衣无缝,从而在声、情两方都产生了"使人怆然易感"的效果。这是苏轼作诗用韵巧夺天工的范例。

三

苏轼作诗用韵最为人注目的特点是次韵,南宋费衮云:"作诗押韵是一奇。荆公、东坡、鲁直押韵最工,而东坡尤精于次韵,往返数四,愈出愈奇。如作梅诗、雪诗,押'嚜'字、'叉'字,在徐州与乔太博唱和,押'粲'字数诗,特工。……盖其胸中有数万卷书,左抽右取,皆出自然,初不着意要寻好韵。而韵与意会,语皆浑成,此所以为好。若拘于用韵,必有牵强处,则害一篇之意,亦何足称?"① 由于次韵诗受到原唱所用韵脚及其次序的双重限制,最能考验诗人用韵的技能,故苏轼的此项绝技最为人们称道。费氏所举的三组例子都是苏轼自作首唱,且留待后论,先看苏轼次韵他人之作的情形。嘉祐六年(1061),苏辙作《怀渑池寄子瞻兄》:"相携话别郑原上,共道长途怕雪泥。归骑还寻大梁陌,行人已渡古崤西。曾为县吏民知否,旧宿僧房壁共题。遥想独游佳味少,无言骓马但鸣嘶。"苏轼作《和子由渑池怀旧》:"人生到处知何似,应似飞鸿踏雪泥。泥上偶然留指爪,鸿飞那复计东西。老僧已死成新塔,坏壁无由见旧题。往日崎岖还记否,路长人困蹇驴嘶。"苏辙的原唱句句实写,层次分明,但结构呆板,平淡寡味。苏轼的和诗则从虚处落笔,开篇就以问答方式提出生动的比喻,深刻地揭示了人生经验中的共性,"雪泥鸿爪"因此成为成语。纪昀评此诗曰:"前四句单行入律,唐人旧格。而意境恣逸,则东坡本色。"② 两诗相较,苏辙诗好像是酬作,苏轼诗反倒像是原唱。换句话说,次韵酬和对苏轼没有造成表情达意的任何障碍。

---

① 《梁溪漫志》卷七,《宋元笔记小说大观》第三册,上海古籍出版社2007年版,第3406页。

② 《苏轼诗集校注》卷三,第188页。

如果说上面一组和诗仅长四韵,所以苏轼所受到的局限不很严重,那么再看篇幅较长的唱和。元丰元年(1078),僧道潜至徐州求见苏轼,献上《访彭门太守苏子瞻学士》:"眉山郁苿眉水清,清淑之气钟群形。精璆美璞不能擅,散发宇内为豪英。煌煌苏氏挺三秀,豫章杞梓参青冥。少年著书即稽古,经纬八极何峥嵘。未央宫中初射策,落笔游刃挥新硎。翰林醉翁发奇叹,台阁四座争相惊。逡巡传玩腾众手,一日纸价增都城。同时父子擅芳誉,芝兰玉树罗中庭。风流浩荡播江海,粲若高汉悬明星。前年闻公适吴会,壶浆跪道人争迎。浮云流水付幽讨,下视世网鸿毛轻。野人弱龄不事事,白首丘壑甘忘情。神仙高标独未识,暂弃萝月人间行。朝吴暮楚失邂近,惝恍夜梦还茕茕。迩来旅食寄梁苑,坐叹白日徒虚盈。彭门千里不惮远,秋风匹马吾能征。铃斋吏退属幽款,一看挥麈银河倾。"此诗长达34句,首句入韵,一韵到底(押"庚""青"二韵),次韵有较大难度。苏轼作《次韵僧潜见赠》和之:"道人胸中水镜清,万象起灭无逃形。独依古寺种秋菊,要伴骚人餐落英。人间底处有南北,纷纷鸿雁何曾冥。闭门坐穴一禅榻,头上岁月空峥嵘。今年偶出为求法,欲与慧剑加砻硎。云衲新磨山水出,霜髭不剪儿童惊。公侯欲识不可得,故知倚市无倾城。秋风吹梦过淮水,想见橘柚垂空庭。故人各在天一角,相望落落如晨星。彭城老守何足顾,枣林桑野相邀迎。千山不惮荒店远,两脚欲趁飞猱轻。多生绮语磨不尽,尚有宛转诗人情。猿吟鹤唳本无意,不知下有行人行。空阶夜雨自清绝,谁使掩抑啼孤茕。我欲仙山掇瑶草,倾筐坐叹何时盈。簿书鞭扑昼填委,煮茗烧栗宜宵征。乞取摩尼照浊水,共看落月金盆倾。"虽说道潜的原作水平不低,但相形之下,苏轼的和作仍要高出一筹。纪昀评曰:"一气涌出,毫无和韵之迹。诗家高境,'猿吟'二句写尽,意境超妙之至。"①的确,苏诗先用8句赞美道潜清虚超逸的胸襟和冷清枯寂的修行,再用8句叙写道潜外出求法而不事干谒的举动,然后用"故人"2句作为过渡,接下去又用8句

①　《苏轼诗集校注》卷一七,第1836页。

描述道潜远道来徐访问自己的过程,最后又用8句写自己身陷红尘而希求清静,故盼望着向方外之友寻求解脱之道。全诗结构严谨,层次分明,叙事、议论俱有条不紊,18个韵脚随着意脉逐一呈现,仿佛完全出于诗人的自由选择,正如纪昀所评是"毫无和韵之迹"。

即使是押韵方式比较奇特的原唱,苏轼也能得心应手地进行次韵唱酬。元祐三年(1088),苏轼领贡举事,与考校官黄庭坚、李伯时等人在试院中多有唱和。李伯时画马以解闷,黄庭坚作诗咏之,苏轼随即酬和。黄诗为《观伯时画马礼部试院作》:"仪鸾供帐饕虱行,翰林湿薪爆竹声,风帘官烛泪纵横。木穿石槃未渠透,坐窗不遨令人瘦,贫马百啮逢一豆。眼明见此五花骢,径思著鞭随诗翁,城西野桃寻小红。"此诗的用韵相当独特:全诗9句,分成3节,每节3句,句句押韵。三节所押的韵部分别为平声"庚"韵、去声"宥"韵和平声"东"韵。苏诗为《次韵黄鲁直画马试院中作》:"少年鞍马勤远行,卧闻龁草风雨声,见此忽思短策横。十年髀肉磨欲透,那更陪君作诗瘦,不如芋魁归饭豆。门前欲嘶御史骢,诏恩三日休老翁,羡君怀中双橘红。"刘辰翁评曰:"亦牵于山谷音节,殊不畅达。"汪师韩则评曰:"此格乃《禁脔》所谓'促句换韵'者。唐诗惟岑参有之,后人遂以为此诗'岑嘉州体'。要其源固出于秦碑也。是须适然得之,不由作意,令转换承接,一气卷舒,不可增减,方称入妙。……此篇次韵自然,又且奇气勃窣,实较黄庭坚原唱为更胜。"[①]刘氏所评虽不为无理,但这种三句一转且句句押韵的特殊诗体,诗人寻求的艺术效果本是音节顿挫,类似词中的"涩调",当然不会"畅达"。汪氏所评甚确,苏诗确实胜于黄庭坚原唱。试作浅析。黄诗生动地刻画了禁闭试院的枯寂生涯,以此反衬观李伯时所画骏马后忽思骑马郊游的兴致,但层次之间的转折稍嫌生硬。苏诗则三节内容全都紧扣"马"这个意象,先写少时骑马远行,风雨兼程,今见马图复生骑兴。次写常年坐于马背,不耐冷斋生活,不

---

① 《苏轼诗集校注》卷三〇,第3270页。

如返乡归隐。后写盼望着门外的马嘶，也即有御史前来拆榜让诸人出院，并得休假三日之乐。全诗皆从画中之骏马起兴，将自己久锁试院切盼归家的意念表达得淋漓尽致。诗中多有警策，比如第二句"卧闻龁草风雨声"，虽历来未得重视，其实大有深意。此句本于晁端友《宿济州西门外旅馆》："寒林残日欲栖乌，壁里青灯乍有无。小雨愔愔人假寐，卧听疲马龁残刍。"但晁诗仅写了雨天逗留旅馆偶闻疲马龁刍之声的情景，苏诗却进而写出了在同样的情境中听到马龁草料并误以为风雨之声的丰富联想。一年之后即元祐四年(1089)，黄庭坚作名篇《六月十七日昼寝》："红尘席帽乌靴里，想见沧洲白鸟双。马龁枯萁喧午枕，梦成风雨浪翻江。"叶梦得云："外祖晁君诚善诗，苏子瞻为集序，所谓'温厚静深如其为人'者也。黄鲁直常诵其'小雨愔愔人不寐，卧听羸马龁残蔬'，爱赏不已。他日得句云：'马龁枯萁喧午梦，误惊风雨浪翻江。'自以为工，以语舅氏无咎曰：'我诗实发于乃翁前联。'"[1]其实在晁诗与黄诗之间，苏轼此句堪称重要的过渡，不妨说苏轼在不经意间为黄庭坚提供了重要的启迪。又如末句"羡君怀中双橘红"，苏轼自注："黄有老母。"此句用东吴陆绩年幼时在袁术座间藏橘于怀、"欲归老母"之典，表示对黄庭坚放假归家得以侍奉母亲的欣羡之情，典既精确，情亦可感。因为苏轼之母程夫人早在 31 年前就已去世，他返家休假也无法彩衣娱亲了。这首苏诗堪称描写试院情景的佳作，但它是一首逐句次韵的唱酬诗，它的每一个韵脚以及次序都是由原唱规定的，但依然做到从全篇主旨到每段大意乃至每句句意都舒展自如，实非易事。比如末句的韵脚"红"字，黄诗已用来描写三月初到野外游赏所能看到的小桃，要想避开此层意思来押此韵，实在非易。但苏轼用陆绩怀橘之典来押"红"字，既妥切又精警。这个结句紧密地绾合了唱和活动的双方，且意味深永，堪称唱和诗的理想结尾。

---

① 《石林诗话》卷上，《历代诗话》，中华书局 1981 年版，第 409 页。

四

　　苏轼还有一类独特的次韵诗，就是自次己韵。此类作品产生的原因较多，第一种是由于题材内容的相同，比如绍圣元年（1094）作于南谪途中的《朝云诗》："不似杨枝别乐天，恰如通德伴伶玄。阿奴络秀不同老，天女维摩总解禅。经卷药炉新活计，舞衫歌扇旧因缘。丹成逐我三山去，不作巫阳云雨仙。"两年后朝云卒于惠州，苏轼作《悼朝云》："苗而不秀岂其天，不使童乌与我玄。驻景恨无千岁药，赠行惟有小乘禅。伤心一念偿前债，弹指三生断后缘。归卧竹根无远近，夜灯勤礼塔中仙。"后作的小序中明言"予既铭其墓，且和前诗以自解"，可见这是一种有意识的次韵创作。此外，如元祐三年（1088）所作《送程七表弟知泗州》与元祐五年（1090）所作的《次京师韵送表弟程懿叔赴夔州运判》也是同类的自次己韵之作。

　　第二种是同题数首，比如元丰四年（1081）所作的《侄安节远来夜坐三首》："南来不觉岁峥嵘，坐拨寒灰听雨声。遮眼文书原不读，伴人灯火亦多情。嗟予潦倒无归日，今汝蹉跎已半生。免使韩公悲世事，白头还对短灯檠。""心衰面改瘦峥嵘，相见惟应识旧声。永夜思家在何处，残年知汝远来情。畏人默坐成痴钝，问旧惊呼半死生。梦断酒醒山雨绝，笑看饥鼠上灯檠。""落第汝为中酒味，吟诗我作忍饥声。便思绝粒真无策，苦说归田似不情。腰下牛闲方解佩，洲中奴长足为生。大弨一弛何缘彀，已觉翻翻不受檠。"一题多首，主要原因当是诗思丰富，一首的篇幅难以容纳。但逐句次韵自设藩篱，就不免有炫技之嫌。此组诗的前二首都堪称佳作，第三首稍弱，首句不入韵，故而没有次韵，这固然为格律所允许，但也有可能是"嵘"字除了组成"峥嵘"之外无法独用，为了避免再次重复"峥嵘"，诗人只好采取首句不入韵的写法。末句押"檠"字，也是为了避免重复"灯檠"一词，故取"正弓之器"的字义，甚为冷僻，末联句意也相当拘滞。可见即使是苏轼，重复次韵也是难以为工的。元丰五年（1082）所作的《红梅三首》也是如此，第一首堪称佳作，后二首便被纪昀评为"蛇足"①。

但是苏轼毕竟才大力雄，即使是自次己韵，也仍然产生了许多佳作，值得重视。例如元丰元年（1078），苏轼在徐州作《百步洪二首》，其一中有"有如兔走鹰隼落，骏马下注千丈坡。断弦离柱箭脱手，飞电过隙珠翻荷"等警策，后人赞不绝口，兹不赘论。其实其二也相当出色，其诗曰："佳人未肯回秋波，幼舆欲语防飞梭。轻舟弄水买一笑，醉中荡桨肩相磨。不觉长安闾里侠，貂裘夜走胭脂坡。独将诗句拟鲍谢，涉江共采秋江荷。不知诗中道何语，但觉两颊生微涡。我时羽服黄楼上，坐见织女初斜河。归来笛声满山谷，明月正照金叵罗。奈何舍我入尘土，扰扰毛群欺卧驼。不念空斋老病叟，退食谁与同委蛇。时来洪上看遗迹，忍见屐齿青苔窠。诗成不觉双泪下，悲吟相对惟羊何。欲遣佳人寄锦字，夜寒手冷无人呵。"此诗共押 13 个韵脚，仅有"蛇"字属"麻"韵，其余的全属"歌"韵（古诗"歌"、"麻"通押），次序则全遵其一，其中如"涡"、"罗"、"窠"、"呵"诸字均较难押。但是苏轼因难见巧，毫不松懈，终成名篇。汪师韩评曰："叠韵愈出愈奇，百炼钢化为绕指柔，古今无敌手。此篇与前篇合看，益见其才大而奇。"赵克宜评曰："自叠前韵，辞意宛转相副，毫无牵掣之迹，斯为神技。"即使是对苏诗多有指责的纪昀，也不免赞曰："此首紧切王、颜携妓用意，亦句句健雅。"②此外还应指出，此诗是长篇七古，篇幅本无限制，如果是意旨丰富，完全可用增加篇幅的方法来解决。苏轼不写篇幅更长的七古，却偏要自次己韵，自讨苦吃，体现出争新出奇的艺术精神。

再如元丰三年（1080）至元丰七年（1084）期间所作的《岐亭五首》，都是长达 26 句的五古，共押 13 个韵脚，其中如"汁"、"湿"、"得"、"鸭"、"幂"、"泣"、"缺"、"集"诸字均甚为难押。明人谭元春总评五首曰："用韵不已，须令作者段段有精神，字字无勉强，如此

---

① 《苏轼诗集校注》卷二一，第 2329 页。
② 《苏轼诗集校注》卷一七，第 1866 页。

五诗中押'湿'字,便妙绝矣。"①其实五首中押"汁"、"鸭"等韵的句子也相当精彩,试看五诗的首二联:"昨日云阴重,东风融雪汁。远林草木暗,近舍烟火湿。""我哀篮中蛤,闭口护残汁。又哀网中鱼,开口吐微湿。""君家蜂作窠,岁岁添漆汁。我身牛穿鼻,卷舌聊自湿。""酸酒如齑汤,甜酒如蜜汁。三年黄州城,饮酒但饮湿。""枯松强钻膏,槁竹欲沥汁。两穷相值遇,相哀莫相湿。"五诗中押"汁"、"湿"二韵皆工稳妥帖,毫无牵强之处。以全诗而言,五诗也皆达到较高的水准,试看其五:"枯松强钻膏,槁竹欲沥汁。两穷相值遇,相哀莫相湿。不知我与君,交游竟何得。心法幸相语,头然未为急。愿为穿云鹘,莫作将雏鸭。我行及初夏,煮酒映疏幕。故乡在何许,西望千山赤。兹游定安归,东泛万顷白。一欢宁复再,起舞花堕帻。将行出苦语,不用儿女泣。吾非固多矣,君岂无一缺。各念别时言,闭户谢众客。空堂净扫地,虚白道所集。"纪昀评曰:"此首最深。"赵克宜评曰:"情至语,一往淋漓,曲折深透,不复知为叠韵。"②次韵已至五次,仍然流畅顺达,浑如未曾次韵者,由此可见苏轼的用韵艺术,确已达到炉火纯青的程度。

上文所引苏诗的写作年代始于嘉祐六年(1061),是年苏轼 26岁;终于绍圣三年(1096),是年苏轼 61岁,可见作诗注重用韵是贯穿其终身的创作倾向。到了晚年,苏轼对次韵诗的热情毫无消减,他在惠州、儋州时尽和陶诗,逐首次韵,就是一个明证。同样,苏轼晚年自次己韵的热情也丝毫未减,而且佳作迭出,呈现余霞满天的晚年辉煌。例如绍圣元年(1094),苏轼在惠州连作三首押"暾"字韵的咏梅诗三首,传为绝唱。限于篇幅,且引其中两首。《十一月二十六日松风亭下梅花盛开》:"春风岭上淮南村,昔年梅花曾断魂。岂知流落复相见,蛮风蜑雨愁黄昏。长条半落荔支浦,卧树独秀桃榔园。岂惟幽光留夜色,直恐冷艳排冬温。松风亭下荆棘里,两株玉蕊明朝暾。海南仙云娇堕砌,月下缟衣来扣门。酒醒梦觉起绕树,妙意有在终无言。先生独饮勿叹息,幸有落月窥清尊。"

---

① ② 《苏轼诗集校注》卷二三,第 2537 页。

《再用前韵》："罗浮山下梅花村，玉雪为骨冰为魂。纷纷初疑月挂树，耿耿独与参横昏。先生索居江海上，悄如病鹤栖荒园。天香国艳肯相顾，知我酒熟诗清温。蓬莱宫中花鸟使，绿衣倒挂扶桑暾。抱丛窥我方醉卧，故遣啄木先敲门。麻姑过君急扫洒，鸟能歌舞花能言。酒醒人散山寂寂，惟有落蕊粘空尊。"南宋胡仔云："陈敏政《遁斋闲览》云：'荆公在金陵有和徐仲文颦字韵咏梅诗二首，东坡在岭南有暾字韵咏梅诗三首，皆韵险而语工，非大手笔不能到也。'余以《临川集》《东坡后集》细细味之，颦字韵二首亦未是荆公平日得意诗……至若东坡暾字韵三首，皆摆落陈言，古今人未尝经道者。三首并妙绝，第二首尤奇。"①周紫芝则云："林和靖赋梅花诗，有'疏影横斜水清浅，暗香浮动月黄昏'之语，脍炙天下殆二百年。东坡晚年在惠州，作梅花诗云：'纷纷初疑月挂树，耿耿独与参横昏。'此语一出，和靖之气遂索然矣。"②纪昀则总评二首曰："二诗极意锻炼之作。"③苏轼的"暾"字韵咏梅诗，连朱熹也次韵三次，即《和李伯玉用东坡韵赋梅花》《与诸人用东坡韵共赋梅花，适得元履书，有怀其人，因复赋此以寄意焉》《丁丑冬在温陵陪敦宗李丈与一二道人同和东坡惠州梅花诗，皆一再往反，昨日见梅花，追省前事，忽忽五年，旧诗不复可记忆，再和一篇呈诸友兄一笑同赋》④。纪昀评曰："朱晦庵极恶东坡，独此诗屡和不已。岂晋人所谓'我见犹怜'也？"⑤的确，朱熹在第二首和诗中说："罗浮山下黄茅村，苏仙仙去余诗魂。"此语出自正襟危坐、持论甚严且对苏轼怀有极深敌意的理学宗师朱熹之口，说明苏诗具有强大的艺术感染力。

综上所述，苏轼对作诗用韵极其留意，善于用韵是形成苏轼艺术成就的重要因素。后人往往不满于苏轼写作次韵诗过多，比如

---

① 《苏轼诗集校注》卷三八，第 4460 页。
② 《苏轼诗集校注》卷三八，第 4461 页。
③ 《苏轼诗集校注》卷三八，第 4462 页。
④ 分见《全宋诗》卷二三八四，第 25495 页、25496 页、25509 页。
⑤ 《苏轼诗集校注》卷三八，第 4457 页。

金人王若虚云:"次韵实作者之大病也。诗道自宋人已自衰弊,而又专以此相尚。才识如东坡,亦不免波荡而从之,集中次韵者几三之一,虽穷极技巧,倾动一时,而害于天全者多矣。使苏公而无此,其去古人何远哉!"①此论似是而非,对于才能不足的诗人,次韵诗也许会有"害于天全者"的弊病,但对才大力雄的苏轼来说,次韵根本不会造成任何障碍。如上所述,苏轼有许多次韵诗被评为胜于原唱,甚至苏词中也有"和韵而似原唱"②的《水龙吟·次韵章质夫杨花词》,就是明证。衡量一种创作倾向的是非功过,最重要的因素便是作品的质量,而不是创作过程的难易程度。有人愿意并且善于运用难度更大的方法来写诗,只要能写出因难见巧的好诗,那种方法本身又有何错? 只要我们承认苏轼的次韵诗中存在许多名篇的基本事实,就不能否认他在次韵诗创作中投入的巨大努力并非虚耗心血。

每到平山忆醉翁

——简论苏轼与扬州平山堂

一

平山堂是扬州的名胜,苏东坡的"每到平山忆醉翁"(《次韵晁无咎学士相迎》)是传诵千古的名句。相传东坡曾经十到扬州①,事实上他曾十二次到扬,那么他一共几次到过平山堂呢? 他为何要在平山堂上怀念欧阳修呢? 我们先把东坡到扬州的经过简述如下。

第一次:宋英宗治平三年(1066),苏洵卒于汴京,苏轼、苏辙兄弟扶柩返蜀,朝廷敕有司具舟载柩,先沿汴河、淮河、运河东南行,入长江后溯江西上,这是东坡首次经过扬州。然父丧在身,似未曾舍船登览,也未有作品传世。

第二次:宋神宗熙宁四年(1071),东坡离京出为杭州通判,十月过扬州。在知州钱公辅的席上会晤旧交刘攽(字贡父)、孙洙(字巨源)、刘挚(字莘老),作《广陵会三同舍,各以其字为韵,仍邀同赋》三首,分别以"贡"、"源"、"莘"三字为韵脚。东坡在扬盘桓数日,此为其首过平山堂。

第三次:熙宁七年(1074),东坡自杭判移知密州,十月途经扬州,知州王居卿宴于平山堂,东坡作《平山堂次王居卿祠部韵》。此为其二过平山堂。

第四次:宋神宗元丰二年(1079),东坡自徐州移知湖州,四月途经扬州。知州鲜于优于平山堂宴请之②,东坡赋《西江月·平山

---

① 详见赵昌智、季培均《书香扬州》,南京出版社2016年版,第19页。

② 此据王文诰《苏文忠公诗编注集成总案》卷一八,巴蜀书(注转下页)

堂》云：“三过平山堂下，半生弹指声中。”

第五次：元丰二年（1079）七月底，东坡于湖州就逮，由钦差押解乘舟进京。八月初过扬州，鲜于侁欲往见之，钦差不许。舟过平山堂下，东坡曾从窗间望见故友杜介之家，未能登岸。

第六次：元丰七年（1084）四月，东坡离开黄州贬所。十月北上途经扬州，盘桓多日后前往南都。在扬期间曾赴知州吕公著宴请，席间作《广陵后园题申公扇子》，或曾游平山堂。

第七次：元丰八年（1085）四月，东坡自南都往常州，途经扬州，曾晤吕公著，代其作《上初即位论治道二首》。在扬盘桓多日，曾游竹西寺，作《归宜兴留题竹西寺三首》，或曾游平山堂。

第八次：元丰八年（1085）七月，东坡自常州赴登州，八月途经扬州，曾晤知州杨景略，观其藏石，离扬后作《杨康功有石状如醉道士，为赋此诗》，或曾游平山堂。

第九次：宋哲宗元祐四年（1089）三月，东坡离京出知杭州。六月过扬州，访米芾，观其所藏法帖，作《书米元章藏帖》。此时蔡卞知扬州，未曾与东坡相晤，当因政见不同之故。

第十次：元祐六年（1091）三月，东坡在杭州被召入京，四月过扬州，扬人争望风采，作《临江仙·夜到扬州席上作》云：“轻舸渡江连夜到，一时惊笑衰容。语音犹自带吴侬。夜阑对酒，依旧梦魂中。”在扬曾与知州王存讨论淮南灾荒，或曾游平山堂。

第十一次：元祐七年（1092）正月，东坡自颍州移知扬州，三月到扬，八月离扬还京。这是东坡一生中在扬停留最久的一次，作为地方长官的东坡在扬州多有德政，如上疏请求宽免百姓积欠，停办扰民甚烈的“万花会”。其时晁补之为扬州通判，师生又成同僚，常

（续上页注）社1985年版，第4页。按：薛瑞生《东坡词编年笺证》认为此时扬州知州为陈升之，而鲜于侁要到是年六月方知扬州。然李之亮《宋两淮大郡守臣易替考》据《续资治通鉴长编》卷二九四所载“元年十一月乙酉知扬州鲜于侁罚铜二十斤”事，考知鲜于侁知扬州实始于元丰元年（巴蜀书社2001年版，第17页），确凿可信，薛说误。

相游从。东坡心情愉快,创作甚丰,著名的《和陶诗》即始作于此。期间于平山堂后增建谷林堂,当曾数过平山堂。

第十二次:宋哲宗绍圣元年(1094)闰四月,东坡贬知英州,随即离开定州南行。五月过扬州,曾晤知州苏颂,或曾游平山堂。

在北宋,汴河、淮河与运河是最重要的南北交通要道,扬州则是这条通道上最重要的通邑大都。对于东坡来说,渡淮与过扬的次数是完全重合的。元祐七年(1092)东坡自颍赴扬,途经淮水,作《淮上早发》以抒感:"此生定向江湖老,默数淮中十往来!"注家或拘泥于究竟是哪十次渡淮,其实这个"十"字可能是约数,盖言其多也。如上文所列,元祐七年东坡渡淮赴扬的那一次,其实已是第十一次到扬。注家皆忽略了东坡首次渡淮过扬是在治平三年(1066)扶柩返蜀,不过其时东坡未有作品纪行而已。"此生定向江湖老,默数淮中十往来"的诗句中包含着江湖漂泊、人生易老的慨叹,但是东坡在扬州的多数经历是相当愉悦的,他平生登览平山堂的次数虽不可详考,但定曾多次登台缅怀恩师欧阳修。

二

扬州是东坡倍感亲切的城市,因为他对那里的人物素抱好感,主要有四类人物。

首先是曾在扬州为官的恩师欧阳修。宋仁宗庆历八年(1048)闰正月,欧阳修自滁州移知扬州,二月到任,次年正月移知颍州。欧公知扬,前后不足一年,其治郡以"政宽民安"为宗旨,州民安居乐业,而不见治迹。欧公离扬后,州民追思不已,为他建造生祠。东坡自幼仰慕欧公,自称"轼七八岁时,始知读书,闻今天下有欧阳公者,其为人如古孟轲、韩愈之徒"(《上梅直讲书》)。仁宗嘉祐二年(1057)东坡登进士第,欧公成为他的座师,而且预言他一定会超越自己的成就,希望他成为将来的文坛宗主。东坡终生敬重恩师,曾在欧公去世后多次到颍州去看望欧公夫人,并与欧公之二子结为好友。他还与欧阳家结为婚姻之好,让次子苏迨娶欧公孙女为妻。东坡一生浪迹四海,每逢欧公踪迹,无不造谒致敬。嘉祐四年

（1059），东坡途经夷陵县，登上当年欧公谪为夷陵县令时留下的至喜堂，作《夷陵县欧阳永叔至喜堂》以抒感，且向正在汴京的欧公转达地方父老的问候。元祐六年（1091），东坡知颍州，在当年欧公所建的聚星堂内聚客会饮，乃仿欧公之体作诗咏雪，且缅怀早已作古的欧公云："忽忆欧阳文忠公作守时，雪中约客赋诗，禁体物语，于艰难中特出奇丽。尔来四十余年，莫有继者！"（《聚星堂雪并引》）同样，欧公在扬州所建的平山堂也成为东坡屡次登临凭吊的场所。

其次是扬州的地方长官。东坡途经扬州时总会受到知州的热情接待，蔡卞是惟一的例外。即使当东坡遭到政治迫害时，那些官员也不改旧态。比如元丰二年（1079）正任扬州知州的鲜于侁，他本是东坡的世交。此年间东坡两度途经扬州，前一次尚是赴任湖州的官员，后一次已成被逮入京的钦犯，但鲜于侁对他的态度始终如一。《宋史·鲜于侁传》记载："苏轼自湖州赴狱，亲朋皆绝交。道扬，侁往见，台吏不许通。或曰：'公与轼相知久，其所往来书文，宜焚之勿留。不然，且获罪。'侁曰：'欺君负友，吾不忍为。以忠义分谴，则所愿也。'"当时的政治气候异常险恶，东坡乃身负不测之罪的朝廷钦犯，鲜于侁竟想登上钦差押解钦犯的官船看望遭难的故友，风义可倾！又如绍圣元年（1094）正任扬州知州的苏颂，他与东坡及其父苏洵皆有交情。是年五月，东坡南谪惠州途经扬州，曾与相晤。张舜民《画墁录》载："苏子瞻过维扬，苏子容为守，杜在座。子容少怠，杜遽曰：'相公何故溘然？'其后子瞻与同会，问典客曰：'为谁？'对曰：'杜供奉。'子瞻曰：'今日直不敢睡，直是怕那溘然。'"①"杜"指杜浙，其人好用古语而用词不当，故称苏颂瞌睡曰"溘然"。苏颂接待东坡而"少怠"，似乎态度轻慢，其实不然。二人相识已久，苏颂对东坡之才华极为钦佩，且曾是东坡的狱中难友。元丰二年（1079）东坡遭遇乌台诗案入御史台狱后，苏颂亦因事下狱，作《己未九月予赴鞫御史，闻子瞻先已被系。予昼居三院东阁，

①　《画墁录》，《全宋笔记》第二编第一册，大象出版社2003年版，第219页。

而子瞻在知杂南庑,才隔一垣,不得通音息,因作诗四篇,以为异日相遇一噱之资耳》,其一云:"早年相值浙江边,多见新诗到处传。楼上金蛇惊妙句,卷中腰鼓伏长篇。乩离岁月流如水,抑郁情怀积似烟。今日柏台相望处,隔垣音响莫由宣。"据其自注,次联乃指东坡任杭州通判时所作《望海楼晚景五绝》中"电光时掣紫金蛇"之句,及包括"常遭腰鼓闹"句的五古《正月九日有美堂饮,醉归径睡,五鼓方醒,不复能眠。起阅文书,得鲜于子骏所寄杂兴,作古意一首答之》。苏颂还作有《元丰己未三院东阁作》十四首,其五有云:"却怜比户吴兴守,诟辱通宵不忍闻。"对东坡惨遭狱吏逼供之遭遇深表同情。事实当是苏颂已经七十五岁,精力不济,故座间偶尔瞌睡,东坡并未以为忤,故仅仅嘲弄杜浙之言词。此时党祸惨酷,东坡远谪岭南,苏颂仍能接待如旧,实属不易。

再其次是东坡的弟子及友人。东坡爱惜人才,喜欢汲引后进。熙宁七年(1074)东坡过扬,在一个寺庙里看到一首匿名的题壁诗,诗意与风格都非常像自己的诗,却又断然不是自己所作,不由得大吃一惊。几天后行至高邮,见到故人孙觉,孙觉向他推荐当地青年秦观的诗词。东坡一看,叹息道:"向书壁者岂此郎耶!"①秦观用这种独特的方式向东坡自荐,从此成为"苏门四学士"之一。值得大书特书的是"苏门四学士"中年龄较轻的晁补之。东坡是在通判杭州时发现晁补之这个可造之才的,此后对他悉心指点。元祐五年(1090),晁补之任扬州通判。两年后,东坡调任扬州知州,师生成为正、副同僚。他们常相过从,互相唱酬。是年五月二十四日,东坡往晁家的"随斋"消暑,"主人汲泉置大盆中,渍白芙蓉,坐客翛然,无复有病暑意"(《减字木兰花》小序)。东坡大喜,写出了"雪洒冰麾,散落佳人白玉肌"的佳句。东坡在扬所作《和陶饮酒二十首》,其十九中以"各怀伯业能,共有丘明耻"之句表示与晁补之师生相得之深意。八月东坡离任,晁补之赋《八声甘州》送行:"应倚

---

① 《冷斋夜话》卷一,《全宋笔记》第二编第二册,大象出版社2003年版,第29页。

平山栏槛,是醉翁饮处,江雨霏霏。送孤鸿相接,今古眼中稀。念平生、相从江海,任飘蓬、不遣此心违。登临事,更何须惜、吹帽淋衣。"依依惜别之情,溢于言表。东坡还与扬州的土著人士结成好友,比如杜介。杜介,字几先,曾官供奉,不久罢官为道士,返扬居平山堂下。东坡于元丰元年(1078)曾在徐州作诗题杜之熙熙堂曰:"崎岖世路最先回,窈窕华堂手自开。咄咄何曾书怪事,熙熙长觉似春台。"(《杜介熙熙堂》)可见杜是一位蔑视富贵的恬澹之士。元丰三年(1080)冬,身在黄州谪地的东坡托鲜于侁转交一信给杜介说:"去岁八月初,就逮过扬,路由天长,过平山堂下,隔墙见君家纸窗竹屋依然,想见君黄冠草屦,在药墟棋局间。而鄙夫方在缧绁,未知死生,慨然羡慕,何止霄汉?"(《与杜几先》)从此信可知东坡以前曾到杜家作过客,否则正被押解在官船中的他怎能隔着篷窗认出杜介家的纸窗竹屋? 后来杜介于元祐二年(1087)正月远赴汴京给东坡送鱼,东坡高兴地作诗说:"病妻起斫银丝脍,稚子欢寻尺素书。"(《杜介送鱼》)扬州友人的深厚情意,给东坡内心增添了不少暖意。

　　最后是扬州百姓。东坡曾任扬州知州,就像他在杭州、徐州等地一样,他也受到扬州人民的深切爱戴。元祐七年(1092)三月,东坡自颍州赴扬,沿途访问民间疾苦。庄稼长势很好,村中父老却面有忧色。原来贫民历年积欠赋税甚多,一到丰年,官府就会严厉催租,以至于"丰年不如凶年"! 于是东坡一到扬州,即上书朝廷,请求赦免百姓积欠,"为天下疲民一洗疮痍"(《再论积欠六事四事札子》)。东坡还下令停办"万花会",他说:"扬州芍药为天下冠,蔡京为守,始作万花会,用花十余万枝。既残诸园,又吏因缘为奸,民大病之。予始至,问民疾苦,遂首罢之。"[①]凡此,皆是为百姓除弊兴

---

　　① 《以乐害民》,《苏轼全集校注》卷七二,河北人民出版社 2010 年版,第 8206 页。"蔡京",他本或作"蔡延庆"。然《墨庄漫录》卷九明言"蔡京在扬州作万花会",况且蔡延庆终生未曾知扬州。据李之亮《宋两淮大郡守臣易替考》记载,蔡京自元祐四年(1089)七月至元祐五年(1090)五月任扬州知州。蔡京后来在宋徽宗朝倡为"丰、亨、豫、大"之说(详见《宋史·奸臣传》,中(注转下页)

利的善政，无怪东坡在扬州大得民心。史载“万花会”停办之后，“人皆鼓舞欣悦”①。当然，在扬州人眼中，东坡既是勤政爱民的父母官，又是才华横溢的大才子，东坡以这双重身份受到扬州百姓的衷心爱戴。元丰二年(1079)东坡途经扬州，于平山堂作《西江月》词，据当时在场的张大亨回忆，“时红妆成轮，名士堵立，看其落笔”②。元祐六年(1091)东坡途经扬州，受到百姓万人空巷的欢迎，晁补之于次年寄诗给东坡说：“去年使君道广陵，吾州空市看双旌。”③

扬州的人情如此美好，投桃报李，东坡当然对扬州倍感亲切。元祐六年(1091)东坡被召还朝任翰林学士承旨，上书辞免请求外任：“除臣扬、越、陈、蔡一郡。”(《辞免翰林学士承旨第三状》)他的首选之地就是扬州。次年(1092)东坡如愿得知扬州，作书与友人称：“平生守官，未有如今之适也！”(《与邓圣求二首》之一)此时东坡业已转宦各地多达八州，但他最感愉悦的任所则是扬州！

三

东坡由衷喜爱扬州的风物。扬州物产富饶，饮食精美，性喜美食的东坡钦羡已久。元丰元年(1078)，秦观寄送淮扬美食给正知徐州的东坡，并作诗赞之：“鲜鲫经年渍醽醁，团脐紫蟹脂填腹。后春莼茁滑于酥，先社姜芽肥胜肉！”④东坡早在熙宁五年(1072)就

(续上页注)华书局1985年版，第13724页)，诱导徽宗肆行奢靡，“万花会”就是他在扬州推行的此类“面子工程”。

① 张邦基《墨庄漫录》卷九，《全宋笔记》第三编第九册，大象出版社2003年版，第114页。

② 见惠洪《跋东坡平山堂词》，《全宋文》卷三〇一九，上海辞书出版社、安徽教育出版社2006年版，第一百四十册，第174页。

③ 《东坡先生移守广陵，以诗往迎》，《全宋诗》卷一一三一，北京大学出版社1998年版，第12826页。

④ 《以莼姜法鱼糟蟹寄子瞻》，《淮海集笺注》卷六，题作《寄莼姜法鱼糟蟹》(题下注“寄子瞻”)，上海古籍出版社2000年版，第209页。(注转下页)

写过"三年京国厌藜蒿，长羡淮鱼压楚糟"（《赠孙莘老七绝》之五）
之句，见此定会食指大动。此等琐事，兹不赘述。因为东坡更喜爱
的是扬州的山光水色与亭台楼阁，其中尤以平山堂最具代表性。

宋仁宗庆历八年（1048），欧阳修知扬州，于城西大明寺侧修建
平山堂。次年欧公离任后作书与前任知州韩琦称："广陵尝得明公
镇抚，民俗去思未远，幸遵遗矩，莫敢有逾。独平山堂占胜蜀冈，江
南诸山一目千里，以至大明井、琼花二亭，此三者，拾公之遗，以继
盛美尔。"下注："大明井曰美泉亭，琼花曰无双亭。"①这几处建筑
是欧阳修知扬期间留下的遗迹，他离任后仍对之念念不忘。嘉祐
元年（1056），刘敞出知扬州，欧公作《朝中措·送刘仲原甫出守维
扬》送行："平山栏槛倚晴空，山色有无中。手种堂前杨柳，别来几
度春风。　　　文章太守，挥毫万字，一饮千钟。行乐直须年少，尊
前看取衰翁。"②在欧公心目中，平山堂是文士登览江山、诗酒潇洒
之处。刘敞到扬不久，即作《游平山堂寄欧阳永叔内翰》云："芜城
此地远人寰，尽借江南万叠山。水气横浮飞鸟外，岚光平堕酒杯
间。主人寄赏来何暮，游子销愁醉不还。"③既呼应欧词"行乐直须
年少"之句意，又指明平山堂的佳处在于借景江南诸山。嘉祐二年
（1057），王安石出知常州，六月途经扬州，与刘敞相会，作《平山
堂》："城北横冈走翠虬，一堂高视两三州。淮岑日对朱栏出，江岫
云齐碧瓦浮。墟落耕桑公恺悌，杯觞谈笑客风流。不知岘首登临

（续上页注）按：诗注引清人查慎行言，称其所见《淮海集》此诗题作《以莼姜法
鱼糟蟹寄子瞻》，于义较胜。又按：此诗曾窜入苏轼诗集，题作《扬州以土物寄
少游》，误。

　　① 《与韩忠献王》之八，《欧阳修全集》卷一四四，中华书局 2001 年版，
第 2334 页。按：韩琦于庆历五年（1045）三月至庆历七年（1047）五月知扬州。
见李之亮《宋两淮大郡守臣易替考》，第 12 页。

　　② 刘敞于嘉祐元年（1056）出知扬州，见《宋两淮大郡守臣易替考》，第
14 页。

　　③ 《全宋诗》卷四八五，第 5883 页。

处,壮观当时有此否。"①在王安石眼中,平山堂既是士人相聚游赏的风景胜地,也是百姓追思欧公惠政的纪念场所。欧公从刘敞书信中得知有此诗,乃作书向王安石索取:"近得扬州书,言介甫有《平山》诗,尚未得见,因信,幸乞为示。此地在广陵为佳处,得诸公录于文字,甚幸也。"②王安石乃著名诗人,故欧公对其题平山堂之诗甚感兴趣,且希望借诸公"录于文字"为平山堂扬名。由于欧公所建的平山堂其实是一座相当简易的建筑③,十余年后便逐渐倾坏。嘉祐八年(1063)刁约知扬州,着手重修平山堂,增其旧制,使之变得更加弘丽。然沈括《扬州重修平山堂记》云:"前日,今参政欧阳公为扬州,始为平山堂于北冈之上,时引客过之,皆天下豪俊有名之士。后之人乐慕而来者,不在于堂榭之间,而以其为欧阳公之所为也。由是平山之名盛闻天下。"④强调后人慕名而来,主要目的是仰慕欧公之流风余韵。正如王令诗所云:"谢公已去人怀想,向此还留召伯名!"⑤

　　正是上述背景下,东坡多次来到平山堂。上文所述东坡曾十二次到扬州,其中第一次未到平山堂,因为第四次过扬所作词中有"三过平山堂下"之句。其第五次过扬时虽然身在缧绁之中,但他对杜介自称"过平山堂下,隔墙见君家纸窗竹屋依然",虽未舍舟登堂,但也算是"过平山堂下"。至于其余各次,均有可能登览平山

　　①　编年据刘成国《王安石年谱长编》卷三,中华书局 2018 年版。《王荆文公诗笺注》卷三四载此诗,诗尾有自注云:"今大参欧阳公始建是堂。"(上海古籍出版社 2010 年版,第 849 页)案欧公任参知政事始于嘉祐六年(1061)闰八月,此时尚不能称为"大参",此自注或为他人谬补。

　　②　《与王文公三通》之一,《欧阳修全集》卷一四五,第 2370 页。按:"文公"乃王安石身后谥号,此题乃后人所补。又题下注云"嘉祐元年",系年有误。

　　③　详见王兆鹏《欧阳修对扬州平山堂景观的建构与书写》,《新疆大学学报》2017 年第 3 期。

　　④　《全宋文》卷一六九〇,第 77 册,第 329 页。

　　⑤　《平山堂》,《全宋诗》卷七〇八,第 8190 页。

堂,不过并非都有作品可考而已。有两点值得注意,一是东坡于熙宁四年(1071)初登平山堂,便是经过刁约重修的新堂,其规模体制远胜于欧公旧堂,但东坡依然认定此堂乃欧公遗物。二是东坡初登平山堂的一个月之前,他来到颍州拜谒欧公,作《陪欧阳公燕西湖》云:"谓公方壮须似雪,谓公已老光浮颊。朅来湖上饮美酒,醉后剧谈犹激烈。"此时新政猛烈推行,欧、苏皆持反对态度,"醉后剧谈犹激烈"肯定涉及朝政。后来东坡在《祭欧阳文忠公夫人文》中回忆那次会面说:"契阔艰难,见公汝阴。多士方哗,而我独南。"可见当时东坡心绪之郁闷凄凉。等到东坡二登平山堂时,欧公人已作古,平山堂已成为恩师留在人间的遗址,登眺之际更会感慨万分。

东坡初登此堂之前,上引诸公吟咏平山堂之诗文皆已问世,亦皆为东坡所熟知。沈括所云"后之人乐慕而来者,不在于堂树之间,而以其为欧阳公之所为也"已成公论,东坡肯定赞同此说。欧公又是东坡恩师,东坡登堂之际,对欧公的缅怀之情当然会比他人更深一层。熙宁七年(1074)十月,东坡途经扬州,作《平山堂次王居卿祠部韵》,前三句写主宾相得,第四句"山向吾曹分外青"转为写景,以下四句云:"江上飞云来北固,阶前修竹忆南屏。六朝兴废余丘垄,空使奸雄笑宁馨。"全是写江南的山川、古迹,似乎离题。其实这是紧扣欧公《朝中措》一词而来,欧词咏平山堂,只用"平山栏槛倚晴空,山色有无中"两句,便写出此堂借景江南诸山的特点。东坡诗正是对这两句欧词的推扩和具体化。元丰六年(1083),东坡在黄州赋《水调歌头·黄州快哉亭赠张偓佺》云:"长记平山堂上,欹枕江南烟雨,渺渺没孤鸿。认得醉翁语,山色有无中。"东坡不会不知"山色有无中"是唐人王维的诗句,但他觉得欧公借用此句描写在平山堂上远眺江南诸山非常贴切,故认其为欧词之警句。当然,平山堂借景江南诸山,毕竟有点美中不足。所以元祐七年(1092)东坡出知扬州,三月到任,随即动手在平山堂后修建谷林堂,八月离任前堂已建成。东坡兴奋地作诗说:"深谷下窈窕,高林合扶疏。美哉新堂成,及此秋风初。"(《谷林堂》)谷林堂位于平山堂之后,地势稍低,竹树环绕,似乎是平山堂的一个辅助建筑。也许东坡想用此堂表示对恩师的敬仰与缅怀？

东坡吟咏平山堂的作品中,最著名的首推《西江月·平山堂》。元丰二年(1079)四月,东坡自徐州移知湖州,途经泗州遇张大亨,偕之同到扬州。四月十二日,东坡看到欧公写给弟侄的一封家书,书中勉励侄儿"临难死节",又嘱咐他"于官下宜守廉,何得买官下物"①,东坡感慨说:"凡人勉强于外,何所不至？惟考之其私,乃见直伪!"(《跋欧阳家书》)此跋署曰"元丰二年四月十二日",清人王文诰以为作于无锡②,误。张志烈先生在苏词《西江月·平山堂》的校注中指出:"赴任途中,何忽作此跋？盖因盘桓扬州时见此书墨迹,故题以上数语,以是知本词亦当作于四月十二日前后。"③可信。此日知州鲜于侁于平山堂宴请东坡,张大亨亦出席。面对贤主嘉宾,又看到堂中遗留的欧公墨迹,东坡感慨万分,赋《西江月·平山堂》曰:"三过平山堂下,半生弹指声中。十年不见老仙翁,壁上龙蛇飞动。　欲吊文章太守,仍歌杨柳春风。休言万事转头空,未转头时皆梦。"全词紧扣欧公及其《朝中措》词:此时距东坡与欧公的最后一面已有八年,"十年"句乃概而言之。况且欧公驾鹤西去也已七年,早成"仙翁",只剩墨迹尚存壁间尔!"文章太守"是欧公词中的原句,其意既指即将出知扬州的刘敞,也隐指自己这个业已离任的"太守"。东坡"欲吊"的"文章太守"当然可能兼指欧、刘两人,但下句当指席间有人歌唱含有"手种堂前杨柳,别来几度春风"之句的欧词,故主要的凭吊对象应是欧公。欧词中充满着岁月迁逝、感伤怀旧的情愫,东坡词亦桴鼓相应,但主旨则深入一层。欧公作《朝中措》时年臻半百,且须发尽白,而刘敞年仅三十八岁,"行乐直须年少"一句或指刘敞,而"尊前看取衰翁"则为自谓。二

---

① 《与十二侄二通》之一,《欧阳修全集》卷一五三,第2528页。

② 《苏文忠公诗编注集成总案》卷一八,第5页。

③ 《苏轼词集校注》卷一,《苏轼全集校注》第9册,河北人民出版社2010年版,第238页。按:孔凡礼《苏轼年谱》卷二三系《西江月》于元丰七年(1084),误。

句实指欧、刘双方,蕴含着人生易老的感慨。东坡词的末尾二句承接欧公词意而来,虽亦有人生如梦之意,但境界更为开阔。上句断然否定万事皆空的消极思想,下句则隐含"知其不可而为之"的积极意义。此时的东坡屡屡遭到新党攻击,"乌台诗案"的阴影正在逐渐逼近,他虽然感到郁闷,但并未就此畏缩。说不定他将欧公家书中的"偶此多事,如有差使,尽心向前,不得避事"之句,视作恩师对自己的鼓励之语。况且东坡一向牢记着欧公托付他将来主持文坛之使命,此时黄庭坚、张耒、秦观、晁补之、陈师道等人皆已归于门下,他还曾对弟子说:"昔欧阳文忠公常以是任付某,故不敢不勉。异时文章盟主,责在诸君,亦如文忠之付授也。"①当他在平山堂上缅怀恩师时,当然不会忘记恩师的郑重嘱托。所以欧、苏吟咏平山堂的两首词作,在诗酒风流的表面之下,其实蕴含着深刻的文化意义。

欧公修建的平山堂,后代重修不绝,成为扬州最著名的名胜古迹。连欧公手植堂前的那株杨柳,也成为后人精心培护的"欧公柳"②。欧、苏题咏平山堂的两首词,则成为题咏平山堂的经典作品,传唱不绝。正如晁说之《席上有唱欧公送刘原甫词者,次日又有唱东坡'三过平山堂下'词者,今联续唱之,感怀作绝句》所云:"龙门不见鬓垂丝,莫唱平山杨柳词。纵使前声君忍听,后声恼杀断肠儿。"③欧、苏师生二人都是名垂青史的"文章太守",东坡屡过平山堂不但是扬州历史上的一段佳话,而且是中华文化史上的一件大事,值得大书特书。

---

① 李廌《师友谈纪》,《全宋笔记》第二编第七册,第56页。

② 张邦基《墨庄漫录》卷二:"扬州蜀冈上大明寺平山堂,欧阳文忠手植柳一株,人谓之欧公柳。公词所云'手种堂前杨柳,别来几度春风'者。薛嗣昌守任,亦种一株,自榜曰'薛公柳'。人莫不嗤之。嗣昌既去,为人伐之。"按:薛嗣昌于徽宗宣和三年(1121)知扬州,见李之亮《宋两淮大郡守臣易替考》,第25页。

③ 《全宋诗》卷一二〇九,第13744页。

北宋末年的五首题《中兴颂》诗

一

唐上元二年(761),元结撰《大唐中兴颂》。大历六年(771),元结丁母忧而家于祁阳浯溪,乃请时任抚州刺史的颜真卿手书此颂,刻于浯溪岸边的石崖。元结撰颂文时正在荆南节度判官任上,治所在江州,尚未卜居浯溪,为何《大唐中兴颂》中云"湘江东西,中直浯溪,石崖天齐。可磨可镌,刊此颂焉,何千万年"? 孙望先生认为:"次山前时曾以廉问到岳州,其时永州亦隶荆南,而祁阳又属永州治下,则次山或者曾于此时因廉问到浯,亦未可知。"①这固然是合理的推测,但也有可能这几句是大历六年请颜真卿书丹时才添入的,因为《大唐中兴颂》的主旨是歌颂唐肃宗平定安史叛乱的中兴业绩,与湘江、浯溪本无关系。颂文沿用秦碑及汉晋歌谣体②,三句一转韵,于文末增添两小节相当方便。无论如何,这篇《大唐中兴颂》就此与浯溪结下不解之缘,以至于后人提到它时,往往称为"浯溪中兴颂",浯溪摩崖石刻也就成为名闻天下的一处名胜。在此后的数百年间,人们既重元文,更重颜书,摩崖碑的拓本遂广为流传。北宋欧阳修《集古录》中曾有著录:"右《大唐中兴颂》,元

① 《元次山年谱》,《孙望选集》,南京师范大学出版社 2002 年版,第389 页。

② 清人沈德潜云:"三句一转,秦皇《峄山碑》文法也,元次山《中兴颂》用之,岑嘉州《走马川行》亦用之。而三句一转中又句句用韵,与《峄山碑》又别。"(《说诗晬语》卷上,《清诗话》,上海古籍出版社 2015 年版,第 537 页)程千帆师指出这种三句一转且句句用韵的形式是受到汉、晋歌谣的影响,见其《读岑参走马川行奉送出师西征记疑》,《程千帆全集》第八卷,河北人民出版社 2000 年版,第 286 页。

结撰,颜真卿书。书字尤奇伟,而文辞古雅,世多模以黄绢,为图障。碑在永州,摩崖石而刻之。模打既多,石亦残缺。今世人所传字画完好者,多是传模补足,非其真者。"①然而人们虽然重视此碑,却未见有人对碑文的内容有何评论。直到北宋末年,才在短短的六七年间接连出现了五首题咏此碑的诗歌,对《大唐中兴颂》的主旨议论纷纷。其中缘由,值得深思。

五首诗中作者有争议的一首是张耒的《读中兴颂碑》。此诗见载于各种宋本张集,本无可疑,但南宋初年韩驹提出疑问,胡仔《苕溪渔隐丛话》中引吴曾之言:"韩子苍言张文潜集中载《中兴颂诗》,疑秦少游作。不惟浯溪有少游字刻,兼详味诗意,亦似少游语也。此诗少游号杰出,第'玉环妖血无人扫'之句为病。盖李遘周诗云:'若逢山下鬼,环上系罗衣。'贵妃之死,高力士以罗巾缢焉,非死兵刃也。然余以杜诗有'血污游魂归不得'之语,亦指妃子,张盖本杜也。"②此外,曾敏行亦云:"秦少游所赋《浯溪中兴诗》,过崖下时盖未曾题石也。既行,次永州,因纵步入市中,见一士人家,门户稍修洁,遂直造焉。谓其主人曰:'我秦少游也。子以纸笔借我,当写诗以赠。'主人仓卒未能具,时廊庑间有一木机莹然,少游即笔书于其上,题曰'张耒文潜作',而以其名书之。宣和间,其木机尚存。今此诗亦勒崖下矣。"③秦观作诗,为何要题作"张耒文潜作"?元人盛如梓解释说:"《题浯溪中兴颂》'玉环妖血无人扫'诗,世以为张文潜作,实少游笔也。时被责忧畏,又持丧,乃托名文潜以名书耳。"④今人徐培均先生根据这些材料将此诗定为秦观所作,收入其《淮海集笺注》的补遗卷一。徐先生还认为李清照的《浯溪中兴

① 《集古录跋尾》卷七,《欧阳修全集》卷一四,中华书局 2001 年版,第 2243 页。

② 《苕溪渔隐丛话》后集卷三一,《宋诗话全编》,江苏古籍出版社 1998 年版,第 4184 页。

③ 《独醒杂志》卷五,《宋人诗话外编》,国际文化出版公司 1996 年版,第 567 页。

④ 《庶斋老学丛谈》卷中下,商务印书馆 1941 年版,第 34 页。

颂诗和张文潜》是将秦观误作张耒,在其《李清照集笺注》中用同样的材料予以论证。徐先生在两书中都举了一条"最足证明者"的材料来证成其说,即黄庭坚的《中兴颂诗引并行记》:"崇宁三年三月己卯,风雨中来泊浯溪。进士陶豫、李格、僧伯新、道遵同至《中兴颂》崖下。明日,居士蒋大年、石君豫、太医成权及其侄逸、僧守能、志观、德清、义明、崇广俱来。又明日,萧褒及其弟衰来。三日徘徊崖次,请予赋诗。老矣,岂复能文,强作数语。惜秦少游已下世,不得此妙墨劖之崖耳。"①且云:"说明此诗尚未刻石,然已确认为其同门友少游所作。"他还说:"元符元年夏四月,少游自郴州移永州,既以《漫郎》诗咏《中兴颂诗》之作者元结,复于当地一士人家作此诗。二诗皆为七古,风格一致,因身在党籍,诚如盛如梓所云'时被责忧畏',此诗'乃托名文潜'。时文潜犹在黄州贬所,相距遥远,未尝通问,遑论以此诗寄少游,少游又何从得此诗而书之以贻后人刻石?总之此诗作者应为少游。清照当时不知真相,故作'和张文潜'。"②

我认为徐先生虽然广征博引,但这些材料并不能证成其说。其一,南宋胡仔云:"余游浯溪,观摩崖,碑之侧有此诗刻石。前云:'读中兴碑,张耒文潜。'后云:'秦观少游书。'当以石刻为正,不知子苍亦何所据而言邪?"③胡仔此言是驳斥韩驹的,他亲眼所见的浯溪石刻写得明明白白,张耒是此诗作者,秦观则是书写者。上引曾敏行所言秦观在永州人家书写此诗的情形甚为可疑,但即使属实,也明言秦观亲笔题作"张耒文潜作"。所以从现存文献来看,秦观只是此诗的书写者,而不是作者,浯溪石刻就是无法推翻的铁证。其二,徐先生认作"最足证明者"的黄庭坚之言,也只能导出相反的结论。秦观路经永州事在元符元年(1098),书写《读中兴颂碑》也在此时。而黄庭坚途经浯溪是在崇宁三年(1104),时隔六

---

① 《黄庭坚全集》第十辑,江西人民出版社 2008 年版,第 1259 页。
② 《李清照集笺注》卷二,上海古籍出版社 2002 年版,第 199 页。
③ 《苕溪渔隐丛话》后集卷三一,《宋诗话全编》,第 4184 页。

年,秦观所书之张耒诗已经刻石。黄庭坚应同游诸人之请作诗,
"强作数语",又因看到秦观所书之张耒诗而心生感慨。"惜秦少游
已下世,不得此妙墨劖之崖石耳。"意谓秦观已亡,自己的诗作无法
像张耒诗那样由秦观来书写刻石。如果像徐先生那样解此语为
"确认为其同门友少游所作",那么这两句置于"强作数语"之后,未
免突兀。黄庭坚既然确认浯溪石壁所刻者是秦观本人的诗,为什
么要遗憾无法由秦观书写黄庭坚所作的诗? 其三,元人盛如梓称
秦观作诗而署以张耒之名,原因是"是时被责忧畏,又持丧,乃托名
文潜以名书耳"。徐先生认为这个解释很合理,其实根本不合情
理。绍圣、元符年间,旧党人士受新党迫害,一贬再贬,苏轼及苏门
诸子无一幸免。绍圣元年(1094),张耒、秦观因修《神宗实录》事同
受言官指斥。张耒出知润州,后改宣州;秦观出为杭州通判,改监
处州酒税。绍圣三年(1096),张耒罢宣州守,除管勾明道宫。秦观
削秩徙郴州。绍圣四年(1097),张耒谪监黄州酒税矾务,至元符二
年(1099)又谪复州监酒;秦观则编管横州,次年复谪雷州。事实上
张耒与秦观的处境大同小异,心境也相差无几。如果说秦观因"被
责忧畏"而作诗不敢自署其名,那么又怎能署上同处灾难中的同门
好友张耒之名? 其四,徐先生说:"时文潜犹在黄州贬所,相距遥
远,未尝通问,遑论以此诗寄少游,少游又何从得此诗而书之以贻
后人刻石? 总之此诗作者应为少游。清照当时不知真相,故作'和
张文潜'。"[1]其实在绍圣、元符年间,苏轼兄弟与苏门诸子虽贬在
各处,但彼此间互通音问不绝,诸人文集中保存来往书信甚多。何
况此时朝廷虽已在科举中罢黜元祐学术,但尚未像后来的政和年
间那样禁止士庶作诗[2],故苏门诸子互寄诗文仍相当频繁。所以
秦观得知张耒此诗并不奇怪。至于说李清照当时不知真相,更是

---

① 《李清照集笺注》卷二,第 199 页。

② 葛立方《韵语阳秋》卷五云:"绍圣初,以诗赋为元祐学术,复罢之。
政和中,遂著于令,士庶传习诗赋者,杖一百。畏谨者至不敢作诗。"《历代诗
话》,中华书局 1981 年版,第 524 页。

毫无根据的推测。从现存史料来看,此诗皆署张耒之名,李清照所见者也一样,故和诗径题《浯溪中兴颂诗和张文潜》。据《李清照集笺注》,李清照作和诗是在元符三年(1100),此时她随着正任著作佐郎的父亲李格非居于汴京。汴京距离黄州较近,而距离永州甚远,揆诸情理,李清照得闻张耒之诗较易而得知秦观之诗较难①。从以上所引各项史料来看,《读中兴颂诗》确实出于张耒之手,实无疑义。

二

排比史料,五首题咏《中兴颂》诗的作年如下:

元符元年(1098),张耒作《读中兴颂诗》。

元符三年(1100),李清照作《浯溪中兴颂诗和张文潜》二首。

崇宁三年(1104),黄庭坚作《书摩崖碑后》。

崇宁四年(1105)前后,潘大临作《浯溪中兴颂》。

五首作品中,张耒和黄庭坚的两首诗是原创,李清照和潘大临的三首诗是和作。为什么在短短的六七年间接连出现了五首题咏《中兴颂》的七言歌行? 由于“浯溪中兴颂”首先是一件著名的书法作品,让我们先从书法的角度来作些考察。宋人对颜真卿的道德气节极为推重,对颜书也视为典范,欧阳修说:“余谓颜公书如忠臣烈士,道德君子,其端严尊重,人初见而畏之,然愈久而愈可爱也。”②苏轼更进而说:“颜鲁公书雄秀独出,一变古法,如杜子美

---

① 《李清照年谱》元符三年载:“夏六月,格非在樊口棹小舟送张耒。”(《李清照集笺注》附录,第 417 页)则李清照因其父与张耒交往而及时得知其诗,这是证明《读中兴颂诗》乃张耒所作的有力证据。陈祖美先生即以此为据论断云:“张耒当年写的诗,李清照当年与之唱和更合情理。”(《李清照评传》,南京大学出版社 1995 年版,第 171 页)然而正如徐先生在案语中所云,此事不实,故本文不采。

② 《集古录跋尾》卷八,《欧阳修全集》卷一四一,第 2259 页。

诗,格力天纵,奄有汉、魏、晋、宋以来风流,后之作者,殆难复措手。"①此外一代名相韩琦喜学颜书,对当时书坛风气也有很大的影响,正如米芾所云:"韩忠献公琦好颜书,士俗皆学颜书。"②颜真卿既受宋人推重,《中兴颂》又是最负盛名的颜书代表作,势必受到重视,正如元人郝经所云:"书至于颜鲁公,鲁公之书又至于《中兴颂》,故为书家规矩准绳之大匠。"③黄庭坚是书法家,自称:"余极喜颜鲁公书,时时意想为之,笔下似有风气。"他在《题摩崖碑后》中说:"平生半世看墨本,摩挲石刻鬓成丝。"意即对《中兴颂》碑的墨本欣赏把玩已久,如今亲临浯溪摩挲石刻,感慨良多。张耒《读中兴颂》中也有"太师笔下蛟龙字"之句,对笔走龙蛇的颜字极表赞美。但是,五首题咏《中兴颂》的诗中涉及书法的只有这几句,至于李清照与潘大临的三首诗,则对颜书一字未及。所以真正的原因,还应从元结的颂文中去找。

元结《大唐中兴颂》全文如下:

> 天宝十四载,安禄山陷洛阳。明年,陷长安。天子幸蜀,太子即位于灵武。明年,皇帝移军凤翔。其年,复两京,上皇还京师。於戏! 前代帝王有盛德大业者,必见于歌颂。若今歌颂大业,刻之金石,非老于文学,其谁宜为? 颂曰:

> 噫嘻前朝,孽臣奸骄,为昏为妖。边将骋兵,毒乱国经,群生失宁。大驾南巡,百僚窜身,奉贼称臣。天将昌唐,繄睨我皇,匹马北方。独立一呼,千麾万旌,我卒前驱。我师其东,储皇抚戎,荡攘群凶。复服指期,曾不逾时,有国无之。事有至

① 《书唐氏六家书后》,《苏轼文集》卷六九,中华书局 1986 年版,第 2206 页。

② 《米芾集·书史》,《湖北地方古籍文献丛书》,湖北教育出版社 2002 年版,第 140 页。

③ 《书摩崖碑后·序》,《陵川集》卷一二,《文渊阁四库全书》本,台湾商务印书馆 1986 年版,第 120 页。

难,宗庙再安,二圣重欢。地辟天开,蠲除妖灾,瑞庆大来。凶
徒逆俦,涵濡天休,死生堪羞。功劳位尊,忠烈名存,泽流子
孙。盛德之兴,山高日升,万福是膺。能令大君,声容沄沄,不
在斯文。湘江东西,中直浯溪,石崖天齐。可磨可镌,刊此颂
焉,何千万年。

　　要想准确解读此颂,必须了解元结的生平与思想。元结比杜
甫晚生七年,晚卒二年,二人的生活年代基本重合。他们的生平经
历也颇为相似:杜甫出身于世代奉儒的家庭,终生服膺儒学。元结
虽是鲜卑族的后裔,但其祖父元亨就以"儒学易之"①,元结自幼从
其宗兄元德秀习儒,信服仁政爱民的思想。天宝六载(747),二人
皆应试长安,同为李林甫所黜。此后杜甫困顿长安,元结虽于天宝
十三载进士及第,却未曾得官,仍回故乡鲁山闲居。安史乱起,杜
甫率家人北逃鄜州,元结则率家人南奔江南。唐肃宗即位后,杜甫
于至德二载(757)奔至凤翔,被授左拾遗之职。元结则于乾元二年
(759)被荐入朝,任山南东道节度使参谋。杜、元二人未曾相逢,但
当杜甫看到元结在道州刺史任上所作的《春陵行》和《贼退示官吏》
二诗后,十分感动,作《同元使君春陵行》,序中说:"当天子分忧之
地,效汉朝良吏之目。今盗贼未息,知民疾苦,得结辈十数公,落落
然参错天下为邦伯,万物吐气,天下小安可待矣。不意复见比兴体
制,微婉顿挫之词,感而有诗,增诸卷轴。简知我者,不必寄元。"②
可见二人虽不相识,但实为知音。正因如此,二人对玄、肃两朝政
治的态度有着深刻的同一性。当唐军收复长安后,杜甫喜不自胜,
于乾元元年(758)作《洗兵马》歌颂大唐帝国的中兴局面:"中兴诸
将收山东,捷书夜报清昼同!"两年后,元结撰《大唐中兴颂》以"歌
颂大业"。两者虽属不同的文体,但其中的政治态度和价值判断何
其相似!然而,如果元结此颂仅有"歌颂大业"的内容,张耒、黄庭

---

①　《新唐书·元结传》,中华书局 1975 年版,第 4681 页。
②　《杜诗镜铨》卷一二,上海古籍出版社 1998 年版,第 603 页。

坚等人为何会在元符、崇宁年间对它如此关注,难道此时大宋帝国现出了什么"中兴气象"?

细读元结的《大唐中兴颂》,不难发现有异于颂体常规的两个特点。其一,全文虽以歌颂唐室中兴为主旨,但并不符合"颂者,美盛德之形容,以其成功告于神明者也"①的准则。开头九句回顾安史之乱的发生及经过,语意沉痛,简直带有不堪回首之意,难免让人想起杜甫的诗句:"伤心不忍问耆旧,复恐初从乱离说!"②"噫嘻前朝",全颂从对玄宗朝的慨叹说起。"孽臣奸骄","奸骄"既指口蜜腹剑的李林甫,更指恃宠骄横的杨国忠。要不是唐玄宗宠信李林甫、杨国忠那样的巨奸,开元年间的全盛局面怎会迅速崩溃?用"孽臣奸骄"一语指斥李、杨二相,下笔极重,这是元结愤怒至极的辛辣之言。"为昏为妖","妖"当然指奸臣,"昏"或许兼指君臣。"边将骋兵"等三句写安史之乱的酿成,以及国家倾覆、生民涂炭的严重结果。"大驾南巡"等三句写安史乱起朝廷的狼狈状态,语含讥讽。长安沦陷,百官未及从驾西奔者甚众,宰相陈希烈等大小臣子纷纷投降伪朝,向安禄山称臣。总之,炫赫一时的大唐帝国不但濒于危亡,而且颜面扫地。一篇颂文如此淋漓尽致地细数国家灾难,可见这是元结痛心疾首的史实,他既无法回避现实,也无法稍加恕词。

其二,此颂对肃宗的颂扬态度有所保留,朱熹云:"唐肃宗中兴之业,上比汉东京固有愧,而下方晋元帝则有余矣。……然元次山之词,歌功而不颂德,则岂可谓无意也哉?"③的确,颂中虽有"盛德之兴,山高日升,万福是膺"数句似是颂扬肃宗之德,然全文主体仅是歌颂其统军平叛、收复长安的军功。况且像"事有至难,宗庙再安,二圣重欢"三句,言词闪烁,似有难言之隐。元结作颂时在上元

---

① 《毛诗序》,《毛诗正义》卷一,北京大学出版社 1999 年版,第 18 页。

② 《忆昔二首》之二,《杜诗镜铨》卷一一,第 498 页。

③ 《跋程沙随帖》,《晦庵先生朱文公文集》卷八四,《四部备要》本,中华书局 1936 年版,第 1475 页。

二年(761),此前数年间,玄、肃父子间的关系日趋紧张。据《资治通鉴》所载,乾元元年(758),肃宗尊玄宗为太上皇。同年,玄宗旧臣房琯等尽数遭到贬逐。上元元年(760),李辅国率兵逼玄宗迁往西内,玄宗受惊,几乎坠马。玄宗身边的旧人悉数被逐:高力士长流巫州,陈玄礼勒致仕,如仙媛遣归州,玉真公主出居玉真观。玄、肃父子不协早已不是秘密,玄宗迁入西内后,颜真卿即率百僚上表请问上皇起居,因此被贬蓬州长史。元结素与颜真卿交好,岂会对此毫无所闻? 所以《大唐中兴颂》与杜甫的《洗兵马》一样,其主旨当然是歌颂大唐中兴,但确实"以颂寓规"①,对玄、肃关系不无微辞。不过限于文体,《大唐中兴颂》的讽刺之意要比《洗兵马》更加隐微而已。元结与杜甫一样,对于肃宗登基并统军平叛是衷心拥护的,并衷心希望大唐帝国从此走向中兴。但是他们对现实的局势了然于胸,对朝廷里的不祥征兆怀有隐忧,《大唐中兴颂》的语气颇为沉重,感情不无沉郁,原因就在于此②。

　　张耒、黄庭坚等人作诗题咏《中兴颂》的时代,正是朝政日趋黑暗、时局日益危险的时刻。早在哲宗绍圣年间,卷土重来的新党重掌朝政,党争彻底蜕变成排斥异己的政治工具,对旧党人士的迫害愈演愈烈,张、黄等苏门诸子无一幸免。元符三年(1100)徽宗继位后,经过昙花一现的"建中靖国",随即变本加厉地迫害旧党,从崇宁元年(1102)至三年,一连三次籍定"元祐党人碑",不但将旧党成员及其儿孙一网打尽,凡与奸相蔡京异意者也尽数网罗,并下诏禁毁旧党人士的文集。与此同时,徽宗听信蔡京的"丰亨豫大"之说,不但制礼作乐粉饰太平,而且竭尽民力、穷奢极欲,臭名昭著的"花石纲"即始于徽宗即位之初。从表面上看,此时的北宋王朝并无外

---

　　①　《杜诗镜铨》卷五,第 216 页。

　　②　邓小军先生认为《大唐中兴颂》"歌颂了唐朝平定安史之乱、收复两京的中兴业绩,并以微言揭露了玄肃之际政治变局的真相以及肃宗之不孝玄宗"(《元结撰颜真卿书大唐中兴颂考释》,《晋阳学刊》2012 年第 2 期),可参看。

戚专权以及蕃镇作乱等内患,与安史之乱前的唐王朝并不一样。但在实质上,狂童宋哲宗与昏君宋徽宗的昏庸程度丝毫不亚于晚年的唐玄宗,而章惇和蔡京的专横擅权也比李林甫、杨国忠有过之而无不及。所以在张耒、黄庭坚的心目中,山雨欲来风满楼,大宋王朝已经处于岌岌可危的境地。当他们读到元结的《大唐中兴颂》时,使他们感慨良深的并不是其"歌颂大业"的主旨,而是流露在字里行间的忧危之情。五首题咏《中兴颂》诗无一例外地将安史之乱之前唐王朝风雨飘摇的局势以及玄、肃关系作为诗眼,绝非偶然。

三

下文先讨论五首题咏《中兴颂》诗中的第一组:

读中兴颂诗

张　耒

玉环妖血无人扫,渔阳马厌长安草。潼关战骨高于山,万里君王蜀中老。金戈铁马从西来,郭公凛凛英雄才。举旗为风偃为雨,洒扫九庙无尘埃。元功高名谁与纪,风雅不继骚人死。水部胸中星斗文,太师笔下蛟龙字。天遣二子传将来,高山十丈磨苍崖。谁持此碑入我室,使我一见昏眸开。百年废兴增叹慨,当时数子今安在。君不见荒凉浯水弃不收,时有游人打碑卖。

浯溪中兴颂诗和张文潜

李清照

五十年功如电扫,华清宫柳咸阳草。五坊供奉斗鸡儿,酒肉堆中不知老。胡兵忽自天上来,逆胡亦是奸雄才。勤政楼前走胡马,珠翠踏尽香尘埃。何为出战辄披靡,传置荔枝多马死。尧功舜德本如天,安用区区纪文字。著碑铭德真陋哉,乃令神鬼磨山崖。子仪光弼不自猜,天心悔祸人心开。夏商有鉴当深戒,简策汗青今具在。君不见当时张说最多机,虽生已被姚崇卖。

　　君不见惊人废兴传天宝,中兴碑上今生草。不知负国有奸雄,但说成功尊国老。谁令妃子天上来,虢秦韩国皆天才。花桑羯鼓玉方响,春风不敢生尘埃。姓名谁复知安史,健儿猛将安眠死。去天尺五抱瓮峰,峰头凿出开元字。时移势去真可哀,奸人心丑深如崖。西蜀万里尚能反,南内一闭何时开。可怜孝德如天大,反使将军称好在。呜呼,奴婢乃不能道辅国用事张后尊,乃能念春荠长安作斤卖。

　　张耒诗共二十句,四句一转韵,形成五个自然段落,全诗内容也可分成五个层次:回顾安史之乱导致的动荡局面,歌颂收复长安的战功,叙述撰颂书碑的过程,交代阅读碑文的由来,最后抒发感慨。第一层紧扣《中兴颂》的原意,价值判断也与颂文完全一致。诗中虽然没有明言玄宗昏政导致动乱,但"玉环妖血无人扫"之句显然流露了对玄宗、杨妃等人的讥刺。南宋人曾争议此句叙事是否准确,如韩驹引《明皇杂录》所载术士李遐周在安史乱起之前的预言"若逢山下鬼,环上系罗衣",以及"贵妃小字玉环,马嵬时,高力士以罗巾缢之也"之语,称此句有语病。意即杨妃非死于兵器,不会流血。吴曾则引杜诗《哀江头》中"血污游魂归不得"之句证张诗不误①。其实无论杨妃是死于罗巾还是兵刃,反正是死于非命,张诗并无语病。值得注意的倒是此句以"妖"饰"血",造语奇特,憎恶之情溢于言表。接下来的三句也皆语含讥讽,与元结的颂文如出一辙。第二层与颂文同中有异,元颂归功于肃宗,张诗却归功于郭子仪等将帅,但两者都对唐军收复长安的赫赫战功感到欣欣鼓舞。最后一层抒发读颂后的感慨。"当时数子"是指撰颂书碑的元结、颜真卿,还是与安史之乱有关的一些历史人物? 仅从此句来

---

　　① 韩驹、吴曾之说见《苕溪渔隐丛话》后集卷三一,《宋诗话全编》,第4184页;所及史事见《明皇杂录》卷上,《唐五代笔记小说大观》,上海古籍出版社2000年版,第967页。

看,难以确指。如指后者,则诗人的感慨是由前朝的"百年废兴"而引起的沧桑之感。如指前者,则诗人的感慨是元结、颜真卿等忠臣端士不复存在,如今还有谁能像元、颜那样忧心国事、关心国运?如果将最后四句合而读之,则以指前者为是。张耒慨叹的是兴废交替,唐朝发生过的历史悲剧未必不会在宋朝重演,可惜如今无人关心国运,也无人以史为鉴,连《中兴颂》碑也被弃置不收,只有好利之徒打碑卖钱。

李清照的和诗是次张诗原韵的,意脉畅通,立意新警,体现出这位巾帼诗人的杰出才华。更值得注意的是,元颂、张诗都是"以颂寓规",李诗却改以讥刺为主,锋芒毕露,体现出更加尖锐的批判意识,颇有少年英发之气。第一首的前十句都是对玄宗荒政失德终酿战乱的揭露。唐玄宗曾是励精图治的一代明主,在位四十三年,开创了"开元盛世",堪称功业巍巍。然而他晚年昏愦荒淫,亲手酿成了安史之乱,盖世功业毁于一旦。李诗开头就说"五十年功如电扫",真可谓一笔兜转,笔力万钧。下面又细数玄宗朝的种种弊政,说明安史之乱的爆发绝非偶然。"何为出战辄披靡"二句堪称警策,安史乱起,叛军长驱直入,所向披靡,唐军每战必败。后世史家对此有种种解释,大多着眼于叛军多胡人,故长于骑射。李诗却一针见血地指出其原因是"传置荔枝多马死"!玄宗宠爱杨妃,凡能取悦杨妃者无所不用其极,据史籍记载,"杨贵妃生于蜀,好食荔枝。南海所生,尤胜蜀者,故每岁飞驰以进"①。杜甫曾愤怒地指责:"忆昔南海使,奔腾献荔枝。百马死山谷,到今耆旧悲。"②李诗把这件弊政视为唐军每战必败的原因,当然并不是说因马匹多死于进献荔枝,故唐军无战马可用,而是指玄宗荒政,人心尽失,故兵无斗志。这种写法,不但诗笔腾踊,而且史识过人。

第二首李诗除了继续揭露玄宗朝的种种弊政,还将锋芒指向玄、肃关系。"时移势去真可哀"以下十句,皆是写玄宗返京后的遭

---

① 《国史补》卷上,上海古籍出版社 1979 年版,第 19 页。
② 《病橘》,《杜诗镜铨》卷八,第 371 页。

遇。"奸人心丑深如崖"一句用《新唐书·李林甫传》中"崖穿深阻"①一语，以形容奸人心机深险，实指肃宗朝的宠臣李辅国。李辅国极力挑唆肃宗，以防范复辟为借口，对已为太上皇的玄宗百般逼迫，使其先居南内，后迁西宫，形同囚禁，直至身亡。玄宗曾亲注《孝经》，且以倡导孝行而闻名，没想到竟然受到亲子肃宗如此猜忌、迫害，以至于被李辅国逼迫迁徙时竟然要靠宦官高力士出面呵护②，"可怜孝德如天大，反使将军称好在"二句，嬉笑怒骂，感慨深矣！在元结《中兴颂》中微露端倪的玄肃矛盾，李清照冷嘲热讽，毫无恕词。不但对高力士、李辅国、张良娣等均直点其名，锋芒也隐隐地指向玄宗和肃宗。

除此以外，李诗的结尾也值得注意。张耒原诗的结尾也是有感而发，但并未离开浯溪碑刻本身。李清照的两首和作却离题甚远，完全是借题发挥。前者所述乃盛唐名臣姚崇临终时设计让大臣张说上当之事，后者则为高力士流放巫州后见山谷多莽而作诗曰"两京作斤卖，五溪无人采"③。姚崇、张说俱卒于开元年间，与安史之乱前后的政局无关；而高力士终生忠于玄宗，其咏莽诗也并未涉及当时政局，李清照为何对之大发感慨呢④？我们的理解是：姚崇、张说俱为朝廷重臣，但两人互相猜忌，姚崇临终时忧虑身后家人受到张说的报复，故设计防备。高力士呢？他本是玄宗的亲信，在玄宗晚年受到迫害时也曾挺身而出阻止李辅国，但遭到流放

① 《新唐书·李林甫传》，第6345页。

② 《资治通鉴》载李辅国率军露兵刃以逼玄宗迁宫，玄宗受惊，几乎坠马。"力士因宣上皇诰曰：'诸将士各好在！'"胡三省注云："好在，犹今人言好生，言不得以兵干乘舆也。"见《资治通鉴》卷二二一，上海古籍出版社1987年版，第1511页。

③ 两事均载于郑处诲《明皇杂录》，前者见《明皇杂录》卷上，《唐五代笔记小说大观》，第958页；后者见《明皇杂录》补遗，《唐五代笔记小说大观》，第969页。按：二事不见于正史，李清照当亦从《明皇杂录》一类小说得知。

④ 据《明皇杂录》记载，高力士后来遇赦归至武溪（朗州），得知玄宗去世，"北望号泣，呕血而死"。李清照应知此事，作诗时但取一点以借题发挥。

后却不再忧念朝廷政局,反倒对个人遭遇念念不忘。姚崇、张说也好,高力士也好,他们本来应该担当朝廷的重任,应该以天下安危为己任,但居然只念一己之私,或勾心斗角,或叹穷嗟卑,所以李清照对他们深表不满。

那么,李清照的感慨仅仅是发思古之幽情吗? 当然不是。借古讽今,本是咏史诗的优秀传统,这两首李诗绝非例外。李清照成长于官宦家庭,三岁时随父亲李格非迁居汴京。从元祐元年(1086)至元符三年(1100),李格非在朝任太学录、校书郎、礼部员外郎等职,李清照一直随父居于汴京。建中靖国元年(1101)李清照嫁与太学生赵明诚,明诚之父赵挺之时任吏部侍郎。李格非本是苏门弟子,元祐年间苏轼谪居黄州时,李格非曾约定前往寻访。绍圣二年(1095)苏轼谪居惠州,李格非曾致书问候①。随着党争的愈演愈烈,李格非本人也未能幸免,崇宁元年(1102)被列入元祐党籍,未几贬往象郡(今广西象州)。赵挺之属于新党,故李格非入元祐党籍后,李清照曾上诗赵挺之,请求对李格非施以援手。李清照自幼耳濡目染,多闻朝中政事,而且家人卷入党争,对动荡不安的政局有着切肤之痛。自从熙宁初年王安石变法以来,政局像棋局一样翻覆不定,朝臣分成两党互相攻讦,而且出现了许多翻云覆雨之徒。像新党中坚吕惠卿,本由王安石汲引跻于高位,但得势后竟然阴谋倾轧王安石,不惜连起大狱。又像蔡京,在元祐初年曾不择手段以迎合司马光,但到崇宁元年即攻击司马光等为“元祐奸党”。还有许多朝臣趋炎附势,首鼠两端,惟求一己之富贵,置朝廷国家于不顾。正是在这样的风气下,北宋王朝一步步走向覆灭。“君不见当时张说最多机,虽生已被姚崇卖。”“呜呼,奴婢乃不能道辅国用事张后尊,乃能念春荠长安作斤卖。”如此深沉的感慨,不可能是无的放矢。

---

① 分见孔凡礼《苏轼年谱》卷二二,中华书局 1998 年版,第 595 页;卷三四,第 1217 页。

四

下文讨论五首诗的第二组：

书摩崖碑后
黄庭坚

春风吹船著浯溪，扶藜上读中兴碑。平生半世看墨本，摩挲石刻鬓成丝。明皇不作包桑计，颠倒四海由禄儿。九庙不守乘舆西，万官已作鸟择栖。抚军监国太子事，何乃趣取大物为。事有至难天幸尔，上皇蹰躇还京师。内间张后色可否，外间李父颐指挥。南内凄凉几苟活，高将军去事尤危。臣结春秋二三策，臣甫杜鹃再拜诗。安知忠臣痛至骨，世上但赏琼琚词。同来野僧六七辈，亦有文士相追随。断崖苍藓对立久，冻雨为洗前朝悲。

浯溪中兴颂
潘大临

公泛浯溪春水船，系船啼鸟青崖边。次山作颂今几年，当时治乱春风前。明皇聪明真晚谬，乾坤付与哥奴手。骨肉何伤九庙焚，蜀山骑骡不回首。天下宁知再有唐，皇帝紫袍迎上皇。神气仓皇吾敢惜，儿不终孝听五郎。父子几何不豺虎，君臣宁能责胡虏。南内凄凉谁得知，人间称作端午。平生不识颜真卿，去年不答高将军。老来读碑泪沾臆，公诗与碑当并行。不赏边功宁有计，不杀奏章犹未语。雨淋日炙字未讹，千秋万岁所鉴多。

平生第一次来到浯溪，黄庭坚激动万分，这位六旬老翁拖着病体，一连三日每天都来，扶藜上岸，摩挲石刻。对书法家黄庭坚来说，这是颜真卿的字；对文学家黄庭坚来说，这是元结的文！然而《书摩崖碑后》中对颜书一笔带过，其余篇幅都因元结的颂文而大发感慨。为什么《中兴颂》会使黄庭坚忧来无端、诗思如潮呢？元结其人，向来是黄庭坚仰慕的人物。早在入仕之初，黄庭坚便作《漫尉》诗，对自号"漫叟"的元结一致仰慕之诚。而在崇宁元年（1102），黄庭坚还在黄州与张耒一起寻访元结的遗踪①。黄庭坚既仰慕元结的恬淡功名，更敬佩其公忠爱国，后一点正是《中兴颂》拨动黄庭坚心弦的关键。然而元结的颂文以及同样刻在浯溪石崖上的张耒诗都是"以颂寓规"，黄庭坚诗却对肃宗平定叛乱、收复两京的功业一字未及，中间的主体部分十二句全是讥讽，这又是什么原因？让我们细读文本。

　　"明皇不作包桑计"等四句为一节，直言不讳地指出玄宗晚年失德，不以国家的长治久安为念，从而导致四海沸腾的安史之乱，宗庙毁弃，銮驾西奔，群臣纷纷屈节而事伪朝。"万官"一句，清人姚范云："谓群臣之向灵武而背上皇，杜子美诗所谓'攀龙附凤'者也。"②此解过曲。长安沦陷前，玄宗仓促出奔，群臣不及追随，多为叛军俘获，马嵬事变后跟随太子前往灵武者为数甚少，不得谓之"万官"。值得注意的是，元结颂文中云"凶徒逆俦，涵濡天休，死生堪羞"，"凶徒"应指安史等叛将，"逆俦"当指降贼诸臣，元结对他们严词谴责。黄诗中"乌择栖"一语显然是用史籍中所载孔子之语："鸟则择木，木岂能择鸟？"③意即当时大唐帝国这株大树忽然倒塌，群臣乃另择良木而栖，虽然也是谴责群臣失节降贼，但措辞稍为平和，似乎将主要责任归咎于玄宗昏庸失德。

　　"抚军监国太子事"以下八句另起一节，批判矛头转向肃宗。元结颂文不但赞成肃宗登基，而且热情歌颂其率军平叛的功绩。

---

　　①　《次韵文潜》："武昌赤壁吊周郎，寒溪西山寻漫浪。"见《黄庭坚诗集注·内集》卷一七，中华书局 2003 年版，第 610 页。按：此诗作于崇宁元年（1102）。

　　②　《援鹑堂笔记》卷四〇，《续修四库全书》第 1149 册，上海古籍出版社 2002 年版，第 82 页。

　　③　见《左传·哀公十一年》，《春秋左传注》，中华书局 1990 年版，第 1667 页。

黄诗却对肃宗的功业不置一词,反而严厉地追究其过失。古人认为太子的职责是:"君行则守,有守则从。从曰抚军,守曰监国。"①黄诗因而诘责道:马嵬事变后形势危急,李亨自当以太子的身份来"抚军"、"监国",即承担起统领唐军平定叛乱的责任,何必要急于自行宣布继承皇位? 在帝制时代,皇储一定要获得皇帝的同意才能继位,既是严格的制度规定,也是公认的政治道德。在黄庭坚眼中,肃宗未得玄宗同意便自行登基,名不正而言不顺,这是对肃宗灵武登基事件最为严厉的诛心之论。正因如此,在元结颂文中热情歌颂的肃宗功业,黄诗中只是一笔带过,不但语气冷淡,而且归功于"天幸"。从表面上看,"事有至难天幸尔,上皇跼蹐还京师"二句是与元结颂文中"事有至难,宗庙再安,二圣重欢"三句一脉相承的,但语气判然有异。元结对玄肃关系虽有微词,但只是委婉地讥讽,黄诗却是不留情面地批评。"跼蹐"一词,源于《诗·小雅·正月》:"谓天盖高,不敢不跼。谓地盖厚,不敢不蹐。"《毛诗正义》引王肃注云:"言天高,己不敢不曲身危行,恐上触忌讳也。地厚,己不敢不累足,惧陷于在位之罗网也。"②黄诗用此词描写玄宗回京时的心态,惟妙惟肖。接下去的四句揭露玄肃关系的真相,讽刺辛辣,入骨三分。肃宗内惧张后,外畏李辅国,都是众所周知的事实。但黄诗用"色可否"和"颐指挥"来形容之,活画出一个受制于人的傀儡皇帝的形象。这并非为肃宗开脱,因为前文已有"何乃趣取大物为"的指责,意指肃宗抢夺皇位乃出于本心,尽管张后、李辅国对肃宗迫害玄宗起了推波助澜、助纣为虐的作用,但猜疑、迫害玄宗的主要责任仍应由肃宗自负。对于"南内凄凉几苟活"一句,明人瞿佑指出"李辅国迁上皇居西内,非南内也"③,因为玄宗返京后先居"南内"兴庆宫,后来被李辅国迁往"西内"太极宫。其实这是偏词复义,"南内"即概指南内、西内。无论是南内还是西内,玄宗都

---

① 见《左传·闵公二年》,《春秋左传注》,第 268 页。
② 《毛诗正义》卷一二,第 712 页。
③ 《归田诗话》卷中,《历代诗话续编》,中华书局 1983 年版,第 1260 页。

是形同拘禁,故黄诗说其境况接近"苟活"。及至高力士等人皆被驱逐,玄宗的处境就更加岌岌可危了。至此,元结颂文中刻意遮蔽的事实真相,已被揭露得淋漓尽致。

叙述史实以后,黄诗进而指出《中兴颂》的主旨并非歌功颂德。"臣结春秋二三策"一句,任渊注黄诗时改为"臣结春陵二三策",并以元结《春陵行》为据。然南宋袁文说:"余见太史亲写此诗于磨崖碑后者,作'臣结春秋二三策',讵庸改耶?"①其实从文意来看,也以"春秋二三策"为胜。孟子云:"吾于《武成》,取二三策而已矣。"②揆其语意,乃指于史籍中仅取少量信而有征者。元结曾于乾元二年(759)向肃宗上《时议》三篇,指陈肃宗贪图享受、"未安忘危"等过失。黄诗所谓"春秋二三策",乃指此类有裨治道之奏章策论而言,当然也可包括《中兴颂》在内。值得注意的是,黄庭坚以杜甫的"杜鹃再拜诗"为参照来理解元结之"春秋二三策",认为两者都蕴含着"忠臣痛至骨"的思想内涵。杜甫有感于玄肃之事,对望帝死后化为杜宇的传说再三致意,所以在《杜鹃》诗中云:"我见常再拜,重是古帝魂。"③在《杜鹃行》中更说:"君不见昔日蜀天子,化为杜鹃似老乌。""虽同君臣有旧礼,骨肉满眼身羁孤。""苍天变化谁料得,万事反覆何所无。万事反覆何所无,岂忆当殿群臣趋。"④这简直就是玄宗晚年遭遇的寓言体叙说。在黄庭坚看来,杜诗也好,元颂也好,都是对一代痛史的伤心表述,所以对世人只知欣赏其文辞之美感到深深的遗憾。"冻雨为洗前朝悲",玄肃之际的那段历史,是王朝政治和皇室人伦的双重悲剧。天降暴雨,仿佛是要洗涤前朝之悲!

与张耒相比,黄庭坚在新、旧党争中卷入更深,受到的打击也更重。黄庭坚名列苏门诸子之首,在政治上与苏轼同进同退。从

---

① 《瓮牖闲评》卷五,《宋人诗话外编》,第583页。

② 《孟子正义·尽心下》,北京大学出版社1999年版,第381页。

③ 《杜鹃》,《杜诗镜铨》卷一二,第582页。

④ 《杜鹃行》,《杜诗镜铨》卷七,第325页。

元祐到绍圣，党争逐渐演变成党同伐异的利益之争，黄庭坚受到的迫害也越来越深。黄庭坚对政治并无太大的热情，但他服膺儒家仁政爱民的思想，衷心希望政治清明、百姓安居。与苏轼同样，黄庭坚在总体上对王安石新法持反对态度，但那只是对新法弊病感到不满，并非出于党派的门户之见。黄庭坚对新党首领王安石相当尊敬："余尝熟观其风度，真视富贵如浮云，不溺于财利酒色，一世之伟人也。"①即使到了王安石业已去世的元祐年间，他还高度评价王的学术思想："荆公六艺学，妙处端不朽。诸生用其短，颇复凿户牖。"②黄庭坚一向反对政治上的党同伐异，早在元丰八年（1085）就主张"人材包新旧，王度济宽猛"③。到了建中靖国元年（1101）更明言："成王小心似文武，周召何妨略不同。不须要出我门下，实用人材即至公。"④黄庭坚反对新法，都是针对其具体的流弊。熙宁、元丰年间，黄庭坚曾在叶县、太和等地任地方官，亲眼看到新法扰民的弊病，遂持反对态度。比如熙宁年间水旱频发，民不聊生，黄庭坚曾作《流民叹》揭露河北灾民的惨状，此诗可与当时郑侠所上之《流民图》互为注脚。新法盐政颁布后，诸县争着多报盐策以取媚朝廷，正任太和知县的黄庭坚独不多报，他还在诗歌中揭露盐政之扰民："劝盐惟新令，王欲荦独活。此邦食淡伧，俭陋深刺骨。公困积丘山，贾竖但圭撮。县官恩乳哺，下吏用鞭挞。政恐利一源，未塞兔三窟。寄声贤令尹，何道补黥刖。从来无研桑，顾影

---

① 《跋王荆公禅简》，《豫章黄先生文集》卷三〇，《四部丛刊初编》本，上海书店 1989 年版，第 9 页。

② 《奉和文潜赠无咎，往篇末多见及以既见君子云胡不喜为韵》之七，《黄庭坚诗集注·内集》卷四，第 158 页。

③ 《次韵子由绩溪病起被召寄王定国》，《黄庭坚诗集注·内集》卷二，第 105 页。

④ 《病起荆江亭即事十首》之四，《黄庭坚诗集注·内集》卷一四，第 517 页。

愧簪笏。何颜课殿上，解绶行采葛。"①无论是对民生疾苦的揭露，还是身为地方官员的自愧自责，都与元结的《舂陵行》、《贼退示官吏》前后辉映。

黄庭坚禀性耿直，对党争中不问是非、党同伐异的做法深恶痛绝。元祐二年(1087)苏轼荐举黄庭坚任著作佐郎，即受到新党赵挺之的激烈攻讦。元祐年间，黄庭坚与著名史学家范祖禹等人一起编撰《神宗实录》。既称"实录"，当然应该秉笔直书。神宗朝所推行的新法决非尽善尽美，当然应该不虚美、不隐恶，所以《神宗实录》中对新法难免多有批评。绍圣元年(1094)新党卷土重来，即诬称《神宗实录》为"谤史"。为了罗织参编官员的罪状，章惇、蔡卞等从《神宗实录》中摘出一千余条"诬毁先帝"的材料。经国史院核对，其中只有三十二件没有文献依据，且都是琐细的小事，但章、蔡仍以此为罪证，对参编官员进行严厉的勘问。此时的政治形势非常险恶，旧党人士都面临着"黑云压城城欲摧"的巨大压力，何况还有"诬毁先帝"的可怕罪名。但黄庭坚不畏强暴，据理力争。比如熙宁年间曾以"铁龙爪"来疏浚黄河，黄庭坚曾亲眼看到其毫无实效，就在《神宗实录》中书曰"铁龙爪治河有如儿戏"。此时受到勘问，仍直言："庭坚时官北都，亲见之，真儿戏耳！"②可是章、蔡等人根本不管是非曲直，只想着把旧党斩尽杀绝，于是把参编《神宗实录》的旧党官员悉数贬逐。黄庭坚谪授涪州别驾，黔州安置，步苏轼后尘踏上漫长的贬谪之路。黔州(今重庆彭水)地方偏僻，山高路险，黄庭坚在那里一住三年，至元符元年(1098)移往戎州(今四川宜宾)，又经三年。身居贬所的黄庭坚心境郁闷，自名其室曰"槁木寮"、"死灰庵"。建中靖国元年(1101)徽宗继位，朝中形势一度趋于缓和，黄庭坚也稍得喘息。但不久朝中风云又变，旧党人士受

---

①　《二月二日晓梦会于庐陵西斋作，寄陈适用》，《黄庭坚诗集注·外集》卷一，第1098页。

②　详见郑永晓《黄庭坚年谱新编》，社会科学文献出版社1997年版，第263—267页。

到雪上加霜的更重打击。崇宁二年(1103),有人从黄庭坚两年前所撰《承天院塔记》中摘出"天下财力屈竭"等字句,诬告其"幸灾谤国",于是黄庭坚被除名、羁管宜州(今广西宜州)。宜州远在天涯,黄庭坚到达那里后一年零四个月就去世了。正是在前往宜州贬所的途中,黄庭坚亲临浯溪,亲睹《中兴颂》的摩崖石刻,并写出《书摩崖碑后》这首杰作。

　　毫无疑问,在五位题咏《中兴颂》的诗人中,黄庭坚的生平遭遇最为坎坷,他的人生感慨也最为深沉。在五首题咏《中兴颂》的诗歌中,黄诗的情感内蕴也最为深厚沉郁。黄庭坚此时已届暮年,他的诗歌风格已经趋于平淡质朴,但此诗在平淡中蕴含着奇崛之气,质朴中敛藏着锤炼之功。此诗首先以议论取胜,诗人对玄肃之际的史事正面著论,不用曲笔,体现出堂堂正正的气概。诗中对玄宗、肃宗均直点其名,对肃宗且直呼"太子",褒贬态度非常鲜明。诗人的批判既着眼于朝廷政事,更着眼于伦理道德,高屋建瓴,势如破竹。全诗无一字涉及北宋时政,但如此浓郁的沧桑之感,分明包蕴着借古讽今的用意。安史之乱前后的短短数十年间,强盛富足的大唐帝国怎会一蹶不振? 诗人认为责任全在玄、肃两代君主身上。而黄庭坚亲历的几个君主,像刚愎自用的神宗,狂妄胡为的哲宗,荒淫昏庸的徽宗,难道对北宋政治逐渐坠入不可收拾的乱局没有责任? 诗中虽然不便明说,但内在的意蕴是不难体会的。此诗也以讽刺艺术见长,诗人的批判虽不动声色,但锋芒内敛,入木三分。比如"四海颠倒由禄儿"一句,表面上是指责安禄山扰乱天下,但"禄儿"一词将矛头隐隐地指向玄宗。要不是玄宗娇宠杨妃、安禄山,怎能让杨妃公然收禄山为义子,从而养虎贻患、荼毒天下? 这正是"明皇不作包桑计"的具体内容。相比之下,李清照诗的讽刺锋芒毕露,乃少年轻锐之作。黄庭坚诗的讽刺绵里藏针,乃老练辛辣之笔。又如"踟蹰"、"色可否"、"颐指挥"等语,均是不动声色而严若斧钺之诛。最值得注意的是,张耒用"元功高名谁与纪,风雅不继骚人死。水部胸中星斗文,太师笔下蛟龙字"来赞美中兴碑,李清照则用"尧功舜德本如天,安用区区纪文字。著碑铭德真陋哉,乃令神鬼磨山崖"来讽刺中兴碑,褒贬态度虽如水火,但对元结颂文性质的认定却是一致的。黄庭坚则另具只眼,他指出《中兴颂》的真实态度不是歌颂而是批评,元结的写作心态不是欢欣而是"痛至骨"。与元结、杜甫一样,黄庭坚对玄肃之际的那段历史感到痛惜和悲怆。联想到几十年来白云苍狗的政局,面对着北宋王朝渐趋没落的现实,黄庭坚吊古伤今,感慨万千。黄庭坚诗才出众,处理此类重大题材举重若轻、得心应手,再加上格外深沉的内心感慨,遂使此诗在五首题咏《中兴颂》诗中出类拔萃。

潘大临世居黄州,终身未第,苏轼谪居黄州时与之过往甚密。潘大临也与苏门诸子交游,并得诸人称赏,比如黄庭坚就曾称赞说:"潘邠老蚤得诗律于东坡,盖天下奇才也。"①当黄庭坚南谪宜州时,潘大临还曾写诗送之:"可是中州着不得,江南已远更宜州。"②张耒谪居黄州时与潘大临交好,潘去世后,张耒为其文集作序,称:"崇宁中,予以罪谪黄州,与邠老为邻。"③虽然潘大临与黄、张二人都相友好,但其《浯溪中兴颂》诗却是和黄诗而与张耒无关,因为潘诗明言:"公泛浯溪春水船,系船啼鸟青崖边。"这显然与黄诗中的"春风吹船著浯溪,扶藜上读中兴碑"二句桴鼓相应。"公"者,黄庭坚也。而张耒诗中明言"谁持此碑入我室,使我一见昏眸开",他并未亲至浯溪亲睹石刻。潘诗的主旨及字句均有沿袭黄诗之处,痕迹明显,毋庸赘论。潘大临的诗名远低于其他三位诗人,此诗却颇得好评,南宋曾季狸云:"山谷《浯溪碑》诗有史法,古今诗人不至此也。张文潜浯溪诗止是事持语言,今碑本并行,愈觉优劣易见。张诗比山谷,真小巫见大巫也。潘邠老亦有浯溪诗,思致却稍深远,吕东莱甚喜此诗。予以为邠老虽不敢望山谷,然当在文潜

---

① 《书倦壳轩诗后》,《豫章黄先生文集》卷二〇,《四部丛刊初编》本,第27页。

② 见吕本中《紫微诗话》,《历代诗话》,第367页。

③ 《潘大临文集序》,《张耒集》卷四八,中华书局1990年版,第751页。

之上矣。"①贬张语或过甚,但对潘诗的肯定是足以参考的。

五

关于元结的《中兴颂》及其碑刻,南宋的诗人多有同题之作,有些作品是诗人亲至浯溪目睹石刻有感而作,例如陈与义的《同范直愚单履游浯溪》、张孝祥的《读中兴碑》及杨万里的《浯溪摩崖怀古》,论者或将它们与北宋诸人之诗相提并论,如吴子良云:"读《中兴颂》诗,前后非一,惟黄鲁直、潘大临,皆可为世主规鉴。若张文潜之作,虽无之可也。陈去非篇末云:'小儒五载忧国泪,杖藜今日溪水侧。欲搜奇句谢两公,风作浪涌空心恻。'盖当建炎乱离奔走之际,犹庶几少陵不忘君之意耳。张安国篇末亦云:'北望神皋双泪落,只今何人老文学。'语亦顿挫含蓄。然首句云'锦绷儿啼思塞酥',虽曰纪事,其淫亵亦甚矣。"②但实际上两者之间并无关系,故不属于本文的讨论范围。还有一些作品则是追和北宋诸诗者,例如陈长方的《读张文潜黄鲁直中兴颂有作》中撮取张、黄二诗之大意,李洪的《和柯山先生读中兴碑》则次张诗原韵,诗既欠佳,议论亦未见新警。如与李清照、潘大临的和诗相比,水平相去远甚,亦可不论。值得注意的是王炎和范成大的两首诗:

浯溪摩崖怀古

王　炎

日光玉洁元子辞,银钩铁画颜公书。百金不惮买墨本,摩挲石刻今见之。猗那清庙久不作,其末变为《王黍离》。《春秋》一书事多贬,《鲁颂》四篇文无讥。渔阳鼙鼓入潼华,公卿徒步从龙飞。朔方天子扶九庙,京师父老迎千麾。紫袍再拜谒道左,上皇万里旋銮仪。牝鸡鸣晨有悍妇,孽狐嗥夜有老婢。扶桑杲杲未翳蚀,但歌大业吾何疵!首章义正语未婉,前

①　《艇斋诗话》,《历代诗话续编》,第296页。
②　《荆溪林下偶谈》卷二,《宋人诗话外编》,第1280页。

辈不辨来者疑。正须细读史克颂,未用苦说涪翁诗。许张劲节震金石,李郭壮武如虎貔。断崖苍石有时泐,诸公万古声烈垂。天怜倦客有所恨,雨湿寒江催解维。神州北望三叹息,翰墨是非何足为。

书浯溪中兴碑后
范成大

三颂遗音和者希,丰容宁有刺讥辞。绝怜元子《春秋》法,都寓唐家《清庙》诗。歌咏当谐琴搏拊,策书自管壁瑕疵。纷纷健笔刚题破,从此磨崖不是碑。

这两首诗都对黄庭坚诗提出批评。王炎对于《中兴碑》也是先读墨本,后见石刻,但他与黄庭坚的感受南辕北辙。王炎认为《中兴颂》的主旨就是歌功颂德,王诗本身也是如此,对玄宗昏庸致乱一字不提,对肃宗登基平叛则热情歌颂,甚至连玄肃关系也完全归罪于张后、李辅国。总之在王炎看来,当时的唐朝如日初升,一片光明:"扶桑杲杲未翳蚀!"那么,《中兴颂》开头即说:"噫嘻前朝,孽臣奸骄,为昏为妖。边将骋兵,毒乱国经,群生失宁。大驾南巡,百僚窜身,奉贼称臣。"如此明显的讥刺又如何解释呢?王炎说"首章义正语未婉,前辈不辨来者疑",意即元颂只是语气不够婉转,才导致后人的误解。于是王炎表明其态度:"正须细读史克颂,未用苦说涪翁诗。"所谓"史克颂",也即前面所说的"《鲁颂》四篇文无讥"。《诗·鲁颂》共有《駉》、《有駜》、《泮水》、《閟宫》四篇,毛传认为它们的主旨都是歌颂鲁僖公的,并说它们都是鲁国史官史克所撰。王炎既然认为《中兴颂》与《鲁颂》一样纯属颂词,当然对黄庭坚诗不以为然。"苦说"者,多说,久说,极言也。南宋初年,随着苏、黄等人在政治上的平反,黄诗、黄书极受重视。《书摩崖碑后》也广受赞扬,前引曾季狸、吴子良等人之论即为显例。王炎则认为黄诗不该将《中兴颂》理解为讥刺,当然更不该对玄肃之际的政局进行尖锐的批评。王炎此诗作于孝宗朝,正是南宋政权已站稳脚跟,进而产生北伐之议的时代,王诗末尾说到北望神州,可见此诗其实也有借古讽今之意,即希望宋王朝像安史之乱后的唐朝那样实现中兴。这种愿望无可非议,但由此产生的对《中兴颂》的理解未免郢书燕说,对黄庭坚《书摩崖碑后》的批评也未为确论。

范成大的立论稍有不同。他认为颂体的文体功能就是歌颂,故元结的《中兴颂》算不上纯粹的颂体。《清庙》原是《诗·周颂》的第一篇,毛传说是周公所作,并释其主旨云:"清庙者,祭有清明之德者之宫也,谓祭文王也。"①范诗认为,元结的本意是想为唐朝作颂,却不妥当地运用了《春秋》笔法来暗寓讥刺。"歌咏当谐琴搏拊,策书自管璧瑕疵"二句,意即颂体本应像抚琴一样的和婉肃穆,元结即使要对朝政瑕疵有所批评,也只应出现在其奏策,而不应写进《中兴颂》。范诗的末二句稍为费解,幸诗前有序曰:"今元子乃以鲁史笔法,婉辞含讥,盖之而章,后来词人复发明呈露之。则夫磨崖之碑,乃一罪案,何颂之有?"可知此二句乃针对题咏《中兴颂》的前人诗作而言。这首诗中并未点出黄庭坚之名,但范成大在《骖鸾录》中就把矛头对准黄诗:"始余读《中兴颂》,又闻诸搢绅先生之论,以为元子之文,有《春秋》法,谓如'天子幸蜀,太子即位于灵武',书法甚严;又如'古者盛德大业,必见于歌颂,若今歌颂大业,非老于文学,其谁宜为',则不及盛德;又如'二圣重欢'之语,皆微词见意。夫元子之文,固不为无微意矣。而后来各人,贪作议论,复从旁发明呈露之,鲁直诗至谓'抚军监国太子事,何乃趣取大物为',又云'臣结春秋二三策,臣甫杜鹃再拜诗。安知臣忠痛至骨,后世但赏琼琚词',鲁直既倡此论,继作者靡然从之,不复问歌颂中兴,但以诋骂肃宗为谈柄,至张安国极矣,曰:'楼前下马作奇祟,中兴之功不当罪。'岂有臣子方颂中兴,而傍人遽暴其君之罪,于体安乎?夫颂者,美盛德之形容,以成功告于神明者也。别无他意,非若风雅之有变也。商周鲁三诗,可以概见。今元子乃以笔削之法,寓之声诗,婉词含讥,盖之而章,使真有意邪,固已非是,诸公噪其

傍又如此,则中兴之碑乃一罪案,何颂之有?观鲁直'二三策'与
'痛至骨'之语,则诚谓元子有讥焉。余以为非是,善恶自有史册,
歌颂之体不当含讥,譬如上寿父母之前,捧觞善颂而已,若父母有
阙遗,非奉觞时可及。磨崖颂大业,岂非奉觞时邪?元子既不能无
误,而诸人又从傍诋诃之不恕,何异执兵以诉人之父母于其子孙为
寿之时者乎?乌得为事体之正!"范成大此论,表面上义正词严,所
以他在诗序中理直气壮地说:"此诗之出,必有相诉病者,谓不合题
破次山碑,此亦习俗固陋,不能越拘挛之见耳。余义正词直,不暇
恤也!"范氏虽然振振有词,但立论的基础只是为尊者讳。至于为
父母祝寿的比喻,则比拟不伦,引喻失义,不足为训。"为尊者讳"
表面上维护了皇帝或朝廷的权威,有利于巩固王朝的统治,但它违
背了有普遍意义的政治原则或伦理准则,从长远角度来看,反而有
害于王朝的长治久安。范氏发表此论后不久,朱熹就指出:"唐肃
宗中兴之业,上比汉东京固有愧,而下方晋元帝则有余矣。许右丞
之言如此,盖亦有激而云者。然元次山之词,歌功而不颂德,则岂
可谓无意也哉?至山谷之诗,推见至隐,以明君臣父子之训,是乃
万世不可易之大防,与一时谋利计功之言,益不可同年而语矣。近
岁复有诡子妄为刻画,以谤伤之,其说之陋,又许公所不道,直可付
一笑云。"①此处虽未点出范氏之名,但诚如清人王懋竑所云:"昔
石湖范氏议元次山《中兴颂》为不合颂体,其自述云:'恰逢健笔刚
题破,从此磨崖不是碑。'而朱子直以'诡子'目之,至今为笑。"②朱
熹的议论正是针对范氏而发。朱熹为什么赞成元结、黄庭坚而反
对范成大?朱熹说得很清楚:黄诗"明君臣父子之训,是乃万世不
可易之大防",而范氏之论则是"一时谋利计功之言"。也就是说,
在朱熹看来,范成大维护的目标仅是某个皇帝或某个朝代的权威,
元结、黄庭坚则要维护千秋万代永远不变的伦理道德准则。前者

---

① 《跋程沙随帖》,《晦庵先生朱文公文集》卷八四,第 1475 页。
② 《书杜北征诗后》,《白田杂著》卷六,《文渊阁四库全书》本,台湾商务
印书馆 1986 年版,第 731 页。

所争的只是一时的是非,后者所争的却是千秋的功罪。朱熹毕竟是一代理学宗师,他以卓越的见识和深邃的目光肯定了元结、黄庭坚的观点。由此可见,这首黄诗不但以苍老遒劲的风格取胜,而且以深刻独到的议论见长,这是黄庭坚晚年诗歌的最高境界。胡仔云:"余顷岁往来湘中,屡游浯溪,徘徊磨崖碑下,读诸贤留题,惟鲁直、文潜二诗,杰句伟论,殆为绝唱,后来难复措词矣。"①此语用于张耒诗,未免过誉,但用于黄诗,则实至名归。

综上所述,五首题咏《中兴颂》诗充分体现出宋诗的某些特征。比如严羽批评宋诗"以才学为诗,以议论为诗"②,这两种特征便在五首诗中有着相当鲜明的体现。这五首诗虽然多用成语典故,而且大发议论,但浓重的书卷气并未消减真切的身世之感,且在浓郁的历史沧桑感中寄托着强烈的现实关注,足称情文并茂。尤其是黄庭坚《书摩崖碑后》一诗,其风格之老成,感慨之深沉,即使与杜甫的《公孙大娘弟子舞剑器行》等唐诗名篇相比也并不逊色,"以才学为诗,以议论为诗"云云,又何足为其病? 笔者认为,前人对于宋诗的总体批评,必须落实到具体的作品分析,才能看清其是非。北宋末年的五首题咏《中兴颂》诗,正是具有典型意义的作品样本,值得我们重视。

---

① 《苕溪渔隐丛话》前集卷四七,《宋诗话全编》,第3845页。

② 《沧浪诗话·诗辨》,《沧浪诗话校释》,人民文学出版社1961年版,第26页。

张耒诗歌三问

一、张耒诗的成就是以乐府为主吗？

南宋周紫芝曰："本朝乐府，当以张文潜为第一。文潜乐府刻意文昌，往往过之。顷在南都，见《仓前村民输麦行》，尝见其亲稿，其后题云：'此篇效张文昌，而语差繁。'乃知其喜文昌如此。"①陆游则云："自张文潜下世，乐府几绝。"②那么，张耒诗歌的成就是以乐府为主吗？

张耒集在南宋时曾有多种版本，其中之一题作《柯山集》，均已不传。今本《张耒集》由中华书局于 1990 年出版，据整理者在《前言》中说明，其整理底本乃民国十八年田毓璠据段蔗丈所藏粤本校勘重印本《柯山集》，所谓"粤本"实即广雅书局重印之清乾隆武英殿聚珍本。因武英殿聚珍本的版本源流不详，故不知该本最初的编纂者究为何人。今本《张耒集》的卷三至卷五为"古乐府歌词"，共存作品 85 首。在现存的苏轼、苏辙以及"苏门四学士"的别集中，将"古乐府歌词"单列一体者仅有张耒，乐府诗的作品数量也以张耒为最多。当然《张耒集》对"古乐府歌词"的认定不够准确，例如卷四的《瓦器易石鼓文歌》，从内容到字句都与韩愈、苏轼的《石鼓歌》如出一辙，而韩诗、苏诗都不被认作乐府歌词。又如卷五的《和归去来辞》，分明是模拟陶渊明的《归去来兮辞》与苏轼的《和陶归去来兮辞》，而陶、苏之作也不被认作乐府歌词。但剔去此类作品，张耒的乐府歌词数量仍在当时首屈一指。

① 《竹坡诗话》，《宋诗话全编》，江苏古籍出版社 1998 年版，第 2834 页。

② 《跋郑虞任昭君曲》，《渭南文集校注》卷二七，浙江教育出版社 2011 年版，第 167 页。

周紫芝所称之《仓前村民输麦行》有序云："余过宋,见仓前村民输麦,止车槐阴下,其乐洋洋也。晚复过之,则扶车半醉,相招归矣。感之,因作《输麦行》,以补乐府之遗。"诗中描写村民输麦入仓,幸而遇到"清严官吏两平量",而不是"如何一石余,只作五斗量"①的贪官狡吏,故得交清租税,愉快返家:"出仓掉臂呼同伴,旗亭酒美单衣换。半醉扶车归路凉,月出到家妻具饭。"显然,此诗的主题是"农家乐",这在乐府诗中相当罕见,张耒也是偶然写到,故自称"以补乐府之遗"。而乐府诗中最常见的"悯农"类主题,在张耒诗中有相当突出的呈现。例如《旱谣》:"七月不雨井水浑,孤城烈日风扬尘。楚天万里无纤云,旱气塞空日昼昏。土龙蜥蜴竟无神,田中水车声相闻。努力踏车莫厌勤,但忧水势伤禾根。道傍执送者何人,稻塍争水杀厥邻。五湖七泽水不贫,正赖老龙一屈伸!"七月正是水稻生长的关键时节,却逢大旱,农夫为了争水,竟至斗殴杀死邻人,这是怎样的人间惨剧!又如《劳歌》:"暑天三月元无雨,云头不合惟飞土。深堂无人午睡余,欲动身先汗如雨。忽怜长街负重民,筋骸长毂十石弩。半衲遮背是生涯,以力受金饱儿女。人家牛马系高木,惟恐牛躯犯炎酷。天工作民良久艰,谁知不如牛马福。"酷暑之日,牛马尚被系于树阴下避暑,街头的贫民却为了养家活口,冒着炎炎赤日负重而行,身体弯曲得像拉满的强弓!值得注意的是,张耒诗中的此类主题,实已溢出了所谓"乐府歌词"的范围,这种情形与苏轼诗相似。元祐八年(1093)元月,黄师是赴任两浙刑狱,时浙民苦于水灾,故苏轼作诗送黄师是云:"哀哉吴越人,久为江湖吞。官自倒帑廪,饱不及黎元。"②张耒则作《次韵苏翰林送黄师是赴两浙》云:"谁如东坡老,感激论元元。"可见张耒作诗多及民瘼,乃深受其师苏轼之影响。就此类主题而言,张耒诗的成就

① 皮日休《橡媪叹》,《全唐诗》卷六〇八,中华书局1960年版,第7019页。

② 《送黄师是赴两浙宪》,《苏轼诗集》卷三六,中华书局1982年版,第1963页。

已是青胜于蓝,主要体现是所涉及的社会现实比苏诗更加广泛。五古《早稻》描写旱灾:"早稻如倒戈,十穗八九折。晚稻不及秀,日炙根土烈。……老农祝天工,叩头眼垂血。"这与苏诗《吴中田妇叹》等作相近。而像《枭官粟有感》揭露奸商屯积居奇:"兼并闭困廪,一粒不肯分。伺待官粟空,腾价邀吾民。"七古《和晁应之悯农》描写饥民被迫为盗:"为盗操戈足衣食,力田竟岁犹无获。饥寒刑戮死则同,攘夺犹能缓朝夕。"《有所叹五首》之二写贫儿盗桑被杀:"饥儿无食偷邻桑,主人杀儿尸道傍。母兄知儿死不直,行哭吞声空叹息。"这些形形色色的民间疾苦是苏诗未曾涉及的,也是同时的其他诗人很少关注的。又如《有感三首》之二:"群儿鞭笞学官府,翁怜儿痴傍笑侮。翁出坐曹鞭复呵,贤于群儿能几何。儿曹相鞭以为戏,翁怒鞭人血流地。等为戏剧谁后先,我笑谓翁儿更贤。"直接描写的对象虽是群儿戏谑,却用旁敲侧击的手法尖锐地批判了官吏残害百姓的行径,独特的取材眼光正源于对社会现实的密切关注。

张耒在政治上追随苏轼,始终与苏轼同进同退。建中靖国元年(1101),苏轼逝世的消息传来,正任颍州知州的张耒饭僧缟素而哭,后因此而遭贬斥。但是张耒从未在朝中担任要职,也未像苏轼那样奋不顾身地参加新旧党争。当苏轼因言获祸后,张耒在《寄子瞻舍人二首》之二中叮嘱苏轼云:"纷纷名利场,向背不知丑。翟公书其门,客态自如旧。势去竞诋沮,有余丐升斗。高贤少畦畛,小子多状候。退之呼字生,房相肆琴叟。事奇出意表,欲辩不及口。……防微无早计,求福常恐后。""退之"句指韩愈作序赠行后辈裴锷"仍呼其字"而遭到政敌攻讦之事①,"房相"句指房琯因善琴之门客董庭兰纳贿而受牵连之事②,张耒用两个典故来告诫苏轼要防微杜渐,提防奸人之陷害。此前张耒曾在《寄答参寥五首》之四中自道心迹云:"我生为文章,与众常不偶。出其所为诗,不笑

---

① 见《旧唐书·韩愈传》,中华书局1975年版,第4198页。
② 见《旧唐书·房琯传》,第3323页。

即嘲诟。少年勇自辩，盛气争可否。年来知所避，不敢出诸口。"此诗作于元丰二年(1079)五月，张耒年方二十六岁。当时苏轼正在知湖州任上，"乌台诗案"即将发生，张耒已经敏锐地感觉到山雨欲来的政治气候，从而改变先前作诗敢笑敢骂的作风。张耒比苏轼年少十八岁，却同时遭受政治高压下作诗惹祸之形势的影响，所以他未能像苏轼那样充分发展用诗歌讥刺时事、干预政治的可能性，从而较早确立了回避政治题材的写作倾向。然而，正像苏轼在"乌台诗案"之后并未彻底改变作诗讥刺的积习一样，在张耒此后的诗歌中政治主题并未绝迹，不过变得闪烁其词而已。例如作于大观年间的《寓陈杂诗十首》之四："唐有元相国，实杀颜平原。……相国死仓卒，秽袜塞其咽。家门随手破，但怪椒斛千。颜公黄尘外，风节犹凛然。元子堕九幽，遗臭万世传。"此时张耒闲居陈州，为何对唐代奸相元载忽发思古之幽情？当是因为元载乃声名狼藉的一代奸相，其贪赃枉法、残害忠良等行径与当代奸相蔡京之流乃一丘之貉，故而借古讽今。又如作于崇宁年间的《读除目有感》："祸福茫茫不可猜，可能凭势即无灾。相君西阆挥毫日，岂料方还此地来。"这分明是指绍圣年间权相章惇迫害旧党，将苏轼、苏辙等任意贬至儋州、雷州等南荒僻地，没想到几年后章惇自己也被贬至雷州，张耒语言冷隽，讥刺入骨。又如作于绍圣年间的《冬日放言二十一首》之十九："秦人焚诗书，意欲遂绝灭。六经至今存，何曾损毫发。"多半是对新党执政的朝廷下令焚毁苏黄等人文集的嘲讽。

　　然而，张耒诗的主要主题倾向并非上述反映民瘼、针砭时弊两类。或者说，张耒作诗的主要目的并非描写社会现实，而是抒写内心情思。他在《投知己书》中云："古之能为文章者，虽不著书，大率穷人之词十居其九，盖其心之所激者，既已沮遏壅塞而不得肆，独发于言语文章，无掩其口而窒之者，庶几可以舒其情，以自慰于寂寞之滨耳。如某之穷者，亦可以谓之极矣。其平生之区区，既尝自致其工于此，而又遭会穷厄，投其所便。故朝夕所接，事物百态，长歌恸哭，诟骂怨怒，可喜可骇，可爱可恶，出驰而入息，阳厉而阴肃，沛然于文,若有所得。"①又在《上文潞公献所著诗书》中自称:"时时心之所感发,亦窃见之于诗。且夫人之生于天地之间,目之所见,耳之所闻,心之所思,一日之间无顷刻之休。而又观夫四时之动,敷华发秀于春,成材布实于夏,凄风冷露、鸣虫陨叶而秋兴,重云积雪、大寒飞霰而冬至,则一岁之间无一日隙。以人之无定情,对物之无定候,则感触交战,旦夜相召,而欲望其不发于文字言语,以消去其情,盖不可得也。则又知诗者虽欲不为,有所不能。"②由此可见,在张耒看来,写诗的冲动主要源于诗人的自身遭际,其中既包括穷厄困苦等社会因素,也包括时光节物等自然因素。张耒的诗学观念与《诗大序》及钟嵘《诗品序》等传统诗论一脉相承,但更加强调诗人感受之个体性与当下性。正因如此,张耒笔下最常见的诗歌主题便是下面两大类:一是目耳所及之风物景象,二是亲身所历之生活情状。

先看第一类。张耒在《曲河驿初见嵩少》中自称:"平生忽俗事,丘壑情所好。"又在《二十三日即事》中自称:"到舍将何作归遗,江山收得一囊诗。"当他欣赏自然风光时,往往诗兴大发,以至于人们称赏张诗,常常着眼于其模山范水的佳句,比如晁补之、吕本中等曾赞赏张耒的"斜日两竿眠犊晚,春波一眼去凫寒"、"苍龙挂斗寒垂地,翡翠浮花暖作春"、"秋明树外天"、"城角冷吟霜,浅山寒带水"等诗句③;皆属描摹景物者。在《张耒集》卷十中,描写雨景的诗便多达十二首,其中题作《春雨》的便有三首。在卷十一中,描写草木虫鱼的诗多达二十一首。张耒既善于刻画壮阔奇丽之景,例如《题焦山》:"焦山如伏龟,万古浸碧浪。举头北顾海,尾负金刹壮。我闻城东楼,秀色日相向。松杉数毛发,人物见下上。欲携浮丘公,据壳恣潜漾。仙风如见引,金阙或可访。"也善于描绘平凡朴素之景,例如《宿东鲁父居二首》之一:"夕阳低欲尽,春浅色萧萧。

---

① 《张耒集》卷五五,中华书局1990年版,第831页。
② 《张耒集》卷五六,第841页。
③ 见《苕溪渔隐丛话》前集卷五一,《宋诗话全编》,第3871页。

暝色催归牧,炊烟向晚樵。疏星临水际,过火隔村桥。黯黯柴门夜,栖鸦对寂寥。"他还善于从细微平常的景物中发现美感,例如《牧牛儿》:"犊儿跳梁没草去,隔林应母时一声。"又如《夏日杂兴四首》之三:"蜗壳已枯粘粉壁,燕泥时落污书床。"

再看第二类。张耒喜咏平凡的日常生活,例如《视盗之南山》:"穷冬策羸马,祇役走南山。……百里不逢人,我徒互悲叹。但见女几峰,万寻戈剑攒。淋漓锁冰雪,冷射狐裘穿。日暮投主人,茅茨起孤烟。燃薪不计束,未解手足拳。主人前致辞,问官来苦艰。我答岂得已,王事不可闲。馈我脱粟饭,殷勤为加餐。山家无酒肉,粗粝味亦甘。月出万岭光,夜归霜满鞍。回视所历处,猿鸟应愁颜。暗想酸两股,夜眠惊梦魂。人生亦可贵,何事恋微官。"又如《寓陈杂诗十首》之一:"传舍不可久,束装投新居。新居亦苟完,佳木颇扶疏。洒扫寻丈地,琴书遣朝晡。风云中夜变,大雨如决渠。落点若强箭,穿我老屋涂。中夜起明烛,移床护吾雏。传闻北城隅,老弱堤上庐。官吏操畚锸,纷纷役千夫。蚁漏或一决,城阖变江湖。吾衰也久矣,岂复惮为鱼。"前者作于元丰年间,时张耒任寿安县尉,所写乃入山视盗的经历。后者作于政和初年,时张耒闲居陈州,夏季移居,乃写新居之简陋,以及夜雨屋漏之情状。此类诗作中虽然缺少传诵人口的名篇,但其总体成就是相当可观的。

总之,张耒诗题材广阔,内容丰富,在许多方面都成就卓著,乐府诗仅是张诗中特别引人注目的一类主题而已。

二、张耒诗为何有粗疏草率之病?

张耒为贺铸词集作序云:"文章之于人,有满心而发,肆口而成,不待思虑而工,不待雕琢而丽者,皆天理之自然而情性之道也。"[①]后人或认为"他过分强调了这个方面,又不免忽视了另一个方面。……因而形成他自己的诗歌风格虽具有不雕饰而平易舒坦的优点,但终不免流于粗疏和草率,是既不'工丽',也不十分'自

---

① 《贺方回乐府序》,《张耒集》卷四八,第755页。

然'的。"①那么，张耒诗果真有粗疏草率的缺点吗？其原因又是什么？

最早批评张耒诗风粗疏的是南宋人朱熹。朱熹云："张文潜诗只一笔写去，重意重字皆不问，然好处亦是绝好。"又云："张文潜诗有好底多，但颇率尔，多重用字。"②朱熹所云其实有两层意思，首先是肯定张耒诗自有优点，其次才是批评其粗疏，但后人往往只注意后者而对前者视而不见，例如钱锺书评张耒诗风云："可惜他作的诗虽不算很多，而词意每每复出叠见，风格也写意随便得近乎不耐烦，流于草率。……看来他往往写了几句好句以后，气就泄了，草草完篇，连复看一遍也懒。朱熹说他'一笔写去，重意重字皆不问'，还没留心到他在律诗里接连用同一个字押韵都不管账。"③此语除了"重意重字"是明引朱熹外，其实还暗引了朱熹的另一段话："张文潜软郎当，他所作诗，有四五句好，后数句胡乱填满，只是平仄韵耳。"④

让我们对上述指责逐一验证。"重意"如指整首诗的主要意旨，则凡是作诗较多的诗人，大多难以避免。据今本《张耒集》统计，存诗共二千二百零五首，作品数量不算少。况且张耒作诗常有一题多首之习，如《感遇二十五首》、《岁暮书事十二首》、《梅花十首》、《晚春初夏八首》之类，若要彻底回避全篇题旨方面的"重意"，恐属强人所难。"重意"如指单句之诗意，则确为一病，这在张耒诗中也确实比较严重。比如卷八《冬日放言二十一首》之五有句云："吾事幸无急。"同卷《题壁》则有句云："事幸无甚急。"句意雷同。又如卷一八《和柳郎中山谷寺翠光亭长韵》有句云："功名叹不偶，岁月去如奔。"同卷《岁暮独酌书事奉怀晁永宁》则有句云："天涯催

---

① 中国社会科学院文学研究所中国文学史编写组《中国文学史·宋代文学》第五章第二节，人民文学出版社 1962 年版，第 610 页。
② 《朱子语类》卷一四〇，中华书局 1994 年版，第 3330 页。
③ 《宋诗选注》，生活·读书·新知三联书店 2002 年版，第 127 页。
④ 《朱子语类》卷一三〇，第 3122 页。

晚岁,残律去如奔。"虽后者将一句之意分为两句,但亦属雷同。又如卷一七的《宿东鲁父居二首》之二有句云:"烟树淮南阔,鱼盐楚俗轻。"同卷《淮上夜风》则有句云:"烟水东南阔,鱼盐吴楚同。"以及卷一九《岁暮闲韵四首》之一云:"岁暮柯山客,端居不出门。"同卷《岁暮》亦云:"岁暮无聊客,端居如坐禅。"都是接连两句句意雷同。更加严重的则如卷一九《十一月七日五首》之二有句云:"寒暑添线衲,朝晡折足铛。"同卷《冬至后三日三首》之一中又见此二句,一字不差!

再看"重字"的情形。一般来说,古体诗是不避重字的,张耒诗也是如此。比如卷一一《十三夜风雨作,暑气顿尽,明日与晁郎小饮》中即云"老火不复燎",又云"灯火清自照",两用"火"字,但相隔五句,或不足深病。但如果一首诗中重字太多,比如卷一二《对莲花戏寄晁应之》中既云"水宫仙女斗新妆",又云"晁郎神仙好风格,须遣仙娥伴仙客",连用四个"仙"字;或重字之句连接较紧,如卷一三《秋风三首》之二云"长淮烟波渺千里,怅望搔首山川长",两个"长"字出现在上下句中,便给人以重复之感。张耒的律诗中也时见重字,情形就较严重,比如卷一九《冬日作二首》之一的中间两联:"眉颦鲁酒薄,肠断楚梅酸。云梦寒全薄,湖湘春欲还。"接连两个出句以"薄"字收尾,确为瑕疵。又如卷一七《何处春深好二首》之一:"何处春深好,春深老宿家。茶炉寒宿火,佛案晓添花。坏宅无妖火,通途有宝车。院深人不到,幡影逐风斜。"不但中间二联的出句连用"火"字收尾,而且全诗中三见"深"字,难免给人以粗率之感。

再看"草草成篇"的情形。这种情形主要见于张耒的古风,尤其是五古。例如卷一一《四月之初,风雨凄冷如穷秋,兀坐不夜堂二首》之一:"东君已成归,风雨为之殿。夜来柯山溜,深射交百箭。可怜东园花,收拾无一片。开门不能出,径滑那得践。还归酌卯酒,佐酌有藜苋。重思理貂裘,未用愁纨扇。"前四句笔力雄劲,描绘生动,后八句却意陋词芜,直塌下去。又如同卷《庵东窗雨霁月出,梅花影见窗上》:"山头冷月出,射我幽窗明。屋东有新梅,寒影交疏棂。暗香不可挹，仿佛认繁英。耿耿终无言，依依如有情。恍疑姑射真，仙驭下我庭。姮娥晓西去，满树晨霜清。"前四句写难得之景，如见目前，相当新警。后八句却词意凡陋，草草收尾。这种"虎头蛇尾"之病，正是张耒古诗中少见意境浑融之佳作的主要原因。

至于钱锺书所说的"律诗里接连用同一个字押韵"，确有二例，即钱氏《宋诗选注》中指出的卷二一《京师废宅》的中二联"古窗雨积昏残昼，朽树经阴长寄生。门下老人时洒扫，旧时来客叹平生"，以及卷二二《自海至楚途次寄马全玉八首》之六的首联、颈联"萧萧晚雨向风斜，村远荒凉三四家"、"愁如夜月长随客，身似飞鸿不记家"。但是遍检《张耒集》，除此之外未见他例。笔者一方面佩服钱氏读书之细，另一方面也认为这可能是张耒偶然粗心失检，并非张诗的普遍情况。

上述种种不足，确实与张耒"满心而发，肆口而成"的写作态度有关，前人对此论述已多，无须重复。但是我们也应注意到，张耒虽然在口头上主张写诗应"满心而发，肆口而成"，在创作实践中却并非一味如此。从炼字、押韵到用典，张耒也曾颇下苦功。先看炼字。卷十《出伏调潘十》有句云："老火炽而焰，弱金融未凝。""老火"指烈日，"弱金"指初秋，"老"、"弱"二字甚为凝炼。可能张耒对此颇为得意，故在卷十一《入伏后三日》中又重用之："老火炽而焰，端能流弱金。"此外如卷十一《文周翰邀至王才元园饮》中的"众绿结夏帷，老红驻春妆"，"众"、"老"二字也颇见锻炼之功。再看押韵。卷二五《潘大临莲池二首》是两首七言律诗，都以"累、时、葵、池"为韵脚，且甚稳妥，例如"葵"字较难入韵，但此诗中"终朝挥拂倦蒲葵"、"用智从前不及葵"二句却押韵颇工。卷一四《赠吴孟求承议二首》是两首七言古风，都以"口、走、柳、缶、牖、瘦、守"为韵脚，其中"口、走、缶"诸字都较难入韵，但这两首诗中押得相当精稳。卷一九的《福昌书事言怀一百韵上运判唐通直》长达百韵，通首不出"庚"部，而且有许多韵脚均是难以入韵的，例如"官舍连麋鹿，人家杂鼬鼪"、"秋心悲杜宇，春候听鹈鴂"、"野胥形矍铄，村隶语生狞"、"太史遗重补,骚歌韵再赓"、"战苦心逾勇,锋交敌丧勋"、"顾步丹霄近,联绵盛事并"、"量度分寻尺,题评尽甲庚"、"陋每轻樊子,勤将比老彭"等句,押韵既精准,对仗亦工稳。而且此诗连押百韵,并无一处重韵,可见上述律诗中出现重韵者实属偶然。再看用典。卷十《晓赴秘书省有感》:"跳梁干造物,乃取镆铘诮。"此处用《庄子·大宗师》之典:"今之大冶铸金,金踊跃曰:'我且必为镆铘!'大冶必以为不祥之金。"以表达"委怀随所遭"之处世态度,用典甚为贴切。卷一一《理东堂隙地自种菜》:"桓桓左将军,英气横八区。邂逅无事时,弛弓曾把锄。""左将军"指刘备,因其曾仕汉为左将军,此处用刘备之故事:"曹公数遣亲近密觇诸将有宾客酒食者,辄因事害之。备时闭门,将人种芜菁。曹公使人窥门。既去,备谓张飞、关羽曰:'吾岂种菜者乎?'"[①]此典仅见于《三国志》之裴松之注,张耒用以形容自己的种菜之举,甚为贴切。卷一八《岁暮即事寄子由先生》:"木镵随杜胫,葛制暖韩躯。"二句分用杜诗"长镵长镵白木柄,我生托子以为命。黄独无苗山雪盛,短衣数挽不掩胫"[②],以及韩诗"冰食葛制神所怜"[③],来形容自身衣食不周之窘境,言简意赅。无论是故事还是成语,这些典故的出处都相当冷僻。综合上述几方面的情形,可证张耒的创作态度也有刻苦锤炼的一面,下面这个例子更能说明此点。

《道山清话》载:"张文潜尝云:子瞻每笑'天边赵盾益可畏,水底右军方熟眠',谓'汤炽了王羲之也'。文潜戏谓子瞻:'公诗有"独看红蕖倾白堕",不知"白堕"是何物?'子瞻云:'刘白堕善酿酒,出《洛阳伽蓝记》。'文潜曰:'云白堕既是一人,莫难为倾否?'子瞻笑曰:'魏武《短歌行》云:"何以解忧,惟有杜康。"杜康亦是酿酒人

---

① 《三国志·蜀书》卷二引胡冲《吴历》,中华书局1982年版,第875页。

② 《乾元中寓居同谷县作歌七首》之二,《杜诗详注》卷八,中华书局1979年版,第694页。

③ 《苦寒歌》,《韩昌黎诗系年集释》卷一,上海古籍出版社1994年版,第41页。

名也。'文潜曰：'毕竟用得不当。'"①这则轶事不仅反映出张耒与苏轼亦师亦友的亲密关系，也可见张耒对于诗歌写作精益求精的态度。今检张耒集卷二三《仲夏》云："云间赵盾益可畏，渊底武侯方熟眠。"前句与《道山清话》所载者相异二字，后句则相差四字，而"水底右军方熟眠"一句则不见于今本张集，当是传闻异词。清人王士禛因而戏云："武侯云者，如言卧龙也。此谑当更云'汤焊诸葛丞相'耳，与右军无涉。"②按"云间赵盾"指烈日，因赵盾曾被称为"夏日之日"③。"渊底武侯"则指龙，因诸葛亮被称"卧龙"。用典虽巧，但毕竟不够稳妥。张耒讥评苏轼用"白堕"代指酒"毕竟用得不当"，其实也意味着承认"云间赵盾"二句确实欠妥。值得注意的是，张耒后来的诗作中有"多士方怀宣父日，苍生竟失傅岩霖"之句④，用典手法未变，但明白点出"日"、"霖"二字，便稳妥得多。"宣父"当指赵衰，因赵盾称赵宣子，故称其父为"宣父"。《左传》中称赵衰为"冬日之日"，杜预注："冬日可爱。""傅岩"指傅说，相传殷高宗立傅说为相，命曰："若岁大旱，用汝作霖雨。"⑤张耒用赵衰、傅说二典形容范纯仁生前深得人心，既贴切稳妥，又庄重典雅。范纯仁与苏轼同卒于建中靖国元年（1101），可证张耒此诗的作年晚于《仲夏》。这个例子说明，张耒作诗有时也追求精工稳妥，也能臻于精深工整的艺术境界。同时也就说明，张耒诗在总体上未能避免粗疏草率之病，非不能也，乃不为也。

张耒论诗，最重平易简洁而不主瑰奇险怪，卷五五《答李推官书》中云："足下之文，可谓奇矣。捐去文字常体，力为瑰奇险怪，务

① 《道山清话》，《宋元笔记小说大观》，上海古籍出版社 2007 年版，第 2949 页。

② 《居易录》卷一五，《王士禛全集》，齐鲁书社 2007 年版，第 3970 页。

③ 《左传·文公七年》："赵衰，冬日之日也。赵盾，夏日之日也。"杜预注："冬日可爱，夏日可畏。"《春秋左传注疏》卷一九上，北京大学出版社 1999 年版，第 520 页。

④ 《范忠宣挽歌二首》之二，《张耒集》卷二四，第 437 页。

⑤ 《尚书正义·说命上》，北京大学出版社 1999 年版，第 248 页。

欲使人读之如见数千载前蝌蚪鸟迹所记弦匏之歌、钟鼎之文也。足下所嗜者如此，固无不善者，抑某之所闻：所谓能文者，岂谓其能奇哉？能文者固不能以奇为主也。……江河淮海之水，理达之文也，不求奇而奇至矣。激沟渎而求水之奇，此无见于理，而欲以言语句读为奇之文也。《六经》之文莫奇于《易》，莫简于《春秋》，夫岂以奇与简为务哉？势自然耳。《传》曰：'吉人之词寡。'彼岂恶繁而好寡哉？虽欲为繁，不可得也。自唐以来至今，文人好奇者不一。甚者或为缺句断章，使脉理不属，又取古书训诂希于见闻者，挦扯而牵合之，或得其字不得其句，或得其句不得其章，反覆咀嚼，卒亦无有，此最文之陋也。"这段文字被元人撮要录入《宋史·文苑传》①，长达二百一十三字，而同入《文苑传》的"苏门学士"黄庭坚、秦观、晁补之诸传中皆无一字及其文论，可见张耒此论影响之大。"满心而发，肆口而成"之论是指写作态度，此论则指风格倾向，它们相辅相成，表明张耒对于诗文写作是以平易简洁为追求目标的。这样的追求对张耒诗的成就来说是一把双刃剑，如果过度，难免产生粗疏草率的缺点，已如上述。如果适度，则会形成平易晓畅的优点。试举一例：卷一八《发长平》："归牛川上渡，去翼望中迷。野水侵官道，春芜没断堤。川平双桨上，天阔一帆西。无酒消羁恨，诗成独自题。"方回将此诗选入《瀛奎律髓》，评曰："虽自然，无不工处。"纪昀则评曰："盖贪自然者，多涉率易粗俚。自然而工，乃真自然矣。"②两则评语虽是针对此诗而发，但也准确地说出了张耒诗整体上的艺术优点。

三、张耒诗在苏门诸学士中地位如何？

在苏轼及周围的诗人群体中，张耒的卒年最晚：元符三年（1100），秦观卒。建中靖国元年（1101），苏轼、陈师道卒。崇宁四年（1105），黄庭坚卒。大观三年（1109），李廌卒。大观四年

---

① 《宋史·文苑传》，中华书局1985年版，第13114页。
② 《瀛奎律髓汇评》卷二九，上海古籍出版社2005年版，第1281页。

(1110)，晁补之卒。政和二年(1112)，苏辙卒。政和四年(1114)，张耒卒。后人注意及此，如南宋汪藻跋张耒集云："元祐中，两苏公以文倡天下，从之游者，公与黄鲁直、秦少游、晁无咎，号四学士，而文潜之年为最少。公于诗文兼长，虽当时鲜复公比。两苏公诸学士既相继以殁，公岿然独存，故诗文传世者尤多。"①至元人撰《宋史·文苑传》，遂云："时二苏及黄庭坚、晁补之辈相继没，耒独存，士人就学者众，分日载酒肴饮食之。"②清人吴之振等人编纂《宋诗钞》，遂袭用《宋史》中语云："时二苏及黄、晁诸人相继殄殁，惟耒尚存，士人就学者众，分日载酒肴事之，其名益甚。"③其实张耒诗名早著，决非由于晚卒而"其名益甚"。下文稍作论述。

据《宋史·文苑传》载，"耒十七时作《函关赋》，已传人口。游学于陈，苏辙爱之，因得从轼游。"④熙宁八年(1075)，二十二岁的张耒因见苏轼《后杞菊赋》而作《杞菊赋》，次年又因苏轼所命而作《超然台赋》，深得苏轼欣赏。元丰四年(1081)，苏轼作书与李昭玘曰："独于文人胜士，多获所知，如黄庭坚鲁直、晁补之无咎、秦观太虚、张耒文潜之流，皆世未之知，而轼独先知之。……此数子者，挟其有余之资，而骛于无涯之知，必极其所如往而后已，则亦将安所归宿哉！"⑤此时张耒年方二十八岁。至元祐元年(1086)，三十三岁的张耒作书予苏轼，苏轼答书曰："仆老矣，使后生犹得见古人之大全者，正赖黄鲁直、晁无咎、陈履常与君等数人耳。"⑥可见苏轼早将张耒与黄庭坚、晁补之、秦观、陈师道诸人相提并论，并对其文学事业寄予厚望。张耒的年龄低于黄、秦、晁、陈诸人，可见其得名甚早。元祐年间，张耒入汴京任职，此后与二苏及黄、晁、陈诸人交

①　《柯山张文潜集书后》，《全宋文》第一五七册，上海辞书出版社 2006年版，第 235 页。

②④　《宋史·文苑传》，第 13114 页。

③　《宋诗钞》卷三〇《张耒宛丘诗钞》，中华书局 1986 年版，第 969 页。

⑤　《答李昭玘书》，《苏轼文集》卷四九，中华书局 1986 年版，第 1439 页。

⑥　《答张文潜县丞书》，《苏轼文集》卷四九，第 1427 页。

游日密,诗名益著。黄庭坚寄诗云:"短褐不磷缁,文章近楚辞。未识想风采,别去令人思。"①蔡肇誉之曰:"诗雄变怪有如此,震动犹能止啼乳。已倾太白酒船空,更压少陵饭山苦。"②晁补之称曰:"张侯公瑾流,英思春泉新。"③陈师道则称其曰:"诗岂江山助,名成沈鲍行。"④又曰:"今代张平子,雄深次子长。"⑤可见张耒正是在元祐时期进入诗歌创作的盛期,他的创作高潮与苏门诸君基本同步。及至其晚年,随着政治形势越来越严酷,苏轼及苏门诸人皆受到越来越重的政治迫害,诗歌创作皆转入低潮。葛立方云:"绍圣初,以诗赋为元祐学术,复罢之。政和中,遂著于令,士庶传习诗赋者,杖一百。畏谨者至不敢作诗。"⑥叶梦得云:"政和间,大臣有不能为诗者,因建言诗为元祐学术,不可行。李彦章为御史,承风旨,遂上章论陶渊明、李、杜而下皆贬之,因诋黄鲁直、张文潜、晁无咎、秦少游等,请为科禁。"⑦在这样的环境中,张耒虽然没有彻底放下诗笔,但其创作盛期显然已经过去。所以张耒在北宋诗坛上的地位,与其卒年较晚并无关系。

那么,张耒诗在苏门诸君中的地位究竟如何? 从其在文学史上的地位而言,"苏门四学士"在文体上各有擅场。黄庭坚的诗歌成就首屈一指,故得与苏轼并称"苏黄"。秦观与晁补之以词人的身份载入文学史册,张耒则以诗文著称。但在当时,人们却有其他

---

①　《次韵答张文潜惠寄》,《山谷诗集注》卷三,中华书局 2003 年版,第135 页。

②　《次韵上文潜丈》,《全宋诗》卷一二〇四,北京大学出版社 1998 年版,第 13648 页。

③　《饮酒二十首同苏翰林次韵追和陶渊明》之二十,《全宋诗》卷一一二二,第 12768 页。

④　《寄张宣州》,《后山诗注补笺》卷四,中华书局 1995 年版,第 163 页。

⑤　《寄张文潜舍人》,《后山诗注补笺》卷四,第 155 页。

⑥　《韵语阳秋》卷五,《历代诗话》,中华书局 1981 年版,第 524 页。

⑦　《避暑录话》卷三,《宋元笔记小说大观》,上海古籍出版社 2007 年版,第 2646 页。

的评价。比如黄庭坚与秦观以词人的身份并称"秦七、黄九",张耒
则以诗文与晁补之齐名。曹辅诗云:"张晁自是天下才。"①黄庭坚
诗云:"晁张班马手,崔蔡不足云。"②又云:"晁子智囊可以括四海,
张子笔端可以回万牛。"③陈师道并称晁、张曰:"白社双林去,高轩
二妙来。"④叶梦得追忆元祐末年的史实:"始天下名文章,称无咎、
文潜曰'晁张'。"⑤"张晁"一词甚至成为人们夸奖他人诗才卓越的
代名词,惠洪云:"临川谢无逸……尤工于诗。黄鲁直阅其与李冲
元诗曰'老凤垂头噤不语,枯木查牙噪春鸟',大惊曰:'张晁流也!'
陈莹中阅其赠普安禅师诗曰'老师登堂挝大鼓,是中那容嗇夫喋',
叹息曰:'计其魁杰,不减张晁也!'"⑥但事实上若论五七言诗的创
作实绩,张耒明显高于晁补之。试举一例:元祐二年(1087),张耒
与诸人会饮于王才元舍人园,张耒于席间作诗,大得诸人赞赏。王
才元之子王直方曾亲睹此事:"文潜与李公择辈来饮余家,作长句。
后数十日,再同东坡来。坡读其诗,叹息云:'此不是吃烟火食人道
底言语。'盖其间有'漱井消午醉,扫花坐晚凉'、'众绿结夏帷,老红
驻春妆'之句也。山谷次韵云:'张侯笔端势,三秀丽芝房。作诗盛
推赏,明珠计斛量。扫花坐晚吹,妙语亦难忘。'"⑦今检张诗即卷
十一《文周翰邀至王才元园饮》:"朝衫冲晓尘,归帽障夕阳。日月
马上过,诗书箧中藏。心疑长安人,一一如我忙。城西有佳友,延
我步闲坊。入门见主人,谢客无簪裳。蒲团乌皮几,密室留妙香。
门前佳木阴,堂后罗众芳。饭客炊雕胡,旨酒来上方。盈盈双鬟

---

① 《呈邓张晁蔡》,《全宋诗》卷七二六,第 8395 页。
② 《奉和文潜赠无咎,篇末多以见及以既见君子云胡不喜为韵》其五,
《山谷诗集注》卷四,第 156 页。
③ 《以团茶洮州绿石研赠无咎文潜》,《山谷诗集注》卷六,第 234 页。
④ 《晁无咎张文潜见过》,《后山诗注补笺》卷一,第 33 页。
⑤ 《书高居实集后》,《全宋文》第一四七册,第 314 页。
⑥ 《跋谢无逸诗》,《石门文字禅注》卷二七,上海古籍出版社 2021 年
版,第 4121 页。
⑦ 《王直方诗话》,《宋诗话全编》,第 1167 页。

女,身小未及床。执板歌一声,宾主无留觞。漱井消午醉,扫花坐晚凉。主翁尘外人,三十辞明光。闭门自灌园,种花见老苍。有才不试事,归卧野僧房。知君非徒然,顾我不能量。始知同一国,喧静自相忘。众绿结夏帷,老红驻春妆。何惜君马蹄,坐令风雨狂。"此诗并非张耒的代表作,却得到苏、黄如此赞赏,当因其全篇结构匀称,意脉流畅,却又含有"漱井"、"扫花"、"众绿"、"老红"等精警工丽的"妙语",堪称佳构,连黄庭坚的和诗亦未能远过①。至于晁补之的和诗②,则显然相形见绌。所以晁补之赠诗张耒曰:"雄深张子句,山水发天光。……骥尾何当附,西风万里长。"③当是由衷之语,而非客套之言。

那么,张耒诗若与黄庭坚、秦观相比又如何呢?先看后者。秦观的诗文在当时也卓然名家,但其风格与张耒相去甚远。王应麟云:"秦少游、张文潜学于东坡,东坡以为秦得吾工,张得吾易。"④朱弁则云:"东坡尝语子过曰:'秦少游、张文潜,才识学问,为当世第一,无能优劣二人者。少游下笔精悍,心所默识而口不能传者,能以笔传之。然而气韵雄拔,疏通秀朗,当推文潜。'"⑤可见在苏轼看来,张、秦二人各有优点。对于"秦得吾工",张耒本人也有体认,他说:"秦子善文章而工于诗,其言清丽刻深,三反九复,一章乃成。"⑥这与张耒"满心而发,肆口而成"的写作态度几乎是南辕北辙。再看前者。张耒对黄庭坚的诗歌成就极为钦佩,称之云:"不

---

① 见《次韵文潜同游王舍人园》,《山谷诗集注》卷六,第236页。

② 见《次韵张著作文潜饮王舍人才元家时,坐客户部李尚书公择、光禄文少卿周翰、大理杜少卿君章、黄著作鲁直》,《全宋诗》卷一一二四,第12781页。

③ 《次韵邓正字慎思秋日同文馆九首》之二,《全宋诗》卷一一三三,第12841页。

④ 《困学纪闻》卷一七《评文》,上海古籍出版社2008年版,第1865页。

⑤ 《曲洧旧闻》卷五,《宋元笔记小说大观》,第2992页。

⑥ 《送秦观从苏杭州为学序》,《张耒集》卷四八,第752页。

践前人旧行迹,独惊斯世擅风流。"①他对黄诗的独特风格亦甚为推崇,称之云:"黄子发锦囊,句有造化功。"②又云:"以声律作诗,其末流也。而唐至今,诗人谨守之。独鲁直一扫古今,出胸臆,破弃声律,作五七言,如金石未作,钟磬声和,浑然有律吕外意。"③虽然张耒对黄诗的成就推崇备至,但是黄诗那种生新瘦硬、戛戛独造的诗风并不符合张耒本人的风格追求。从总体而言,张耒的诗风与黄、秦二人皆相去较远,而与苏轼本人的诗风比较接近。苏轼以"气韵雄拔,疏通秀朗"称许张耒,颇可窥见此中消息。崇宁元年(1102),张耒作《立春三首》,黄庭坚次韵和之,其二曰:"传得黄州新句法,老夫端欲把降幡。"④所谓"黄州新句法",即指苏轼而言。此时苏轼已卒,黄、张也已进入晚年,可见黄庭坚对张耒诗的定评是传承了苏轼的诗风。

从字面上看,张耒学习苏诗"句法"的情况并不普遍。像"去年今日淮扬道,落絮残红正断魂"⑤之模仿苏诗"去年今日关山路,细雨梅花正断魂"⑥,以及"强驱睡味谁不仁,漠漠黑甜留两眦"⑦之模仿苏诗"三杯软饱后,一枕黑甜余"⑧之类的例子,甚为少见。张耒在立意或篇章结构上仿效苏诗的情况也不太多,效果则参差不齐,前者如卷一二《有感三首》之三:"南风霏霏麦花落,豆田漠漠初垂角。山边夜半一犁雨,田父高歌待收获。雨多萧萧蚕簇寒,蚕妇低

---

① 《读黄鲁直诗》,《张耒集》卷二三,第 407 页。
② 《休日同宋遐叔诣法云,遇李公择、黄鲁直。公择烹赐茗,出高丽盘龙墨,鲁直出近作数诗,皆奇绝,坐中怀无咎有作,呈鲁直遐叔》,《张耒集》卷六,第 64 页。
③ 见《苕溪渔隐丛话》前集卷四七,《宋诗话全编》,第 3841 页。
④ 《次韵文潜立春日三绝句》之二,《山谷诗集注》卷一七,第 618 页。
⑤ 《三月一日马令送花》,《张耒集》卷二五,第 451 页。
⑥ 《正月二十日往岐亭,郡人潘古郭三人送余于女王城东禅庄院》,《苏轼诗集》卷二一,第 1077 页。
⑦ 《叙十五日事》,《张耒集》卷一五,第 260 页。
⑧ 《发广州》,《苏轼诗集》卷三八,第 2067 页。

眉忧茧单。人生多求复多怨,天工供尔良独难。"此诗写雨水充沛
对田父有利而对蚕妇不利,故天工亦是进退两难,此意早见于苏诗
《泗州僧伽塔》:"耕田欲雨刈欲晴,去得顺风来者怨。若使人人祷
辄遂,造物应须日千变。"①相比之下,张诗远不如苏诗之精警显
豁。后者如卷一四《再和马图》,此诗乃《读苏子瞻韩干马图诗》的
姐妹篇,所和者是苏轼的《次韵子由书李伯时所藏韩干马》,但其结
构却是模仿苏轼的另一首题画诗《书王定国所藏烟江叠嶂图》。苏
诗开篇即用"江上愁心千叠山,浮空积翠如云烟"等十二句描写真
实山水,然后用"使君何从得此本,点缀毫末分清妍"等四句点明所
咏者乃画中山水,紧接着又用"君不见武昌樊口幽绝处,东坡先生
留五年"等十句叙写自己在山水幽胜之地度过的人生经历,最后方
用"还君此画三叹息,山中故人应有招我归来篇"点明题画意旨。
虽是一首题画诗,但全诗的主要篇幅都是描写人间的真山真水,而
且渗入浓郁的人生感叹。张诗共三十二句,前面二十六句叙述自
己少时喜骑恶马,至老犹未能忘的人生经历:"我年十五游关西,当
时惟拣恶马骑。……我心未老身已衰,梦寐时时犹见之。"最后才
用"想图思画忽有感,况复慷慨吟公诗"等六句转入题咏马图的题
旨。这样的题画诗,诗人的思绪完全不受画面内容的束缚,而且包
涵着真实人生的情感波澜,笔势骞腾,生机勃勃,在题画诗中另辟
一境。这是张耒学习苏诗的成功例证,但在张耒集中并不多见。

从整体来看,张耒集中的好诗都呈现出平易晓畅的风格倾向,
试看不同诗体中的例证。五古《离黄州》:"扁舟发孤城,挥手谢送
者。山回地势卷,天豁江面泻。中流望赤壁,石脚插水下。昏昏烟
雾岭,历历渔樵舍。居夷实三载,邻里通假借。别之岂无情,老泪
为一洒。篙工起鸣鼓,轻艧健于马。聊为过江宿,寂寂樊山夜。"洪
迈曰:"'溪回松风长,苍鼠窜古瓦。不知何王殿,遗缔绝壁下。阴
房鬼火青,坏道哀湍泻。万籁真笙竽,秋色正潇洒。美人为黄土,
况乃粉黛假。当时侍金舆,故物独石马。忧来藉草坐,浩歌泪盈

① 《苏轼诗集》卷六,第 290 页。

把。冉冉征途间，谁为长年者。'此老杜《玉华宫》诗也。张文潜暮年在宛丘，何大圭方弱冠，往谒之。凡三日，见其吟哦此诗不绝口。大圭请其故。曰：'此章乃风雅鼓吹，未易为子言。'大圭曰：'先生所赋，何必减此？'曰：'平生极力模写，仅有一篇稍似之，然未可同日语。'遂诵其《离黄州》诗，偶同此韵。……此其音响节奏，固似之矣，读之可默喻也。"①北宋后期，学杜已成诗坛的整体风尚，张耒诗中也时露学杜痕迹，例如杜诗有句云："绿垂风折笋，红绽雨肥梅"②、"青惜峰峦过，黄知橘柚来"③，句法甚奇。张耒学之，仅在卷一九《秋雨书事》一诗中就有两联："红湿梨垂颊，黄沾菊破金"、"碧涨池中浪，青藏云外岑"。《离黄州》并未在字句上模仿《玉华宫》，韵部相同也属偶然，但是二诗的风格确有相似之处：结构平顺流畅而感慨深沉，少见典故成语而纯用白描。值得注意的是，《玉华宫》在杜诗中属于风格异常的作品，《离黄州》虽然学杜，但仍然体现着张耒自己的风格追求。

　　七言短古《海州道中二首》："孤舟夜行秋水广，秋风满帆不摇桨。荒田寂寂无人声，水边跳鱼翻水响。河边守罾茅作屋，罾头月明人夜宿。船中客觉天未明，谁家鞭牛登陇声。""秋野苍苍秋日黄，黄蒿满田苍耳长。草虫咿咿鸣复咽，一秋雨多水满辙。渡头鸣春村径斜，悠悠小蝶飞豆花。逃屋无人草满家，累累秋蔓悬寒瓜。"吕本中称"文潜诗自然奇逸，非他人可及"④，并举其律诗中数句为例，其实移用来评这两首短古，更为妥当。二诗描写荒芜凋敝的海边小村，写景如见目前，叙事简洁生动。这种自然质朴、无意求工却又兴味盎然的作品，与苏诗《出颍口初见淮山是日至寿州》异曲同工："我行日夜向江海，枫叶芦花秋兴长。长淮忽迷天远近，青山

---

　　①　《容斋随笔》卷一五，《全宋笔记》第五编第五册，大象出版社2012年版，第190页。
　　②　《陪郑广文游何将军山林十首》之五，《杜诗详注》卷二，第151页。
　　③　《放船》，《杜诗详注》卷一二，第1040页。
　　④　《童蒙诗训》，《宋诗话全编》，第2897页。

久与船低昂。寿州已见白石塔，短棹未转黄茅岗。波平风软望不到，故人久立烟苍茫。"苏诗虽然也是七言短古，但并未转韵，中间两联且稍似对仗，形式上还比较整齐。张诗则更加不衫不履，其第一首前四句押上声养韵，五六两句押入声屋韵，七八句又转押平声庚韵。第二首前二句押平声阳韵，三四句押入声屑韵，后四句又转押平声麻韵。随意转韵，声情古朴，很好地衬托了诗人在荒凉秋景中的萧索心情。

七律《和周廉彦》："天光不动晚云垂，芳草初长衬马蹄。新月已生飞鸟外，落霞更在夕阳西。花开有客时携酒，门冷无车出畏泥。修禊洛滨期一醉，天津春浪绿浮堤。"元人方回称赞颔联曰："不见着力，自然浑成。"①清人贺裳赞扬张耒"长律尤多秀句"，亦举此联为例②。此类佳句在张耒诗中相当常见，比如"涕泪两家同患难，光阴一半属分离"③、"几年鱼鸟真相得，从此江山是故人"④、"愁如夜月长随客，身似飞鸿不记家"⑤、"归鸟各寻芳树去，夕阳微照远村耕"⑥、"啼鸟似逢人劝酒，好山如为我开眉"⑦，不胜枚举。对仗工整而似不费力，全因在律诗的严整形式中渗入了活泼流动的因素，全诗因而自然清丽，摇曳生姿。

七绝《初见嵩山》："年来鞍马困尘埃，赖有青山豁我怀。日暮北风吹雨去，数峰清瘦出云来。"《怀金陵三首》之三："曾作金陵烂漫游，北归尘土变衣裘。芰荷声里孤舟雨，卧入江南第一州。"两诗一绘眼前美景，一怀旧时游踪，然皆抒写倦于宦游、嫌恶红尘而欲在自然中寻觅心灵归宿的情思。据洪迈云，张耒"好诵东坡《梨花》

① 《瀛奎律髓汇评》卷一五，第 559 页。
② 见《载酒园诗话》，《清诗话续编》，上海古籍出版社 1983 年版，第434 页。
③ 《送杨补之赴鄂州支使》，《张耒集》卷二一，第 377 页。
④ 《发安化回望黄州山》，《张耒集》卷二二，第 397 页。
⑤ 《自海至楚途寄马全玉八首》之六，《张耒集》卷二二，第 389 页。
⑥ 《登城楼》，《张耒集》卷二一，第 387 页。
⑦ 《二十三日即事》，《张耒集》卷二二，第 392 页。

绝句,所谓'梨花淡白柳深青,柳絮飞时花满城。惆怅东栏一株雪,人生看得几清明'者,每吟一过,必击节赏叹不能已,文潜盖有省于此。"①的确,上引两首张耒的七绝,其情思之宛转,风调之流丽,皆与苏诗一脉相承。如果说前一首之直抒胸臆酷肖苏诗,那么后一首之意在言外显然是青出于蓝。

上引诸诗都是张耒诗歌的代表作,它们都体现着张耒诗的风格特征,那便是自然晓畅。陈衍云:"余谓诗莫盛于三元:上元开元,中元元和,下元元祐也。"又云:"宋人皆推本唐人诗法,力破余地耳。"②所谓"元祐",实为北宋后期诗歌的总称。与唐诗风格分道扬镳,从而自成一代诗风的宋诗,即形成于这个时期。元祐诗坛上的代表诗人如王安石、苏轼、黄庭坚、陈师道,其诗风虽各具面目,但在"力破余地"上则体现着相同的艺术追求。笔者曾说:"王安石诗的'工',苏轼诗的'新',黄庭坚诗的'奇',乃至陈师道诗的'拙',其实都是相对于唐诗或宋初诗的陌生化的体现,也就是宋诗独特风貌的个性化表现。……就风格个性的独特、鲜明而言,也许是王、黄、陈三家更加引人注目,所以黄、陈诗向来被看作宋诗深折透辟、生新瘦硬特征的典型代表,王诗也时常被看作宋诗风气的开创者。然而在创作成就上,则无疑以苏轼为第一大家。"③张耒诗风在整体上与苏轼诗风比较接近,而且更加自然质朴,也就更加远离深折透辟、生新瘦硬的倾向。也就是说,在元祐诗坛上,张耒堪称距离唐诗风调最近的诗人。元人刘壎云:"张文潜自然有唐风,别成一家。"④明人胡应麟云:"张文潜在苏、黄、陈间,颇自闲淡平

①　《容斋随笔》卷一五,《全宋笔记》第五编第五册,第190页。

②　《石遗室诗话》卷一,《陈衍诗论合集》,福建人民出版社1999年版,第9页。

③　《论苏轼在北宋诗坛上的代表性》,《唐宋诗歌论集》,凤凰出版社2007年版,第292页。

④　《隐居通议》卷六,《丛书集成初编》本,商务印书馆1937年版,第62页。

整,时近唐人。"①皆有见于此。如果我们仅从对形成宋诗独特风貌的贡献来评价,则张耒在苏门诸君中的地位显然不如黄、陈。但如果摆脱这样的评价尺度,则张耒的地位当在黄、陈之间。

---

① 《诗薮》外编卷五,上海古籍出版社 1979 年版,第 212 页。

注释是文本解读的基石

——以《渭南文集校注》为例

一

在唐宋文学的范围内,古文的解读要比古诗容易一些。举凡意蕴深密的内容、曲折跳跃的意脉、不守常规的语法、言简意赅的字句,都为唐宋诗歌的解读设置了重重障碍。即使是明快畅达的苏轼诗,也使陆游感到"援据闳博,指趣深远",并亟言其注释之难①。相对而言,唐宋古文的解读似乎没有这么多的障碍。在唐宋诸大家的别集中,诗集的注释相当繁盛,而文集注本却寥寥无几,就是由于这个原因。然而时历千年之后,当现代读者阅读唐宋古文时,面临的阅读障碍却触处皆是。所以对于现代学界来说,对唐宋古文进行注释,不但是帮助读者准确理解文本的必要措施,而且是帮助研究者分析文本的必要基石。笔者最近阅读了浙江教育出版社 2011 年出版的《渭南文集校注》,对上述观点有了更加深切的体会。

陆游的诗集《剑南诗稿》和文集《渭南文集》,向无完整的注本。直到上世纪六十年代,学界始留意此事。上海中华书局于 1961 年商请夏承焘、钱仲联二先生为陆游全集进行笺注,几经磋商,后由钱仲联先生独自完成《剑南诗稿》的校注②,并于 1985 年由上海古籍出版社出版。但是《渭南文集》的注释,虽然钱先生生前已有规划,却由于钱先生的溘然辞世而未及动手。幸有钱门高足马亚中和涂小马两位教授继承钱先生遗志,终于在 2011 年完成全稿,并

---

① 见《施司谏注东坡诗序》,《渭南文集校注》卷一五,《陆游全集校注》第九册,浙江教育出版社 2011 年版,第 376 页。

② 详见《夏承焘年谱》,光明日报出版社 2012 年版,第 211、233 页。

与《剑南诗稿校注》以及《老学庵笔记》等合成全璧，由浙江教育出版社出版。从此陆游的全集有了完整的校注本，嘉惠学林，厥功甚伟！

由于陆游的古文向无注本，《渭南文集校注》成为一件筚路蓝缕的原创性工作。书中的"题解"不但详细交代作品的系年及写作背景，而且往往涉及题中所及的人名、地名乃至名物，例如卷二五《书浮屠事》的题解中详细说明"浮屠"一词的语源和语义，又如同卷《书渭桥事》的题解中详论渭桥的方位、修建过程等，其性质都等同于注释。限于篇幅，本文暂不置论。书中的"注释"内容更加丰富，举凡原文中比较费解的字句，无论是人物、名物、制度、地理、史实，还是成语、典故、前人诗文，都尽量出注，几乎达到了应有尽有的程度。尤其值得注意的是，有些注释具有相当的难度，并体现出深厚的学术功力。例如卷二四《福州请圣泉颖老疏》云："当初向竹篦子头，偶然筑着磕着。"此句中的"竹篦子"显然一种器物，但它在句中是什么意思？本书注云："禅林中师家指导学人之际，大抵手持此物，作为点醒学人悟道之工具。《大慧普觉禅师语录》：'师室中常举竹篦问学者曰：唤作竹篦则触，不唤作竹篦则背。众下语皆不契，因僧请益，复成五颂示之。'"（第81页）若无此注，读者不知此句与禅宗话头有关，恐怕会将竹篦子理解为一种日用器具，其实它是禅师手中类似道具的一种特别用品。又如卷八《谢夔路监司列荐启》云："占名惟谨，幸逃有蟹之嘲。"注引《十国春秋》卷八三云："（钱昆）性嗜蟹，常求补外职，曰：'但得有蟹无通判处，足慰素愿也。'"（第206页）此时陆游刚赴夔州通判之任，作启感谢推荐他的上司，故引钱昆之语以自譬（宋代的通判对知州的职能多有制约，故钱昆如此说），十分贴切。若非此注，此句甚为难解。又如卷十一《谢周枢密启》云："晚尤颠沛，龟六铸而不成。"注引《梁书·王莹传》云："莹将拜，印工铸其印，六铸而龟六毁。既成，颈空不实，补而用之。居职六日，暴疾卒。"（第276页）有了此注，读者才知原文乃抒年岁已晚而仕途不顺之慨叹，这个典故用得非常贴切，典故自身则相当冷僻，注释有较大难度。类似的还有卷十一《贺留枢密启》云："三起三留，果有处中之命。"注引《新唐书·刘吴韦蒋柳沈列传》云："帝嗟叹，(蒋)伸三起三留，曰：'它日不复独对卿矣。'伸不谕。未几，以本官同中书门下平章事。"(第 301 页)此启乃贺留正除同知枢密院者，用唐人蒋伸之典甚妥，而典故也很冷僻。此类注释在《渭南文集校注》中相当常见，文繁不多录。

　　除此之外，陆文中运用前人成句或暗用前人语意的情况很多，注释多有指出。例如卷十一《谢台谏启》云："景翳翳以将入，余日几何；芳菲菲其弥章，素心空在。"注云："陶渊明《归去来兮辞》：'景翳翳以将入，抚孤松而盘桓。'"又注云："《离骚》：'佩缤纷其繁饰兮，芳菲菲其弥章。'"(第 292 页)又如卷二三《谢雨青词》云："一谷不升谓嗛，岂胜夙夜之忧；三日以往为霖，实赖乾坤之造。"注引《谷梁传·襄公二十四年》："一谷不升谓之嗛。"又引《左传·隐公九年》："凡雨三日以往为霖。"(第 57 页)此类注释对于读者理解文意很有帮助。又如卷九《贺叶枢密启》云："虽意气摧藏，非复雕鹗离风尘之望；然饥寒蹙迫，犹怀驽马恋栈豆之思。"注释分别引杜甫《奉赠鲜于京兆二十韵》："骅骝开道路，雕鹗离风尘。"以及《三国志·魏书·曹爽传》裴松之注："济曰：'范则智矣，驽马恋栈豆，爽必不能用也。'"这两处都是完整的原句包含在陆文的句子中间，注释分别予以指出，十分准确。若不知其出处，读者也能勉强理解文意，但对陆游继承前代古文艺术的创作特点则缺乏理解，故此类注释也是非常必要的。又如卷三十《跋曾文清公奏议稿》云："乃不能以尘露求补山海。"注引曹植《求自试表》："冀以尘露之微，补益山海。"又引司马光《言遗奠札子》："然臣区区尚欲以尘露之微，助山海之大。"(第 262 页)也是同样的情况。

　　如果说上述注释都是必不可少的，那么下面一类注释则是虽非必需，却多裨益。例如卷九《答勾简州启》云："虽梦寐思归，类泽国春生之雁；而巾瓶无定，如云堂旦过之僧。"注云："《剑南诗稿·病中简仲弥性唐克明苏训直》：'心如泽国春归雁，身是云堂旦过僧。'"(第 217 页)又如卷二七《跋吴梦予诗编》云："子尝见旱水之云乎？嵯峨突兀，起为奇峰，足以悦人之目，而不见于用。"注云：

"唐人来鹄《云》:'千形万象竟还空,映水藏山片复重。无限旱苗枯欲尽,悠悠闲处作奇峰。'此类其意。"(第177页)前者以陆诗印证陆文,后者以唐人诗意印证陆文句意,既非解释词意,亦非指明典故,都不属于严格意义的必需注释。但是它们能使读者产生联想,从而加深对陆文意蕴的理解,可谓注者对读者的格外贡献。从上述的例证可以看出,优秀的注释对于现代读者解读唐宋古文具有多么巨大的作用,这是笔者阅读《渭南文集校注》后的深刻印象。

二

细心的读者也许已经注意到,上文的论述有一个基本模式,就是举例说明如果缺乏准确的注释,则读者解读陆游古文会有一定的困难。由于上文是用假设的方法进行论述,其逻辑性也许不够清晰。为了更清楚地说明这种情况,下文改用正面立论的方法,即用《渭南文集校注》中未及出注或虽有注释而不够准确的例证,来论证注释唐宋古文的重要性。

《渭南文集》卷帙浩繁,全书四十二卷,还有逸稿、逸著辑存及残稿各一卷,所收文章篇数则在七百篇以上,需要注释的内容相当庞大。虽然注者已抱着巨细无遗的态度进行注释,但千虑一失之处也为数不少,首先表现为漏注和误注。先看前者:

卷十九《镇江府驻扎御前诸军副都统厅壁记》云:"予与夏侯君南北异乡,东西异班。"(第483页)文集未注。今按《资治通鉴》卷二五〇胡三省注云:"唐凡朝会,文官班于东,武官班于西。"①故陆文"东西异班"意指自己与夏侯君分别属于文官与武官,宜出注,否则读者难明此句旨意。

卷三三《浙东安抚司参议陆公墓志铭》云:"锻炼累月,无所得,然犹坐微文冲替。"文集无注。今按"微文"乃指苛细的法律条文,

---

① 《资治通鉴》卷二五〇,上海古籍出版社1987年版,第1721页。

《史记·汲郑列传》云："又以微文杀无知者五百余人。"①"冲替"乃宋代公文用语，意谓贬降官职，司马光《涑水纪闻》卷九："狱成，以赎论，犹冲替。"②宜出注，否则文意欠明晰。

卷二六《真庙赐冯侍中诗》云："恨不生其时，俯伏沙堤旁，窥望风采云。"（第 126 页）文集无注。今按李肇《唐国史补》卷下："凡拜相，礼绝班行。府县载沙填路，自私第至于子城东街，名曰沙堤。"③此文叙及冯拯拜相之事，故运用与唐代拜相有关之典章。宜出注，否则"沙堤"二字难解。

卷十四《会稽志序》云："于是用唐幸梁州故事，升州为府，冠以纪元。"文集注"故事"一词，又注"冠以纪元"云："谓宋高宗以'绍兴'为年号，自 1131 年始至 1162 年止。"（第 374 页）而未注全句。今按《新唐书·德宗纪》所载，唐德宗于兴元元年二月幸梁州，五月"以梁州为兴元府"。又《新唐书·地理志四》"兴元府"条："本梁州汉川郡，开元十三年以'梁'、'凉'声相近，更名褒州，二十年复曰梁州，开宝元年更郡名，兴元元年为府。"④陆文意谓宋高宗于绍兴元年升越州（即会稽）为府，并以年号为府名，乃沿袭唐代之故事。宜出注，否则文意欠明。可能正因注者未及深究唐代故事，故对"冠以纪元"一句的解释成为郢书燕说。

卷四一《祭张季长大卿文》云："渍酒絮中，不及手斟。"（第 468 页）文集无注。今按《后汉书·周黄徐姜申屠列传》注引谢承《后汉书》云："（徐）稚诸公所辟虽不就，有死丧负笈赴吊。常于家豫炙鸡一只，以一两绵絮渍酒中，暴干以裹鸡，径到所起冢隧外，以水渍绵

---

① 《史记》卷一二〇，中华书局 1982 年版，第 3109 页。

② 《涑水纪闻》卷九，《宋元笔记小说大观》，上海古籍出版社 2007 年版，第 862 页。

③ 《唐国史补》卷下，《唐五代笔记小说大观》，上海古籍出版社 2000 年版，第 188 页。

④ 《新唐书》卷七，中华书局 1975 年版，第 191 页；又《新唐书·地理志四》，第 1034 页。

使有酒气。"①若读者不知此典故,对陆文所表达的未能千里奔吊之悲难以领会。

卷十《答本路郡守启》云:"舟近神山而引之去,殆有宿缘。"文集无注。今按《史记·封禅书》:"此三神山者,其傅在勃海中,去人不远。患且至,则船风引而去。"②宜出注,否则读者不知所云。

上述数例都是漏注了重要的典章制度或历史故事,从而给读者的理解带来了困难。此外还有一种情况,就是漏注了陆文中所化用的前人成句,从而使读者难以体会陆文的艺术渊源或其运思之妙。例如:

卷九《与本路郡守启》云:"曲江禁柳,早旅食于京华;东阁观梅,晚狂吟于蜀道。"(第 237 页)文集仅注"曲江"、"禁柳"二语,其余无注。今按此处两用杜诗句意:《奉赠韦左丞丈二十二韵》:"旅食京华春。"又《和裴迪登蜀州东亭送客逢早梅相忆见寄》:"东阁观梅动诗兴。"③

逸稿《自闵赋》云:"吐狂喙之三尺兮,论极泾渭。"(第 493 页)文集无注。今按苏轼《次韵答邦直子由五首》之一:"欲吐狂言喙三尺,怕君嗔我却须吞。"④

卷七《问侯叶通判启》云:"凤凰方览于德辉。"(第 179 页)文集无注。今按贾谊《吊屈原赋》:"凤凰翔于千仞之上兮,览德辉而下之。"⑤

卷九《与建宁苏给事启》云:"小智自私,守纸上区区之糟粕。"文集无注。今按贾谊《鵩鸟赋》:"小智自私兮,贱彼贵我。"⑥又《庄

①　《后汉书》卷五三,中华书局 1965 年版,第 1748 页。

②　《史记》卷二八,第 1369 页。

③　分见《杜诗镜铨》卷一,上海古籍出版社 1998 年版,第 25 页;卷八,第 338 页。

④　《苏轼诗集合注》卷一五,上海古籍出版社 2001 年版,第 710 页。

⑤　见《史记》卷八四,第 2494 页。

⑥　《文选》卷三,上海古籍出版社 1986 年版,第 607 页。

子天道》："然则君之所读者,古人之糟粕已夫。"①

此类例证的特点是,虽然不加注释在表面上并不影响读者的解读,因为那些句子在字面上都可以读通,但是如果注明其出处,就可使读者深刻地领会陆游对前人艺术经验兼收并蓄、转益多师的态度。钱锺书先生曾说陆游作诗"亦不无蹈袭之嫌者",且举例以实之②。笔者认为那仅是对前人写作经验的适度模仿,不能算是"蹈袭",而且这种情况在陆文中同样较为普遍,上述数例即为显例。在阅读此类文本时,如果知晓它们在字句上与前代典籍之间的传承关系,就能更好地体会其中包含着深厚的文化意蕴。例如第一例中对两句杜诗的化用,不但与陆游早年旅食京华、壮年蹭蹬蜀道的经历若合符契,而且曲折地传达了作者对老杜心事的深切共鸣。如果不了解其化用的杜甫诗意,就难以完成探究底蕴的深层阅读。其他例子也有同样的情况,所以笔者认为它们都需要加注。此外,有些陆文完整地引用前人成句,更应注明。例如卷二六《高皇御书》云:"见高皇帝赐尚书御题扇,曰:'文物多师古,朝廷半老儒。'盖黄体也。"(第129页)文集无注。今按杜甫《行次昭陵》:"文物多师古,朝廷半老儒。"③若不加注,读者也许会误以为二句乃宋高宗或黄庭坚的诗句,因为"黄体"乃指黄庭坚的书体。

三

如果说漏注会影响读者对文本的理解,那么误注的影响就更为严重,因为前者造成的结果是解读过程中的一些空白,空白当然是易于感知的,故而容易引起读者的警惕,从而自行寻找其文本渊源并进行订补。误注就不同了,因为注者已明确指出原始出处,读者往往信以为真,从而停留在误注所造成的误解上,这就容易造成浅尝辄止或郢书燕说的错误。

---

① 《庄子集解》卷四,上海书店1980年版,第87页。
② 见《谈艺录》,中华书局1984年版,第118页。
③ 《杜诗镜铨》卷四,第164页。

先看第一类误注。

卷十一《贺施中书启》云："国侨润色，虽概取儒学之长。"注云："国侨，即春秋郑大夫公孙侨。侨字子产，穆公之孙父公子发，字子国，以父字为氏，故又称国侨。刘勰《文心雕龙才略》：'赵衰以文胜从飨，国侨以修辞扞郑。'"（第 268 页）今按文集注"国侨"为子产固无误，但此处宜引《论语·宪问》："东里子产润色之。"①因为此处的关键词是"润色"，这是指子产对外交辞令进行文字加工，而且下句中的"儒学之长"也明指孔子对子产的褒扬。

卷十一《谢梁右相启》云："学徒尽力，徐而察之则鹢退飞。"注云："《左传·僖公十六年》：'六鹢退飞，过宋都。'后因以'鹢退'表示要求前进而被迫后退的处境。"（第 274 页）今按"六鹢退飞"之事载于《春秋》，故"春秋三传"皆言及之。此处宜引《公羊传》卷十一："六鹢退飞，记见也。视之则六，察之则鹢，徐而察之则退飞。"②一来因为《左传》中没有"徐而察之"四字，引《公羊传》才更准确。二来陆文所云并非"要求前进而被迫后退"之意，而是说自己努力为学，但貌似前进，仔细考察实在后退，这是作者的自谦之语，只有引《公羊传》为注，才能准确理解文意。

卷十一《谢梁右相启》云："手遮西日，敢希身到于修门。"注云："《剑南诗稿·得京书或怪久不通问》：'手遮西日成何味，还我平生旧钓竿。'"今按杜牧《途中一绝》："惆怅江湖钓竿手，却遮西日向长安。"③这是杜牧于大中五年罢湖州任赴京途中所作，意谓久在江湖，如今方得机会进京。"却遮西日"者，为望长安也。陆游此文作于赴严州任之途中，乃寄予朝中右相梁克家者，故用杜牧诗意以示眺望京师、倾慕对方之意。文集未引杜牧诗为注，陆文的旨意就欠明晰。其实此首陆诗也是运用杜牧诗意的，它并非第一手出处，不宜引用为注。

---

① 《论语正义》卷一七，上海书店年 1980 版，第 304 页。

② 《春秋公羊传注疏》卷一一，北京大学出版社 1999 年版，第 234 页。

③ 《樊川诗集注》卷四，上海古籍出版社 1962 年版，第 298 页。

卷十二《修史谢丞相启》云："小草出山，薄效尚期于自见。"注云："小草，喻平庸，亦含虽怀远志而遭际不遇之慨。《剑南诗稿·涧松》：'药出山来为小草，楸成树后困长藤。'"（第 318 页）今按《世说新语·排调》："谢公始有东山之志，后严命屡臻，势不获已，始就桓公司马。于时人有饷桓公药草，中有远志，公取以问谢：'此药又名小草，何一物而有二称？'谢未即答。时郝隆在坐，应声答曰：'此甚易解。处则为远志，出则为小草。'谢甚有愧色。"①陆文乃用此典，意谓本欲隐居而今出仕，实含自嘲之意，非以平庸自指也。

卷二十二《放翁自赞》之四云："是翁也，腹容王导辈数百，胸吞云梦者八九也。"注云："王导，字茂弘，琅琊临沂人，东晋初年大臣。以襟度宽广称。"又注云："胸吞云梦，形容气概博大。由唐孟浩然《望洞庭湖赠张丞相》'气蒸云梦泽，波撼岳阳城'夺胎而来。"（第46 页）今按两注皆似是而非。前者当引《世说新语·排调》："王丞相枕周伯仁膝，指其腹曰：'卿此中何所有？'答曰：'此中空洞无物，然容卿辈数百人。'"②文集的注释仅注明王导其人，而未注出"腹容王导辈数百"之事，至于说王导"以襟度宽广称"云云，则与陆文所云风马牛不相及，因为陆文不是说王导襟度宽广，而是说像周伯仁（即周顗）那样心胸宽广，故腹中可容像王导那样的大人物数百人。苏轼《记宝山题诗》云："予昔在钱塘，一日，昼寝于宝山僧舍。起，题其壁云：'七尺顽躯走世尘，十围便腹贮天真。此中空洞全无物，何止容君数百人。'其后有数小子题名壁上，见者乃谓予诮之也。周伯仁所谓君者，乃王茂弘之流，岂此等辈哉！"③可以作为我们理解陆游此文的参照。所以此处必须引《世说新语》为注，仅注王导其人是远远不够的。后者当引司马相如《子虚赋》："吞若云梦者八九于其胸中，曾不蒂芥。"④而孟浩然诗则与陆文差异甚大，不

---

① 《世说新语校释》卷下，上海古籍出版社 2011 年版，第 1559 页。

② 《世说新语校释》卷下，第 1546 页。

③ 《苏轼文集》卷六八，中华书局 1986 年版，第 2149 页。

④ 《文选》卷七，第 356 页。

得引之为注。况且既然陆文全句都出自汉赋,安得谓之从唐诗中夺胎而来?

再看第二类误注。

卷六《贺辛给事启》云:"庭叱义府,面折公孙。"注云:"义府,义理之府藏。常指《诗》《书》而言。《左传·僖公二十七年》:'《诗》、《书》,义之府也。'"又注云:"公孙,宗室侯王之孙。《汉书·惠帝纪》:'内外公孙。'颜师古注引张晏曰:'公孙,宗室侯王之孙也。'"(第150页)从表面上看,这两条注引经据典,原原本本,很符合注释学的规范。然而原文上句云"庭叱义府",如"义府"是指"义理之府藏",何以能够"庭叱"之?至于下句,亦不知"公孙"究指何人。今按《新唐书·李义府传》:"侍御史王义方廷劾,义府不引咎,三叱之,然后趋出。"①又按《汉书·张冯汲郑传》:"上方乡儒术,尊公孙弘,及事益多,吏民巧。上分别文法,汤等数奏决谳以幸。而(汲)黯常毁儒,面触弘等徒怀诈饰智以阿人主取容,而刀笔之吏专深文巧诋,陷人于罔,以自为功。"②可知上句乃指唐高宗时侍御史王义方在朝廷上当面叱责奸臣李义府事,下句乃指汉武帝时汲黯当面指责权臣公孙弘事,"义府"与"公孙"分别指李义府和公孙弘,都是人名。这样,陆文的意思就很清楚:给事中辛次膺刚直不阿,敢于面折权臣。"庭叱义府,面折公孙"二句是与上文的"指朋党于蔽蒙胶漆之时,发奸蠹于潜伏机牙之始"一脉相承的。辛次膺曾因反对与金人议和而为秦桧所忌,奉祠闲居十六年,秦桧死后方得起用。陆游此文作于绍兴二十九年,正在辛次膺起用之后,文中所说的李义府、公孙弘,正指秦桧之流而言。如果没有准确的注释,陆文旨意就晦而不明了。

卷二八《跋张安国家问》云:"东坡先生书遍天下,而黄门公所藏至寡,盖常以为易得,虽为人持去,不甚惜也。"注云:"黄门,宫禁。《通典职官三》:'凡禁门黄闼,故号黄门。'"(第209页)今按苏

①　《新唐书》卷二二三,第6340页。

②　《汉书》卷五十,中华书局1962年版,第2319页。

轼弟苏辙曾任门下侍郎,因唐代门下省亦称黄门省,门下侍郎亦称黄门侍郎,故人称苏辙为"苏黄门",亦称"黄门公",陆游在《老学庵笔记》中即曾如此称之①。此注称"黄门"为宫禁,大误。

《放翁逸稿·丰城剑赋》云:"使华开大公,进众贤,徙南风于长门,投贾谧于羽渊,则身名可以俱泰,家国可以两全。"注云:"南风,古代乐曲名,相传为虞舜所作。《礼记乐记》:'昔者舜作五弦之琴,以歌南风。'……"(第491页)今按此赋乃写晋人张华与雷焕夜观星象而知丰城藏有宝剑之事,并叹张华身居高位而未能救晋朝之亡。文中之"南风"乃指晋惠帝之皇后贾南风,贾南风骄纵弄权,扰乱朝政②,与其女弟贾午之子贾谧皆为导致西晋灭亡的乱阶,故陆文中以张华未能除此二害为憾事。此注称南风为曲名,大误。且"长门"者,汉代之长门宫,乃汉武帝幽囚陈皇后之处,陆文之意乃言张华应徙贾后于冷宫。若"南风"为曲名,则"徙南风于长门"何谓乎?

卷八《答卫司户启》云:"弹冠巫峡,早钦三语之贤。"注云:"晋王衍向阮修问老庄与儒教异同,修以'将无同'三字答之,犹言'该是相同吧'。见刘义庆《世说新语·文学》。后以指应对隽语。"(第209页)今按《世说新语·文学》原文如下:"阮宣子有令闻,太尉王夷甫见而问曰:'老庄与圣教同异?'对曰:'将无同。'太尉善其言,辟之为掾,世谓'三语掾'。"③掾者,佐治之官吏也。陆游此文乃答夔州司户参军事卫某者,故用"三语"(即"三语掾"之简称,为与下句"首拜尺书之宠"相对)称誉对方。如"三语"是指"应对隽语",则"贤"字无所着落。所以此条注释可谓失之毫厘。

上述两类误注,前者造成的缺失是使读者浅尝辄止,因看到注

---

① 《老学庵笔记》卷一:"东坡先生与黄门公南迁,相遇于梧、藤间。"《陆游全集校注》注云:"黄门公,即苏辙。"(第202页)由于本书注释成于多人之手,故后是而前非。

② 详见《晋书》卷三一,中华书局1974年版,第963—966页。

③ 《世说新语校释》卷上,第400页。

释指出的出处而误以为文本旨意即在于此，从而不再深入思考。后者造成的缺失更为严重，因为它们将人物误注为名物，如果读者信以为真，对文本的理解就成为郢书燕说。由此可见，准确的注释对于读者解读文本有多么重要的作用。

四

中国古代的诗文注释之学早就形成了优良的学术传统，最早的典范之作当推《文选》李善注。清人胡绍煐云："李氏注则援引赅博，经史传注，靡不兼综，又旁通仓雅训故及梵释诸书，史家称其淹贯古今。"①诚非虚誉。即使是心高气傲的钱谦益，也对李善注心悦诚服："善注《文选》，如《头陀寺碑》一篇，三藏十二部，如瓶泻水，今人饾饤拾取，曾足当九牛一毛乎？"②后代注家虽然难以达到李善那样高的学术水准，但往往会以之为学习的榜样。本文第一节所论述的《渭南文集校注》的几个优点，基本上都可归纳为对李善注成功经验的积极仿效。然而，要想达到李善注的水准，除了正确的态度，还有一个能力的问题。当代学者的生存环境和治学经历都使他们的学养难以望李善之项背，他们来从事古代诗文的注释工作时，肯定难逃心有余而力不足的窘境。下文从《渭南文集注释》择取几类典型的情况来说明这个问题。

第一类是仅注名物而未能注出全句之出处。例如：

卷七《谢曾侍郎启》云："倒天吴于短褐。"注云："天吴，水神。《山海经·海外东经》：'有神人八面，人面虎身，十尾，名曰天吴。'"又注云："短褐，粗布短衣，古代贫贱者或僮竖之服。《墨子·非乐上》：'昔者齐康公，兴乐万，万人不可衣短褐，不可食糟糠。'孙诒让间诂：'短褐，即裋褐之借字。'"（第 164 页）从表面上看，这两条注释已将陆文注得非常清楚，而且引经据典，相当精确。然而事实上

---

① 《文选旁证序》，《文选旁证》，黄山书社 2007 年版，第 8 页。
② 《草堂诗笺本序》，《有学集》卷一五，上海古籍出版社 1996 年版，第701 页。

陆文乃运用杜甫诗意:"天吴及紫凤,颠倒在裋褐。"①只有注明这个最重要的出处,才能明白陆文乃言家境贫寒、生活艰难之窘状。否则,《山海经》所记之神怪与贫者之衣服乃风马牛不相及之两物,何以组织在一句之中? 此句又有何意味?

卷七《删定官供职谢启》云:"念彼三尺法安出哉? 要必通于古谊。"注云:"三尺法,指法律。古代以三尺书简书法律,故称。《史记·酷吏列传》:'君为天子决平,不循三尺法,专以人主意指为狱。狱者固如是乎?'"(第166页)今按此处所引的《史记·酷吏列传》原文之后还有几句:"周曰:'三尺安出哉? 前主所是著为律,后主所是疏为令。当时为是,何古之法乎!'"②此注之失可谓为山九仞,功差一篑,因为陆文旨意乃引古语以论法律之来历及其正当性,如不引汉代杜周的这句名言,则此意晦暗不明。

卷七《答吴提宫启》云:"终惭明月之投。"注云:"明月,指明珠。《楚辞·九章·涉江》:'被明月兮佩宝璐。'王逸注:'言己背明月之珠。'"(第180页)今按汉邹阳《狱中上书自明》:"臣闻明月之珠,夜光之璧,以暗投人于道,众莫不按剑相眄者。"③陆文用此典,谦言对方惠寄"粲然有文"之书,而自己愚黯难以领会,此举乃明珠暗投也。如仅注"明珠"二字,则这层意旨隐而不彰。

卷十二《除宝谟阁待制谢丞相启》云:"幸于先狗马塞沟壑之前,遂其赐骸骨归卒伍之请。"注云:"沟壑,借指野死之处或困厄之境。《孟子·滕文公下》:'志士不忘在沟壑,勇士不忘丧其元。'赵岐注:'君子固穷,故常念死无棺椁没沟壑而不恨也。'"(第323页。按:此注与第183页注同,此处乃转引之)今按《史记·平津侯主父列传》:"臣弘行能不足以称,素有负薪之病,恐先狗马填沟壑,终无以报德塞责。"④陆文乃用此典,"先狗马塞沟壑"云云,乃以谦语称臣下之

---

① 《北征》,《杜诗镜铨》卷四,第160页。
② 《史记》卷一二二,第3153页。
③ 《文选》卷三九,第1771页。
④ 《史记》卷一一二,第2952页。

逝世。如仅注"沟壑"二字，则文意难明，"先狗马"三字亦无着落。

卷十七《乐郊记》云："有官不仕，穷园林陂池之乐者，且三十年。每自谓'泉石膏肓。'"注云："膏肓，比喻难以救药的失误或缺点。《世说新语·俭啬》：'王戎俭吝。'刘孝标注引晋王隐《晋书》：'戎性至俭，不能自奉养，财不出外，天下谓为膏肓之疾。'"（第442页）今按《新唐书·隐逸传》："臣所谓泉石膏肓，烟霞痼疾者。"①此乃隐士田游岩答复唐高宗之语，意谓自己深爱山水烟霞，若有痼疾，实为不愿出仕之托辞。陆文此文乃为荆州隐士李晋寿而作，故此语应与此典有关，宜注明。如仅注"膏肓"二字，则"泉石"二字无所着落。

第二类是仅注人名而未能注出全句之出处。例如：

卷七《答人贺赐第启》云："讼刘蕡之下第，空辱公言。"注云："刘蕡，字去华，唐昌平人。文宗大和二年，应贤良对策，极言宦官祸国，考官害怕得罪宦官，不敢录取。"（第173页）今按《新唐书·刘蕡传》记其落第后事云："士人读其辞，至感慨流涕者。谏官御史交章论其直。于时，被选者二十有三人，所言皆冗龊常务，类得优调。河南府参军事李邰曰：'蕡逐我留，吾颜其厚邪！'乃上疏。"②陆文云云，即用此典。意指自己曾应礼部试名列前茅而被秦桧授意黜落，时论冤之。如仅注刘蕡其人，则陆文中"讼"字及"空辱公言"一句俱无着落。

卷八《贺莆阳陈右相启》云："登李膺之舟，恍如昨梦。"注云："李膺，字符礼，汉末名士。反对宦官专权，太学生称之为'天下楷模李元礼'。《后汉书·李膺传》：'士有被其容接者，名为登龙门。'"（第195页）此注似是实非。今按《后汉书·郭符许列传》："（郭太）后归乡里，衣冠诸儒送至河上，车数千两。林宗唯与李膺同舟而济，众宾望之，以为神仙焉。"③陆文意指自己曾蒙右相陈俊卿之接纳，荣耀如同郭太与李膺同舟而济。如注释所云，则陆文中

---

① 《新唐书》一九六，第5599页。
② 《新唐书》卷一七八，第3305页。
③ 《后汉书》卷六八，第2225页。

"舟"字无所着落。"龙门"乃地名,不得谓之"舟"。

卷九《贺薛安抚兼制置启》云:"江左自有管夷吾,人共望中兴之盛。"注云:"管夷吾,字仲,春秋齐颍上人。相齐桓公,九合诸侯,一匡天下。《管子》一书,传为其所作。"(第 220 页)今按《世说新语·言语》:"(温峤)既诣王丞相,陈主上幽越,社稷焚灭,山陵夷毁之酷,有黍离之痛。温忠慨深烈,言与泗俱。丞相亦与之对泣。叙情既毕,便深自陈结,丞相亦厚相酬纳。既出,欢然言曰:'江左自有管夷吾,此复何忧?'"①"管夷吾"云云,原是温峤对王导之称誉。陆游所处之南宋,与王导所处之东晋,同样面临着中原沦陷、强敌压境的国势,所以引用此典以颂扬四川安抚制置使薛良朋。如注所云,仅明管仲为何人,则此处文意欠明。

卷十二《贺张参政修史启》云:"仰傅岩之霖雨,幸预在廷。"注云:"傅岩,殷相傅说曾隐于傅岩,后因以泛指栖隐之处或隐逸之士。王维《登河北城楼作》:'井邑傅岩上,客亭云雾间。'"(第 321 页)今按《尚书·说命中》载殷高宗武丁命傅说曰:"朝夕纳诲,以辅台德。若金,用汝作砺。若济巨川,用汝作舟楫。若岁大旱,用汝作霖雨。"②如只注"傅岩"二字,则"霖雨"二字无所着落,且陆文中称颂对方之意也晦而不彰。

卷二十七《跋王仲言乞米诗》云:"仲言贷米,本自欲就鲁肃辈人。"注云:"鲁肃,字子敬,临淮东城人。东吴大臣,官至横江将军。"(第 178 页)读者至此,茫然不知所谓。陆文本说贷米之事,与鲁肃为东吴大臣有何干涉? 今按《三国志·吴书·周瑜鲁肃吕蒙传》:"周瑜为居巢长,将数百人故过侯肃,并求资粮。肃家有两囷米,各三千斛,肃乃指一囷与周瑜。"③原来陆文用此典故,是说王明清(字仲言)即使乞米也要选择鲁肃那样的人物为对象,这与下文所云"而艮斋又戒以勿取陶胡奴米"正相呼应。文集注下句云:

① 《世说新语校释》卷上,第 188 页。
② 《尚书正义》卷一〇,北京大学出版社 1999 年版,第 248 页。
③ 《三国志》卷五四,中华书局 1959 年版,第 1267 页。

"陶胡奴,即陶范,小名胡奴,陶侃子。《世说新语》卷中:'王修龄尝
在东山,甚贫乏。陶胡奴为乌程令司州,送一船米遗之。却不肯
取。直答语:王修龄若饥,自当就谢仁祖索食,不须陶胡奴米。'"
(第 179 页)甚确。可见注释必须注明事典,方能索解文意,仅注明
典中人物是远远不够的。

卷十二《贺丘运使启》云:"子产号众人之母。"注释仅注明子产
为何人(第 312 页)。今按《礼记·仲尼燕居》记孔子之言:"子产犹
众人之母也,能食之,不能教也。"①必须注出全句出处,文意方能
得到准确的解读。

第三类是注释所引的出处时代较晚,或注文与原文貌合神离,
不符合注释学的规范。例如:

卷七《谢曾侍郎启》云:"毁车杀马,逝从此以径归;卖剑买牛,
分余生之永已。"注云:"毁车杀马,废弃车马。喻归隐意志坚决。
陆九渊《与陈倅书》:'元晦虽有毁车杀马之说,然势恐不容不一出
也。'"又云:"卖剑买牛,谓卖掉武器,从事农业生产。《剑南诗稿·
游近村》诗之二:'乞浆得酒人情好,卖剑买牛农事兴。'"(第 164
页)今按《后汉书·周黄徐姜申屠列传》:"(冯良)年三十,为尉从
佐。奉檄迎督邮,即路慨然,耻在厮役。因坏车杀马,毁裂衣冠,乃
遁至犍为,从杜抚学。"②又《汉书·循吏传》载龚遂为渤海太守,
"民有带持刀剑者,使卖剑买牛,卖刀买犊,曰:'何为带牛佩
犊!'"③可见陆文所用的都是汉代的典故,这本是唐宋诗文中最常
见的用典方法。文集注释却引陆游本人及同时代陆九渊的诗文为
出处,不合常规。况且陆游《游近村》作于开禧元年(1205),陆九渊
的《与陈倅书》则作于淳熙九年(1182)之后,而这篇陆文却作于绍
兴三十年(1160),以后注前,更不合理。

卷八《贺吏部陈侍郎启》云:"驾下泽之车,虽已安于微分。"注

---

① 《礼记正义》卷五〇,北京大学出版社 1999 年版,第 1382 页。
② 《后汉书》卷五三,第 1743 页。
③ 《汉书》卷八九,第 3640 页。

云："下泽，即下泽车。《剑南诗稿·览镜有感》：'绯衫荫子逾初望，下泽还乡负圣时。'"今按《后汉书·马援传》载马援之言："吾从弟少游常哀吾慷慨多大志，曰：'士生一世，但取衣食裁足，乘下泽车，御款段马，为郡掾吏，守坟墓，乡里称善人，斯可矣。致求盈余，但自苦耳。'"①陆诗《览镜有感》作于绍熙三年（1192），而这篇陆文则作于乾道年间（1165—1173），引后注前，已属欠妥。况且仅引陆诗，并不能使读者理解文意。汉人马少游"乘下泽车，御款段马"之语，是宋代诗文中经常出现的典故，作者往往用此表示安分守己、甘于淡泊的情怀。陆文也是如此。如果不予注明，则此文的旨意晦而不明。

卷七《谢赐出身启》云："门外之袍立鹄，恍记少时。"注云："袍立鹄，穿着白袍像鹄一样引颈而立。鹄袍，白袍，古代应试士子所服。杨万里《送项圣与诣太常》：'鹄袍诣阙柳袍归，来年书院更光辉。'鹄立，形容直立。《后汉书·袁谭传》：'今整勒士马，瞻望鹄立。'宋苏轼《和董传留别》：'得意犹堪夸世俗，诏黄新湿字如鸦。'"（第172页）从表面上看，此注可谓旁征博引，相当详尽。然今检苏轼《催试官考较戏作》："愿君闻此添蜡烛，门外白袍如立鹄。"②此句不但与陆文在文字上相合最多，而且原意就是形容应试士子立于门外等候放榜消息之情状，与陆文回忆早年应试之事相合，揆诸情理，应是陆游写作时想到的原始语典，也应是注释应该引用的真正出处。文集注释杂引许多材料，却无一相合，几近治丝益棼。

卷十一《知严州谢王丞相启》云："且定远来归，惟望玉关之生入；轻车已老，犹护北平之盛秋。"注云："东汉班超立功西域，封定远侯。"又云："轻车，轻车将军的简称，此当指李蔡。"（第272页）今按《后汉书·班梁列传》："超自以久在绝域，年老思土。十二年，上

---

① 《后汉书》卷二四，第838页。
② 《苏轼诗集合注》卷八，第354页。

疏曰：'……臣不敢望到酒泉郡，但愿生入玉门关。'"①又按《汉书·李广苏建传》载汉武帝报李广书："将军其率师东辕，弥节白檀，以临右北平盛秋。"②陆文用此二典，皆含有年臻老迈之意，且前句意谓久摈荒远之地，后句意谓尚蒙朝廷委以专城之任，两个典故都用得相当精确。用汉人语对汉人语，正是北宋诗人用典的一大特点③，陆游也继承了这个传统，从而使文风典雅厚重。文集注释皆未出注，陆文的旨意既不见明，其创作时的苦心孤诣也未得表露，不利于读者的解读。

从上文的论述可以看出，为古代诗文作品作准确的注释，对于读者解读、阐释文本具有多么重要的作用。如今学风浮躁，人们往往乐于撰写作品分析或理论阐释的长篇大论，却很少有人愿意从事文献整理或文本注释的基础性工作。其实要是缺少此类基础工作，那么作品分析和理论阐释往往会成为建立在沙滩上的高楼大厦，虽然美轮美奂，但根基不够坚实，时时存在着轰然倒塌的危险。正因如此，笔者非常重视《渭南文集校注》此类繁重而困难的基础性工作。像《渭南文集校注》这类学术成果在现行的学术评价体系中是不受重视的，不但在各类学术评奖中难以胜出，而且往往受到读者的冷落。笔者经常在图书馆中看到一些新出的高水平注本被束之高阁而无人问津，辄感叹不已。笔者撰写本文，就是想表明这层意思。至于文中举了一些文集注释中的疏漏，则笔者愿意引用余嘉锡先生在《四库提要辨证·自序》中的一段话："然而纪氏之为提要也难，而余之为辨证也易，何者？……纪氏于其所未读，不能置之不言，而余则惟吾之所趋避。譬之射然，纪氏控

---

① 《后汉书》卷四七，第 1583 页。

② 《汉书》卷五四，第 2444 页。

③ 叶梦得《石林诗话》卷中云："荆公诗用法甚严，尤精于对偶。尝云：'用汉人语，止可以汉人语对。若参以异代语，便不相类。'如'一水护田将绿绕，两山排闼送青来'之类，皆汉人语也。"（《历代诗话》，中华书局 1992 年版，第 422 页）又苏轼《孔长源挽词二首》之二云："岂意日斜庚子后，忽惊岁在巳辰年。"（《苏轼诗集合注》卷一三，第 611 页）皆为显例。

弦引满,下云中之飞鸟,余则树之鹄而后放矢耳。易地以处,纪
氏必优于作辩证,而余之不能为提要决也。"①谨以此言向辛勤从
事《渭南文集校注》的马亚中、涂小马等先生表示一位陆游爱好者
的衷心敬意。

---

① 《四库提要辩证》卷首,中华书局2007年版,第52页。

论陆游对儒家诗学精神的实践

一

南宋的文人大多涉及理学，陆游也不例外。与杨万里一样，陆游也被清人黄宗羲列入《宋元学案》，分别隶属于"武夷学案"、"赵张诸儒学案"和"荆公新学案"①。但事实上陆游与这些"学案"的关系相当松懈，比如最后一例，仅因其祖父陆佃乃王安石门人，遂将其父陆宰列为王氏一脉的"陆氏家学"，又将陆游列入"元钧家学"（陆宰字元钧）。其实无论在政治上还是学术上，陆游都不大认同王安石，将他列入"荆公新学案"甚为牵强。更重要的是，杨万里的思维模式与治学路数都与南宋理学家如出一辙，比如其《庸言》和《诚斋易传》，皆与其他理学家的著作相类似。陆游则不同。陆游对理学家空谈性理的学风是深为不满的，他有一段名言："唐及国初，学者不敢议孔安国、郑康成，况圣人乎！自庆历后，诸儒发明经旨，非前人所及。然排《系辞》，毁《周礼》，疑《孟子》，讥《书》之《胤征》、《顾命》，黜《诗》之序，不难于议经，况传注乎！"②表面上这是对宋代儒学的客观论述，字里行间却深有不满。陆游对当时的学风屡有讥评："儒术今方裂"（《示儿》）③、"千年道术裂"（《书意》）、"道丧异端方肆行"（《书感》）之类的话，在陆诗中屡见不鲜。那么，什么是陆游心目中的"异端"呢？他说："唐虞虽远愈巍巍，孔

---

① 见《宋元学案》卷三四（1198 页）、卷四四（1433 页）及卷九八（3270 页），中华书局 1986 年版。

② 王应麟《困学纪闻》卷八《经说》，上海古籍出版社 2008 年版，第 1095 页。

③ 本文中凡引陆游诗作，皆据钱仲联《剑南诗稿校注》（上海古籍出版社 1985 年版），下文不再出注，以免繁冗。

氏如天孰得违。大道岂容私学裂，专门常怪世儒非。少林尚忌随人转，老氏亦尊知我稀。能尽此心方有得，勿持糟粕议精微。"(《唐虞》)锋芒所向，显然正是那些偏离儒学传统并自诩独得千年不传之秘的理学家。陆游还指出产生异端的原因是疏离了传统的儒家经学，他说："俗学方哗世，遗经寖已微。斯文未云丧，吾道岂其非。"(《书感》)这对以"六经注我"自诩的二陆等人，不啻当头棒喝。即使是与二陆势若水火且与陆游私交甚笃的朱熹，其实也与陆游的思想貌同实异。简而言之，朱熹最看重的是性理之学，他说："道之在天下，其实原于天命之性。"①朱熹虽然熟读儒家经典，但对之并不尽信，甚至说："《书》中可疑诸篇，若一齐不信，恐倒了六经。"②陆游则不然。陆游极为尊崇六经，在诗中反复道之："六经万世眼，守此可以老。"(《冬夜读书》)"六经圣所传，百代尊元龟。"(《六经》)"六经如日月，万世固长悬。"(《六经示儿子》)"六艺江河万古流，吾徒钻仰死方休。"(《六艺示子聿》)陆游终生读经，至老不倦，其诗中自称："正襟坐堂上，有几不敢凭。陈前圣人书，凛如蹈渊冰。"(《晨兴》)"半升粟饭养残躯，晨起衣冠读典谟。莫谓此生无用处，一身自是一唐虞。"(《读经》)在疑古疑经风气甚嚣尘上的宋代，陆游的这种态度堪称特立独行。

陆游重视六经，是为了通过经书与古代的圣贤直接相对："残编幸有圣贤对。"(《独立》)"窗间一编书，终日圣贤对。"(《北窗》)这样，他就可以从经典中获知从周公、孔子以来的圣贤之道："唐虞邈难继，周孔不复生。承学百世下，我辈责岂轻。"(《书感》)"唐虞未远如亲见，周孔犹存岂我欺。"(《后书感》)陆游心目中的圣贤之道，其首要内涵当然是儒家的仁政爱民之说，邱鸣皋先生的《陆游评传》中专设一章《以"美政"为核心的政治思想》③，论之已详，本文

---

①　《徽州婺源县藏书阁记》，《朱文公文集》卷七八，《四部丛刊》本，商务印书馆，第8页。

②　《朱子语类》卷七九，中华书局1994年版，第2052页。

③　《陆游评传》，南京大学出版社2002年版，第282—328页。

不再重复。笔者想要论述的是,在陆游崇经重道的思想中,儒家诗教说也是重要的组成部分。举其荦荦大者,有以下几个方面。其一,孔子说:"小子何莫学夫诗? 诗,可以兴,可以观,可以群,可以怨。迩之事父,远之事君。多识于鸟兽草木之名。"①陆游对此语服膺备至,视为诗学的金科玉律,他说:"古声不作久矣,所谓诗者,遂成小技。诗者果可谓之小技乎? 学不通天人,行不能无愧于俯仰,果可以言诗乎?"(《答陆政伯上舍书》)②又说:"诗岂易言哉! 一书之不见,一物之不识,一理之不穷,皆有憾焉。"(《何君墓表》)这些话或论诗之重要意义,或论诗须以博物为基础,都是对孔子诗论的引申发挥。其二,汉儒的《诗大序》虽然来历不明,但向被视为儒家诗教说的纲领,《大序》云:"诗者,志之所之也。在心为志,发言为诗。情动于中而形于言。言之不足,故嗟叹之;嗟叹之不足,故永歌之;永歌之不足,不知手之舞之,足之蹈之也。"又云:"治世之音安以乐,其政和;乱世之音怨以怒,其政乖;亡国之音哀以思,其民困。故正得失,动天地,感鬼神,莫近于诗。先王以是经夫妇,成孝敬,厚人伦,美教化,移风俗。"③陆游对此心领神会,他说:"盖人之情,悲愤积于中而无言,始发为诗。不知,无诗矣。苏武、李陵、陶潜、谢灵运、杜甫、李白,激于不能自已,故其诗为百代法。国朝林逋、魏野以布衣死;梅尧臣、石延年弃不用;苏舜钦、黄庭坚以废绌死。近时江西名家者,例以党籍禁锢,乃有才名。盖诗之兴本如是。"(《澹斋居士诗序》)他又说:"古之说诗曰言志。夫得志而形于言,如皋陶、周公、召公、吉甫,固所谓志也。若遭变遇谗,流离困悴,自道其不得志,是亦志也。然感激悲伤,忧时闵己,托物寓情,使人读之至于太息流涕,固难矣。至于安时处顺,超然物外,不矜

---

① 《论语·阳货》,《论语注疏》卷一七,北京大学出版社1999年版,第237页。

② 本文所引陆游之文,皆据钱仲联、马亚中《渭南文集校注》,载浙江教育出版社2011年版《陆游全集校注》,下文不再出注,以免繁冗。

③ 《毛诗正义》卷一,北京大学出版社1999年版,第6—10页。

不挫,不诬不怼,发为文辞,冲澹简远,读之者遗声利,冥得丧,如见东郭顺子,悠然意消,岂不又难哉?"(《曾裘父诗集序》)还说:"《花间集》皆唐末、五代时人作。方是时,天下岌岌,生民救死不暇,士大夫乃流宕如此,可叹也哉!"(《跋花间集》之一)这些话或论诗之缘起,或述诗所言之志有不同内涵,或论诗风与时代之关系,都与《诗大序》一脉相承。我们或许可以说陆游的诗论沿袭儒家诗论甚多,故而不像其他宋代诗论家那样自成一家,但将其置于宋代诗论在总体上偏离传统诗学精神的背景下,也不妨说陆游重新肯定了儒家的诗教说,在复古的外表下蕴藏着鲜明的革新精神。

二

陆游的主要文学活动是诗歌创作而不是理论阐述,要想全面考察陆游与儒家诗论的关系,必须将注意力转移到其创作实践上来。

陆游作诗,多及山水风月,且为时人所习知,他六十岁出任严州知州前赴朝面辞皇帝,宋孝宗竟当面对他说:"严陵山水胜处,职事之暇,可以赋咏自适。"[①]他六十六岁罢归山阴后,即以"风月"命名小轩,且作诗抒慨,题作:"予十年间两坐斥,罪虽擢发难数,而诗为首,谓之'嘲咏风月'。既还山,遂以'风月'名小轩,且作绝句。"其一曰:"扁舟又向镜中行,小草清诗取次成。放逐尚非余子比,清风明月入台评。"从表面上看,"嘲咏风月"确是陆诗的一大主题,其实不然。陆游在走上文学创作道路的起点时,即自觉地遵循儒家文学思想的指导。他三十七岁时上书给宰相陈康伯,自称:"某小人,生无他长,不幸束发有文字之愚。自上世遗文,先秦古书,昼读夜思,开山破荒,以求圣贤致意处。虽才识浅暗,不能如古人迎见逆决,然譬之农夫之辨粟麦,盖亦专且久矣。原委如是,派别如是,机杼如是。自《六经》、《左氏》、《离骚》以来,历历分明,皆可指数。不附不绝,不诬不紊。正有出于奇,旧或以为新,横鹜别驱,层出间见,每考观文词之变,见其雅正,则缨冠肃衽,如对王公大人。"(《上执政书》)这绝不是因上书朝中大臣,故言有夸饰,因为陆游始终如此持论,至老未变。例如他七十五岁时寄书给仕途屯塞的友人陆焕之说:"古声不作久矣! 所谓诗者,遂成小技。诗者果可谓之小技乎? 学不通天人,行不能无愧于俯仰,果可以言诗乎?"(《答陆伯政上舍书》)①可见对于陆游而言,写诗绝不是吟风弄月、舞文弄墨的小技,而是意义重大的严肃事业。"六十年间万首诗"(《小饮梅花下作》)的写作生涯,是陆游在儒家诗学观念指导下度过的庄严人生。

儒家极其重视诗歌的社会功能,这种功能最重要的内涵是什么? 孔子说是"迩之事父,远之事君"。由于这两句话是与"诗可以兴,可以观,可以群,可以怨"相连的,后代学者往往把它们放在一起进行阐释,比如清人刘宝楠说:"学诗可以事父事君者,荀子言'诗故不切',其依违讽谏,不指切事情,故言者无罪,闻者足戒。"也就是将诗的讽谏美刺功用视为"事父事君"的途径,意即运用诗歌来对君父进行委婉曲折的讽谏规劝。但是讽谏规劝只是"事父事君"的一个方面,如果将诗之用局限于讽谏规劝,就会降低其意义,所以学者又寻求更深刻的阐释,刘宝楠在上引那段话后又说:"《诗序》言'正得失,动天地,感鬼神,莫近于诗。先王以是经夫妇,成孝敬,厚人伦,美教化,移风俗'。明诗教有益,故学之可事父事君也。"②这样,不但使孔子原话的意蕴更加丰富,也更符合儒家诗学思想的完整体系。其实早在宋代,朱熹对"迩之事父,远之事君"二句就有非常清晰的的解析:"人伦之道,诗无不备,二者举重而言。"③从陆游的创作实践来看,他对"迩之事父,远之事君"的诗学思想也是如此理解的。我们先分析"远之事君"的方面。

---

　　①　此书编年据于北山《陆游年谱》,上海古籍出版社 2006 年版,第444 页。

　　②　《论语正义》卷一七,上海书店 1986 年版,第 374 页。

　　③　《论语集注》卷九,《四书章句集注》,中华书局 1983 年版,第 178 页。

陆游说："吾友吴梦予，囊其歌诗数百篇于天下名卿贤大夫之主斯文盟者，翕然叹誉之。末以示余。余愀然曰：'子之文，其工可悲，其不幸可吊。年益老，身益穷，后世将曰：是穷人之工于歌诗者。计吾吴君之情，亦岂乐受此名哉？余请广其志曰：穷当益坚，老当益壮，丈夫盖棺事始定。君子之学，尧舜其君民，余之所望于朋友也。娱悲舒忧，为风为骚而已，岂余之所望于朋友哉！'"（《跋吴梦予诗编》）此语虽为安慰怀才不遇的诗友而发，但也是陆游自己的心声。唐人杜甫终生情系君主，自述其志云："致君尧舜上，再使风俗淳。"清人仇兆鳌注引应璩《与弟书》"伊尹辍耕，郅恽牧羊，思致君于唐虞，济斯民于涂炭"以及《孟子》"伊尹使是君为尧舜之君"①，甚确。儒家诗论中所谓"事君"，即为此义。陆游对杜甫十分崇敬，对杜甫的忠君爱国之心深有同感，曾说："少陵，天下士也。……不胜爱君忧国之心，思少出所学佐天子，兴正观、开元之治。"（《东屯高斋记》）又作诗称扬杜甫说："看渠胸次隘宇宙，惜哉千万不一施。空回英概入笔墨，生民清庙非唐诗。向令天开太宗业，马周遇合非公谁。后世但作诗人看，使我抚几空嗟咨。"（《读杜诗》）从孔子所云"远之事君"，到杜诗所云"致君尧舜上"，再到陆游所云"尧舜其君民"，是古典诗学中一脉相承的重要观念。

在陆游所处的那个时代，所谓"尧舜其君民"，具有特别的意义。靖康之变以来，大宋王朝丢失了半壁江山，连祖宗陵寝都沦陷于敌国，这是整个国家、民族的奇耻大辱。要说"远之事君"，抵御外侮，收复失土，即恢复宋王朝的国家主权和原有疆域，就是对大宋王朝的最大忠诚。所以陆游诗中关于抗金复国主题的大声疾呼，就是南宋诗坛上"远之事君"的典型表现。请看其《金错刀行》与《寒夜歌》："黄金错刀白玉装，夜穿窗扉出光芒。丈夫五十功未立，提刀独立顾八荒。京华结交尽奇士，意气相期共生死。千年史策耻无名，一片丹心报天子。尔来从军天汉滨，南山晓雪玉嶙峋。

---

① 《杜诗详注》卷一《奉赠韦左丞丈二十二韵》，中华书局1979年版，第75页。

呜呼！楚虽三户能亡秦，岂有堂堂中国空无人！""陆子七十犹穷人，空山度此冰雪晨。既不能挺长剑以拄九天之云，又不能持斗魁以回万物之春。食不足以活妻子，化不足以行乡邻。忍饥读书忽白首，行歌拾穗将终身。论事愤叱目若炬，望古踊跃心生尘。三万里之黄河入东海，五千仞之太华磨苍旻。坐令此地没胡虏，两京宫阙悲荆榛。谁施赤手驱蛇龙，谁恢天网致凤麟。君看煌煌艺祖业，志士岂得空酸辛！"虽说抗金复国的爱国主题是南宋诗坛上的主流倾向，但主题如此鲜明、语言如此激烈、风格如此雄壮的作品并不多见，而这样的诗在陆游笔下却是屡见不鲜。这种主题甚至从陆诗旁溢到陆词中去，例如《诉衷情》："当年万里觅封侯，匹马戍梁州。关河梦断何处？尘暗旧貂裘。　　胡未灭，鬓先秋，泪空流。此生谁料，心在天山，身老沧洲！"全词皆咏报国灭胡之志，与其诗几无二致。陆游作词不多，却被后人归入辛派词人之列，即由此故。

需要指出的是，陆游诗中的抗金主题，并非如后世学人所说是"好谈匡救之略"的"官腔"①，而是具有深刻严密的具体内涵的爱国呼声。陆游生逢国难，自幼受到父辈忧国精神的熏陶，对南宋的偏安局面忧心忡忡。他曾对好友周必大说："窃以时玩久安，名节弗励。仁圣焦劳于上，而士夫无宿道向方之实；法度修明于内，而郡县无赴功趋事之风。边防寖弛于通和，民力坐穷于列戍。每静观于大势，惧难待于非常。至若靖康丧乱，而遗平城之忧；绍兴权宜，而蒙渭桥之耻。高庙有盗环之逋寇，乾陵有斧柏之逆俦。江淮一隅，夫岂仗卫久留之地；梁益万里，未闻腹心不贰之臣。文恬武嬉，戈朽铖钝。"（《贺周丞相启》）虽有四六文体的限制，话仍说得恺切周详，其对时局的洞察，昭昭在目。可贵的是，陆游诗中的爱国主题有丰富的具体内容，覆盖了南宋爱国诗歌的各种题材范围。对于南宋小朝廷的苟安国策，陆游深表痛心："和戎诏下十五年，将军不战空临边。朱门沉沉按歌舞，厩马肥死弓断弦！"（《关山月》）

---

① 见钱锺书《谈艺录》三七，中华书局1984年版，第132页。

对于主和派把持朝政的政局,陆游严词痛斥:"公卿有党排宗泽,帷幄无人用岳飞。"(《夜读范至能揽辔录言中原父老见使者多挥涕,感其事,作绝句》)对于朝中不顾国事只谋私利的大臣,陆游直言讥刺:"诸公可叹善谋身,误国当时岂一秦。不望夷吾出江左,新亭对泣亦无人!"(《追感往事》)对于朝野士气不振的现实,陆游忧心忡忡:"中原乱后儒风替,党禁兴来士气屡。"(《送芮国器司业》)对于南宋选都不当之事,陆游诗中再三叹息:"鸡犬相闻三万里,迁都岂不有关中。广陵南幸雄图尽,泪眼山河夕照红。"(《感事》)"孤臣老抱忧时意,欲请迁都涕已流。"(《登赏心亭》)……忧国伤时之念如此深沉恺切,谓之"官腔",可乎?

还有一点需要补充,就是陆游的忧国总是与忧民紧密相连。陆游长期生活在农村,亦曾亲事农耕,他对农民生活之艰辛有近距离观察乃至切身体会,这在陆诗中有生动的描写:"鱼陂车水人竭作,麦垄翻泥牛尽力。碓舂玉粒恰输租,篮挈黄鸡还作贷。归来糠籺常不餍,终岁辛勤亦何得!"(《记老农语》)"贫民妻子半菽食,一饥转作沟中瘠!"(《僧庐》)必须指出,外族的侵略是对宋朝人民和平生活的致命破坏,不但中原沦陷区的人民亲受铁蹄的蹂躏,南宋的农民也因兵役和岁币的沉重负担而雪上加霜,农民对此是心知肚明的。南宋农民自觉的爱国情怀,在陆游诗中留下了可贵的实录:"几年羸疾卧家山,牧竖樵夫日往还。至论本求编简上,忠言乃在里闾间。私忧骄房心常折,念报明时涕每潸。寸禄不沾能及此,细听只益厚吾颜!"(《识愧》)五六句之后有陆游的自注:"二句实书其语。"所以说,陆游诗中的忧国与忧民这两个主题紧密相连,从文学的发生背景而言,这是南宋的社会现实造成的结果。陆游继承了杜甫忠君意识的积极意义,他与杜甫一样,忠君即爱国,忠君也即爱民。如果说"远之事君"这句话自身也许会使人误解为片面提倡忠于一家一姓的"愚忠",那么经过陆游诗歌的形象化阐释,它的意义就有所升华,更臻高境。所以说,陆游的诗歌创作对儒家诗论中"远之事君"的内涵不但有所补充、有所扩展,而且有所提高,这是陆游对儒家诗论的重大贡献。

三

那么，"迩之事父"的精神在陆游诗中又是如何体现的呢？

与"事君"相似，"事父"的内涵并不止于侍奉父亲。孔子倡导孝道，其实就是倡导以"孝悌"为核心内容的伦理道德，所以他说："弟子入则孝，出则悌，谨而信，泛爱众，而亲仁。"①到了孟子，遂进一步将孝道从家族扩展至整个社会，提出了"老吾老以及人之老，幼吾幼以及人之幼"的著名命题②。无论后世的反儒之徒如何歪曲孝道的内涵，都无法驳倒孔、孟提倡孝道进而建设以和睦亲善的人际关系为基础的安定社会的伦理学主张，因为那本是善良人民的共同愿望。历代抒写以孝道为核心的亲情的作品极为感人，例如《诗经·小雅·蓼莪》抒写"民劳苦，孝子不得终养"的悲痛心情③，朱熹云："晋王裒以父死非罪，每读《诗》至'哀哀父母，生我劬劳'，未尝不三复流涕。受业者为废此篇。《诗》之感人如此！"④这是"迩之事父"的最佳例证。唐人杜甫推己及人从而关爱天下苍生的感人诗篇，其实也是诗歌"迩之事父"功能的扩展和提升。陆游对此心领神会。

陆游二十四岁丧父，丧母当在他二十六岁之前⑤，所以他四十岁时回忆说："某不天，少罹闵凶，今且老矣，而益贫困。每游四方，见人之有亲而得致养者，与不幸丧亲而葬祭之具可以无憾者，辄悲痛流涕，怆然不知生之为乐也！"（《青州罗汉堂记》）正因如此，陆游也曾在诗中表露与晋人王裒相似的感情。陆游四十七岁时在夔州

---

① 《论语·学而》，《论语注疏》卷一，第7页。

② 《孟子·梁惠王上》，《孟子注疏》卷一，北京大学出版社1999年版，第21页。

③ 《毛诗正义》卷一三，第776页。

④ 《诗集传》卷一二，中华书局1962年版，第147页。

⑤ 陆游母亲卒于何年，史无明文。考陆游五十岁所作之《五月五日蜀州放解榜第一人杨鉴，具庆下孤生，怆然有感》诗云："嗟我不孝负鬼神，俯仰二纪悲如新。"则其母当卒于陆游二十六岁之前。

看到乡人扫墓，思念双亲："松阴系马启朱扉，粗粝青红正此时。守墓万家犹有日，及亲三釜永无期。诗成谩写天涯感，泪尽何由地下知。富贵贱贫俱有恨，此生长废《蓼莪》诗！"(《乡中每以寒食立夏之间省坟，客夔适逢此时，凄然感怀》)他五十岁时在蜀州通判任上，看见考生在登科录的"具庆"栏下填写"孤生"二字（意即父母双亡），悲慨不已："人生富贵不逮亲，万钟五鼎空酸辛。"(《五月五日蜀州放解榜第一人杨鉴，具庆下孤生，怆然有感》)同年陆游投宿通津驿，夜闻大风吹木，遂想起"树欲静而风不止，子欲养而亲不待"的古语："木欲静风不止，子欲养亲不留，夜诵此语涕莫收。吾亲之没今几秋，尚疑舍我而远游。心冀乘云反故丘，再拜奉觞陈膳羞。……哀乐此志终莫酬，有言不闻九泉幽。北风岁晚号松楸，哀哉万里为食谋！"(《宿彭山县通津驿，大风，邻园多乔木，终夜有声》)"吾亲之没"二句，感人至深。孟子云："大孝终身慕父母，五十而慕者，予于大舜见之矣。"[1]陆游之诗是对孟子所倡孝道的生动阐释，也是"迩之事父"诗学观念的生动展现。

此外，"迩之事父"的诗学精神在陆诗中还有其他体现。首先，陆游诗中经常写到他的家人，尤其是其儿孙。今人钱锺书批评陆游"好誉儿"[2]，其实陆诗中写及儿辈的诗很少夸耀他们，要有也只是说他们与父亲一样喜爱读书而已，比如："到家夜已半，伫立叩蓬户。稚子犹读书，一笑慰迟暮。"(《夜出偏门还三山》)陆游经常指导儿辈读书："六经如日月，万世固长悬。……我老空追悔，儿无弃壮年。"(《六经示儿子》)陆诗中父子同灯夜读的景象反复出现："自怜未废诗书业，父子蓬窗共一灯。"(《白发》)"父子更兼师友分，夜深常共短灯檠。"(《示子聿》)贫家爱惜膏油，故父子同灯共读，其情可悯可感。陆游年登耄耋之后，还由教子转为教孙："诸孙入家塾，亲为授三苍。"(《小雨》)除了读书之外，陆游也希望儿孙勤于稼穑："仍须教童稚，世世力耕桑。"(《村舍》)甚至希望业已出仕的儿子早

---

① 《孟子·万章上》，《孟子注疏》卷九，第244页。
② 《谈艺录》三七《放翁二痴事二官腔》，第132页。

退归农:"更祝吾儿思早退,雨蓑烟笠事春耕。"(《读书》)陆诗中有
不少对儿辈的训诫之诗,感人最深的是《送子龙赴吉州掾》。这是
诗人七十七岁时送别其次子陆子龙而作,诗中先说明家境贫寒是
父子分离的原因:"我老汝远行,知汝非得已。……人谁乐离别,坐
贫至于此。"然后惦念着儿子途中的艰难:"汝行犯胥涛,次第过彭
蠡。波横吞舟鱼,林啸独脚鬼。野饭何店炊,孤棹何岸舣?"诗的主
要篇幅用来训导儿子到任后应该忠于职守、廉洁正直。最后嘱咐
子龙勤写家书:"汝去三年归,我倘未即死。江中有鲤鱼,频寄书一
纸!"读了此诗,恍如亲闻一位慈祥的老父亲对儿子的临别赠言,那
些话说得絮絮叨叨,周详恺切,至情流露,感人至深。陆游安贫乐
道,儿孙满堂是其晚年生活中最大的乐趣:"病卧湖边五亩园,雪
风一夜坼芦藩。燎炉薪炭衣篝暖,围坐儿孙笑语温。菜乞邻家
作菹美,酒赊近市带醅浑。平居自是无来客,明日冲泥谁叩门。"
风雪之夜,合家围坐在火炉边说说笑笑,世间乐事,孰能愈此!
有了天伦之乐,即使是贫寒的生活也会增添几分暖意:"夜深青
灯耿窗扉,老翁稚子穷相依。齑盐不给脱粟饭,布褐仅有悬鹑
衣。偶然得肉思共饱,吾儿苦让不忍违。"(《书叹》)父子情深,一
至于此!

　　其次,陆游与前妻唐氏的爱情悲剧凄婉动人,他的一曲《钗头
凤》不知惹出了后代读者的多少泪水。在他被迫与唐氏离婚以后
的四十多年里,他始终难忘他们之间的真挚爱情,即使是唐氏留下
的某些普通物品也会触动他的愁肠,例如唐氏亲手缝制的菊枕:
"采得黄花作枕囊,曲屏深幌闭幽香。唤回四十三年梦,灯暗无人
说断肠。"(《余年二十时,尝作菊枕诗,颇传于人。今秋偶复采菊缝
枕囊,凄然有作》)当然,感人最深的则是陆游重游沈园时的感怀之
作,因为沈园正是当年他重逢唐氏后题写《钗头凤》的地方。陆游
七十五岁时所作的《沈园》二首:"城上斜阳画角哀,沈园非复旧池
台。伤心桥下春波绿,曾是惊鸿照影来。""梦断香消四十年,沈园
柳老不吹绵。此身行作稽山土,犹吊遗踪一泫然。"近人陈衍评曰:
"无此绝等伤心之事,亦无此绝等伤心之诗。就百年论,谁愿有此

事？就千秋论，不可无此诗！"①的确，在宋诗乃至整个古典诗歌中，爱情主题都是发展得不够充分的。这两首"绝等伤心之诗"尤其是宋诗中不可多得的瑰宝，永远受到后人的珍视。七十五岁的老人笔下尚且如此深情缱绻，可见陆游对爱情是何等忠贞。

除了描写家人之间的天伦之情，陆游诗中还有两个内容值得关注。其一是对友情的歌颂。陆游性喜交游，多有挚友，他与范成大、杨万里、辛弃疾、朱熹、韩元吉等人交往甚密，时时见于吟咏。不但如此，他还与许多名不见经传的普通人结下了生死不渝的友谊，留下了许多歌颂友谊的佳作。陆游在蜀地盘桓八年，与蜀中的贤士、奇人结交甚笃，东归后仍时时思念。例如《感旧》诗中，他接连回忆两位蜀中贤士李石与师伯浑："君不见资中名士有李石，八月秋涛供笔力。""君不见蜀师浑甫字伯浑，半生高卧蟆颐村。才不得施道则尊，死已骨朽名犹存。"最感人的是诗人与独孤策的友情。独孤策其人除了陆诗以外不见于任何典籍，但他是陆游心目中可共大事的一位奇士。独孤的生平略见于陆游的一首诗题："独孤生策，字景略，河中人。工文善射，喜击剑，一世奇士也。有自峡中来者，言其死于忠涪间。感涕赋诗。"诗中推崇独孤："气钟太华中条秀，文在先秦两汉间。"陆游有多首诗写到独孤策，从那些诗可以看出独孤是与陆游一样怀有报国壮志和雄才大略的志士，而沉沦下僚、报国无路也是两人共同的遭遇，无怪他们会倾盖如故，成为披肝沥胆的生死之交。可惜的是独孤策老于草莱，赍志以没，这怎么不让陆游为之悲愤！这种悲愤交加的情思一再在陆游诗中出现，写得最好的是《夜归偶怀故人独孤景略》："买醉村场半夜归，西山落月照柴扉。刘琨死后无奇士，独听荒鸡泪满衣。"诗人在夜半孤寂之时忽然想到故友，不禁回忆起当年两人邂逅相逢、意气相投的经历。此诗意境沉郁，读后一位笃于友情的诗人宛在目前。

其二是对村居睦邻关系的描绘。陆游曾在山阴农村生活了二

---

① 《宋诗精华录》卷三，《陈衍诗论合集》，福建人民出版社1999年版，第838页。

十年,他与附近的农夫渔父结下了深厚的情谊,他由衷喜爱山阴农村淳朴纯良的风土人情,他笔下的绩女、牧童是多么可亲:"放翁病起出门行,绩女窥篱牧竖迎。酒似粥醲知社到,饼如盘大喜秋成。归来早觉人情好,对此弥将世事轻。红树青山只如昨,长安拜免几公卿!"(《秋晚闲步,邻曲以予近尝卧病,皆欣然迎劳》)陆诗中常写到邻居对他的关爱:"东邻膰肉至,一笑举新醅。"(《舍北摇落景物殊佳,偶作》)"野人知我出门稀,男辍锄耰女下机。掘得茈菇炊正熟,一杯苦劝护寒归。"(《东村》)诗人也诚心诚意地投桃报李:"东邻稻上场,劳之以一壶。西邻女受聘,贺之以一襦。"(《晚秋农家》)陆游还常至邻村施药,与村民们亲切来往:"驴肩每带药囊行,村巷欢欣夹道迎。共说向来曾活我,生儿多以陆为名。""耕佣蚕妇共欣然,得见先生定有年。扫洒门庭拂床几,瓦盆盛酒荐豚肩。"(《山行经行曾施药》)陆游还对村民们纯朴敦厚的家庭关系极表赞赏,陆诗中曾描写一对努力赡养老亲的夫妇:"蚕如黑蚁稻青针,夫妇耕桑各苦心。但得老亲供养足,不羞布袂与蒿簪。"(《农桑》)陆诗还记录了一位农夫主动请求学习《孝经》的经过:"行行适东村,父老可共语。披衣出迎客,芋栗旋烹煮。自言家近郊,生不识官府。甚爱问孝书,请学公勿拒。我亦为欣然,开卷发端绪。讲说虽浅近,于子或有补。耕荒两黄犊,庇身一茅宇。勉读《庶人》章,淳风可还古。"(《记东村父老言》)《孝经》的《庶人》章云:"用天之道,分地之利,谨身节用,以养父母,此庶人之孝也。"①这正是陆游愿意为农民讲解的内容,以百姓日用人伦为主要思考对象的儒学本是与百姓息息相关的,此诗真是"迩之事父"诗学观念的生动事例! 陆诗反映民间疾苦时也涉及农民的纯朴品质,例如《农家叹》:"有山皆种麦,有水皆种粳。牛领疮见骨,叱叱犹夜耕。竭力事本业,所愿乐太平。门前谁剥啄,县吏催租声。一身入县庭,日夜穷答榜。人孰不惮死,自计无由生。还家欲具说,恐伤父母情。老人傥得食,妻子鸿毛轻!"这位农民被官府催租逼得走投无路,依然一心挂念

----

① 《孝经注疏》卷三,北京大学出版社1999年版,第16页。

着父母。又如《喜雨歌》:"不雨珠,不雨玉,六月得雨真雨粟。十年水旱食半菽,民伐桑柘卖黄犊。去年小稔已食足,今年当得厌酒肉。斯民醉饱定复哭,几人不见今年熟!"在屡遭饥荒后终逢丰年,死去的亲人却已不及得见,这是怎样的哀伤遗恨! 这首诗堪称民间版的《蓼莪》诗,也是"迩之事父"诗学观念的灵活表现。

总而言之,陆游的诗歌深情地歌颂了家人之间、朋友之间以及邻里之间等各种类别的敦厚感情。唐人杜甫因感情深厚而被后人誉为"情圣"①,陆游也当得起这个称号。一个理想的社会,必然是以和睦亲善的人际关系为基石的。而要想实现整个社会的和睦亲善,以家庭内部的亲密关系为始点然后由亲及疏、由近及远地进行扩展,则是最符合人类本性、最具可行性的切实途径。儒家重视诗歌"迩之事父"的功能,其终极目的和深层意义即在于此。陆游用其创作实绩对儒家诗学观念进行了生动、全面的阐释,陆诗具有感动人心的力量,其根本原因就在于此。

四

为了论述的方便,上文从"远之事君"与"迩之事父"两个角度对陆游诗歌进行分析。其实,陆游写诗当然是遇事即书,有感即发,他对儒家诗学观念的把握和运用都是从整体着眼的,不可能分门别类地区别对待。如果从创作主体的视角来看,对陆游创作影响最大的儒家诗学观念即是"兴、观、群、怨"之说。

陆游论诗歌创作,最重二端:一是诗人的主观情志,二是诗人的人生阅历。先看前者。在陆游的诗论中,"养气"是一个重要的范畴,以至于邱鸣皋先生在其《陆游评传》中专设一章题作"以'气'为灵魂的文学思想"②。陆游认为:"诗岂易言哉! 才得之天,而气者我之所自养。有才矣,气不足以御之,淫于富贵,移于贫贱,得不

---

①　梁启超《情圣杜甫》,《杜甫研究论文集》第一辑,中华书局 1962 年版,第 1—13 页。

②　《陆游评传》,南京大学出版社 2002 年版,第 355—382 页。

偿失，荣不盖愧，诗由此出，而欲追古人之逸驾，讵可得哉？"(《方德亨诗集序》)既然"气"比"才"更为重要，所以"气"就是诗歌创作的首要条件："谁能养气塞天地，吐出自足成虹蜺。"(《次韵和杨伯子主簿见赠》)陆游所说的"养气"，与理学家所倡的反省内敛的修身功夫有很大的区别。在陆游看来，"养气"就是培养一种至大至刚的精神力量，也即培养高尚的人格和高洁的情操。陆游心目中的"养气"还具有鲜明的时代特征，他评价傅崧卿的文章说："某闻文以气为主，出处无愧，气乃不挠。韩柳之不敌，世所知也。公自政和迄绍兴，阅世变多矣。白首一节，不少屈于权贵，不附时论以苟登用。每言虏、言畔臣，必愤然扼腕裂眦，有不与俱生之意。士大夫稍有退缩者，辄正色责之若仇。一时士气。为之振起。"(《傅给事外制集序》)反过来，陆游也认为南宋士气不振的局面对文学创作极为不利："尔来士气日靡靡，文章光焰伏不起。"(《谢张时可通判赠诗编》)陆游晚年回顾南宋诗坛风气日下的过程说："我宋更靖康祸变之后，高皇帝受命中兴，虽艰难颠沛，文章独不少衰。得志者司诏令，垂金石。流落不偶者，娱忧纾愤，发为诗骚，视中原盛时，皆略无可愧，可谓盛矣。久而寝微，或以纤巧摘裂为文，或以卑陋俚俗为诗，后生或为之变而不自知。"(《陈长翁文集序》)陆游心中的"养气"，不但不求内敛，而且应喷薄而出，他说："夜梦有客短褐袍，示我文章杂诗骚。措辞磊落格力高，浩如秋风驾秋涛。起伏奔蹶何其豪，势尽东注浮千艘。李白杜甫生不遭，英气死岂埋蓬蒿！"(《记梦》)显然，陆游的"养气"，是与南宋爱国军民抗金复国的正义呼声桴鼓相应的，具有植根于时代潮流的独特精神内涵。

再看后者。陆游所说的"养气"，绝不是闭门慎独式的修身养性能奏效的，而是必须以丰富的人生阅历、深沉的人生感慨为基础，他认为好诗都是产生在道路行役、跋山涉水的过程中："挥毫当得江山助，不到潇湘岂有诗。"(《予使江西时，以诗投政府，丐湖湘一麾，会召还，不果。偶读旧稿有感》)"君诗妙处吾能识，正在山程水驿中。"(《题庐陵萧彦毓秀才诗卷后》)当然，更重要的则是包括羁旅行役在内的人生经历，尤其是充满愁苦悲辛的人生遭际，陆游说:"清愁自是诗中料,向使无愁可得诗。不属僧窗孤宿夜,即还山驿旅游时。""天恐文人未尽才,常教零落在蒿莱。不为千载离骚计,屈子何由泽畔来。"(《读唐人愁诗戏作》)他甚至说:"文章无所秘,赋予均功名。吾尝考在昔,颇见造物情。离堆太史公,青莲老先生。悲鸣伏枥骥,蹭蹬失水鳞。饱以五车读,劳以万里行。险艰外备尝,愤郁中不平。山川与风俗,杂错而交并。邦家志忠孝,人鬼参幽明。感慨发奇节,涵养出正声。故其所述作,浩浩河流倾。"(《感兴》)若是落实到南宋的时代背景中,陆游认为亲身经历铁马冰河的战斗生涯,乃至壮志不酬、悲愤填胸的人生感慨,更是磨炼意志、增益诗才的利器,他说:"书生本欲辈莘渭,蹭蹬乃去为诗人!"(《初冬杂咏》)"此身合是诗人未,细雨骑驴入剑门。"(《剑门道中遇微雨》)

陆游终生保持着旺盛的创作热情,他的诗歌始终豪情激荡,正是上述诗学观念的实践,也是对儒家"兴、观、群、怨"的诗学观念的印证。如上所述,陆游的诗学观念有着鲜明的时代特征。同样,他的诗歌创作也始终紧扣时代的脉搏。陆游自幼受到曾几等前辈爱国诗人的深刻影响,抗金复国的思想就是使他诗思如潮的主要因素。朱熹释孔子"诗可以兴"曰"感发志意"①,使陆游"感发志意"的正是火热的抗金斗争以及报国无路的悲怆情怀。请看其《书悲》:"今日我复悲,坚卧脚踏壁。古来共一死,何至尔寂寂。秋风两京道,上有胡马迹。和戎壮士废,忧国清泪滴。关河入指顾,忠义勇推激。常恐埋山丘,不得委锋镝。立功老无期,建议贱非职。赖有墨成池,淋漓豁胸臆。"故土沦陷,恢复无望,壮志未酬,年华空老,陆游因而感慨万千,只能在诗歌中倾吐胸怀。尤其值得注意的是,陆游写诗不是被动地等待灵感的到来,而是积极主动地寻求"感发志意"的良机。陆游长达六十年的诗歌创作历程,就是一个不断追求在波澜壮阔的社会生活中获取更高境界的诗兴的过程,诚如他晚年对儿子传授学诗经验所云:"我初学诗日,但欲工藻绘。

① 《论语集注》卷九,《四书章句集注》,第178页。

中年始少悟,渐若窥宏大。怪奇亦间出,如石漱湍濑。数仞李杜墙,常恨欠领会。元白才倚门,温李真自郐。正令笔扛鼎,亦未造三昧。诗为六艺一,岂用资狡狯。汝果欲学诗,工夫在诗外。"(《示子遹》)陆游一生中最重要的"感发志意"的机会就是他四十八岁从军南郑的那段经历,他对之念念不忘,在诗中反复追忆,其中以六十八岁所作的《九月一日夜读诗稿有感,走笔作歌》最为著名:"我昔学诗未有得,残余未免从人乞。力屡气馁心自知,妄取虚名有惭色。四十从戎驻南郑,酣宴军中夜连日。打球筑场一千步,阅马列厩三万匹。华灯纵博声满楼,宝钗艳舞光照席。琵琶弦急冰雹乱,羯鼓手匀风雨疾。诗家三昧忽见前,屈贾在眼元历历。天机云锦用在我,剪裁妙处非刀尺。世间才杰固不乏,秋毫未合天地隔。放翁老死何足论,广陵散绝还堪惜!"论者都认为这首诗是陆游自述其创作道路上的关键节点,但对其具体内涵则言人人殊。笔者认为,陆游从军南郑,亲临抗金战场的最前线,实现了他梦寐以求的愿望,而军中的豪壮生活则使他精神激昂、意气风发,他终于在浏漓顿挫的舞姿和急节繁音的乐曲的启迪下悟得了雄浑奔放才是最适合自己的诗歌风格①。在从军南郑以后的数年间,陆游写出了一生中最重要的代表作:《金错刀行》、《胡无人》、《长歌行》(人生不作安期生)、《谒诸葛丞相庙》、《楼上醉歌》、《中夜闻大雷雨》、《夜读东京记》、《关山月》、《出塞曲》(佩刀一刺山为开)、《战城南》、《秋兴》(成都城中秋夜长)、《醉中下瞿塘峡中流观石壁飞泉》、《五月十一日夜且半,梦从大驾亲征,尽复汉唐故地,见城邑人物繁丽,云西凉府也。喜甚,马上作长句,未终篇而觉,乃足成之》……正是这些雄浑奔放的七言歌行奠定了陆游诗风的基石。陆游的此类作品,热情奔放,喷薄而出,是"诗可以兴"的诗学原理在南宋诗坛上的最佳表现。

从客观效果来看,陆游的诗歌也是南宋诗坛上最充分地发挥

---

①　参看拙文《陆游"诗家三昧"辨》,载《唐宋诗歌论集》,凤凰出版社2007年版,第450—470页。

"兴、观、群、怨"各种功能的作品。为免词费，我们借用朱熹对"兴、观、群、怨"的简明释义来对陆诗进行功能的分析。朱熹释"兴"为"感发志意"，如从作者着眼，上文已经论及。如从读者着眼，则陆诗不但为南宋的爱国军民鼓舞士气，而且对千年之下的读者仍有激励作用，诚如近代梁启超所言："诗界千年靡靡风，兵魂销尽国魂空。集中十九从军乐，亘古男儿一放翁！"①朱熹释"观"为"考见得失"，陆诗题材广阔，时代性强，堪称南宋社会百科全书式的风俗图卷。陆诗对南宋和议之后时局的反映，如朝廷之苟安而无远虑、大臣之自私而不图进取、将士长期不战而斗志渐销等情形，都有真切的描写。又如陆诗对北方沦陷区人民心怀故国的描写也相当真切，有些细节完全可以补充史书之不足，例如《追忆征西幕中旧事》："关辅遗民意可伤，蜡封三寸绢书黄。亦知虏法如秦酷，列圣恩深不忍忘。"诗后自注云："关中将校密报事宜，皆以蜡书至宣司。"即使是那些次要的内容，比如对各地节俗的描写、对镜湖水利的记录，也提供了宝贵的历史资料。若要论"考见得失"的价值，则陆诗在南宋诗坛上首屈一指。朱熹释"群"为"和而不流"，释"怨"为"怨而不怒"，下面合而论之。"和而不流"，就是增进人际关系的和善敦睦，"怨而不怒"就是适度地抒泄愁怨情绪，都与诗歌在感情上对读者的感染、疏导有关。必须指出，陆诗在这方面的功能是南宋诗坛上无与伦比的。试举一例。描摹农村生活以及农民疾苦，是南宋诗歌重要的主题倾向。比如范成大的《四时田园杂兴》，就是这方面的名篇，宋人吴沆甚至说："且如农桑樵牧之诗，当以《毛诗·豳风》及石湖《田园杂兴》比熟看。"②然而范诗虽然生动地描写了农事生产，也涉及农家疾苦，但诗人基本上是一个冷静的旁观者。陆游则不同。陆游长期村居，常以老农自居。"夜半起饭牛，北斗垂大荒。"（《晚秋农家》)这样的诗句，非亲事农耕者岂能道出！

---

①　《读陆放翁集》，《饮冰室文集》卷四五下，《饮冰室合集》第 4 册，中华书局 1936 年版，第 4 页。

②　《环溪诗话》卷三，《宋诗话全编》，第 4356 页。

陆游与邻舍的田夫织女亲如家人,忧乐与同。农民的纯朴善良,使陆游衷心赞叹;农民的悲惨生活,使陆游忧心如焚。上文中论及陆游描写农民的天伦之乐及善良本性的作品,真的可起到"和而不流"的效应。陆诗中也有许多描写农家疾苦的作品,如其《太息》三首:"太息贫家似破船,不容一夕得安眠。春忧水潦秋防旱,左右枝梧且过年。""祷庙祈神望岁穰,今年中熟更堪伤。百钱斗米无人要,贯朽何时发积藏。""北陌东阡有故墟,辛勤见汝昔营居。豪吞暗蚀皆逃去,窥户无人草满庐。"词意哀怨,恻然动人,但并无剑拔弩张之态,可称"怨而不怒"的典范。陆游论《诗》,最重《豳风·七月》之篇,他曾不胜仰慕地说:"我读《豳风》七月篇,圣贤事业在陈编。岂惟王业方兴日,要是淳风未散前。"(《读豳诗》)又说:"西成东作常无事,妇馌夫耕万里同。但愿清平好官府,眼中历历见《豳风》。"(《村居即事》)《七月》生动地描写了一年四季的农事以及农民的辛勤劳苦,《诗序》则释曰:"周公遭变故,陈后稷先公风化之所由,致王业之艰难也。"①从总体上看,陆游描写农村生活的诗,写作动机也如此,陆诗与《豳风·七月》有着一脉相承的关系。

综上所述,笔者认为在整个宋代诗坛上,陆游堪称最自觉地遵循儒家诗学精神的诗人,他的诗歌是儒家诗学的积极影响的典型例证。

---

① 《毛诗正义》卷八,第489页。

陆游与陶诗的离合

陆游的一生，大致可分成三个阶段，《唐宋诗醇》云："少历兵间，晚栖农亩，中间浮沉中外，在蜀之日颇多。"①准确地说，则以他四十五岁以前为第一阶段，自四十六岁入蜀至六十五岁被劾罢官为第二阶段，六十六岁以后在山阴农村闲居为第三阶段。与之相应，陆游的诗歌创作也有鲜明的阶段特征，其中比较有趣的一个现象是他与陶渊明诗的离合关系。

一

陆游幼逢兵乱，年甫三岁就跟着父母避乱南奔，回到山阴家乡。不久金兵渡江南侵，陆游又随父母逃至东阳山中避难。直到绍兴三年（1133）陆游才随父返回山阴故宅，此时他已是九岁的学童了。陆游晚年回忆说"儿时万死避胡兵"②，可谓慨乎言之。绍兴年间，陆游父亲陆宰一直奉祠家居，读书治经。陆家藏书万卷，少年陆游得以博览群书。陆游的读书范围极其广泛，有趣的是他少时即爱读陶渊明诗。对于一般的读者来说，往往是人到老年时才会喜爱内容平凡、风格平淡的陶诗。即以北宋最喜陶诗的苏轼、黄庭坚二人为例：苏轼五十七岁知扬州时始作《和陶诗》，五十九岁后贬至惠州、儋州方遍和陶诗，且作书予其弟苏辙云："吾于诗人无所甚好，独好渊明之诗。……此所以深服渊明，欲以晚节师范其万一也。"③黄

---

① 《御选唐宋诗醇·陆游》卷一，商务印书馆 2019 年版，第 3 页。

② 《戏遣老怀》之三，《剑南诗稿校注》卷六五，上海古籍出版社 1985 年版，第 3680 页。

③ 见苏辙《子瞻和陶渊明诗集引》，《栾城后集》卷二一，上海古籍出版社 2009 年版，第 1402 页。

庭坚则于五十四岁谪居戎州时跋陶诗云："血气方刚时读此诗,如嚼枯木。及绵历世事,知决定无所用智。每观此篇,如渴饮水,如欲寐得啜茗,如饥啖汤饼。今人亦有能同味者乎? 但恐嚼不破耳。"①少年陆游却是一个例外,他晚年回忆说:"吾年十三四时,侍先少傅居城南小隐,偶见藤床上有渊明诗,因取读之,欣然会心。日且莫,家人呼食,读诗方乐,至夜卒不就食。今思之,如数日前事也。"②黄庭坚晚年读陶的感受是"如渴饮水,如欲寐得啜茗,如饥啖汤饼",而少年陆游读陶竟至"至夜卒不就食",两者的境界何其相似! 值得注意的是,苏、黄人到晚年才深喜陶诗,陆游却在十三四岁时就有此好,这不能不说是一个特例。

那么,为什么少年陆游就能欣赏陶诗呢?

首先,这与陆氏的耕桑家风有关。在陆游的高祖陆轸于北宋真宗朝以进士起家之前,陆氏世代务农。陆游诗中屡屡及此:"家风本韦布,生事但渔樵"③,"为农幸有家风在,百世相传更勿疑"④,"韦布"意同"布衣","渔樵"意类"农桑",这都是指其家族的耕桑传统而言。陆游还孜孜不倦地以此教育儿孙:"每与诸儿论今古,常思百世业耕桑"⑤,"仍须教童稚,世世力耕桑"⑥,可见他对耕桑家风有清晰的承上启下的意识,这当然会使他对多写田园生活的陶诗有天生的亲切感。其次,这与陆游父亲陆宰的身教言教有关。陆宰其人,虽曾入仕,但志在归隐。陆游对此有亲切的回忆:"先君初有意居寿春,邑中亦薄有东皋矣。宣和末,方欲渐茸治之,会乱,不果。晚与客语及淮乡渔稻之美,犹怅然不已也。""建炎之乱,先

① 《书陶渊明诗后寄王吉老》,《黄庭坚全集辑校编年》第八辑,江西人民出版社 2011 年版,第 957 页。

② 《跋渊明集》,《渭南文集校注》卷二八,《陆游全集校注》第 10 册,浙江教育出版社 2011 年版,第 198 页。

③ 《自贻》之二,《剑南诗稿校注》卷七六,第 4182 页。

④ 《农家》,《剑南诗稿校注》卷七七,第 4219 页。

⑤ 《高枕》,《剑南诗稿校注》卷五〇,第 2989 页。

⑥ 《村舍》之一,《剑南诗稿校注》卷四七,第 2867 页。

君避地东阳山中者三年。山中人至今怀思不忘。有祠堂,在安福寺。方先君之归也,尝有诗云:'前身疑是此山僧,猿鹤相逢亦有情。珍重岭头风与月,百年常记老夫名。'"①绍兴年间,陆宰因不满朝廷的苟安国策,正当壮年就绝意仕途,决心退隐。陆宰在山阴城西南购筑小隐山园,园中的"赋归堂"、"遐观堂"、"抚松亭"等建筑皆取名于陶渊明诗文②,可见其慕陶之诚。毫无疑问,陆游"侍先少傅居城南小隐,偶见藤床上有渊明诗",那本陶诗正是陆宰阅读后暂时搁在那里的。

当然,更重要的原因是陆游的人生态度、诗学观念等内因,否则的话一个十三四岁的少年是不会对陶诗如此着迷的。具体的情形,我们将在下文中进行论述。

二

在陆游诗歌创作的第一个阶段,也即在他入蜀之前,陶渊明及其诗文主要是以成语典故的面目出现在陆游笔下。例如陆游集中最早涉及陶诗的作品《和陈鲁山十诗,以"孟夏草木长,绕屋树扶疏"为韵》,作于绍兴二十四年(1154),是年陆游三十岁。上年陆游应锁厅试,初擢举第一压过秦桧之孙秦埙,触怒秦桧,此年春应礼部试遂至落第。此诗有句云"樱酪事已过,角黍配夏熟",可见作于仲夏,时已落第,诗语颇怨,风格不类陶诗。但全诗十首,逐首以陶诗《读山海经》二句为韵脚。又如作于乾道二年(1166)的《寄陶茂安监丞》云:"征士虽思赋松菊,隐居未可挂衣冠。"上句用陶渊明《归去来兮赋》中"松菊犹存"句意(陶渊明谥"征士"),下句用陶弘景辞官挂朝服于宫门之故事(陶弘景自号"华阳陶隐居"),分别用两个姓陶之人的典故以切陶茂安之姓。上述两端都是宋人作诗的惯用技巧,并非陆游独创,但说明他对陶诗非常熟悉。可是总的说

---

① 《家世旧闻校注》卷下,《陆游全集校注》第 13 册,第 81 页。

② 《归去来兮辞》"时矫首以遐观"、"抚孤松而盘桓",《陶渊明集笺注》卷五,中华书局 2003 年版,第 461 页。

来，这个时期的陆游对陶渊明及其作品是相当疏离的。原因很清楚，此时的陆游正在狂热地追求从戎杀敌、建功立业的人生理想，其慷慨激烈的心态使他不能静下心来读陶、学陶。

陆游少时随父闲居，亲见其父与爱国士大夫谈及国事时慷慨流涕之状，在他心中留下深刻的印象，及至晚年仍记忆清晰："绍兴初，某甫成童，亲见当时士大夫，相与言及国事，或裂眦嚼齿，或流涕痛哭，人人自期以杀身翊戴王室，虽丑裔方张，视之蔑如也。"①"李庄简公泰发奉祠还里……每言及时事，往往愤切兴叹，谓秦相曰'咸阳'。"②前一则中的士大夫指傅崧卿，卒于绍兴八年（1138）。后一则中的"李庄简公"即李光，其"奉祠还里"事在绍兴九年（1139）。可见陆游是在十四五岁时得闻其父辈之爱国言论，从此确立了抗金复国的人生理想。他日后回忆说："上马击狂胡，下马草军书。二十抱此志，五十犹癯儒。"③可见他在青年时代就决心以自己的文才武略为恢复中原的事业做出贡献。到了三十八岁那年，宋孝宗即位，朝中的主战派得到重视，陆游也被召见且赐进士出身，他积极地向朝廷提出许多关于抗金复国的建议，且坚决支持张浚北伐。虽然好景不长，朝局的主要趋势仍是主战派受到压制，陆游本人也在四十二岁时因"力说张浚用兵"的罪名被罢黜归乡，但他依然坚持夙志，并未转向消极。所以在这个阶段的诗歌创作中，忧念国事、志在恢复显然成为最主要的内容，慷慨激昂、沉郁悲凉显然成为最主要的风格。例如绍兴三十一年（1161）金主亮南侵遭挫，宋军乘胜收复北宋陵寝所在的洛阳，陆游得闻捷报，赋《闻武均州报已复西京》以志喜。次年，陆游仲兄陆浚赴江北前线幕府，陆游作《送七兄赴扬州帅幕》一诗送行。前者欢呼意外得来的胜

---

① 《跋傅给事帖》，《渭南文集校注》卷三一，《陆游全集校注》第 10 册，第 289 页。按：此跋作于嘉定二年（1209），陆游八十五岁。

② 《老学庵笔记》卷一，《陆游全集校注》第 11 册，第 191 页。按：《老学庵笔记》撰于淳熙末、绍熙初（1189—1190），陆游六十五六岁。

③ 《观大散关图有感》，《剑南诗稿校注》卷四，第 357 页。

利,情绪高涨。后者回首大敌压境的危难时局,意境沉郁。无论是何种情感倾向,都产生于关心时局、志在天下的人生观,与回归山林的隐逸志趣南辕北辙。

乾道六年(1170)陆游入蜀,任夔州通判,开始了他第二个创作阶段。乾道八年(1172)三月应四川宣抚使王炎之辟赴南郑,任干办公事兼检法官,襄赞军务。虽然他当年年底即离开南郑,在南郑其实只停留了不足一年,而且并未经历真正的战斗,但是亲临抗金前线的戎马生涯毕竟使他初偿夙愿,心情激动,其诗歌创作随之发生了深刻的变化,正如清人赵翼所云,“放翁诗之宏肆,自从戎巴蜀,而境界又一变。”①陆游对此也有深刻的自我认识,他晚年回忆说自己是在“四十从戎驻南郑”时发生了“诗家三昧忽见前,屈贾在眼元历历”的巨大变化②。笔者曾指出,这种变化并非诗歌题材的转变,而是指他受到紧张、豪宕的军营生活的激发,领悟到应该改变早年专求“藻绘”的诗风,从而追求宏肆奔放的风格。笔者还注意到,这种变化的标志是陆游在此后的十余年间写出了一系列风格雄放的七古名篇,例如《金错刀行》、《胡无人》、《长歌行》(人生不作安期生)、《关山月》、《秋兴》(成都城中秋夜长)、《五月十一夜且半,梦从大驾亲征,尽复汉唐故地,见城邑人物繁丽,云西凉府也。喜甚,马上作长句,未终篇而觉,乃足成之》等③。这些作品皆以抗金复国为主题,皆呈雄浑豪壮之风格。这个创作倾向也体现在陆游的其他诗体中,而且贯穿了其第二个创作阶段。显然,这样的创作倾向是与陶诗大异其趣的。

当然,陆游在这两个阶段中也曾数次回乡闲居,但他人在江湖,心怀朝廷,这在其诗作中有明显的表露。绍兴二十四年(1154)

---

①　《瓯北诗话》卷六,《清诗话续编》,上海古籍出版社1983年版,第1221页。

②　《九月一日夜读诗稿有感走笔作歌》,《剑南诗稿校注》卷二五,第1802页。

③　详见拙文《陆游诗家三昧辨》,《莫砺锋文集》第三卷,凤凰出版社2019年版,第493—512页。

陆游赴礼部试被秦桧黜落,旋即返回山阴故里,闲居三年。次年,陆游作诗明志:"孤灯耿霜夕,穷山读兵书。平生万里心,执戈王前驱。战死士所有,耻复守妻孥。"①第三年,陆游作诗吟咏朝政:"崖州万里窜酷吏,湖南几时起卧龙。"②他何曾忘却国事?乾道二年(1166),陆游罢官回乡,闲居两年有半。将归之时,陆游作诗抨击士气不振的局面:"中原乱后儒风替,党禁兴来士气屡。"③次年,陆游作诗讥刺误国权奸:"但余一恨到千载,高阳缪公来窜名。老奸得志国几丧,李氏诛徙连孤婴。"④是年又作诗感叹岁月迁徙、壮志难销:"慷慨志犹壮,蹉跎鬓已秋。……夜阑闻急雨,起坐涕交流。"⑤这哪里是一位归隐之士应有的心态!淳熙八年(1181)至淳熙十年(1183),陆游奉祠在山阴闲居三年,此期所作诗词,多抒爱国情感,态度激切,如淳熙八年所作诗中云:"平生塞旗手,头白归扶犁。谁知蓬窗梦,中有铁马嘶!"⑥九年所作诗中云:"一身报国有万死,双鬓向人无再青!"⑦十年所作诗中云:"书生老抱平戎志,有泪如江未敢倾!"⑧这种老骥伏枥志在千里的报国热情,也与隐逸情趣相去甚远。总之,在第一、第二两个创作阶段中的陆游即使在故乡闲居,其心态也距离陶渊明甚远,其诗作与陶诗很少相关。前文所举的"征士虽思赋松菊,隐居未可挂衣冠"那联诗,虽然上句运用陶渊明《归去来兮赋》之典,但是细绎诗意,是说虽有怀乡之念,但不可辞官归隐,其实是对陶渊明隐逸志趣的否定。淳熙二年

---

　　①　《夜读兵书》,《剑南诗稿校注》卷一,第18页。

　　②　《二月二十四日作》,《剑南诗稿校注》卷一,第19页。按:上句指秦桧党羽曹泳徙崖州事,下句指张浚奉祠居湖南郴州事。

　　③　《寄别李德远》之二,《剑南诗稿校注》卷一,第97页。

　　④　《题十八学士图》,《剑南诗稿校注》卷一,第109页。按:此借唐人许敬宗事以讽刺秦桧。

　　⑤　《闻雨》,《剑南诗稿校注》卷一,第126页。

　　⑥　《书悲》之二,《剑南诗稿校注》卷一三,第1062页。

　　⑦　《夜泊水村》,《剑南诗稿校注》卷一四,第1136页。

　　⑧　《夜步庭下有感》,《剑南诗稿校注》卷一五,第1178页。

(1175)，陆游在新都的一个驿站独酌，作诗云"行遍天涯身尚健，却嫌陶令爱吾庐"①。他竟然对陶渊明喜爱村居的生活态度公然表示嫌弃！

三

淳熙十六年(1189)二月，孝宗内禅，光宗继位。岁末，六十五岁的陆游受监察御史弹劾，罢职放归故里。此后他于七十八岁时一度返朝为孝宗、光宗两朝编纂实录，第二年即返山阴。总的说来，从六十六岁直到八十五岁去世，陆游在山阴故乡度过整整二十个春秋，这是他诗歌创作的第三个阶段。陆游被劾，罪名中包括作诗"嘲咏风月"，这让他啼笑皆非。事实上，无论是发起弹劾的谏议大夫何澹，还是受到弹劾的陆游，都明白"嘲咏风月"只是个借口。真正的原因是陆游一贯力主抗金，深受朝中主和派的忌恨。孝宗颇有恢复之意，故对陆游尚能优容。光宗则是个颠顸无能之君，他登基后便任由主和派操纵，罢免陆游。陆游返回山阴后不久，便以"风月"名小轩，且作诗云："放逐尚非余子比，清风明月入台评！"②真乃慨乎言之。心态如此愤激的陆游当然不可能诚心诚意地归隐林下，抗金复国的雄心壮志仍然时时出现在他的诗中。仅以名篇为例，《秋夜将晓出篱门迎凉有感》、《十一月四日风雨大作》作于六十八岁，《枕上偶成》(放臣不复望修门)作于七十一岁，《陇头水》作于七十二岁，《书愤》(白发萧萧卧泽中)作于七十三岁，《三山杜门作歌》作于七十四岁，《观运粮图》作于七十六岁，《追忆征西幕中旧事》作于七十七岁，《书事》(鸭绿桑干尽汉天)作于八十岁，《老马行》作于八十二岁，《示儿》作于八十五岁，不胜枚举。可以说，抗金复国的主题贯穿了陆游诗歌创作的全过程，绝笔诗《示儿》就是其光辉的终点。

---

① 《弥牟镇驿舍小酌》，《剑南诗稿校注》卷六，第521页。
② 《予十年间两坐斥，罪虽擢发莫数，而诗为首，谓之嘲咏风月。既还山，遂以风月名小轩，且作绝句》之一，《剑南诗稿校注》卷二一，第1612页。

　　但是,进入第三个创作阶段的陆游毕竟垂垂老矣,他清楚地意识到杀敌报国的理想已经不可能付诸实施,胸中的壮志也消磨殆尽:"壮志病来消欲尽,出门搔首怆平生!"①他只能将这个理想寄托在他人身上:"功名在子何殊我,惟恨无人快著鞭!"②他在目前处境中真正能做的不过是耕桑与读书二事:"老翁老去尚何言,除却翻书即灌园。"③他觉得老于农桑的自己与从前那个气吞骄虏的英雄已成隔代之人:"大散关头北望秦,自期谈笑扫胡尘。收身死向农桑社,何止明明两世人!"④他甚至怀疑从前的功名之念是否真有价值,试看一个有趣的例子:壮年时代的陆游对建功立业怀有热烈的希冀,他五十初度时在成都作诗慨叹"金印煌煌未入手,白发种种来无情"⑤,可是到了七十八岁,他的态度已有根本的改变:"每与诸儿论今古,常思百世业耕桑。危机正在黄金印,笑杀初心缪激昂。"⑥到了八十岁,他更是声称:"铸印大如斗,佩剑长拄颐。不如茅屋底,睡到日高时。"⑦显然,正是人生态度的这种改变将陆游的目光从梦中的大散关头拉回眼前的江南水乡,也将诗人的慕贤之心从捍卫国家的大将檀道济移向躬耕农亩的隐士陶渊明。请看他作于八十二岁的《悲歌行》:"读书不能遂吾志,属文不能尽吾才。远游方乐归太早,大药未就老已摧。结庐城南十里近,柴门正对湖山开。有时野行桑下宿,亦或恸哭中途回。檀公画计三十六,不如一篇归去来。紫驼之峰玄熊掌,不如饭豆羹芋魁。腰间累累

----

　　①　《秋夜将晓出篱门迎凉有感》之一,《剑南诗稿校注》卷二五,第1774页。按:此诗作于六十八岁。

　　②　《书事》之三,《剑南诗稿校注》卷五八,第3370页。按:此诗作于八十岁。

　　③　《种蔬》,《剑南诗稿校注》卷四一,第2586页。按:此诗作于七十五岁。

　　④　《追忆征西幕中旧事》之一,《剑南诗稿校注》卷四八,第2926页。按:此诗作于七十七岁。

　　⑤　《长歌行》,《剑南诗稿校注》卷五,第467页。

　　⑥　《高枕》,《剑南诗稿校注》卷五〇,第2989页。

　　⑦　《不如茅屋底》,《剑南诗稿校注》卷五九,第3436页。

六相印，不如高卧鼻息轰春雷。安得宝瑟五十弦，为我写尽无穷哀！"诗中以檀道济与陶渊明相比，檀道济是南朝大将，足智多谋，能用"三十六策"①，曾自比捍卫国家的"万里长城"②。陆游六十三岁所作名篇《书愤》中曾以檀道济自比："塞上长城空自许。"③如今却说檀公纵然足智多谋，也比不上陶渊明的一篇《归去来辞》。此时的陆游，铁马冰河只是梦境，田园农桑才是真实的生活环境，于是久违的陶诗再次走近陆游。绍熙元年（1190）春，就在陆游刚回到山阴故居不久，他作诗说："莫谓陶诗恨枯槁，细看字字可铭膺。"④六年以后，陆游作《跋渊明集》，回忆少时阅读陶诗入迷以致忘餐的旧事说："今思之，如数日前事也！"⑤时隔五十多年，陆游对陶诗的态度经历了一个轮回。"闲惟接僧话，老始爱陶诗。"⑥此语真是慨乎言之！

　　晚年的陆游经常阅读陶诗："数行褚帖临窗学，一卷陶诗傍枕开"⑦，"柴荆终日无来客，赖有陶诗伴日长"⑧，"归舟莫恨无人语，手把陶诗侧卧看"⑨，几乎到了手不释卷的程度。由于陆游对陶诗烂熟于胸，只要遇到陶诗中曾描写过的某种生活情景，便会使他以五柳先生自居，例如六十八岁所作《秋晚岁登戏作》："水落沙痕出，天高野气严。饼香油乍压，薤美韭新腌。裘褐风霜逼，衡茅醉梦兼。菊花香满把，聊得儗陶潜。"陶渊明《九日闲居》序云："余闲居，

① 南齐王敬则云："檀公三十六策。"见《南齐书》卷二六，中华书局1973年版，第487页。

② 《宋书》卷四三，中华书局1974年版，第1344页。

③ 《书愤》，《剑南诗稿校注》卷一七，第1346页。

④ 《杭湖夜归》，《剑南诗稿校注》卷二一，第1605页。

⑤ 《跋渊明集》，《渭南文集校注》卷二八，《陆游全集校注》第10册，第198页。按：此跋作于庆元二年（1196）。

⑥ 《书南堂壁》之二，《剑南诗稿校注》卷三六，第2340页。

⑦ 《初夏野兴》之三，《剑南诗稿校注》卷四五，第2802页。

⑧ 《二月一日作》，《剑南诗稿校注》卷五〇，第2996页。

⑨ 《冬初至法云》，《剑南诗稿校注》卷五五，第3229页。

爱重九之名。秋菊盈园,而持醪靡由。空服其华,寄怀于言。"①陶
诗名句"采菊东篱下"②更是塑造了这位千古隐士的不朽形象。陆
诗写秋收丰登后身得温饱,且能采菊盈把,于是自比渊明。又如八
十岁所作《砭愚》:"储药如丘垄,人愚未易医。信书安用尽,见事可
怜迟。错自弹冠日,忧从识字时。今朝北窗卧,句句味陶诗。"陶渊
明自云:"五六月中,北窗下卧,遇凉风暂至,自谓是羲皇上人。"③
盛夏酷热之时偶遇凉风,便自称是远古淳朴之人,这是喜爱平凡质
朴生活的真情之自然流露。陆诗写自己从前误入仕途,老方归隐,
如今像陶渊明一样享受夏日清风,便能细细品味陶诗的滋味。陆
游还用整首诗的篇幅抒写读陶心得,例如作于六十九岁的《读陶
诗》:"我诗慕渊明,恨不造其微。退归亦已晚,饮酒或庶几。雨余
锄瓜垄,月下坐钓矶。千载无斯人,吾将谁与归。"又如作于七十六
岁的《读渊明诗》:"渊明甫六十,遽觉前途迮。作诗颇感慨,自谓当
去客。吾年久过此,霜雪纷满帻。岂惟仆整驾,已迫年负轭。奈何
不少警,玩此白驹隙。倾身事诗酒,废日弄泉石。梅花何预汝,一
笑从渠索。顾以有限身,儿戏作无益。一床宽有余,虚室自生白。
要当弃百事,言从老聃役。"二诗都对陶渊明的人生态度表示高度
认同,但同中有异:前者的重点在陶渊明归隐后的自由生活,陆游
希望像陶渊明那样保持平和、安宁的心情,从鸡犬桑麻的田园生活
中寻得心灵的归宿。后者的重点在陶渊明对生命意义的体悟,陆
游希望像陶渊明那样珍惜时光,从平凡朴实的日常生活中把握意
义丰盈的人生。

　　在诗歌艺术的方面,晚年的陆游也对陶渊明钦佩得五体投地。
八十四岁那年,陆游作《读陶诗》:"陶谢文章造化侔,篇成能使鬼神
愁。君看夏木扶疏句,还许诗家更道不。"诗中虽及"谢"字,当是连
类而及,从篇名到诗意,均指渊明无疑。前文说过,陆游三十岁时

---

①　《陶渊明集笺注》卷二,第71页。

②　《饮酒二十首》之五,《陶渊明集笺注》卷三,第247页。

③　《与子俨等疏》,《陶渊明集笺注》卷七,第529页。

曾选择陶诗"孟夏草木长,绕屋树扶疏"为韵脚,至此已相隔五十四年。如果说青春年少的陆游只是熟悉陶渊明的诗句,那么半个世纪以后,垂垂老矣的陆游已将陶渊明视为诗歌史上登峰造极的伟大诗人。"夏木扶疏"之句见于陶诗《读山海经》之一,全文如下:"孟夏草木长,绕屋树扶疏。众鸟欣有托,吾亦爱吾庐。既耕亦已种,时还读我书。穷巷隔深辙,颇回故人车。欢然酌春酒,摘我园中蔬。微雨从东来,好风与之俱。泛览周王传,流观山海图。俯仰终宇宙,不乐复何如。"此诗内容只是平淡无奇的乡村景物与平淡无奇的日常起居,然而它意味深永,百读不厌,其奥秘在于诗中浸透着陶渊明对平凡生活的满腔深情。在陶渊明看来,风调雨顺的时令、欣欣向荣的草木,以及树上的鸟鸣、园中的菜蔬、杯中的薄酒、案头的闲书,无不使他感到由衷的愉悦。诗人在美好的自然环境中自由自在地生存,他平和安详,心满意足。简陋的穷巷隔绝了尘世的喧嚣,悠闲的心境摆脱了名利的纠缠,生活恢复了朴素纯洁的本来面目,从而充满着美感和诗意。晚年的陆游从内心深处与陶渊明的人生态度产生了深刻的共鸣,从而对如此准确生动地体现这种人生态度的陶诗感到由衷的钦佩。

四

　　陆游与辛弃疾是南宋最杰出的两位爱国主义文学家,两人的人生理想都是驰骋疆场、建功立业,然而晚年的陆、辛同样衷心倾慕陶渊明,除了罢职归隐、闲居乡村的共同遭遇之外,还有其他原因吗?下文试从陆游的角度来探讨其中的必然性。

　　华夏民族自古生活在黄河、长江流域,这是个气温与降水量都适宜农耕的地区,以农为本便成为整个民族最重要的生存策略。先秦诸子论及国计时言必称农桑,便是经济基础对意识形态的影响。农耕生产需要和平的生存环境和稳定的生存空间,所以华夏民族天生就热爱和平,其价值观与逐水草而居的游牧民族不可同日而语。然而华夏民族始终面临着游牧民族的侵扰,为了保卫自身的农耕文明,就必须具有抵御侵略的力量。儒家反对战争,但并不轻视军事,而且强调增强国防的重要性,原因便在于此。所以孔子既曰:"俎豆之事,则尝闻之矣。军旅之事,未之学也。"①又曰:"不教民战,是谓弃之。"②"善人教民七年,亦可以即戎矣。"③孟子则既批判"争地以战,杀人盈野;争城以战,杀人盈城"的不义战争④,又歌颂"凿斯池也,筑斯城也,与民守之,效死而民弗去"的爱国精神⑤。陆游是受传统文化哺育的士大夫,且成长于一个以耕桑为家风的家族中。所以陆游论《诗》,最重《豳风·七月》之篇,他曾不胜仰慕地说:"我读《豳风》七月篇,圣贤事业在陈编。……吾曹所学非章句,白发青灯一泫然。"⑥又说:"西成东作常无事,妇馌夫耕万里同。但愿清平好官府,眼中历历见《豳风》。"⑦《豳风·七月》生动地描写了一年四季的农事以及农民的辛勤劳苦,汉儒的《诗序》释曰:"周公遭变故,陈后稷先公风化之所由,致王业之艰难也。"⑧陆游热爱农耕生活,陆游集中描写农村生活的作品达2000多首,显然与《豳风·七月》有着一脉相承的关系。不难想象,如果陆游生逢一个和平时代,他既可能为食禄养亲而出仕,也可能急流勇退而归隐,走一条与陶渊明相似的人生轨迹。只因陆游生逢河山破碎、国土沦丧的时代,故而中年投军,万里从戎,且终生渴望着杀敌雪耻、收复中原。但是在内心深处,他热爱和平,热爱安定平和的农耕生活。说到底,陆游所以要坚持抗金复国的大业,其根本目的就是恢复华夏民族赖以为生的大片国土,让人民在不受外族

----

① 《论语·卫灵公》,《论语注疏》卷一五,北京大学出版社1999年版,第206页。

② 《论语·子路》,《论语注疏》卷一三,第181页。

③ 《论语·子路》,《论语注疏》卷三,第181页。

④ 《孟子·离娄上》,《孟子注疏》卷七下,北京大学出版社1999年版,第202页。

⑤ 《孟子·梁惠王下》,《孟子注疏》卷二下,第61页。

⑥ 《读豳诗》,《剑南诗稿校注》卷七三,第4019页。

⑦ 《村居即事》,《剑南诗稿校注》卷八四,第4486页。

⑧ 《毛诗正义》卷八,北京大学出版社1999年版,第489页。

侵扰的和平环境里从事农桑。事实上陶渊明也是如此,他虽然重视农桑,且认为人们应该自食其力,但他并非天生的隐士。陆游的好友朱熹评陶渊明说:"隐者多是带气负性之人为之,陶欲有为而不能者也。"①此语乃知人论世的名言。陶渊明少时胸怀大志,可惜身逢浊世,根本不可能有所作为,无奈之下才走上独善其身的归隐之途。所以陶渊明的归隐不是退避,更不是放弃,而是一种特殊形态的坚守与抗争。陆游则生活在国难当头的时代,他虽有心许国,却壮志难酬,被迫退归乡里,亲事农桑:"行遍天涯千万里,却从邻父学春耕!"②深沉的感慨之中,有多少无奈与失落!陶、陆二人都重视农耕,而且都是"带气负性之人",这是陆游与陶渊明达成异代默契的两个深层内因。

当然,归耕后所处的自然环境是优美宁静的,农村的风土人情是淳朴敦厚的,所以归隐后的陶渊明总是保持着平和、安宁的心情。躬耕生活尽管艰苦,在陶渊明眼里却是充实、愉快的。他用优美的诗句描写了乡村生活的方方面面,既有劳动的艰辛,也有收获的喜悦;既有贫穷的烦恼,也有亲情的可爱。陆游也是这样。陆游一生中闲居山阴长达三十年,当他在家乡看到安宁、平静的农村生活时,不由得感到由衷的喜爱。比如作于四十三岁的《游山西村》:"莫笑农家腊酒浑,丰年留客足鸡豚。山重水复疑无路,柳暗花明又一村。箫鼓追随春社近,衣冠简朴古风存。从今若许闲乘月,拄杖无时夜叩门。"又如作于六十七岁的《江村初夏》:"紫萁狼藉桑林下,石榴一枝红可把。江村夏浅暑犹薄,农事方兴人满野。连云麦熟新食麨,小裹荷香初卖鲊。蘋洲蓬艇疾如鸟,沙路芒鞋健如马。君看早朝尘扑面,岂胜春耕泥没踝。为农世世乐有余,寄语儿曹勿轻舍。"鸡犬桑麻的乡村风光,古朴淳厚的风土人情,宛如陶渊明笔下的桃花源。罢职后的陆游虽能时断时续地领到一份菲薄的祠禄,但他家口众多,生活比较清贫,有时还得亲自参加劳动,陆诗中

---

① 《朱子语类》卷一四〇,中华书局 1994 年版,第 3327 页。
② 《小园》之三,《剑南诗稿校注》卷一三,第 1042 页。

常有描写,例如五十七岁所作《小园》:"小园烟草接邻家,桑柘阴阴一径斜。卧读陶诗未终卷,又乘微雨去锄瓜。"又如六十七岁所作《晚秋农家》:"我年近七十,与世长相忘。筋力幸可勉,扶衰业耕桑。身杂老农间,何能避风霜。夜半起饭牛,北斗垂大荒。"如果说前一首所写的还是"半耕半读"的隐士,那么后一首中就俨然是亲事稼穑的老农了。

此外,陆游诗中深情地歌颂了家人之间、邻里之间的深厚感情,也与陶诗、陶文一脉相承。例如陶渊明有《责子》一诗,字里行间洋溢着对儿辈的慈爱。更为感人的是他自觉病重时作《与子俨等疏》,对诸子进行谆谆嘱咐,平白如话,感人至深。陆游集中有数十首咏及儿孙之诗,也都流露出深沉的舐犊之情,例如作于七十七岁的《送子龙赴吉州掾》,诗中先说明家境贫寒是父子分离的原因:"我老汝远行,知汝非得已。……人谁乐离别,坐贫至于此。"然后惦念着儿子途中的艰难:"汝行犯肙涛,次第过彭蠡。波横吞舟鱼,林啸独脚鬼。野饭何店炊,孤棹何岸舣。"诗的主要篇幅用来训导儿子到任后应该忠于职守、廉洁正直,最后嘱咐子龙勤写家书:"汝去三年归,我倘未即死。江中有鲤鱼,频寄书一纸!"读了此诗,恍如亲闻一位慈祥的老父亲对儿子的临别赠言,絮絮叨叨,至情流露。虽然诗文异体,但这首陆诗所蕴含的天伦之情很像陶渊明的《与子俨等疏》。又如陶诗中写到他与邻居亲如家人,他移居时希望得到佳邻①,家中断粮时自欣得到邻居接济②,朴实的诗句里洋溢着真挚的邻里之情。陆游也与家乡的农夫渔父结下了深厚的情谊,他由衷喜爱山阴农村淳朴纯良的风土人情,他笔下的绩女、牧童待人善良亲切:"放翁病起出门行,绩女窥篱牧竖迎。酒似粥醲知社到,饼如盘大喜秋成。归来早觉人情好,对此弥

---

① 《移居二首》,《陶渊明集笺注》卷二,第130页。
② 《乞食》,《陶渊明集笺注》卷二,第103页。

将世事轻。"①他的邻居对老诗人经常表示关爱:"东邻膰肉至,一笑举新醅。"②"野人知我出门稀,男辍锄耰女下机。掘得茈菰炊正熟,一杯苦劝护寒归。"③诗人也诚心诚意地投桃报李:"东邻稻上场,劳之以一壶。西邻女受聘,贺之以一襦。"④陆游还常至邻村施药,与村民们亲切交往:"驴肩每带药囊行,村巷欢欣夹道迎。共说向来曾活我,生儿多以陆为名。"⑤由此可见,天性敦厚,感情深挚,是陆游与陶渊明共同的性格特征。而用亲切细腻的笔触描写亲情、友情,则是陆诗与陶渊明诗文共同的创作倾向。对于以农耕为主要生产形态的华夏民族来说,儒家主张的仁爱精神既是每个个体获得安稳、幸福的人伦关系的道德保障,也是确保整个社会和睦亲善的总体目标的基石。孔、孟大力揄扬"孝悌"精神,深层动机便在于此。陶、陆二人既重视农耕,又服膺儒学,他们在作品中深情歌颂以孝悌为核心的仁爱精神,可称理所当然。

如上所述,陆游与陶渊明的关系经历了合、离、合的复杂过程。开禧三年(1207),八十三岁的陆游作诗说:"学诗当学陶,学书当学颜。正复不能到,趣乡已可观。……汝虽老将死,更勉未死间。"⑥这既是其诗学思想的晚年定论,也是其创作旨趣的最终表述。那么,晚期陆诗在主题倾向上既以陶诗为学习典范,它在艺术风格上是否也受到陶诗的深刻影响呢?清人赵翼评陆诗云:"及乎晚年,则又造平淡,并从求工见好之意亦尽消除,所谓'诗到无人爱处工'者,刘后村谓其皮毛落尽矣,此又诗之一变也。"⑦言下之意,晚期陆诗的风格已近于陶诗。我则认为平淡是整个宋诗的总体风格

①　《秋晚闲步,邻曲以予近尝卧病,皆欣然迎劳》,《剑南诗稿校注》卷二七,第 1912 页。

②　《舍北摇落景物殊佳,偶作》之五,《剑南诗稿校注》卷三五,第 2285 页。

③　《东村》之一,《剑南诗稿校注》卷四一,第 2594 页。

④　《晚秋农家》之四,《剑南诗稿校注》卷二三,第 1695 页。

⑤　《山村经行因施药》之四,《剑南诗稿校注》卷六五,第 3674 页。

⑥　《自勉》,《剑南诗稿校注》卷七〇,第 3888 页。

⑦　《瓯北诗话》卷六,《清诗话续编》,第 1221 页。

倾向,自从苏轼"发明"陶诗以来①,宋代诗人对此已有集体的自觉,陆游学陶有得也应在这个宏观背景下予以观照,才能得其肯綮。限于篇幅,笔者将另外拟文予以论述。

---

① 宋人张戒云:"陶渊明、柳子厚之诗,得东坡而后发明。"见《岁寒堂诗话》卷上,《历代诗话续编》,中华书局 1983 年版,第 463 页。

论陆游杨万里的诗学歧异

一

在南宋诗坛上,陆游与杨万里是成就最高、影响最大的诗人。后人并论陆、杨,往往意在褒贬,扬此抑彼之间,遂难免偏颇。比如陆、杨在当时诗坛上均享盛名,时人褒扬陆、杨之语,不知凡几。褒扬陆游者如姜特立《应致远谒放翁》:"呜呼断弦谁续髓,风雅道丧骚人死。三山先生真若人,独将诗坛擘孤垒。"①周必大《次韵赵务观送行二首》之二:"议论今谁及,词章更可宗。"②楼钥《谢陆伯业通判示淮西小稿》:"四海诗名老放翁。"③赵蕃《呈陆严州五首》之四:"一代文翰主。"④又《呈陆严州二首》之一:"一代诗盟孰主张……可不一登君子堂!"⑤苏泂《寿陆放翁三首》之二:"千岁斯人要宗主。"⑥又《三山放翁先生生朝以筇竹杖为寿一首》:"声名固自盖天下。"⑦戴复古《读放翁先生剑南诗草》:"茶山衣钵放翁诗,南渡百年无此奇。"⑧刘克庄《题放翁像二首》之一:"譬宗门中初祖,自过江后一人。"⑨褒扬杨万里者如姜特立《谢杨诚斋惠长句》:"今日诗坛谁是主,诚斋诗律正施行。"⑩项安世《又用韵酬赠潘杨二

---

① 《全宋诗》卷二一三六,北京大学出版社1998年版,第24113页。
② 《全宋诗》卷二三二二,第26699页。
③ 《全宋诗》卷二五四五,第29484页。
④ 《全宋诗》卷二六一八,第30413页。
⑤ 《全宋诗》卷二六二九,第30679页。
⑥⑦ 《全宋诗》卷二八四七,第33929页。
⑧ 《全宋诗》卷二八一八,第33570页。
⑨ 《全宋诗》卷三〇六八,第36603页。
⑩ 《全宋诗》卷二一三二,第24081页。

首》之二："四海诚斋独霸诗。"①又《题刘都监所藏杨秘诗卷》："雄
吞诗界前无古，新创文机独有今。"②王迈《山中读诚斋诗》："万首
七言千绝句，九州四海一诚斋。"③袁说友《和杨诚斋韵谢惠南海集
三首》："四海声名今大手，万人辟易几降旗。"④周必大《跋杨廷秀
赠族人复字道卿诗》："执诗坛之牛耳。"细味上述言语，都是对陆、
杨诗名的赞美称扬，并无轩轾。可是论者却举上引姜特立诸人称
扬杨万里之语来证明杨万里在当时的诗名胜于陆游，并说："注意，
南宋一代似乎还没有人将陆游的名字摆在杨万里之上，更没有称
陆游'四海独霸'之类的话。除了赵蕃、苏泂等人评语眼高之外，有
地位影响的评论家如周必大、刘克庄等人说话都有保留。"⑤其实
"四海独霸"不过是个比喻的说法，与"一代文翰主"等句并无实质
性的差异。且如姜特立既称陆游"独将诗坛壁孤垒"，又称杨万里
"今日诗坛谁是主"，两者又有什么高下之分？至于说"有地位影响
的评论家"，在南宋首推朱熹。朱熹与陆、杨二人相交皆笃，但他仅
说过："放翁之诗，读之爽然，近代唯见此人为有诗人风致。"⑥又
说："放翁老笔尤健，在今当推为第一流。"⑦对杨万里之诗则未置
一辞。难道这就足以证明陆游的诗名胜于杨万里吗？

　　除了诗名高低之外，陆、杨的人品也是后人集中评说的一个话
题。对于杨万里的人品，后人似乎是同声赞扬，不必缕述。对于陆
游的人品，则颇有讥议。有意思的是，这两种评价有一个交叉点，

　　①　《全宋诗》卷二三七二，第 27278 页。

　　②　《全宋诗》卷二三七二，第 27255 页。

　　③　《全宋诗》卷三〇〇六，第 35785 页。

　　④　《全宋诗》卷二五七八，第 29962 页。

　　⑤　胡明《诚斋放翁诗品人品谈》，载《古典文学纵论》，辽海出版社 2003
年版，第 305 页。

　　⑥　《答徐载叔》，《晦庵先生朱文公文集》卷五六，《朱子全书》第 23 册，
上海古籍出版社 2002 年版，第 2649 页。

　　⑦　《答巩仲至》之十七，《晦庵先生朱文公文集》卷六四，《朱子全书》第
23 册，第 3108 页。

就是陆游为韩侂胄作《南园记》之事。清四库馆臣为杨万里《诚斋集》所撰提要中的议论最具有代表性："南宋诗集传于今者，惟万里及陆游最富。游晚年隳节，为韩侂胄作《南园记》，得除从官。万里寄诗规之，有'不应李杜翻鲸海，更羡夔龙集凤池'句。罗大经《鹤林玉露》尝记其事。以诗品论，万里不及游之锻炼工细。以人品论，则万里偶乎远矣！"[1]言之凿凿，然实为捕风系影之谈，于北山先生的《陆游年谱》、邱鸣皋先生的《陆游评传》对此均有详实的考辨。为免词费，我们综合二家之论作一简单的说明。首先，陆游的《南园记》以及同样是为韩侂胄所撰的《阅古泉记》原文具在，正如于北山先生所云："无非描叙山林泉石之奇，宴饮游观之盛，并未溢出一般游记之范围；且期之以'许闲'、'归耕'，微讽私悰，更昭昭在人心目，亦何'隳节'之可言！"[2]其次，韩侂胄其人，虽有独擅朝政及排斥异己等劣迹，但并非十恶不赦之窃国巨奸，当其主持准备开禧北伐之时，辛弃疾等爱国将领都甚感兴奋，一向力主抗金复国的陆游为何一定要拒之于千里之外？再其次，所谓杨万里"寄诗规之"的《寄陆务观》一诗，作于绍熙五年（1194），下距陆游作《南园记》之庆元六年（1200）或七年（1201），尚有六七年之久，杨万里不应未卜先知。最后，常被后人用来对比并贬低陆游的杨万里坚拒为韩侂胄作《南园记》，以及杨万里闻知韩氏北伐之消息忧愤而卒等事，虽见于《宋史》及《续资治通鉴》，其实皆本于杨万里之子杨长孺于韩侂胄身败名裂后上献朝廷之"私家记载"，并非实录，不能用作贬低陆游的史料。事实上陆、杨二人虽然晚年出处态度有异，但人品俱无可议之处，于北山先生的《陆游年谱》与《杨万里年谱》记二人事迹甚详，班班可考。庆元元年（1195），韩侂胄始专朝政。开禧二年（1206），韩侂胄发动北伐失利，次年被杀。在这十年之间，陆游于嘉泰二年（1202）被召为实录院同修撰兼同修国史，次年修孝宗、光宗两朝实录毕，即请求致仕返回山阴，此后至死未入朝。

---

①　《诚斋集》，《四库全书总目》卷一六〇，中华书局 1962 年版，第 1380 页。

②　《陆游年谱》，上海古籍出版社 2006 年版，第 462 页。

嘉泰四年(1204),陆游获封山阴县开国子、食邑五百户(虚封)。开禧三年(1207),又获封渭南伯、食邑八百户。杨万里则于绍熙三年(1192)谢病自免,其直接原因是得罪了丞相留正与吏部尚书赵汝愚(二人皆为韩侂胄之政敌),当时韩侂胄尚未专权。及至韩氏专权,杨万里虽一再请求致仕,却直至庆元五年(1199)方得获准,其间且于庆元四年(1198)进封吉水县开国子、食邑五百户,于嘉泰四年(1204)进封庐陵郡侯,食邑一千户,至开禧二年(1206)即杨万里去世当年,尚获封宝谟阁学士,赐衣带鞍马。相比而言,杨万里在韩侂胄专权时期从朝廷得到的待遇并不低于陆游,我们固然不能因此而指责杨万里,但又怎能称赞杨万里如何痛恨韩侂胄并从而讥刺陆游之人品?

　　上述两点本与本文的主旨无关,但是人们在评价陆、杨二人之异同时往往会受其影响,以至于出奴入主,难得公允,故需略作说明,下文集中探讨陆、杨二人在诗学上的歧异,不再枝蔓。

二

　　从表面上看,陆游与杨万里的诗学思想都是立足于儒家诗论,其实却有相当显著的歧异。杨万里身为著名理学家,曾遍论六经,其中有《诗论》一篇曰:"天下皆善乎?天下不能皆善,则不善亦可导乎?圣人之徐,于是变而为迫。非乐于迫也,欲不变而不得也。迫之者,矫也,是故有诗焉。诗也者,矫天下之具也。"又曰:"盖天下之至情,矫生于愧,愧生于众,愧非议则安,议非众则私。安则不愧其愧,私则反议其议。圣人不使天下不愧其愧,反议其议也。于是举众以议之,举议以愧之,则天下之不善者,不得不愧。愧斯矫,矫斯复,复斯善矣。此诗之教也。"又曰:"诗人之言,至发其君宫闱不修之隐慝,而亦不舍匹夫匹妇'复关'、'溱洧'之过。歌咏文武之遗风余泽,而叹息东周列国之乱。哀穷屈而憎贪谗,深陈而悉数,作非一人,词非一口,则议之者寡耶?夫人之为不善,非不自知也,而自赦。自赦而后自肆,自赦而天下不赦也,则其肆必收。圣人引天下之众,以议天下之善不善,此诗之所以作也。故诗也者,收天下之肆者也。"①这是对儒家诗论中关于"美刺"也即诗歌社会教化功能之观念的沿袭与强化,不过汉儒论及"美刺"时是以"美"为主、以"刺"为辅,杨万里则变而以"刺"为主。今人或以为"杨万里则大力提倡'下以风刺上'的批评,企图借助诗歌文学的特殊功能,形成一种自下而上的群众性批评"②,此话当然不错,但我们也应注意到以下两点:一是儒家诗学原有更加丰富的内涵,在"美刺"之外,儒家也重视诗歌的抒情述志、泄导情绪等作用。杨万里主张的"下以风刺上"仅相当于孔子所云"兴、观、群、怨"中的一个"怨"字,也就是仅在儒家诗学中择取一端以立论,未免偏颇。二是杨万里所倡导的"举众以议之,举议以愧之",只是上古时代《国风》、《小雅》之类"集体创作"的诗歌才可能具备的社会功能。作为理学家的杨万里在以《诗经》为论说对象的诗论中这样说,当然并无不妥。但在诗歌创作早已成为个性化行为的南宋诗坛,此种议论可谓食古不化,无的放矢。

论者或认为"杨万里的诗歌创作,的确努力实践上述的理论纲领"③,这种观点缺乏事实支撑。杨万里诗中对于南宋强敌压境、朝廷屈辱求和的社会现实是有所反映的,例如《初入淮河四绝句》之哀痛国土沦丧、恢复无望;《过扬子江二首》之讥刺苟安求和、有失国体;《宿牧牛亭秦太师坟庵》之批判秦桧弄权误国,均为南宋爱国主义诗歌中的佳作。但是在现存作品总数达 4200 多首的杨万里诗中,此类例子实属凤毛麟角。以至于凡是想在诗歌思想内容方面赞扬杨万里的论者,所能举出的例证总是包括上引诸诗在内的一二十首作品。至于南宋的其他社会弊病,特别是君臣之昏庸、朝政之阙失等朝政黑暗面,杨万里诗中基本没有涉及。所以张瑞君先生在其《杨万里评传》的第二章中专设"寓意深刻的政治诗"一

---

① 《杨万里集笺校》卷八四,中华书局 2007 年版,第 3373—3374 页。

② 顾易生、蒋凡、刘明今《宋金元文学批评史》第二编第三章第三节,上海古籍出版社 1996 年版,第 289 页。

③ 《宋金元文学批评史》第二编第三章第三节,第 289 页。

节,虽举出八首作品作为例证,却难惬人意。比如该书引《九月十五夜月,细看桂枝北茂南缺,未经古人拈出,纪以二绝句》之二:"青天如水月如空,月色天容一皎中。若遣桂华生塞了,姮娥无殿兔无宫。"且解曰:"第二首以姮娥、玉兔隐喻南宋统治者,微语讽刺,言南宋有被金人消灭的危险。诗人忧心忡忡,担心国运但出语曲折,耐人寻味。"①这样的解说似属过度阐释。张瑞君先生所以会如此,根本原因是杨万里诗中实在缺乏合适的例证。从绍熙三年(1192)归隐到开禧二年(1206)逝世,杨万里的十五年晚年生活基本上都在韩侂胄专政时期。其子韩长孺《请谥状》云:"先臣万里历事四朝,遭逢若此,每思报国,念念不忘。自奸臣韩侂胄窃弄陛下威福之柄,专恣狂悖,有无君之心。先臣万里常愤怒不平。既而侂胄平章军国事,先臣万里惊叹忧惧,以至得疾。"②今检杨集,此十五年之诗作结集为《退休集》,共存诗 720 首。诚如于北山先生所言:"诚斋晚年诗作,多见饮酒赏花,怡情适性,孤芳自赏,引退炫高,及于朝政时事者绝少。"③试举杨万里的绝笔诗《端午病中止酒》为例:"病里无聊费扫除,节中不饮更愁予。偶然一读《香山集》,不但无愁病亦无。"是诗作于开禧二年(1206)五月初五。据杨长孺所言,两天之后,杨士元"五月七日来访先臣万里。方坐未定,遽言及邸报中所报侂胄用兵事。先臣万里失声恸哭,谓奸臣妄作,一至于此,流涕长太息者久之"④。如杨长孺所言属实,则此时杨万里对韩侂胄兴兵北伐之事深恶痛绝。今检《宋史》,韩侂胄定议伐金事在嘉泰四年(1204)正月。至开禧元年(1205)四月,武学生华岳上书谏止用兵且乞斩侂胄。同年五月,金主闻知宋朝将用兵且为之备。开禧二年(1206)四、五月间,宋军已收复新息、虹县等地,五月七日方下诏伐金。所谓"邸报中所报侂胄用兵事",当指下

①　《杨万里评传》第二章第三节,南京大学出版社 2002 年版,第 87 页。
②　见《谥文节公告议》,《杨万里集笺校》卷一三三,第 5145 页。
③　《杨万里年谱》,上海古籍出版社 2006 年版,第 661 页。
④　见《谥文节公告议》,《杨万里集笺校》卷一三三,第 5146 页。

诏伐金而言。但对于用兵之议,杨万里应是早已知晓。今观其《端午病中止酒》诗,心态平静,全无"愤怒不平"之痕迹。《退休集》中的其他诗作,也大体如此。对此,我们只能有两种合理的推测:一是杨长孺所言之"愤怒不平"、"惊叹忧惧"出于虚构或夸大,二是杨万里根本不想用诗歌写作来实行"下以风刺上"。无论如何,杨万里对于"下以风刺上"的诗学主张并未付诸实践,它的意义仅仅存在于理学家的理论言说之中。

陆游的情况有所不同。陆游虽然也被后人列入《宋元学案》,且与杨万里同属"武夷学案"和"赵张诸儒学案"①,但事实上陆游与这些学案的关系相当松懈,他在当时并不以理学家著称。不但如此,陆游对南宋理学家空谈性理的学风深为不满,他在《唐虞》一诗中讥讽那些自诩独得千年不传之秘而实际上偏离儒学传统的理学家说:"大道岂容私学裂,专门常怪世儒非。"陆游没有写过像杨万里《诗论》那样的理学专论,但他服膺、崇尚儒家诗论,从孔子的"兴、观、群、怨"之论,到汉儒的《诗大序》,陆游都是心领神会,念兹在兹②。所以陆游对儒家诗学的把握是从整体上着眼的,他说:"盖人之情,悲愤积于中而无言,始发为诗。不然,无诗矣。苏武、李陵、陶潜、谢灵运、杜甫、李白,激于不能自已,故其诗为百代法。国朝林逋、魏野以布衣死;梅尧臣、石延年弃不用;苏舜钦、黄庭坚以废绌死。近时江西名家者,例以党籍禁锢,乃有才名。盖诗之兴本如是。"③又说:"古之说诗曰言志。夫得志而形于言,如皋陶、周公、召公、吉甫,固所谓志也。若遭变遇谗,流离困悴,自道其不得志,是亦志也。然感激悲伤,忧时闵己,托情寓物,使人读之至于太息流涕,固难矣。至于安时处顺,超然事外,不矜不挫,不诬不怼,

① 见《宋元学案》卷三四、卷四四,中华书局 1986 年版,第 1198 页、1199 页、1426 页、1433 页。

② 参见拙文《陆游对儒家诗学精神的实践》,《学术月刊》2015 年第 8 期,第 118—126 页。

③ 《澹斋居士诗序》,《渭南文集校注》卷一五,浙江教育出版社 2011 年版,第 385 页。

发为文辞,冲淡简远,读之者遗声利,冥得丧,如见东郭顺子,悠然意消,岂不又难哉?"①这些言论强调诗歌最重要的本质是抒泄内心郁积的悲愤之情,并指出诗歌最重要的功能是用强烈的情感内蕴感动读者,使读者或叹息流涕,或悠然意消,也即获得心灵的默契或震撼。在此基础上,陆游对儒家关于诗歌功能的思想也是从整体着眼的,他为友人诗集作序云:"吾友吴梦予,橐其歌诗数百篇于天下名卿贤大夫之主斯文盟者,翕然叹誉之。末以示余。余愀然曰:'子之文,其工可悲,其不幸可吊。年益老,身益穷,后世将曰:是穷人之工于歌诗者。计吾吴君之情,亦岂乐受此名哉?余请广其志曰:穷当益坚,老当益壮,丈夫盖棺事始定。君子之学,尧舜其君民,余之所望于朋友也。娱悲舒忧,为风为骚而已。岂余之所望于朋友哉!'"②"尧舜其君民"一语,意义重大。它一方面是对孔子论诗歌功能时所云"远之事君"③之言的深刻领悟,另一方面是对杜甫"致君尧舜上"④之人生理想的拓展延伸。在南宋朝廷苟安一隅、朝野士气萎靡不振的时代背景中,陆游此论具有深刻的现实意义。

　　从表面上看,陆游没有像杨万里那样强调"下以风刺上",但事实上陆游对儒家诗学思想的整体性领会中已经包含此种精神,所以他在诗歌创作中对社会现实的反映和对朝政国策的批评都远胜杨万里。为了便于比较,我们仅以陆游在开禧北伐前后的诗作为例。开禧元年(1205),南宋朝廷紧锣密鼓地准备北伐,年过八旬的陆游作《出塞四首借用秦少游韵》,其一云:"北伐下辽碣,西征取伊凉。壮士凯歌归,岂复赋国殇。连颈俘女真,贷死遣牧羊。犬豕何足雠,汝自承余殃。"又作《残年》云:"遣戍虽传说,何时复两京。"又

---

①　《曾裘父诗集序》,《渭南文集校注》卷一五,第 392 页。

②　《跋吴梦予诗编》,《渭南文集校注》卷二七,第 176 页。

③　《论语·阳货》,《论语注疏》卷二〇,北京大学出版社 1999 年版,第 374 页。

④　《奉赠韦左丞丈二十二韵》,《杜诗镜铨》卷一,上海古籍出版社 1998 年版,第 25 页。

作《秋夜思南郑军中》云："盛事何由观北伐，后人谁可继西平。"又作《记梦》云："宁知老作功名梦，十万全装入晋阳。"又作《客从城中来》云："客从城中来，相视惨不悦。引杯抚长剑，慨叹胡未灭。我亦为悲愤，共论到明发。向来酣斗时，人情愿少歇。及今数十载，复谓须岁月。诸将尔何心，安坐望旄节。"及开禧二年（1206）北伐取得小胜，陆游作《观邸报感怀》慨叹无缘亲预此役："却看长剑空三叹，上蔡临淮奏捷频。"又作《赛神》欢呼胜利："日闻淮颍归王化，要使新民识太平。"又作《老马行》表达报国之志："中原蝗旱胡运衰，王师北伐方传诏。一闻战鼓意气生，犹能为国平燕赵。"又作《闻西师复华州》希望迁居收复的关中地区："西师驿上破番书，鄠杜真成可卜居。"又作《记梦》记录梦中参加北伐之事："征行忽入夜来梦，意气尚如少年时。"应该指出的是，陆游支持北伐是他一贯的政治主张，与韩侂胄的决策并无关系。所以当开禧三年（1207）宋军北伐不利，吴曦叛宋被平，和议复兴，并导致韩侂胄被杀，陆游作《书感》表示对韩侂胄定策北伐的支持："一是端能服万人，施行自足扫胡尘。"又作《雨》表示对和议的担忧："淮浦戎初遁，兴州盗甫平。为邦要持重，恐复议消兵。"又作《书文稿后》哀叹韩侂胄的悲惨下场："上蔡牵黄犬，丹徒作布衣。苦言谁解听，临祸始知非。"①直到韩侂胄被杀的两年以后，陆游仍在其绝笔诗《示儿》中嘱咐儿辈："死去原知万事空，但悲不见九州同。王师北定中原日，家祭无忘告乃翁！"上引陆诗是否像今人所谓"好谈匡救之略"的"官腔"②呢？非也。试看作于开禧三年之秋的《观诸将除书》："百炼钢非绕指柔，貂蝉要是出兜鍪。得官若使皆齐虏，对泣何疑效楚囚。""齐虏"乃用汉初齐人刘敬之典，因谏止刘邦阻击匈奴，刘邦骂曰："齐

---

①　钱仲联先生注引《南园记》中"公之志岂在于登临游观之美哉？始曰'许闲'，终曰'归耕'，是公之志也"，并谓"此游诗之所谓'苦言'也"，甚确。详见《剑南诗稿校注》卷七四，上海古籍出版社 1985 年版，第 4070 页。

②　钱锺书《谈艺录》三七，中华书局 1984 年版，第 132 页。

虏以口舌得官,今乃妄言沮吾军!"①邱鸣皋先生说:"陆游此诗语
重意切,振聋发聩,一针见血地指出了朝廷任命将领的弊端,特别
是预言之这次北伐无疑将是一个失败的结局。"并举出多个实例,
然后说:"这些事实,皆可证明陆游《观诸将除书》中的指斥是正确
的,有先见之明的。这些将领们不是百炼钢,而是韩侂胄的'绕指
柔',他们头上的'貂蝉'不是用兜鍪换取的,而是靠吹牛拍马,即如
汉高帝所说的'以口舌得官'。"②这个分析非常准确。可见陆游对
开禧北伐既感兴奋,又有忧虑,对于一位久居乡村、年至耄耋的诗
人来说,这真是难能可贵。上述论证说明陆游始终用诗歌作为指
责时弊、批评政治的工具,这是对儒家诗论"下以风刺上"之精神的
真正继承。

三

杨万里论诗,格外重视外部环境的触发作用,他说:"我初无意
于作是诗,而是物、是事适然触乎我,我之意亦适然感乎是物、是
事,触先焉,感随焉,而是诗出焉。我何与哉? 天也。斯之谓
兴。"③论者解曰:"所谓'物',不仅指自然界的山水草木、禽兽鱼
虫,更重要的是指人类社会生活的人和事。而且,即使是自然景
物,在诗中也实际是人化的自然——同样是人类现实生活的有机
组成部分。客观之'物',即现实生活矛盾斗争的刺激,是引发诗人
创作激情爆发的第一推动力。"④表面上归纳得十分周全,但是"所
谓'物'"云云,实为以偏概全,因为杨万里明明说"是物、是事","是
物"即指论者所谓"自然界的山水草木、禽兽鱼虫","是事"才是指
"人类社会生活的人和事",丁是丁,卯是卯,不可混为一谈。作为
一个重视"下以风刺上"的理学家,杨万里当然不会忽视诗歌与现

---

① 《史记》卷九九,中华书局 1959 年版,第 2718 页。
② 《陆游评传》第五章,南京大学出版社 2002 年版,第 248 页。
③ 《答建康府大军库监门徐达书》,《杨万里集笺校》卷六七,第 2841 页。
④ 《宋金元文学批评史》第二编第三章,第 292 页。

实社会的关系,他相当重视人生遭遇尤其是苦难人生对诗歌的激发作用,他曾高度评价远谪南荒对胡铨诗歌的重大影响:"其为诗盖自觝斥时宰,谪置岭海,愁狄酸骨,饥蛟血牙,风呻雨喟,涛谲波诡,有非人间世之所堪耐者,宜芥于心而反昌其诗,视李杜夜郎、夔子之音,益加恢奇云。"①他甚至认为李白长流夜郎、苏轼贬谪惠州的人生经历是天公诱发其诗歌灵感的有意安排:"诗人自古例迁谪,苏李夜郎并惠州。人言造物困嘲弄,故遣各捉一处囚。不知天公爱佳句,曲与诗人为地头。诗人眼底高四海,万象不足供诗愁。帝将湖海赐汤沐,堇堇可以当冥搜。却令玉堂挥翰手,为提椽笔判罗浮。"②上引二例或可视为杨万里对于"是事"的具体阐释,但是毋庸讳言,此种言论在杨万里的诗论中仅是偶一见之。杨万里更加重视、反复论说的诗歌源泉则是"是物",也即由山水景物与草木虫鱼构成的大自然。杨万里在《下横山滩头望金华山》中云:"山思江情不负伊,雨姿晴态总成奇。闭门觅句非诗法,只是征行自有诗。"在《寒食雨中同舍约游天竺得十六绝句呈陆务观》中云:"城里哦诗枉断髭,山中物物是诗题。欲将数句了天竺,天竺前头更有诗。"在《送文黼叔主簿之官松溪》中云:"此行诗句何须觅,满路春山总是题。"在《丰山小憩》中云:"江山岂无意,邀我觅新诗。"在《答章汉直》中云:"雨剩风残忽春暮,花催草唤又诗成。"在《秋蝇》中云:"秋蝇知我政哦诗,得得缘眉复入髭。"在《惠山云开复合》中云:"看山未了云复还,云与诗人偏作难。"在《戏笔》中云:"哦诗只道更无题,物物秋来总是诗。"不胜枚举。

陆游论诗,同样重视外部环境对诗歌的触发作用,他说:"天之降才固已不同,而文人之才尤异。……若夫将使之阐道德之原,发天地之秘,放而及于鸟兽虫鱼草木之情,则畀之才亦必雄浑卓荦,穷幽极微,又畀以远游穷处,排摈斥疏,使之磨砻龃龉,濒于寒饿,

---

① 《澹庵先生文集序》,《杨万里集笺校》卷八二,第 3319 页。

② 《正月十二日游东坡白鹤峰故居,其北思无邪斋真迹犹存》,《杨万里集笺校》卷一八,第 911 页。

以大发其藏。故其所赋之才，所与居之地，亦若造物有意于其间者。虽不用于时，而自足以传后世。"①这与杨万里兼重"是物、虽事"的观点如出一辙。同样地，陆游也非常重视"是物"即山川风物对诗歌的激发作用，他在《望江道中》中云："晚来又入淮南路，红树青山合有诗。"又在《初冬》中云："病衰自怪诗情尽，造物撩人乃尔奇！"又在《遣兴》中云："江山好处得新句，风月佳时逢故人。"又在《舟中作》中云："村村皆画本，处处有诗材。"又在《题萧彦毓诗卷后》中云："君诗妙处吾能识，都在山程水驿中。"又在《夜读巩仲至闽中诗，有怀其人》中云："诗思寻常有，偏于客路新。能追无尽景，始见不凡人。"又在《予使江西时，以诗投政府，丐湖湘一麾，会召还，不果。偶读旧稿有感》中云："挥毫要得江山助，不到潇湘岂有诗！"然而，陆游更重视的却是社会环境，是诗人的人生遭际对诗歌的激发感兴，我们在上文第二节中已有所论证。更明显的例证如他在《感兴》中云："文章天所秘，赋予均功名。吾尝考在昔，颇见造物情。离堆太史公，青莲老先生。悲鸣伏枥骥，蹭蹬失水鲸。饱以五车读，劳以万里行。险艰外备尝，愤郁中不平。山川与风俗，杂错而交并。邦家志忠孝，人鬼参幽明。感慨发奇节，涵养出正声。故其所述作，浩浩河流倾。"诗中虽然说到"山川"和"万里行"，但重点显然不在山川风景而在险艰备尝的人生经历。他又在《游锦屏山谒少陵祠堂》中云："古来磨灭知几人，此老至今元不死。山川寂寞客子迷，草木摇落壮士悲。文章垂世自一事，忠义凛凛令人思。夜归沙头雨如注，北风吹船横半渡。亦知此老愤未平，万窍争号泄悲怒。"诗中虽然说到"山川"和"草木"，但重点显然是在于杜甫对国步艰难和个人不幸的强烈愤慨。正因如此，当陆、杨二人说到自然景物对诗歌的感兴作用时，往往有扬此抑彼之异。杨万里在《晚寒题水仙花并湖山》中云："老夫不是寻诗句，诗句自来寻老夫。"又在《晓行东园》中云："好诗排闼来寻我，一字何曾撚白须！"强调的是外物对诗人的引导作用。陆游则在《秋思》中云："诗情也似并刀

<hr>

① 《周益公文集序》，《渭南文集校注》卷一五，第 389 页。

快,剪得秋光入卷来。"又在《过灵石三峰》中云:"拔地青苍五千仞,劳渠蟠屈小诗中。"强调的是诗人对外物的掌控运用。

　　陆、杨二人的创作实践也显示出同样的歧异。杨万里作诗时不但师法自然,而且常将自然写成具有生命、充满灵性的主人翁,例如《彦通叔祖约游云山寺》:"风亦恐吾愁寺远,殷勤隔雨送钟声。"《晚望二首》之云:"万松不掩一枫丹,烟怕山狂约住山。"《玉山道中》:"青山自负无尘色,尽日殷勤照碧溪。"《同岳大用抚干雪后游西湖,早饭显明寺,步至四圣观,访林和靖故居,观鹤听琴,得四绝句,时去除夕二日》之一:"湖暖开冰已借春,山晴留雪要娱人。"《晚望》:"夕阳不管西山暗,只照东山八九棱。"《岭云》:"天女似怜山骨瘦,为缝雾縠作春衫。"陆游虽也喜爱山水,但他吟咏山水时始终以主人翁的姿态来观照客观景物,例如《杂赋》之五:"骑驴太华三峰雪,鼓棹钱塘八月涛。"《秋思》之二:"山晴更觉云含态,风定闲看水弄姿。"《阆中作》之二:"莺花旧识非生客,山水曾游是故人。"《闲适》:"早曾寄傲风烟表,晚尚钟情水石间。"同样是写行舟看景,杨万里的《夜宿东渚主歌三首》之三云:"天公要饱诗人眼,生愁秋山太枯淡。旋裁蜀锦展吴霞,低低抹在秋山半。须臾红锦作翠纱,机头织出暮归鸦。暮鸦翠纱忽不见,只见澄江净如练。"陆游的《初发夷陵》却云:"雷动江边鼓吹雄,百滩过尽失途穷。山平水远苍茫外,地辟天开指顾中。俊鹘横飞遥惊岸,大鱼腾出欲凌空。今朝喜处君知否,三丈黄旗舞便风。"前者是以自然为主体,诗人为客体,是自然主动在诗人眼前展示各种美景。后者则相反,诗人对着江山指挥如意,自然仅是诗人抒发主观情志的背景。同样是写大风,杨万里的《檄风伯》本是诗人讨伐自然的戏作,但诗中的大自然却是威武勇猛,尽占主动的优势:"峭壁呀呀虎擘口,恶滩汹汹雷出吼。溯流更著打头风,如撑铁船上牛斗。风伯劝尔一杯酒,何须恶剧惊诗叟。端能为我霁威否,岸柳掉头荻摇手。"陆游的《大风登城》虽亦渲染了狂风之猛烈,但只是用来衬托诗人登城远眺、志在复国的强烈情志:"风从北来不可当,街中横吹人马僵。西家女儿午未妆,帐底炉红愁下床。……我独登城望大荒,勇欲为国平河

湟。才疏志大不自量,西家东家笑我狂。"同样是纪行诗,杨万里的
《惠山云开复合》云:"二年常州不识山,惠山一见开心颜。只嫌雨
里不仔细,仿佛隔帘青玉簪。天风忽吹白云坼,翡翠屏开倚南极。
政缘一雨染山色,未必雨前如此碧。看山未了云复还,云与诗人偏
作难。我船自向苏州去,白云稳向山头住。"常州、无锡皆是通都大
邑,皆有无数名胜古迹,但诗人的目光只对着青山白云。陆游的
《山南行》则云:"我行山南已三日,如绳大路东西出。平川沃野望
不尽,麦陇青青桑郁郁。地近函秦气俗豪,秋千蹴鞠分朋曹。苜蓿
连云马蹄健,杨柳夹道车声高。古来历历兴亡处,举目山川尚如
故。将军坛上冷云低,丞相祠前春日暮。国家四纪失中原,师出江
淮未易吞。会看金鼓从天下,却用关中作本根。"诗中虽也写到平
川沃野、麦陇桑畴等自然景物,但全诗的重点显然是风土人情与历
史遗迹,从而充满着人文色彩,洋溢着强烈的主观情志。

　　在以抒情述志为主要性质的诗歌传统中,杨万里的创作倾向
显然是一种创新,从而使其诗呈现新鲜独特的风貌。陆游的创作
倾向则体现出对传统诗学精神的自觉体认和遵循,从而不如杨诗
之震眩耳目。但就诗歌史意义而言,二家虽有异同,却无高下之
分。就像一条滚滚东流的江河,歧分九派的支流与奔腾直下的干
流都是其组成部分,观水者应顾及全貌,无需强作轩轾。

四

　　陆、杨二人俱享高年,且至死作诗不辍,他们的创作道路都很
漫长。更有意思的是,二人的创作过程中都发生过明显的诗风转
变,而且本人对此都有清晰的体认。无论从他们对诗风转变过程
的自述还是其作品所呈现的实际变化来看,陆、杨的诗风转变都是
我们观察其诗学歧异的重要角度。

　　陆游一生中重要的诗风转变只有一次,诗人在《九月一日夜读
诗稿有感,走笔作歌》中自述其过程云:"我昔学诗未有得,残余未
免从人乞。力屈气馁心自知,妄取虚名有惭色。四十从戎驻南郑,
酣宴军中夜连日。打球筑场一千步,阅马列厩三万匹。华灯纵博

声满楼,宝钗艳舞光照席。琵琶弦急冰雹乱,羯鼓手匀风雨疾。诗家三昧忽见前,屈贾在眼元历历。天机云锦用在我,剪裁妙处非刀尺。世间才杰固不乏,秋毫未合天地隔。放翁老死何足论,广陵散绝还堪惜。"此诗作于绍熙三年(1192),所述之事则发生于二十年前即乾道八年(1172),也即诗人四十八岁从戎南郑时。杨万里平生诗风多变,宋末的方回甚至说"杨诚斋诗一官一集,每一集必一变"①。据杨万里多种诗集的自序中所云,其诗风转变多达四次,其中最重要的一次见于《诚斋荆溪集序》:"戊戌三朝,时节赐告,少公事。是日即作诗,忽若有悟,于是辞谢唐人及王、陈、江西诸君子,皆不敢学,而后欣如也。试令儿辈操笔,予口占数首,则浏浏焉无复前日之轧轧矣。自此每过午,吏散庭空,即携一便面,步后园,登古城,采撷杞菊,攀翻花竹。万象毕来,献予诗材。盖麾之不去,前者未雠,而后者已迫,涣然未觉作诗之难也。"②此序作于淳熙十四年(1187),所述之事则发生于九年之前即淳熙五年(1178),也即诗人五十二岁任常州知州时。从上述引文来看,二人的诗风转变过程非常相似:都是由生活中某种经历的触发,从而在瞬间发生了宛如电光石火的思维突变,并促使其诗歌创作实现了大幅度的飞跃。但是仔细推敲,二者形同实异,或可说异大于同,它们鲜明地体现了陆、杨二人的诗学歧异。

对于陆、杨二人的诗风转变,笔者曾分别撰文予以讨论③,为避重复,本文只对其歧异之处进行论述。首先,使二者产生转变的触媒不同。陆游虽然自幼向往从军杀敌,但直到从军南郑,才初次接触到紧张、热烈的戎马生涯,特别是初次领略到豪纵奢华的军营生活,打球阅马、纵博痛饮的豪壮举动使他精神激昂、意气风发,而浏漓顿挫的舞姿与急节繁音的乐曲也与雄放诗风有相似的美学倾

---

① 《瀛奎律髓汇评》卷一,上海古籍出版社 1986 年版,第 44 页。

② 《杨万里集笺校》卷八〇,第 3260 页。

③ 《陆游诗家三昧辨》、《论杨万里诗风的转变过程》,均载《唐宋诗歌论集》,凤凰出版社 2007 年版,第 450—470、476—492 页。

向,他突然发现最适合自己的诗风倾向是雄浑奔放。杨万里则不同。他四十八岁出知漳州,四十九岁改知常州,均居家待阙,五十一岁那年的五月到常州任,次年年初即"戊戌三朝"就发生了"忽若有悟"的诗风转变。在"戊戌三朝"的前后,杨万里的生活经历并无明显的变化,使他"忽若有悟"的契机不过是"时节赐告,少公事",也即比较闲适。在他"忽若有悟"之后的创作背景不过是"步后园,登古城,采撷杞菊,攀翻花竹",这与其从前的生活内容并无多大改变。相对而言,陆游的诗风转变激发于崭新的生活经历,其中的因果关系相当清晰。杨万里的诗风转变或是源于创作经验的积累,他本人的表述则语意朦胧,缺乏清晰的逻辑关系,令人难以捉摸。

其次,陆游的诗风转变在其创作实践中留下了清晰的痕迹。在他从军南郑突然悟得"诗家三昧"之后,陆诗中确实出现了雄浑奔放的风格倾向,主要体现于一系列的七言古诗,试看下表:四十八岁作《游锦屏山谒少陵祠堂》;四十九岁作《三月十七日夜醉中作》、《九月十六日夜梦驻军河外遣使招降诸城,觉而有作》、《金错刀行》、《胡无人》、《晓叹》;五十岁作《长歌行》(人生不作安期生)、《涉白马渡慨然有怀》、《离堆伏龙祠观孙太古画英惠王像》、《登灌口庙东大楼观岷江雪山》;五十一岁作《谒诸葛丞相庙》、《楼上醉歌》;五十二岁作《中夜闻大雷雨》、《题醉中所作草书卷后》、《夏夜大醉,醒后作》、《夜读东京记》;五十三岁作《关山月》、《出塞曲》(佩刀一刺山为开)、《战城南》、《楼上醉书》、《秋兴》(成都城中秋夜长);五十四岁作《眉州披风榭拜东坡先生像》、《醉中下瞿塘峡中流,观石壁飞泉》、《冬夜闻雁有感》;五十五岁作《出塞曲》(千骑为一队)、《雨夜不寐,观壁间所张魏郑公砥柱铭》、《弋阳道中遇大雪》;五十六岁作《拟岘台观雪》、《醉中怀江湖旧游,偶作短歌》、《五月十一日夜且半,梦从大驾亲征,尽复汉唐故地,见城邑人物繁丽,云西凉府也。喜甚,马上作长句,未终篇而觉,乃足成之》……正是这些雄浑壮丽、豪宕奔放的七古奠定了陆游诗歌的主导风格。这样的七古在陆游早期作品中没有出现过,却如此集中地涌现在他"诗家三昧忽见前"之后的数年间,这有力地证明其言不虚。

　　杨万里的诗风转变也留下了痕迹,但远不如陆诗那般清晰。大体言之,杨万里在"戊戌三朝"之后的创作有两点重要的新气象:一是更加注重从自然中汲取灵感,对自然的直接感知力也有所提升。二是诗风更加生动活泼,且多谐趣。这二者的主要载体便是七言绝句,所以杨万里在"戊戌三朝"以后的作品中七言绝句的比重有明显的增加。杨万里此前十一年的诗作集为《江湖集》,共收诗735首,其中七绝311首,所占比重为42%。在此后五年间的作品结集为《荆溪集》、《西归集》、《南海集》,共收作品1087首,其中七绝714首,所占比重为65%,提升幅度较大。杨万里诗风的变化是逐渐发生的,许多体现着上述风格倾向的七绝代表作都作于"戊戌三朝"也即杨万里五十二岁之前,例如《过百家渡四绝句》作于三十七岁,《闲居初夏午睡起二绝》作于四十岁,《都下无忧馆小楼春尽旅怀二首》作于四十一岁,《夏夜追凉》作于四十二岁,《小池》作于五十岁,等等。这说明杨万里诗风的转变实为一个渐变过程,从五十一岁到五十六岁的五六年间则是这个过程中比较关键的环节。杨万里六十一岁为《诚斋荆溪集》作序时回顾往事,把发生于五十二岁"戊戌三朝"偶得灵感的情况说成一次颇带神秘色彩的诗风突变,此说非常引人注目,其实是不无夸张的。

　　总之,陆游与杨万里当时齐名,彼此之间也互相推重,但其诗学观念与创作倾向都相差甚大,值得我们深入探讨。

四海无人角两雄

——辛陆异同论

前人论述辛弃疾与陆游之异同,大多着眼于词。例如最早把辛、陆相提并论的刘克庄,其相关的三段言论皆是如此。但是诚如刘扬忠所说:"陆游与辛弃疾是南宋文坛上齐名并峙的两个伟大作家,但二人在诗词创作上的成就各有所偏。与辛弃疾以毕生精力作词,虽有少量诗作,但其主要成就在词不在诗的情况相反,陆游一生倾其主要精力作诗,作词只是其诗之余事,因而他的词的成就远不能和他的诗并称,更与作为南宋词发展最高峰的辛弃疾词有一段不小的距离。"①如果仅从词作成就来论二人之异同,立论难免偏颇。当代学者偶有跳出词学范畴论述辛陆异同者,例如崔际银的《陆游、辛弃疾爱国题材创作异同论》便以陆诗与辛词为主要的比较对象②。笔者认为,如果要比较公允地评价辛、陆之异同,应该对二人的生平行事与文学创作进行全面的考察,本文试作初探。

一

宋徽宗宣和七年(1125),陆游出生,其时金兵压境,北宋王朝岌岌可危。十五年之后,即宋高宗绍兴十年(1140),辛弃疾生于业已沦入金境的济南。宋宁宗开禧三年(1207),即韩侂胄北伐失利的次年,辛弃疾逝世。三年以后即宁宗嘉定三年(1210),陆游逝世。陆游享年较永,其生活年代囊括了辛弃疾的一生。但就其主

---

① 详见《陆游、辛弃疾词内容与风格异同论》,《刘扬忠学术论文集》,江西教育出版社 2016 年版,第 926 页。

② 见中国陆游研究会编《陆游与鉴湖》,人民出版社 2011 年版,第 73 页。

要的生平事迹而言,辛、陆可称同代之人,他们的整个人生都处在国家危亡的动荡时代。

辛、陆的家庭背景异中有同。其异者是陆游生于世代诗书簪缨之家,从高祖陆轸、曾祖陆珪,到祖父陆佃、父亲陆宰,皆为通经博学之士。陆游自称"七世相传一束书"①,确非虚语。辛弃疾则生于将帅之家,据其亲撰的《济南辛氏宗图》记载,辛氏本居狄道(今甘肃临洮),至北宋真宗时方迁至济南。辛氏祖先中多出将帅,如汉代的辛武贤、辛庆忌,唐代的辛云京等②。故辛弃疾自称"家本秦人真将种"③,在崇文抑武的宋代,人们对"将种"一词避之惟恐不及,辛弃疾却公然以此自称,实属罕见。如果在天下无事的太平盛世,辛、陆二人的人生道路也许会差以千里。但由于他们同处战火纷飞的动荡时代,故从不同的家庭背景中接受了相似的教育与熏陶。试看二人的相关表白。陆游晚年回忆少时经历说:"一时贤公卿与先君游者,每言及高庙盗环之寇、乾陵斧柏之忧,未尝不相与流涕哀恸。虽设食,率不下咽引去。先君归,亦不复食也。"④"绍兴初,某甫成童,亲见当时士大夫,相与言及国事,或裂眦嚼齿,或流涕痛哭,人人自期以杀身翊戴王室,虽丑裔方张,视之蔑如也。"⑤可见父辈们的爱国精神使幼年的陆游深受影响。辛弃疾虽然生于金人统治之下,其祖父辛赞且曾出仕金朝,但辛弃疾于宋孝宗乾道元年(1165)在《美芹十论》中回忆说:"大父臣赞,以族众,拙于脱身,被污虏官,留京师,历宿、亳,涉沂、海,非其志也。每退食,辄引臣

---

①　《园庐》,《剑南诗稿校注》卷六一,上海古籍出版社1985年版,第3499页。

②　参看邓广铭《辛稼轩年谱》,三联书店2007年版,第111页;巩本栋《辛弃疾评传》第二章,南京大学出版社1998年版,第42页。

③　《新居上梁文》,《辛稼轩诗文笺注》上卷,上海古籍出版社1995年版,第103页。

④　《跋周侍郎奏稿》,《渭南文集校注》卷三〇,浙江教育出版社2011年版,第266页。

⑤　《跋傅给事帖》,《渭南文集校注》卷三一,第289页。

辈登高望远,指画山河,思投衅而起,以纾君父所不共戴天之愤。"①可见辛弃疾幼年所受的家庭教育同样是华夏民族代代相传的忠君爱国思想。正因如此,辛弃疾才会毅然参加农民耿京领导的反金义军,力劝耿京归宋,并在耿京被杀后义无反顾地率众南归。

辛、陆二人的仕历同中有异。相同的是二人均长期在外任职,基本上没有在朝担任过重要职务,而且皆曾落职闲居多年。陆游于绍兴三十年(1160)始任敕令所删定官、大理寺司直兼宗正寺主簿、枢密院编修官等职,前后不过三年。淳熙十六年(1189),陆游还朝任礼部郎中,兼膳部检察、实录院检讨官,不到一年即被劾去职。直到嘉泰二年(1202),陆游奉召入京任权同修国史、实录院同修撰,兼秘书监,次年致仕。可见陆游虽然三任朝官,但皆属史官之类,而且为时较短。相反,陆游入仕后曾四次罢官返乡闲居,除去致仕后的六年,他在山阴故乡度过的岁月长达二十一年之久。辛弃疾入朝任职仅有一次,即于乾道六年(1170)任司农寺主簿,不到一年即出知滁州。此后直到开禧三年(1207),辛弃疾方试兵部侍郎,因病辞免。又进枢密院承旨,未及受命即卒。与陆游相似,辛弃疾也曾长期退居乡村,他于淳熙八年(1181)落职退居上饶,其后虽曾两度复出,但闲居乡村前后长达十六年,直至去世。辛、陆皆曾长期流宦各地,皆曾担任通判、知州等职,但总的说来,辛弃疾担任的职务更加重要一些,曾任江西提点刑狱、江西安抚使、湖南安抚使、湖北转运副使、湖南转运副使、福建安抚使、浙东安抚使等职。所以辛弃疾外任期间的政绩也比陆游更加卓著,比如淳熙二年(1175)辛弃疾出任江西提点刑狱,当时以赖文政为首的茶商军作乱,"上烦朝廷,远调江、鄂之师,益以赣、吉将兵,又会合诸邑土军弓手几至万人,犹未有胜之之策"②。辛弃疾到任后调集兵力扼守要冲，又征集乡兵尾随追击，不到两个月，即将茶商军彻底剿平。又如淳熙七年（1180），正在湖南安抚使任上的辛弃疾创建"飞虎军"，虽朝廷下旨停建，他仍然雷厉风行地先斩后奏，终于建成一支威震远近的地方军队，成为长江江防的重要力量，连金人都颇为畏惧。再如淳熙八年（1181）江西大灾，正任江西安抚使的辛弃疾张榜严禁囤积闭籴与抢劫粮食，榜文仅有八字："闭籴者配，强籴者斩！"结果很快就稳定了局势，进而取得良好的赈灾效果。此类快刀斩乱麻的处事方式，体出现军人的勇决性格及强悍作风，这与南宋士大夫因循守旧的习气格格不入，即使是颇有英雄情怀的陆游也相形见绌。

辛、陆人生经历的最大差异是前者曾经亲冒矢镝，驰骋疆场，而后者仅能在梦中到达铁马冰河的抗金战场。辛弃疾二十二岁时聚众抗金，并投奔耿京任掌书记。"掌书记"的职责本是掌管书檄文告，然而辛弃疾不但能下马草檄，而且能上马杀贼。当义端和尚窃取军印逃往金营时，辛弃疾亲自追击，生擒义端并当场斩首。当耿京被其裨将张安国杀害，其麾下义军随张降金后，刚从宋境返回的辛弃疾亲率骑兵五十人，深入金境六百里，突入拥兵五万的叛军大营，生擒张安国系于马上，当场号召部分士卒反正，然后星夜兼程，渡过淮河、长江，直抵临安，献俘于朝廷而戮之。相反，陆游虽然在二十岁时就立下了"上马击狂胡，下马草军书"（《观大散关图有感》）的志愿，但毕生未能付诸实施。陆游所处的时代正是南宋朝廷中投降路线占主导的时期，他壮志难酬，报国无门，陆诗《书愤》回忆平生云："楼船夜雪瓜洲渡，铁马秋风大散关。"前句指诗人四十岁做镇江通判时事，后句指四十八岁从军南郑之事，这是陆游生平最称豪壮的两段经历，但也仅是身临宋、金对峙的前线，并未参加过实际的战斗。陆游诗中诸如"昼飞羽檄下列城，夜脱貂裘抚降将"（《九月十六日夜梦驻军河外，遣使招降诸城，觉而有作》》）等豪壮之句，只是表示理想而已。

尽管存在着上述种种差异，辛、陆二人的生平仍有根本的相同点，那便是壮志未酬。南宋朝廷对于从中原沦陷区归来的人士一向心存猜忌和轻视,"归正人"这个称呼就多少带有轻蔑的意味。辛弃疾当然也不例外。虽然他文才武略都很出众,但仍然难得朝廷的信任重用,经常在外地任职,且朝命暮改,"顷列郎星,继联卿月,两分帅阃,三驾使轺"(《新居上梁文》),很难在一个职位上尽心尽责。尽管辛弃疾在各种职位上都表现出过人的才干,但他毕竟是一个"归正人",越是有才就越是遭忌。况且辛弃疾性格刚强,作风辛辣,与朝廷上下懦弱苟且的固有习气格格不入,难免受到朝臣的无端攻讦。宦海浮沉,辛弃疾对南宋朝廷的真实情况相当熟悉,对抗金复国事业的艰难了然于胸。他披肝沥胆写成的《美芹十论》和《九议》虽未石沉大海,但并未达到震动朝野的效果。他清楚地认识到,少时铁马渡江的那段经历已成旧梦,如今的真实处境则是有志难酬,报国无路。曾经叱咤风云的一代英雄竟然长期闲居乡村,"却将万字平戎策,换得东家种树书"(《鹧鸪天》),真是血泪凝成的牢骚之言! 在这些方面,陆游的遭遇与心态都与辛弃疾大同小异。如果说陆游应科举时因名列秦桧孙子之上而遭黜落事出偶然,那么他因"力说张浚用兵"[1]而遭罢免则是因力主抗金而得罪朝廷的必然结果。所以陆游长期沉沦下僚,甚至数度罢官归乡,奔赴抗金前线的梦想越来越渺茫。"少携一剑行天下,晚落空村学灌园"(《灌园》)的诗句,也蕴含着满腹牢骚。辛、陆二人最后都在漫长的乡居生活中耗尽了生命,陆游在《鹧鸪天》词中云:"元知造物心肠别,老却英雄似等闲!"这是辛、陆共同的人生悲剧。

二

辛词与陆诗,是南宋文坛上爱国主题的最高典范。辛、陆二人高呼抗金复国,发出了南宋军民爱国呼声中的最强音。但是细究二人的言论,却是同中有异,各具特色。大致说来,辛弃疾的抗金主张主要见于其政论,陆游则以诗歌为主要表述方式。前者以知己知彼的形势分析与深谋远虑的军事韬略取胜,后者

---

[1] 《宋史·陆游传》,中华书局 1985 年版,第 12058 页。

则以慷慨激昂的正义呼声与气壮山河的必胜信念见长。具体情况如下：

辛弃疾自幼怀抱保卫社稷、收复失土的雄心壮志，也具备明察形势、足智多谋的雄才大略。早在隆兴二年（1164），年方二十五岁的辛弃疾越职上书，向孝宗上呈《美芹十论》。七年之后，辛弃疾又向宰相虞允文上呈《九议》。《十论》与《九议》不是泛泛而谈的主战议论，而是在洞察大势的基础上提出的深谋远虑，堪称南宋初期最具远见卓识的战略纲领。针对当时朝廷中充满着畏葸苟安之臣、主和之论时时沉滓泛起的现实，辛弃疾首先旗帜鲜明地阐述了抗金事业的正义性和必要性："且恢复之事，为祖宗，为社稷，为生民而已。此亦明主所与天下智勇之士之所共也，顾岂吾君吾相之私哉！"①然后就以高屋建瓴之气势，全面阐述其抗金主张。

当时的朝廷中，主和派往往一味夸大金人如何强大，宋军绝非其敌手；而主战派则往往强调金人不堪一击，宋军可一战而收复中原。只有辛弃疾深明知己知彼的重要性，他在《九议》中指出："凡战之道，当先取彼己之长短而论之，故曰：'知己知彼，百战不殆。'今土地不如虏之广，士马不如虏之强，钱谷不如虏之富，赏罚号令不如虏之严，是数者彼之所长，吾之所短也。"②他又指出，虽然金人的四点优势非常明显，但是我方也有四点优势：一是我方深得人心；二是我方可以迅速调集兵力，而金人后方遥远，召集兵力需一年方成；三是我方出兵由政府承担军费，金人则全取于民，会激起民变；四是金人渡淮攻我，前有长江天堑和我方舟师，仅能骚扰而已，而我方渡淮攻金，则可深入其腹地。在对敌我双方的优劣进行详尽分析之后，辛弃疾得出结论说："彼之所长，吾之所短，可以计胜也。吾之所长，彼之所短，是逆顺之势不可易，彼将听之，以为无奈此何也。"③这种分析显然要比胡铨等人仅凭义愤的主战言论更加切合实际。

---

① 《九议》，《辛稼轩诗文笺注》上卷，第71页。
②③ 《九议》，《辛稼轩诗文笺注》上卷，第74页。

当时还有一种说法颇能蛊惑人心,即所谓"南北有定势,吴楚之脆弱不足以争衡于中原"。其根据是西晋灭吴、隋平南朝、北宋平南唐等史实。辛弃疾对上述史实进行了具体的分析,指出其都有偶然性而并非定势。更重要的是,宋金对峙的形势今非昔比,不能简单地套用历史。他还以秦、楚之争的史实来驳斥所谓的"南北有定势":秦国灭楚固然是"南北勇怯不敌之明验",但后来项羽率楚军击败秦军,势如破竹,"是又可以南北勇怯论哉"? 辛弃疾又进而针锋相对地指出:"古今有常理,夷狄之腥秽不可久安于华夏。""夫所谓古今常理者,逆顺之相形,盛衰之相寻,如符契之必合,寒暑之必至。今夷狄所以取之者至逆也,然其所居者亦盛矣。以顺居盛,犹有衰焉,以逆居盛,固无衰乎? 臣之所谓理者此也。不然,裔夷之长而据有中夏,子孙又有泰山万世之安,古今岂有是事哉!"①

从理论上确立主战观点以后,辛弃疾又提出了具体的方略。首先是集中优势兵力固守沿淮前线,他指出从前宋军守淮的兵力过于分散:"臣尝观两淮之战,皆以备多而力寡,兵慑而气沮,奔走于不必守之地,而婴虏人远斗之锋,故十战而九败。"②他主张集中精兵十万,分屯于山阳(今江苏淮安)、濠梁(今安徽凤阳)、襄阳三处,再于扬州或和州(今安徽和县)置一帅府以统领三军。这样,无论金人从何条路线来犯,我方都可以互相呼应,左右夹击,甚或骚扰其后方。他认为这不但符合孙膑关于"批亢捣虚"的军事思想,而且有孙膑围魏救赵以及后唐庄宗用郭崇韬之计轻兵袭梁的成功先例,故为上策。

其次是在淮南地区召集归正人屯田,他指出从前在淮南屯田所以没有成效,是由于只用军士,而军士的来源多为市井无赖,他们入伍的原因就是不愿从事生产,又迫于饥寒,如今让他们从事屯田耕种,肯定会心生怨愤,"所以驱而使之耕者非其人,所以为之任

---

① 《美芹十论·自治第四》,《辛稼轩诗文笺注》上卷,第24页。
② 《美芹十论·守淮第五》,《辛稼轩诗文笺注》上卷,第31页。

其责者非其吏,故利未十百而害已千万矣"。那么如何纠正呢? 他指出不如改由让归正人从事屯田,因为归正人本身就是中原的农民,只因在异族的残酷统治下无法生存,才渡淮南归。他们南归时往往拖家带口,举族同迁,如果把淮南的无主田地分配给他们耕种,再为他们提供必要的生产条件,"彼必忘其流徙,便于生养。"辛弃疾还设计了具体的实行方案:"归正之人,家给百亩,而分为二等:为之兵者,田之所收,尽以予之。为之民者,十分税一,则以为凶荒赈济之储。"①

此外,辛弃疾还对一些貌似不急之务,却有关国家长治久安的问题提出对策。他指出南宋军队士气不振的致命缺点:"将骄卒惰,无事则已,有事而其弊犹尔,则望贼先遁,临敌遂奔,几何不败国家事!"他认为造成这种现象的一个原因是朝廷御将不得法,故"儒臣不知兵,而武臣有以要其上"。他提出了纠正这种局面的对策,其中之一是调整御将之法。由于宋朝一向奉行重文抑武的国策,辛弃疾不能无所顾忌,故提议选择合格的文臣任军中参谋,让他们熟悉军务,但不能像唐代的监军那样妨碍将领的指挥权;同时既让武臣心存顾忌,杜绝拥兵自重,又能充分运用他们指挥作战的实权。军队士气不振的另一个原因则是军中苦乐不均:"营幕之间,饱暖有不充,而主将歌舞无休时。锋镝之下,肝脑不敢保,而主将雍容于帐中,此亦危且勚矣。"他还沉痛地指出兵士的悲惨命运及其严重后果:"不幸而死,妻离子散,香火萧然,万事瓦解。未死者见之,谁不生心?"在此基础上,辛弃疾提出了具体的解决办法,一是明令禁止将领为私事役使兵士,二是禁止将领冒领兵士的功劳,且厚恤牺牲的兵士。"如此则骄者化而为锐,惰者化而为力。有不守矣,守之而无不固;有不战矣,战之而无不克。"②

辛弃疾的奏议,说明他是一位胸怀韬略的大将,而不是只知纸上谈兵的文士。《美芹十论》与《九议》,思虑深刻而言辞恺切,丝毫

---

① 《美芹十论·屯田第六》,《辛稼轩诗文笺注》上卷,第 36 页。
② 《美芹十论·致勇第七》,《辛稼轩诗文笺注》上卷,第 43 页。

不见轻率浮浅的缺点,这是他平生积储胸中的真学问、真本领。诚如朱熹所言,辛弃疾是一位难得的"帅材"[①]。比如关于宋军北伐应如何选择主攻方向,辛弃疾就以军事家的眼光提出了深谋远虑的见解。当时宋金对峙的局势基本确立,金人把关中、洛阳、汴京三处认作最关键的战略要地,重兵防守。南宋方面议战时也随而把这三处认作主攻方向,从张浚到陆游,均持此论。只有辛弃疾力排众议,他指出兵法以虚虚实实为上策,我方应该虚张声势,大力宣扬关中在战略上如何重要,洛阳乃北宋诸帝陵寝所在,汴京则是故都,来诱导金人重兵防守三地。事实上则把主攻方向定于山东:"今日中原之地,其形易、其势重者果安在哉?曰山东是也。不得山东,则河北不可取。不得山东,则中原不可复。"他还具体分析了主攻山东的有利之处:山东地近金人的巢穴燕地,从山东北至河北无江河险阻,山东之民劲勇好战,故一旦战事起,我方"将以海道、三路之兵为正,而以山东为奇。奇者以强,正者以弱,弱者牵制之师,而强者必取之兵也"[②]。由于辛弃疾青年时代曾在金人统治的山东生活过二十多年,且曾两度北上燕京观察形势,他所倡议的战略在军事上具有重要意义,可惜历史没有给他提供一展身手的机会!

　　陆游的情况颇为不同,他没有向朝廷上过像《美芹十论》、《九议》那样体大思精的奏议。《宋史》本传称陆游于乾道二年(1166)因"力说张浚用兵"而受言官弹劾,当指他于隆兴二年(1164)任镇江通判时谒见张浚时所言。张浚其人,曾于南宋初年任川陕宣抚处置使,率军与金兵战于关陕,且力主"中兴当自关陕始"[③]。陆游"力说张浚用兵"的具体内容不可知,但揆以六年后陆游在南郑"为炎陈取进之策,以为经略中原,必自长安始;取长安,必自陇右始"

　　① 《朱子语类》卷一三二,中华书局1994年版,第3179页。
　　② 《美芹十论·详战第十》,《辛稼轩诗文笺注》上卷,第56页。
　　③ 《宋史·张浚传》,第11300页。

之记载①,当与张浚所见略同。这个意见在陆诗中也时有表露,比如"国家四纪失中原,师出江淮未易吞。会看金鼓从天下,却用关中作本根"(《山南行》);"公归上前勉画策,先取关中次河北"(《送范舍人还朝》);"鸡犬相闻三万里,迁都岂不有关中。广陵南幸雄图尽,泪眼山河夕照红"(《感事》)。至于陆游于隆兴元年(1163)所作《代乞兵分取山东札子》中反对出兵京东以制川陕,并认为"为今之计,莫若戒敕宣抚使,以大兵及舟师十分之九固守江淮,控扼要害,为不可动之计。以十分之一,遴选骁勇有纪律之将,使之更出迭入,以奇制胜。俟徐、郓、宋、亳等处抚定之后,两淮受敌处少,然后渐次那大兵前进。如此,则进有辟国拓土之功,退无劳师失备之患,实天下至计也"②。则是代兼枢密院使陈康伯而作,故力主采取守势以求安稳,表达的并非陆游本人的观点。若与辛弃疾相比,谋略并非陆游所长。

那么,陆游短于谋略又常高呼抗金复国,是否如后代学者所云是"好谈匡救之略"的"官腔"③? 当然不是。靖康之变以来,大宋王朝丢失了半壁江山,连祖宗陵寝都沦陷于敌国,这是整个国家、民族的奇耻大辱。抵御外侮,收复失土,即恢复宋王朝的国家主权和原有疆域,就是对国家民族的最大忠诚。绍兴八年(1138)胡铨在《戊午上高宗封事》中说:"夫天下者,祖宗之天下也。陛下所居之位,祖宗之位也。奈何以祖宗之天下为犬戎之天下,以祖宗之位为犬戎藩臣之位乎?"④前引辛弃疾在《九议》中言:"且恢复之事,为祖宗,为社稷,为生民而已。此亦明主所与天下智勇之士之所共也,顾岂吾君吾相之私哉!"陆游诗中关于抗金复国的大声疾呼,与胡、辛的奏议体现了同样的爱国精神,义正辞严,气壮山河。例如《金错刀行》云:"呜呼! 楚虽三户能亡秦,岂有堂堂中国空无人!"

---

① 《宋史·陆游传》,第 12058 页。
② 《渭南文集校注》卷三,第 81 页。
③ 见钱锺书《谈艺录》三七,中华书局 1984 年版,第 132 页。
④ 《宋史·胡铨传》,第 11580 页。

《寒夜歌》云："三万里之黄河入东海,五千仞之太华磨苍旻。坐令此地没胡虏,两京宫阙悲荆榛。谁施赤手驱蛇龙,谁恢天网致凤麟。君看煌煌艺祖业,志士岂得空酸辛!"《关山月》云："和戎诏下十五年,将军不战空临边。朱门沉沉按歌舞,厩马肥死弓断弦!……中原干戈古亦闻,岂有逆胡传子孙。遗民忍死望恢复,几处今宵垂泪痕!"虽说抗金复国的爱国主题是南宋诗坛上的主流倾向,但主题如此鲜明、语言如此激烈、风格如此雄壮的作品并不多见,而这样的诗在陆游笔下却是屡见不鲜。更可贵的是,陆游诗中的爱国主题有丰富的具体内容,涉及南宋爱国诗歌的各类题材。对于南宋朝廷的苟安国策,陆游深表痛心:"生逢和亲最可伤,岁辇金絮输胡羌。夜视太白收光芒,报国欲死无战场!"(《陇头水》)对于主和派把持朝廷的政局,陆游严词痛斥:"公卿有党排宗泽,帷幄无人用岳飞。"(《夜读范至能〈揽辔录〉言中原父老见使者多挥涕,感其事,作绝句》)对于朝中不顾国事只谋私利的大臣,陆游直言讥刺:"诸公可叹善谋身,误国当时岂一秦。不望夷吾出江左,新亭对泣亦无人!"(《追感往事》)对于朝野士气不振的现实,陆游忧心忡忡:"中原乱后儒风替,党禁兴来士气屠。"(《送芮国器司业》)对于南宋选都不当之事,陆游深为叹息:"孤臣老抱忧时意,欲请迁都涕已流。"(《登赏心亭》)……忧国伤时之念如此深沉恺切,尚谓之"官腔",可乎?

　　如上所述,辛弃疾以奏议为主要形式的抗金言论是爱国将帅的平戎之策,陆游以诗歌为主要形式的抗金言论是爱国文士的讨胡之檄。前者的主要价值是筹谋定策、决胜千里;后者的主要价值是鼓舞斗志、提升士气。虽然性质不同,其内在精神却是殊途同归。在半壁江山业已沦陷、苟安局面渐成定势的南宋,辛、陆二人的抗金言论犹如空谷足音,弥足珍贵。

三

　　辛、陆二人都是名垂青史的伟大文学家,但二人的实际身份差别甚大。陆游是一个辛勤著述的文士,生平作诗近万首,成就傲视整个南宋诗坛,其词、其文也卓然名家。此外,其《南唐书》、《老学庵笔记》等学术著作也深受后人重视。陆游的文学创作成就与其沉潜书斋、白首穷经的书生生涯密切相关,正如元人刘埙所云:"凡此皆以议论为文章,以学识发议论。非胸中有千百卷书,笔下能挽万钧重者不能及。"①辛弃疾则是一位刚烈英武的军人,虽然他也曾流宦各地担任文职,且曾长期退居乡村,但他决非舞文弄墨的文士。辛弃疾的奏议引经据典,其词作也能"用经用史"②,但那似乎是天纵英才导致的满腹经纶,并非埋头书斋的钻研所得。存世的辛文以奏议为主,除了《美芹十论》、《九议》,如《论阻江为险须藉两淮疏》、《淳熙己亥论盗贼札子》等皆为传世名篇,但其价值主要体现在政治、军事方面。存世辛诗有一百多首,其中偶见好诗,比如《送别湖南部曲》:"青衫匹马万人呼,幕府当年急急符。愧我明珠成薏苡,负君赤手缚於菟。观书到老眼如镜,论事惊人胆满躯。万里云霄送君去,不妨风雨破吾庐。"即使置于陆游、杨万里诗集中,也并无愧色。但这样的佳作数量既少,多数辛诗则近于邵雍《击壤集》风调,文学价值不高。作为文学家的辛弃疾,其主要业绩就是一部《稼轩词》。所以当我们要从文学的角度来讨论辛、陆异同时,主要的观察对象应是陆诗与辛词。当然,对陆诗、辛词进行全面的比较研究不是一篇文章所能完成的任务,本文只想从抒情主人公的角度切入问题。

陆诗数量既多,内容也极为丰富,诚如清人所评:"其感激悲愤忠君爱国之诚,一寓于诗。酒酣耳热,跌荡淋漓。至于渔舟樵径,茶碗炉熏,或雨或晴,一草一木,莫不著为歌咏,以寄其意。"③一部《剑南诗稿》,就是其整个人生的细致生动的记录,以至于清人王士

---

① 刘埙《隐居通义》卷二一,《丛书集成初编》本,中华书局1985年版,第214—215页。

② 刘辰翁《辛稼轩词序》,《须溪集》卷三,《全宋文》第357册,第63页。

③ 《御选唐宋诗醇》卷四二,中国三峡出版社1997年版,第896页。

祯评陆诗云:"读其诗如读其年谱也。"①所以当后人阅读陆诗时,能从很多不同的角度来领略他的音容笑貌。换句话说,陆游的诗歌为他自己描绘了多方面的自画像,其中至少有六幅堪称传神。我们先看四幅侧面像。第一幅是关心民瘼的士大夫。陆游长期在地方上任职,后来又长期村居,他对民间疾苦有较深的了解,他在《农家叹》中对农民终年劳苦却食不果腹的悲惨遭遇表示深切的同情:"有山皆种麦,有水皆种粳。牛领疮见骨,叱叱犹夜耕。竭力事本业,所愿乐太平。门前谁剥啄,县吏征租声。一身入县庭,日夜穷笞搒。人孰不惮死,自计无由生。还家欲具说,恐伤父母情。老人饏得食,妻子鸿毛轻!"他愤怒地谴责官府剥削的残酷:"县吏亭长如饿狼,妇女怖死儿童僵。"(《秋获歌》)他也对自己坐食俸禄表示愧疚:"齐民一饱勤如许,坐食官仓每惕然。"(《露坐》)第二幅是埋头书斋的学者。陆游一生中的大部分岁月是在书斋中度过的,黄卷青灯的读书生涯在陆诗中有充分的描写。他自嘲颇似终生藏身书籍的蠹鱼:"北窗暖焰满炉红,夜半涛翻古桧风。老死爱书心不厌,来生恐堕蠹鱼中。"(《寒夜读书》)《剑南诗稿》中径以《读书》为题者即多达十七首,其中作于五十八岁的一首中说:"放翁白首归剡曲,寂寞衡门书满屋。藜羹麦饭冷不尝,要足平生五车读。……倘年七十尚一纪,坠典断编真可续。"作于七十五岁的一首中则说:"年过七十眼尚明,天公成就老书生。旧业虽衰犹不坠,夜窗父子读书声。"第三幅是慈祥可亲的父亲。陆游诗中经常说到他的儿辈,以至于钱锺书批评他"好誉儿"②。其实陆诗中写及儿辈的诗很少夸耀他们,要有也只是说他们与父亲一样爱读书而已。例如写他与其子同灯夜读的景象便反复出现:"自怜未废诗书业,父子蓬窗共一灯。"(《白发》)"父子更兼师友分,夜深常共短灯檠。"(《示子聿》)构句虽然稍嫌重复,但是所写的父子共读之情景相当感人。陆诗中有不少对儿辈的训诫之诗,感人最深的是《送子龙赴

① 《带经堂诗话》卷一,人民文学出版社 2006 年版,第 43 页。

② 《谈艺录》三七"放翁二痴事二官腔",第 132 页。

吉州掾》。这是诗人七十七岁时送别其次子陆子龙而作,诗中先说明家境贫寒是父子分离的原因:"我老汝远行,知汝非得已。……人谁乐离别,坐贫至于此。"然后惦念着儿子途中的艰难:"汝行犯胥涛,次第过彭蠡。波横吞舟鱼,林啸独脚鬼。野饭何店炊,孤棹何岸舣。"诗的主要篇幅用来训导儿子到任后应该忠于职守、廉洁正直。最后嘱咐子龙勤写家书:"汝去三年归,我倘未即死。江中有鲤鱼,频寄书一纸!"阅读此诗,恍如亲闻一位慈祥的老父亲对儿子的临别赠言,至情流露,感人至深。第四幅是忠于爱情的丈夫。陆游与前妻唐氏的爱情悲剧凄婉动人,他的一曲《钗头凤》不知惹出了后代读者的多少泪水。感人最深的陆诗是他重游沈园时的感怀之作,例如《沈园》:"梦断香消四十年,沈园柳老不吹绵。此身行作稽山土,犹吊遗踪一泫然。"清末陈衍评曰:"无此绝等伤心之事,亦无此绝等伤心之诗。就百年论,谁愿有此事? 就千秋论,不可无此诗!"①的确,宋诗中的爱情主题发展得很不充分,《沈园》二首是其中不可多得的瑰宝,永远受到后人的珍视。

上述四点中的最后一点辛弃疾生平未有类似经历,所以其作品中付之阙如。前面三点在辛弃疾的诗文作品中都有所体现。比如淳熙六年(1179)辛弃疾除湖南安抚使,上车之始则上奏痛陈百姓疾苦之状,且曰:"自臣到任之初,见百姓遮道,自言嗷嗷困苦之状。臣以谓斯民无所诉,不去为盗,将安之乎?"②如此一针见血地直陈民瘼,难能可贵。又如辛诗《读书》、《读语孟》等作,前者且曰"闲把遗书细较量",不过未如陆游那般苦读而已。再如辛诗《第四子学〈春秋〉发愤不辍,书以勉之》、《闻科诏勉诸子》等,语重心长地勉励诸子勤学,还曾在其子夭折后连作哭子诗十五章,以抒丧明之痛。可惜辛弃疾的诗文存世太少,这些内容未能充分展开,辛词中也基本没有涉及,只能让陆诗专美。

陆诗中展现了两幅最重要的正面像,其一是满腔热血的爱国志

① 《宋诗精华录》卷三,江西人民出版社1984年版,第205页。

② 《淳熙己亥论盗贼札子》,《辛稼轩诗文笺注》上卷,第107页。

士,其二是长期闲居乡村的居士。无独有偶,这也正是辛词所展现的两幅自我画像。下文就此两点对陆诗、辛词进行对照。先看前者。

陆游四十八岁时从军南郑,亲临抗金前线。虽然他只在南郑停留了八个月,并未参加实际的战事,但那段经历仍然使诗人激动万分。陆诗中经常回忆南郑的戎幕生活,他难忘行军作战的艰苦:"我昔从戎清渭侧,散关嵯峨下临贼。铁衣上马蹴坚冰,有时三日不火食。"(《江北庄取米到,作饭香甚,有感》)他也难忘边关传来的烽火:"客枕梦游何处所,梁州西北上危台。雪云不隔平安火,一点遥从骆谷来。"(《频夜梦至南郑小益之间,慨然感怀》)值得注意的是,南郑那段短短的军旅生活经常出现在陆游的梦境中,例如刺虎之举:"我昔在幕府,来往无晨暮。夜宿沔阳驿,朝饭长木铺。雪中痛饮百榼空,蹴踏山林伐狐兔。狨狨北山虎,食人不知数。孤儿寡妇仇不报,日落风生行旅惧。我闻投袂起,大呼闻百步。奋戈直前虎人立,吼裂苍崖血如注。从骑三十皆秦人,面青气夺空相顾。"(《十月二十六日夜梦行南郑道中,既觉恍然,揽笔作此诗,时且五鼓矣》)刺虎的时间、地点皆有确指,应是实事,但整个情景是出现在梦境之中。钱锺书对陆游诗中频繁出现的射虎主题深表怀疑:"或说箭射,或说剑刺,或说血染白袍,或说血溅貂裘,或说在秋,或说在冬。"[1]其实陆游确曾有过刺虎的壮举,无可置疑。问题的关键是陆诗中写到刺虎或射虎的作品不下三十首,对刺虎一事反复渲染,其中不乏夸张和虚构[2]。这种情形与陆诗中关于抗金杀敌的主题十分相似,陆游终生未曾亲自参加抗金战斗,"学剑四十年,虏血未染锷"(《醉歌》)是他最大的人生遗憾。陆诗中常浓墨重彩描绘激烈战斗乃至捷报频传的场面,如:"追奔露宿青海月,夺城夜踏黄河冰。铁衣度碛雨飒飒,战鼓上陇雷凭凭。三更穷虏送降款,天明积甲如丘陵。中华初识汗血马,东夷再贡霜毛鹰"(《胡无

---

① 《宋诗选注》,生活·读书·新知三联书店 2002 年版,第 308 页。

② 参看陶喻之《陆游打虎再探》,《汉中师范学院学报》1994 年第 4 期;孙启祥《陆游打虎诗辨析》,载《陆游与越中山水》,人民出版社 2006 年版。

人》》；"昼飞羽檄下列城，夜脱貂裘抚降将。……腥臊窟穴一洗空，太行北岳元无恙。更呼斗酒作长歌，要遣天山健儿唱"（《九月十六日夜梦驻军河外遣使招降诸城，觉而有作》）；不是出于幻想，便是源于梦境。与此相映成趣的是，辛弃疾虽有铁骑渡江、亲冒矢镝的战斗经历，辛词中反倒很少描写战斗场面，更没有获胜的场景，例如《破阵子》："醉里挑灯看剑，梦回吹角连营。八百里分麾下炙，五十弦翻塞外声。沙场秋点兵。　　马作的卢飞快，弓如霹雳弦惊。了却君王天下事，赢得生前身后名。可怜白发生。"此词小序云"为陈同甫赋壮词以寄之"，虽称"壮词"，其雄壮激烈的程度却远逊于上引陆诗。更有趣的是下面这对例子：庆元六年（1200）或稍后，六十一岁的辛弃疾作《鹧鸪天》云："壮岁旌旗拥万夫，锦襜突骑渡江初。燕兵夜娖银胡䩮，汉箭朝飞金仆姑。"淳熙十三年（1186），六十二岁的陆游作《雪中忽起从戎之兴，戏作四首》，其后面三首云："铁马渡河风破肉，云梯攻垒雪平壕。兽奔鸟散何劳逐，直斩单于衅宝刀。""十万貔貅出羽林，横空杀气结层阴。桑干沙土初飞雪，未到幽州一丈深。""群胡束手仗天亡，弃甲纵横满战场。雪上急追奔马迹，官军夜半入辽阳。"两者表面上颇有相似之处：作者都是年过六旬，内容都是抗金战斗的场面。然而辛词小序云："有客慨然谈功名，因追念少年时事，戏作。"可见词人因听到有人谈功名而偶然怀旧，故其下阕即云："忆往事，叹今吾。春风不染白髭须。却将万字平戎策，换得东家种树书。"意即那些战斗经历早已成为如烟往事。陆诗则是在雪天联想到冒雪作战的情景，至于追奔逐北、直捣幽燕等具体内容，都是诗人的浪漫幻想。由此可见，就抗金战斗的内容而言，辛词与陆诗的最大差异是前者多为写实，后者纯出虚构，故前者只能对亲身经历如实叙述，后者却可以尽情地展开痛快淋漓的想象。

南宋朝廷的总体国策是偏安求和，当时的国力也难以击败金国、收复失土，所以报国无路的悲剧是辛、陆共同的命运，抒写有志难酬的痛苦是辛词、陆诗共同的主题。但就具体的表现而言，辛词、陆诗又是同中有异。陆词中有句云："此生谁料，心在天山，身老沧洲!"(《诉衷情》)这句话便是陆诗此类主题的最好概括。且看几个写于不同年代的例子:作于五十二岁的《松骥行》:"骥行千里亦何得,垂首伏枥终自伤。松阅千年弃涧壑,不如杀身扶明堂。士生抱材愿少试,誓取燕赵归君王。闭门高卧身欲老,闻鸡相蹴涕数行。正令咿嘤死床箦,岂若横身当战场。半酣浩歌声激烈,车轮百转盘愁肠。"作于六十六岁的《醉歌》:"读书三万卷,仕宦皆束阁。学剑四十年,虏血未染锷。不得为长虹,万丈扫寥廓。又不为疾风,六月送飞雹。战马死槽枥,公卿守和约。穷边指淮淝,异域视京雒。於乎此何心,有酒吾忍酌。平生为衣食,敛版靴两脚。心虽了是非,口不给唯诺。如今老且病,鬓秃牙齿落。仰天少吐气,饿死实差乐。壮心埋不朽,千载犹可作。"作于七十七岁的《追忆征西幕中旧事》:"大散关头北望秦,自期谈笑扫胡尘。收身死向农桑社,何止明明两世人!"作于八十四岁的《异梦》:"山中有异梦,重铠奋雕戈。敷水西通渭,潼关北控河。凄凉鸣赵瑟,慷慨和燕歌。此事终当在,无如老死何!"可见这个主题贯穿着陆游的整个创作过程,真可谓至死不渝。此类陆诗尽管诗体不同,长短不一,但结构模式基本一致:先陈述杀敌立功的抱负,再诉说有志难酬的痛苦。同样主题的辛词数量远少于陆诗,表现手法却灵活多变。例如《水调歌头》:"落日塞尘起,胡骑猎清秋。汉家组练十万,列舰耸层楼。谁道投鞭飞渡,忆昔鸣髇血污,风雨佛狸愁。季子正年少,匹马黑貂裘。　　今老矣,搔白首,过扬州。倦游欲去江上,手种橘千头。二客东南名胜,万卷诗书事业,尝试与君谋。莫射南山虎,直觅富民侯。"上片追忆少时的战斗经历并抒发报国壮志,下片倾诉壮志难酬之牢骚,结构稍似陆诗。又如《满江红》:"倦客新丰,貂裘敝、征尘满目。弹短铗、青蛇三尺,浩歌谁续。不念英雄江左老,用之可以尊中国。叹诗书、万卷致君人,翻沉陆。　　休感慨,浇酴醾。人易老,欢难足。有玉人怜我,为簪黄菊。且置请缨封万户,竟须卖剑酬黄犊。甚当年、寂寞贾长沙,伤时哭。"通篇皆在诉说英雄末路的痛苦心情,未能实现的壮志仅以零星短句的形式散落篇中。后一种情况在辛词中相当常见,它们抒写的痛苦情绪也比陆诗更显深沉。

再看后者。陆游一生中闲居山阴长达三十年,过着清贫而宁静的耕读生活。陆诗中写到亲身参加劳动,像"夜半起饭牛,北斗垂大荒"(《晚秋农家》)那样的句子,未曾亲事稼穑者是写不出来的。刚开始过农耕生活时,陆游的心态是矛盾的,他五十七岁初归山阴后作《小园》,其一云:"小园烟草接邻家,桑柘阴阴一径斜。卧读陶诗未终卷,又乘微雨去锄瓜。"其三云:"村南村北鹁鸪声,水刺新秧漫漫平。行遍天涯千万里,却从邻父学春耕。"前者平和恬淡,后者却牢骚满腹。但总的说来,陆游对于农村生活是相当熟悉且由衷喜爱的。陆诗中关于农村生活的两大主题,一是隐居生活的闲情逸致,二是对农村风土的喜爱心情,都贯穿其整个乡居创作过程。前者如作于七十五岁的《杂兴》:"东家饭牛月未落,西家打稻鸡初鸣。老翁高枕葛帱里,炊饭熟时犹鼾声。"后者如作于四十三岁的《游山西村》:"莫笑农家腊酒浑,丰年留客足鸡豚。山重水复疑无路,柳暗花明又一村。箫鼓追随春社近,衣冠简朴古风存。从今若许闲乘月,拄杖无时夜叩门。"阅读陆游多达二千首的农村诗,一位安贫乐道的居士形象宛在目前。辛弃疾也曾闲居乡村二十余年,但其生活状态及心态皆与陆游同中有异。辛弃疾热爱安定平和的农耕生活,当他看到江南的安宁、平静的农村生活,便感到由衷的喜悦。试读其《清平乐》:"茅檐低小,溪上青青草。醉里吴音相媚好,白发谁家翁媪。   大儿锄豆溪东,中儿正织鸡笼。最喜小儿无赖,溪头卧剥莲蓬。"以及《鹊桥仙》:"松冈避暑,茅檐避雨,闲去闲来几度。醉扶怪石看飞泉,又却是、前回醒处。   东家娶妇,西家归女,灯火门前笑语。酿成千顷稻花香,夜夜费、一天风露。"景色如此秀丽,人情如此美好,这是词境中难得一见的田家乐主题。而且词人自身也心醉于这个安宁、美好的环境,他从农村生活中发现了充沛的美感和诗意。然而辛弃疾虽然重视稼穑,认为"人生在勤,当以力田为先"①。他四十一岁时在上饶购地筑屋,即

---

① 《宋史·辛弃疾传》,第12165页。

在上梁文中以"稼轩居士"自称。但正如洪迈在《稼轩记》中所说："使遭事会之末,挈中原还职方氏,彼周公瑾、谢安石事业,侯固饶为之。此志未偿,顾自诡放浪林泉,从老农学稼,无亦大不可欤!"辛弃疾这位龙腾虎跃的豪侠之士不可能真心放弃驰骋疆场的理想而息影林下、躬耕陇亩,他退居乡村的行为比陆游更加无奈,其心态也更加不平。辛词有云"却将万字平戎策,换得东家种树书"(《鹧鸪天》),其句意之悲怆,甚于陆诗的"行遍天涯千万里,却从邻父学春耕"。辛词又云"落魄封侯事,岁晚田园"(《八声甘州》),其心态之悲凉,为陆诗中所罕见。总之,陆游是身栖农亩却不忘报国的文士,辛弃疾则是托身田园却难以销磨雄心的老将,这是陆诗、辛词所描绘的第二幅正面像。

四

陆游诗歌创作的巨大成就,在当时就受到广泛的赞誉,比如姜特立云:"呜呼断弦谁续髓,风雅道丧骚人死。三山先生真若人,独将诗坛壁孤垒。"①楼钥云:"四海诗名老放翁。"②戴复古云:"茶山衣钵放翁诗,南渡百年无此奇。"③刘克庄更誉之云:"譬宗门中初祖,自过江后一人。"④理学宗师朱熹则明确指出:"放翁之诗,读之爽然,近代唯见此人为有诗人风致。"⑤又说:"放翁老笔尤健,在今当推为第一流。"⑥及至宋末,国破家亡的时代背景更使高举爱国主题的陆游成为诗坛宗主,林景熙即将陆游与杜甫相提并论:"天

---

① 《应致远谒放翁》,《全宋诗》卷二一三六,北京大学出版社1998年版,第24113页。

② 《谢陆伯业通判示淮西小稿》,《全宋诗》卷二五四五,第29484页。

③ 《读放翁先生剑南诗草》,《全宋诗》卷二八一八,第33570页。

④ 《题放翁像二首》之一,《全宋诗》卷三〇六八,第36603页。

⑤ 《答徐载叔》,《晦庵先生朱文公文集》卷五六,《朱子全书》第23册,上海古籍出版社2002年版,第2649页。

⑥ 《答巩仲至》之十七,《晦庵先生朱文公文集》卷六四,《朱子全书》第23册,第3108页。

宝诗人诗有史,杜鹃再拜泪如水。龟堂一老旗鼓雄,劲气往往摩其
垒。"①到了后代,陆游的地位从"中兴四大诗人"②中迥然挺出,成
为足与北宋苏轼相提并论的宋代代表诗人,清人编纂的《唐宋诗
醇》于宋代诗人仅选苏、陆二家,便是明证。

　　辛弃疾词创作的巨大成就,也在当时就受到广泛的赞誉。早
在辛弃疾的壮年,范开就称誉辛词足与苏词媲美:"世言稼轩居士
辛公之词似东坡,非有意于学坡也。……其间固有清而丽、婉而妩
媚,此又坡公之所无,而公词之所独也。"③稍后,刘克庄赞辛词曰:
"公所作大声鞺鞳,小声铿鍧,横绝六合,扫空万古,自有苍生以来
所无。"④正因如此,辛词在南宋词坛上产生了巨大的影响,与其年
辈相若的韩元吉、陈亮、刘过、姜夔,以及年辈稍晚的刘克庄、戴复
古、陈人杰,乃至宋末的文天祥、刘辰翁等人,无不受到稼轩词风之
浸溉,以至清人陈洵云:"南宋诸家,鲜不为稼轩牢笼者。"⑤到了
后代,"苏辛"并称,已成为词学界的定评。

　　陆游为南宋诗人之冠,辛弃疾为南宋词人之冠,已无疑义。由
于诗、词异体,也由于陆诗数量多达辛词的十五倍,我们无法全面
地评骘陆诗与辛词成就之高低,而只能叙其风格之异同。如果
要用一个术语来统摄陆诗、辛词的主导风格倾向,那就是雄壮豪
放。但是仔细品味,二者各具个性,差异甚大,下文试作分析。

　　陆诗境界壮阔,风格奔放,常常凭借幻想与梦境来抒发胸中的
豪情壮志,例如《胡无人》:"须如猬毛磔,面如紫石棱。丈夫出门无
万里,风云之会立可乘。追奔露宿青海月,夺城夜踏黄河冰。铁衣
度碛雨飒飒,战鼓上陇雷凭凭。三更穷虏送降款,天明积甲如丘

---

①　《书陆放翁诗卷后》,《全宋诗》卷三六三三,第43526页。

②　详见方回《桐江集》卷三《跋遂初尤先生尚书诗》,《续修四库全书》第
1322册,第414页。

③　范开《稼轩词甲集乙集丙集序》,《景刊宋金元明本词·景宋本稼轩
词》,上海古籍出版社1989年版,第581页。

④　《辛稼轩集序》,《刘克庄集笺校》卷九八,中华书局2011年版,第4113页。

⑤　《海绡说词》,《词话丛编》,中华书局1986年版,第4838页。

陵。中华初识汗血马，东夷再贡霜毛鹰。群阴伏，太阳升。胡无人，宋中兴！丈夫报主有如此，笑人白首篷窗灯。"再如《中夜闻大雷雨》："雷车驾雨龙尽起，电行半空如狂矢。中原腥膻五十年，上帝震怒初一洗。黄头女真褫魂魄，面缚军门争请死。已闻三箭定天山，何啻积甲齐熊耳。捷书驰骑奏行宫，近臣上寿天颜喜。阎门明日催贺班，云集千官摩剑履。长安父老请移跸，愿见六龙临渭水。从今身是太平人，敢惮安西九千里！"前者是正面抒发胸中壮怀，后者乃因夜闻雷雨而产生的联想，诗中洋溢着抗敌复国的战斗热情，甚至虚构击溃敌军、收复中原的胜利情景，堪称抗金复国的战斗檄文。辛词中没有此类想象胜利场面的作品，最多只是表现对于复国事业的信心，例如《水龙吟》："渡江天马南来，几人真是经纶手。长安父老，新亭风景，可怜依旧。夷甫诸人，神州沉陆，几曾回首。算平戎万里，功名本是、真儒事，公知否。　　况有文章山斗，对桐阴、满庭清昼。当年堕地，而今试看，风云奔走。绿野风烟，平泉草木，东山歌酒。待他年，整顿乾坤事了，为先生寿。"这是词人写给韩元吉的祝寿之词，寿词理应具有喜庆色彩，故基调奋发高昂，对于恢复大业充满信心。但词中写到神州沉陆、朝廷偏安的现实局势时仍然情怀沉郁。前引两首陆诗是以想象的胜利情景来鼓舞士气，此首辛词则是以胸中的襟抱与友人互相勉励；前者是针对大众的宣传，后者却是知己之间的倾诉。

　　上述两种写作倾向各具面目，并无境界高下之分。但从个人抒情的角度来看，后者抒发的感情更加深曲委婉，用来烘托心情的背景也更加细腻真切，从而表现出更加独特的个性。先看第一例：宋、金对峙，西线以大散关为界。兴元府（汉中）地近散关，成为南宋在西线抗击金人的前沿重镇。陆游曾亲临汉中，作诗云："古来历历兴亡处，举目山川尚如故。将军坛上冷云低，丞相祠前春日暮。国家四纪失中原，师出江淮未易吞。会看金鼓从天下，却用关中作本根。"（《山南行》）辛弃疾则作词送友人出知兴元府："汉中开汉业，问此地，是耶非？想剑指三秦，君王得意，一战东归。追亡事，今不见，但山川满目泪沾衣。落日胡尘未断，西风塞马空肥。"

（《木兰花慢》）双方都视汉中为抗金前线的战略要地，也都关注到汉中乃刘邦建立大汉基业的根据地这个历史事实。但是亲临其地的陆游仅对汉中的山川形势及其战略价值进行比较冷静的客观叙述，举首遥望的辛弃疾却在怀古的幽思中情怀历落，泪满衣襟。再看第二例：陆游乡居时夜闻风雨，作诗抒感："僵卧孤村不自哀，尚思为国戍轮台。夜阑卧听风吹雨，铁马冰河入梦来。"（《十一月四日风雨大作》）辛弃疾则在投宿村店时夜听风雨，作词纪实："绕床饥鼠，蝙蝠翻灯舞。屋上松风吹急雨，破纸窗间自语。　　平生塞北江南，归来华发苍颜。布被秋宵梦觉，眼前万里江山。"两者的主题都是夜闻风雨从而触发了隐藏心底的报国壮志，也都是感人肺腑的名篇。陆诗单刀直入地抒发强烈的报国热情，对眼前景物不着一字，第二句与末句之间的逻辑关系则清晰易睹，抒情比较直露。辛词用整个上片描绘荒村夜景，生动逼真，如在目前。下片转为抒情，亦不将报国夙志直接道出，仅用尾句暗示其梦魂不忘故国山河的爱国情怀，较为蕴藉。再看第三例：运用《列子》中关于鸥鸟的典故来形容人无机心，在宋代诗词中极为常见。陆诗云："更喜机心无复在，沙边鸥鹭亦相亲。"（《登拟岘台》）辛词则云："却怪白鸥，觑着人、欲下未下。旧盟都在，新来莫是，别有说话。"（《丑奴儿近》）陆诗正面用典，思绪简直。辛词却用曲笔，语意奇矫而情趣幽默。再看第四例：陆诗《书愤》云："厄穷苏武餐毡久，忧愤张巡嚼齿空。"辛词《贺新郎》云："将军百战身名裂。向河梁、回头万里，故人长绝。易水萧萧西风冷，满座衣冠似雪。正壮士、悲歌未彻。"两者都是借古代忠臣烈士的事迹来浇胸中之块垒，但前者直接点明"厄穷"、"忧愤"的情感倾向，后者却用生动真切的情景描绘来衬托古人的悲愤心态。上述差异固然体现了诗直词曲的文体歧异，但也是辛词风格更加委婉深微的证明。钱锺书云："放翁高明之性，不耐沉潜，故作诗工于写景叙事。翁爱读《黄庭经》，试将琴心文断章取义，以评翁诗，殆夺于'外象'，而颇阙'内景'者乎！其自道诗法，可以作证。……自羯鼓手疾、琵琶弦急而悟诗法，大可著眼。二者太豪太捷，略欠渟蓄顿挫；渔阳之掺、浔阳之弹，似不尽如是。若磬、笛、琴、笙,声幽韵曼,引绪荡气,放翁诗境中,宜不常逢矣。"①
此语乃论陆诗之短处,语或过苛。但如果用来评说陆诗与辛词主
导风格之异,则深中肯綮。

当然陆诗中也有深情绵渺、兴会淋漓的佳作,例如《长歌行》:
"人生不作安期生,醉入东海骑长鲸。犹当出作李西平,手枭逆贼
清旧京。金印煌煌未入手,白发种种来无情。成都古寺卧秋晚,落
日偏傍僧窗明。岂其马上破贼手,哦诗长作寒螀鸣。兴来买尽市
桥酒,大车磊落堆长瓶。哀丝豪竹助剧饮,如巨野受黄河倾。平时
一滴不入口,意气顿使千人惊。国仇未报壮士老,匣中宝剑夜有
声。何当凯旋宴将士,三更雪压飞狐城。"与此诗风格相似的辛词
是《摸鱼儿》:"更能消、几番风雨,匆匆春又归去。惜春长怕花开
早,何况落红无数。春且住,见说道、天涯芳草无归路。怨春不语。
算只有殷勤,画檐蛛网,尽日惹飞絮。　　长门事,准拟佳期又误。
蛾眉曾有人妒。千金纵买相如赋,脉脉此情谁诉。君莫舞,君不
见、玉环飞燕皆尘土。闲愁最苦。休去倚危栏,斜阳正在、烟柳断
肠处。"两者的主题皆是抒写报国无路的苦闷心情,也都达到了委
曲细腻、回肠荡气的艺术境界,但风格仍然是同中有异。陆诗将激
昂慷慨与苦闷失落两种心情熔于一炉,从而全面、深刻地抒写了诗
人的复杂心态。一位正值壮年的英雄竟然无所事事地闲卧在古寺
中,眼睁睁地看着落日映窗,此情此景,人何以堪?无奈之下,诗人
只好买酒浇愁。但即使在举杯销愁之际,诗人仍然盼望着收复幽
燕失地,在庆功宴上雪夜痛饮。全诗以"手枭逆贼清旧京"为始,以
"何当凯旋宴将士"为终,形成抑扬顿挫的情感波澜,有力地反衬出
闲卧古寺的深沉苦闷。此诗风格雄壮而没有粗豪的缺点,感情喷
薄而不乏细腻的心理描写,其艺术境界在同类陆诗中出类拔萃。

---

① 《谈艺录》三六《放翁自道诗法》,第 131 页。按:钱氏所云"羯鼓手
疾、琵琶弦急"之语,乃指陆诗《九月一日夜读诗稿有感,走笔作歌》中"琵琶弦
急冰雹乱,羯鼓手匀风雨疾"二句而言,参看拙稿《陆游"诗家三昧"辨》,《莫砺
锋文集》卷三,凤凰出版社 2019 年版,第 493 页。

辛词的主题更加集中,倾吐了一位盖世英雄满腔热血无处可洒、满腹经纶无处可施的深沉苦闷。全词纯属比兴手法,用"美人芳草"的隐喻意象来诉说心曲。暮春时节,落红无数。蛾眉见妒,君恩难冀。英雄失路的悲怆情怀竟以此等委婉柔美的意象表达之,而且低回悱恻,欲言又止,真乃百炼钢化为绕指柔,其意境之深曲宛转,已臻极境。故近人梁启超评曰:"回肠荡气,至于此极。"①上引陆诗与辛词,堪称春兰秋菊,各有千秋,也许这正是诗词异境而各极其美的典范例子。

元好问诗云:"曹刘坐啸虎生风,四海无人角两雄。"②此乃评论建安年间的曹植与刘桢,语或过当。若移用次句来评价南宋文坛上的陆游与辛弃疾,则千真万确。在南宋那样偏安一隅、国势衰微的时代,竟然产生了陆、辛这样伟大的爱国诗人和爱国词人,真是"国家不幸诗家幸"③这个诗学原理的生动例证。陆诗与辛词把爱国主题弘扬到前所未有的高度,从而为宋代文学注入了英雄主义和阳刚之气,并维护了民族的自信和尊严,这是他们最伟大的历史性贡献。

---

① 《艺蘅馆词选》,广东人民出版社 1981 年版,第 100 页。

② 《论诗三十首》之一,《元好问论诗三十首小笺》,人民文学出版社 1978 年版,第 58 页。

③ 《题元遗山集》,《瓯北集》卷三三,《赵翼全集》第六册,凤凰出版社 2009 年版,第 621 页。

张孝祥为何诗不如词

一

当代的文学史研究，一般只重视张孝祥的词作，对其诗文则相当忽视。追源溯流，这种倾向在南宋已有呈露。宋高宗绍兴二十四年（1154），二十三岁的张孝祥状元及第，名震天下，其首先受到关注的当然是对策之佳，以至于全文刊于李心传《建炎以来系年要录》。同时，书法、诗歌皆很出色也是他名冠多士的重要因素，《四朝闻见录》载："高宗酷嗜翰墨，于湖张氏孝祥廷对之顷，宿醒犹未解，濡毫答圣问，立就万言，未尝加点。上讶一卷纸高轴大，试取阅之。读其卷首，大加称奖，而又字画遒劲，卓然颜鲁。上疑其为谪仙，亲擢首选。胪唱赋诗，上尤隽永。张正谢毕，遂谒秦桧，桧语之曰：'上不惟喜状元策，又且喜状元诗与字，可谓三绝。'又叩以诗何所本，字何所法。张正色以对：'本杜诗，法颜字。'桧笑曰：'天下好事君家都占断。'"①这些记载中高宗与秦桧的态度或有夸饰，但张孝祥多才多艺则是确凿无疑的事实。然而王质在《于湖集序》中说："是岁，公没于当涂之芜湖，而其歌词数编先出。岁癸巳，公之弟王臣官大冶，道永兴，某谓王臣曰：'公之文当亟辑。世酣于其歌词，而其英伟粹精之全体未著，将有以狭公者。'"②王臣即张孝祥从弟王仲，乃其叔父张剡之仲子。癸巳即孝宗乾道九年（1173），其时张孝祥去世仅有四年，其词作已有"数编先出"，可见"世酣于其歌词"并非虚语。相对而言，张孝祥的其他作品尚未得到足够的重

---

① 《四朝闻见录》乙集"张于湖"条，中华书局 1989 年版，第 71—72 页。
② 《于湖集序》，《张孝祥集编年校注》附录三，中华书局 2016 年版，第 1746 页。

视,故王质向张孝仲提议编辑其文。那么,为什么张孝祥的诗文创作没能取得像词作那样高的声誉呢? 由于诗与词的可比性更大一些,我们暂且搁置其古文,先来考察其诗、词二种文体的创作情形。

张孝祥享寿不永,故宋孝宗有"用才不尽"之叹①。孝宗此语当是从其政治才干着眼,但如移以评其文学才能,也很确切。在时间跨度仅有十多年的文学创作过程中,张孝祥有一个明确的努力目标,那便是对苏轼的心摹手追,试看其弟子谢尧仁的回忆:"先生气吞百代而中犹未慊,盖尚有凌轹坡仙之意。其帅长沙也,一日,有送至《水车诗》石本,挂在书室,特携尧仁就观。因问曰:'此诗可及何人? 不得佞我。'尧仁时窘于急卒,不容有不尽,因直告曰:'此活脱是东坡诗,力亦真与相轹。但苏家父子更有《画佛入灭》、《次韵水官》、《赠眼医》、《韩干画马》等数篇,此诗相去却尚有一二分之劣尔。'先生大然尧仁之言。是时,先生诗文与东坡相先后者已十之六七,而乐府之作,虽但得于一时燕笑咳唾之顷,而先生之胸次笔力皆在焉,今人皆以为胜东坡,但先生当时意尚未能自肯。因又问尧仁曰:'使某更读书十年何如?'尧仁对曰:'他人虽更读百世书,尚未必梦见东坡,但以先生来势如此之可畏,度亦不消十年,吞此老有余矣。'次年,公自江陵得祠东下,方欲践此言,未几,则已闻为驭风骑气之举矣。"②乾道三年(1167)张孝祥知潭州(今湖南长沙),他与谢尧仁的对话即在此年,因为他次年即徙知荆南府。当时张孝祥年仅三十六岁,故有十年后更上一层楼的雄心,不料两年后即遽然病逝。谢尧仁之序撰于三十四年之后,可见他认为当年的那番对话是可以公之于世的,并非弟子佞师之私言。那么,张孝祥诗词创作的实际成就究竟如何? 笔者通读辛更儒撰《张孝祥集编年校注》数过,觉得无论是创作旨趣还是题材走向,张诗与张词均是大同小异,两者成就之差异主要体现在艺术水准上。下文谨从这个角度对张诗、张词进行对比分析。

---

① 《宋史·张孝祥传》,中华书局 1985 年版,第 11943 页。

② 《张于湖先生集序》,《张孝祥集编年校注》附录三,第 1741 页。

二

阅读张孝祥的诗集，苏诗的影响历历在目。首先是诗句的隐括或模仿，例如《赠张钦州》中的"下有花竹秀而野"，源于苏诗《司马君实独乐园》的"花竹秀而野"；《炎关》中的"稍余衣带水，已尽剑铓山"，源于苏诗《白鹤峰新居欲成，夜过西邻翟秀才二首》之二的"系闷岂无罗带水，割愁还有剑铓山"；凡此，辛更儒先生的《张孝祥集编年校注》中均已注明。辛先生偶有漏注，例如《舟行大雨，戏作呈张立之及同行诸公》中的"长年绝叫客惊起"，源于苏诗《百步洪二首》之一的"水师绝叫凫惊起"；又如《荐福观何卿壁间诗，对之怅然，次前韵》中的"严诗杜集倘同编"，源于苏诗《岐亭五首》之二的"严诗编杜集"；《三塔寺》中的"塔上一铃语"，源于苏诗《大风留金山两日》的"塔上一铃独自语"。其次是诗意的模仿，例如《月之四日至南陵，大雨，江边之圩已有没者。入鄱阳境中，山田乃以无雨为病。偶成一章，呈王龟龄》："圩田雨多水拍拍，山田政作龟兆拆。两般种田一般苦，一处祈晴一祈雨。"此诗辛注未言有所本，其实可与苏诗《泗州僧伽塔》对读："耕田欲雨刈欲晴，去得顺风来者怨。若使人人祷辄遂，造物应须日千变。"虽说苏诗着眼于世人的祈愿互相矛盾，即使神灵也无法各遂其愿，从而导出安分顺命的人生态度；张诗却着眼于雨多成涝、雨少成旱，农人无法逃避灾祸，从而导出悯农的主题，两者主旨大异其趣。但张诗的警句"一处祈晴一祈雨"与苏诗"耕田欲雨刈欲晴"十分相像，张孝祥的构思肯定受到苏轼的启迪。这种模仿前贤的手法在宋代诗坛上是相当常见的，对于提升艺术技巧也有一定的积极作用，但毕竟不脱模仿，若停留于此，则难以超越学习对象。

那么，张孝祥学习苏诗的总体成效如何？让我们从上引张、谢的那番对话说起。所谓《水车诗》，即《湖湘以竹车激水，粳稻如云，书此能仁院壁》："象龙唤不应，竹龙起行雨。联绵十车辐，伊轧百舟橹。转此大法轮，救汝旱岁苦。横江锁巨石，溅瀑叠城鼓。神机日夜连，甘泽高下普。老农用不知，瞬息了千亩。抱孙带黄犊，但看翠浪舞。余波及井臼,舂玉饮酡乳。江吴夸七蹋,足茧腰背偻。
此乐殊未知,吾归当教汝。"孝祥乃江南人氏,曾见过七人共踩的大
型龙骨水车①,水车虽然制作精巧,但农夫踩车辛劳,以至于双足
生茧,腰背佝偻。如今在湖湘看到用流水作为动力的巨型竹制筒
车,人力省而功效高,故喜而咏之。北宋诗人多有咏及水车者,其
中以苏轼所作之《无锡道中赋水车》最为著名。谢尧仁称道此诗
"活脱是东坡诗",当即因此而发。当然,苏诗是七律,张诗却是五
古,二者诗体不同,长短不等,不能等量齐观。但就题材之新颖奇
特、描写之生动活泼而言,此诗确实颇有东坡诗风之优点。谢尧仁
说到的其他几首苏诗是《王维吴道子画》②、《次韵水官诗》、《赠眼
医王彦若》、《次韵子由书李伯时所藏韩干马》。由于《次韵水官诗》
是次其父苏洵诗之韵③,《次韵子由书李伯时所藏韩干马》是次其
弟苏辙诗之韵④,而《王维吴道子画》则有苏辙之同题和诗⑤,故谢
氏以"苏氏父子"连带称之,但实质上是以苏轼为主要论说对象,而
张孝祥所心摹手追的也确是苏轼之诗。上述四首苏轼诗,都具有
章法奇特、笔力雄强的特点,后人对它们的评论依次如下:"奇气纵

---

① "七蹋",辛更儒注云"或即多人踏水车之意"(《张孝祥集编年校注》
卷四,第 131 页),甚确。宋人释居简《北磵集》卷六"龙骨则一人至数人"(曾
枣庄、刘琳主编《全宋文》卷六八〇三,上海辞书出版社、安徽教育出版社 2006
年版,第二百九十八册,第 305 页),可见宋代之水车,已有多人共踏者。今人
或以为"七蹋"乃连踏七个时辰之意,无据。

② 此诗咏吴道子画佛像,诗中有句云"中有至人谈寂灭,悟者悲涕迷者
手自扪",故称《画佛入灭》,详见《苏轼诗集校注》卷四,河北人民出版社 2010
年版,第 317 页。

③ 见《水官诗》,《嘉祐集笺注》佚诗,上海古籍出版社 1993 年版,第
515 页。

④ 见《韩幹三马》,《栾城集》卷一五,上海古籍出版社 2009 年版,第 363
页。按:谢氏所言《韩幹画马》也可能指苏轼诗《韩幹马十四匹》,《苏轼诗集》
卷一五,中华书局 1982 年版,第 767 页。

⑤ 见《栾城集》卷二,第 30 页。

横,而句句浑成深稳"①;"语意稳惬,亦极和韵之能事"②;"游刃有余,汪洋自恣,漆园之言也"③;"运意运笔,俱极奇变"④;与这种纵横自如、游刃有余的成熟境界相比,张孝祥诗显得火候未到。张孝祥自称要"更读书十年",表明他对自己与苏轼的差距心知肚明。可惜他说出此语后不久即遽然去世,未能在诗歌艺术上更上一层楼。清人评张诗曰:"今观集中诸作,大抵规模苏诗,颇具一体。而根柢稍薄,时露竭蹶之状。尧仁所谓读书不十年者,隐寓微词,实定论也。然其纵横兀傲,亦自不凡。"⑤说谢尧仁语含微词,恐属妄揣。但指出张诗与苏诗仍有较大差距,则是持平之论。在吕本中、陈与义、陆游、杨万里、范成大等大家相继涌现的南宋前期诗坛上,张孝祥尚难以出类拔萃。

三

　　张孝祥的词集中,苏轼的影响也是随处可见。值得注意的是,张词模仿的字句并非出于苏词,反倒以苏诗为多。例如《鹧鸪天·送钱使君守横州》:"舞凤飞龙五百年,尽将锦绣裹山川。"袭用苏诗《临安三绝·锦溪》:"五百年间异人出,尽将锦绣裹山川。"《鹧鸪天·饯刘共甫》:"醉余吐出胸中墨,只欠彭宣到后堂。"袭用苏诗《张子野年八十尚闻买妾,述古令作诗》:"平生谬作安昌客,略遣彭宣到后堂。"《菩萨蛮》:"多病怯杯觞,不禁冬夜长。"袭用苏诗《次韵乐著作送酒》:"少年多病怯杯觞,老去方知此味长。"此外袭用苏赋、苏文的例子也不少,例如《水龙吟过浯溪》:"长啸一声,山鸣谷应,栖禽惊起。"分明对苏轼《后赤壁赋》的"划然长啸,草木震动。山鸣谷应,风起水涌",以及苏轼《石钟山记》的"山上栖鹘,闻人声

---

①　《苏轼诗集校注》卷四引清人纪昀语,第 321 页。

②　《苏轼诗集校注》卷二引清人戴第元语,第 180 页。

③　《苏轼诗集校注》卷二五引清人查慎行语,第 2792 页。

④　《苏轼诗集校注》卷二八引清人纪昀语,第 3132 页。

⑤　《四库全书总目》卷一五九《于湖集》条,中华书局 1965 年版,第 1366 页。

亦惊起,磔磔云霄间"有所沿袭。又如《水调歌头》一阕,题作:"汪德邵作无尽藏楼于栖霞之间,取玉局老仙遗意,张安国过,为赋此词。"全词如下:"淮楚襟带地,云梦泽南州。沧江翠壁佳处,突兀起红楼。凭仗使君胸次,为问仙翁何在,长啸俯清秋。试遣吹箫看,骑鹤恐来游。　　　欲乘风,凌万顷,泛扁舟。山高月小,霜露既降,凛凛不能留。一吊周郎羽扇,尚想曹公横槊,兴废两悠悠。此意无尽藏,分付水东流。"词中大量隐括苏轼《赤壁赋》《后赤壁赋》中的句意。表面上看,这与张诗的情况大同小异,其实不然。因为张诗模仿苏诗的字句,是同一种文体内部的沿袭,自身缺乏创新意义。而张词模仿苏诗乃至苏赋、苏文,却是异质文体之间的移植,具有变体的意味。春秋时晏婴论制羹之法曰:"宰夫和之,齐之以味,济其不及,以泄其过。"又曰:"若以水济水,谁能食之!"孔颖达疏曰:"齐之者,使酸咸适中,济益其味不足者,泄减其味大过者。"①张诗模仿苏诗的字句,难免"以水济水"的缺点。张词模仿苏诗、苏赋,则颇有可能达到"济其不及,以泄其过"的效果。以上引《水调歌头》为例,此词所咏之"无尽藏楼"位于黄州,濒临大江。张孝祥登临此楼,俯瞰滚滚东流的江水,自会想起《念奴娇》那首著名的苏词。但他偏偏弃之不顾,仅有"沧江翠壁佳处,突兀起红楼"二句袭用苏词《水龙吟》中"小舟横截春江,卧看翠壁红楼起"句意,其余均以苏赋为隐括对象。将赋中旨意隐括入词,篇幅紧缩,字句变得更加凝炼有力,例如《后赤壁赋》云:"霜露既降,木叶尽脱。……山高月小,水落石出。……予亦悄然而悲,肃然而恐,凛乎其不可留也。"张词则浓缩成三句:"山高月小,霜露既降,凛凛不能留。"《赤壁赋》云:"此非孟德之困于周郎者乎?方其破荆州,下江陵,顺流而东也。舳舻千里,旌旗蔽空,酾酒临江,横槊赋诗,固一世之雄也。而今安在哉!"词中则浓缩成三句:"一吊周郎羽扇,尚想曹公横槊,兴废两悠悠。"赋体本以铺陈排比、兼擅叙事为文体特征,词体却是篇幅精简,以抒情为主,这首张词通过隐括而汲取赋体之优

---

① 《春秋左传正义》卷四九,北京大学出版社 1999 年版,第 1400 页。

点,同时又保持词体之特征,相得益彰,遂成佳作。这就突破了张诗模仿苏诗而未能臻于高境的困境。

此外,张词还有转益多师的特点,其中最值得关注的借鉴对象便是杜诗。例证甚多,从手法来看,大致可分两类。第一类是直接袭用,例如《念奴娇》:"遥怜儿女。"袭用杜诗《月夜》:"遥怜小儿女。"《水调歌头·为时传之寿》:"指点虚无征路。"袭用杜诗《送孔巢父谢病归游江东兼呈李白》:"指点虚无是征路。"《青玉案·送频统辖行》:"思得英雄亲驾驭。"袭用杜诗《投赠哥舒开府翰二十韵》:"驾驭必英雄。"《鹧鸪天·饯刘共甫》:"忆昔追游翰墨场。"袭用杜诗《壮游》:"往昔十四五,追游翰墨场。"《水调歌头·与喻子才同登金山,江平如席,月白如昼,安国赋此词调》:"倒影星辰摇动。"袭用杜诗《阁夜》:"三峡星河影动摇。"《二郎神·七夕》:"乔口橘洲风浪稳。"袭用杜诗《酬郭十五判官受》:"乔口橘洲风浪促。"《浣溪沙》:"倚竹袖长寒卷翠。"袭用杜诗《佳人》:"天寒翠袖薄,日暮倚修竹。"《蓦山溪·和清虚先生皇甫坦韵》:"天一笑,物皆春。"袭用杜诗《能画》:"每蒙天一笑,复似物皆春。"《菩萨蛮·舣舟采石》:"白鸟去边明。"袭用杜诗《雨》:"白鸟去边明。"《菩萨蛮》一词甚至两次袭用杜诗,"云鬟香雾湿"句袭用杜诗《月夜》:"香雾云鬟湿。""春从沙际归"句则袭用杜诗《阆水歌》:"更复春从沙际归。"第二类是化用或暗用,例如《蝶恋花·送姚主管横州》:"冥冥四月黄梅雨。"乃据杜诗《梅雨》"南京犀浦道,四月熟黄梅。湛湛长江去,冥冥细雨来"诸句融化而成。《踏莎行·五月十三日夜月甚佳,戏作》:"云鬟玉臂共清寒。"乃据杜诗《月夜》"香雾云鬟湿,清辉玉臂寒"二句融化而成。《柳梢青》:"发稀浑不胜簪。"乃据杜诗《春望》"白头搔更短,浑欲不胜簪"二句融化而成。张词还用更加复杂的方式化用杜诗,例如《浣溪沙》:"鸂鶒楼高晚雪融。"辛注引杜诗《宣政殿退朝,晚出左掖》"雪残鸂鶒亦多时",固是,但此处还可增引杜诗《晚出左掖》"楼雪融城湿",张词其实是将两处杜诗融合化用而成。有些张词多次化用杜诗,例如《水调歌头·凯歌奉寄湖南安抚舍人刘公》:"猩鬼啸篁竹,玉帐夜分弓。少年荆楚剑客,突骑锦襜红。千里风飞雷厉，四棱星流彗扫，萧斧锉春葱。谈笑青油幕，日奏捷书同。诗书帅，黄阁老，黑头公。家传鸿宝秘略，小试不言功。闻道玺书频下，看即沙堤归去，帷幄且从容。君王自神武，一举朔庭空。”辛注分引杜诗《祠南夕望》“山鬼迷春竹”、《奉和严郑公军城早秋》“玉帐分弓射虏营”、《将赴成都草堂，途中有作，先寄严郑公》“生理只凭黄阁老”、《投赠哥舒开府翰二十韵》“君王自神武”等句为注，其实还可补引杜诗《洗兵马》“捷书夜报清昼同”来注“日奏捷书同”一句。在一首词中竟然连续五次化用杜诗句意，密度之大，相当罕见。从北宋词坛开始的以诗为词的风气，在艺术上的表现就是将诗体中发育得十分成熟的手法移植到词体中来，化用前人诗句入词便是重要的途径，从苏轼到周邦彦，莫不如此。张孝祥大量化用前人诗句入词，正是对前辈词人成功经验的充分借鉴。由于杜诗是古典诗歌艺术的典范，化用杜诗入词当然会具有高屋建瓴的技术优势，这是张词达到较高艺术成就的奥秘之一。

四

一位作者要想在诗坛或词坛上获得较高的地位，其中最重要的因素是写出世所传诵的名篇。正是在这一点上，张词获得了众口一声的赞誉，而张诗则显然未能达到如此高度。下文试以张孝祥诗词中最重要的两个主题倾向为例来进行论证。

谢尧仁在《张于湖先生集序》中指出：“盖先生之雄略远志，其欲扫开河洛之氛祲，荡洙泗之膻腥者，未尝一日而忘胸中。”情蓄于中而发于外，抗金复国就成为其诗词的重要主题。宋高宗绍兴三十一年(1161)十月，金军渡淮南侵，张孝祥忧国如焚，与友人分韵赋诗以抒感，题曰：“诸公分韵‘蹑冒顿之区落，焚老上之龙庭’，得‘老、庭’字。”“蹑冒顿之区落”二句出于汉人班固《封燕然山铭》，此铭歌颂汉将窦宪大败匈奴的功绩，是闪耀着爱国精神光辉的历史文献。诸公以此分韵，本身就凸显着爱国主题。张诗之二即押“庭”字韵的一首如下：“吴甲组练明，吴钩莹青萍。战士三百万，猛将森列星。挥戈却白日，饮渴枯沧溟。如何天骄子，敢来干大刑。

呜呼三十年,中原饱膻腥。陛下极涵容,宗祏甚威灵。犬羊尔何知,枭獍心未宁。囊血规射天,苍蝇混惊霆。佛狸定送死,榆关不须扃。房势看破竹,我师真建瓴。便当收咸阳,政尔空朔庭。明堂朝玉帛,剑佩鸣东丁。八章车攻诗,十丈燕然铭。我学益荒落,尚可写汗青。"此诗开篇高屋建瓴,渲染宋军的强大实力和饱满斗志。然后写虽然靖康以来国土沦丧,如今敌军又猖狂来犯,但他们一定会以失败告终。其实当时敌强我弱,宋军并无胜算。但诗人满怀必胜的信心,这完全是爱国精神高涨的表现。一个月后金主亮兵败于采石矶,随即毙命于扬州,"佛狸定送死"竟然成为准确的预言!应该说此诗气势雄伟,风格豪壮,是一首爱国诗歌中的佳作。但如果与陈与义、陆游的同类作品相比,未免稍逊一筹。本文想论证的则是,张孝祥作于同期的爱国词作达到了更高的艺术水准。例如作于同年十一月的《水调歌头·闻采石战胜》:"雪洗虏尘静,风约楚云留。何人为写悲壮,吹角古城楼。湖海平生豪气,关塞如今风景,剪烛看吴钩。剩喜燃犀处,骇浪与天浮。　忆当年,周与谢,富春秋。小乔初嫁,香囊未解,勋业故优游。赤壁矶头落照,肥水桥边衰草,渺渺唤人愁。我欲乘风去,击楫誓中流。"同年十二月,张孝祥赋《六州歌头·和庞佑父》:"长淮望断,关塞莽然平。征尘暗,霜风劲,悄边声。黯销凝。追想当年事,殆天数,非人力。洙泗上,弦歌地,亦膻腥。隔水毡乡,落日牛羊下,区脱纵横。看名王宵猎,骑火一川明,笳鼓悲鸣,遣人惊。　念腰间箭,匣中剑,空埃蠹,竟何成。时易失,心徒壮,岁将零。渺神京。干羽方怀远,静烽燧,且休兵。冠盖使,纷驰骛,若为情。闻道中原遗老,常南望,翠葆霓旌。使行人到此,忠愤气填膺,有泪如倾。"前一首歌颂宋军大捷,风格豪壮;后一首慨叹国势不振,情调低沉。但它们分别从不同的角度抒写了词人的忧国情怀,表达了深厚的爱国精神,与前引《诸公分韵"蹑冒顿之区落,焚老上之龙庭",得"老、庭"字》一诗的主题走向完全一致。但就艺术水准而言,则这两首词所达到的境界远胜于前诗,试作浅析如下。

　　《水调歌头》歌颂的是虞允文督宋军于采石矶击败金主亮所率

金军之事，自从岳飞被害以来，宋军已经二十年没有取得如此振奋人心的胜利了。捷报传来，正在宣城闲居的张孝祥既为宋军获胜欢欣鼓舞，又为自己滞留后方未能亲赴前线而感遗憾，开篇两句描写冬季景象，而国家形势与个人遭遇引起的无限感慨也交织其中，奠定了全篇的情感基础。下文如"湖海平生豪气"及"周与谢，富春秋"等句，既是对建此奇功的虞允文的赞誉，也暗含对自己的期许。"周与谢"句以历史上率南军战胜北师的周瑜、谢玄这两位名将来歌颂虞允文，用典精确无比。"赤壁矶头落照，肥水桥边衰草"既是怀想周瑜、谢玄当年鏖战的两个古战场，又以荒芜之景暗指国势不振、奇功难再的现实，借古讽今，融情入景，皆达浑然一气之境界。结尾二句正面绾结自身，吐露誓师北伐、以清中原的壮志，且将情绪与文气再度振起，极抑扬顿挫之能事。由此可见，此词章法细密，境界浑成，确为佳作。《六州歌头》作于建康留守张浚的席上，此时金军南侵的势头虽然受挫，但宋军未能乘胜北伐收复失土。张孝祥站在建康城头举目远眺，看到的是田园荒芜、敌骑驱驰，昔日的千里良田竟然成为敌酋的射猎之地！而南宋朝廷不思恢复，一心议和，双方的使臣不绝于途，中原遗民心系故国却毫无希望！此情此景，当然会使词人悲愤交加。清人陈廷焯评曰："张孝祥《六州歌头》一阕，淋漓痛快，笔饱墨酣，读之令人起舞。惟'忠愤气填膺'一句，提明忠愤，转浅转显，转无余味。或亦耸当途之听，出于不得已耶？"[①]陈氏论全词甚是，对尾句之指责则非。据《朝野遗记》记载，张孝祥在张浚的席上赋此词，"歌阕，魏公为罢席而入"[②]。张浚（魏公）是朝廷重臣，平生力主抗金，此时垂垂老矣。他受到此词的感动，不会仅因尾句之"提明忠愤"，而是对词中描绘的河山破碎的局面深感忧虑。因为此词除了尾句以外，全词均是即目所见式的写景与叙事，表面上不动声色，骨子里则浸透着满腔

---

　　①　《白雨斋词话》卷六，《词话丛编》，中华书局1986年版，第3912页。

　　②　《朝野遗记》，《说郛三种·说郛一百卷》卷二九，第一册，上海古籍出版社2012年版，第512页下。

悲愤。尾句云云，只是画龙点睛而已。相对而言，前引那首张诗未有写景叙事的艺术烘托而直抒己见，未免直截浅露而缺少文外曲致，远不如二词之含蓄蕴藉，耐人咀嚼。

五

　　我们再看张孝祥诗词的第二个重要主题倾向。张孝祥喜爱自然，平生所到之处，无不题其山水，咏其风月，故题咏景物之作在其诗集、词集中均占极大比重。为免散漫，下文仅取其吟咏江湖月夜的一组诗词作为比较分析的对象。宋孝宗乾道二年（1166）四月，正在知静江府任上的张孝祥降职放罢，六月离开桂林北归，八月十四日到达湘江入洞庭湖口的磊石山，阻风，乃遥向湖中金沙堆岛上的洞庭湖君庙祈风，二更南风大作，乘风发船，次日中午到达金沙堆，登岛祭奠洞庭君庙①。张诗《金沙堆》纪其事甚详："旁船守风四十日，我行昨夜到磊石。山头望君乞杯珓，僮仆欢呼得头掷。二更南风转旗脚，打鼓开船晓星落。秋光净洗八百里，亭午投君庙前泊。"传诵万口的《念奴娇·过洞庭》即作于十四日夜间，词曰："洞庭青草，近中秋，更无一点风色。玉界琼田三万顷，著我扁舟一叶。素月分辉，明河共影，表里俱澄澈。悠然心会，妙处难与君说。　　应念岭海经年，孤光自照，肝肺皆冰雪。短发萧骚襟袖冷，稳泛沧浪空阔。尽吸西江，细斟北斗，万象为宾客。扣舷独啸，不知今夕何夕！"宋人魏了翁跋此词云："张于湖有英姿奇气，著之湖湘间，未为不遇。洞庭所赋，在集中最为杰特。方其吸江酌斗、宾客万象时，讵知世间有紫微青琐哉！"②为何此词能达到如此杰出的艺术境界？我们不妨将它与类似主题的张诗进行对读。

---

　　① 参看辛更儒《于湖先生张孝祥年谱》，《张孝祥集编年校注》卷四五，第1613页。
　　② 《跋张于湖念奴娇词真迹》，《全宋文》卷七〇八三，第310册，第96页。

　　张诗中颇有吟咏波光月色的篇章,例如《中秋书事》:"江月清光冷,波亭夜色奇。流萤翻露草,倦鹊绕风枝。素魄不长满,故人频语离。有怀千里恨,若为一杯辞。"又如《三塔寺寒光亭》:"亭依三塔占清幽,松竹环除翠欲流。晚色晴开千嶂月,波光冷浸一天秋。琼瑶影里诗僧屋,云锦香中钓客舟。风远不知何处笛,雁声惊起荻花洲。"①还有《湘中馆》:"云去月在沙,潦净秋满川。北斗挂落木,西风送归船。去年过湘中,夜半投马鞭。篝灯洗尘土,所见只屋椽。鸡鸣问前途,残梦兀担肩。那知阑干外,有此山水妍。微微清露泞,稍稍明河偏。孤光耿自照,静极忻所便。身世两悠然,吾其逐飞仙。"前二首写水写月仅是稍作点染,故未能臻于高境,或许是诗体的篇幅所限。但第三首是五古,本无篇幅限制,况且此诗与《念奴娇》作于同时,眼中之光景与心中之情思完全相同,"孤光耿自照"之句甚至与词句"孤光自照"相重,可是它们的艺术成就却相去甚远。原因何在? 清人黄氏评此词云:"写景不能绘情,必少佳致。此题咏洞庭,若只就洞庭落想,纵写得壮观,亦觉寡味。此词开首,从'洞庭'说至'玉界琼田三万顷',题已说完,即引入'扁舟一叶',以下从舟中人心迹与湖光映带,写隐现离合,不可端倪。镜花水月,是二是一。自尔神采高骞,兴会洋溢。"②此评颇具眼目,两者相比,《念奴娇》确实将皎洁晶莹的月光与纯净清澈的心境融为一体,从而创造出一个光风霁月般洁白通透的艺术境界。王闿运评曰:"飘飘有凌云之气,觉东坡水调有尘心。"③正是着眼于此。更重要的是,此词写景抒情皆是笔力酣畅,而且全部笔墨皆集中于构建一个澄澈光明的境界,绝无芜词累句。《湘中馆》一诗则不然。首先,诗中阑入对去年风尘仆仆未见美景的失意经历的回忆,虽有从反面烘托当下良辰美景的意

　　①　第六句原作"云锦香是钓客舟",此据黄山书社 2001 年版《张孝祥诗文集》(彭国忠校点)校改。
　　②　《蓼园词评》,《词话丛编》,第 3077 页。
　　③　《湘绮楼评词》,《词话丛编》,第 4294 页。

图,但毕竟破坏了全诗意境的统一浑融。其次,诗中对洞庭月色的描绘不够出色,对内心情思的抒写则不够深刻,全诗颇似草草成篇,不像《念奴娇》那样狮子搏兔用全力。我们在张孝祥的言论中未见有轻诗重词的观念,但就《念奴娇》一词与《湘中馆》一诗而言,作者对诗、词二体的写作态度确有轻重厚薄之分。其实在本文第四节中分析的有关爱国主题的那组诗、词,也有类似的差别。限于篇幅,不再赘述。

六

那么,从文学史的角度来看,张孝祥诗不如词的原因又何在呢? 让我们分别对宋诗史与宋词史的两条发展脉络来进行分析。

先看前者。以“元祐”为时代标志的北宋后期诗歌是宋诗的第一个艺术高峰,王安石、苏轼、黄庭坚、陈师道等人是其中的杰出代表。尤其是苏、黄,他们的诗歌创作对唐诗的艺术规范实现了最大程度的有意疏离,从而创造出与唐诗颇异其趣的宋诗风貌。后人无论是表彰宋诗,还是指责宋诗,几乎都是集矢于苏、黄,原因即在于此。总体而言,到了北宋末期,诗坛上针对唐诗风貌而进行的陌生化追求已达极致。物极必反,接下来顺理成章的便是对唐诗规范的复归。靖康事变部分打乱了诗史的进程,但并未彻底改变这种趋势。于是,南宋诗坛上或迟或早必定会出现否定之否定的新趋势,也就是必定会出现对北宋末期诗风的新的疏离。这种疏离的对象经常被认定为以黄庭坚、陈师道为首的江西诗派,其实也包括王安石和苏轼在内,因为他们都是宋诗特色的创造者,他们的创作都与唐人有所疏离,不过程度与方式有异而已。诗风的改变不是一朝一夕所能奏效的,它需要一个潜移默化的酝酿过程,所以宋室南渡之初的诗坛风气仍与“元祐”一脉相承。南宋诗坛上最大程度地实现复归唐诗风范的诗人当推陆游和杨万里,他们早年的诗作均笼罩在苏、黄的影响之下,后来才努力摆脱。陆游诗风转变的关键年龄是四十八岁至五十六岁,也即从宋孝宗乾道八年(1172)

至淳熙七年(1180)①。杨万里诗风转变的关键年龄是五十一岁至五十九岁,也即从宋孝宗淳熙四年(1177)至淳熙十二年(1185)②。此时距离宋室南渡已经过去半个世纪。张孝祥比陆游晚生七年,比杨万里晚生五年,却比陆游早卒四十一年,比杨万里早卒三十七年。当陆、杨诸人开始转变诗风时,张孝祥早已不在人世。正如前文所述,张孝祥始终对苏诗心摹手追,但内心已有超越苏轼之意图,不过未及实现而已。也就是说,享年不永限制了张孝祥诗风走向成熟。即使张孝祥的诗才不输陆游、杨万里,他也没有可能实现对"元祐"诗风的疏离,也就不能像陆、杨那样自成一家,并进而成为南宋诗坛的盟主。

再看后者。宋词的发展与宋诗并不同步。宋诗的新气象早在梅尧臣、欧阳修手中已露端倪,但词风仍然沿续晚唐五代,直到苏轼登上词坛,词坛风气才得焕然一新。苏轼对词风的革新,主要体现在两个方面。一是题材范围的扩展,正如清人刘熙载所评:"东坡词颇似老杜诗,以其无意不可入,无事不可言也。"③二是豪放风格的创立,正如南宋胡寅所评:"及眉山苏氏,一洗绮罗香泽之态,摆脱绸缪宛转之度,使人登高望远,举首高歌,而逸怀浩气,超然乎尘垢之外。"④虽说苏词中兼有这两个特点的作品为数不多,但一种全新的豪放词风已经形成。然而苏轼对词风的革新带有超前的性质,整个词坛的风气仍在沿着旧有轨道前行,直到南宋初期才得到真正的响应。刘扬忠先生指出:"在北宋之世,词坛学苏者寥寥无几。……必待'靖康'乱起,如狼似虎的女真军队横扫中原大地,踏破了文人学士浅斟低唱的歌台舞榭,摧毁了生产软媚小词的楚

---

① 参见拙文《陆游"诗家三昧"辨》,《莫砺锋文集》第三卷,凤凰出版社2019年版,第510—511页。

② 参见拙文《论杨万里诗风的转变过程》,《莫砺锋文集》第三卷,第583页。

③ 《词概》,《词话丛编》,第3690页。

④ 《向芗林酒边集后序》,《全宋文》卷四一七六,第189册,第358—359页。

馆秦楼,惨酷的家国剧变方才改变了大部分人的文学观与词体观,使他们感受到了以诗为词、以词言志的需要与必要,于是南渡之际和南宋前期,词坛学苏者才风起而云涌。"①张孝祥于南宋前期崛起于词坛,正处于苏轼词风的影响方兴未艾之际,可谓得其时哉。然而此期词坛,虽然学苏已成风气,但像张孝祥那样高度自觉地以学苏为创作目标的并不多见。张孝祥作词,无论是题材取舍还是风格倾向,都与苏轼"以诗为词"的精神相一致。张词亦有少量筵间尊前的应酬之作,但多数作品是抒写宦情羁思等生活感慨以及慷慨壮烈的爱国情怀。张词的风格则以清旷、雄壮为主要倾向,南宋人陈应行称张词有"潇散出尘之姿,自在如神之笔,迈往凌云之气"②,确非虚誉。在南宋初期的词坛上,张孝祥堪称东坡词风最杰出的继承发扬者。张词的艺术成就比年辈稍晚的辛派词人陈亮、刘过等人有过之而无不及,如果天假以年,他完全有可能辅佐辛弃疾主盟一代词坛。

　　因此张孝祥的诗、词创作虽然都是处于南宋前期这个历史时期,而且都有学习苏轼的创作特点,但它们在宋诗史与宋词史上却分别处于不同的发展阶段,故而前者徒成尾声,后者却独得先机。张诗的成就不如张词,其客观原因或在斯欤?

---

① 《唐宋词流派史》第四章,福建人民出版社1999年版,第259页。
② 《于湖先生雅词序》,《张孝祥集编年校注》附录三,第1745页。

从词坛背景看稼轩寿词的独特性

　　祝寿是宋代词人相当喜爱的一类主题,南宋词人尤其如此。今据《全宋词》统计,南宋写寿词最多的三位词人分别是:魏了翁,作寿词 102 首,其词作总数为 189 首,寿词占 54％;刘克庄其次,作寿词 98 首,其词作总数为 265 首,寿词占 37％;刘辰翁第三,作寿词 85 首,其词作总数为 354 首,寿词占 24％[①]。至于宋代的全部寿词,估计总数在二千首以上,占全部宋词的比重则高达十分之一[②]。尽管有如此庞大的作品数量,如此突出的主题倾向,宋代寿词的总体成就却乏善可陈。后代的词话中对宋代寿词评价甚低,清人李调元云:“宣和而后,士大夫争为献寿之词,连篇累牍,无谓极矣。”[③]清人吴衡照更云:“生日献词,盛于宋时。以谀佞之笔,拦入风雅,不幸而传,岂不倒却文章架子。”[④]正是在这样的背景下,辛弃疾的寿词以一枝独秀的姿态横空出世,为宋代寿词赢得了声誉。那么,辛弃疾的寿词有什么独特之处呢?

---

　　① 《全宋词》,中华书局 1965 年版,第四册第 2366—2402 页;第四册第 2591—2647 页;第五册第 3186—3254 页。按:蔡镇楚先生对三人寿词数量的统计结果为:魏了翁 100 首,刘克庄 86 首,刘辰翁 85 首(见《宋词文化学研究》第六章之四《寿词:宋人的生命之思》,湖南人民出版社 1999 年版,第 255 页),所据材料也是《全宋词》,而统计结果有异,未详何故。

　　② 蔡镇楚先生《宋词文化学研究》的统计数字为“1813 首以上”(见该书第 255 页),沈松勤先生的统计数字为 1876 首,见《唐宋词社会文化学研究》中编之四,浙江大学出版社 2000 年版,第 271 页。由于许多没有题序的宋代寿词容易被忽略,故两个统计数字均有缺漏。

　　③ 《雨村词话》卷三,《词话丛编》,中华书局 1986 年版,第 1425 页。

　　④ 《莲子居词话》卷三,《词话丛编》,第 2448 页。

一

　　首先，题材不同，也就是祝寿的对象不同。宋代寿词有一类特殊的祝寿对象，便是帝王后妃及宰辅大臣。北宋最早写寿词的词人是柳永与晏殊，柳永于宋真宗天禧元年（1017）所作的《御街行》可能是宋代最早以"圣寿"为题的寿词①，晏殊集中有多首寿词，其中的《喜迁莺（风转蕙）》被认为是"向仁宗祝寿的词"②。到了南宋，在帝王或宰辅生辰时进献寿词，更是蔚成风气，多数词人均未能免俗。例如南宋初年的曹勋，共作寿词 29 首，其中竟有 22 首的祝寿对象是帝王后妃：皇帝 8 首，太后 6 首，皇后 4 首，贵妃 3 首，太子 1 首③。以帝王后妃为祝寿对象的寿词必然要歌功颂德，进而满篇谀词，例如南宋周紫芝的《水龙吟（天申节祝圣词）》："黄金双阙横空，望中隐约三山眇。春皇欲降，渚烟收尽，青虹正绕。日到层霄，九枝光满，普天俱照。看海中桃熟，云幡绛节，冉冉度，沧波渺。　　遥想建章宫阙，□薰风、月寒清晓。红鸾影上，云韶声里，蒙天一笑。万国朝元，百蛮款塞，太平多少。听尧云深处，人人尽祝，似天难老。""天申节"是宋高宗赵构的生日，据《宋史》高宗纪记载，建炎元年（1127）五月庚寅（六日），赵构即帝位。乙未（二十一日），"以生辰为天申节"④。虽说将皇帝的生日设为节日是依王朝旧例，但此时距离靖康之祸仅有半年，徽、钦二帝被俘北去，仓皇南渡的宋室惊魂未定，"天申节"之设立，未免过于匆忙。周紫芝此词不知作于何年，但终高宗一朝，南宋朝廷始终对金纳贡称臣，国

　　① 此词编年据吴熊和先生所考，详见陶然、姚逸超《乐章集校笺》卷中，上海古籍出版社 2016 年版，第 208 页。又据此书校记，此词有多种版本于题下注云"圣寿"。按：薛瑞生先生认为此词作于宋仁宗庆历元年（1041），其主题则是"御楼赐赦"，详见《乐章集校注》中编，中华书局 2012 年版，第 204 页。

　　② 详见张草纫《珠玉词笺注》，《二晏词笺注》，上海古籍出版社 2008 年版，第 62 页。

　　③ 详见《全宋词》，第 1209—1231 页。

　　④ 《宋史》卷二三，中华书局 1985 年版，第 443、444 页。

格丧尽,周词中"万国朝元,百蛮款塞,太平多少"几句,简直是在说反话。况且据叶适记载,"州以天申节银绢抑配于民,民甚苦之"①。可见朝廷及地方以"天申节"为名义盘剥百姓,天下骚然,周词中极力渲染的一团祥和之气,纯属谎言。题旨如此荒谬,即使词句典雅高华,又有什么价值可言!

　　向宰辅大臣进献寿词的风气在南宋词坛上更加普遍,几乎到了无相无寿词的地步。例如李壁于宋宁宗开禧二年(1206)七月除参知政事,次年十一月即罢②,在位仅一年半。而魏了翁集中就有三首题作"李参政壁生日"的寿词(两首《水调歌头》和一首《满江红》)。又如傅伯寿于宋宁宗嘉泰三年(1203)除签书枢密院事,辞不拜③,并未真登宰辅。而刘克庄集中竟有四首题作"傅相生日"的寿词。四首刘词都注明年代,第一首《满江红》标明"癸亥",也即嘉泰三年。余二首《满江红》标明"甲子",即嘉泰四年(1204)。还有一首《贺新郎》竟标明"壬戌",即嘉泰二年(1202),其时傅伯寿尚未被除宰辅,题中"傅相"云云,显然是日后倒填的。歌颂帝王后妃的寿词满篇谀词,献给宰辅大臣的寿词也如出一辙。例如康与之的《喜迁莺(丞相生日)》:"腊残春早。正帘幕护寒,楼台清晓。宝运当千,佳辰余五,嵩岳诞生元老。帝遣阜安宗社,人仰雍容廊庙。尽总道,是文章孔孟,勋庸周召。　　师表。方眷遇,鱼水君臣,须信从来少。玉带金鱼,朱颜绿鬓,占断世间荣耀。篆刻鼎彝将遍,整顿乾坤都了。愿岁岁,见柳梢青浅,梅英红小。"此词的祝寿对象,竟然是南宋的卖国奸相秦桧!难怪清人李调元对之厉言痛斥:"词至南宋而极,然词人之无行亦至南宋而极,而南宋之无行至康与之尤极。与之有声乐府,受知秦桧,桧生日,献《喜迁莺》词,中有'总道是文章孔孟,勋庸周召',显为媚灶,不顾非笑,可谓丧心病

---

① 《故昭庆军承宣使知大宗正事赠开府仪同三司崇国赵公行状》,《水心文集》卷二六,《叶适集》,中华书局2010年版,第513页。

② 《宋史·宰辅表四》,第5596页。

③ 《宋史·宁宗纪》,第733页。

狂。人即谄谀,何语不可贡媚,未有敢于亵孔、孟、周、召者,无耻至此,留为百世唾骂。"①无独有偶,南宋另一个臭名昭著的误国权奸贾似道,也有许多词人向他进献寿词,据周密《贾相寿词》记载:"(贾)每岁八月八日生辰,四方善颂者以数千计。悉俾翘馆誊考,以第甲乙,一时传颂,为之纸贵,然皆谄词呓语耳。"②周密还记录了陈合、廖莹中、陆景思、奚㴛、从橐、郭应酉等人的寿词作为例证。其实若与张榘相比,上述诸首寿词的献媚程度都是小巫见大巫而已。张榘先后向贾似道进献寿词4首,其中如《满江红(寿鞗相)》:"玉垒澄秋,又还近、桂华如璧。算六载,筹边整暇,几多功绩。铁壁连云东海重,惊波截断狂鲵翼。把向来、捣颍旧规模,平淮北。　　经济妙,谁知得。都总是,诗书力。有召公家法,范公胸臆。赫赫勋名俱向上,绵绵福寿宜无极。著莱衣、辉映衮衣荣,恢霖泽。"贾似道先是与蒙古人密约求和,继而悔约拘留元使,最后率师临边全军覆没,丧权辱国,莫此为甚。张词却大肆吹嘘其"筹边"功勋,甚至比于召公和范仲淹,真是不知天下有羞耻事的"谄词呓语"。此等寿词,即使文采斐然,又有什么价值可言!

在这种风气中,只有辛弃疾特立独行,决不随波逐流。在辛弃疾的37首寿词中,帝王后妃踪影全无,宰辅大臣也只是偶然一见。辛弃疾一生仕历中所遇的宰辅在二十人以上,且与其中多人有所交往,例如洪适、范成大、周必大等,但从未为他们写过寿词。更值得注意的是,南渡之初,辛弃疾曾以伐金之策干张浚,又曾向虞允文进《九议》,张、虞二人都是力主抗金的宰辅,但辛弃疾并未向他们进献寿词。据《庆元党禁》记载,当韩侂胄专权时,"辛弃疾因寿词赞其用兵,则用司马昭假黄钺、异姓真王故事,由是人疑其有异

①　《雨村词话》卷二,《词话丛编》,第1412页。
②　《齐东野语》卷一二,《宋元笔记小说大观》,上海古籍出版社2007年版,第5577页。

图"①。元人吴师道指出："'新来塞北,传到真消息。赤地居民无一粒,更五单于争立。　维师尚父鹰扬,熊罴百万堂堂。看取黄金假钺,归来异姓真王。'又云:'堂上谋臣尊俎,边头将士干戈。天时地利与人和,燕可伐欤曰可。　今日楼台鼎鼐,明年带砺山河。大家齐唱大风歌,不日四方来贺。'世传辛幼安寿韩侂胄词也。……今摘数语,而曰赞开边,借江西刘过、京师人小词,曰此幼安作也,忠魂得无冤乎?"②吴师道所引二词乃《清平乐》、《西江月》,俱见今本刘过词集③,《全宋词》亦均收入刘过名下,可从。刘过本为江湖诗人,喜用诗词干谒权贵,其诗集中有《代寿韩平原》七律五首,其一有句云:"衣钵登庸复旧毡,文王尚父赵平原。自从庆历到今日,只说开禧初改元。"其二有句云:"际会风云自古难,十年袖手且旁观。要令邻敌尊裴度,必向东山起谢安。"④其词集中尚有《水龙吟》一首,上阕云:"庆流阅古无穷,相门又见生名世。致君事业,全如忠献,经天纬地。十二年间,挺身为国,勋庸知几。便书之竹帛,铭之彝鼎,勤劳意、竟谁记。"马兴荣笺曰:"此词显系寿韩平原之词。"⑤这些都是《清平乐》一词乃刘过所作的有力旁证。

剔除伪作之后,辛词中以丞相为祝寿对象的寿词只有一首《洞仙歌(寿叶丞相)》:"江头父老,说新来朝野,都道今年太平也。见朱颜绿鬓,玉带金鱼,相公是、旧日中朝司马。　遥知宣劝处,东阁华灯,别赐仙韶接元夜。问天上、几多春,只似人间,但长见、精神如画。好都取、山河献君王,看父子貂蝉,玉京迎驾。"此词作于宋孝宗淳熙二年(1175),祝寿对象是丞相叶衡。邓广铭《稼轩词编年笺注》系于淳熙元年(1174),微误。因淳熙元年春辛弃疾辟江东安抚司参议官,其时叶衡任建康留守,正是辛之上司,二人交往密

①　《庆元党禁》,《丛书集成初编》本,中华书局1985年版,第30页。
②　《吴礼部诗话》,《历代诗话续编》,中华书局1983年版,第621页。
③　《龙洲词校笺》,江西人民出版社1999年版,第87、74页。
④　《全宋诗》卷二七〇二,北京大学出版社1998年版,第31823页。
⑤　《龙洲词校笺》,第49页。

切。然叶衡生辰是在正月,如此词作于此时,则叶衡尚未拜相,词
中不应出现"相公"字样。此年二月叶衡奉召入朝,六月任参知政
事,十一月为右丞相兼枢密使。据《宋史》辛弃疾传,"衡入相,力荐
弃疾慷慨有大略,召见,迁仓部郎官"①。故此词当作于淳熙二年
正月叶衡生辰之日,此时辛弃疾尚在建康未赴临安。叶衡不但对
辛弃疾有知遇之恩,而且入朝后积极经营孝宗的恢复大计,与辛弃
疾政见相合。而且叶衡政声颇佳,《宋史》本传称其"才智有余,盖
亦一时之选"②,故辛词中对他有称颂之语,不算过分。"好都取、
山河献君王"之类的句子,亦非无的放矢。这与上文提及的献媚宰
执之谀词,不可同日而语。

　　辛弃疾寿词的祝寿对象主要有三类:友人、家人与自我。从表
面上看,这是南宋词坛上的普遍情况,例如寿词产量最高的魏了
翁,其寿词便可分成"寿友朋"、"为亲人而作"、"自寿"三大类③。
但仔细考察,辛词仍有不同寻常之处,主要体现在第一类中。辛弃
疾祝寿的友人中偶有仕宦畅达者,例如官至吏部尚书的韩元吉,官
至中书舍人的洪迈,但多数是沉沦下僚的低级官员,例如滁州通判
范昂(《感皇恩》)、信州通判洪莘之(《瑞鹤仙》)、铅山县丞陈及之
(《感皇恩》)、铅山县尉吴子似(《鹧鸪天》)等。更值得注意的是辛
弃疾也为平民百姓写寿词,例如《醉花阴(为人寿)》:"黄花漫说年
年好,也趁秋光老。绿鬓不惊秋,若斗尊前,人好花堪笑。　　蟠
桃结子知多少,家住三山岛。何日跨归鸾,沧海飞尘,人世因缘
了。"此词只字不及富贵功名,祝寿对象当是一位平民。再如《临江
仙(戏为期思詹老寿)》:"手种门前乌柏树,而今千尺苍苍。田园只
是旧耕桑。杯盘风月夜,箫鼓子孙忙。　　七十五年无事客,不妨
两鬓如霜。绿窗划地调红妆。更从今日醉,三万六千场。""期思"

---

　　①　《宋史》卷四〇一,第 12162 页。

　　②　《宋史》卷三八四,第 11825 页。

　　③　见张文利《魏了翁文学研究》第四章第三节《魏了翁寿词考述》,中华
书局 2008 年版,第 90—93 页。

是信州铅山县的一个村庄,原名"奇狮",辛弃疾据《荀子·非相篇》中"楚之孙叔敖,期思之鄙人也"的历史记载而改名曰"期思"①。辛弃疾爱其水山风土,于庆元二年(1196)于此卜筑闲居。他在期思所作的词中多次写到与乡邻野老相交的情景,比如《鹧鸪天》:"呼玉友,荐溪毛,殷勤野老苦相邀。"《蓦山溪(赵昌父赋一丘一壑,格律高古,因效其体)》:"岁晚念平生,待都与邻翁细说。"这位"詹老"当即期思的一位野老,故辛弃疾为他所写的寿词中只写农桑、长寿而不及其他。宋代的寿词多达二千多首,"詹老"恐怕是获得词人祝寿的惟一农夫。

综上所述,辛弃疾寿词最重要的题材倾向就是祝寿对象向社会下层的明显转移。祝寿本是各个社会阶层都有的风俗习惯,但由于词体的高雅属性,故宋代寿词的祝寿对象是偏向于社会上层的。在多数宋代词人笔下,寿词的祝寿对象无非两大群体:一是帝王后妃、宰辅大臣,二是词人自身及其家人友好。辛弃疾寿词却与第一个群体基本绝缘,其祝寿对象几乎全是词人自身及其家人友好,甚至下及低级官员和平民百姓。若与整个宋代词坛相比,辛弃疾的寿词少了言不由衷的阿谀奉迎,多了真情流露的衷心祝福;少了虚誉浮夸的歌功颂德,多了慷慨激昂的直吐胸臆;少了花团锦簇的富贵景象,多了简朴真实的生活气息;少了空洞无物的虚词应酬,多了深刻洞彻的人生思考。凡此种种,皆与辛词祝寿对象的独特性有关。

二

其次,内容不同,也就是写法不同。顾名思义,寿词的主要内容当然是祝愿长寿。南宋初年的史浩有一首题作"祝寿"的《浪淘沙令》:"祝寿祝寿,筵开锦绣。拈起香来玉也似手,拈起盏来金也似酒。祝寿祝寿。　　命比乾坤久,长寿长寿。松椿自此碧森森

---

　①　按:见辛弃疾《沁园春》小序,其所引荀子语见《诸子集成》本《荀子集解》卷三,上海书店1986年版,第47页。

底茂,乌兔从他汩辘辘底走。长寿长寿。"①辞虽鄙俗,倒是说出了寿词最本质的旨意。既然寿词的主题比较单一,内容与表现手法也就难免单调。作寿词最多的魏了翁在《水调歌头(利路杨宪熹生日)》中慨叹说:"岁岁为公寿,著语不能新。"又在《减字木兰花(许侍郎硕人生日)》中说:"一年一曲,拟尽形容无可祝。"真是自道甘苦之言。张炎指出:"难莫难于寿词,倘尽言富贵则尘俗,尽言功名则谀佞,尽言神仙则迂阔虚诞,当总此三者而为之,无俗忌之辞,不失其寿可也。松椿龟鹤,有所不免,却要融化字面,语意新奇。"②沈义父也指出:"寿曲最难作,切宜戒寿酒、寿香、老人星、千春百岁之类。须打破旧曲规模,只形容当人事业才能,隐然有祝颂之意方好。"③张、沈二人皆为宋末词论家,他们慨叹寿词之难,当是针对宋代寿词的连篇累牍、陈词滥调而发。

张、沈二人所指陈的缺点,贯穿着整个宋代词坛,在南宋前期尤其严重。即使是某些才华杰出的词人也未能免俗,当时张纲与张元干的寿词堪称一时翘楚,例如张纲的《浣溪沙(荣国生日)》:"罗绮争春拥画堂。翠帷深处按笙簧,宝奁频炷郁沈香。　海上蟠桃元未老,月中仙桂看余芳。何须龟鹤颂年长。"又如张元干的《水龙吟(周总领生朝)》:"水晶宫映长城,藕花万顷开浮蕊。红妆翠盖,生朝时候,湖山摇曳。珠露争圆,香风不断,普熏沈水。似瑶池侍女,霞裾缓步,寿烟光里。　霖雨已沾千里。兆丰年、十分和气。星郎绿鬓,锦波春酿,碧筒宜醉。荷橐还朝,青毡奕世,除书将至。看巢龟戏叶,蟠桃著子,祝三千岁。"虽然意脉比较通畅,文字也不算堆金叠玉,仍难免满眼绣绘雕琢,满篇陈词滥调。

到了南宋后期,寿词的总体水平有所提升,写法也有所改进,魏了翁与刘克庄二人的寿词中都出现了全新的气象。例如魏了翁的《醉蓬莱(新亭落成约刘左史和见惠生日韵)》云:"诗里香山,酒

---

① 《全宋词》,第 1270 页。
② 《词源》卷下,《词话丛编》,第 266 页。
③ 《乐府指迷》,《词话丛编》,第 282 页。

中六一，花前康节。"比拟祝颂的古人从福寿双全的王公贵人变成了诗酒风流的文人学士。《木兰花慢(生日谢寄居见任官载酒)》云："人生天地两仪间，只住百来年。今三纪虚过，七旬强半，四帙看看。"千秋万岁的长寿祝祷变成了对人生短促的感喟。《水调歌头(李提刑冲佑生日)》云："沆露浸秋色，零雨濯湖弦。做成特地风月，管领老臞仙。雁落村间杯影，鱼识桥边柱杖，虑淡境长偏。只恐未免耳，惊搅日高眠。"寿诞的背景从热闹繁华变成了清冷萧瑟。《南柯子(即席次歆张太傅为叔母生日赋)》云："却忆亲旁，寿饼荐油葱。"寿筵上的琼浆玉液变成了家常寿面。魏了翁寿词最大的变化是不再将功名富贵当作祝祷的主要内容，例如《水调歌头(赵运判生日)》云："眼前富贵余事，所乐不存焉。"《洞庭春色(生日谢同官)》云："随禄仕，便加齐卿相，于我何为。"次韵前词的《洞庭春色(再用初八日韵谢通判运管以下)》则云："安石声名，买臣富贵，我不敢知。……满目浮荣何与我，只赢得一场闲是非。"刘克庄对寿词内容的革新重点则从枝节转向整体，其部分寿词的主旨从祝祷长寿变成抒发怀抱，例如《念奴娇(丙寅生日)》："老逢初度，小儿女、盘问翁翁年纪。屈指先贤，仿佛似，当日申公归邸。跛子形骸，瞎堂顶相，更折当门齿。麒麟阁上，定无人物如此。　追忆太白知章，自骑鲸去后，酒徒无几。恶客相寻，道先生、清晓中酲憭起。不袖青蛇，不骑黄鹤，混迹红尘里。彭聃安在，吾师淇澳君子。"又如《木兰花慢(寿王实之)》："瀛洲真学士，为底事、在红尘。为语触宫闱，沉香亭里，瞋谪仙人。为亲近君侧者，见万言策子慭刘蕡。为是尚方请剑，汉廷多惮朱云。　君言往事勿重陈。且斗酒边身。也不会区区，算他甲子，记甚庚寅。尔曹譬如朝菌，又安知、老柏与灵椿。世上荣华难保，古来名节如新。"前者是自寿，上阕描写自己老态龙钟，浑似汉代年老归乡的儒生申公。下阕自称酒徒，混迹红尘，不想成仙飞升，只愿师君子之德。后者是向人祝寿，上阕为友人抒发牢骚：友人为何沦落红尘？是像李白作诗语触宫闱，是像刘蕡上策触怒阉人，还是像朱云请斩奸佞使朝臣忌惮？下阕代友人吐露心声：不必像绛县老人那样计较年龄，也不必像屈原那样在意生辰，人生短暂，怎得寿如柏椿？二词的尾句最值得注意。一般的寿词，多引古代的长寿之人表达祝颂，或祝愿对方荣华富贵，刘克庄却公然诘问以长寿著称的彭祖、老聃如今安在，且公然断言"世上荣华难保"，几乎是反其道而言之。

可惜魏了翁、刘克庄的多数寿词仍是沿续传统的写法，特别是那些向达官贵人祝寿的作品。例如魏了翁的《千秋岁引(刘左史光祖生日)》："天生耆德，占断四时先。春院落，锦山川。万家灯市明朱紫，一庭花艳傍貂蝉。妇承姑，翁抱息，子差肩。　　匦匣是、文公开九秩。陆续看、武公逾九十。从九九，到千千。海风漫送天鸡舞，蛰雷未唤蛰龙眠。且从他，歌缓缓，鼓咽咽。"又如刘克庄的《满江红(傅相生日甲子)》："见宰官身，出只手、擎他宇宙。筹边外、招徕名胜，登崇勋旧。不下莱公扶景德，又如涑水开元祐。尽从渠、干赞及吾门，归斯受。　　上林苑，多花柳。祁边塞，稀刁斗。更红旗破贼，黄云栖亩。阿母瑶池枝上实，仙人太华峰头藕。泻铜盘、沆瀣入金厄，为公寿。"刘光祖官至起居郎(即"左史")，傅伯寿曾除签书枢密院事，皆为高官，魏、刘二人所献寿词虽然词采不很浓艳，但内容无非歌功颂德，手法则多用古人中勋高寿永者作比，或极力渲染花团锦簇的富贵景象，均落俗套。魏、刘二人尚且如此，余子碌碌，何足道哉！

在这样的词坛风气中，辛弃疾寿词的写法堪称异军突起，令人耳目一新。例如《清平乐(寿赵民则提刑)》云："诗书万卷，合上明光殿。案上文书看未遍，眉里阴功早见。　　十分竹瘦松坚，看君自是长年。若解尊前痛饮，精神便是神仙。"词中虽然包含着享寿长久与仕途通达这两种寿词中常见的祝祷之意，但只是稍事点染，堆金叠玉的华丽字句彻底绝迹，清新纯朴的气息贯穿首尾，堪称"君子之交淡若水"的交友之道在寿词中的完美体现。又如《满江红(寿赵茂嘉郎中)》："我对君侯，怪长见两眉阴德。还梦见玉皇金阙，姓名仙籍。旧岁炊烟浑欲断，被公扶起千人活。算胸中、除却五车书，都无物。　　山左右，溪南北。花远近，云朝夕。看风流杖屦，苍髯如戟。种柳已成陶令宅，散花更满维摩室。劝人间、且住五千年，如金石。"虽然涉及"玉皇"、"维摩"等神仙，但前者是以名登仙籍来形容赵茂嘉之道德境界，且托之梦境，纯属虚写。后者则选取维摩诘这位大乘居士使天女散花于室而众菩萨著身不粘的传说，虽是神仙传说，却渲染了清心寡欲不染尘念的隐逸精神，与上句中的陶渊明事迹相映成趣，这与一般寿词"尽言神仙则迂阔虚诞"的庸俗写法不可同日而语。又如《沁园春〈寿赵茂嘉郎中〉》的上片："甲子相高，亥首曾疑，绛县老人。看长身玉立，鹤般风度；方颐须磔，虎样精神。文烂卿云，诗凌鲍谢，笔势骎骎更右军。浑余事，羡仙都梦觉，金阙名存。"虽然写到多位古人，但只有绛县老人算是古代的长寿者。据《左传》记载，这位老人自称经历"四百有四十甲子矣"，师旷认为他"七十三年矣"①，这是真实的长寿老人而已，与其他寿词经常说到的彭祖寿至八百等虚诞故事完全不同。至于"卿云"即著名赋家司马相如（长卿）与扬雄（子云），"鲍谢"即著名诗人鲍照与谢灵运，"右军"即著名书家王羲之，均非以长寿著称者②，辛词提及他们意在褒扬寿星长于文艺，这就摆脱了一般寿词滥引长寿古人的陈词滥调。又如《念奴娇〈赵晋臣敷文十月望生日，自赋词，属余和韵〉》的上片："看公风骨，似长松、磊落多生奇节。世上儿曹都蓄缩，冻芋旁堆秋瓞。结屋溪头，境随人胜，不是江山别。紫云如阵，妙歌争唱新阕。"首先描绘寿星形貌，竟如长松般夭矫枯瘦。接着写世人精神萎靡，竟如冻芋秋瓜。"冻芋"、"秋瓞"这种字眼，他人寿词中是绝不敢用的。再下去写寿星居所，仅是溪头结屋，并非形胜之地。最后写歌女献曲，算是稍事形容祝寿场面，但也是淡淡说来。这与一般的寿词竭力渲染祝寿场面之热闹豪华的写法，截然不同。再如《江神子〈侍者请先生赋词自寿〉》："两轮屋角走如梭，太忙些，怎禁他。拟倩何人、天上劝羲娥。何似从容来少住，倾美酒，听高歌。　　人生今古不消磨，积教多，似尘

---

① 详见《春秋左传注疏》卷四〇，北京大学出版社 1999 年版，第 1113 页。
② 诸人中惟有扬雄享年七十一，在古代算是长寿之人，余人均非，如王羲之享年五十九，鲍照享年五十余，谢灵运享年四十九，司马相如享年不可考。

沙。未必坚牢、划地事堪嗟。莫道长生学不得,学得后,待如何!"
全词竟无一句及于祝寿之意,颇像一首牢骚满纸、感喟人生的抒情
诗。结尾直道长生不可学,而且学得长生也无所用,这与普通寿词
祝愿长寿的主旨南辕北辙。正是在这样的主题倾向中,辛弃疾笔
下出现了当时一般寿词中绝无仅有的内容:收复国土,建功立业。
例如《水调歌头(寿赵漕介庵)》云:"闻道清都帝所,要挽银河仙浪,
西北洗胡沙。"《千秋岁(金陵寿史帅致道)》云:"从容帷幄去,整顿
乾坤了。"《破阵子(为范南伯寿)》云:"千古风流今在此,万里功名
莫放休。君王三百州。"又云:"燕雀岂知鸿鹄,貂蝉元出兜鍪。"《洞
仙歌(寿叶丞相)》云:"好都取山河献君王,看父子貂蝉,玉京迎
驾。"辛弃疾寿词中的这种新气象在当时就产生了相当大的影响,
例如韩元吉曾次辛词原韵而作《水龙吟(寿辛侍郎)》云:"南风五月
江波,使君莫袖平戎手。燕然未勒,渡泸声在,宸衷怀旧。"①又如
赵善括作《满江红(辛帅生日)》云:"天赋与飘然才气,凛然忠节。
颖脱难藏冲斗剑,誓清行击中流楫。"②杨炎正作《满江红(寿稼
轩)》云:"好把袖间经济手,如今去补天西北。"③李曾伯作《水调歌
头(甲寅寿刘舍人)》云:"功名事,书剑里,谈笑中。江涛滚滚如此,
天岂老英雄。……歌以寿南涧,愿学稼轩翁。"④几乎可见"辛派"
在寿词范畴内的雏形。

　　正由于辛弃疾对寿词写法的改造是全方位的,所以就像在一
片高原上奇峰突起一样,辛词中终于出现了震爆词史的寿词名篇
《水龙吟(甲辰岁寿韩南涧尚书)》:"渡江天马南来,几人真是经纶
手。长安父老,新亭风景,可怜依旧。夷甫诸人,神州沉陆,几曾回

---

　　①　《全宋词》,第 1402 页。又见《稼轩词编年笺注》卷二附,上海古籍出
版社 1978 年版,第 120 页。邓广铭先生按云:"题云'寿辛侍郎',当系后来所
追改者。"可从。

　　②　见赵善括《应斋杂著》卷六。按:此词又见《全宋词》,第 1985 页,即
辑于《应斋杂著》者,而题作"辛卯生日","卯"字当为形近而误。

　　③　《全宋词》,第 2113 页。

　　④　《全宋词》,第 2818 页。

首。算平戎万里，功名本是真儒事，君知否。　　况有文章山斗，对桐阴、满庭清昼。当年堕地，而今试看，风云奔走。绿野风烟，平泉草木，东山歌酒。待他年、整顿乾坤事了，为先生寿。"早在乾道四年（1168）辛弃疾通判建康时，就结识了时任江南东路转运判官的韩元吉。辛、韩二人有强烈的抗金复国之志，堪称意气相投的同志。淳熙七年（1180），业已致仕的韩元吉自宣州移居信州南郊。淳熙九年（1182）初，被劾落职的辛弃疾来到信州城北的带湖闲居。二人居所邻近，时相过从。淳熙十一年（1184）五月九日，是韩氏六十七岁生日，辛弃疾赋此词祝寿。上阕高屋建瓴，劈空直下，连用四个东晋的典故：一是当年晋室南渡，元帝即位于建康，童谣云："五马浮渡江，一马化为龙。"[①]二是桓温率晋军北伐攻至长安，"耆老感泣曰：'不图今日复见官军！'"[②]可惜桓温未久即率军南还，未成光复大业。三是晋室南渡后士大夫常在建康的新亭宴集，周颙叹曰："风景不殊，正自有山河之异！"[③]四是桓温北伐时眺望中原，谴责西晋清谈误国的王衍等人："遂使神州陆沉，百年丘墟，王夷甫诸人不得不任其责！"[④]如此密集的典故，却有着极其清晰的现实针对性：靖康事变后，高宗匆匆登基，随即仓皇南渡，扈从诸臣中有几人真是经天纬地之才？如今故都沦陷，长安父老日夜盼望王师北伐，士大夫们却徒能洒泪江东，这与东晋的偏安局面如出一辙。当今的朝臣们不是屈膝议和，便是空谈误国，几曾着意沦陷的大好江山？局势如此低迷，然而事在人为，于是词人高声呼唤：万里征讨，平定胡虏，建立盖世功名，才是"真儒"事业！此阕纯从国家大事着眼，竟无一字及于祝寿本旨，这种写法肯定让那些庸俗的寿词作者舌挢不下。下阕转入祝寿之意，但也无一句俗笔。说韩氏出身于以德行著称的"桐木韩家"，说他文名高似韩愈，均与富贵寿考

---

① 《晋书》卷六，中华书局 1974 年版，第 157 页。
② 《晋书》卷九八，第 2571 页。
③ 《世说新语笺疏》卷二，上海古籍出版社 1993 年版，第 92 页。
④ 《晋书》卷九八，第 2572 页。

无关。"当年堕地"三句意指韩氏天赋不凡,平生志业决非安享荣华而是际会风云。"绿野风烟"等句虽以三位前朝名相为比,但一来唐人裴度、李德裕与晋人谢安均曾平叛破敌、建功立业,二来绿野堂、平泉庄与东山乃三人投闲置散、寄情山水之地,意谓韩氏壮志未酬,不得已而徜徉林泉,其意不在富贵寿考。现实处境既然如此,词人只得寄希望于将来。"待他年、整顿乾坤事了"的主语是韩元吉,还是辛弃疾自己? 都有可能,因为收复失土、重整河山本是他们的共同抱负。此年韩氏年近七旬,词人却希望将来以盖世功业为他祝寿,真乃老骥伏枥,壮心不已!

　　清人黄氏《蓼园词评》评辛词《水龙吟》云:"《草堂诗余》载《指迷》云:'寿词尽言富贵则尘俗,尽言功名则谀佞,尽言神仙则迂诞。言功名而慨叹写之寿词中,合踞上座。'此犹刻舟求剑之说也。幼安忠义之气,由山东间道归来,见有同心者,即鼓其义勇。辞似颂美,实句句是规励,岂可以寻常寿词例之?"①的确,辛弃疾寿词的写法彻底抛弃了当时词坛上的流行模式,从而摆脱了寿词原有的应用文性质而成为真正的抒情诗。惟其如此,辛弃疾才可能在寿词中体现风云激荡的时代背景,抒发慷慨激昂的人生感慨,灌注龙腾虎跃的英风豪气,彰显雄放悲壮的个体风格。在宋代寿词整体上属于陈词滥调的背景下,辛弃疾的《水龙吟》却成为情文并茂的传世名篇,这说明辛弃疾确实是宋代词坛上的豪杰之士,也说明文学家在任何创作环境中都可以做到"事在人为"!

---

　　① 见《词话丛编》,第 3081 页。按:黄氏所引《指迷》语,不见于今本沈义父《乐府指迷》,实出张炎《词源》,详见前文所引。

下　编

刚强人的辛酸泪

——读韩愈哭女挐诗札记

韩愈性格刚强,择善固执,诚如苏轼在《潮州韩文公庙碑》中所评:"忠犯人主之怒,而勇夺三军之帅。"诗如其人,韩诗的整体面貌就是其刚强个性的外化,清人叶燮说得好:"举韩愈之一篇一句,无处不可见其骨相棱嶒,俯视一切,进则不能容于朝,退又不肯独善于野,疾恶甚严,爱才若渴,此韩愈之面目也。"(《原诗》卷三)试读其《左迁至蓝关示侄孙湘》:"一封朝奏九重天,夕贬潮州路八千。欲为圣明除弊事,肯将衰朽惜残年。云横秦岭家何在,雪拥蓝关马不前。知汝远来应有意,好收吾骨瘴江边。"以及《镇州路上谨酬裴司空相公重见寄》:"衔命山东抚乱师,日驰三百自嫌迟。风霜满面无人识,何处如今更有诗。"一位忠鲠刚烈、视死如归的直臣如在目前。然而在韩愈的心目中,诗歌不像古文那样必须以"文以贯道"为宗旨。韩愈三十八岁时向李巽投赠诗文,自称:"旧文一卷,扶树教道,有所明白。南行诗一卷,舒忧娱悲,杂以瑰怪之言,时俗之好。"(《上兵部李侍郎书》)韩愈的诗论中有两个著名的观点,一是"不平则鸣":"大凡物不得其平则鸣。草木之无声,风挠之鸣。水之无声,风荡之鸣。其跃也或激之,其趋也或梗之,其沸也或炙之。金石之无声,或击之鸣。人之于言也亦然:有不得已者而后言,其歌也有思,其哭也有怀。凡出乎口而为声者,其皆有弗平者乎!"(《送孟东野序》)二是"穷苦之言易好":"夫和平之音淡薄,而愁思之声要眇。欢愉之辞难工,而穷苦之言易好也。"(《荆潭唱和诗序》)韩愈激赏以啼饥号寒为主题倾向的孟郊诗,正是这两个观点的综合体现。所以当韩愈的人生中发生悲惨遭遇时,就情不自禁地写出心酸词苦的作品,其哭女挐诗就是典型的例子。

《礼记·檀弓》记载:"子夏丧其子而丧其明。"后人因而用"丧明之痛"来形容丧子的极度悲哀。元和三年(808)孟郊之子不幸夭折,韩愈作《孟东野失子》以安慰之,序云:"东野连产三子,不数日辄失之。几老,念无后以悲。其友人昌黎韩愈,惧其伤也,推天假其命以喻之。"此诗主题是用"有子与无子,祸福未可原"的道理来开导孟郊,立论颇为勉强,倒是描写孟郊悲痛之状的句子相当动人:"上呼无时闻,滴地泪到泉。地祇为之悲,瑟缩久不安。"没想到十一年之后,韩愈自己也遭遇了丧明之痛,而且比孟郊更加深切。元和十四年(819)正月,唐宪宗遣使迎取佛骨入宫供奉,长安城内上自王公,下至士庶,莫不奔走膜拜。韩愈毅然上表谏阻,词意激烈。宪宗震怒,欲以死罪论处。幸得裴度、崔群等大臣营救,韩愈得以免死,贬为潮州刺史。正月十四日奉诏后,韩愈即日辞别家人,匆匆上道。韩愈的四女名女挐,年方十二岁,此时正卧病在床,父女二人泪眼相对,韩愈心知此乃死别,女挐凝视着父亲却哭不出声来。韩愈离开长安后,朝廷便强迫韩愈的家人迁往潮州,一家老少仓皇上路。道路劳顿,饮食不周,这对重病在身的女挐来说真是雪上加霜。二月二日,全家人才走到商州南边的层峰驿,女挐终于一病不起,被草草埋葬在驿站旁的山脚下。次年年底,韩愈回京途经层峰驿,来到女挐墓前,作《去岁自刑部侍郎以罪贬潮州刺史,乘驿赴任。其后家亦遣逐。小女道死,殡之层峰驿旁山下。蒙恩还朝,过其墓,留题驿梁》:"数条藤束木皮棺,草殡荒山白骨寒。惊恐入心身已病,扶舁沿路众知难。绕坟不暇号三匝,设祭惟闻饭一盘。致汝无辜由我罪,百年惭痛泪阑干。"颈联曾引起后人的误解,清人朱彝尊称上句"用事亲切有味",又云:"下句不切,且不知何为用'惟闻'二字。"(均见《韩昌黎诗系年集释》,下同)今按上句用《礼记•檀弓》所载:"延陵季子适齐,于其反也,其长子死,葬于嬴、博之间。……既封,左袒,右还其封且号者三。"孔颖达释末句曰:"乃右而围绕其封,兼且号哭而绕坟三匝也。"这是古代父亲哭子的著名典故,其发生背景则是异国他乡,且在旅途之中,韩诗用此典,精确无比。朱彝尊对韩诗中"惟闻"二字感到大惑不解,徐震指出:"愈葬女挐即行,祭墓之事,在愈行后使人为之,故上句言'不暇号'，见行之迫促。此句言'惟闻'，谓得诸传说也。"意谓上句所写乃韩愈之亲历，下句则得诸传闻。此说貌似合理，实亦误解。只有汪佑南注意到韩愈《祭女挐女文》中"我既南行，家亦随遣"，以及《女挐圹铭》中"愈既行，有司以罪人家不可留京师，迫遣之"之句，从而指出："细味两'既'字，是韩公先行，殡与祭不及亲临。……所以此诗有'绕坟不暇号三匝，设祭惟闻饭一盘'二句。"也就是说，颈联二句所写情节均非韩愈亲历，而是从其家人，尤其是从其妻卢氏口中得知者。卢氏是女挐的母亲，她以罪人家属之身，在迁谪途中埋葬女挐，当然只能"草殡荒山"。所以"绕坟"、"设祭"的主语均是卢氏，只有"惟闻"的主语才是韩愈本人。卢氏率家人南行至韶州，得到刺史张蒙关照，让他们留在韶州，以免前往"恶溪瘴毒聚，雷电常汹汹。鳄鱼大于船，牙眼怖杀侬"（《泷吏》）的潮州去受罪。韩愈本人则于四月二十五日到达潮州，估计此后不久接到卢氏家书而得知女挐去世的消息，反正不可能迟于元和十五年（820）正月韩愈北归至韶州与家人团聚之时。

弄清韩愈哭女挐诗的写作背景，有助于我们感受此诗蕴含的悲痛之情。当女挐抱病上路、匆匆南迁的时候，当女挐惊惧惶恐、一病不起的时候，当女挐命丧驿站、埋葬荒山的时候，作为父亲的韩愈却不在她身边。而且女挐的悲惨遭遇，其直接起因就是韩愈直谏遭贬。要是韩愈像那些"全躯保妻子之臣"（司马迁《答任少卿书》）一样，对唐宪宗奉迎佛骨的荒唐举动不闻不问、装聋作哑，女挐本可安居家中养病，本可得到父亲的关怀照料，又哪会在十二岁的妙龄命丧黄泉？我们当然应对仗义执言、奋不顾身的韩愈表示崇高的敬意，韩愈直言进谏是一位朝廷重臣的高风亮节，是儒家提倡的大丈夫精神的生动体现。但是作为一位父亲，韩愈实在亏欠女挐太多。古人常说"忠孝不能两全"，其实有些时候，"忠"与"慈"也不能两全。东汉范滂和明末夏完淳属于前一类例子，韩愈则是后一类情形。韩愈在南迁途中自明心迹说"肯将衰朽惜残年"，他泣别女挐时又有怎样的心情呢？长庆三年（823），也即女挐去世四年之后，韩愈遣人将女挐的遗骸归葬河阳韩氏祖茔，并作《祭女挐女文》,文中声泪俱下:"昔汝疾极,值吾南逐。苍黄分散,使汝惊忧。我视汝颜,心知死隔。汝视我面,悲不能啼。我既南行,家亦随遣。扶汝上舆,走朝至暮。天雪冰寒,伤汝羸肌。撼顿险阻,不得少息。不能食饮,又使渴饥。死于穷山,实非其命。不免水火,父母之罪。使汝至此,岂不缘我!"将此文与哭女挐诗对读,一位慈父的悲痛、愧疚之情跃然纸上。"百年惭痛泪阑干"之句绝非虚词,女挐归葬河阳一年之后,韩愈病逝于长安,他的惭痛心情确实持续终生。如果死者有知,父女俩当在泉下抱头痛哭!

　　若与他人的哭子诗相比,韩愈此诗因独特的写作背景而别有伤心处。试看孟郊的《杏殇》:"零落小花乳,斓斑昔婴衣。拾之不盈把,日暮空悲归。"苏轼的《去岁九月二十七日在黄州生子遁,小名干儿,颀然颖异。至今年七月二十八日病亡于金陵,作二诗哭之》云:"仍将恩爱刃,割此衰老肠。知迷欲自反,一恸送余伤。"清人郑珍的《才儿生去年四月十六,少四十日一岁而殇,埋之栀冈麓》云:"木皮五片付山根,左祖三号怆暮云。昨朝此刻怀中物,回首黄泥斗大坟。"三诗所哭之子皆是未及成年即夭折者,作为父亲的三位诗人皆极其悲痛,但究其原因,只能归因于命运,正如孟郊诗云"始知天地间,万物皆不牢",作为父亲的诗人并无愧疚的心理负担。郑珍诗有学韩痕迹,但并无自责之意。苏轼诗中虽有"忽然遭夺去,恶业我累尔"之句,但将丧子归因于虚无缥缈的因果报应,仍难落到实处。我们不妨推测,如果女挐是在正常情况下因病夭折,韩愈不一定能像他在《孟东野失子》中所说,用"有子与无子,祸福未可原"来自我宽慰——再豁达的人遇到丧子之痛也会难以自解,但他多半会写出一首类似孟郊诗的哭女诗来。是特殊的人生遭遇让韩愈这位铁石心肠的刚强人终于流下了辛酸的眼泪,从而写出这首痛愧交加的哭女挐诗,使古代的哭子诗中增添了一首情文并茂的好作品。我们不妨借用近人陈衍之语来评之:"无此绝等伤心之事,亦无此绝等伤心之诗。就百年论,谁愿有此事?就千秋论,不可无此诗!"(《宋诗精华录》卷三)

白居易诗中的俸禄与品服

南宋的洪迈最早注意到白居易喜欢在诗中咏及俸禄,洪著《容斋五笔》卷六有《白公说俸禄》条:"白乐天仕宦,从壮至老,凡俸禄多寡之数,悉载于诗。虽波及他人,亦然。"清人赵翼《瓯北诗话》卷四中也有一条云:"香山历官所得,俸入多少,往往见于诗。"另一条则云:"香山诗不惟记俸,兼记品服。"两条中分别举了十来则例子,然后得出两个结论:"此可当《职官》《食货》二志也。""此又可抵《舆服志》也。"赵翼所说的三种志都是指《旧唐书》而言,因为《职官志》与《舆服志》在《新唐书》中已改称《百官志》与《车服志》。白居易在诗中记叙的官职及俸禄等情况居然可与正史的志书相提并论,似有夸张之嫌。但是陈寅恪先生在《元白诗中俸料钱问题》一文中指出:"关于唐代官吏俸料钱制度,今《唐会要》玖壹至玖贰《内外官料钱》门、《册府元龟》伍佰陆《邦计部俸禄》门及《新唐书》伍伍《食货志》诸书,所载皆极不完备,故元白诗中俸料问题,颇难作精密之研究,仅能依据《会要》《册府》所载贞元四年京文武及京兆府县官元给及新加每月当钱之数,并《新唐书·食货志》所载会昌时百官俸钱定额,与元白诗文之涉及俸料钱者,互相比证,以资推论,盖元白著作与此二时代相距最近故也。"连现代史学大家都这样说,可见白居易诗中有关俸禄的记载确实具有重要的史料价值。笔者不通史学,我感兴趣的是白居易此类诗中反映的人生态度。

我们依年代为序来看白居易诗中咏及俸禄的代表:贞元十六年(800),29岁的白居易进士及第,31岁登书判拔萃科,32岁授秘书省校书郎。校书郎的品级为正九品上,这是白居易仕途的起点。白居易作《常乐里闲居偶题十六韵》以咏其时的官衙生活:"小才难大用,典校在秘书。三旬两入省,因得养顽疏。茅屋四五间,一马二仆夫。俸钱万六千,月给亦有余。既无衣食牵,亦少人事拘。遂使少年心,日日常晏如。"虽稍有怀才不遇之感,但对每月一万六千的俸钱还算满意。35 岁罢校书郎,授盩厔尉。盩厔属京兆府,为赤县,县尉的品级是从八品下。白居易此期诗中未及其俸钱,惟《观刈麦》诗中云:"吏禄三百石,岁晏有余粮。"对"吏禄三百石"之句,我一向未得确解。从字面上看,似乎仅指禄米而言。但据《新唐书·食货志》记载,开元年间从八品官的禄米为五十七斛,每岁发两次,合计仅有百余斛,与"三百石"差距甚大。中唐时的禄米标准,《新唐书·食货志》中未有记载,但白居易 39 岁任京兆户曹参军时作《初除户曹喜而言志》云:"俸钱四五万,月可奉晨昏。廪禄二百石,岁可盈仓囷。"京兆户曹参军的品级为正七品,由此可以推知盩厔尉的禄米当在百余石。赤县尉的月俸,据《新唐书·食货志》对会昌年间的记载为三万。白居易任盩厔尉是从元和元年(806)至元和二年(807),下距会昌元年(841)三十余年,其所得月俸也当在三万左右。故白诗所云"三百石",当是将禄米与月俸钱折算合计,再加上职分田的产出,从而得出全年总收入的约数。由于《观刈麦》这首诗咏及农夫种粮之艰辛及贫妇人拾取麦穗充饥等事,故诗中不说钱币而专说粮食。这样理解不知妥否,希望熟悉唐代经济史的朋友有以教我,让我准确地解读白诗"吏禄三百石"之句。

元和十年(815),44 岁的白居易因上疏请捕行刺宰相之贼而被贬为江州司马。从京官贬为远州散员,这是白居易在仕途中遇到的最大挫折。次年,有友人寄书前来表示安慰,白居易作《答故人》云:"故人对酒叹,叹我在天涯。见我昔荣遇,念我今蹉跎。问我为司马,官意复如何。答云且勿叹,听我为君歌。我本蓬荜人,鄙贱剧泥沙。读书未百卷,信口嘲风花。自从筮仕来,六命三登科。顾惭虚劣姿,所得亦已多。散员足庇身,薄俸可资家。省分辄自愧,岂为不遇耶。烦君对杯酒,为我一咨嗟。"此诗故作旷达之语,故称"薄俸可资家"云云。那么,白居易在江州到底有多少俸禄呢?白居易刚到江州,便写信好友元稹说:"今虽谪佐远郡,而官品至第五,月俸四五万。"三年之后,白居易在《江州司马厅记》中说:

"案唐典,上州司马,秩五品,岁廪数百石,月俸六七万。"为何关于月俸有两种说法?陈寅恪先生指出:"实由《与元九书》中江州司马月俸之数,乃其元和十年初冬始到新任时,仅据官书纸面一般通则记载之定额而言,其时尚未知当日地方特别收入之实数。至元和十三年秋,作《江州司马厅记》时,则莅任已行将四年,既知其地方特别之实数,遂于官舍厅记中言及之。"和《答友人》诗与《与元九书》一样,《江州司马厅记》中说到俸禄数目,也是为了表达旷达之意。文中先叙说州郡司马是仅有俸禄而无职责之散官,进而大发议论:"莅之者,进不课其能,退不殿其不能,才不才一也。若有人畜器贮用、急于兼济者居之,虽一日不乐。若有人养志忘名、安于独善者处之,虽终身无闷。……州民康,非司马功。郡政坏,非司马罪。无言责,无事忧。噫!为国谋,则尸素之尤蠹者。为身谋,则禄仕之优稳者。予佐是郡,行四年矣。其心休休如一日二日,何哉?识时知命而已!"这当然是正言反说的牢骚之语,但也是对自己"乐天知命故不忧"的人生态度的生动阐释。随着官职渐高,俸禄渐厚,白居易咏及俸禄的诗作也越来越多。太和三年(829),白居易任太子宾客分司,官居正三品,月俸高达七八万,乃作《再授宾客分司》云:"俸钱七八万,给受无虚月。"太和九年(835),白居易任太子少傅,官居从二品,月俸突破十万,乃作《从同州刺史改授太子少傅分司》云:"月俸百千官二品,朝廷雇我作闲人。"连篇累牍,不胜枚举。对于这些作品,洪迈甚为欣赏:"其立身廉清,家无余积,可以概见矣!"(《容斋五笔》)朱熹却大加挞伐:"乐天,人多说其清高,其实爱官职,诗中凡及富贵处,皆说得口津津地涎出。"(《朱子语类》)笔者比较认同前一种意见,朱子的责备则过于苛刻。

首先,当官受禄,本是古代士人的生活常态,否则如何养家活口?孟子把"家贫亲老,不为禄仕"视为"不孝有三"之一(见《孟子·离娄上》赵岐注),东汉人毛义为奉养母亲乃奉檄而喜(见《后汉书》卷三九),晋人陶渊明因"母老子幼,就养勤匮"(颜延之《陶征士诔》)而出仕,都被后代士人视为出处之典范。元和五年(810),正任左拾遗的白居易向朝廷请改除自己为京兆府户曹,他在《奏陈情状》中称:"臣母多病,臣家素贫。甘旨或亏,无以为养;药饵或缺,空致其忧。"且明言后一职位"资序相类,俸禄稍多"。待到他如愿改仕后,乃作《初除户曹喜而言志》称"诏授户曹掾,捧诏感君恩。感恩非为己,禄养及吾亲",又云:"俸钱四五万,月可奉晨昏。廪禄二百石,岁可盈仓囷。喧喧车马来,贺客满我门。不以我为贪,知我家内贫。"对于白居易关心俸禄的行为,不足深责。况且白居易咏及俸禄时,往往联想到为官的责任,并以此自我警诫。元和四年(809),白居易在左拾遗任上作《醉后走笔酬刘五主簿长句之赠》云:"月惭谏纸二百张,岁愧俸钱三十万。"宝历元年(825),白居易在苏州刺史任上作《题新馆》云:"十万户州尤觉贵,二千石禄敢言贫。重裘每念单衣士,兼味常思旅食人。"太和三年(829),白居易在刑部侍郎任上作《和自励》诗云:"不知有益于民否,二十年来食官禄。就暖移盘檐下食,防寒拥被帷中宿。秋官月俸八九万,岂徒遣尔身温足。勤操丹笔念黄沙,莫使饥寒囚滞狱。"在享受俸禄时能够自我警惕且推己及人,这与韦应物《寄李儋元锡》中"身多疾病思田里,邑有流亡愧俸钱"之句所达到的思想境界相当接近,据说朱熹称道这两句韦诗且曰"贤矣"(见《瀛奎律髓》卷六引),不知为何对上述白诗视而不见。

其次,白居易认为丰盈的俸禄有利于官员的廉洁,他在题作《使官吏清廉》的一篇《策林》中指出:"臣以为去贪致清者,在乎厚其禄、均其俸而已。夫衣食阙于家,虽严父慈母不能制其子,况君长能检其臣吏乎?冻馁切于身,虽巢由夷齐不能固其节,况凡人能守其清白乎?……今欲革时之弊,去吏之贪,则莫先于均天下课料重轻,禁天下官长侵刻。使天下之吏温饱充于内,清廉形于外,然后示之以耻,纠之以刑。如此则纵或为非者,百无一二也。"这种类似"高薪养廉"的观念也许过于理想化,但至少白居易本人是身体力行的。白居易曾在杭州、苏州担任刺史,杭、苏都是富甲一方的东南大邦,是最容易实现"三年清知府,十万雪花银"的地方。但白居易任杭州刺史三年,离任时作《三年为刺史》云:"三年为刺史,饮水复食蘗。唯向天竺山,取得两片石。此抵有千金,无乃伤清白。"

无独有偶,白居易离任苏州刺史时,作《自喜》诗云:"身兼妻子都三口,鹤与琴书共一船。"二诗皆表其清廉自守之志。相传他离杭时"俸钱多留守库,继守者公用不足,则假而复填,如是五十余年"(见《唐语林》卷二)。虽属传闻,当亦事出有因。白居易晚年捐出家财募人凿去洛阳龙门山八节滩的险礁,也证明他绝非爱财之人。洪迈在《容斋随笔》中列举了二十多首咏及俸禄的白诗,赞曰:"后之君子,试一味其言,虽日饮贪泉,亦知斟酌矣!"他堪称白居易的异代知音。笔者则认为,白居易的此类诗歌是古代官员主动向社会公布个人合法收入的模范事例,理应得到肯定。

除了俸禄,白居易也喜欢咏及舆服,主要是品服。唐代官员的服色有极其严格的规定,《唐会要》卷三一《章服品第》云:"三品已上服紫,四品五品服绯,六品七品以绿,八品九品以青。"《旧唐书·舆服志》则分得更细:三品以上服紫,四品服深绯,五品服浅绯,六品服深绿,七品服浅绿,八品服深青,九品服浅青。当然,这里的品级是指阶官,而不是职事官。白居易诗中咏及品服,是从江州司马任上开始的。白居易在江州曾作《祭匡山文》、《祭庐山文》,皆自称"将仕郎、守江州司马",江州司马是职事官,品级为从五品下;将仕郎是阶官,品级是从九品下。《琵琶行》中"座中泣下谁最多,江州司马青衫湿"之句往往使读者产生疑惑:江州司马的品级是从五品下,按理说可服浅绯,为何诗人却穿着一领青衫呢?原因就在于品服是依阶官品级而定的,"将仕郎"的品级是从九品下,白居易的官服只能是浅青色,元和十二年所作《春去》即云"青衫不改去年身"。白居易终于迎来了改变服色的机会,元和十三年(818)冬,白居易转忠州刺史,乃作《初著刺史绯答友人见赠》:"故人安慰善为辞,五十专城道未迟。徒使花袍红胜火,其如蓬鬓白如丝。且贪薄俸君应惜,不称衰容我自知。银印可怜将底用,只堪归舍吓妻儿。"忠州属于下州,下州刺史的品级为正四品下,此时白居易的阶官仍是将仕郎,为何就能"著绯"呢?原来这得益于当时的"借绯"制度。《通典·礼二三》载:"开元八年二月,敕都督、刺史品卑者借绯及鱼袋。"以后循为通例。白居易平生第一次穿上绯袍,颇觉耀眼,故称其"红胜火"。可惜好景不长,元和十五年(820),白居易被召为尚书司门员外郎,其阶官则升为朝议郎(见元稹《白居易授尚书主客郎中知制诰制》)。朝议郎属正六品上,不够资格"著绯"。而此时的白居易因免去忠州刺史之职而失去"借绯"的资格,故作《初除尚书郎脱刺史绯》云:"便留朱绂还铃阁,却著青袍侍玉除。无奈娇痴三岁女,绕腰啼哭觅银鱼。"不久他升任中书省主客郎中,阶官则仍为朝议郎,仍未获得"著绯"的资格,乃在诗中大发牢骚,作《重和元少尹》云:"凤阁舍人京亚尹,白头俱未著绯衫。"又作《朝回和元少尹绝句》云:"朝客朝回回望好,尽纡朱紫佩金银。此时独与君为伴,马上青袍唯两人。"按理说属于正六品上的朝议郎应著深绿,不知白诗为何说是"青袍"。考虑到白居易在江州"著青"时曾作诗赠元稹称"折腰俱老绿衫中"(《忆微之》),或许诗人将青、绿视为类似之服色,反正它们都是低品级官员所服。直到长庆元年(821),白居易的阶官升为从五品下的朝散大夫,才能名正言顺地"著绯",乃作《酬元郎中同制加朝散大夫书怀见赠》以志喜:"五品足为婚嫁主,绯袍著了好归田。"当然,对于自己年及半百始得著绯,白居易又不免伤感,乃作《初著绯戏赠元九》云:"那知垂白日,始是著绯年。"太和元年(827),白居易任秘书监,赐金紫。乃作《初授秘监并赐金紫闲吟小酌偶写所怀》:"紫袍新秘监,白首旧书生。鬓雪人间寿,腰金世上荣。"此时白居易的阶官是中大夫,属从四品下,按例仍不够服紫的资格,因蒙恩"赐金紫",故得身服紫袍、腰佩金鱼袋,他终于获得了"金紫"这个最高等级的品服。以后历仕河南尹、太子宾客、太子少傅分司等职,品服未变,正如其《自宾客迁太子少傅分司》所云:"勿谓身未贵,金章照紫袍。"会昌二年(842),白居易致仕,他在《香山居士写真诗序》中自称"罢太子少傅为白衣居士",意即脱下官服改穿白衣。此时白居易年已七十,五年后他就与世长辞了。从青、绿到绯、紫,白居易穿过了唐代官员品服的全部服色。将此类白诗排比在一起,确实有点《舆服志》的意味。

当然,白居易也曾表示对品服高低并不在意,例如元和十三年(818)在江州作《王夫子》云:"吾观九品至一品,其间气味都相似。

紫绶朱绂青布衫,颜色不同而已矣!"但一来此种例子极其罕见,二来此诗是为了安慰朋友"委身下位无为耻",乃故作诡激之语,不足当真。白诗也有咏及官服但醉翁之意不在酒的例子,如宝历元年(825)在苏州刺史任上作《故衫》云:"暗淡绯衫称老身,半披半曳出朱门。袖中吴郡新诗本,襟上杭州旧酒痕。残色过梅看向尽,故香因洗嗅犹存。曾经烂熳三年著,欲弃空箱似少恩。"这件"绯衫"本是刺史的品服,但此诗的主旨并不在此,正如《唐宋诗醇》所评:"所咏止一衫,而衫之色香襟袖,衫之时地岁月,历历清出,并著衫之人身分性情,亦曲曲传出,却又浑成熨贴,无一点安排痕迹,亦绝不假一字纤巧雕琢,此香山擅长处。"这是一首情深意长的抒情诗,"绯衫"只是诗人抒情的一个象征物而已。此外,白居易亦曾咏及家常衣服,例如元和十三年(818)《元九以绿丝布白轻裕见寄,制成衣服,以诗报知》:"绿丝文布素轻裕,珍重京华手自封。贫友远劳君寄附,病妻亲为我裁缝。裤花白似秋云薄,衫色青于春草浓。欲著却休知不称,折腰无复旧形容。"此衣虽然也是一领青衫,但并非官家之品服,白居易非但没有嫌弃它,反而赞美说"衫色青于春草浓"!

清人张维屏在《白乐天》一诗中云:"天怀坦白天机乐,不愧人称白乐天。"诚然,白居易对于自己的官品、俸禄与舆服都很在意,不但念兹在兹,而且公然入诗,毫不隐讳,堪称"天怀坦白"。况且白居易并非刻意追求富贵之人,他在朝时勇于进谏,在外任则清廉自守,都是坚确的证据。此外,白居易"乐天知命"的人生态度也是我们解读其诗的重要依据。早在江州时期,白居易就在《庐山草堂记》中自称"外适内和,体宁心恬",还在《与微之书》中把合家团聚、俸禄足以养家与有一草堂可以终老称为"三泰"。到了晚年,白居易不但作《吟四虽》一诗,将自己与四位遭遇较差的朋友进行对比:"年虽老,犹少于韦长史;命虽薄,犹胜于郑长水;眼虽病,犹明于徐郎中;家虽贫,犹富于郭庶子。"他还进而把这种比下有余的态度施于古人,在《醉吟先生传》中自称:"富于黔娄,寿于颜渊,饱于伯夷,乐于荣启期,健于卫叔宝。"卫叔宝即晋人卫玠,是个弱不禁风的美男子。白居易不与卫叔宝比相貌而专比健康,于是大获全胜而志满意得。这种人生态度,后人或评为"达",比如宋人苏辙称"盖唐世士大夫达者如乐天寡矣"(《书白乐天集后》)。明人娄坚亦称道白居易"终唐之世,独公贤达见称"(《序马元调重刻白氏长庆集》)。显然,只要我们如此理解白居易的人生态度,就不会将上述白诗说成"诗中凡及富贵处,皆说得口津津地涎出"了。

一样幽艳，两般哀怨

——读李贺《苏小小墓》与白居易《真娘墓》

苏小小是南齐时杭州名妓，死后葬于嘉兴西南。真娘乃唐代的苏州名妓，死后葬于苏州虎丘。两人生活的时代、地点都不相同，其墓也分处两地，但人们往往把她们相提并论。范摅《云溪友议》卷中载："真娘者，吴国之佳人也，时人比于苏小小。"李绅《真娘墓》诗序云："吴之妓人歌舞有名者，死葬于吴武丘寺前，吴中少年从其志也。墓多花草，以满其上。嘉兴县前，亦有吴妓人苏小小墓，风雨之夕，或闻其上有歌吹之音。"唐宪宗元和十年、十一年（815—816）间，李贺南游途经嘉兴，作《苏小小墓》云："幽兰露，如啼眼。无物结同心，烟花不堪剪。草如茵，松如盖。风为裳，水为佩。油壁车，夕相待。冷翠烛，劳光彩。西陵下，风吹雨。"无独有偶，十年之后，即唐敬宗宝历元年、二年（825—826）间，正任苏州刺史的白居易作《真娘墓》云："真娘墓，虎丘道。不识真娘镜中面，唯见真娘墓头草。霜摧桃李风折莲，真娘死时犹年少。脂肤荑手不牢固，世间尤物难留连。难留连，易销歇。塞北花，江南雪。"李贺比白居易年轻十八岁，写作《苏小小墓》时年仅二十七岁，不久逝世。但是李贺天纵英才，诗名早著，元和年间深得韩愈之揄扬。白居易虽与李贺没有交往，但不会未闻其名。白居易写《真娘墓》时，多半已读过李贺十年前所写的《苏小小墓》。两首诗题材相似，又皆是短章，且多用三字句，白诗或受到李诗的影响，但是没有直接的证据。那么，如果撇开可能存在的影响不谈，二诗的异同优劣如何？

首先，两诗的题材都是咏名妓之墓，但主旨则差异甚大。《乐府诗集》卷八五《杂歌谣辞》载《苏小小歌》云："我乘油壁车，郎骑青骢马。何处结同心，西陵松柏下。"解题则引《乐府广题》曰："苏小小，钱塘名倡也，盖南齐时人。"苏小小的生平事迹，如此而已。从

《苏小小歌》来看，她对爱情怀有热烈的向往，"西陵松柏下"就是她与情郎的相会之地。至于她是否失恋，是否早夭，均不可知。李贺则充分发挥想象，把她描写成独居幽圹、饱受相思之苦的一个女鬼。全诗情调凄苦悱恻，不忍卒读。曾益解曰："西陵之下，与欢相期之处也。则维风雨之相吹，尚何影响之可见哉！平昔之所为，无复可睹；触目之所睹，靡不增悲。凄凉楚恻之中，寓妖艳幽涩之态，此所以为苏小小墓也。"（《昌谷集》卷一）的确，细长的兰花瓣上缀满露珠，宛如含泪悲啼之美目。墓侧虽有满地烟花，但不能像绸缎般地施以刀剪，又有何物可以绾成同心之结！尽管如此，这位女鬼依然热切地追寻着人间的爱情，她不甘心长眠泉下，而是以风为裳，以水为佩，飘忽往来，寻寻觅觅。她备好了油壁香车，点着了翠烛般的荧荧磷火，只等黄昏降临，便前往西陵去会她的情郎。可是西陵下寂寥无人，只有一片冷风苦雨而已。这虽是一首鬼诗，却充满了对生的留恋、对爱的追求。在一片凄冷阴森的幽冥世界中，闪现出来的身影却不是一个可怖的女鬼，而是那位美丽多情的苏小小！反观白居易的《真娘墓》，则完全是一个不同的主题。真娘是白居易的同时代人，因其早夭，故白氏未及见之。"不识真娘镜中面，唯见真娘墓头草。"既是对真娘早夭的同情，也是对自身迟来的懊恼。于是引发下文的无恨感叹：真娘少年早夭，其绝代美貌从此消歇。"霜摧桃李风折莲"句用自然界的风刀霜剑摧残美丽的花卉为喻，当然可能指患病不治等意外的不幸，但也可能指受到社会恶势力的迫害等命运悲剧。诗人感到最悲痛的是，真娘的绝代美貌从此不可得见，其"手如柔荑，肤如凝脂"（《诗·卫风·硕人》）却不牢固，世间特异之美好竟难以长久！于是诗人浩然而叹：绝代美貌转瞬即逝，真像塞北的花，江南的雪！

应该承认，就各自的主题而言，《苏小小墓》与《真娘墓》都表现得相当出色。春兰秋菊，各有千秋。但就诗歌自身的艺术成就来看，两诗仍有细微差别。《苏小小墓》在表面上纯属对墓主的客观描写，对诗人自身则一言未及。但充溢于字里行间的情愫除了同情之外，也有自抒怀抱的因素。李贺其人，才华横溢，苦心孤诣。他狂热地追求诗美的极境，呕心沥血，至死不懈。所谓上天为白玉楼作记的传说（见李商隐《李贺小传》），正是其追求卓越、死犹不已的艺术象征。热烈忠贞，至死不渝，苏小小对爱情的态度如此，李贺对诗美的态度也是如此。惟其如此，当他来到苏小小的墓地，看到草如茵、松如盖的幽洁环境，便恍然如见小小其人。他们追求的对象虽然不同，但都是人间的美好事物，所以存在着移情所需的心理条件。换句话说，当李贺作诗咏苏小小墓时，他心中产生了深切的共鸣，设身处地地展开想象，所以写得如此感人。白居易则不然，他对真娘虽也满怀同情，但后者只是他欣赏、怜惜的对象。"不识真娘镜中面，唯见真娘墓头草"云云，真娘是真娘，诗人是诗人，两者互不干涉。白居易对真娘的同情心中并无移情作用，而只是对于客观现象的慨叹。所以就感情的深度而言，《真娘墓》比《苏小小墓》稍逊一筹。

此外，《苏小小墓》的意境浑融自然，全诗句句皆是描写墓主，此外不赘一字，绝不拖泥带水。诗人对苏小小的同情、赞美皆从具体的描写和叙事中自然流露，可谓不着一字，尽得风流。《真娘墓》则异于是，诗人不特亲自显身，而且大发议论。"脂肤黄手"当然是指真娘的绝代美貌，但"世间尤物"则泛指一切美好事物。从上句到下句，其实是从个别事例过渡到普遍规律的哲学推理过程。"塞北花，江南雪"则是用更多的个别事例来证实"尤物难留"这个普遍规律。如果说《苏小小墓》是艺术家创造的"这一个"典型，那么《真娘墓》像是哲学家用逻辑思维得出的普遍性道理。诗歌属于艺术而非哲学，诗人的主要任务是创造独特的艺术形象而不是揭示普遍的哲学规律。也许白居易在写作新乐府诗时习于"卒章显其志"的议论方式，他写《真娘墓》时虽也注重描写、抒情，但仍然忍不住大发议论。在诗中直接议论对于新乐府诗那种"不为文而作"（白居易《与元九书》）的社会批判之作或许可行，但对《真娘墓》这种抒情诗则不很合宜。尽管白居易以过人的才华把《真娘墓》写得文采斐然，有声有色，但与《苏小小墓》那般的悱恻哀感、直击人心的境界仍然未达一间。所以《苏小小墓》与《真娘墓》虽然都是哀悼死去的美妓，但具体的哀怨之情却相差甚远。

众人探骊，何人得珠

——读刘禹锡《西塞山怀古》

五代何光远《鉴诫录》卷七云："长庆中，元微之、刘梦得、韦楚客同会白乐天之居，论南朝兴废之事。乐天曰：'古者言之不足，故嗟叹之，嗟叹之不足，故咏歌之。今群公毕集，不可徒然。请各赋金陵怀古一篇，韵则任意择用。'时梦得方在郎署，元公已在翰林。刘骋其俊才，略无逊让，满斟一巨杯，请为首唱。饮讫不劳思忖，一笔而成。白公览诗曰：'四人探骊，吾子先获其珠，所余鳞甲何用?'三公于是罢唱，但取刘诗吟味竟日，沉醉而散。"这个故事出于杜撰，因为长庆年间（821—824）刘禹锡从未与元、白会面，且韦楚客早于元和九年（814）已经去世。但是"金陵怀古"确实是绝佳的怀古诗题，屡经兴亡的六朝故都确是诗人抒发怀古幽情的绝佳对象。刘禹锡虽然没有与元、白等人一起写金陵怀古诗，但受到白居易赞颂的刘诗《西塞山怀古》的主题其实就是金陵怀古，清人汪师韩、袁枚、黄叔灿等人径称此诗为《金陵怀古》（分见《诗学纂闻》、《随园诗话》、《唐诗笺注》）。若与唐诗中另外两首七言律诗体的《金陵怀古》进行比较，便可看出刘诗确是一首出类拔萃的怀古名篇。三诗原文如下：刘禹锡《西塞山怀古》："王浚楼船下益州，金陵王气黯然收。千寻铁锁沉江底，一片降幡出石头。人世几回伤往事，山形依旧枕寒流。今逢四海为家日，故垒萧萧芦荻秋。许浑《金陵怀古》："玉树歌残王气终，景阳兵合戍楼空。松楸远近千官冢，禾黍高低六代宫。石燕拂云晴亦雨，江豚吹浪夜还风。英雄一去豪华尽，唯有青山似洛中。"李群玉《秣陵怀古》："野花黄叶旧吴宫，六代豪华烛散风。龙虎势衰佳气歇，凤凰名在故台空。市朝迁变秋芜绿，坟冢高低落照红。霸业鼎图人去尽，独来惆怅水云中。"

金陵是六朝故都，诗人当然不可能在一首诗中对历史上的兴亡故事一一道来，况且七言律诗篇幅有限，故只能笼统言之，许诗云"禾黍高低六代宫"，李诗云"六代豪华烛散风"，皆是如此。此外，诗人势必采用举一反三的手法，许诗云"景阳兵合戍楼空"，这是以陈亡为例；李诗云"野花黄叶旧吴宫"，这是以吴亡为例。一是逆时上溯，一是顺时下沿，都是举一反三以涵盖六朝。刘诗采用同样的手法，但具体写法则别具手眼。刘诗作于长庆四年（824），刘禹锡赴和州（今安徽和县）刺史任途经鄂州武昌县（今湖北大冶），县东有西塞山，屹立江边，相传西晋大将王濬伐吴时烧断横江铁索即在此地。铁索既断，晋军顺流而下势如破竹，东吴即亡。前四句皆咏西晋灭吴之事，表面上也是举一反三以咏六代兴亡，但不像许、李二诗那样点到即止，而是挥毫泼墨，兴会淋漓。首句高屋建瓴，次句跳丸走坂，思绪如江水奔泻，句法则一气贯注。王濬率军从益州出发攻往金陵，刘禹锡从夔州出发赴任和州，都是沿江东下。不难想象当诗人过三峡、下江陵时，滚滚的江水给他留下深刻的印象。如今在晋军伐吴的古战场作诗怀古，王濬楼船顺流直下的历史景象顿现眼前。于是次联直咏其事：此地铁锁沉江，五百里外的金陵城里随即举起降幡。晋军破吴的重大历史事件，只用两句诗予以概括，而且只用"铁锁沉江"与"降幡出城"两个特写镜头予以表现，真乃画龙点睛之笔。近人俞陛云评曰："前四句皆言王濬平吴事，亦一气贯注。"（《诗境浅说》）甚确。更应注意到，首联的思绪从益州移到金陵，次联的思绪则从西塞山移到金陵，四句之中思绪两次东西跳荡，终点则皆为金陵。前人径称此诗为"金陵怀古"，洵非虚语。选择王濬击破吴军长江防线的事件为怀古之焦点，其实质也是例举吴亡一事以涵盖六朝，但与许、李二诗相比，刘诗显然更加凝炼，更加生动。至于许、李二诗皆点明"六代"，刘诗则用第五句暗逗此意，清人屈复曰："前四句止就一事言，五以'几回'二字包括六代，繁简得宜，此法甚妙。"（《唐诗成法》）"几回"不但指多回，而且暗含一回复一回之意，全句意即金陵之亡国悲剧不断上演，亦使后人而复哀后人也！第六句则诚如清人纪昀所评，"一笔折到西塞山"（《瀛奎律髓汇评》），故全联意即人事变迁而山川依旧,此正怀古诗题中应有之意蕴。正因如此,刘诗虽然题作《西塞山怀古》,但它比许、李二诗更加切合金陵怀古这个主题。清人汪师韩评刘诗曰:"假使感古者取三国、六代事,衍为七律,便使一句一事,包举无遗,岂成体制? 梦得之专咏晋事也,尊题也。下接云'人世几回伤往事',若有上下千年,纵横万里在其笔底者。山形枕水之情景,不涉其境,不悉其妙。至于芦荻萧萧,履清时而依故垒,含蕴正靡穷矣。所谓'骊珠'之得,或在于斯者欤?"这是后人对白居易评语的回应,也是对刘诗题旨的准确论断。

此外,就怀古诗抒写诗人怀抱的角度来看,刘诗也堪称出类拔萃。许诗是标准的怀古诗写法,所抒写的是诗人面对古迹兴起的沧桑之感。清人金圣叹评末句云:"'青山似洛中',掉笔又写王气依旧未终。"(《贯华堂选批唐才子诗》)实为误解。金陵四周环山,山川形势颇似洛阳。故晋室南渡后,士人在金陵缅怀故都洛阳,叹曰:"风景不殊,正自有山河之异!"(《世说新语·言语》)许诗意乃金陵之山川形势一如洛阳,意即两地皆曾迭经兴亡,非谓其仍有王气也。李诗前六句所抒之沧桑感,一如许诗。尾句中明言"独来惆怅",更突出诗人自我,其怀古情思则略同于许诗。刘诗则不同。其前六句也是抒写沧桑之感,情绪比较低沉,但尾联未像许、李二诗那样喟然叹息,反而颇能振起,清人何焯评曰:"今则四海为家,旧时军垒无所复用,惟见芦荻萧萧耳。然则兴亡得丧,古今亦复何常哉!"(《唐诗鼓吹评注》)清人陆贻典评曰:"末将无数衰飒字样写当今四海为家,于极感慨中却极壮丽,何等气度,何等结构! 此真唐人怀古之绝唱也。"(《唐诗鼓吹笺注》)清人张谦宜则评曰:"太平既久,向之霸业雄心消磨已净。此方是怀古胜场。"(《茧斋诗谈》)今人刘学锴则指出当时"安史之乱以来藩镇割据叛乱的局面暂告结束,国家统一的局面终于重新出现","'故垒萧萧芦荻秋'的萧瑟景象中透露的正是对'今逢四海为家日'的欣慰与珍惜"(《唐诗选注评鉴》)。上引数说皆甚中肯,这正是"诗豪"刘禹锡独擅胜场的表现。明人胡应麟云"梦得骨力豪劲"(《诗薮》),同样的金陵怀古主题,刘诗远比许、李二诗来得爽朗健举,正是得力于此。

杜牧《过华清宫绝句》为何独占鳌头

　　长安城北的骊山,景色宜人,又有温泉可荡邪去疾,自古就是帝王游幸之地。《初学记》记载:"骊山汤,初始皇砌石起宇,至汉武又加修饰焉。"唐太宗贞观年间修建宫室于此,赐名"汤泉宫",唐高宗咸享年间改名"温泉宫"。唐玄宗登基后在此大兴土木,增其旧制,形成一座千门万户的大型行宫,并于天宝六载(747)改名为"华清宫",著名的"长生殿"即在宫中。从开元后期起,玄宗几乎每年十月都会率贵戚权臣到此游幸,岁尽始还长安。由于玄宗宠幸杨妃的经历与其游幸华清宫基本重合,"春寒赐浴华清池"、"七月七日长生殿"(白居易《长恨歌》)等传闻遂不胫而走。安史乱起,华清宫随即毁圮,其后的唐朝诸帝也不再至此游幸。后代诗人来到骊山,无不感慨万千,华清宫便成为他们抒写沧桑之感的绝佳主题。晚唐诗人中杜牧有《华清宫三十韵》、温庭筠有《过华清宫二十二韵》、张祜有《华清宫和杜舍人》(三十韵)等,皆是感慨深沉的佳作。然而,流传最广的华清宫诗无过于杜牧的《过华清宫绝句三首》之一。那么,杜牧此诗为何能力压众作、独占鳌头呢? 为免词费,本文仅将它与其他相同主题的晚唐七言绝句进行比较。

　　我们关注的对象计有杜牧《过华清宫绝句三首》、李商隐《华清宫》二首、崔橹《华清宫三首》、吴融《华清宫二首》及《华清宫四首》。这十四首华清宫绝句都是写的怀古主题,但是具体写法则各有千秋,大致可分成五类:第一类是描写安史乱后华清宫的满目荒凉,如崔橹《华清宫三首》。第二类也是描写故宫之荒凉,但增加了玄宗在乱后旧地重游的虚拟情节,如吴融的第五、六首:"上皇銮辂重巡游,雨泪无言独倚楼。惆怅眼前多少事,落花明月满宫秋。""别殿和云锁翠微,太真遗像梦依依。玉皇揾泪频惆怅,应叹僧繇彩笔飞。"第三类写长生不可求,哀叹玄宗沉迷不悟之可悲,如吴融的第二首："长生秘殿倚青苍,拟敌金庭不死乡。无奈逝川东去急,秦陵松柏满残阳。"第四类写玄宗贪图享乐,宠幸杨妃,导致亡国悲剧,如杜牧的第二首："新丰绿树起黄埃,数骑渔阳探使回。霓裳一曲千峰上,舞破中原始下来。"李商隐的第二首："朝元阁迥羽衣新,首按昭阳第一人。当日不来高处舞,可能天下有胡尘。"第五类只写昔时华清宫之繁华热闹,对其荒废则一字不提,如杜牧的第一、三首与吴融的第一首。

五类诗中,第二类的写法略似传奇,用于长篇叙事诗如《长恨歌》自无不可,但用来写怀古绝句则非其宜。第三类讥刺玄宗未中其要害,因为导致玄宗昏政失国的并非追求长生。所以这两类诗的成就稍逊一筹,暂不置论。第四类包含了玄宗贪图享乐导致失国的整个过程,照理说应是华清宫主题最妥善的写法,但由于前因后果都交代得一清二楚,诗人的讽刺态度又直截显露,遂致缺少韵味,不耐咀嚼。清人何焯评李商隐诗云:"寓意颇浅。"屈复则评曰:"唐人华清诗佳者甚多,玉溪每于此类题皆浅露。"(《李商隐诗歌集解》引)杜牧的第二首也有类似的疵病,高才偶然失手,堪称败笔。排除上述三类后,我们来把比较成功的一、五两类进行比较。

当诗人在某个地点进行怀古时,他的着眼点无非是两点:一是此地当前的情景,二是往昔曾发生过的历史事件。上述第一类的写法是仅及眼前,通常是慨叹眼前之荒凉寂寞;第五类的写法则是仅及往昔,通常是追忆往昔之繁盛热闹。当然,对眼前荒凉的慨叹实即包含着对往昔繁华的追慕,对往昔繁华的追忆实即植根于对眼前荒凉的怅惋。所以这两类写法的实质都是把某些内容(主要是诗人内心的情思)隐藏于字里行间,从而达到意在言外、含蓄不尽的艺术境界。这两类手法自身并无高下之分,只要运用得当,都能写出优秀的怀古诗来。比如属于第一类的崔橹诗《华清宫三首》之一:"草遮回磴绝鸣銮,云树深深碧殿寒。明月自来还自去,更无人倚玉栏干。"明人敖英评云:"离宫凄寂之景,描写入神,奚啻诗中有画。"(《唐诗绝句类选》)又如其三:"门横金锁悄无人,落日秋声渭水滨。红叶下山寒寂寂,湿云如梦雨如尘。"宋人谢枋得评云:

"形容离宫荒废寂寞之状尽矣，可与杜子美《玉华宫》诗参看。此诗只四句，尤简而切。"（《注解选唐诗》）同理，属于第五类的吴融《华清宫二首》之一："四郊飞雪暗云端，唯此宫中落旋干。绿树碧檐相掩映，无人知道外边寒。"谢枋得评曰："知华清宫之暖，不知外边之寒，士怨、民怨、军怨皆不问矣，如之何不亡！此诗意在言外，非诗人不知其巧。"（《注解唐诗选》）当年杜甫途经骊山时面临着华清宫中"暖客貂鼠裘"而宫外却是"路有冻死骨"（《自京赴奉先县咏怀五百字》）的黑暗现实，遂预感到唐帝国之大厦将倾。晚唐诗人吴融追忆安史之乱时重温此历史悲剧，感慨何如！

那么，杜牧的《过华清宫绝句》之一又是如何在第一、第五类中卓然挺出、独占鳌头的呢？请看此诗："长安回望绣成堆，山顶千门次第开。一骑红尘妃子笑，无人知是荔枝来。"玄宗晚年失德，骄奢淫逸之状，罄竹难书。他率领杨妃等人在华清宫中恣意享乐之状，也是罄竹难书。然而杜牧仅仅选取其中一个细节：华清宫的千门万户依次打开，一个骑者从山下绝尘奔来，众人皆不知来者何事，只有杨妃开颜欢笑，原来是她酷嗜的荔枝送到了！后人对此诗好评如潮，谢枋得云："明皇天宝间，涪州贡荔枝到长安，色香不变，贵妃乃喜。州县以邮传疾走称上意，人马僵毙，相望于道。'一骑红尘妃子笑，无人知是荔枝来'，形容走传之神速如飞，人不见其为何物也。又见明皇致远物以悦妇人，穷人之力，绝人之命，有所不顾，如之何不亡！"（《叠山先生注解章泉涧泉二先生选唐诗》）明人敖英云："此赋当时女宠之盛，而今日凄凉之意于言外见之。"（《唐诗绝句类选》）近人俞陛云曰："唐人之过华清宫者，辄生感慨，不过写盛衰之感。此诗以华清为题，而有褒姬烽火一笑倾国之慨。"（《诗境浅说续编》）诸家皆称道此诗的意蕴之深厚、构思之巧妙。若与杜牧的另一首华清宫绝句以及李商隐的一诗相比，则更可清楚地看出其不同凡响。杜牧《过华清宫绝句》之三："万国笙歌醉太平，倚天楼殿月分明。云中乱拍禄山舞，风过重峦下笑声。"李商隐《华清宫》："华清宫幸古无伦，犹恐蛾眉不胜人。未免被他褒女笑，只教天子暂蒙尘。"此首小杜诗对玄宗乱政的讽刺也相当含蓄，玄宗宠信安禄山,与他宠爱杨妃一样,都是导致国家动乱的乱阶。但躯体肥壮的安禄山乱跳胡旋舞,这个意象毫无美感可言,与描写华清宫之华美的背景极不和谐,全诗意境遂欠浑融。李商隐诗对玄宗的讥刺入骨三分,但语气过于尖刻,清人纪昀评曰:"刻薄尖酸,全无诗品。"(《诗说》)语或过火,但确实深中其病。相对而言,杜牧的《过华清宫绝句》之一则无懈可击。诗人选择杨妃在骊山顶上开颜一笑的细节为关键,表面上是客观的叙述与描写,一字未及褒贬。明眸皓齿的杨妃嫣然一笑,真乃一个绝美的意象。然而贵妃的一笑,导致"人马僵毙"的后果,合末句而读之,则正像清人蒋弱六评杜甫《丽人行》所云:"美人相,富贵相,妖淫相,后乃出现罗刹相。"这是严于斧钺的讽刺,却不露声色,手法最为高明。后人在数目众多的华清宫绝句中独推此首,笔者的看法也是"吾从众"。至于荔枝送到长安时杨妃是否在华清宫中等细节,则诗人完全有虚构的自由,无需多议。

杜荀鹤的《春宫怨》是恶诗吗

　　杜荀鹤的《春宫怨》是其名作,"风暖鸟声碎,日高花影重"一联更是其中名联,宋人毕仲询云:"杜荀鹤诗鄙俚近俗,唯宫词为唐第一,云:'早被婵娟误,欲妆临镜慵。承恩不在貌,教妾若为容。风暖鸟声碎,日高花影重。年年越溪女,相忆采芙蓉。'故谚云:'杜诗三百首,唯在一联中。''风暖鸟声碎,日高花影重'是也。"(《幕府燕闲录》)清人贺裳则云:"《春宫怨》,不唯杜集首冠,即在全唐亦属佳篇。"(《载酒园诗话又编》)此诗或谓乃周朴所作(详见欧阳修《六一诗话》),但据佟培基先生所考,此诗首见于《唐人选唐诗》中的《又玄集》、《才调集》,皆署杜名,故理应归于杜荀鹤名下。本文要讨论的问题是,有人力排众议,称此诗为"恶诗",是否有理?

　　清人王夫之云:"晚唐饾凑,宋人支离,俱令生气顿绝。'承恩不在貌,教妾若为容。风暖鸟声碎,日高花影重',医家名为关格,死不治。"(《姜斋诗话》)又云:"'风暖鸟声碎,日高花影重',词相比而事不相属,斯以为恶诗矣。"(《古诗评选》,按原文一作"风急")"关格"是中医学名词,意即"死症"。那么,在王夫之的眼中,《春宫怨》的中间二联,尤其是其最负盛名的颈联,究竟患了什么不治之症呢? 王夫之指出的"晚唐饾凑",是否说中了此诗的病根?

　　"饾凑"即堆砌杂凑之意,王夫之论诗好用此词,比如他批评韩愈云:"若韩退之以险韵、奇字、古句、方言,矜其饾辏之巧。巧诚巧矣,而于心情兴会,一无所涉。"(《姜斋诗话》)笔者曾在拙文《论韩愈诗的平易倾向》中指出王氏对韩诗的批评仅适用于少数韩诗,且引叶燮之言为证:"作诗有性情,必有面目。……举韩愈之一篇一句,无处不可见其骨相峻嶒,俯视一切,进则不能容于朝,退又不肯独善于野,疾恶甚严,爱才若渴,此韩愈之面目也。"(《原诗》)如果说王氏对韩诗的批评是以偏概全,从而导出偏颇之论,那么他对

《春宫怨》的贬斥就是只见皮毛，从而良莠不分。"风暖鸟声碎，日高花影重"一联为何是"词相比而事不相属"呢？从此联自身来看肯定是毫无道理，因为上、下句均是描摹风和日丽、鸟语花香之春光，浑然一气，绝非"事不相属"。王氏所云，当是将此联与上联合而观之。他可能认为上联写宫人失宠，意绪悲切，而此联却喜气洋洋，两者互相矛盾，故为"饾凑"，乃成"关格"。王氏也可能是将此联与全诗合而观之，既然整首诗是写春日宫人之怨，而此联却写春光明媚可喜，毫无怨意，故而"词相比而事不相属"，全篇遂成"恶诗"。如果这样的推测属实的话，王夫之对此诗的指责可谓无的放矢。诗题"春宫怨"，也即春日之宫怨。被幽禁在深宫里虚度光阴的宫女心怀怨恨，一年四季并无差别。正如白居易《上阳白发人》所云："莺归燕去长悄然，春往秋来不记年。唯向深宫望明月，东西四五百回圆。"寒风萧瑟、阴雨连绵的秋季当然使宫女满怀悲伤，阳光明媚、鸟语花香的春季又何尝能让她们心怀喜悦？年复一年，春往秋来。宫女们既悲秋，又伤春，"风暖鸟声碎，日高花影重"的情景又怎会与"春宫怨"的主题有所违碍？怎会"词相比而事不相属"？况且王夫之本人说过："以乐景写哀，以哀景写乐，一倍增其哀乐。"（《姜斋诗话》）"风暖鸟声碎，日高花影重"一联正是"以乐景写哀"一个范例。俞陛云解曰："五句言天寒鸟声多噤，至风暖则细碎而多。六句言朝晖夕照之时，花多侧影。至日当亭午，则骈枝叠叶，花影重重。用'碎'字、'重'字，固见体物之工，更见宫女无聊，借春光以自遣，故鸟声花影体会入微。"（《诗境浅说》）况且"风暖"、"日高"的明媚春光定会使宫女深切地感受到自家的青春年年空度，这是刻画宫女内心愁怨的神来之笔！从全诗来看，首联写宫女的心态，由于被美貌所误（多半是蛾眉见嫉），故无心梳妆。颔联进一步抒写宫女之心思：既然未能以美貌而承恩，那又教我如何修饰仪容呢？清人贺裳评此联曰："此千古透论。卫硕人不见答，非貌寝也。张良娣擅权，非色胜也。……读此，觉义山之'未央宫里三千女，但保红颜莫保恩'，尚非至论。"（《载酒园诗话又编》）颈联转写宫中春光明媚，从反面衬托宫女之苦闷无聊。尾联宕开一笔，从眼前之春光回忆起进宫之前与女伴采莲于越溪的乐事,如今只能年复一年地付诸空想。清人何焯评尾联曰:"入宫见妒,岂若与采莲者之无猜乎! 落句怨之甚也。"(《瀛奎律髓汇评》)四个层次环环相扣,逐步深入,将"春宫怨"这个主题刻画得淋漓尽致,前引毕仲询、贺裳对此诗的高度赞誉,诚非虚言。王夫之所谓"晚唐饾凑",真是从何说来!

况且此诗还有更深一层的意蕴。徐子扩评云:"此诗为久困名场而作,于六义属比。士之才犹女之色也,故托以自喻,极为切至。五、六一联,见得意之人,纷纷乘时而喜悦者众也。末言己虽失意,年年随计,志犹未已,亦可叹也。故思其友之同事者为言。"(《才调集补注》)清人黄生则云:"此感士不遇之作也。才人恃才,不肯侥幸。苟得而幸获者,皆不才之人。是反为才所误,故为愤而自悔之词。借入宫之女为喻,反不若溪中女伴,采莲自适,亦喻不求闻达之士,无名场得失之累也。"(《唐诗摘抄》卷一)俞陛云亦云:"此诗虽为宫人写怨,哀窈窕而感贤才,作者亦以自况。失意文人望君门如万里,与寂寞宫花同其幽怨已。"(《诗境浅说》)这些意见虽然不尽准确,但指出此诗含有自况意味的结论却是可信的。笔者完全认同刘学锴先生对此诗的总结:"唐人的宫怨诗多数未必有寄托,但杜荀鹤的这首《春宫怨》则明显是有寄托的。'女无美恶,入宫见妒;士无贤不肖,入朝见嫉',正揭示出宫女与文士在命运上的相似性,以及托宫女的怨情以寄寓才士之不遇的艺术构思的合理性。但这首有托寓的宫怨诗的好处,主要表现在将宫女的怨情写得非常真切细腻、婉曲含蓄,富于生活实感,毫无有些托寓之作从概念出发,用类型化的比喻,表达固定化的意旨,缺乏生活气息的弊病。即使完全当作一首单纯的宫怨诗来欣赏,也是一首优秀之作。"(《唐诗选注评鉴》)王夫之本是一位眼光极高的诗评家,然而智者千虑或有一失,他对此诗的评价则是将璞玉看成了顽石。所以我们可以理直气壮地否定王夫之的论断,杜荀鹤的《春宫怨》是唐代宫怨诗中难得一见的佳作,根本不是"恶诗"!

"余事作诗人"的王安石

诗是中国古典文学皇冠上最耀眼的明珠,诗人的桂冠是多少才人终生追求的梦想。然而奇怪的是,中国诗歌史上最杰出的诗人往往志不在此,韩愈的诗句"余事作诗人"(《和席八十二韵》)便是对此种现象的一个总结。李白自述其志曰:"奋其智能,愿为辅弼,使寰区大定,海县清一。"当他偶然被唐玄宗用为"御用诗人"后,却有意地"浪迹纵酒,以自昏秽",从而摆脱那顶桂冠。杜甫也始终以政治家自居:"许身一何愚,窃比稷与契。"他最终以"诗圣"的身份载入千年史册,但南宋的陆游仍为此愤愤不平:"后世但作诗人看,使我抚几空嗟咨!"王安石也是如此,所以当我想为纪念王安石千年诞辰写篇短文时,这句韩诗便成为最合适的题目。

作为历史文化名人的王安石具有多重身份:政治家、思想家、文学家。作为政治家与思想家的王安石在生前身后都引起巨大的争议,至今未息,且将永远持续下去。作为文学家的王安石却是众口交赞,几无异议。可是王安石对自己的人生设计并不是文学家,他27岁时初识欧阳修,后者赠诗称道他"翰林风月三千首,吏部文章二百年"(《赠王介甫》),这可是文坛盟主的高度赞许。但王安石答诗云:"欲传道义心虽壮,强学文章力已穷。他日若能窥孟子,终身何敢望韩公。"(《奉酬永叔见赠》)明确表示其志不在文学。进入仕途以后,王安石把主要精力用于政治与学术,虽也时时作诗,但并不多耗心力。其早期诗作中常有政治见解的韵语表述,如《感事》、《兼并》、《收盐》、《发廪》,诗风浅率直露,缺少韵味。早期诗作中偶有艺术精巧者,如36岁所作《送裴如晦即席分题三首》之押险韵而甚工,同年所作《虎图》之用僻典而甚妥,但二诗都是在欧公座上与众客唱酬而成(分见龚颐正《芥隐笔记》、《漫叟诗话》)。王安石好胜心强,在文坛盟主的座间与众人唱和时必欲力拔头筹,乃致如此。安石真正用力写诗,是在他退居江宁的最后十来年间。陈师道云:"荆公诗云:'力去陈言夸末俗,可怜无补费精神。'而公平生文体数变,暮年诗益工,用意益苦,故知言不可不慎也。"(《后山诗话》)所以王安石真是一位"余事作诗人"的文学家。然而恰恰是他成为北宋最杰出的诗人之一,从而与苏轼、黄庭坚并称元祐诗坛三大家(王卒于元祐元年,所谓"元祐诗坛",即指诗史意义上的北宋中后期)。那么,一位志不在文学的人怎会成为垂名千古的大诗人呢? 换句话说,王安石在他最关注的政治、思想等方面并未达到有口皆碑的高度,而在他不甚措意的诗歌写作上反而获得巨大的成功,原因何在呢?

　　我认为主要原因在于王安石的人格、个性迥异常人,这种个性强烈的品性对政治家与思想家都是利弊参半的,惟独对文学创作倒是有益无害。王安石胸怀大志,他在《忆昨诗》中回忆道:"男儿少壮不树立,挟此穷老将安归。……材疏命贱不自揣,欲与稷契相遐希。"可见他的人生目标颇似杜甫:辅佐君王,以达到治国平天下的理想。与生不逢辰的杜甫不同,王安石获得了大展宏图的机会,他39岁担任三司度支判官之职,随即上书仁宗皇帝,提出全面改革朝政的方针,虽然未获采纳,但已开始真正的政治生涯。8年之后神宗登基,先任王安石为翰林学士,2年后又擢其为参知政事,此时王安石49岁,而神宗只有22岁。一位年富力强的宰相遇到一位年轻有为的皇帝,两人又是同样的励精图治,君臣相得,风云际会,新政随即轰轰烈烈地展开。照理说此时实行变法,正得天时。对于冗官冗兵、积贫积弱等弊病,当时的士大夫都有相当清醒的认识。自从范仲淹的庆历新政以来,朝官们不断地上书要求变革。就在王安石向仁宗上万言书的2年之后,苏轼向朝廷献《进策》25篇、《策别》17篇,同样要求全面改革朝政。可惜神宗与王安石急于求成,独断专行,他们推行新政的手法与速度均与《老子》所谓"治大国若烹小鲜"的精神背道而驰,刘挚形容新政说:"二三年间,开辟动摇。举天地之内,无一民一物得安其所者。……数十百事交举并作,欲以岁月变化天下。"苏轼则批评新政说:"譬如乘轻车,驭骏马,冒险夜行,而仆夫又从后鞭之。"如此一路狂奔,结果就是新政之弊病百出,以及新旧两党之势不两立。对此,神宗与王安石都负有不可推卸的责任。《宋史》本传称王安石"议论高奇,能以辨博济其说,果于自用,慨然有矫世变俗之志"。的确,王安石自视甚高,目中无人。他坚信自己的主张绝对正确,而别人的异论都属谬误。《邵氏闻见后录》记载:"王荆公初参政事,下视庙堂如无人。一日,争新法,怒目诸公曰:'君辈坐不读书耳!'"虽出传闻,当亦事出有因。其实在不赞成新法的朝臣中,如欧阳修之兼长经学、史学与文学,司马光之精于史学,苏轼、刘攽之博极群书,岂能谓之"不读书"?《答司马谏议书》云:"辟邪说,难壬人,不为拒谏。"将不同的政见一概斥为"邪说",将持不同政见者一概斥为"壬人",行文固然廉悍痛快,这封仅有 300 余字的短书由此成为古文名篇。但身为宰执而如此看待朝中同僚,政治家的风度何在? 当时的旧党人士,如欧阳修、韩琦、吕公著、司马光、李常、苏轼等人,有谁是真正的"壬人"? 倒是王安石引为同道的新党人士,如被安石"朝夕汲引之"的吕惠卿,以及邓绾等人,其言行举止颇似"壬人"。此外,当神宗说到民间对新法有所怨言时,王安石竟说:"祁寒暑雨,民犹怨咨,此无庸恤。"可见"人言不足恤"的名言多半不是出于旧党伪造,而是王安石用来拒谏的挡箭牌。这种绝对自信,拒绝所有不同意见的态度,对于政治家王安石的正面作用是勇于进取,百折不挠,成为鲁迅所说的"苦干的人"或"拼命硬干的人"。但是身为受到皇帝宠信的宰辅,将未经仔细论证及小范围试行的一己之见作为政令在全国强行推开,"拼命硬干",岂能保证一定有利于国、有益于民? 谁能保证其一己之见就是毫无瑕疵的绝对真理? 当初王安石知鄞县时,曾经"起堤堰,决陂塘为水陆之利,贷谷于民,立息以偿……吏人便之"(《东都事略》),但日后知常州时不顾异议而开凿运河,却是"劳人费财于前,而利不遂于后,此安石所以愧恨无穷也"(王安石《与刘原父书》)。日后在全国强令推行"青苗法",更是招至民怨沸腾。可见仅凭一己之见来发令施政,"拼命硬干",往往会事与愿违,并非江山社稷之福。

　　相反,果敢自信、坚持己见的性格特征对于文学家王安石倒是利大于弊。文学创作是一种属于观念形态的文化活动,它务虚而不务实,它追求个性之独特鲜明而不求大众之附和趋同,诗歌写作尤其如此。首先,王安石在诗歌中直抒胸臆,披露心迹,塑造了一位性刚志远的政治家的自我形象。写得最有特点的是下面两类:一是咏史诗。例如《贾生》:"一时谋议略施行,谁道君王薄贾生。爵位自高言尽废,古来何啻万公卿。"历来咏贾生诗皆言其不遇,此诗力排众议,认为对于朝臣而言,政见被采纳才是君主的最大恩惠,至于爵禄之高低,则不足道也。又如《孟子》:"沉魄浮魂不可招,遗编一读想风标。何妨举世嫌迂阔,故有斯人慰寂寥。"孟子的政治理想高远而不合时宜,当时被人目为"迂远而阔于事情",王安石的政见也不被众人认同,故认孟子为异代之知己。后人或批评二诗直率浅露,但它们旗帜鲜明地抒情述志,一位刚强自信的大政治家恍在目前,实为风格独特的抒情佳作。又如《明妃曲》二首,论者皆赞叹其议论精警,不落俗套,除了高度自信的王荆公,谁能写出"人生失意无南北"的警句,谁又敢写出"汉恩自浅胡自深"之句!二是咏物诗。王安石早期咏物名作有《与舍弟华藏院此君亭咏竹》:"一径森然四座凉,残阴余韵去何长。人怜直节生来瘦,自许高材老更刚。曾与蒿藜同雨露,终随松柏到冰霜。烦君惜取根株在,欲乞伶伦学凤凰。"其晚期名作有《北陂杏花》:"一陂春水绕花身,花影妖娆各占春。纵被春风吹作雪,绝胜南陌碾成尘。"前者咏竹,直截浅露;后者咏杏,含蓄蕴藉。风格虽异,但将自我品格投射于所咏花木的手法是相同的。虽然王安石晚年对前一首甚为不满,但读者相当欣赏,早已被人刻成诗牌悬于亭中,流传甚广,以致安石叹息"不可追改"。"诗言志"是中国诗歌的开山纲领,后人或以为"诗言志"与"诗缘情"是不同的诗学观念,其实在最初,"志"与"情"的内涵是基本一致的,"志"就是"情","言志"也就是后人所说的"抒情"。屈原自道其创作旨趣是"发愤以抒情",他用"情"字来概括自己的全部精神活动和心理状态。由此可见,中华先民对诗歌的性质有着一致、明确的认识:诗歌是抒写人类内心世界的一种文本,诗歌最主要的性质就是抒情,诗歌最主要的表现对象就是抒情主人公自身。王安石的诗歌创作直抒胸臆,淋漓尽致地披露了大政治家的伟大胸怀,全面生动地展现了大政治家的伟岸形象,正得益于其果敢自信、无所忌讳的独特性格。

其次,刚强自信、勇为人先的性格使得王安石在诗歌艺术上戛戛独造,不随流俗。安石才高学富,进行文学创作时随心所欲,游刃有余。他年将半百时在汴京偶作六言绝句《题西太一宫壁》二首,被后人誉为"绝代销魂"(《宋诗精华录》卷二)。他很少填词,今存词作不足 20 首,但晚年退居江宁后偶尔作《桂枝香·金陵怀古》,却在时人的 30 多首同调之作中独拔头筹(《古今词话》)。相传苏轼见到这两首作品后都曾赞叹说:"此老野狐精也!""野狐精"意即神变莫测,无所不能,这是一位天才诗人对另一位天才诗人的由衷钦佩。王安石的年辈晚于欧阳修而早于苏轼、黄庭坚,当时的诗坛风气正处于摆脱唐诗规范并开创宋诗风调的关键阶段。从欧、梅到苏、黄,代表着当时诗坛的主要潮流。王安石却与上述潮流乍离乍合,体现出较强的独创性。缪钺先生指出:"唐诗技术,已甚精美。宋人则欲百尺竿头更进一步。盖唐人尚天人相半,在有意无意之间,宋人则纯出于有意,欲以人巧夺天工矣。"(《论宋诗》)在"以人巧夺天工"这个方面,王安石诗达到的程度举世无双。炼字如"空场老雉挟春骄"(《自金陵至丹阳道中有感》)之"挟"字,"春风又绿江南岸"(《泊船瓜洲》)之"绿"字;押韵如《送裴如晦即席分题三首》之两押"而"韵,《读眉山集次韵雪诗五首》之五押"叉"韵;对仗如"杀青满架书新缮,生白当窗室久虚"(《和杨乐道见寄》),"御水新如鸭头绿,宫花更有鹤翎红"(《后苑详定书怀》);用典如《虎图诗》之用《庄子》郭象注,《张侍郎示东府新居诗,因而和酬二首》之用韩愈《斗鸡联句》句意;皆属精工巧丽,思入毫芒。陈师道评当时诗人云:"王介甫以工,苏子瞻以新,黄鲁直以奇。"(《后山诗话》)这个"工"字,真是非王诗莫属。更值得注意的是,苏、黄二人在追求新奇工巧的同时,更倾心于平淡之美。到了晚年,苏诗体现出向陶诗风调靠拢的迹象,黄诗也出现质朴平淡的倾向,而王诗却将对"工"的追求推向极致。试看两个作于晚期的例子："含风鸭绿鳞鳞起，弄日鹅黄袅袅垂"之对仗，锱铢必较，无字不对，而且这首《南浦》是七言绝句，本来无需对仗。再看"一水护田将绿绕，两山排闼送青来"(《书湖阴先生壁》)之用典，不但"用汉人语以汉人语对"，而且句意浑融，初读不觉其用典。如此推敲艺术，可谓细入毫芒。钱锺书先生批评王安石："每遇他人佳句，必巧取豪夺，脱胎换骨，百计临摹，以为己有。或袭其句，或改其字，或反其意。集中作贼，唐宋大家无如公之明目张胆者。"(《谈艺录》)其实这也是王安石追求工巧的一种表现，出于要与前人"佳句"较量一番的好胜心理，"或袭其句，或改其字，或反其意"正是精益求精、必欲求胜的具体手段。总之，王安石诗"雅丽精绝"的优点，是其恃才傲物、极端自负的性格在诗歌创作中的体现。我猜想，当王安石以戛戛独造的艺术造诣傲视诗坛时，他心中多半会涌出"君辈坐不读书耳"或是"君辈坐才不足耳"的慨叹。

　　总之，王安石的性格特征对其政治家身份利弊参半，他在获得勇于进取、积极有为的声誉的同时，也遭致刚愎自用、拒谏饰非的恶名。但对其文学家身份，尤其是诗人身份来说，这样的性格特征导致个性鲜明、不同流俗等优点，这正是王安石成为北宋大诗人的重要原因。正所谓成也萧何，败也萧何！

曾巩研究最新成果的集中展示

曾巩是北宋最负盛名的文学家之一，欧阳修《送杨辟秀才》中赞曾为"百鸟而一鹗"，王安石《赠曾子固》赞曰："曾子文章众无有，水之江汉星之斗。"苏轼《送曾子固倅越得燕字》赞曰："醉翁门下士，杂沓难为贤。曾子独超轶，孤芳陋群妍。"欧、王、苏三人皆非轻许他人者，但对曾巩则交口赞誉，可见其文名之盛。曾肇《亡兄行状》云："欧阳文忠公赫然特起，为学者宗师。公稍后出，遂与文忠公齐名。"此非昆弟之私言，乃天下之公言也。《宋史·曾巩传》云："曾巩立言于欧阳修、王安石间，纡徐而不烦，简奥而不晦，卓然自成一家，可谓难矣。"此非一时之论，乃后世史家之定评。可惜到了现代，由于曾巩最擅长的古文不大符合今人受西方文论影响所持的"散文"概念，而曾巩诗歌的成就又被王安石、苏轼、黄庭坚等元祐三大家的光辉所掩盖，于是曾巩在学界与社会都长期处于无人问津的冷落境地。1983年，纪念曾巩逝世九百周年学术讨论会在曾巩家乡南丰举行，会议论文结集成《曾巩研究论文集》，王水照先生在序中论曾巩云："他曾得到他的老师、同辈、门生的交口称誉，其文学和学术地位在当时实与王安石、苏轼等相埒，历元明清而盛名不衰。但从'五四'以来，特别是开国以来，他的名字突然从中国文学史和学术史上消失了，遭到了异乎寻常的冷落。除了几部文学史一笔带过外，竟没有一篇研究文章。"此语真乃慨乎言之！

然而真正有价值的作家作品是人间奇珍，不可能永久湮没。就像龙泉、太阿那两柄著名的古代宝剑，虽被深埋在离南丰不远的丰城的狱屋地底，其精气仍然上冲斗牛，终究被晋人寻迹掘出，重现人间。故唐人郭震咏之云："何言中路遭弃捐，零落漂沦古狱边。虽复尘埋无所用，犹能夜夜气冲天。"曾巩及其著述也是如此，自从

1983 年的那次学术讨论会举办以来,相关的学术成果逐渐出现。1984 年,陈杏珍、晁继周点校的《曾巩集》由中华书局出版。1990 年,王琦珍所著《曾巩评传》由江西高校出版社出版。1997 年,李震所著《曾巩年谱》由苏州大学出版社出版。2000 年,宋友贤所著《曾巩传》由广东高等教育出版社出版。2009 年,李震所编《曾巩资料汇编》由中华书局出版。2011 年,李俊标所著《曾巩研究》由中国社会科学出版社出版。至于曾巩研究的单篇学术论文,更是时时刊登于各类学术期刊。2019 年是曾巩诞生 1000 周年,曾巩故里南丰县未雨绸缪,组织学者撰写《曾巩文化丛书》,并于 2019 年 6 月由江西人民出版社同时推出全书 8 册:王琦珍《曾南丰先生评传》,李震《曾巩年谱》,罗伽禄《曾巩家族》,李俊标《曾巩散文考论》,夏长老《曾巩政治思想研究》,夏汉宁《曾巩诗歌研究》,王永明《曾巩故事》,熊鸣琴《曾布研究》。它们或为旧著重刊,但都经过著者认真订补乃至重写;或为新著首发,更是曾巩研究的最新成果。与此同时,曾巩故里还认真筹办关于曾巩诞辰 1000 周年的各项纪念活动,其中最重要的便是由抚州市人民政府、北京大学中文系、中华文学史料学学会主办,南丰县人民政府承办的纪念曾巩诞辰 1000 周年学术研讨会。研讨会于 2019 年 9 月下旬在南丰隆重举行,并取得了圆满成功。一个有趣的事实是,宋代大文学家的称号中凡有地名者,多取其曾任地方长官或曾长期居住者,前者如王禹偁称"王黄州",后者如范成大称"范石湖"。虽然也有取其故乡地名者,但往往其号不彰,比如王安石虽然也称"王临川",但远不如"王半山"之名震遐迩;又如苏轼虽也称"苏眉山",但远不如"苏徐州"、"苏杭州"乃至"苏黄州"、"苏东坡"之妇孺皆知。只有曾巩,"南丰先生"或"曾南丰"的称号广为人知,永垂千古,成为与家乡地名结合最紧密的文人称号。曾巩对故乡一往情深,故乡也对曾巩投桃报李。当代的曾巩研究日益昌盛,便与南丰的地方政府及父老乡亲的努力推动有着直接的关系。曾巩地下有知,当感欣慰!

当然,对历史文化名人而言,最好的纪念是研究其历史功绩,阐发其历史意义。所以我认为，"纪念曾巩诞辰 1000 周年学术研讨会"最重要的意义在于会议上发表的学术论文。本次会议在论文方面可谓准备充分，成果卓著。会议组织方提前一年在全国范围内征求论文，得到学术界与社会各界的热烈响应，前后收到论文百余篇。大部分论文都在南丰的研讨会上进行宣读并进行讨论，与会者充分交流观点，商榷是非，较大程度地提升了曾巩研究的学术水平。会议结束后，主办单位又及时编纂会议论文集，为学术界留下可靠的文献记录。这部会议论文集的编纂过程比较特殊，有必要向读者进行介绍。早在会议举办之前，会议组织方就从收到的百余篇论文中剔除一般性的纪念文章或不合学术规范的论文 20 余篇，对其余 87 篇进行等级评定，并在会上给予奖励。值得注意的是，南丰方面参加会议筹备的有关人士并未参加论文评选工作，而是从学术界邀请长期从事宋代文学研究的学者担任评委。所邀请的学者中计有中国社会科学院二人，北京大学二人，复旦大学一人，中南民族大学一人，南京大学一人。七名评委认真研读了 87 篇论文，各自打分，然后统计总分，评定等第。评奖结果是：一等奖空缺，二等奖 3 人，三等奖 7 人，优秀奖 20 人。获奖论文中除了 3 篇将在学术刊物发表，其余 27 篇全部编入本集。所以说，本论文集实际上是从本次学术研讨会的全部论文中择优选取的优秀论文，它们完全能够代表本次研讨会所达到的学术水准，也基本上反映着当今曾巩研究所达到的学术高度。

我应会议组织方的邀请为这部论文集撰序，谨将本集与 1983 年那次曾巩学术研讨会的会议论文集对读一过，感慨良深。两次会议相隔 36 年，如今前一部论文集的作者中有不少学界前辈已经去世，尚健在者也大多年臻耄耋。后一部论文集的作者则多为年富力强的后起之秀，如今正活跃在曾巩研究的第一线。由此导致的结果是，两书的作者名单无一重复，却有好几对属于师生关系，鲜明地体现着曾巩研究中的代际传承。我更深的感受是，随着岁月的迁逝，我们的曾巩研究已经有了长足的进步，呈现出"长江后浪推前浪"的良好态势。如从内容来看,某些主题是两书共有的,比如曾巩古文,前书中共有 6 篇论文,后书中共有 8 篇论文;又如曾巩诗歌,前书中共有 4 篇论文,后书中共有 5 篇论文,数量大致相埒。但也有一些内容是前书中仅有滥觞,后书则大畅其流,比如曾巩的交游,前书中仅有一篇《曾巩与王安石、欧阳修》,后书中却有《陈师道与曾巩》《曾巩与王安石的交游疏密考辨》《历经坎坷真情在——也论曾巩与王安石的"始合终睽"》《欧梅唱和圈中的曾巩形象与创作》等四篇,论述的广度与深度均有所拓展。还有一些内容在前书中未曾涉及,在后书中却有较深透的论述,比如曾巩文集的版本渊源,后书中有《隆平续考——曾巩存世文献与隆平集比对研究》《元丰类稿的成书与版本》《元丰类稿元明刻本经眼录》等三篇,为我们深研曾巩提供了坚确的文献学基础。又如曾巩在诗文写作之外的贡献,后书中有《试论曾巩对西夏问题的关注》《文本背后的故事——曾巩在宋代海上丝绸之路历史地位考》二文论其政治思想及业绩,有《曾巩的图书编纂成就》论其文献整理之贡献。又如曾巩之家族,后书中有《金石学视野下的曾巩家族书法研究》《从史学到道理心性——论北宋南丰曾氏的家学传统及曾巩对家学的转化》二篇专题研究。总而言之,后书不但论文数量大增,而且在问题意识与论述深度上均超过前书。更值得指出的是,后书收录的三篇荣获二等奖的论文,即熊礼汇《浅论曾巩古文醇厚严密、简淡明洁所蕴涵的文学美感》、李俊标《隆平续考——曾巩存世文献与隆平集比对研究》、成玮《辨析几微:道论与曾巩古文风格的形成》,都是论析精微、观点新颖的长篇学术论文,堪称本次学术研讨会的一大亮点,也代表着当今曾巩研究所达到的最高水平。

　　继承传统文化,弘扬民族精神,是当代中国人义不容辞的历史使命。2019 年适值曾巩诞辰 1000 周年,曾巩故乡南丰与曾巩曾任地方长官的济南等地都举行了内容丰富的纪念活动。这本《纪念曾巩诞辰 1000 周年学术研讨会论文集》就是上述纪念活动的一个文献记录,从这重意义来说,本书是我们缅怀前贤、致敬传统的心声。如果单从学术的意义来看,则本书既是对曾巩研究已有成果的总结,也是促进曾巩研究百尺竿头更进一步的起点。我作为一个长期从事宋代文学研究的专业工作者,对论文集的编成深感欣喜,谨拟序述其始末。

《苏轼文集校注》的重要成就

曹雪芹说他写作《红楼梦》的辛勤过程是"十年辛苦不寻常"，今人也常用"十年磨一剑"来评说一部沉潜多年方告成书的著作，但是这两句话都不足以形容《苏轼全集校注》这部皇皇巨著。2010年6月，由张志烈、马德富、周裕锴三位先生主编的《苏轼全集校注》在河北人民出版社正式出版，此时距离该书编纂工作的启动已经二十四个春秋了。在《苏轼全集校注》的整个编纂工作中，《苏轼文集校注》的任务格外艰巨，因为它在注释方面几乎是白手起家，在编年方面也仅有部分篇目有前人论著可供参考。与前人的注释已相当详尽、编年也相当完备的苏轼诗集、词集相比，苏轼文集的校注堪称苏轼研究史上筚路蓝缕的重大事件。笔者以先睹为快的心情从文集开始阅读，本篇书评也仅以文集为评说对象。《苏轼全集校注》前言中说："苏文除了略参考《经进东坡文集事略》注释外，大多为首次自作新注，考订编年，探究本事，解释词义，都有所创获。"诚非虚言。下面分别就这三个方面来评说《苏轼文集校注》（下文简称为《文集》）的成就。

一、考订编年

首先，《文集》进行编年时往往广泛地搜求证据，例如卷一九《谷庵铭》，《文集》据《全宋文》所载孔宗翰《题东坡书谷庵铭后》以定此铭之作年。孔宗翰文名不著，此条材料可谓相当冷僻，要不是《文集》编写组的成员大多参加过《全宋文》的编纂工作，恐怕很难得知。有的苏文仅凭一条材料尚不足支撑准确的编年，《文集》就运用多种材料，反复推求，以求证据之充分与结论之周匝，有时一则校注竟等同于一篇短论。例如卷一九《远游庵铭》，正文并序不足三百字，关于编年的一则校注却长达一千余字，论证非常周密。

对于此铭,《苏诗总案》系于绍圣三年(1096),其时苏、吴两人重逢于惠州;《文集》则系于熙宁十年(1077),其时苏、吴两人初识于济南,两种编年前后相差几二十年,所考定的写作地点则南北相去数千里。《文集》首先指出《总案》的编年是在臆改正文的基础上得出的,也即将原文中对编年起着关键作用的"今子野行于四方十余年矣"改成"三十余年",而这种改动没有任何版本依据,不足为训。然后从四个方面证实旧说之谬:一是据苏轼在黄州、惠州时给庵主吴复古的书信考知两人初遇事在熙宁十年,又据苏辙答吴复古诗参证之;二是据苏轼在黄州与吴书及苏辙赠吴诗考知吴复古与苏轼在济南相别后随即南归潮州,与此铭所叙吴之行迹相合,故此铭当作于是时;三是以郑侠《岁寒堂记》叙及吴复古行迹及苏轼此铭之内容为旁证,证实此铭必作于苏轼贬谪黄州之前;四是据此铭中多处涉及吴复古南归而自己不能追随之句意,反证此铭不可能作于绍圣三年苏轼与吴复古重逢于惠州之时。总之,此条校注分别以铭文的内容、作者及庵主的行迹及交游、作者的其他作品、别人的相关作品为参证材料,既细究内证,又广搜外证,用多重证据细加考订,终于导出合理的结论。如果将它抽出来作为一篇独立的短文,也完全合格。

其次,《文集》的编年体现出实事求是的探索精神,故能对原有编年的舛误予以驳正。例如卷一一《净因院画记》,孔本此文之末句云"元丰三年端阳月八日苏轼于净因方丈书",从表面上看,将此文系于元丰三年(1080)确凿无疑。然《文集》于不疑处有疑,先是指出:"然细绎文意,此文当作于文同出守陵州之前。元丰三年文同早已去世,又其年苏轼已贬赴黄州,而净因院在汴京城内,亦无于净因方丈作记之可能。今考宋施宿《东坡先生年谱》上、《苏诗总案》卷六,均言文同知陵州为熙宁三年(1070)事,则本文作于是年无疑。"然后又细究原文之异文:"西楼帖有此文,文末作'□□三年十月初五日赵郡苏轼□,笔冻不成字,不讶'。案,《续资治通鉴长编》卷二一三载文同熙宁三年七月降一官,出知陵州当在七月后。苏轼《送文与可出守陵州》诗有'素节凛凛欺霜秋'之句,可与西楼帖中时日相参证。……以此推测,此文当作于熙宁三年十月初五。"原来,孔本的末句是据《盛京故宫书画录》卷二所载而改,并以之置换了"□□三年十月初五日赵郡苏轼□,笔冻不成字,不讶"之句。虽说两种异文都有书录为根据,但是苏文的内容当然是最重要的内证。况且《文集》还细考文同与苏轼两人的行事,以及此事在苏诗中的反映,合而证之,遂成定谳。

即使原有的编年曾见于数种文献,《文集》也决不人云亦云,而是本着实事求是的精神细究其实,例如卷一二《方丈记》,南宋罗大经的《鹤林玉露》、《苏诗总案》以及《韶州府志》均系于元符三年(1100),即苏轼从海南北归途经曲江时所作。然《文集》并不盲从,改系此文于绍圣元年(1094)苏轼南迁经过曲江之时。《文集》先引《曲江县志》卷二云:"月华寺,在城南一百里。……绍圣初重建,东坡为题梁曰……"然后案曰:"县志所云,正为此文。可见此文实为曲江县月华寺重建方丈而作。绍圣元年苏轼适谪惠州,九月过曲江。县志谓'绍圣初重建,东坡为题梁',可知此文必作于是时。"如果说这仅是对史实作了不同的取舍,那么接下去的"以苏证苏"就是深入细密的考订了:"又诗集卷三八有《月华寺》诗一首,编于绍圣元年南迁途中。诗题下自注云:'寺邻岑水场,施者皆坑户也。百年间盖三焚矣。'诗中亦云:'月华三火岂天意……暮施百镒朝千锾。'据此可知,月华寺所以重建者,乃因遭火焚之故,而坑户施舍者亦众。据县志,并参以苏诗,知苏轼南迁过月华寺,适逢该寺火后重建,故应寺僧所请,为其方丈题梁。"《文集》还进而对《鹤林玉露》等三书的错误进行剖析、驳议,从反面证实己说。

最后,《文集》对原有的不同编年进行考辨取舍,例如卷一二《盐官大悲阁记》,《乌台诗案》与《东坡纪年录》俱系于熙宁八年(1075),《苏诗总案》则系于熙宁五年(1072),对此,《文集》取前而舍后。由于熙宁五年苏轼正任杭州通判,而八年则已改任密州知州,故《文集》指出:"考此记文中大谈科场今昔之变,且云'余尝以斯语告东南之士矣',显然其时苏轼已不在东南,故当以《乌台诗案》所言为是。《总案》意谓此记必作于游安国寺之时,遂加附会,今不从。"《文集》还进而指出《苏诗总案》曲解《东坡纪年录》的错误:"又《总案》卷一三亦引《纪年录》,而谓熙宁八年所作乃《成都大悲阁记》。今考《成都大悲阁记》,《全蜀艺文志》卷三八题为《大圣慈大悲圆通阁记》,苏籀《栾城先生遗言》则谓《大悲圜通阁记》为苏辙所作。是以知该文既无《大悲阁记》之简称,又无出自苏轼之明证。是以知《纪年录》所云《大悲阁记》,乃《盐官大悲阁记》,而非《成都大悲阁记》,《总案》不足为据。"无论是考核作者行事,还是探究篇题之异同,都可谓心细如发,故结论坚确可信。

总而言之,《文集》对存世苏文进行了相当全面的编年,而且大多坚确可信,这为人们了解每篇苏文的写作背景以及苏轼古文创作的发展历程提供了坚实的基础,厥功甚伟。

二、探究本事

苏轼虽然不像王安石那样强烈地主张文贵致用,但也认为"有意而言,意工而言止者,天下之至言也"(《策总叙》,《文集》卷八)。所以苏轼作文虽然善于想落天外,甚至无中生有,但从整体来说,苏文基本上都是有为而作的,有强烈的现实针对性。因而注释苏文,探究本事属于非常重要的内容,《文集》在这方面做得相当出色。

首先,《文集》的注释非常详密,有些叙事性质的篇章尤其如此,例如卷一六《司马温公行状》,这是苏轼用力甚巨的大文章,传主司马光的事迹又非常复杂,文中涉及的史实、人名、地名,乃至制度(职官、朝仪等),都非常繁复,有些内容非注莫明。《文集》关于此文的校注多达388条,篇幅达128页,达到了应有尽有的程度。有了这些注释以后,读者不但省去了翻检之劳,而且增进了对传主生平的了解,因为有些注文中的内容是原文有意无意地省略的。这样的注释,其价值颇近《三国志》的裴松之注和《世说新语》的刘孝标注。毋庸讳言,追求详尽也为《文集》的注释带来了一些缺点,主要体现在贪多求全,遂致引文过繁,例如卷二三《谢中书舍人表》中有"除书德音,又乏唐人之誉"一句,《文集》注云:"《旧唐书·杨炎传》：'迁中书舍人，与常衮并掌纶诰。衮长于除书，炎善为德音。自开元以来言诏制之美者，时称常、杨焉。"此注相当准确，也堪称完备，但接着又引《旧唐书·封敖传》中所载封敖为中书舍人时善为制诰，深为李德裕所赏事，篇幅长于前段文字，其中又未出现"德音"一词，实为蛇足。当然，从整体来看，《文集》注释之详尽是瑕不掩瑜的。

其次，《文集》在注解苏文本事时善于考订事实、辨析事理，体现出较强的学术功力和深入细致的学术作风。例如卷四七《贺韩丞相再入启》，郎晔旧注云韩丞相乃韩琦，《文集》则据《续资治通鉴长编》等史籍考知韩琦生平未曾两度拜相，故此文所云之韩丞相应指韩绛。又如卷六八《书蜀僧诗》一文叙及"王中令既平蜀"之事，《苏诗总案》以为王中令即王彦超，因王彦超曾仕中书令。《文集》则指出王彦超生平无平蜀事，故注王中令为王全斌，此人宋初平蜀有功，卒赠中书令。又如卷五七《答刁景纯二首》，此文虽无旧注，但苏诗中屡次言及刁约字景纯者，其人为苏轼之忘年交，故读者很容易误以为即此人。《文集》则注云："刁景纯，未详。"并据苏轼《哭刁景纯》、《刁景纯墓文》等诗文，考定其人已卒于熙宁十年（1077），而《答刁景纯二首》则作于黄州时期，故此人"当是与刁约同字者"，甚确。又如卷六一《与佛印十二首》之七，此书又见《苏轼佚文汇编》卷四，题作《与东林广慧禅师》，孔凡礼先生案曰："未敢定为谁作，姑互见于此。"《文集》则指出此简内容与苏诗《赠东林总长老》一诗相符，而总长老即广慧禅师，故考定此简非与佛印者。又如卷六十《与人三首》，原本无注，读者无从得知收信人为谁。《文集》检出其第一简与卷五二《与赵德麟十七首》之八文字基本相同，又从而指出此三书内容均与赵德麟事迹相符，遂考定收信人为赵德麟，结论可信。

从表面上看，上文所举的例子都是一些细枝末节，但它们直接有关对苏文写作背景的掌握，也有关对苏文内容的理解，所以非常重要。而且这种考辨虽然细小，难度却很大，因为它们往往始于对蛛丝马迹的敏锐察觉，终于大海捞针式的搜集证据，此类注释的写成,不但有赖于注者的学识和眼光,而且需要辛勤和耐心,例如下面一例:卷四七《与迈求婚启》,此书中仅有"贤小娘子,姆训夙成,远有万石之家法"一句涉及对方家庭,收信人究竟是谁呢?《文集》注云:"启中云'远有万石之家法',万石君指西汉石奋,故知所为求婚之家为石氏。近年出土之《苏符行状》云:'父讳迈,母石氏,故中书舍人昌言之孙。'则知所求为石昌言家也。"应该说,注出对方姓石的难度不算太大,因为万石君石奋是较著名的历史人物,但是运用新出土的《苏符行状》作为旁证材料来考知对方为石昌言,就非深厚的学识积累不能办到。发表在1986年第二期的《中华文史论丛》上的曾枣庄先生的《三苏姻亲考》一文中即已用到这则材料,而曾枣庄先生曾任《苏轼全集校注》工作组的负责人,可见此类注释不是朝夕之功所能见效的。此外,《文集》在文献不足的情况下就存疑求阙,并不勉强求解。例如卷六八《记谢中舍诗》,此文中的"谢中舍"究系何人?《文集》注云:"未详。《欧阳文忠公集》卷一二有《送谢中舍二首》,或此人乎? 不可考。"今检欧集,"谢中舍"乃指太子中舍人谢缜,但苏文中所记之"谢中舍"乃附魂于某人而吟诗者,并无生平可考,故《文集》虽注引欧集,但仍曰"不可考",这种严谨的态度值得称许。

三、解释词义

　　注释的一大功用就是解释词义,当然,所谓"词义"不是仅指语词,而是与文意有关的所有文字,包括成语、典故、名物等内容。《文集》的注释多半与此有关,值得注意。

　　首先,与前文所论的探究本事类的注释一样,《文集》解释词义的注释也是十分详尽的,例如卷一三《杜处士传》,此文的真伪尚难断定,但《文集》的注释则相当详尽,注中所解释的药名达八十种之多,引文出处除了《本草纲目》、《政和证类本草》、《金匮要略》等医药典籍,还引及《博物志》、《梦溪笔谈》、《南方草木状》、《竹谱详录》、《古今注》等博物类典籍,以及《史记》、《汉书》、《后汉书》、《诗经》、《礼记》、《西京杂记》等文史典籍,连卷帙浩繁的《太平御览》都引用多次。要不是有如此旁征博引的注释，此文真是很难索解。

其次，更值得注意的当然是《文集》注解文意的准确性，比如苏文的用典，就给注者带来很大的困难，因为苏轼才高学富，苏文与苏诗一样，都是大量用典，典故出处则遍及群书，其中不乏出处相当冷僻者。此外，苏文中的典故有时并不是简单的直接运用，而是暗用，更增加了注释的难度。《文集》在这方面做得非常出色，需要多用一些篇幅予以说明。例如卷二三《到常州谢表》有句云："念此菅蒯之微，庶几簪履之旧。"《文集》注先引《韩诗外传》卷九："孔子出游少源之野，有妇人中泽而哭，其音甚哀。孔子使弟子问焉，曰：'夫人何哭之哀？'妇人曰：'向者刈蓍薪，亡吾蓍簪，吾是以哀也。'弟子曰：'刈蓍薪而亡蓍簪，有何悲焉？'妇人曰：'非伤亡簪也，盖不忘故也。'"又引贾谊《新书》卷七《谕诫》："昔楚昭王与吴人战，楚军败，昭王走，屦决背而行，失之。行三十步，复旋取屦。及至于随，左右问曰：'王何曾惜一踦屦乎？'昭王曰：'楚国虽贫，岂爱一踦屦哉？思与偕反也。'自是之后，楚国之俗无相弃者。"由于苏文中把两个典故合成"簪屦"一个词汇，要是简单地运用电脑检索手段来作注，也许会引用《魏书·于忠传》中的"簪屦弗弃"，或是《旧唐书·高士廉传》中的"不遗簪屦"，便算完事。但是那样的注释无助于读者理解文意，而《文集》这种追索原始出处的注释才使苏文的旨意昭然若揭。

苏文中有些典故虽然出处不算冷僻，但文中仅是暗用，从而增加了注释的难度，例如卷五九《与毛维瞻》："岁行尽矣，风雨凄然。纸窗竹屋，灯火青荧。时于此间，得少佳趣。无由持献，独享为愧，想当一笑也。"寥寥数语，似乎尽出白描，文字也浅显易解。但《文集》于"无由持献"二句后加注云："陶弘景《诏问山中何所有赋诗以答》：'山中何所有，岭上多白云。只可自怡悦，不堪持赠君。'而毛维瞻又自号'白云'，故苏轼信中暗用此典。"笔者很喜爱这则短札，早已熟读成诵，但从未想到此中含有典故。读了《文集》的注文，深感钦佩。

苏文中还有一些典故既出于多种源头，又含有多重意蕴，若不明前者,则难解后者,例如卷六八《记郭震诗》云:"震将死,其友往问之。侧卧欹枕而言。其友曰:'子且正身。'震笑曰:'此行岂可复替名哉!'虽平生诙谐之余习,然亦足以见其临死而不乱也。"这里的"正身"一语,如只从字面上理解,也可讲通,因为郭震"侧卧欹枕",故其友戏使其摆正身体。但《文集》注云:"正身:端正自身;修身。《荀子·法行》:'君子正身以俟。'另谓确系本人,非冒名顶替者。《通典·选举五》:'故俗间相传云:入试非正身,十有三四;赴官非正身,十有二三。此又弊之尤者。'"由此可见友人运用《荀子》之语,意含双关:既要郭震摆正姿势,又令其端正品行。而郭震则运用当时官场的俗谚来进行双关,意谓自己病重将归地下,此行不能如赴官者之冒名顶替也。这样一来,郭震与友人相与戏谑的情景栩栩如生,郭震的"平生诙谐之余习"及"临死不乱"也跃然纸上。要是没有《文集》的注释,读者很难领会苏文的运思之妙。

正因《文集》对典故的注释有穷本探源之功,所以甚至能订正原文在文字上的舛误,例如卷六二《葬枯骨疏》:"起燋面之教法,设梁武之科仪。"此二句各本皆无异文,故孔本亦未出校。但是后句指梁武帝曾下诏掩埋枯骨,且曾制《慈悲道场忏法》之事,其义甚明,而前句所云之"燋面之教法"究竟何指? 读之莫知所云,堪称苏文注释中的一大疑难。对此,《文集》指出"'燋面'乃'向雄'二字之倒且误",且引《晋书·向雄传》:"司隶钟会于狱中辟雄为都官从事,会死无人殡敛,雄迎丧而葬之。文帝召雄而责之……雄曰:'昔者先王掩骼埋胔,仁流朽骨,当时岂先卜其功罪而后葬之哉! 今王诛既加,于法已备。雄感义收葬,教亦无阙。法立于上,教弘于下,何必使雄违生背死以立于时!'"如此,不但此句的旨义获得了准确的解释,而且与下句对仗工整,原有的疑难迎刃而解。此类注释,体现了相当高的学术水准,堪称苏文之功臣。

《文集》对字义的注释也颇有可圈可点之处,例如卷六一《与参寥子二十一首》之十七:"大略只似灵隐天竺和尚退院后,却住一个小村院子,折足铛中,罨糙米饭便吃,便过得一生也得。"这是苏轼自表旷达乐观的生活态度的名言,《文集》引《传灯录》所载汾州无业国师之言为注:"看他古德道人,得意之后,茅茨石室,向折脚铛子里煮饭,吃过三十二十年。"非常确切。此外,《文集》对"罨"字字义的注解也值得注意。孔凡礼先生在校记中怀疑"'罨'义似不通",故正文取"罨"而不取"罨"。《文集》则注云:"'罨'有久盖使熟之义,与'折足铛'相应。"不但准确地注出了"罨"字的字义,而且有助于读者理解苏文原旨。

四、其　他

上述三个方面都是传统的诗文注释应有的主要内容,也是《苏轼文集校注》的重要成就。此外,《文集》还有其他优点,不可忽视。

首先,《文集》在阐释苏文旨意或考订苏文写作背景时常常运用"以苏证苏"的方法,也即注意在苏轼的其他作品中寻找内证。例如卷一二《虔州崇庆禅院新经藏记》:"夫有思皆邪也。善恶同而无思,则土木也。云何能使有思而无邪,无思而非土木乎!"《文集》注引卷一九《思无邪斋铭叙》:"夫有思皆邪也。无思则土木也。吾何自得道? 其惟有思而无所思乎!"且按曰:"其意可与此参见。"此注不但帮助读者理解本篇苏文的旨意,而且引导读者前后对照,从而对认识苏轼思想的连贯性,大有裨益。又如卷一七《司马温公神道碑》:"异时薄夫鄙人,皆洗心易虑,务为忠厚。"《文集》注云:"'虑',底本从茅本作'德',误。案:'德'不可易,'易德'者难为忠厚也。文集卷八《策略二》云:'盖自近岁,始柄用二三大臣,而天下皆洗心涤虑。'正以'心'、'虑'并举互文。今从郎本卷五五作'虑'。"从表面上看,此注仅为一条取舍异文的校记,但其中包含着两点有价值的思考:一是从字义自身来推敲斟酌,证明"易德"与"忠厚"自相矛盾。二是以另一篇苏文中的"心"、"虑"并举为文为据,以证明此处应作"虑"字。后者正是"以苏证苏"的妙用。《文集》的"以苏证苏"并未局限于苏文的范围,而是涉及苏诗乃至苏词,例如《司马温公神道碑》:"士大夫知之可也,农商走卒何自知之?"《文集》注引苏诗《司马君实独乐园》"先生独何事,四海望陶冶。儿童诵君实,走卒知司马"之句作为旁证。又如卷二一《李潭六马图赞》："画师何从，得所以然？"《文集》注引苏诗《高邮陈直躬处士画雁》"野雁见人时，未起意先改。君从何处看，得此无人态？无乃槁木形，人禽两自在？"不但符合原作旨意，而且得以简驭繁之妙。又如卷五九《与朱康叔二十首》之十三："旧好诵陶潜《归去来》，常患其不入音律，近辄微加增损，作《般涉调哨遍》。"《文集》注引苏词《哨遍》之序言及黄州雪堂初成之事，遂考订此书作于元丰五年二月，甚确。

其次，《文集》附录于正文之后的集评等材料也很有价值，例如卷一七《表忠观碑》，文末的集评多达二十二家，且选择精当。又如卷一一《石钟山记》，文末的集评有九家：刘克庄、李东阳、杨慎、茅坤、郑之惠、吕留良、沈德潜、方苞、刘大櫆，皆为历代著名文论家，其评语皆相当精到。集评之后又附有苏轼《跋石钟山记》、罗洪先《石钟山记》、周准《石钟山记》，以及曾国藩《求阙斋读书录》与俞樾《春在堂随笔》中涉及石钟山的片断，这些材料不但有助于读者理解苏文，而且对苏文的内容颇有订补之功。又如卷一一《南安军学记》，文末集评虽仅三家四则，但是其中朱熹《朱子语类》一则指出苏文"使弟子扬觯而叙点者三"一句乃误解《礼记射义》中之人名"序点"为动作，《文集》之注释也随之指明苏轼此误，此种评语决非可有可无者。

总而言之，《苏轼文集校注》是一部质量很高的古籍整理著作，它充分体现了当代苏文研究所达到的学术水平，值得重视。至于本书在校注方面的错误和缺点，当然也在所难免，限于篇幅，笔者将另文论述。

贺铸《青玉案》词别有寄托吗

　　贺铸的《青玉案》一经问世就名动词坛,深受当时士大夫的赞赏。钟振振校注《东山词》将此词系于宋徽宗建中靖国元年(1101)初夏,可从。据钟振振《贺铸年谱简编》,贺铸一生中曾两度居留苏州:宋哲宗元符元年(1098)至建中靖国元年秋,除了于元符三年(1100)曾北上江淮外,贺铸寓居苏州。宋徽宗大观二年(1108)至政和五年(1115),贺铸亦寓居苏州。《青玉案》词中说到的"横塘",即贺铸筑室居住之地,亦即此词的写作地点。龚明之《中吴纪闻》卷三记载:"贺铸字方回,本山阴人,徙姑苏之醋坊桥。……有小筑,在盘门之南十余里,地名横塘。方回往来其间,尝作《青玉案》词云。"由于《青玉案》曾引起当时文人的好评或次韵唱和,学界往往从这些材料来推断其写作时间。最可信的证据当是黄庭坚的《寄贺方回》:"少游醉卧古藤下,谁与愁眉唱一杯。解作江南断肠句,只今唯有贺方回。"此诗乃崇宁二年(1103)作于鄂州,前二句追忆秦观,此时秦观已于两年前卒于藤州(今广西藤县),《苕溪渔隐丛话前集》卷五十引《冷斋夜话》云:"秦少游在处州,梦中作长短句曰:'……醉卧古藤阴下,了不知南北。'后南迁,久之,北归,逗留于藤州,遂终于瘴江之上光华亭。时方醉起,以玉盂汲泉欲饮,笑视之而化。"作为同列苏门的好友,黄庭坚对秦观的处境十分关心,故诗中隐括秦词大意及相关传闻。黄诗后二句即咏及贺铸《青玉案》中"彩笔新题断肠句",当是此时贺词已经传开。所以《青玉案》的作年不可能晚于崇宁二年(1103),也即只可能在贺铸第一次寓居苏州期间。

　　当然,有一条材料不利于上述推论,那就是苏轼的《青玉案·和贺方回韵送伯固归吴中》,此词始见于南宋傅干《注坡词》,今人龙榆生的《东坡乐府笺》与薛瑞生的《东坡词编年笺证》皆系于宋哲宗元祐七年(1092)。"伯固"是苏坚之字,苏坚于元祐五年(1090)任钱塘丞,协助正知杭州的苏轼疏浚西湖,苏轼作《次韵苏伯固主簿重九》等诗与之唱和。元祐七年,苏轼知扬州,苏坚来访,苏轼作《次韵苏伯固游蜀冈送李孝博奉使岭表》诗。及苏坚辞行返吴,苏轼作《青玉案·和贺方回韵送伯固归吴中》词送之,此词如下:"三年枕上吴中路,遣黄耳,随君去。若到松江呼小渡。莫惊鸥鹭,四桥尽是,老子经行处。 辋川图上看春暮,常记高人右丞句。作个归期天已许。春衫犹是,小蛮针线,曾湿西湖雨。"全词确为次贺铸《青玉案》原韵者(仅第四句韵脚改贺词之"度"字为"渡"。然南宋杨无咎《青玉案·次贺方回韵》之第四句为"弱水渺茫谁可渡",亦是以"渡"次"度",或不算大疵),词中内容也与苏轼及苏坚的行踪相合。如果属实,那么贺词应作于元祐七年(1092)之前,这比建中靖国元年(1101)至少要早九年。然检《贺铸年谱简编》,未见贺铸在元符元年之前曾至苏州之行踪,《青玉案》不可能作于其前。按此首苏词在《乐府雅词拾遗》卷上作蒋璨词,《苕溪渔隐丛话前集》引《桐江诗话》作姚述尧词,《全宋词》中则三见之,究竟出于何人之手,尚待考。尽管笔者极其喜爱"春衫犹是"以下三句,并十分希望此词确实出于苏轼之手,仍只得暂时否认他对此词的著作权。所以本文仍然采取贺铸《青玉案》作于建中靖国元年的说法。

《青玉案》全词如下:"凌波不过横塘路,但目送、芳尘去。锦瑟华年谁与度。月台花榭,琐窗朱户,只有春知处。 碧云冉冉蘅皋暮,彩笔新题断肠句。试问闲愁都几许。一川烟草,满城风絮,梅子黄时雨。"此词字句之工,倾倒古今。南宋周紫芝《竹坡老人诗话》卷一载:"贺方回尝作《青玉案》词,有'梅子黄时雨'之句,人皆服其工,士大夫谓之'贺梅子'。"罗大经《鹤林玉露》卷七则指出:"贺方回云'试问闲愁都几许。一川烟草,满城风絮,梅子黄时雨',盖以三者比愁之多也,尤为新奇,兼兴中有比,意味更长。"明人沈际飞于《草堂诗余正集》卷二中评贺词末三句云:"叠写三句闲愁,真绝唱!"清人沈谦则于《填词杂说》中评曰:"不特善于喻愁,正以琐碎为妙。"那么此词的主题仅是抒发闲愁吗? 清人黄苏在《蓼园词评》中分析如下："按方回有小筑在姑苏盘门内,地名横塘,时往来其间,有此作。方回以孝惠皇后族孙,元祐中通判泗州,又倅太平州。退居吴下,是此词作于退休之后也。自有一番不得意,难以显言处。言斯所居横塘断无宓妃到,然波光清幽,亦常目送芳尘,第孤寂自守,无与为欢,惟有春风相慰藉而已。次阕言幽居肠断,不尽穷愁,惟见烟草风絮,梅雨如雾,共此旦晚耳。无非写其景之郁勃岑寂也。"由于美人芳草是古代诗歌的悠久传统,此种解读自然难以证伪。但是正如近人俞陛云在《宋词选释》中所云:"题标'横塘路',当有伊人宛在,非泛写闲愁也。"这是多数读者阅读此词的共同感受,试看三位宋人次韵追和的例子:蔡伸《青玉案和贺方回韵》云:"皓齿明眸娇态度,回头一梦,断肠千里,不到相逢处。"张元干《青玉案》云:"花底目成心暗许,旧家春事,觉来客恨,分付疏篷雨。"史浩《青玉案用贺方回韵》云:"春色勾牵知几度。月帘风幌,有人应在,唾线余香处。"他们都看出贺词中确有"伊人宛在"。问题在于,那位"伊人"究竟是谁? 当代词学者多以为是贺铸在苏州邂逅的一位女性,比如周汝昌说:"贺方回退居苏州时,因看见了一位女郎,便生了倾慕之情,写出了这篇名作。"(上海辞书出版社《唐宋词鉴赏辞典》)沈祖棻说:"作者大概是在横塘附近曾经偶然见过那么一位女子,既不知其住址,也无缘与之相识,甚至也没有一定要和她相识,但在她身上,却寄托一些遐想,一些美人迟暮的悲哀。"(江苏古籍出版社《唐宋词鉴赏辞典》)钟振振说:"据内容可知此系情词,当与吴女有关。"(《东山词》)此种解读本属推测,当然也无法证伪。但是此词蕴含的情感深挚悱恻,追忆的情景细致真切,若其指向仅是偶然相逢的一个陌生人,总觉未妥。我认为词中的"伊人"不是别人,正是贺铸在《鹧鸪天》中追悼的夫人赵氏。

《鹧鸪天》如下:"重过阊门万事非,同来何事不同归。梧桐半死清霜后,头白鸳鸯失伴飞。 原上草,露初晞,旧栖新垅两依依。空床卧听南窗雨,谁复挑灯夜补衣。"此词于建中靖国元年作于苏州,与《青玉案》作于同时同地。据钟振振推定,元符元年(1098)贺铸初到苏州时,赵氏与其同来。及至元符三年(1100)贺铸北上淮南时,赵氏已卒。建中靖国元年(1101)贺铸重返苏州,赵氏已成故人。阊门乃苏州城之西门,北宋人从北方或西方来到苏州,皆由江南运河自阊门进城。贺词中云"重过阊门",即指重到苏州。既然贺铸对赵氏夫人如此一往深情,其悼亡之痛如此难以自遣,他多半不会在此时又对一位"吴女"暗生情愫。那么,《青玉案》所抒写的相思之情也属于悼亡主题吗? 让我们先读其上阕。"凌波不过横塘路","凌波"用曹植《洛神赋》中"凌波微步"之典,指女子之行踪。贺铸在横塘新建小筑,当在重至苏州之后,赵氏生前未曾至于此地,故云"不过横塘路。""但目送、芳尘去",暗指赵氏已归地下,其芳尘不复可睹。"锦瑟华年谁与度"用李商隐《锦瑟》诗中"锦瑟无端五十弦,一弦一柱思华年"之句,意谓自己年臻半百,此前的美好岁月都是谁人与我共度? 惟有妻子。词人由此追怀往事,"月台花榭,琐窗朱户",皆是女性居所之美称,亦即夫妻双栖之所。"只有春知处"意即当年双栖其间的种种情景,惟有与我们共度良辰的"春"才知道,意即此后就永远消逝了! 可以说,"锦瑟"以下四句,只有解作悼亡才能讲通。如解作因"吴女"而作,则扞格难通。下阕直抒悼亡之痛:"碧云"语出江淹《杂体》诗"日暮碧云合,佳人殊未来","蘅皋"语出《洛神赋》"尔乃税驾乎蘅皋",皆为与相思主题有关之美景,词人希望在此种情境中写出新颖的断肠之句。以下先宕开一笔,自问心中"闲愁"共有多少,随即逼出结尾的三句警策。烟草、风絮与梅雨季节的雨丝,这三个物象都具有漫无边际、纷乱无绪、绵延不绝等特征,它们既是眼前的江南暮春之实景,又巧妙地将无形之"闲愁"具象化,从而生动地衬托出心中的无限哀思。所谓"闲愁"者,乃杂糅悼亡之痛与身世之感的愁苦心情。因其缭乱无绪难以缕述,故漫云"闲愁"。

　　总之,我认为贺铸的《鹧鸪天》与《青玉案》二词,既作于同时同地,也具有同样的悼亡主题,不过前者是运用"赋"的手法,后者却是运用"比兴"的手法。若与唐诗相比较,则前者颇似元稹的《遣悲怀三首》,后者宛如李商隐的《嫦娥》与《锦瑟》。合而观之,就更能体会贺铸对亡妻的款款深情。

白璧之微瑕

——读辛更儒张孝祥诗注札记

陈永正兄在《诗注要义》中指出："注释诗歌之难,其缘由主要有三:一为注家难得,二为典实难考,三为本意难寻。"我对此语极为钦佩。顷读辛更儒先生《张孝祥集编年校注》,尤其是其中的诗注部分,更加觉得上引数语真乃经验之谈、不刊之论。

张孝祥的诗集,徐鹏先生、彭国忠先生曾作整理,但仅有校点,未加注释。所以辛更儒先生为张诗作注,事属首创,全无依傍,其难度可想而知。幸而辛先生是多年从事宋人别集笺注的资深学者,此前已有《辛稼轩诗文笺注》、《杨万里集笺校》、《刘克庄集笺校》等著作问世,后二种皆是卷数逾百的巨帙,他在这方面早已积累了丰富的经验。张孝祥的诗集仅有十一卷,辛先生为之作注,可称驾轻就熟。辛先生在此书《凡例》中指出:"诗词是此次笺注的重点,故笺注力求详赡,凡诗词题目涉及之人、事、职官、地理及词中典故、语词出处,在所必注。"我认为辛先生确实达到了自己所定的目标,他对张孝祥诗的注释,尤其是其中的典故与语词出处,确有筚路蓝缕之功。举两个例子以说明:《暑甚得雨,与张文伯同登禅智寺》:"老火陵稚金,聚作三日热。"注引王安石《病起》"稚金敷新凉,老火烛残浊",又引司马光《奉同何济川迎吏未至,秋暑方剧,呈同舍》"稚金避老火,暑势尤骄盈"。王安石为宋诗大家,司马光则诗名不著,此注兼引二者,实属不易。《与邵阳李守二子用东坡韵》,此诗无题下注,未明"用东坡韵"究指何诗,注曰:"右诗用韵步苏轼《藤州江上夜起对月赠邵道士》诗。"苏诗多达2300多首,此首又非苏诗名篇,若非辛先生腹储特富,定是极费搜检之劳。此类优点相当常见,可证此注确是佳构。

然而智者千虑或有一失,张诗辛注虽称白璧,尚有微瑕,谨将阅读所见列举于下，以供辛先生参考，并向广大读者请益。首先是尚有漏注，例如《赋王唐卿庐山所得灵璧石》：“失喜而惧心茫然。”此句无注。按“失喜”一词初见于沈佺期《牛女》之“失喜先临镜”，复见于杜甫《远游》之“失喜问京华”，似应出注。《谢刘恭父玉潭月色真石室之赐》：“何人遗我双玉瓶。”此句无注。按张衡《四愁诗》云：“美人赠我金琅玕，何以报之双玉盘。”此诗句法本此，似应出注。《和仲弥性烟霏佳句兼简贰车》：“西岩定有渔翁宿。”此句无注。按柳宗元《渔翁》云“渔翁夜傍西岩宿”，张诗因之，似应出注。《题玄英先生庙》：“遗庙亦空山。”此句无注。按杜甫《武侯庙》云：“遗庙丹青古，空山草木长”。张诗因之，似应出注。《荐福观何卿壁间诗对之怅然次前韵》：“严诗杜集倘同编。”此句无注，其实句意源于苏诗《岐亭五首》之二的“严诗编杜集”。《三塔寺》中的“塔上一铃语”，此句无注，其实源于苏诗《大风留金山两日》的“塔上一铃独自语”。《东坡》：“暗井蛙成部。”注引《南齐书·孔稚珪传》中孔稚珪以蛙鸣“当两部鼓吹”之事，以注此句的后三字，甚确。其实“暗井”二字出于苏轼诗《东坡八首》之二：“家僮烧枯草，走报暗井出。”亦应出注。《水仙》：“净色只应撩处士，国香今不落民家。”此处无注。按黄庭坚《次韵中玉水仙花二首》之二：“可惜国香天不管，随缘流落小民家。”任渊注且引山谷弟子高荷《国香诗序》中关于此诗之一段本事，如能引此作注，当可帮助读者理解诗意。有些张诗虽未直接因袭前人字句，但在诗意构思上有所模仿，例如《月之四日至南陵，大雨，江边之圩已有没者。入鄱阳境中，山田乃以无雨为病。偶成一章，呈王龟龄》：“圩田雨多水拍拍，山田改作龟兆拆。两般种田一般苦，一处祈晴一祈雨。”辛注未言有所本，其实可引苏轼《泗州僧伽塔》为注：“耕田欲雨刈欲晴，去得顺风来者怨。若使人人祷辄遂，造物应须日千变。”虽说二诗旨意不同，但张孝祥的构思多半受到苏轼的启迪，注明此点不无裨益。

其次是尚有误注，例如《金沙堆》：“药房桂栋中天开。”注曰：“药房桂栋，应为‘蕙房桂栋’。《陈书·后主本纪》：‘（至德三年）十一月己未，诏曰：今雅道雍熙，由庚得所。断琴故履，零落不追。阅笥开书,无因循复。外可详之礼典,改筑旧庙。蕙房桂栋,咸使惟新。芳藻洁潦,以时飨奠。'"此注引经据典,貌若精审。其实"药房桂栋"不误,不能擅改。《楚辞·九歌·湘夫人》云"桂栋兮兰橑,辛夷楣兮药房",即此诗所本。此诗所咏乃洞庭湖中之金沙堆,岛上有庙,张孝祥还有一诗题曰《金沙堆庙有忠洁侯者,屈大夫也,感之赋诗》,既然与屈原有关,则化用楚辞中语自是此诗之题中应有之义。又如《张钦夫笋脯甚佳,秘其方不以示人,戏遣此诗》:"使君喜食笋,笋脯味胜肉。秘法不肯传,闭门课私仆。君不见金谷馔客本萍齑,豪世藉此真成痴。但令长须日致馈,不敢求君帐下儿。"辛注于第五句下注云:"金谷,晋石崇别馆。《晋书》卷三三《石崇传》:'财产丰积,室宇宏丽,后房百数,皆曳纨绣,珥金翠,丝竹尽当时之选,庖膳穷水陆之珍。与贵戚王恺、羊琇之徒以奢靡相尚。……崇为客作豆粥,咄嗟便办。每冬,得韭萍齑。'"此处引《晋书》不错,可惜少引了以下数句:"恺每以此三事为恨,乃密货崇帐下,问其所以。答云:'豆至难煮,豫作熟末,客来但作白粥以投之耳。韭萍齑是捣韭根杂以麦苗耳。'"如此,则全诗所用之典故才首尾完整:石崇为了斗富,于冬季制作假冒的韭萍齑,以胜过王恺。王恺贿赂石崇家仆,方知其秘法。张孝祥用此典戏咏友人善制笋脯却自秘其方之事,且戏谓对方:只要每日派人馈赠,便不向对方家仆索求秘方。如此,末句"帐下儿"云云才有着落,全诗旨意亦豁然开朗。又如《和刘国正觅雌黄》:"刘郎家具少于车,只有诗囊未厌渠。乞与丹铅将底用,点勘腹中行秘书。"尾句下注引韩愈《秋怀》:"不如觑文字,丹铅事点勘。"然尚有"行秘书"三字未注,似应增引《隋唐嘉话》卷中:"太宗尝出行,有司请载副书以从,上曰:'不须。虞世南在,此行秘书也。'""秘书省"乃唐代行政机关,主掌经籍图书。所谓"行秘书",意即"行走之图书典籍"。张诗意谓刘郎腹储万卷,乃一行走书簏,故需丹铅以事点勘也。"行秘书"三字乃此诗之关键,尤需出注,否则诗人赞美对方之主旨会隐没不彰。又如《和如庵》之五:"道人受偈自然灯,笔底光芒夜夜腾。诗成十手不供写,凿齿敢对弥天僧。"注曰:"凿齿,《汉书》卷八七下《扬雄传》:'主人曰:昔有强秦,封豕打完士,窫窳其民,凿齿之徒相与摩牙而争之.'注:'窫窳类貙虎,爪食人.凿齿,齿长五尺,似凿,亦食人.'弥天僧,饶节《待不愚入山未至》诗:'酌泉煮茗汤欲竭,弥天道人犹未来.'"此注关于"凿齿"者不得要领,关于"弥天僧"者亦非其最初出处.其实"凿齿"即晋人习凿齿,"弥天僧"即晋僧释道安,《晋书·习凿齿传》:"时有桑门释道安,俊辩有高才,自北至荆州,与凿齿相见.道安曰:'弥天释道安.'凿齿曰:'四海习凿齿.'时人以为佳对."张孝祥用此故事,表达对僧人如庵的自谦之意,如依辛注,则尾句全不可解.

再补充一个例子以见注释之难,也可作为陈永正观点的佐证.张诗《临桂令以荐当趋朝,置酒召客,戏作二十八字,遣六从事佐之,寿其太夫人》:"一鹗新收荐士书."辛注曰:"《后汉书》卷八一《庞参传》:'会御史中丞樊准上疏荐参,曰:臣闻鸷鸟累百,不如一鹗.'"(此处"卷八一"乃"卷五一"之误)也许会有读者与我一样,初读以为此注有误,因为"鸷鸟累百,不如一鹗"是汉末孔融《荐祢衡表》中的名句,《汉语大辞典》中的"鹗荐"词条,即举此以为书证.但是查检两者的年代,发现前者是在汉安帝永初元年(107),后者则在汉献帝建安元年(196),当然樊准所言在先.那么辛注是否指出了最初的出处呢?其实也没有.检索文献,西汉人邹阳《上吴王书》中已有此语,一字不差.其事发生于汉文帝后元七年(前157),更早于樊准.有趣的是,邹、樊二人都自称"臣闻鸷鸟累百"云云,可见他们也是在引述古语.而且李善注《文选》所载《荐祢衡表》云:"《史记》:'赵简子曰:鸷鸟累百,不如一鹗.'"翻检今本《史记·赵世家》,惟见"千羊之皮,不如一狐之腋"而不见此语.但李善号称"书簏",他肯定有所依据,那么这两句话早在先秦就已产生了.可见要想准确地注出典故成语的第一手出处,洵非易事,因为递相转述、陈陈相因的现象在古代十分常见.我因此向长年从事古诗笺注的辛更儒先生及其他学者表示由衷的敬意,他们的辛勤工作为我们阅读古诗提供了很多方便.

南宋爱国词史的光辉句号

——读文天祥《念奴娇·驿中言别故人》

此词作于宋帝昺祥兴二年(1279)八月,时文天祥在建康(今江苏南京)。"故人"指邓剡。宋端宗景炎元年(1276)七月,文天祥于南剑州(今福建南平)二度起兵抗元,邓剡从之。次年十二月,天祥于海丰(今属广东)兵败被俘。邓剡脱逃,奔随帝昺至厓山。帝昺祥兴二年(1279)二月厓山沦陷,邓剡投海自杀,被元军钩上战船,随即押至广州。四月,文、邓被元军同舟押解北上。六月行至建康,文被拘于驿中,邓则因病寓天庆观就医。八月,文被继续押解北行,邓因病而留,文乃作此词留别,词曰:"水天空阔,恨东风、不借世间英物。蜀鸟吴花残照里,忍见荒城颓壁。铜雀春情,金人秋泪,此恨凭谁雪。堂堂剑气,斗牛空认奇杰。   那信江海余生,南行万里,属扁舟齐发。正为鸥盟留醉眼,细看涛生云灭。睨柱吞嬴,回旗走懿,千古冲冠发。伴人无寐,秦淮应是孤月。"

此词究竟是何人所作?历来有不同说法。一说是文天祥,另一说是邓剡。清代以前的词集皆持前说,计有明陈耀文《花草粹编》、清朱彝尊《词综》、张宗橚《词林纪事》、沈辰垣《历代诗余》、江标刻《文山乐府》、陈廷焯《词则》等,现代的梁令娴《艺蘅馆词选》、龙榆生《唐宋名家词选》、胡云翼《宋词选》从之。唐圭璋先生在《文天祥念奴娇词辨伪》中则持后说,黄兰波《文天祥诗选》、江苏古籍出版社《唐宋词鉴赏辞典》、上海辞书出版社《唐宋词鉴赏辞典》、巴蜀书社《宋词精华》从之。唐先生的辨伪是从版本入手的,主要依据是清雍正三年(1725)文有焕刻本《信国公文集》中此词的副标题是"驿中言别友人作",故认定此词乃文之"友人"邓剡所作,而另一首题作"和"的同调词才是文天祥所作。但是唐先生在《全宋词》中仍将此词置于文天祥名下,且有按语表示存疑:"清雍正三年刊本文山全集指南录中载此首,题作'驿中言别',下署'友人作',盖以为邓剡词,未知何据,俟考。"刘华民先生对《文山集》的版本源流仔细探索,发现文有焕刻本这个所谓的"家刻本",其底本并非文家世代珍藏的文天祥诗文原稿,而是辗转沿袭明嘉靖三十九年(1560)张元瑜刻本。既然张元瑜刻本以及年代更早的明景泰六年(1454)韩雍刻本和明嘉靖三十一年(1552)鄢懋卿刻本中所载《念奴娇》词均题作"驿中言别友人",只有年代最晚的文有焕刻本中才凭空多出一个"作"字,那么以后者为据来推定此词乃邓剡所作,显然不能成立。刘华民先生的上述考证(详见其《文天祥诗研究》第十一章)坚确无疑,此外我们也可从历代词话中找到佐证。明陈霆《渚山堂词话》卷二《文山别友人词》条云:"文丞相既败……道江右,作《酹江月》二篇以别友人,皆用东坡赤壁韵。其曰'还障天东半壁',曰'地灵尚有人杰',曰'恨东风不借世间英物',曰'只有丹心难灭',其于兴复,未尝不耿耿也。"清人《历代词话》卷八引明末陈子龙语云:"文文山驿中与友人言别,赋《百字令》,气冲牛斗,无一毫委靡之色。其词曰:'水天空阔……'"清张德瀛《词征》卷一云:"文文山'水天空阔',于役之伤离也。"不一而足。可见从版本学的角度来看,此词确为文天祥所作。

　　各本文天祥集中于此词后均有另一首《念奴娇》,题作"和"。唐先生等人因此认为前一首《念奴娇》应是邓剡所作,否则后词是和谁人呢?对此,刘华民先生解释说,在《指南后录》中所录的文天祥诗词中,这种次韵以和己作的现象屡见不鲜,例如在《上巳》诗之后的《寒食》,小序云"和《上巳》韵写怀"。又如两首《满江红》,都是次韵追和王清惠词,也不妨说是用同样的韵脚连写二词。此说甚辩。其实在天祥到达建康之前,已在南康军写过一首《念奴娇》,同样也是追次东坡《念奴娇·赤壁怀古》之韵。可见他对东坡词极其熟悉,故在建康次其原韵连作二词,以抒发胸中之无尽情思。

　　阅读此词,首先要注意其时空背景。此时南宋灭亡已经半年,故国的江山社稷已不复存在。此地乃江左名都,宋室南渡之初,这里曾是建都的备选地点。况且自古以来,长江向被视为抵御北军南侵的天堑。词人与其战友一同被敌军押解来此,面对着滔滔东流的长江,心中百感交集。当年东吴的大将周瑜曾经凭借东风火烧赤壁,以少胜多,击退强敌。如今长江依旧,自己与战友们也堪称世间英物,却未得天助而眼看国破家亡。"恨东风"一句,真乃血泪所成!连年兵燹,江山破碎,连建康这样的大都会也惟剩荒城颓壁,在残照里传来声声杜鹃。"铜雀"二句连用两个与亡国相关的典故,字句对仗精工,语意却悲愤历落。前句用唐人杜牧诗:"东风不与周郎便,铜雀春深锁二乔。"杜句语意悲痛,但尚是出于虚拟语气。而眼前的现实却是南宋已经覆亡,宋室的妃嫔、宫女全被元军掳掠北行。文天祥之友汪元量在《湖州歌》中描写的那种血泪情景,文天祥曾目睹。也就是说,杜牧虚拟的情景竟然变成事实,南朝宫中的美女果真被敌军掳进北朝的宫殿了!后句用唐李贺《金铜仙人辞汉歌》之典,代指宋朝宫室的珍藏宝物都被敌军掳掠一空。如此的家国之恨,如此的奇耻大辱,凭谁洗雪?此问逼出下句:我本像一柄精气上贯星斗的宝剑,可惜徒有英杰之虚名!

上阕自抒怀抱,下阕转入告别友人。由于文、邓二人是三年前在南剑州起兵抗元时走到一起的,而此前文天祥先经历了一番九死一生的险难,故先从其事说起。当时文天祥于京口逃脱元军,千方百计觅船渡江逃至瓜洲,间关至通州后乘扁舟渡海南归,这段经历在《指南录后序》中有极为沉痛的记录:"以小舟涉鲸波,出无可奈何,而死固付之度外矣!"词中"江海余生"云云,皆实录也。"正为鸥盟"二句,以比兴手法诉说心事。"鸥盟"指赤诚无猜之盟友,"留醉眼"指虽经国家倾覆仍然隐忍不死,"涛生云灭"指时局之变化莫测。全句意在与邓剡互相激励,只要一息尚存,就要为国家继续奋斗。"江海余生"和"涛生云灭",虽然前者实而后者虚,但意象皆有孤危险恶之特征,在艺术上堪称细针密线。当然,文天祥明知被押北去凶多吉少,于是拈出两位古人作为效法的典范。假如身入元廷,就要像蔺相如"睨柱碎璧"那样以必死之志压倒敌酋的凶焰。假如不幸捐躯,就要像诸葛亮那样死后仍能逼退敌军。无论是生是死,怒发冲冠的浩然正气都会永垂千古,这是文天祥表示宁死不屈的庄严誓言。三年以后,他果然以从容就义的行为实现了这个誓言! 最后,词人向因病留下的友人殷殷致意:我走之后,陪伴你度过不眠之夜的就只有秦淮河上方的一轮孤月了!

从"水天空阔"的一声长叹起,以"伴人无寐"的一声长叹终,此词全篇均为喟然浩叹。然而正如陈子龙所评:"气冲斗牛,无一毫委靡之色。"这是民族英雄文天祥词的代表作,虽是满纸悲愤,然而英气勃发,堪称豪放词的杰作。值得注意的是,东坡的《念奴娇·赤壁怀古》写成之后,直到北宋末年一直无人追和。宋室南渡之后,才有一位"中兴野人"追和此词,题于吴江桥上,抒发"万国奔腾,两宫幽陷,此恨何时雪"的亡国之痛(见方勺《泊宅编》卷九)。及至南宋灭亡,文天祥又在短短的一个月内接连三次追和此词,以抒写报国无门的悲愤心情。表面上似出偶然,其实却有内在的必然性。因为就词体而言,只有东坡开创的豪放风格才足以支撑爱国情怀的内涵。总之,文天祥的《念奴娇·驿中言别故人》是宋代豪放词中不可多得的杰作,它为南宋爱国词史画上了光辉的句号。

后　记

　　2007年,我在凤凰出版社出版了一本《唐宋诗歌论集》。我在该书《后记》中交代其前因后果说:"由于受先父的影响,我从小就喜欢读些唐诗宋词。在1966年以前,我虽然一心梦想着考进清华园去学习数学力学或电机工程,但课余坐在苏州中学校园里的春雨池畔时,手中却时常捧着诗词读本。下乡插队以后,当时的形势不容我再对上大学存有任何希望,于是不久即与钟情多年的数理化郑重道别,一心一意地学稼、学圃了。然而李白、杜甫、苏轼、陆游等故人却不我遐弃,时时到茅屋里来访问我,还常常在黑暗中陪伴我度过风雨之夜。于是,1979年4月,当正在安徽大学外文系读本科二年级的我提前报考研究生时,南京大学程千帆先生的'唐宋诗歌'专业便自然而然地成了我首选的志愿。岁月如流,自从立雪程门以来,二十多个寒暑过去了。我生性拘谨,才力薄弱,至今为止的涉猎范围很少越出唐宋诗歌的畛域。"转眼又是十多个寒暑过去了,我的涉猎范围依然很少越出唐宋诗歌的范围。近年来我又撰写了若干篇有关唐宋诗歌的论文,篇幅足以自成一集,于是编成这本《唐宋诗歌续论》,仍交凤凰出版社出版,希望读者不吝指教。

　　我从事唐宋诗歌的研究已有四十多年,我独自撰写的有关唐宋诗歌的论文计有:收进《古典诗学的文化观照》的14篇,收进《唐宋诗歌论集》的28篇,收进《文学史沉思拾零》的8篇,此外就是收进本书的34篇了。其中少数几篇的内容涉及唐宋古文,但其作者都是著名诗人,我是在思考他们的诗歌时旁及其古文的。至于词,本来就包括在广义的"诗歌"之内。我对读词的兴趣原不亚于读诗,论诗时也就偶然及词。此外,关于本书的编次,也需稍作交代。上编的22篇都曾刊载于《文学评论》、《文艺研究》、《文学遗产》等学术刊物,当今的刊物对于注释形式都有严格的规定,甚至要求注明出处的页码,我只好遵守。(其中一、二两篇乃应《文学遗产》约请所写的笔谈,故不必加注。)下编的 12 篇短文都曾刊登于报纸或普及性刊物,它们一般没有注释方面的要求,而我本来不喜欢频繁出注,所引材料又多见于常见书,于是基本不加注释,偶尔作注也只在文中夹注。我并不认为这两类文章有高下优劣之分,但是为了不让读者阅读时因注释形式忽此忽彼而不太适应,便将它们分开排列。

我年过七旬,无所成就,春秋时郑人烛之武的话时时涌上心头:"臣之壮也,犹不如人;今老矣,无能为也已!"虽然从事古代文学研究并非我原初的人生选择,虽然从事此业所获成就俭薄如此,但我非但毫无懊恼遗憾,反而深感庆幸。因为我四十年来埋首书斋,与李白、杜甫、韩愈、白居易、苏轼、黄庭坚、陆游、辛弃疾等人朝夕相对。即使我一篇论文也没写过,单是阅读他们所获得的慰藉与愉悦,就足以让我感到并未虚度此生。诚如易安居士所云:"甘心老是乡矣!"

壬寅年中秋于金陵城东寓所